Hans Dieter Stöver
Die letzte Fahrt der Triton

Dieser Band ist auf 100% Recyclingpapier gedruckt. Bei der Herstellung des Papiers wird keine Chlorbleiche verwendet.

Hans Dieter Stöver wurde 1937 in Wissen/Sieg geboren. Er studierte Pädagogik, Geschichte, Kunstgeschichte und Altertumswissenschaften in Bonn und Köln. Heute lebt er als freier Autor in der Nähe von Köln. Seine historischen Romane und Sachbücher machten ihn zu einem der bekanntesten Vermittler der römischen Antike an ein modernes Publikum. Seit 1987 bei dtv junior sein Band ›Quintus geht nach Rom‹ erschien, schreibt Stöver auch sehr erfolgreich für Jugendliche.

Weitere Titel von Hans Dieter Stöver bei dtv junior: siehe Seite 4.

Hans Dieter Stöver

Die letzte Fahrt der Triton

Deutscher Taschenbuch Verlag

Von Hans Dieter Stöver sind bei dtv junior außerdem lieferbar:
Quintus geht nach Rom, dtv junior 70118
Quintus in Gefahr, dtv junior 70236
Quintus setzt sich durch, dtv junior 70295
Das römische Weltwunder, dtv junior 70385
Die Akte Varus, dtv junior 70470
Caesar und der Gallier, dtv junior 70573
Drei Tage in Rom. Land- und Stadtleben zur Zeit Caesars, dtv junior Sachbuch 79512

Ungekürzte Ausgabe
In neuer Rechtschreibung
November 2000
Deutscher Taschenbuch Verlag GmbH & Co. KG, München
www.dtvjunior.de.

ISBN 3-522-16950-6
Umschlaggestaltung: Jorge Schmidt und Tabea Dietrich
Umschlagbild: Tilman Michalski
Gesamtherstellung: Ebner Ulm
Printed in Germany · ISBN 3-423-70632-5

Inhalt

Narbo
Massilia
ROMA
Tarraco
Neapolis
Valentia
Nova Carthago
Utica
Selinus
Akragas
MAURETANIA
NUMIDIA
AFRICA
Carthago
(Mahdia)
DIE LETZTE FAHRT
DER TRITON
71 v. Chr.

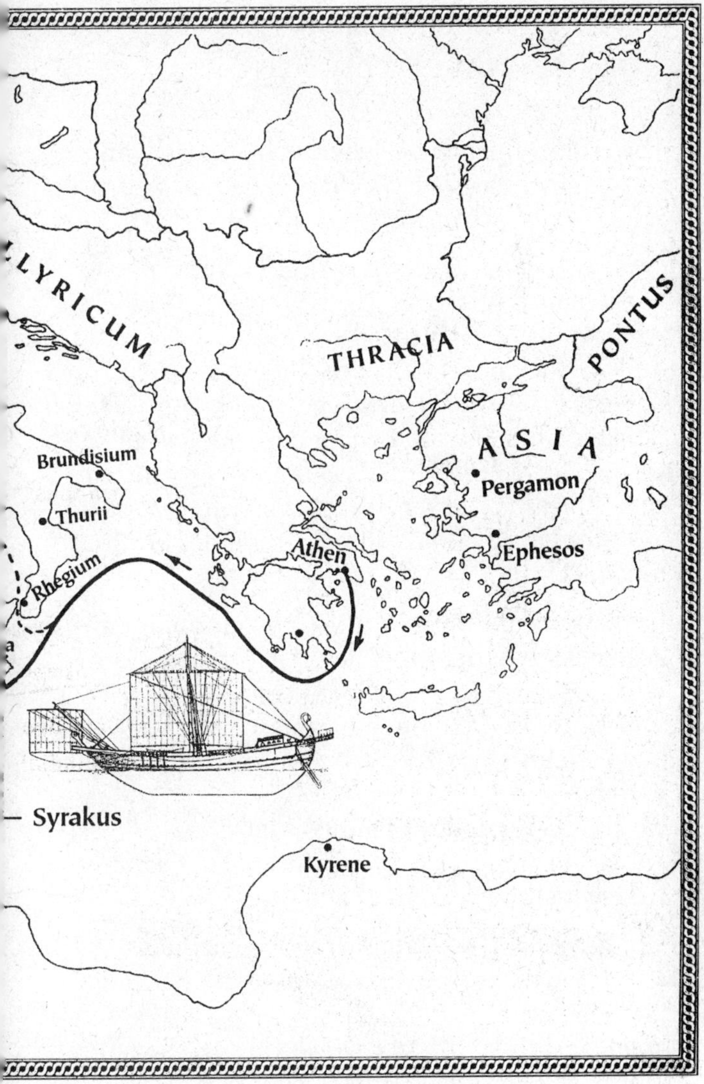

LYRICUM
THRACIA
PONTUS
ASIA
Brundisium
Thurii
Rhegium
Pergamon
Ephesos
Athen
a
— Syrakus
Kyrene

Dramatis Personae – Hauptpersonen

Die Altersangaben beziehen sich auf das Jahr 71 v. Chr.
(h = historisch, f = fiktiv)

Marcus Valerius Messalla (h): 17, Neffe des Q. Hortensius Hortalus
Hortensia (h): 45, Mutter des Messalla, Schwester des Q. Hortensius Hortalus, Witwe
Quintus Hortensius Hortalus (h): 43, römischer Senator und Anwalt, Bruder der Hortensia
Quintus Hortensius (h): 22, Sohn des Q. Hortensius Hortalus, Vetter des M. Valerius Messalla
Demetrios (f): 22, Sklave und Sekretär des Q. Hortensius Hortalus

Pausanias (f): 50, Reeder und Großkaufmann aus Athen, Geschäftsfreund des Q. Hortensius Hortalus
Cornelia (f): 35, Frau des Pausanias
Gaius Claudius Marcellus (h): 41, römischer Senator
Iunia (h): 35, Frau des Claudius Marcellus
Claudia Marcella (h): 16, Tochter des Claudius Marcellus und der Iunia

Gaius Verres (h): 44, Propraetor von Sizilien
Marcus Tullius Cicero (h): 35, römischer Senator und Anwalt
Marcus Licinius Crassus Dives (h): 46, Senator, Oberbefehlshaber im Krieg gegen Spartacus
Gnaeus Pompeius Magnus (h): 35, Oberbefehlshaber im Krieg gegen Q. Sertorius

Quintus Sertorius (h): 54, römischer Statthalter in Spanien
Lucius Licinius Lucullus (h): 46, Oberbefehlshaber im 3. Mithradatischen Krieg

Mithradates VI. (h): 61, König von Pontos

Skamandros (f): 51, Schiffsführer der *Triton*

Diodoros (f): 38, *gubernator* (Obersteuermann) der *Triton*
Polybios (f): 42, Schiffszimmermann der *Triton*
Psellistes (f): 30, Koch auf der *Triton*

Kimon (f): 48, Kapitän der *Nike*
Vermina (f): 40, Schiffsführer der *Isis*

Herakleon (h): 38, Befehlshaber der Piraten im mittleren und westlichen Mittelmeer
Athenodoros (h): 45, Befehlshaber der Piraten im östlichen Mittelmeer
Pyrganion (h): 40, Befehlshaber der Piraten in den Gewässern um Sizilien, dem Herakleon unterstellt
Zenekites (h): 28, Sohn des Zenekites, Befehlshaber der Piraten im östlichen Mittelmeer und in Kilikien
Urianus (f): 36, Stellvertreter des Herakleon
Philistos (f): 30, Erster Offizier auf der *Tanit*
Micipsa (f): Anfang 20, Pirat
Thrax (f): Ende 20, Pirat

Spartacus (h): Mitte 30, Anführer des Sklavenaufstandes

Die Geschichte spielt im Frühjahr und Sommer 71 v. Chr. in Rom, Athen, Syrakus, Karthago und an Bord verschiedener Schiffe.

MIT DER TRITON
NACH ATHEN

Einschiffung in Ostia

An einem der ersten Märztage des Jahres, in dem Publius Cornelius Lentulus und Gnaeus Aufidius Consuln waren,* näherten sich, von Nordosten kommend, zwei herrschaftliche Reisewagen der Hafenstadt Roms, Ostia. Die großen hölzernen Kabinen schaukelten in dicken Lederaufhängungen; silberne, auf Hochglanz polierte Beschläge zierten Rahmen, Türen und Fenster und auf den Lehnen der Kutschböcke fletschten silberne Löwenköpfe die Zähne. Vorneweg trabte ein grimmig dreinschauender Reiter, dessen Aufgabe es war, die Straße gegebenenfalls freizuräumen.

Die Wagen legten ein erhebliches Tempo vor, so dass zu Fuß Reisende ängstlich zur Seite sprangen, als sie sich näherten – und den sich Entfernenden aufgebracht Verwünschungen nach riefen. Immer wieder schlugen die Kutscher auf die Maultiere ein, so dass man den Eindruck hatte, die Insassen der Wagen müssten ihr Ziel zu einem bestimmten Zeitpunkt erreichen. Dabei hatte die zweite Stunde gerade erst begonnen.** Wenn die Kutschen aus Rom kamen, mussten sie schon vor Sonnenaufgang die Hauptstadt verlassen haben.

* 71 v. Chr.

**Es ist also kurz nach 7 Uhr.

Ohne die Geschwindigkeit zu verringern, fuhren sie durch den großen Torbogen der Porta Romana. Die Posten schüttelten zwar entrüstet den Kopf, griffen aber nicht ein.

Die mit dicken Eisenringen gefassten Speichenräder rumpelten hart und laut über das Pflaster des Decumanus Maximus, der Hauptstraße Ostias, die Wagen passierten das große Theater, überquerten das Forum und bogen an dessen Ende nach rechts in eine Straße ein, die zum Hafen führte. Sie erreichten den lang gestreckten Kai, der sich am Tiber entlangzog. Lehmig gelb wälzten sich seine Fluten dem Meer entgegen, es waren die letzten Schmelzwasser dieses Frühjahrs aus den Hochlagen des Apenningebirges.

Nun mussten sie langsamer fahren. Riesige Kräne waren dabei, kleinere Frachter und Schaluppen zu entladen. Überall lagen Haufen von Sand, Kies, Steinen im Weg. Marmorblöcke wurden turmhoch gestapelt. Hafenarbeiter trugen Säcke, Körbe, Amphoren zu bereitstehenden Karren, andere schleppten Produkte des Landes zu den Schiffen, darunter immer wieder stabile Kisten mit kostbarem rotbraunem Geschirr – *terra sigillata* –, das aus den Werkstätten von Praeneste kam.

Wenige Augenblicke später hielten die Wagen an einem bestimmten Punkt des Kais, der sich noch eine halbe Meile weit bis zur Mündung des Tibers ins Tyrrhenische Meer erstreckte. Parallel dazu, etwas zurückversetzt, reihten sich die Lagerhallen und Kontore der in- und ausländischen Reeder und der römischen Großhändler aneinander. Ihre Eingänge lagen im Schatten einer

Arkade, die sich ebenfalls mehrere Stadien* weit hinzog.

In einem der Kontore befand sich die Hafenkommandantur. Hier war ein ständiges Kommen und Gehen von Geschäftsleuten mit ihren Sekretären, von Schiffsführern und Reedern, die irgendwelche Fragen bürokratischer Art zu klären hatten.

Aus dem Schatten der Arkade traten einige kräftige Gestalten, geführt von einem groß gewachsenen bärtigen Mann, und gingen auf die Wagen zu. Sie warteten, bis aus den Kabinen mehrere Männer stiegen, die sich in Alter, Aussehen und Kleidung stark voneinander unterschieden.

Der Vollbärtige verbeugte sich vor dem ältesten der Ankömmlinge und erklärte geradezu feierlich: »Hortensius Hortalus! *Salve!* – Sei gegrüßt! Du bist pünktlich wie die Morgenröte!«

Der Angesprochene nickte, reichte dem Bärtigen die Hand und rief gut gelaunt: »Das kann ich zurückgeben, mein Freund!« Sie lachten sich zu und Hortensius fragte: »Woher wusstest du, dass wir um diese Zeit eintreffen würden?«

Skamandros kratzte sich am Bart. »Ich hatte in der Kommandantur zu tun und sah von drinnen eure Wagen.«

Hortensius fragte beunruhigt: »Irgendwelche Schwierigkeiten?«

»Nein, nein, alles in Ordnung!«

»Sehr gut!« Hortensius wandte sich an die Übrigen: »Das ist Skamandros, Schiffsführer der *Triton!* Von nun an die oberste Instanz in eurem

* 1 Stadion = 178 m.

Leben!« Und zu Skamandros: »Fein, dass wir beide so zeitig sind. Im Übrigen bin ich Frühaufsteher – was man von diesen jungen Leuten nicht gerade behaupten kann . . .« Er lachte, wies auf seine jüngeren Begleiter und fuhr fort: »Meinen Sohn Quintus kennst du ja . . .« – Quintus Hortensius, Anfang zwanzig, grinste und nickte Skamandros zu – ». . . und das ist der Sohn meiner Schwester Hortensia: Marcus Valerius Messalla!«

Messalla mochte siebzehn sein. Die Ähnlichkeit mit seinem Onkel war nicht zu übersehen: Beide hatten gelocktes schwarzes Haar, dunkle große Augen und ein ovales Gesicht; vor allem aber war ihnen die schmale, gerade Nase gemeinsam, die ihrem Profil beinahe klassische Züge verlieh. Das Gesicht des Jüngeren wirkte feiner und sensibler, sein gut konturierter Mund weicher, doch unvermittelt konnte ein ironisches Lächeln darüber huschen, so wie jetzt, als aller Augen auf ihn gerichtet waren.

»Ich weiß nicht«, fuhr Hortensius fort, »ob du meinen Sekretär Demetrios kennst . . .« Er wies auf einen jungen Mann Anfang zwanzig, der sich bescheiden im Hintergrund gehalten hatte.

Skamandros betrachtete ihn interessiert. Dann sagte er mit seiner sonoren, warmen Stimme: »Von Angesicht kenne ich ihn zwar nicht, wohl aber seine schöne Handschrift!« Er nickte Demetrios freundlich zu. »Wenn ich da an meinen Schreiber denke . . .«

»Ich lasse ihn auch höchst ungern ziehen«, fuhr Hortensius fort. »Ohne ihn komme ich mir beinahe wie amputiert vor. Doch es war der ausdrückliche Wunsch meiner Schwester, dass Demetrios ihren Sohn nach Athen begleitet. Die beiden kennen sich von früh an und ich bin sicher, dass Demetrios Messalla hütet wie seinen Augapfel.«

Messalla wunderte sich: Sein Onkel, einer der einflussreichsten Senatoren und bewundertster Redner Roms, war bekannt für seine Arroganz im Umgang mit Angehörigen niederen Ranges; doch zu dem Schiffsführer Skamandros stand er ganz offensichtlich in einem freundschaftlichen Verhältnis.

Geschäftsmäßig wies Hortensius Hortalus noch auf die beiden Sklaven: »Philon und Nikias. Sie werden sich um das Wohl meines Sohnes kümmern.«

Die Sklaven verbeugten sich vor dem Kapitän und Skamandros hob zur Begrüßung leicht die Hand. Dann wandte er sich an seine Leute: »So, dann wollen wir mal!«

Zusammen mit Nikias und Philon machten sich die Seeleute daran, das zahlreiche Gepäck aus den Wagen zu holen und in dem am Kai vertäuten Boot zu verstauen. Demetrios führte dabei die Aufsicht, griff aber nicht mit zu, denn dies war nicht seine Sache, sondern die der rangniederen Sklaven.

Seine Aufgabe war es gewesen, in den letzten Tagen eine Liste zu erstellen, in der all die Dinge festgehalten wurden, die mit nach Athen gehen sollten, wobei er sowohl die Wünsche von Quintus Hortensius und Messalla als auch die Anordnungen seines Herrn Hortensius Hortalus zu berücksichtigen hatte. Schon seit zwei Tagen hatten die gepackten Kisten, Körbe, Säcke, Beutel und Taschen im Atrium des hortensischen Hauses auf dem Palatin* bereitgestanden. Sie enthielten all das, was für zwei junge Herren und ihre Sklaven in der Fremde als lebensnotwendig erachtet wurde: einfache und derbe Tuniken für den Alltag, mehrere Togen für festliche Anlässe, Mäntel und Umhänge, Sandalen und Schuhe, Schurze für die Lenden in großer Zahl zum täglichen Wechseln, wollene Schals und Felle für kühlere Nächte.

Eine kleine Kiste enthielt Briefe und Geschäftspapiere des Senators Hortensius an Handelspartner in Griechenland. Dabei ging es vor allem um die Beschaffung von Kunstwerken – Statuen aus Bronze und Marmor, korinthische Säulen und Kapitelle, bemalte Vasen und Krüge aus den berühmten Werkstätten Athens – und um alte Handschriften und Münzen aus der großen Zeit Athens vor vierhundert Jahren; denn Hortensius Hortalus war nicht nur der zurzeit erfolgreichste Anwalt Roms, sondern auch einer der größten Sammler von Werken griechischer Kunst und Literatur. Die Gewinne, die er aus seinen zahlreichen Landgütern wie aus den erfolgreich geführten Prozessen der letzten Jahre gezogen hatte, steckte er in die Ausstattung seines Stadthauses auf dem Palatin, doch zunehmend auch in die verschiedenen Villen, die er in der Umgebung Roms und an der Küste bei Neapel besaß. Unter seinen Standesgenossen galt er als größter Fachmann in Fragen griechischer Münzen.

Eine weitere Kiste enthielt Schriften philosophischen und historischen Inhalts; sie betrafen die

* Einer der Hügel Roms, auf dem später die Kaiserpaläste standen.

Studien, die Messalla in Athen an der dortigen Akademie treiben würde. Eine andere war gefüllt mit großen Mengen von Papyrus, teils in losen Blättern gestapelt, teils schon zu Rollen aneinander geklebt. Darauf lagen, sorgsam in weiche Wolltücher gewickelt, kleine Kästen, die das Schreibgerät – Rohrfedern, Bimsstein zum Radieren, Schwämme zum Löschen von Klecksen – und sorgsam mit Wachs verschlossene Glasbehälter mit roter, sepiabrauner und schwarzer Tinte enthielten.

Erst vor fünf Tagen hatte Demetrios erfahren, dass er Messalla nach Athen begleiten sollte. Diese Regelung war höchst ungewöhnlich! Er gehörte ja nicht zum Haushalt von Messallas Mutter Hortensia, sondern zu dem ihres Bruders auf dem Palatin. Doch Hortensia wusste, dass zwischen ihrem einzigen Sohn und Demetrios ein enges Vertrauensverhältnis bestand. Demetrios war nur fünf Jahre älter als Messalla und da dieser von Kindheit an oft tagelang im Hause auf dem Palatin weilte, kannten sie sich wie Geschwister.

Beim Abschied hatte Hortensia ihn beiseite genommen: »Demetrios! Du weißt, wie schwer es mir fällt, in diesen schlimmen Zeiten meinen einzigen Sohn in die Fremde zu entlassen. Du bist älter und erfahrener als Messalla. Aber das ist nicht der einzige Grund, warum ich bei deinem Herrn, meinem Bruder Hortensius, durchgesetzt habe, dass du Messalla nach Griechenland begleitest. Ich weiß, dass du ihm von Herzen zugetan bist. Und ich weiß, dass er auf dich hört – vielleicht sogar mehr als auf seine Mutter. Ihr werdet über ein Jahr in einem fremden Land unter fremden Menschen sein. Versprich mir, stets auf ihn aufzupassen und Gefahren von ihm fern zu halten. Ich vertraue dir mein Liebstes an, Demetrios!«

Demetrios verstand nur zu gut, was sie meinte: Seit dem frühen Tod ihres Mannes Valerius war Messalla der Mittelpunkt ihres Lebens. Er hatte Hortensia hoch und heilig versprochen den jungen Mann nicht aus den Augen zu lassen.

»Und das hier . . .« – sie hatte ihm einen Lederbeutel gegeben – »ist eine Rücklage für Notfälle.«

»Aber Herrin!«, hatte er abgewehrt. »Es ist doch dafür gesorgt, dass dein Sohn in Athen über genügend Geld verfügt!«

»Sicher. Darum ist das hier nur für dich! Man weiß nie, was die Zeiten bringen. Falls erforderlich, wirst du genügend Geld haben, um das Notwendige tun zu können.«

Wie er später feststellte, enthielt die Börse Goldstücke im Wert von tausend Denaren, eine große Summe!*

Mittlerweile war die Hälfte des Gepäcks im Boot verstaut. Skamandros warf einen kritischen Blick auf dessen tief liegende Bordkante, kratzte sich am Bart und befahl: »Aufhören, Jungs!«

Die Männer setzten die Truhe, die sie gerade angehoben hatten, wieder am Kai ab und schauten Skamandros an. Dieser wandte sich an den Senator: »Ich will kein Risiko eingehen, Hortensius. Bei der starken Dünung darf das Boot nicht voll beladen werden. Es ist zwar seetüchtiger als diese schwerfälligen Schaluppen . . .« – er wies verächt-

* Etwa 6000 Mark

lich auf die flachen, langen Küstenfahrzeuge, die zwischen den auf Reede liegenden Frachtern und dem Kai unterwegs waren – ». . . aber wir sollten zweimal fahren.«

»In Ordnung!«, nickte Hortensius. »Demetrios und Messalla halten hier beim restlichen Gepäck Wache.«

Er kletterte zu den andern ins Boot, die Seeleute nahmen an den Rudern Platz. Skamandros löste das Seil und sprang mit einem gewaltigen Satz, den man dem schweren Mann nicht zugetraut hätte, nach unten. Durch den Schwung trieb das Boot von der Kaimauer weg, die Männer legten sich kräftig in die Riemen und der Kahn gewann schnell an Fahrt.

Messalla und Demetrios blickten ihm nach und weiter zum offenen Meer, wo in einer Entfernung von etwa zwei Stadien an die drei Dutzend Schiffe mit gerefften Segeln auf Reede lagen. Langsam hoben und senkten sie sich in der Dünung.

»Warum legen die Frachter nicht hier am Kai an?«, fragte Messalla.

Und Demetrios: »Der Hafen Ostias versandet von Jahr zu Jahr mehr. Schwer beladene Frachter können nicht mehr bis zu den Kais fahren, weil die Gefahr auf Grund zu laufen zu groß ist. So ist man gezwungen mit diesen großen, flachen Kähnen zwischen Kai und Schiffen hin- und herzufahren, bis die Ladung gelöscht und neue an Bord genommen worden ist.«

Überall waren diese trägen Lastkähne zwischen den Frachtern und dem Kai unterwegs. Sie brachten Hölzer, Säcke voll Getreide, Salz, Amphoren mit Öl und Wein, aber auch Kisten jeder Größe, deren Inhalt unbekannt war. Die schwersten Stücke wurden von Kränen, die hier überall standen, an Land gehoben. Von allen Seiten hörte man die Kommandos der Vorarbeiter und Kranführer, auch schreckliche Flüche, wenn einmal ein schwerer Balken aus dem gebündelten Paket rutschte und haarscharf neben einem Mann auf den Boden polterte.

Messalla blickte aufs Meer und überlegte, welches der Schiffe die *Triton* sein könnte. Sie sollte ja länger, breiter, schwerer als die meisten Segler sein.

Er wollte gerade Demetrios fragen, ob er das Schiff erkenne, als ein Geräusch ihn ablenkte: Zwei große Reisewagen, herrschaftlich wie die ihrigen, rollten über das Pflaster heran und machten in zehn Schritt Entfernung Halt. Der Kutscher des ersten Wagens sprang vom Bock, lief zur Tür, riss sie auf, klappte das Treppchen nach unten und half einer Dame beim Aussteigen. Sie hob den Saum ihres langen Gewandes mit einer eleganten Geste an, um nicht über die Stufen des Treppchens zu stolpern. Sie mochte Mitte dreißig sein, neigte aber schon zur Fülle. Ihr folgte ein Mädchen, das Messalla auf fünfzehn oder sechzehn Jahre schätzte. Aus dem zweiten Wagen stiegen eine weitere Frau und ein junger Mann, der sofort zu den beiden Frauen eilte und mit der älteren sprach. Aus der respektvollen Art, wie er dies tat, schloss Messalla, dass er einer ihrer Sklaven war.

Nun schauten die beiden Frauen neugierig herüber und Demetrios sagte leise zu Messalla: »Ich glaube, ich kenne die Herrin . . . Das könnte Iunia, die Gattin des Senators Claudius Marcellus, sein.«

»Und das Mädchen?«, fragte Messalla.

»Ich nehme an, ihre Tochter.«

In diesem Augenblick kam der Sklave eilig herüber und begann recht gestelzt: »Verzeihung ... äh ... wenn ich störe ...«

»Du störst nicht«, sagte Messalla lässig. »Worum geht's denn?«

»Meine Herrin Iunia möchte wissen, ob euer Schiff nach Süden fährt.«

»*Ita'st* – So ist es. Warum will deine Herrin das wissen?«

»Nun, es ist so, Herr: Wir sitzen ... äh ... im wahrsten Sinn des Wortes auf dem Trockenen ...«

»Wie meinst du das?«

»Das Schiff, mit dem wir nach Utica fahren wollten, hat ein Leck unterhalb der Wasserlinie. Die Reparatur ist schwierig. Es wird erst in einer Woche wieder seetüchtig sein.«

»Verstehe. Und nun möchte deine Herrin wissen, ob auf unserem Schiff noch Platz für vier Reisende ist?«

»Genau das, Herr. Aber ... ich weiß natürlich nicht, ob ...«

»Schon gut«, unterbrach ihn Messalla und hob abwehrend die Hand. »Ich werde selbst mit deiner Herrin reden.«

»Danke, Herr!«

Messalla ging zu den beiden Frauen hinüber, machte vor Iunia und ihrer Tochter eine leichte Verbeugung und erklärte: »Unser Schiff, die *Triton*, fährt allerdings in den Süden – aber nur bis Syrakus auf Sizilien. Ob man euch und eure Begleitung noch mit an Bord nimmt, kann nicht ich entscheiden, Herrin, sondern ...«

Iunia, die sein Gesicht genau studierte, unterbrach ihn: »Bist du nicht Marcus Valerius Messalla, der Sohn von Hortensia?«

»Ich bin es.« Er sagte es nicht ohne Stolz.

»Dacht ich's doch!«, rief sie fröhlich. »Diese Ähnlichkeit! Ganz die Mutter!« – Messalla hatte freilich in Erinnerung, dass man in ihm immer den verstorbenen Vater wieder erkennen wollte.

Dann stellte Iunia ihm das Mädchen vor: »Meine Tochter Claudia! Claudia Marcella! Und das . . .« – sie wies auf den Sklaven – »ist der brave Theon.« Theon verbeugte sich steif. »Er wird uns zusammen mit Thais begleiten.«

Thais machte einen Knicks vor ihm.

Messalla fiel sogleich Iunias betuliche Herzlichkeit auf, er fand sie sehr sympathisch – obwohl sie furchtbar schnell redete. Sein Blick kehrte zu Claudias Gesicht zurück: Er schaute in hellblaue Augen, die unter braunschwarzem Haar wie der Himmel am Mittag strahlten. Nun lächelte sie und auf ihren Wangen zeichneten sich entzückende Grübchen ab. Er hatte sie noch nie zuvor gesehen, wusste auch nicht, woher ihre Mutter ihn kannte. Er überlegte: Wenn ihre Mutter Iunia hieß, gehörte sie zu einem der ältesten Adelsgeschlechter Roms, denn Iunius Brutus hatte vor Jahrhunderten den letzten etruskischen König, Tarquinius Superbus, entmachtet und die Republik in Rom eingeführt. – Aus Iunias spontaner Äußerung schloss er, dass sie mit seiner Mutter gut bekannt sein musste.

»Es ist nämlich so«, fuhr Iunia in ihrer weitschweifigen Art fort und sie sprach nun noch schneller: »Wir haben vorgestern brieflich die

Nachricht erhalten, dass der Verwalter unserer Güter bei Utica gestorben ist, und Claudius Marcellus, mein Gemahl, hielt es unter diesen Umständen für notwendig – nein, was sage ich: für unabdingbar! –, dass wir uns selbst um die Neubesetzung der Stelle kümmern. Immerhin war der Brief schon vier Wochen unterwegs! Und gute Verwalter sind ja heutzutage so schwer aufzutreiben! Claudius selbst ist leider unabkömmlich. Diese Prozesse! Diese ewigen Prozesse! Aber wem sage ich das!«, rief sie und lachte fröhlich. »Dein Onkel Hortensius weiß davon ja auch ein Lied zu singen, nicht wahr, Messalla!«

Messalla, der während dieser langen Rede kein Auge von Claudia gelassen hatte, sah sich zu irgendeiner Erklärung genötigt: »Ich verstehe das alles, Iunia, aber es ist natürlich Sache des Schiffsführers zu entscheiden, ob an Bord noch Platz für vier Personen und ihr Gepäck ist. Doch ich bin sicher, das letzte Wort in der Angelegenheit wird mein Onkel haben.«

Es war ja Hortensius, der das ganze Schiff gechartert und dafür gewiss eine erhebliche Summe bezahlt hatte. Sonst war es üblich, dass ein Kapitän jeden Quadratfuß freien Raums an Deck an Passagiere vermietete. In einiger Entfernung drängten sich hunderte am Kai, um einen Platz auf irgendeinem Schiff zu ergattern, das nach Gallien, Spanien, Sizilien, Ägypten oder in den Orient fuhr.*

In diesem Augenblick legte das Beiboot der *Triton* wieder am Kai an. Jemand warf Demetrios das

* Es gab damals keine reinen Passagierschiffe wie in der Neuzeit.

Seil zu und er vertäute es am nächsten Poller. Skamandros war mit Quintus an Bord der *Triton* geblieben.

Als Erster kletterte Hortensius an Land, gefolgt von Philon, Nikias und einigen Seeleuten, die sich sofort am restlichen Gepäck zu schaffen machten. Hortensius sah seinen Neffen bei der Gruppe stehen und stutzte; dann rief er: »Iunia! Das ist aber eine Überraschung!«

Er ging hinüber, begrüßte die Domina und ihre Tochter herzlich und fragte: »So früh schon unterwegs?«

Da schaltete sich Messalla ein und gab gerafft wieder, was Iunia ihm mitgeteilt hatte. Hortensius hörte zu ohne zu unterbrechen. Sein Gesicht wurde nachdenklich. Schließlich sagte er: »Ich denke, das wird gehen. Ich muss natürlich mit Skamandros darüber reden. Er ist der Kapitän der *Triton.*«

»Oh, wirklich, Hortensius?!«, rief Iunia und klatschte in die Hände, »Du bist unser Retter! Ich weiß nicht, was wir sonst gemacht hätten! Zur Not hätte ich mich zwar entschlossen zusammen mit diesen Plebejern . . .« – sie wies auf die in einiger Entfernung wartenden Reisenden – »an Bord irgendeines Schiffes zu gehen, denn die Reise duldet keinen Aufschub. Aber eben nur zur Not! Ich danke dir, Hortensius Hortalus! Selbstverständlich übernehme ich alle Kosten, die dir entstehen.«

»Ich bitte dich!«, wehrte Hortensius ab. »Ihr seid unsere Gäste . . . zumindest bis Syrakus. Die *Triton* wird dort einen Teil ihrer Ladung löschen und dann weiter nach Griechenland segeln.«

»Nach Griechenland?«, staunte Iunia.

»Ja, nach Athen. Mein Sohn wird dort einige Geschäfte für mich tätigen und Messalla beginnt sein Studium an der dortigen Akademie.«

»Oh, an der Akademie!«

Claudia, an die quirlige Spontaneität ihrer Mutter gewöhnt, brachte sie zum eigentlichen Thema zurück: »Aber Mama! Nun warte doch erst mal ab, was der Schiffsführer dazu sagt!«

»Gewiss, Kind, gewiss. Aber unser lieber Freund Hortensius wird das schon richten. Nicht wahr, Hortensius?«

»Aber sicher! Ich schicke das Boot gleich mit einigen Leuten zurück, die beim Verladen der Truhen helfen.«

Zusammen mit Demetrios stieg er ins Boot und befahl abzulegen. Messalla blieb bei den beiden Frauen, um ihnen Gesellschaft zu leisten.

»Oh, ihr Götter, ist das alles aufregend!«, seufzte Iunia. »Aber ich habe noch gestern der Iuno Lucina geopfert und die Göttin um Segen für unsere Reise gebeten. Und ich muss gestehen, dass es mir lieber ist, mit der ... mit der ... wie heißt das Schiff noch?«

»*Triton*!«, sagte Claudia.

»... ja, mit der *Triton* zu fahren als mit diesem maroden Frachter. Wer weiß, was da unterwegs noch alles passieren könnte! Nicht auszudenken! Ein Loch im Rumpf! Unterhalb der Wasserlinie! Der Schiffsführer war mir gleich nicht ganz geheuer! Und auch die Mannschaft machte nicht den besten Eindruck!«

Iunia hatte sich ereifert. Nun ließ sie sich auf einer der Truhen nieder, welche die Kutscher bereits entladen und am Kai abgesetzt hatten. Sie tupfte ihren Hals mit einem kleinen Tuch ab. Die ganze Aufregung hatte sie ins Schwitzen kommen lassen, obwohl es an diesem Morgen noch sehr kühl war.

Messalla, der nach einem Gesprächsstoff suchte, sagte: »Ich denke, dass es in Syrakus keine Probleme geben wird, ein Schiff aufzutreiben, das euch nach Africa übersetzt.«

»Warst du denn schon mal da?«, fragte Claudia.

»Das nicht. Aber Syrakus besitzt einen der größten Häfen des Mittleren Meeres. Es liegt im Schnittpunkt zahlreicher Schifffahrtslinien.«

»Sie kommen!«, rief Iunia aufgeregt und zeigte auf das sich nähernde Boot. »Der bärtige Mann, ist das Skamandros?«

»Er ist es«, nickte Messalla.

»Er sieht ja fast aus wie Hercules! Ein gutes Omen!«

Hortensius, Skamandros und einige Seeleute gingen an Land und Skamandros wandte sich direkt an Iunia: »Natürlich habe ich nichts dagegen einzuwenden, Herrin, euch und eure Diener an Bord zu nehmen, wenngleich . . .«

»Ja?« Iunia sah ihn besorgt an.

»Nun, es wird wohl etwas eng werden. Ich habe zwar etliche Kabinen im Heck, aber sie werden nicht für alle reichen.«

Hortensius schaltete sich ein: »Dann werden Nikias und Philon eben an Deck schlafen. Messalla und Demetrios beziehen gemeinsam eine Kabine. Du, Iunia, und Claudia . . . ihr könntet doch ebenfalls in einem Raum . . .«

»Aber natürlich!«, rief Iunia. »Das hatten wir ohnehin vor, nicht wahr, Claudia?!«

Claudia nickte ergeben, wobei sie Messalla einen schnellen Blick zuwarf. Sie hätte zwar lieber eine eigene Kabine gehabt, musste sich nun aber nach den gegebenen Verhältnissen an Bord richten.

Skamandros rieb sich die Hände und tönte aufgeräumt: »So, dann woll'n wir mal, Jungs!«

Man sollte diese Redewendung noch oft an Bord hören. Seine Leute machten sich unverzüglich daran, das Gepäck der Damen und ihrer Begleitung ins Boot zu schaffen. Es war entschieden leichter als das der Griechenlandreisenden.

Iunia entließ ihre beiden Kutscher und trug ihnen mit beredten Worten auf, ihrem Gemahl ausführlich über die unvorhergesehene Wendung ihres Reiseantritts zu berichten. Sie versprachen es, kletterten behänd auf die Böcke, gaben den Maultieren die Zügel und die Wagen entfernten sich ratternd über das grobe Pflaster.

Hortensius ließ eine Trittleiter vom Boot zum Kai legen und half Iunia persönlich beim Einsteigen. Claudia und die Übrigen folgten nach.

Als das Boot ablegte, rief Iunia: »Ach, ist das alles aufregend!«

Die Triton

Gespannt blickten Messalla und Demetrios zur *Triton.* Sie war in der Tat das größte, längste und breiteste der auf Reede liegenden Schiffe. Ihr Mast überragte die der übrigen um zehn Fuß. Anders als ihre kleineren Nachbarn bewegte sie sich kaum im leichten Seegang. Die schweren Anker am Bug hielten den Rumpf in der gemächlich rollenden Dünung, die das Heck zum Land hin ausrichtete. Die beiden mächtigen Steuerruder lagen ruhig im Wasser. Von den Aufbauten war nicht viel zu sehen, weil der hoch aufragende Achtersteven die Sicht behinderte. In einem großen, eleganten Bogen schwang er in die Höhe, dann wie ein Schwanenhals zurück und endete in einem bemalten Gänsekopf.

Besonders faszinierte Messalla die in Holz geschnitzte und bunt kolorierte Gestalt, die in übermenschlicher Größe aus dem Heck gleichsam herauswuchs:* Kein Zweifel – das war *Triton,* der Sohn des Poseidon, einer der mächtigsten und darum wichtigsten Schutzgötter der Fischer und Seeleute! Sein Oberkörper war menschlich, von der Hüfte an glich er einem Fisch. Der Meeresgott führte eine schön geschwungene Muschel zum Mund und die Szene war so naturalistisch gestaltet, dass man glaubte, er werde nun jeden Augenblick mit einer musikalischen Darbietung beginnen.

Steuerbord fuhren sie an der *Triton* vorbei und staunten: Das Schiff musste über 180 Fuß** lang sein.

Mittschiffs legten sie an der Bordwand an. Ein

* Im Unterschied zu den mittelalterlichen und neuzeitlichen Schiffen, bei denen die Galionsfigur sich am Bug befand, schmückte die Gestalt eines antiken Schutzgottes immer das Heck.

**Über 54 m

Matrose ließ von oben eine Leiter herunter. Zwei Männer im Boot hielten sie fest. Hortensius war Iunia behilflich an Deck zu klettern. Geschickt bewältigte die Herrin dieses für sie ungewohnte Manöver. Die andern folgten nach.

Zwei Mann blieben im Boot zurück und manövrierten es an der Bordwand entlang zum schräg stehenden Fockmast am Bug. Wenn das Schiff in einem Hafen oder – wie hier – auf Reede lag, diente er als Kran. Man konnte mit ihm tonnenschwere Lasten heben, den Ausleger um 360 Grad schwenken und am Zielpunkt genau absetzen.

Nun ragte er weit über die Bordkante. Oben betätigte jemand die Winde und langsam senkte sich der Dreirollenflaschenzug mit dem massiven eisernen Haken ins Boot. Daran befestigten die Männer die Seile, die sie um die Truhen gelegt hatten. Einer gab dem Kranführer ein Zeichen und dieser kurbelte ohne sich dabei sonderlich anzustrengen die Gepäckstücke nach oben, schwenkte den Mastbaum zum Deck hin und setzte die Truhen vorsichtig auf den Planken ab.

»Willkommen an Bord der *Triton*!«, rief Skamandros und lachte breit.

Neben ihm stand ein grimmig dreinschauender, vierschrötiger Mann. Skamandros stellte ihn vor: »Das ist Diodoros, mein *gubernator** und Stellvertreter!«

Diodoros machte die Andeutung eines Lächelns, nickte zweimal kurz, sagte aber nichts.

Der *gubernator* war, wie die Reisenden bald erfuhren, der wortkargste Mann an Bord. Er sprach

* Der *gubernator* ist der Obersteuermann.

wenig – und wenn, knurrte er in kurzen, meist nur halben Sätzen seine Befehle, die keinen Widerspruch duldeten.

Seiner Aufmerksamkeit entging nichts, kein zu locker gespanntes Seil, kein nachlässig aufgerolltes Tau, kein Fehler der beiden Steuerleute. Er achtete auf peinliche Sauberkeit an Deck. Selbst wenn die Planken noch vor zwei Tagen geputzt waren, ließ er sie erneut scheuern.

Seine Befehle klangen so: »Herkommen! Seil spannen!« oder: »Herhören, Mann! Wasser holen! Deck schrubben!« oder: »Du da! Runter! Bilgenwasser pumpen!«*

Skamandros ließ ihn gewähren, denn Diodoros war die Seele des Schiffes. Seine Maxime lautete: »Nichts ist schädlicher als Müßiggang!«

Als Erstes zeigte Skamandros den Gästen die Kabinen. Das Schiffshaus befand sich achtern unmittelbar vor der Heckzier. Skamandros ließ durchblicken, dass er seine eigene Kabine zur Verfügung stellen würde, wenn die beiden Damen in getrennten Räumen schlafen wollten, doch Iunia lehnte das freundliche Angebot energisch ab.

Nun zeigte sich der Vorteil des großen Schiffes: Die »Hütte« – so nannten die Seeleute die Unterkünfte auf dem Achterdeck – war nicht wie auf kleineren Frachtern ein winziger, primitiver Verschlag, in dem allenfalls der *magister navis*, der Schiffsführer, ruhen konnte, sondern hier handelte es sich um ein sauber gearbeitetes und gera-

* Das ist das Leckwasser, das sich im untersten Raum des Schiffes über dem Kiel ansammelt und ausgeschöpft oder mit Lenzpumpen herausgepumpt wird.

dezu komfortables Holzhaus mit acht Kammern, die man über einen schmalen Flur erreichte. Zum Deck hin hatte jeder Raum eine kleine Luke, die man mit einem hölzernen Laden fest verschließen konnte. Das war wichtig, wenn in stürmischer See Brecher über das Deck schlugen.

Im Innern jeder Kajüte standen an einer Seite zwei Betten übereinander, gegenüber ein kleiner Tisch mit zwei Hockern, daneben ein Regal. In der Wand steckten hölzerne Dübel, an denen man Kleidungsstücke, Taschen und Beutel aufhängen konnte.

Messalla und Demetrios, Nikias und Philon bezogen je ein Quartier. Iunia entschied sich dann doch für eine andere Regelung als die von Hortensius Hortalus vorgeschlagene: Claudia Marcella würde sich eine Kabine mit der Sklavin Thais teilen; sie selbst erhielt einen Raum zu ihrer alleinigen Verfügung. Das wurde nur durch den Verzicht des Schiffszimmermanns Polybios auf seine eigene Kabine möglich. Theon musste irgendwo im Zwischendeck unterkommen. Das passte dem von sich sehr eingenommenen Sklaven zwar in keiner Weise – man sah, wie er schmollte –, aber er hatte sich der Herrin zu fügen.

Nach Skamandros und Diodoros war Polybios der wichtigste Mann an Bord, denn er allein trug letztlich die Verantwortung dafür, dass das Schiff seetüchtig blieb.* Zusammen mit seinen beiden Gehilfen hatte er dafür zu sorgen, dass alle mechanisch bewegten Teile störungsfrei funktionierten:

* Man kann ihn mit dem Leitenden Ingenieur auf einem modernen Schiff vergleichen.

die Seilzüge zum Spannen der Masten, die Aufhängung der Segel, die Winden für die vier schweren Anker, die vier Lenzpumpen.

Ebenso wichtig war, dass die Platten, welche die Laderäume abdeckten, dicht schlossen, damit bei hohem Seegang kein Wasser ins Innere des Rumpfes eindringen konnte. Dazu fielen immer wieder unvorhergesehene Reparaturen an: Eine im Sturm gesplitterte Rah* musste ersetzt, ein gebrochenes Steuerruder ausgewechselt, ein beim Verladen von Langholz beschädigtes Stück der Reling erneuert werden.

Lag das Schiff wie jetzt vor Anker, kontrollierte Polybios mit seinen Leuten die bleierne Außenhaut unter der Wasserlinie. Entdeckten sie irgendwo eine lockere Bleiplatte, musste geprüft werden, ob die mit Pech getränkte Wolle darunter noch an ihrem Platz war. Wenn nicht, mussten neue Polster unter das Blei geschoben und die Platte sicher befestigt werden. Diese mühselige, kräftezehrende Arbeit setzte gesunde Lungen voraus, denn die Männer mussten unter Wasser bronzene Nägel durch das Blei ins Holz der Planken schlagen.

Anschließend wurden die gefährdeten Stellen von innen bearbeitet: Die Ritzen zwischen den mit Feder und Nut aufeinander liegenden Planken mussten immer wieder mit heißem Pech abgedichtet werden. Von der Sorgfalt, mit der dies durchgeführt wurde, hing ganz entscheidend ab, wie lange das Holz der zerstörerischen Kraft des Salzwassers

* Am Mast horizontal angebrachtes Rundholz – lat. *antenna* – für das Rahsegel

trotzte. Dass dennoch immer wieder Wasser in den Bauch des Schiffes sickerte und sich im Kielraum ansammelte, war nicht zu verhindern. Es musste mehrmals täglich abgepumpt werden.

Der endgültige Abschied von Hortensius Hortalus war kurz und sachlich. Der Senator wandte sich an Quintus, Messalla und Demetrios: »Kommt gesund zurück! Grüßt meinen Freund Pausanias! Ihr könnt euch in allen Fragen an ihn wenden. Er hat Vollmacht in meinem Namen zu handeln, auch wenn's um Geld geht ... – Demetrios!«

»Herr!« Er schaute ihn an.

»Ich lasse dich ungern ziehen. Wer nimmt mir nun all die Arbeit ab? Aber der Wunsch meiner Schwester hat hier Vorrang. Vergiss nie: Du bist für Messalla voll verantwortlich!«

»Ja, Herr!«

»Nun zu dir, Quintus ...« Er nahm seinen Sohn beiseite und sprach leise mit ihm. Quintus nickte mehrmals ernst. Dann klopfte ihm Hortensius auf die Schulter und sie umarmten sich.

Schließlich war Messalla an der Reihe: »Ich wäre mit siebzehn auch gern nach Athen gefahren. Aber damals hatten wir andere Sorgen. Mach das Beste aus der Zeit, Marcus! Sei fleißig! Halte Augen und Ohren offen! Du wirst eine fremde Welt kennen lernen. Wenn du zurückkommst, siehst du vieles hier mit anderen Augen. Und schreib mal!«

»Natürlich, Onkel!«

Hortensius redete ihn stets mit seinem Vornamen Marcus an. Alle andern, auch seine Mutter, riefen ihn Messalla.

»Dies noch . . .« Der Onkel wurde plötzlich sehr ernst. Was er dann sagte, galt für alle drei: »Ihr kommt in eine Stadt, die stolz ist auf ihre große Vergangenheit. Verleugnet nie, dass ihr Römer seid – aber zeigt Respekt vor dem, was älter ist als Rom: Kunst, Philosophie, Theater und Wissenschaft! Sie haben in Griechenland ihren Anfang genommen!«

Noch nie hatte Messalla diesen Glanz in den Augen des Onkels gesehen. Hortensius umarmte seinen Neffen und drückte ihn an sich: »Hals- und Beinbruch, Marcus!«

Iunia dankte Hortensius dafür, dass er ihr und ihrer Begleitung in der misslichen Lage so freundschaftlich entgegengekommen war. Der Senator kletterte ins Boot und Skamandros ließ es sich nicht nehmen, ihn persönlich an Land zu bringen.

Als der Schiffsführer wieder an Bord war, wurden unverzüglich die Segel gesetzt und die Anker gelichtet. Dabei hatte Diodoros, der *gubernator*, das Kommando. Die *Triton* nahm allmählich Fahrt auf und entfernte sich vom Festland. Nach etwa fünf Meilen befahl Diodoros eine Kursänderung: »Ruder leicht backbord!«

Beide Steuerleute wiederholten: »Ruder leicht backbord!« und führten den Befehl aus. Allmählich schwenkte die *Triton* nach links.

»Komm auf!«, befahl der *gubernator*.

»Komm auf!«, wiederholten die Rudergänger, brachten die Ruder in normale Position zurück und die Drehung hörte allmählich auf.

»Ruder mittschiffs!«

»Ruder mittschiffs!« Die *Triton* fuhr nun wieder geradeaus.

»Recht so!«

»Recht so!«, kam das Echo der Rudergänger. Sie hielten das Schiff auf Südkurs.

Diodoros prüfte die Windrichtung und gab entsprechende Weisungen an die Segelbesatzung. In wenigen Augenblicken wurde der Schwenk mit dem riesigen Rahsegel ausgeführt.

»Recht so!«, hieß es.

»Recht so!«, kam die Antwort des Vormanns der Segelgasten.*

Skamandros war neben seinen *gubernator* getreten und meinte: »Sieht doch gut aus – oder?«

Diodoros nickte: »Der Wind hat auf Nordost gedreht und weht mäßig bis stark. So werden wir bald fünf Knoten** machen.«

»Recht so!«, lobte Skamandros.

»Recht so!«, wiederholte Diodoros und ging nach vorne.

Messalla war begierig mehr über das Schiff zu erfahren: seine Ladung im Zwischen- und Unterdeck, die Aufbauten, die Takelage, die Winden, Anker und Rettungsboote. Er ging zu Skamandros und fragte: »Kann ich mich mal umschauen?«

»Aber sicher.« Skamandros begleitete ihn bei seinem Erkundungsgang vom Heck zum Bug.

Erstaunt registrierte Messalla: Bis auf den Lendenschurz waren die Matrosen nackt bei der Arbeit, einige trugen noch nicht einmal diesen. Dabei zeigten sie ihm gegenüber nicht die geringste

* Gast (Plural: Gasten), Mitglied der Schiffsbesatzung. Meist in Zusammensetzungen gebräuchlich, z. B. Backsgast, Signalgast, Rudergast.

** 9,260 km/h

Scheu. Einige winkten ihm zu, andere betrachteten ihn mit unverhohlener Neugier. Zweifellos hatte man sie angewiesen den noblen Fahrgästen gegenüber höflich, ja zuvorkommend zu sein.

Skamandros begutachtete kritisch seine Leute, schüttelte ungehalten den Kopf und wies sie zurecht: »So geht das nicht, Jungs! Wir haben Damen an Bord! Zieht euch was an, verdammt noch mal! Das ist hier doch keine olympische Schönheitskonkurrenz!«

Die betroffenen Männer grinsten und entfernten sich unter Deck, um der Anordnung Folge zu leisten, was die Übrigen mit deftigen Sprüchen und zweideutigen Witzen kommentierten.

»Ist wohl deine erste Seereise, Herr?«, wollte Skamandros wissen.

Messalla nickte eifrig und begann sofort mit seinen Fragen: »Gibt es noch größere Schiffe als die *Triton*?«

»Ja, aber nicht viele. Man stößt da auf technische Grenzen.« Er räusperte sich und spuckte über Bord.

»Du meinst«, überlegte Messalla, »ab einer bestimmten Länge und Breite des Rumpfes wird alles instabil.«

»Genau das! Dabei musst du dies bedenken: Ein aus Holz gebautes Haus steht fest auf dem Boden. Mit Hilfe von raffinierten Dreieckskonstruktionen kannst du dabei große Weiten überspannen. Aber stell dir vor, du setzt dieses Haus einem Sturm auf hoher See aus. In kürzester Zeit lockern sich dann die Dübel, die die Balken zusammenhalten, und alles stürzt in sich zusammen.«

»Ja«, rief Messalla, »das habe ich einmal gesehen, als der Tiber Hochwasser hatte. Da schwamm ein ganzes Holzhaus und wurde wie ein Ball um sich selbst gedreht. Schließlich brach es auseinander.«

»Genau das meine ich«, fuhr Skamandros fort. »Es ist schon beeindruckend, was unsere Zimmerleute zustande bringen.«

»Wo ist die *Triton* denn gebaut worden?«

»In Piraeus. Du wirst die Werft bestimmt kennen lernen.« Messalla sah ihn fragend an und Skamandros erklärte: »Sie gehört Pausanias, dem Freund des Senators, bei dem ihr wohnen werdet.«

»Gehört die *Triton* auch dem Pausanias?«

»*Ita'st* – So ist es. Pausanias hat noch vier weitere Frachter dieser Klasse. Dazu an die dreißig kleinere, die zwischen Griechenland, Asien, Ägypten und Italien unterwegs sind.«

»Und Schiffe wie die *Triton* ... ich meine: Macht sich der Aufwand überhaupt bezahlt?«

»*Certo* – Natürlich!« Skamandros sah Messalla lachend an, denn der junge Mann gefiel ihm. »Sonst würde man sie nicht bauen! Mit Schiffen dieser Klasse kann man überschwere Lasten befördern: Marmorblöcke, Säulen, Kapitelle, schwere Hölzer. Die *Triton* kann bis zu fünfhundert Tonnen Fracht tragen!«

»Haben wir jetzt auch Säulen an Bord?«

»Nein. Wir sind auf der Rückreise von Spanien und haben vierhundert Amphoren mit *garum* geladen.«

»Vierhundert Amphoren?!« Messalla staunte, denn er wusste, dass eine einzige Amphore mit diesem teuren Würzmittel in Rom bis zu dreitausend Sesterzen kostete.

»Das ist nichts Besonderes«, meinte Skamandros gelassen. »Du musst das so sehen, Herr: Die großen Schiffe fahren das in sie investierte Geld relativ schnell wieder ein, weil sie ein Vielfaches dessen laden können, was kleinere Frachter aufnehmen. Außerdem haben sie, wenn sie voll beladen sind, einen größeren Tiefgang und liegen in aufgewühlter See ruhiger, so dass ein Verrutschen der Ladung seltener ist. – He, Mann! Lass das!«

Skamandros wies einen Matrosen scharf zurecht, der sich anschickte über die Reling zu pinkeln: »Erledige das gefälligst auf der Latrine, verdammt noch mal! Wir haben sie extra für dich gebaut!«

Der Mann zuckte zusammen, unterbrach sein Geschäft und eilte, unter dem lautem Hallo der Kameraden, zum Heck. Auf dem Achtersteven befand sich die überdachte Latrine.

»Entschuldige, Herr!«, fuhr Skamandros ruhig fort. »Aber man muss hier eben auch auf solche Dinge achten ... Wo waren wir stehen geblieben: Die Großfrachter, ja! Während die kleineren Segler aus Sicherheitsgründen in den Häfen überwintern müssen, kreuzen die Großschiffe noch im Oktober und schon wieder ab Februar die Meere. Allerdings brauchen sie längere Zeit, bis sie bei gutem Wind ihre Reisegeschwindigkeit erreicht haben. Doch einmal in Fahrt, sind sie durch nichts aufzuhalten – so wie jetzt!«

Er war stolz auf sein Schiff!

»Wenn du mich nun bitte entschuldigen würdest, Herr. Ich muss nach der Ladung schauen ...«

Zusammen mit Diodoros stieg Skamandros durch eine offene Luke nach unten in den Laderaum, um die korrekte Lagerung der Amphoren zu kontrollieren.

»Na, es scheint dir hier zu gefallen!« Demetrios stand plötzlich neben Messalla.

»Natürlich! Dir etwa nicht?«

»Und wie! Die *Triton* ist schon ein tolles Schiff!« Demetrios fuhr mit der Hand über die Reling. »Sie ist erst im letzten Herbst vom Stapel gelaufen!«

»Woher weißt du das?«

»Aus dem Briefwechsel zwischen Hortensius Hortalus und Pausanias. Der Herr ist seit einem Jahr Teilhaber an der großen Werft, die Pausanias in Piraeus aufgebaut hat.«

»Das wusste ich nicht!« Messalla schaute Demetrios erstaunt an. »Wie viel Anteile besitzt er denn?«

»Nicht viel, zwanzig vom Hundert.«

»Nicht viel, sagst du? Das sind doch sicher einige Millionen!«

»Nun ja, die genauen Zahlen kenne ich nicht. Hortensius weiht mich nicht in die geldlichen Dinge ein. Aber ich schätze, dass es sich schon um vier oder fünf Millionen handelt.«

»Sesterzen?«

»Denare!«

»Oh!« Messalla pfiff durch die Zähne. Dass sein Onkel vermögend war, wusste er; dass er aber vier, fünf Millionen Denare* ausgeben konnte, um sich an den Unternehmungen eines griechischen Reeders zu beteiligen, das überraschte ihn sehr.

Ihm fiel ein, dass seine Mutter in letzter Zeit

* 24 bis 30 Millionen Mark

öfter von »zweifelhaften Praktiken« ihres jüngeren Bruders gesprochen und abfällige Bemerkungen über seine »maßlose Geldgier« gemacht hatte, »die zum Ansehen und Anspruch eines römischen Senators in der Öffentlichkeit nicht passt«.

Messalla wusste, dass seine Mutter von ihrem Vater – seinem Großvater – große Ländereien und eine stattliche Geldsumme als Mitgift in die Ehe bekommen hatte und auch die *gens Valeria,** die Familie ihres verstorbenen Mannes, zählte in Rom zu den reicheren senatorischen Geschlechtern. Reichtum und Einfluss eines Senators beruhten in erster Linie auf dem Besitz großer Ländereien und dem Gewinn, den er aus den landwirtschaftlichen Großbetrieben zog, sei es in Italien oder in den Provinzen. Geldgeschäfte waren ihm nach der umgeschriebenen Verfassung strikt untersagt. Sie waren Sache der *equites,* der Ritter, die als Geldadel nach den Senatoren den zweiten Stand im Staat repräsentierten und von der Teilhabe an der Regierung ausgeschlossen waren. So war es seit Jahrhunderten Sitte. Profit aus Geldgeschäften zu schlagen war eines römischen Senators unwürdig.

Messalla ahnte, dass Hortensius Hortalus sich mit seinen Unternehmungen am Rande der Legalität bewegte. Er, Messalla, war in diesen Dingen ganz von den alten Wertvorstellungen geprägt, die seine Mutter ihm vermittelt hatte, und er war überzeugt von ihrer Richtigkeit. Das war wohl

* *gens* = vornehmes Geschlecht, vgl. engl. *gentleman; gens Valeria* = das Geschlecht der Valerier

auch einer der Gründe für die wachsenden Spannungen zwischen dem Senator und seiner Schwester. Es war Messalla nicht entgangen, dass die beiden in letzter Zeit oft wegen Kleinigkeiten aneinander gerieten, wobei Hortensius am Ende stets zum Einlenken bereit war. Kein Zweifel: Der Bruder respektierte die Gradlinigkeit und Unbestechlichkeit der Schwester. Das war umso erstaunlicher, als er nach dem *mos maiorum*, der Sitte der Väter, das Familienoberhaupt war, auch der verwitweten Schwester gegenüber.

Die Geschäfte des Pausanias müssen sehr gut gehen, da Hortensius in finanziellen Dingen nie ein Risiko eingeht, dachte Messalla.

Er war neugierig geworden und wollte mehr wissen: »Ist Skamandros etwa auch beteiligt?«

Demetrios nickte.

»Wie hoch?«

»Mit eins vom Hundert.«

»Eins vom Hundert, sagst du ...«, Messalla bewegte stumm die Lippen und rechnete. »Das dürften immerhin an die zweihundertfünfzigtausend Denare* sein, wenn ich von fünfundzwanzig Millionen Gesamtkosten für den Bau der Werft ausgehe. Für einen Schiffsführer eine gewaltige Summe – oder?«

»Nun«, meinte Demetrios, »das kommt ganz auf den Mann an.«

»Wie meinst du das?«

»Skamandros ist gebürtiger Pisidier aus Termessos.«

»Termessos? Noch nie gehört!«

* 1,5 Millionen Mark

»Das ist eine Bergfestung auf der Höhe des Taurosgebirges im südwestlichen Asien.«*

»Und was ist daran so wichtig?«

»Die Stadt hat sich gleich zu Anfang des ersten Angriffskrieges, den Mithradates von Pontos ohne jede Vorwarnung gegen Rom vom Zaun brach, für neutral erklärt und diese Neutralität auch im zweiten Krieg durchgehalten.** Mehr noch, Termessos hat römischen Einheiten den Durchzug durch eigenes Territorium gestattet. Und auch in der jetzt tobenden dritten Auseinandersetzung hat die Stadt dem pontischen König jede Unterstützung gegen die römischen Armeen unter Lucullus verweigert. Mithradates muss gerast haben vor Zorn, denn aufgrund ihrer Lage ist die Festung für ihn uneinnehmbar.«

»Ja, aber ...?« Messalla verstand den Zusammenhang immer noch nicht. »Was hat das alles mit Skamandros zu tun?«

Um die Sachlage zu erläutern, musste Demetrios etwas weiter ausholen: »Termessos behielt als einzige Stadt in der Region ihre uralten territorialen Rechte. Nach wie vor können zum Beispiel eigene Handelszölle erhoben werden. Und da kommt einiges zusammen, denn die einzige feste Straße vom Mittleren Meer ins Innere Asiens führt an der Bergfestung vorbei. Hinzu kommt, dass viele wohlhabende Griechen aus benachbarten Städten, die eine Beschlagnahme ihres Besitzes durch den König befürchteten, mit ihrem beweglichen

* Gemeint ist Kleinasien, die heutige Türkei.

**Der Erste Mithradatische Krieg dauerte von 88 bis 84, der Zweite von 83 bis 81 v. Chr.

chen Gut nach Termessos geflohen sind. Von dort aus pflegen sie ihre alten Verbindungen und arbeiten gegen den Aggressor – also letztlich für Rom! Das heißt: Termessos ist zurzeit eine ruhige Insel mitten im Sturm.«

»Ich verstehe, Demetrios, aber nun sag doch endlich, was Skamandros mit all dem zu tun hat!«

»Nun ... es dürfte dir nicht entgangen sein, dass Skamandros ein kultivierter Mann ist und ungemein selbstsicher auftritt!«

Messalla dachte kurz nach und nickte: »Ja, das stimmt.«

»Es ist dir gewiss auch nicht entgangen, dass dein Onkel ihn zuvorkommend, ja respektvoll behandelt!«

Wieder nickte Messalla und Demetrios fuhr fort: »Skamandros stammt aus einer alten Adelsfamilie in Termessos! Er war einer der Männer, die sich mit ganzer Kraft für die – nun, sagen wir: für die romfreundliche Haltung der Stadt ausgesprochen und diese durchgesetzt haben.«

»Ach, daher also ...!« Messalla überlegte eine Weile und fuhr fort: »Wenn das so ist: Warum fährt er dann zur See? Das ist ... das ist doch unter seinem Stand!«

Demetrios sah ihn ernst an. »Skamandros besaß eine eigene Handelsflotte. Er hat die meisten Schiffe in den Kriegswirren verloren. Den Rest erledigten dann die kilikischen Piraten ...«

Er schaute sich um, ob jemand in der Nähe lauschen konnte, und fuhr leise fort: »Ich bin überzeugt, dass Skamandros nur zum Schein den Schiffsführer macht. Wahrscheinlich ist er ein wichtiger Verbindungsmann und Kurier zwischen

Termessos, Athen und Rom.« Er kam noch näher heran: »Erst gestern ist die Bürgerschaft von Termessos im Senat auf Antrag des Volkstribuns Gaius Antonius für unabhängig und zu Freunden und Bundesgenossen des römischen Volkes erklärt worden. Sie kann nach ihren eigenen Gesetzen leben!«*

Messalla starrte ihn an: »Woher weißt du das?«

Demetrios grinste: »Na, von wem wohl?«

Und Messalla: »Von Hortensius!«

Demetrios nickte und fügte hinzu: »Dein Onkel hatte wesentlichen Anteil an diesem *senatus consultum.*«**

Messalla staunte einmal mehr über die politischen Winkelzüge seines Onkels. Er hätte gern noch mehr über den interessanten Mann aus Termessos erfahren, doch in diesem Augenblick kam Skamandros wieder an Deck und sagte zu Diodoros: »Alles in Ordnung! Nächste Kontrolle in Syrakus!«

Angst vor Piraten

Messalla und Demetrios schlenderten nach vorne zum Bug, wo sie Iunia, Claudia und Quintus Hortensius an der Reling trafen.

Die *Triton* wurde schon eine ganze Weile von ei-

* *Lex Antonia* von 71 v. Chr.: Die Bürger sind »*liberi, amici atque socii populi Romani*« und können »*suis legibus uti*«.

**Senatsbeschluss

ner Schule Delfine begleitet und man verfolgte, wie die schönen Tiere immer wieder rechts und links der schäumenden Bugwelle elegant in die Höhe sprangen, als ob es ihnen Freude mache, dem Schiff das Geleit zu geben.

Quintus Hortensius hatte es für notwendig befunden, sich umzuziehen. Nun trug er eine hellgrüne Tunika, deren Saum mit mäandernden Goldbändern durchwirkt war.

Messalla und Demetrios warfen sich einen Blick zu: Quintus war offensichtlich bestrebt auf Claudia Eindruck zu machen. Doch sie nahm keine Notiz von ihm. Das musste auf ihn sehr ernüchternd wirken, denn er hielt sich für unwiderstehlich. In Rom war er bekannt für seine schnell wechselnden Liebschaften. Messalla war einmal unbeabsichtigt Zeuge geworden, wie sein Vater – in diesen Dingen ein Mann von altrömischer Strenge – ihm wegen einer Affäre mit einer Schauspielerin die heftigsten Vorwürfe machte und drohte ihn bei nächster Gelegenheit zur Armee des Lucullus nach Asien zu schicken. Es war Quintus sehr peinlich gewesen, dass Messalla Zeuge der väterlichen Zurechtweisung geworden war.

Die Vettern hatten keine Gemeinsamkeiten: Messallas Gestalt war feingliedrig, sein Antlitz sensibel; Körper, Hände und Gesicht von Quintus wirkten dagegen schwer, fast grobschlächtig, seine Züge hatten etwas Gewöhnliches. Doch die beiden unterschieden sich nicht nur äußerlich, sondern mehr noch in ihren Begabungen und Neigungen.

Quintus erkannte blitzschnell, ob und wie er aus einer Sache Vorteile ziehen konnte, und zögerte nicht, dies zu tun, auch wenn es auf Kosten anderer ging. Widerstrebend und nur der väterlichen Macht sich beugend hatte er die jahrelangen Versuche verschiedener Hauslehrer ihn zu bilden über sich ergehen lassen. Doch trotz all ihrer Mühen war nicht viel bei ihm angekommen. Geistige Dinge interessierten ihn nicht. Nur mit Widerwillen hatte er Griechisch gelernt. Seine Lehrer hatten auf Geheiß des Vaters oft zum Stock greifen müssen, um gegen seine Passivität und Unaufmerksamkeit anzukommen. In Mathematik und Geometrie brachte er gute Ergebnisse und früh zeigte sich seine kaufmännische Begabung.

»Messalla! Demetrios!«, rief Iunia und winkte sie heran. »Schaut euch das an! Wunderbar!«

Messalla und Demetrios gingen zur Reling und beobachteten eine Weile das ausgelassene Treiben der Delfine.

»Sind sie nicht herrlich!«, rief Iunia. »Und sie sollen ja so klug sein!«

Demetrios bestätigte das und erzählte die Geschichte eines Jungen, der von der Strömung ins offene Meer gezogen und schon am Ende seiner Kräfte war, als sich ihm ein Delfin näherte, den Kopf des Ertrinkenden über Wasser hielt und den Jungen sicher bis in flaches Wasser brachte, wo er wieder Boden unter die Füße bekam.

»Das sind doch Ammenmärchen!«, kommentierte Quintus die Erzählung. »Demnächst heißt es noch, Delfine können sprechen!«

»Oh, sag das nicht, Quintus!«, entgegnete Iunia. Es kam zu einem längeren Streitgespräch über die Glaubwürdigkeit solcher Berichte. Iunia behielt am Ende die Oberhand, weil Quintus ihrer sprachlichen Gewandtheit nicht gewachsen war.

Mittlerweile hatte der Wind zugenommen und mit ihm die Höhe der Wellen. Langsam hob und senkte sich der gewaltige Rumpf der *Triton.* Bei Iunia machten sich erste Anzeichen der Seekrankheit bemerkbar. Sie entschuldigte sich und zog sich in ihre Kabine zurück. Auch Quintus fühlte sich nicht wohl und ging auf die Latrine, um sich zu erleichtern.

Der arme Nikias saß wie ein Sterbender stöhnend und jammernd in seiner Kammer und verließ sie nur, um im Laufschritt mit aschgrauem Gesicht die Toilette aufzusuchen.

Claudia, Messalla und Demetrios hatten diese Probleme nicht.

Für alle Fälle hatte Skamandros den Passagieren Leinenbeutel aushändigen lassen. Die benutzten warf man einfach über Bord.

Der Wind ließ im Laufe des Vormittags etwas nach, wehte aber konstant aus Nordost, so dass die *Triton* gute Fahrt machte. Sie entfernten sich von der Küste. Die Konturen des Landes verschwammen allmählich in einem blaugrauen Dunststreifen.

Erstaunlich war die Stille an Deck. Nur das Tuch des Rahsegels am Hauptmast knatterte wie eine Fahne, wenn eine leichte Bö darüber fuhr. Der stets gleiche Anblick von Meer und Himmel machte träge. Nach und nach waren die Gespräche verstummt. Selbst das ausgelassene Spiel der Delfine, die unermüdlich das Schiff begleiteten, hielt keinen mehr an der Reling.

Umso mehr gewannen die Mahlzeiten an Bedeutung, ja sie wurden regelrecht zu Fixpunkten, nach denen man den Ablauf der Stunden ausrichtete. Morgens gab es Schiffszwieback, harten Käse und Wasser, mittags getrocknete oder in Honig eingelegte Früchte. Die warme Hauptmahlzeit wurde abends eingenommen: Fisch gekocht, gebraten oder in Essig eingelegt, mit *garum* gewürzt; gekochte Eier, Brot, Gurkensalat – und als Delikatesse sizilianischer Schinken. Dazu wurde ein guter Falerner* ausgeschenkt, der mit Wasser verdünnt getrunken wurde. Skamandros hatte zwei mit weißem Leinen bedeckte Tische vor der Hütte aufstellen lassen. Die Tafel sah recht festlich aus.

Obwohl der Koch, ein fülliger kleiner Mann, sich große Mühe gegeben hatte, die verwöhnten Gaumen der Herrschaften zufrieden zu stellen, hatte Quintus Hortensius an allem etwas auszusetzen: Der Fisch sei zu fett, das Brot altbacken, die Früchte zu trocken, der Schinken zu salzig.

Wieder war es die energische Iunia, die ihn resolut zurechtwies und ihm klarmachte, dass er unter den gegebenen Verhältnissen an Bord nicht mehr erwarten könne. Sie war richtig böse geworden und Quintus zog es daraufhin vor, den Mund zu halten. Die Übrigen atmeten erleichtert auf.

In diesem Augenblick näherte sich Skamandros der Tischgruppe. Er hatte die Kochstelle inspiziert. Den letzten Satz Iunias musste er gehört und aus seinem Inhalt auf die vorausgegangene Kritik von Quintus geschlossen haben.

Messalla war die Situation peinlich. Ein schneller Blick zu Claudia zeigte ihm, dass sie genauso empfand.

Skamandros behielt wie immer die Ruhe und

* Ein berühmter Weißwein aus dem nördlichen Kampanien

erklärte sachlich: »Eine gute Küche setzt einen reich ausgestatteten Herd voraus. Das ist hier nicht machbar. Die größte Gefahr für ein Schiff ist nämlich nicht eindringendes Wasser, sondern Feuer! Ein Schiff, das Feuer gefangen hat, ist verloren. Darum hat der Koch nach der Zubereitung der Speisen die noch glimmenden Kohlestücke auf seinem kleinen Herd mit Meerwasser zu löschen. Ich selbst kontrolliere genau, ob das auch geschieht.«

Obwohl er sich mit seiner Erklärung an alle richtete, war klar, dass er eigentlich Quintus Hortensius meinte. Doch der hob nur beiläufig Schultern und Hände und tat so, als ob ihn das nichts anginge.

Alle am Tisch waren erleichtert, als Skamandros das Thema wechselte und ihnen mitteilte, dass die *Triton* nun wieder Kurs auf die Küste nehme, um über Nacht in Landnähe zu ankern.

Schon hallten die Kommandos des *gubernators* über Deck. Die Segelgasten an Haupt- und Vormast und die Steuerleute hatten alle Hände voll zu tun das Schiff auf den neuen Kurs zu bringen, denn bei diesem Manöver traf der Wind die *Triton* von backbord.

Eine halbe Stunde später wurden beide Segel gerefft und an den Rahen vertäut. Die dicken Trossen spulten von den Rollen ab und ließen die mächtigen Anker in die Tiefe gleiten, bis sie am Boden Halt fanden und sich festkrallten. Langsam gab das Schiff dem Druck des Windes nach und richtete sein Heck nach Südwesten aus.

Der *gubernator* teilte die Wachen ein, machte zusammen mit Skamandros einen letzten Kontrollgang und zog sich dann in seine Kajüte zurück. Skamandros aber nahm am Tisch Platz und leistete seinen Passagieren noch eine Weile Gesellschaft.

»Was für ein schönes Abendrot!«, sagte Iunia und blickte zum westlichen Horizont, wo die lang gestreckten Wolkenbänder sich flammend rot verfärbten.

»Ein gutes Zeichen!«, nickte Skamandros. »Das freundliche Wetter wird bleiben. Übermorgen sind wir in Syrakus.«

Schweigend verfolgten alle, wie die untergehende Sonne den ganzen Himmel mit ihrem Feuer übergoss und das Meer dunkelrot erglühen ließ. Hin und wieder plätscherte eine kleine Welle gegen den Rumpf. Es war ungemein friedlich.

Schließlich brach Iunia das Schweigen: »Skamandros . . .!«

»Herrin!« Er wandte sich ihr in Erwartung einer Frage zu.

»In Rom ging die Rede, dass in den Gewässern vor Sizilien gefährliche Piraten den Schiffen auflauern . . .«

»Nun . . .« Skamandros räusperte sich, wie immer, wenn er Bedeutsames sagen wollte. »Es . . . es ist in der Tat so, dass das Unwesen dieser Verbrecher in den letzten Jahren zugenommen hat. Aber seid unbesorgt, Herrin: Wir werden Syrakus ungefährdet erreichen.«

»Bist du dir da so sicher?«, wollte Hortensius wissen und seine Frage klang arrogant. Er hatte die indirekte Zurechtweisung beim Abendessen nicht vergessen.

Skamandros kniff die Augen zusammen und

fixierte ihn: »Ja, da bin ich sicher!« Seine Stimme klang unerwartet scharf, obwohl er mit einem römischen Aristokraten sprach. »Die Piraten haben sich in den östlichen Teil des Mittleren Meeres zurückgezogen.«

Hortensius ließ nicht locker. »Ach ja? – Und warum haben sie sich dorthin zurückgezogen?«

Man sah Skamandros an, dass es ihn Mühe kostete, ruhig zu antworten: »Gaius Verres, der Propraetor von Sizilien, hat ihnen mit seinen Triëren* eine Lektion erteilt und wieder Respekt vor der Macht Roms beigebracht.«

Er argumentiert geschickt, dachte Messalla, wie ein Römer!

»Und woher weißt du das?«, bohrte Hortensius weiter.

»Woher ich das weiß ...?«

Messalla hätte sich nicht gewundert, wenn Skamandros die Antwort mit einem demütigenden »Mein lieber Junge ...!« begonnen hätte – aber er sagte nur: »Von einem Schiffsführer aus Syrakus.«

»Wann hast du das erfahren?«

»Vor fünf Tagen. Im Übrigen ...« – Skamandros wandte sich wieder an alle – »Die *Triton* ist nicht unbewaffnet!«

»Nicht unbewaffnet?!« Quintus Hortensius sah ihn überrascht an.

Skamandros nickte: »Das Schiff hat zwei schwere, zwei mittlere und mehrere leichte Schleudergeschütze an Bord. Die schweren schießen großkalibrige Bolzen von drei Fuß Länge über

* Römische Dreiruderer

ein Stadion weit. Die mittleren schleudern leichte Geschosse auf noch größere Entfernung. Die kleinen können am Mann getragen und als Handwaffe auf kurze Distanz eingesetzt werden. Pausanias hat alle fünf Großfrachter seiner Handelsflotte mit solchen Geschützen ausgerüstet.«

»Dann ist die *Triton* ja ein Kriegsschiff!«, rief Messalla.

Skamandros lachte. »Das nun wiederum nicht! Aber wir sind sehr wohl in der Lage ein oder zwei Piratenschiffe auf Abstand zu halten. Wir können sogar Brandgeschosse gezielt feuern und die gegnerischen Aufbauten in Brand setzen.« Er grinste und ergänzte: »Und das haben sie meistens nicht gerne ...«

Alle außer Hortensius schmunzelten.

Messalla dachte weiter: Was aber geschah, wenn auch die Piraten solche Waffen an Bord hatten? Doch hielt er seine Bedenken zurück, um die Übrigen nicht in Angst zu versetzen. Er würde mit Demetrios darüber sprechen.

Gefahren zu Wasser und zu Lande

Obwohl er sehr müde war, konnte Messalla nicht einschlafen. Die Ereignisse des Tages zogen noch einmal an seinem inneren Auge vorbei: der Abschied von der Mutter, die Fahrt nach Ostia, die Einschiffung auf der *Triton*, die Bekanntschaft mit Iunia und Claudia Marcella, das arrogante Auftreten von Quintus Hortensius, die beherrschte Reaktion von Skamandros, schließlich das gemeinsame Abendessen unter freiem Himmel.

Es war vor allem Iunias besorgte Frage nach den Piraten, die ihn ernsthaft beunruhigte: »In Rom ging die Rede, dass in den Gewässern vor Sizilien gefährliche Piraten den Schiffen auflauern . . .«

»Wir werden Syrakus ungefährdet erreichen!«, hatte Skamandros gesagt. Für diese Antwort gab es sicherlich gute Gründe, denn alle Schiffsführer waren über die Weltlage gut informiert. Doch die Situation konnte sich jederzeit wieder verschlechtern. Auch in Rom hatte sich herumgesprochen, dass die Seeräuber über die schnellsten Schiffe und die härtesten Mannschaften verfügten, denen selbst ein römisches Kriegsschiff nicht gewachsen war.

Messalla sah die Karte vor sich, die im Arbeitszimmer seines Onkels an der Wand hing. Hortensius Hortalus hatte sie immer vor Augen, wenn er von seinem Schreibtisch aufblickte. Auf der Karte war das Mittlere Meer mit allen angrenzenden Ländern dargestellt. Ein berühmter Geograf der Bibliothek von Alexandria hatte sie mit verschiedenen Farben auf Pergament gezeichnet, Hortensius musste ein Vermögen für sie ausgegeben haben.

Kleine Nadeln mit bunten Fähnchen markierten die Regionen, in denen zur Zeit Krieg geführt wurde: Spanien, Asien, Syrien und Italien! Der ganze Süden der Halbinsel wurde von den Scharen des Spartacus heimgesucht.

Er hatte den Onkel nach der Bedeutung der Fähnchen gefragt und Hortensius hatte sich – was bei ihm selten war – viel Zeit genommen und ihm ausführlich die Lage erklärt. Es schauderte Messalla, als er sich an den Bericht des Onkels erinnerte.

Spartacus!

In Rom eilte ihm der Ruf eines wilden Barbaren voraus. Hortensius hatte sich geradezu ereifert, als er mit erhobener Stimme anklagte: »Mit beispielloser Grausamkeit plündert er römische Gutshöfe, foltert die Besitzer, bevor er sie henkt, erdrosselt oder ersäuft! Ihm ist nichts, weder göttliches Gebot noch menschliches Recht, heilig! Es heißt, er lässt gefangene Römer mit dem Schwert gegeneinander kämpfen und sich gegenseitig umbringen.«

»Warum tut er das?«, hatte Messalla gefragt.

»Wahrscheinlich aus Rache dafür, dass er selbst als Gladiator kämpfen musste.«

Was Hortensius dann berichtete, war bedrohlich – und faszinierend. Zusammen mit siebzig anderen Gladiatoren war Spartacus im Frühling vor zwei Jahren aus der Fechterschule des Lentulus Vatia in Capua ausgebrochen. Von allen Seiten bekam er Zulauf und hatte bald eine Bande von einigen tausend Mann zusammen: entlaufene Feldarbeiter, Hirten aus den Bergregionen des Apennins, wilde Burschen, die vor nichts zurückschreckten. Sie verschanzten sich an den Hängen des Vesuvs und machten von dort aus Raubzüge in die Umgebung. Auch zwei Gutshöfe, die Hortensius in der Gegend besaß, waren geplündert und eingeäschert worden.

Die bedrohten Städte der Region schickten Gesandte nach Rom. Sie berichteten vor dem versammelten Senat von unglaublichen Gräueltaten der Aufständischen gegen die Landbevölkerung. Dann kamen sie auf die allgemeine Lage zu sprechen.

»Tausende fliehen in die umliegenden Städte, die alle überfüllt sind. Die Lebensmittel werden knapp. Die Menschen hungern! Es sind bereits Seuchen ausgebrochen! Die Rebellen kontrollieren Straßen, Wege und Brücken! Die Toten können nicht bestattet werden, weil niemand es wagt, den Schutz der Mauer zu verlassen!* In den Gemeinderäten arbeiten romfeindliche Kräfte bereits mit den Rebellen zusammen. Ihr müsst etwas tun, bevor der ganze Süden Italiens verloren ist!«

Die Antwort des Senats lautete: »Wir werden mit dem Gesindel kurzen Prozess machen.«

Hastig wurde ein Kontingent von dreitausend Mann zusammengestellt und in Eilmärschen nach Süden in Marsch gesetzt.

Bei der Einheit handelte es sich durchweg um junge, frisch ausgehobene Rekruten, um Bauernsöhne, die noch keine Kriegserfahrung hatten. Ihr Auftrag lautete: Vernichtung der Aufständischen!

Was Hortensius Hortalus dann erzählte, klang unglaublich: »Auf einstimmigen Beschluss des Senats wurde der Praetor Clodius Glaber mit der Truppe losgeschickt. Er sollte die Aufständischen am Vesuv, wo sie sich verschanzt hatten, stellen, entwaffnen, die Rädelsführer hinrichten und die übrigen Sklaven ihren Besitzern zurückgeben. In

* Die Gräber antiker Städte befanden sich stets an den Ausfallstraßen.

normalen Zeiten keine große Sache. Aber es kam ganz anders.

Clodius traf am späten Nachmittag mit seiner Truppe am Ort ein. Nach kurzer Inspizierung des Geländes hielt er es – gegen jede militärische Regel! – nicht für nötig, gegen ›entlaufene Strolche‹, wie er sagte, ein festes Lager mit Wall, Graben und Palisaden zu errichten. Er ließ seine Leute sorglos schlafen gehen.

Der Berg hat an dieser Stelle nur einen einzigen Zugang, den die Rebellen sorgsam bewachten. Alle übrigen Seiten fallen steil ab. Weiter oben wachsen wilde Weinstöcke. Ich weiß das so genau, weil ich ganz in der Nähe, am Fuße des Berges, einen Gutshof besitze – oder sagen wir besser: besaß, denn er existiert nicht mehr!« Er zeigte auf eins der Fähnchen nördlich des Vesuvs und ergänzte: »Der Verwalter konnte sich verstecken und später nach Rom durchschlagen. Von ihm weiß ich auch diese Einzelheiten: Heimlich schnitten die Belagerten die brauchbaren Reben ab, flochten daraus Leitern, die lang genug waren, um von der Spitze des steilen Felsens, wo sie befestigt waren, den flacheren Boden zu erreichen, wo Clodius und seine Männer schliefen.

In der Nacht nun ließen sie sich an diesen geflochtenen Leitern leise herunter und fielen dem sorglos schlafenden Clodius und seinen Männern in den Rücken. Ihr plötzlich einsetzendes Kriegsgeschrei versetzte die Überrumpelten in Panik. Sie ließen alles stehen und liegen und flohen. Viele wurden dabei niedergemacht.

Den Rebellen fiel alles in die Hände, was die Fliehenden zurückließen: Waffen, Zelte, Proviant –

und die Truppenkasse! Oh ihr Götter! Was für eine Schande!«

Die Folgen waren fatal: Dieser Sieg von Sklaven über ein römisches Heer wirkte wie ein Fanal. Zu tausenden entliefen die Landarbeiter ihren Herren und reihten sich in die Scharen des Spartacus ein. Im Laufe des Jahres wuchs seine Armee auf vierzigtausend Mann an.

Der Aufstand dehnte sich nun schon über ganz Mittel- und Süditalien aus. Eine Stadt nach der anderen fiel den Rebellen in die Hände.

Geschickt nutzte Spartacus die militärische Großlage. Gnaeus Pompeius und Licinius Lucullus, die beiden Reichsfeldherren, waren mit ihren starken Armeen außer Landes. Pompeius rang in Spanien den aufständischen Statthalter Sertorius in harten Kämpfen nieder. Sertorius hatte sich in Rom zurückgesetzt gefühlt und begonnen in der spanischen Provinz ein Sonderreich mit eigenem Senat zu errichten.

Licinius Lucullus stand mit den besten Legionen in Asien. Beharrlich und redlich versuchte er in einem kräftezehrenden, verlustreichen Ringen den Aggressor Mithradates, König von Pontos, in seine Stammlande zurückzudrängen.

Skrupellos hatte Mithradates Fühler zu den kilikischen Piraten ausgestreckt und sie dazu gebracht, ihre Flotten – bei entsprechendem Anteil an der Beute – gegen römische Schiffe einzusetzen.

In Rom hieß es sogar, er habe einen Vertrag mit Sertorius abgeschlossen. Im Falle eines Sieges wolle er ihn als rechtmäßigen Herrscher Spaniens anerkennen.

Die Entscheidung war noch nicht gefallen. Auf beiden Kriegsschauplätzen war zu Beginn dieses Jahres* kein Ende der Kämpfe in Sicht.

»Du siehst also«, hatte der Onkel mit Blick auf die Karte geschlossen, »Rom führt einen Zweifrontenkrieg an den äußersten Grenzen des Reiches, mit all den damit verbundenen Schwierigkeiten. Und als ob das nicht genug wäre – nun noch dieser Sklavenaufstand! Im Zentrum! In Italien selbst! Alle Heere, die wir in den letzten beiden Jahren gegen ihn ins Feld geführt haben, hat er geschlagen! Wie Hannibal vor hundertfünfzig Jahren versteht er es, seine Truppen aus dem Lande zu ernähren. Dabei macht er sich klug die Feindschaft der Griechenstädte in der *Magna Graecia*** gegen Rom zunutze. Sie träumen von alter Selbstständigkeit.«

Nach einer Weile hatte Messalla gefragt: »Weiß man Genaueres von diesem Spartacus?«

»Nichts! Rein gar nichts! Das ist ja das Fatale! Nur Gerüchte kursieren. Es heißt, er stamme aus einem alten thrakischen Fürstenhaus nördlich von Griechenland. Wie er zum Sklaven Roms wurde, ist immer noch unbekannt. Man müsste in Capua nachforschen, wo er zuletzt in der Fechterschule des Lentulus Vatia zum Gladiator ausgebildet wurde. Aber das ist zurzeit nicht möglich. Er hält das ganze Gebiet in eisernem Griff. Allerdings . . .« – Hortensius hatte versonnen genickt –

* 71 v. Chr.

** *Magna Graecia*, Großgriechenland, nannte man ganz Süditalien, weil es ab dem 8. Jh. von Griechen kolonisiert worden war.

»Er erweist sich als Meister der Kriegskunst. Es ist ihm gelungen, aus dem Haufen entlaufener Landarbeiter und Hirten eine straff organisierte Armee aufzubauen. Mit drakonischen Strafen hält er die militärische Organisation und soldatische Disziplin aufrecht. Seine Leute gehen für ihn durchs Feuer. Wir wissen das von den wenigen Gefangenen, die wir machen konnten.«

Messalla wollte mehr wissen: »Was will Spartacus denn erreichen? Was sind seine Ziele? Auf die Dauer wird er sich doch nicht behaupten können!«

»Das ist richtig, Marcus. Er wird das auch selbst wissen, denn er ist ein hochintelligenter Mann. Aber *wir* wissen nicht, was er als Nächstes unternimmt. Wir können im Augenblick nur abwarten. Doch wehe, wenn er sich mit seinen Horden gegen Rom selbst wendet!«

Und Messalla: »Das wird er nicht wagen! Nicht einmal Hannibal hat das gewagt!«

Hortensius hatte ihn lange angesehen. »Das denke ich auch. Um Roms Mauern zu überwinden, braucht er riesige Mengen an Belagerungsgerät, dazu Fachleute, die das Gerät zu handhaben verstehen. Aber eines ist sicher: In diesem Jahr wird die Entscheidung fallen.«

Das Gespräch hatte vor einigen Wochen stattgefunden.

Unruhig wälzte sich Messalla auf seinem Lager. Er malte sich die schrecklichen Gewalttaten aus, die ganz in der Nähe, keine drei Meilen von der *Triton* entfernt, geschehen waren – vielleicht immer noch geschahen! Das ganze Land wurde gebrandschatzt und geplündert. Er sah brennende Gehöfte, sah Menschen, die um ihr Leben rannten

– Männer, Frauen, Kinder –, hörte die Todesschreie von Getroffenen, sah die verzerrten Gesichter der Mörder, hörte ihr mitleidloses, hässliches Lachen ... Sah, wie sie mit kundigem Blick alles zusammenrafften, was tragbar war, Schmuck, Geld, kostbare Stoffe ... Wie sie die Herrinnen und ihre Töchter wegschleppten, sie vergewaltigten, das Vieh aus den Ställen holten, die Pferde mit kritischem Blick begutachteten, die Frauen zwangen aufzusteigen – und in aberwitzigem Galopp davonritten ...

Es fröstelte ihn, obwohl er warm unter seiner Decke lag.

Plötzlich schoss ihm durch den Kopf: Es musste Gründe dafür geben, dass sich Zigtausende von Sklaven gegen ihre Herren aufbäumten! Gründe auch für ihre beispiellose Grausamkeit!

Er überlegte: Demetrios! Er ist doch auch Sklave! Warum ...?

Leise rief er: »Demetrios?!«

»Hm ...«, kam aus dem unteren Bett die Antwort.

»Schläfst du?«

»Jetzt nicht mehr.«

»Habe ich dich geweckt?«

»Nein, nein. Ich habe noch nachgedacht ...«

»Ich auch.«

»Worüber?«

Messalla schaute zu der kleinen Öllampe, die an der gegenüberliegenden Wand hing und sich kaum merklich hin und her bewegte, wenn die *Triton* sich leicht hob oder senkte. Vorsichtig begann er: »Ich ... ich muss dich etwas fragen, Demetrios ...«

»Frage nur, Messalla!«

Und Messalla, nach einigem Zögern: »Weißt du, ich ... ich denke die ganze Zeit über ...«

»Ja?«

Er bemühte sich um Sachlichkeit: »Ich denke die ganze Zeit über die schrecklichen Dinge nach, die sich hier ganz in der Nähe abspielen ...«

»Du meinst den Sklavenkrieg?«

»Ja.«

»Seltsam, auch ich habe eben darüber nachgedacht.«

Sie schwiegen eine Weile, bis Messalla fortfuhr: »Demetrios ... Du bist doch auch Sklave ...«

»Sicher.«

»Hättest du dich auch an der Rebellion beteiligt, wenn du in der Region gewesen wärst?«

Ohne Zögern kam die Antwort: »Nein.«

»Warum nicht?«

»Nun, dafür gibt es verschiedene Gründe.«

»Nämlich?«

»Ich bin kein Ackerknecht.«

»Aber Sklave!«

Demetrios lachte kurz auf: »Das ist richtig. Aber – ich will es einmal so sagen: Ich fühle mich nicht als Sklave!«

»Du fühlst dich nicht ...?«

»Durchaus nicht!« Demetrios überlegte, wie er es seinem jungen Herrn erklären sollte: »Schau, Messalla, ich bin im Hause deines Onkels auf dem Palatin geboren und aufgewachsen. Hortensius Hortalus hat mich von den gleichen Lehrern unterrichten lassen wie seinen Sohn Quintus. Schließlich wurde ich sein Sekretär. Ich fühle mich in jeder Beziehung als Mitglied der hortensischen

Familie. Und ich trage Verantwortung – unter anderem für dich!«

»Ich verstehe«, sagte Messalla. »Wahrscheinlich denken andere, die in ähnlichen Verhältnissen leben wie du, genauso.«

»Absolut! Ich weiß das, weil ich unter dem Personal verschiedener Adelshäuser gute Bekannte habe. Selbst dann, wenn ihre Verhältnisse nicht mit den meinen zu vergleichen sind – du weißt, dass nicht alle Herren im Umgang mit ihren Sklaven so korrekt sind wie Hortensius Hortalus –, selbst dann würden sie sich nicht gegen sie erheben. Ganz anders ist die Lage jener Sklaven, die auf den großen Gütern arbeiten.«

»Auch auf denen, die meinem Onkel gehören?« Messalla wusste, dass er mit dieser Frage seine Unwissenheit zu erkennen gab, doch das war ihm nun gleichgültig, denn er wollte die Gründe für die Rebellion erfahren.

»Natürlich!«, erklärte Demetrios. »Ich bin schon mehrmals im Auftrag des Herrn im Süden gewesen, um mit den Verwaltern deren jährliche Abrechnungen am Ort zu überprüfen. Dabei legen sie mir auch die Zahlen über personelle Ausfälle, wie sie das nennen, vor.«

»Du meinst: Todesfälle!«

»Ja. Einige sind an Krankheiten und den Folgen von Unfällen gestorben, andere wurden aufgrund gravierender Vergehen zum Tode verurteilt, etwa schwerem Diebstahl, Auflehnung und Verletzung eines Vorgesetzten. Jedenfalls ist mir aufgefallen, dass sich diese Strafen in den letzten Jahren gehäuft haben. Das hat natürlich Gründe: Nach den Wirren des Bürgerkriegs belohnte der Diktator

Sulla seine Anhänger mit Gütern aus dem Besitz der unterlegenen Gegner. So entstanden riesige Latifundien* von zwanzigtausend und mehr Joch.** Um sie bewirtschaften zu können, setzte man immer mehr Sklaven ein. Sie standen ja reichlich zur Verfügung, da Rom im Osten seit Jahren Krieg führte und die gefangenen Soldaten, aber auch die Einwohner ganzer Dörfer und Städte zu Sklaven erklärt wurden. Auf den Großgütern arbeiten vierhundert und mehr dieser Rechtlosen. Sie tun dies unter unmenschlichen Bedingungen, zum Teil mit Ketten zwischen den Füßen. Für geringste Vergehen werden sie ausgepeitscht, das Essen wird ihnen verweigert, man sperrt sie in feuchte Verliese. – Nun verstehst du, dass zwischen ihrer und meiner Welt ein großer Unterschied besteht. Gewiss, nach dem Gesetz bin auch ich Sklave. Aber du müsstest einmal erleben, wie respektvoll ich von frei geborenen Römern im Süden behandelt werde, weil ich der Sekretär des Senators Hortensius Hortalus bin.«

Nach einer längeren Pause fügte er hinzu: »Weißt du, Messalla, ich habe das kommen sehen ...«

»Du meinst die Erhebung?«

»Ja.«

»Hast du mit Hortensius darüber gesprochen?«

»Ja, ich habe ihm die Lage genau geschildert.«

»Und? Wie war seine Reaktion?«

»Einige Tage später schickte er seinen Sohn Quintus in den Süden. Was dabei herausgekom-

* Großgrundbesitz

**1 *iugerum* – Joch oder Morgen – entspricht ¼ Hektar.

men ist, wirst du dir denken können. Verzeih, wenn ich das so offen sage.«

»Ich weiß, was du meinst, Demetrios. Wahrscheinlich lautete die Anweisung die Strafen noch zu verschärfen! – Wann war das?«

»Vor drei Jahren, also unmittelbar vor Beginn der Erhebung. Ich denke, auf den anderen Gütern in der Region wird es ähnlich abgelaufen sein. Es war nur eine Frage der Zeit, bis der Kessel geradezu explodierte! Aber bitte, Messalla, ich wollte dich nicht beunruhigen . . .«

»Davon kann keine Rede sein, Demetrios! Mein Onkel hat mir vor einigen Monaten das Wesentliche über den Aufstand erzählt – freilich nichts über die Hintergründe, wie du sie mir geschildert hast. – Aber eins verstehe ich nicht . . .«

»Ja?«

»Dass meine Mutter damit einverstanden war, dass ich unter diesen Umständen nach Athen gehe.«

»Das hast du deinem Onkel zu verdanken. Er machte deiner Mutter klar, dass du in Athen zurzeit sicherer bist als in Italien.«

Schiffe am Horizont

In der Nacht hatte der Wind auf Nordwest gedreht und an Stärke verloren, doch er wehte weiterhin gleichmäßig. Skamandros war guter Dinge und blieb dabei, dass sie am Abend des folgenden Tages in den Hafen von Syrakus einlaufen würden.

Nach dem kargen Frühstück, das die Sklaven – ausgenommen natürlich Demetrios – ihren Herrschaften in die Kajüten brachten, traf man sich an der Reling, fragte nach dem Befinden, äußerte sich zufrieden über die Qualität der Betten, redete über Wind und Wetter und gab der Hoffnung Ausdruck, es werde so bleiben.

Quintus Hortensius machte erneut den Versuch mit Claudia Marcella ins Gespräch zu kommen, musste aber ein zweites Mal zur Kenntnis nehmen, dass sie keinen Wert darauf legte. Dies wurde von Messalla mit großer Genugtuung registriert.

Messalla war wortkarger als sonst. Lange sah er zum Festland hinüber, das er seit dem gestrigen Abend und den Ausführungen von Demetrios mit anderen Augen sah.

Iunia, die neben ihm stand, sagte unerwartet ernst: »Ist es nicht furchtbar, was dort drüben geschieht? Ganz Süditalien ist in furchtbarem Aufruhr! Die verrohten Horden dieses ... dieses ... wie heißt er noch ...?«

»Spartacus«, sagte Messalla höflich.

»Ja, Spartacus! Also, was diese Leute sich da herausnehmen! Was sage ich: Leute? Es sind Sklaven! Ackerknechte! Primitive Hirten! Barbaren! Der Abschaum der Menschheit! Oh ihr Götter! Es ist weit gekommen!«

Messalla hatte keine Lust sich mit ihr auf eine Diskussion über dieses Thema einzulassen, denn aus ihr sprach der ganze Hochmut ihres alten Geschlechtes; es wäre unmöglich, ihr klarzumachen, dass es Gründe für die Erhebung von tausenden geschundenen Menschen gab – ja dass die Ursachen dafür nicht bei den Sklaven, sondern bei ihren Herren lagen. Seltsam berührte ihn der Gegensatz in ihrem Verhalten: Von Natur aus war sie gütig, rechtschaffen und mütterlich, doch gegenüber dem Leid dieser geschundenen Kreaturen zeigte sie kein Mitleid. Wahrscheinlich kannte sie die realen Verhältnisse auf den Latifundien im Süden nicht aus eigener Anschauung und gab nur das wieder, was sie von ihrem Gatten, dem Senator Claudius Marcellus, gehört hatte.

Am Morgen des dritten Tages – sie passierten gerade die Inseln des Aeolus* – tauchten am Horizont die Silhouetten mehrerer Schiffe auf. Im Nu sprach sich das unter Besatzung und Passagieren herum. Alle standen steuerbord an der Reling, den Blick angestrengt in die dunstige Ferne gerichtet – und befürchteten das Schlimmste: Piraten! Nur Skamandros und der *gubernator* ließen sich durch das Auftauchen der Flotte nicht aus der Ruhe bringen. Die anderen waren schließlich erleichtert, als deutlich zu erkennen war, dass die Schiffe gerudert wurden. Freibeuter setzten auf die Kraft ihrer großflächigen Segel. Also konnte es sich nur um Kriegsschiffe, um römische Triëren handeln.

Der Verband bestand aus sieben Einheiten. Sie hielten genau auf die *Triton* zu. Dann teilten sie sich, beschrieben zu beiden Seiten des Frachters einen großen Bogen und wendeten, so dass sie den Segler in die Mitte nehmen konnten.

Der Befehlshaber des Verbandes hatte offenbar den Auftrag, Besatzung und Ladung eines jeden Schiffes, das durch die Straße von Messana fuhr,

* Liparische Inseln. Aeolus ist der Gott der Winde.

zu überprüfen. Auf dem Flaggschiff trat ein Uniformierter an die Reling, hob ein großes Sprachrohr zum Mund und in knappem militärischem Ton kamen seine Fragen:

»Name des Schiffes!«

»Kann wohl nicht lesen!«, brummte Skamandros, denn deutlich war zu beiden Seiten des Bugs der Name *Triton* angebracht. Er wandte sich an einen Matrosen: »Hol mir mal die Flüstertüte!«

Der Mann war nach wenigen Augenblicken zurück und reichte dem Kapitän das metallene, trichterförmige Sprachrohr. Skamandros setzte es an den Mund und rief hinüber: »Hier ist die *Triton*!«

»Was ist euer Kurs?«

»Syrakus! Dann Piraeus!«

Der Uniformierte wurde von weiteren Fragen abgehalten, denn ein Zweiter trat neben ihn, nahm ihm das Sprachrohr aus der Hand und rief: »Skamandros, alter Knabe! Hier spricht Montanus! Hast dir aber einen tollen Kahn zugelegt!«

Er war offenbar ein Freund von Skamandros und hatte ihn an Stimme und Gestalt erkannt.

»Na ja«, rief der Angesprochene zurück, »gehe vor dem Einschlafen gern ein wenig spazieren! War ein bisschen eng früher!«

»Für wen fährst du?«

»Pausanias aus Athen!«

»Ah, Pausanias!« Die Mitteilung schien Montanus sehr zu beeindrucken. »Gratuliere! Soll ja noch mehr von diesen Kähnen haben!«

»So ist es. Fünf im Ganzen!«

»Bleibst du länger in Syrakus?«

»Hängt vom Wind ab.«

»Verstehe. Was hast du geladen?«

Skamandros nannte ihm die Frachtgüter. Dann rief Montanus: »Passagiere?«

»Ja, sieben!«

»Nur sieben? Wird aber teuer für sie!«

Man sah an seinem Gesicht, dass diese Frage Skamandros unangenehm war, weil die noblen Herrschaften alles mit anhören konnten.

»Wohin wollen sie?«

»Ich erzähl's dir heute Abend.«

»Wo?«

»Im *Poseidon.*«

»Sehr gut. Da gibt es einen hervorragenden Falerner! Freue mich. Wir begleiten euch bis Syrakus!«

»Danke! Wollte immer schon mal als Flaggschiff fahren!«

»Kannst du nun haben. Aber dass du uns nicht auf und davon segelst!«

Das war ein Witz, denn die Triëren konnten bei vollem Rudereinsatz die drei- bis vierfache Geschwindigkeit der *Triton* erreichen.

»Also dann . . .«, rief Skamandros und grüßte militärisch. »Bleibt mir ja auf Abstand! Habe nämlich nicht gern, wenn einer eurer Rammsporne an meinem Heck kratzt!«

»Einverstanden!«, rief Montanus und ließ durch Flaggenzeichen Befehl an die übrigen Schiffe geben sich hinter der *Triton* zu formieren.

Fasziniert verfolgten Messalla, Demetrios und die Damen, wie die Umgruppierung in kurzer Zeit vollzogen wurde. Das Manöver setzte die perfekte Handhabung der übereinander gestaffelten Ruder voraus. Deutlich waren die Schläge der Taktgeber zu hören.

Die Triëre von Montanus setzte sich direkt hinter die *Triton*, die übrigen sechs Kampfschiffe folgten in Zweiergruppen.

Messalla, der das alles zum ersten Mal sah, war begeistert: »Sie sehen aus wie Lebewesen!«

Demetrios stimmte ihm zu, denn die zu beiden Seiten am Bug aufgemalten großen Augen, der nasenartige Rammsporn unter der Wasserlinie, das rhythmische Auf und Ab der Ruder, das leichte Heben und Senken des Rumpfes – dies alles erinnerte an riesige Seeungeheuer, die der *Triton* das Geleit gaben.

Die Anwesenheit der Kriegsschiffe ließ die Stimmung an Bord sogleich hochschnellen, da alle Ängste vor einem möglichen Piratenangriff wie weggeweht waren.

Eine Stunde später liefen sie in die Straße von Messana* ein. Claudia, die mit ihrer Mutter an der Reling stand, wollte wissen, wo sich der Kampf zwischen Odysseus und den sagenhaften Meeresungeheuern Skylla und Charybdis abgespielt hatte und ob es hier auch heute noch gefährlich sei.

Demetrios, der diese Route schon ein paarmal mit dem Patron Hortensius gefahren war, wies auf einige Stellen, an denen sich immer wieder bedrohliche Strudel bildeten.

Skamandros war dazugetreten und ergänzte fachkundig: »Die Erklärung dafür ist einfach. An dieser engsten Stelle zwischen Sizilien und Italien treffen zwei Meeresströmungen aufeinander. Die eine kommt von Norden aus dem Tyrrhenischen

* Heute Messina an der Nordostküste Siziliens

Meer, die andere von Süden. Ihre Intensität ist unterschiedlich, weil sie vom Stand des Mondes abhängt, der ja auch Ebbe und Flut bestimmt.«

»Können die Strudel denn auch jetzt noch gefährlich werden?«, fragte Messalla.

»Durchaus. Immer wieder geraten kleinere Fischerboote in Seenot und jedes Jahr verschlingt Skylla ihre Opfer.«

»Und was ist, wenn wir . . .?«

»Keine Sorge, Herr!« Skamandros wies mit der Hand nach vorne. »Da! Schau!«

Etwa ein halbes Stadion voraus trieb ein Balken. Als Messalla konzentriert hinschaute, bemerkte er, dass sich das Holz langsam in einem großen kreisförmigen Bogen bewegte. Das Wasser musste an dieser Stelle um ein unsichtbares Zentrum zirkulieren. Unvermittelt beschleunigte sich diese Bewegung. In der Mitte des Strudels bildete sich ein trichterförmiges, dunkles Loch, dessen Ränder rasend schnell rotierten. Dieses »Auge« zog den Balken unwiderstehlich an – und verschlang ihn.

»Er wird später irgendwo wieder ausgespuckt«, fuhr Skamandros fort. »Ein kleines Boot käme da in Not. Aber der *Triton* kann der Strudel nichts anhaben. Sie ist zu groß, zu lang und zu schwer. Ihr gewaltiges Gewicht macht sie träge. Sie hält den Kurs unbeirrt bei. Wir werden ohne Gefahr mitten hindurchfahren.«

So schnell wie er entstanden war, verschwand der Strudel. Nur eine seltsame, fladenartige Schaumbildung kreiste noch eine Weile an der Stelle, bis auch sie sich auflöste. Als die *Triton* hindurchfuhr, war die Wasseroberfläche wieder glatt und ruhig, als ob nichts geschehen sei. In Erinnerung an die alte Sage lief den Beobachtern ein Schauer über den Rücken und sie waren erleichtert den unheimlichen Ort hinter sich lassen zu können.

Nach einer weiteren Stunde passierten sie Tauromenion,* das von seiner felsigen Höhe grüßte. Dann rückte der gewaltige Kegel des Aetna ins Bild, des größten tätigen Vulkans auf dem Erdkreis.

»Hephaistos** ist mal wieder in seiner Schmiede aktiv«, bemerkte Skamandros gelassen und wies auf die Rauchwolke, die der Wind von der Spitze des Berges nach Süden abdrängte. »Wenn der Gipfel glühende Lava ausstößt, ist er bei Nacht ein hervorragender Leuchtturm, dessen Feuer bei klarer Sicht hundert Meilen weit zu sehen ist. Obwohl ich das Schauspiel schon oft gesehen habe, beeindruckt es mich immer wieder.«

Fasziniert schauten sie eine Weile hinüber. Dann fuhr der Kapitän fort: »Wisst ihr eigentlich, dass auch der Aetna mit Odysseus in Beziehung steht? Die Sizilier erzählen, dass einst in den Höhlen und Klüften des Berges der Zyklop Polyphem gehaust habe. Nachdem Odysseus ihn geblendet hatte, schrie er rasend vor Schmerzen nach Rache, packte Felsblöcke, so groß wie Häuser, und schleuderte sie von der Höhe hinter Odysseus' Schiff her. Zum Glück traf er nicht. Die Felsen liegen heute in der Nähe der Stadt Katane,*** wenige

* Heute Taormina

** Hephaistos, römisch Volcanus, ist der Gott des Feuers und der Schmiede.

*** Heute Catania

Schritte vom Ufer entfernt, im Meer. Ihr werdet sie gleich sehen.«

Claudia lachte belustigt auf und rief: »Aber Skamandros! Das glaubst du doch wohl nicht wirklich!«

Er schmunzelte: »Natürlich nicht, Herrin. Aber es ist eine schöne Geschichte. Die Kataner erzählen sie jedem Fremden, der zum ersten Mal in die Stadt kommt. Und unter den Einheimischen gibt es viele, die sie wirklich für bare Münze nehmen. – Da sind sie, die Blöcke!«

Messalla betrachtete aufmerksam die haushohen Klötze, an denen die *Triton* im Abstand von einigen Schiffslängen vorbeisegelte.

»Dabei ist die Erklärung doch ganz einfach«, stellte er fest. »Diese Felsen haben sich bei einem Ausbruch am Berghang gelöst und sind in die Tiefe gepoltert.«

Es entspann sich nun eine lebhafte Unterhaltung darüber, dass die Menschen früher all das, was sie sich nicht erklären konnten, mit übermächtigen Wesen in Verbindung brachten, so ja auch die Strudel von Skylla und Charybdis. Unter solchen Gesprächen, an denen sich Claudia lebhaft beteiligte, verging die Zeit wie im Fluge und alle waren überrascht, als Skamandros ihnen mitteilte, in einer Stunde würden sie in den Hafen von Syrakus einlaufen.

Zwischenstation in Syrakus

Ein altes Sprichwort sagte: »Syrakus sehen – und sterben!« Die Stadt galt als eine der schönsten des Erdkreises. Näherte man sich ihr von See her, glich das Panorama einem riesigen Bühnenbild. Im Vordergrund ragte die eng bebaute Insel Ortygia auf. Sie war durch eine Brücke mit dem Festland verbunden. Auf dem schmalen Küstenstreifen dahinter die Neustadt Achradina, begrenzt von den steil abfallenden Kalksteinklippen des Hochplateaus von Epipolai. Im fernen Dunst das zentrale Gebirge der Insel.

Ortygia war vor über siebenhundert Jahren von griechischen Siedlern aus Korinth gegründet worden. Westlich der Insel lag der Große Hafen, eine natürliche Bucht, durch eine Laune der Natur entstanden. Sein Durchmesser betrug zehn Stadien. Hunderte Schiffe konnten hier, sicher vor jedem Sturm, ankern. Der nördliche Bogen der Bucht war der römischen Flotte als Kriegshafen vorbehalten. Hier gingen die Triëren von Montanus vor Anker, während die *Triton* am Kai von Ortygia festmachte.

Skamandros hatte den Reisenden noch auf See mitgeteilt, dass die *Triton* einen Tag in Syrakus vor Anker liegen werde. Er hatte das mit der ihm eigenen Lust an ironischen Formulierungen gesagt: »Das Ent- und Beladen sowie die Unterredungen mit den Hafenbeamten ... äh ... und sonstigen Wichtigtuern – das alles erfordert seine Zeit!«

Doch zunächst kümmerte er sich persönlich darum, dass Iunia, Claudia und ihre Begleitung ein möglichst komfortables Schiff für die Weiterfahrt nach Utica* bekamen. Gleich neben der *Triton* ankerte die *Athene*, deren Schiffsführer Skamandros gut kannte. Sie war zwar etwas kleiner, verfügte aber über eine Schiffshütte mit sechs Kabinen, von denen erst zwei belegt waren.

Als der Kapitän der *Athene* von Skamandros erfuhr, um wen es sich bei den Reisenden handelte, stellte er die Unterkünfte sofort zu ihrer Verfügung und ließ das Gepäck der Damen unverzüglich an Bord holen.

Iunia bedankte sich herzlich bei Skamandros für die angenehme Zeit an Bord und sagte: »Schade, dass wir nur so kurze Zeit zusammen waren.«

»Wer weiß, Herrin ... Die Welt ist klein. Man trifft sich an den sonderbarsten Orten wieder!«

Während Quintus Hortensius es für angebracht hielt, ihr Ratschläge für den Aufenthalt in Africa zu geben, sahen Messalla und Claudia sich lange und ernst an. Plötzlich griff er nach ihren Händen und hielt sie länger, als es eigentlich angemessen war.

»Pass auf dich auf!«, sagte er.

»Du auch!«, antwortete sie leise.

Iunia drängte zum Aufbruch und zusammen mit ihrer Dienerschaft verließen sie die *Triton*.

Die Mannschaft bekam Ausgang bis zum Morgengrauen und nichts hielt die Männer länger an Bord. Nur die Wache blieb zurück.

Anschließend machten sich Skamandros, Quintus Hortensius, Messalla und Demetrios auf den Weg zum *Poseidon*. Das Lokal lag nicht unten beim

* Stadt nordwestlich von Karthago am Golf von Utica

Hafen, sondern auf der Höhe von Ortygia direkt an der Agora.* Ihm gegenüber, auf der Südseite des Platzes, stand der altehrwürdige Tempel der Athene, noch ganz im dorischen Stil errichtet.**

Schon nach einer Viertelstunde erreichten sie das Lokal. An der Qualität der farbigen Bodenmosaiken und marmorgefassten Türrahmen konnte man erkennen, dass es sich um eines der ersten Häuser der Stadt handelte. Der Wirt musste Skamandros gut kennen, denn er geleitete ihn und seine Gäste persönlich zu einem freien Tisch und hatte auch während des Essens ein Auge auf die korrekte Bedienung durch seine Sklaven.

Skamandros, der die Übrigen eingeladen hatte, ließ fast alles auftischen, was die Gewässer rings um Sizilien zu bieten hatten: Tintenfisch, Krabben, Muscheln, Seeaal, verschiedene Kleinfische. Das Meeresgetier war delikat zubereitet: gekocht, gebraten, gesäuert oder geräuchert. Dazu eine pikant gewürzte Sauce, Weißbrot, gekochte Eier, eingelegte Zwiebeln, Gurken und Lauch. Zum Nachtisch wurden in Honig eingelegte Kirschen gereicht.

Skamandros bestellte einen Falerner, doch der Wirt empfahl ihm einen zehn Jahre alten Weißwein aus den Bergen bei Akragas:*** »Er kann es ohne weiteres mit jedem Wein aus der Campania aufnehmen!«

Nach dem Abräumen des Geschirrs und der Speisereste setzte sich der Wirt auf Einladung von Skamandros mit an den Tisch.

* Griechisch: Marktplatz
** Heute der Dom von Syrakus
***Heute Agrigent an der Südküste der Insel

»Poseidonios!«, wandte sich Quintus Hortensius an den Wirt. »Das Essen war vorzüglich! Besonders die Sauce! In Rom sucht man vergeblich nach dergleichen. Das Rezept ist wohl griechisch?«

»Allerdings!«, erklärte der Wirt nicht ohne Stolz. »Es stammt aus meiner Heimatstadt, aus Termessos.«

»Ter . . . Termessos? Noch nie gehört. Wo liegt das denn?«

»In Pisidien«, bemerkte Messalla mit der größten Selbstverständlichkeit. »Auf der Höhe des Taurusgebirges.«

Überrascht starrte Hortensius seinen jüngeren Vetter an und sagte nur: »Aha?!« Dann wandte er sich wieder an Poseidonios: »Und wie kommst du von da nach Syrakus? Ist doch ein ziemlich weiter Weg!«

»Oh, nicht so weit wie von Rom nach Alexandria! Im Übrigen, wenn ich das sagen darf . . .« – Poseidonios lächelte fein – »Termessos ist eine durch und durch griechische Stadt! Wie Syrakus! Und wir Griechen fühlen uns hier wie zu Hause! Euch Römern dagegen muss hier vieles fremd vorkommen.«

»Wieso?«

»Weil ihr noch nicht lange hier seid.«

»Na hör mal!«, rief Quintus Hortensius. »Wir sind seit über hundertfünfzig Jahren Schutzmacht der Sizilier! Seit dem Ende des Ersten Punischen Krieges!«*

* Sizilien war seit 227 v. Chr. römische Provinz.

»Und wir Griechen sind seit siebenhundert Jahren hier!«

Es kam zu einem lebhaften Austausch von Argumenten, wobei Hortensius den Standpunkt vertrat, es gehe den Nachkommen der griechischen Einwanderer heute unter dem Schutz Roms erheblich besser als vormals unter karthagischer Herrschaft: »Ich behaupte sogar, dass sie auf Sizilien freier ihren Geschäften nachgehen können als in Griechenland selbst!«

Poseidonios sah den Sohn des römischen Senators lange und ernst an. Schließlich sagte er: »Ich selbst bin ja nur indirekt betroffen. Aber ich bekomme täglich mit, was die Leute denken und sagen ...«

»Ach! Was sagen sie denn?«, rief Hortensius. Sein Gesicht hatte sich längst vom Wein gerötet. Er fixierte Poseidonios scharf und gab sich dann selbst die Antwort: »Ich kann es mir denken. Für alle Fehler, die hier gemacht werden, ist Rom verantwortlich! Dabei verdankt ihr nur dem Schutz der römischen Waffen, dass in Sizilien Ruhe herrscht, dass man in Syrakus, Katane, Messana, Akragas und anderswo friedlich seinen Geschäften nachgehen kann, während die Welt an allen Enden brennt!« Er hob den Zeigefinger: »Vor allem dankt ihr es der Tatkraft des Statthalters Gaius Verres, dass die Piraten eure Küsten und Städte nicht heimsuchen! Und dann Spartacus! Ohne die Wachsamkeit von Verres wäre dieser Verbrecher doch längst mit seinen Mordbanden nach hier übergesetzt und hätte alles in Schutt und Asche gelegt wie drüben in der Campania!«

Er gibt nur das wieder, was er von seinem Vater

und dessen Freunden vernommen hat, dachte Messalla und war gespannt, wie Poseidonios den Angriff parieren würde.

»Edler Hortensius!« Poseidonios hob seine Schale und rief emphatisch: »Langes Leben, Glück und Gesundheit dem Statthalter Gaius Verres!«

Skamandros, Messalla und Demetrios sahen sich überrascht an, denn sie waren wie Hortensius genötigt auf das Wohl des Statthalters zu trinken.

Als sie die Schalen wieder abgesetzt hatten, kam der Wirt zur Sache: »Es mag schon so sein, wie du sagst, edler Hortensius: Der Propraetor Verres hält die Rebellen auf dem Festland davon ab, nach Sizilien überzusetzen, und . . .«

»Sag ich doch!« Hortensius nickte energisch.

». . . und wahrscheinlich haben wir es auch dem Propraetor Verres zu verdanken, dass die Piraten sich in den Gewässern um Sizilien nicht blicken lassen, während . . .«

»Genau das!«

». . . während der Erdkreis an allen Ecken und Enden in Flammen steht.«

»Korrekt! So ist es!« Quintus Hortensius kam auch diesmal nicht umhin zu nicken.

»Also kann man doch sagen«, fuhr Poseidonios unbeirrt fort, »dass bei dieser fatalen militärischen Lage der Propraetor Gaius Verres sicherlich der rechte Mann am rechten Ort ist – oder etwa nicht?!«

»Gewiss, ja, das ist er!« Hortensius stierte in seine Schale.

Messalla hatte allmählich das Gefühl, als ob Poseidonios den arroganten Sohn eines römischen Senators wie einen Tanzbären vorführte. Ein schneller Blick zu Demetrios zeigte ihm, dass dieser ähnlich empfand.

»Man könnte sogar sagen«, fuhr der Wirt fort, »der Propraetor Gaius Verres ist der letzte Garant dafür, dass die mit ägyptischem und sizilischem Getreide beladenen Frachter sicher den Hafen von Ostia erreichen.«

»Auch das ist richtig!«

»Er ist also der rechte Mann zur rechten Zeit.«

»Zur rechten Zeit?«

»Aber ja doch! Ihm wurde die sizilische Statthalterschaft gegen alle Gepflogenheiten auf drei Jahre verlängert ...«*

»Na und?«

»Man lässt ihm hier völlig freie Hand zu schalten und zu walten, wie es ihm gefällt.«

»Wie es ihm gefällt?« Quintus Hortensius beugte sich vor. »Sag mal, worauf willst du eigentlich hinaus?«

Je gereizter Quintus Hortensius reagierte, desto ruhiger wurde Poseidonios. Er lehnte sich zurück und die Übrigen waren gespannt auf das, was nun folgte.

»Nun, es geht auf der Insel die Rede, der Propraetor Verres nutze die ihm übertragene Gewalt, sich persönlich zu bereichern.«

»Das ist ja ...« Hortensius schlug mit der Faust auf den Tisch, dass die silbernen Trinkschalen hüpften. »Das ist ja ungeheuerlich! Du scheinst nicht zu wissen, dass der Propraetor wie jeder andere Statthalter dem römischen Senat direkt ver-

* Normalerweise wurde einem Proconsul oder Propraetor die Verwaltung einer Provinz für ein Jahr übertragen.

antwortlich ist! Und der Staatsrat nimmt diese Verantwortung sehr ernst! Noch unlängst wurde eine Beschwerde hiesiger Bürger vom Senat nach eingehender, sehr gründlicher Prüfung zurückgewiesen. Ich weiß, wovon ich rede, denn ich habe selbst an dieser Sitzung teilgenommen. Diese Leute haben genau das behauptet, was auch du hier leichtfertig in unverantwortlicher Weise vorbringst!«

Doch Poseidonios blieb dabei: »Es gibt Beweise! Allein hier in Syrakus hat Verres neben anderen Heiligtümern auch den altehrwürdigen Tempel der Athene ausgeplündert. Und dabei war ich Zeuge! Und ich sage dir . . .«

Weiter kam er nicht, denn Hortensius sprang abrupt auf. Er starrte den Wirt unter zornig zusammengezogenen Brauen an. Um seine Mundwinkel zuckte es. Er sah aus wie jemand, der gleich losbrüllen würde. Doch er riss sich zusammen und drohte mit gepresster Stimme: »Ich gebe dir einen guten Rat, Grieche: Wiederhole niemals wieder solch aberwitzige, infame Behauptungen! Ich könnte mich nämlich sonst gezwungen sehen dich wegen Verleumdung des Propraetors Gaius Verres vor ein römisches Gericht zu bringen!«

Er wies mit ausgestrecktem Finger auf Poseidonios, blickte in die Runde, lachte hämisch auf und fuhr fort: »Ihr Sizilier seid undankbar! Und am schlimmsten seid ihr Griechen! Ihr lebt hier wie die Mäuse in der Kornkammer, beschwert euch aber, dass draußen die Hunde bellen, wenn sich eine Katze nähert!« Amüsiert grinste er über das eigene Wortspiel.

Peinliches Schweigen machte sich breit. Demetrios sah, wie Messalla von diesem hitzigen Wortwechsel unangenehm berührt wurde, den auch er als peinlich empfand. Er wusste, Messalla hatte die ganze Zeit über höflich geschwiegen, weil er der Ansicht war, es stehe ihm in seinem jugendlichen Alter nicht zu, in der Sache Stellung zu nehmen.

Da erhob sich Skamandros zu voller Größe – er überragte Quintus Hortensius um Haupteslänge – und legte ihm beschwichtigend seine schwere Hand auf die Schulter: »Beruhige dich, Hortensius! Poseidonios gibt nur wieder, was man in dieser Stadt so redet. Einem Wirt erzählen die Leute nun mal gerne die neuesten Gerüchte. Das ist in Athen und Rom nicht anders. Im Übrigen wäre es schade, wenn dieser schöne Abend mit einem Missklang endete.«

Sei es, dass er schon zu betrunken war, sei es, dass er vor dem schwergewichtigen Schiffsführer, der ein Freund seines Vaters war, großen Respekt hatte – Hortensius ließ sich wieder auf seinen Platz fallen, murmelte aber düstere Verwünschungen gegen die Griechen im Allgemeinen und die Wirte im Besonderen. Dann leerte er mit einem Schluck die Schale, die auf einen Wink von Poseidonios sofort wieder gefüllt wurde.

Zum Glück erschien in diesem Augenblick Montanus, der ihnen mit seiner Flotte das Geleit bis Syrakus gegeben hatte. Er entschuldigte sein spätes Kommen mit dienstlichen Angelegenheiten, teilte auch mit, dass er bereits zu Abend gegessen, aber gegen einen guten Trunk nichts einzuwenden habe, und nahm Platz.

Das Gespräch kreiste nun mehr um private Dinge, Skamandros gab Anekdoten, Montanus einige derbe Soldatenwitze zum Besten und immer wieder hallte lautes Lachen durch den Raum.

Quintus Hortensius war nach einer Stunde so betrunken, dass er nicht mehr fähig war auf eigenen Füßen die kurze Strecke zurück zum Schiff zu gehen, so dass ihm Poseidonios für die Nacht ein Zimmer im Hause zur Verfügung stellte.

Zwei Sklaven stützten Hortensius auf dem Weg nach oben. Man hörte, wie er immer wieder lallte: »*Quid ille narrat?!* – Was sagt er da?! ... *Fabulae!* – Hirngespinste! ... *Illi Glae ... Illi Glaeculi dam ... damnandi!* – Diese ver ... diese verdammten Gliechlein! ... *Illi calumniatores damnandi!* – Diese Ränkeschmiede von gottverdammten Gliechlein! ...« Das *r* in *Graeculi*, Griechlein, machte ihm offenbar Schwierigkeiten.

Es entging Messalla nicht, wie Skamandros und Demetrios geradezu aufatmeten, als der Störenfried sich zurückgezogen hatte. Auch er war erleichtert. Da die andern schwiegen, wandte er sich nach einer Weile an den Flottenkommandanten und fragte: »Montanus! Wie groß sind nach deiner Meinung die Chancen unbehelligt nach Athen zu kommen?«

Der Offizier schaute ihn an: »Du meinst die Piraten, nicht wahr?«

Messalla nickte und Montanus fuhr fort: »Also, nach allem, was ich weiß, haben sie sich weit nach Osten in ihre Schlupfwinkel vor der kilikischen Küste zurückgezogen und warten.«

»Worauf?«

»Nun ...« Montanus lehnte sich entspannt zurück, verschränkte die Arme, unterdrückte ein Gähnen und fuhr fort: »Sie warten ab, wie sich die

Sache mit Spartacus entwickelt. Dabei musst du wissen, Messalla . . .«, er sah ihn aus klugen Augen an, »Piraten gehen nie ein übergroßes Risiko ein. Wie Wölfe umkreisen sie ihr Opfer aus großer Entfernung und wägen ihre Möglichkeiten sehr genau ab, bis sie sich entscheiden anzugreifen – oder weiter abzuwarten. Glaube mir, sie haben einen langen Atem, jedenfalls einen längeren als Gaius Verres, dessen Amtszeit in diesem Jahr abläuft.«

»Kennst du einen ihrer Führer?«

»Oh ja! Herakleon!«

»Ein griechischer Name!«

»Gewiss, aber es ist ein Deckname. Wie er wirklich heißt und woher er kommt, weiß niemand. Der gerissenste Bursche, dem ich jemals begegnet bin!«

Auch Skamandros und Demetrios hörten nun gespannt zu. Messalla fragte weiter: »Wann war das?«

»Hm . . . Vor etwa einem Jahr.«

»Ein Kampf?«

»Nein, nein . . .« Er lachte kurz auf. »Es handelte sich um – na, sagen wir mal: um geschäftliche Dinge.«

»Um geschäftliche . . .?«

»So ist es.« Er wurde plötzlich sehr ernst. »Es handelte sich um einen Fall von Entführung, wie er zurzeit ja häufig vorkommt. Aber dieser sprengte alle bisherigen Maßstäbe. Herakleon hatte mit seiner Bande einige kleine Städte an der Westküste Lucaniens* überfallen und ausgeplün-

* Landschaft in Süditalien

dert. Dabei fiel ihnen in Scidrus die gesamte Familie eines römischen Senators in die Hände, als sie gerade an Bord ihres Schiffes gehen wollte, um nach Rom zurückzukehren.«

»Ich erinnere mich«, nickte Demetrios. »Ganz Rom war damals empört.«

»Entsprechend hoch«, fuhr Montanus fort, »waren die Lösegeldforderungen der Burschen.«

Messalla warf ein: »Aber du hättest die Piraten doch mit deinen Triëren aufbringen können!«

»Ha!«, rief Montanus. »Ihr in Rom habt ja keine Ahnung, was sich hier unten abspielt. Die Piraten arbeiten eng mit Spartacus zusammen, sie schieben sich gegenseitig die Beute zu, machen geschickte Ablenkungsmanöver! Ganz zu schweigen davon, dass sie – wie immer in solchen Fällen – damit drohen, ihre Gefangenen umzubringen, falls man auf ihre Forderungen nicht eingeht. Und glaubt mir, sie hätten es auch in diesem Fall getan!«

»Du hattest also den Auftrag mit ihnen Kontakt aufzunehmen?«, fragte Messalla weiter.

»Ja. Und dabei lernte ich diesen Herakleon kennen. Ein hochintelligenter Mann! Schneidig! Arrogant! Misstrauisch! Absolut skrupellos! Mit allen Wassern gewaschen! Er spricht fließend Griechisch, Latein, Kilikisch – und Punisch!«

Erstaunt fragte Messalla: »Punisch?«

»So ist es.«

»Aber Karthago wurde doch vor fünfundsiebzig Jahren* zerstört und dem Erdboden gleichgemacht!«

* 146 v. Chr.

Skamandros erklärte es ihm: »Das ist richtig, Messalla, aber Punisch ist in der Region, ja in ganz Nordwest-Africa immer noch die Landessprache.«

Messalla wollte mehr wissen: »Wo habt ihr verhandelt?«

»Auf See natürlich.«

»Und wo waren die Gefangenen?«

»In einem uns nicht bekannten Versteck an Land.«

»Und was forderte Herakleon?«

»Zehn Millionen.«

»Sesterzen?«

»Ha! Denare!«

»Eine ungeheure Summe!«

»Sicher. Aber sie wurde ohne weiteres von der Familie gezahlt.«

»Und Herakleon ... Hielt er sich an die Abmachungen?«

»Natürlich.«

»Wieso natürlich?«

»Weil ein Freibeuter und Menschenräuber eine solche Unternehmung unter rein geschäftlichem Aspekt betrachtet. Herakleon ist ein kühler Rechner. Solange man die Kuh melken kann, tötet man sie nicht. Das gilt auch als Wink für die Zukunft, falls denn einmal andere Angehörige der römischen Oberschicht in seine Hände fallen sollten. Etwa in dem Sinn: Habt keine Sorge, Leute, wenn ihr zahlt, wird euch kein Haar gekrümmt!«

Montanus gähnte plötzlich so laut, dass es ansteckte. Alle waren sehr müde und niemand hatte Lust, weiter über solch schreckliche Dinge zu reden.

Beim Abschied versprach Montanus die *Triton*

bis Krotone am Golf von Tarent mit seiner Flotte zu begleiten.

Bis dahin sind wir also sicher!, dachte Messalla.

Messalla und Demetrios waren froh sich eine Viertelstunde später in ihre Kojen legen zu können. Kurz vor dem Einschlafen fragte Messalla: »Demetrios . . .!«

»Ja?«

»Stimmt das, was Poseidonios über Gaius Verres gesagt hat?«

Nach einem kurzen Zögern antwortete Demetrios: »Ich fürchte, ja.«

Messalla fragte nicht weiter, hing aber eine Weile seinen Gedanken über das am Abend Gehörte nach. Draußen plätscherte hin und wieder das Wasser gegen den Schiffsrumpf. Es wirkte ungemein entspannend. Das Letzte, was er vor dem Einschlafen sah, war das Gesicht von Claudia. Sie lächelte ihm zu.

Am nächsten Morgen standen Messalla und Demetrios schon sehr früh auf, denn sie wollten die Stadt und ihre Umgebung kennen lernen. Quintus Hortensius schlief im *Poseidon* seinen Rausch aus, was ihnen sehr recht war. Sie wollten ihn auf keinen Fall dabeihaben.

Da ihr Schiff in unmittelbarer Nähe ankerte, nahmen sie als Erstes die Quelle der Arethusa in Augenschein und waren beeindruckt. Wenige Schritt vom Ufer quoll Süßwasser aus der Erde, wurde in einem steinernen Becken aufgefangen und lief dann ins Meer. Mit der hohlen Hand schöpften sie daraus, kosteten und waren überrascht. Das Wasser schmeckte so frisch wie aus einem Bergquell des Apennins.

Messalla und Demetrios umrundeten die ganze Insel, stiegen noch einmal hinauf zur Agora und besichtigten den Athenetempel.

Sie fanden bestätigt, was Poseidonios am Abend zuvor beklagt hatte. Viele Nischen, in denen der Göttin geheiligte Statuen gestanden hatten, waren leer geräumt. Es fehlten auch einige der auf Leinen gemalten Bilder berühmter griechischer Meister. Die Flächen, die vorher von den Gemälden ausgefüllt wurden, waren jetzt heller. Betroffen starrten sie auf die leeren Rechtecke. Ein barbarischer Geist war hier am Werk gewesen.

Entrüstet schüttelte Demetrios den Kopf und sagte nur: »Stell dir das einmal in Rom vor! Im Tempel des Iupiter auf dem Kapitol!«

Das große Theater, in dem Euripides vor über dreihundert Jahren seine eigenen Dramen aufgeführt sah, beeindruckte sie sehr, ebenso die schier endlose Befestigungsmauer des Tyrannen Dionysios.* Sie umfasste das gesamte Hochplateau von Epipolai.

Während Messalla und Demetrios in Muße die Stadt besichtigten und beim Hafen in einer Seemannskneipe eine Kleinigkeit aßen, beaufsichtigte Skamandros das Entladen der Amphoren, ließ frisches Wasser, Fleisch und Brot an Bord bringen und erledigte geschäftliche Dinge bei der Hafenbehörde.

Als sie am Abend wieder an Bord waren, teilte Skamandros ihnen mit: »Wir stechen morgen früh

* Dionysios I., 431–367, seit 405 Tyrann von Syrakus

in See. Der Wind steht gut. Das müssen wir nutzen, da man nie weiß, wie lange er sich hält. Wir werden zunächst in nordöstlicher Richtung nach Krotone segeln und dort über Nacht ankern. Übermorgen machen wir dann den großen Sprung nach Hellas.«

Überfahrt und Ankunft in Athen

Unter dem Schutz der sieben Triëren des Montanus kamen sie in Krotone bei Sonnenuntergang an. Das letzte Licht des Tages reichte gerade noch aus, die Schiffe sicher am Kai zu vertäuen. Alle blieben an Bord. Da Skamandros hier keine Geschäfte zu tätigen hatte, würden sie am nächsten Morgen bei Sonnenaufgang wieder in See stechen.

Sie waren überrascht – und erleichtert, als Montanus ihnen mitteilte, er werde die *Triton* in östlicher Richtung bis zur Insel Zakynthos und von dort weiter nach Süden bis Methone in Messenien* begleiten. Die Gewässer westlich von Griechenland gehörten zu seinem Operationsraum und er habe Befehl dort nach dem Rechten zu sehen.

Sie würden also die Fahrt unter dem sicheren Schutz der römischen Kriegsschiffe fortsetzen; dennoch gab ihnen die Mitteilung von Montanus zu denken: Waren etwa Piraten in diesem Seegebiet gesichtet worden?

* Landschaft im Südwesten der Peloponnes

Der Wind hatte auf Nord gedreht. Am folgenden Tag kamen sie daher nicht so schnell voran. Die Steuerleute hatten Mühe das Schiff auf Kurs zu halten. Die Triëren, die vom Wind unabhängig waren, ruderten nur mit halber Kraft, da sie auf die langsamere *Triton* Rücksicht nehmen mussten.

Sie ankerten im Schutz eines Vorgebirges an der Südspitze von Zakynthos.

Gegen Mittag des folgenden Tages erreichten sie die Stadt Methone in Messenien. Es wurde Frischwasser an Bord genommen. Dann verabschiedeten sich Skamandros und die Passagiere von dem tüchtigen, pflichtbewussten Offizier.

»Ihr könnt davon ausgehen«, sagte Montanus beim Abschied, »dass ihr Piraeus ohne einen Zwischenfall erreichen werdet.«

»Bist du sicher, Montanus?«, fragte Messalla.

Der Kommodore machte eine ausholende Handbewegung: »Dafür gibt es drei sachliche Gründe: Erstens wissen die Brüder aus Erfahrung, dass ich hier immer wieder mit meiner Flotte kreuze – sie wissen aber nie, wann das ist. Zweitens ist diese Route die am meisten befahrene des Mittleren Meeres. Das heißt, ihr seid nie allein! Und drittens: Zum Schutz der wichtigen Verkehrsverbindung zwischen Griechenland und Italien liegt in Piraeus die größte Basis der misenischen Flotte außerhalb Italiens. Die Jungs sind hier permanent auf Patrouille. Sie werden euch bald begegnen.«

Trotz dieser beruhigenden Versicherungen suchten die Passagiere in den beiden folgenden Tagen wachsam und kritisch nach allen Seiten hin den Horizont ab. Tauchten Schiffe auf, war man immer wieder erleichtert, wenn sie sich beim Näherkommen als friedliche Handelssegler oder römische Triëren zu erkennen gaben.

Probleme machte der Wind. Er wehte über Tage hin aus Nord bis Nordost. Skamandros erklärte: »Wir könnten vor dem Wind kreuzen, aber das wäre für Schiff und Mannschaft sehr anstrengend und beschwerlich. Außerdem brächte es kaum Erfolg. Besser warten wir hier ein, zwei Tage auf günstigen Wind und kommen so letztlich schneller ans Ziel.«

Sie ankerten also zwei Tage in Skandeia, dem kleinen Hafen der Insel Kythera,* vertrieben sich die Zeit mit allerlei Spielen und angelten vom Schiff aus um die Wette. Auch Skamandros beteiligte sich gut gelaunt daran und holte den größten Fisch – eine Muräne – aus dem Wasser. Der Koch hatte alle Hände voll zu tun, aus den Gaben des Meeres das Abendessen zu bereiten. Allen schmeckte es köstlich.

Tatsächlich drehte der Wind nach zwei Tagen auf Südwest, und die Anker wurden gelichtet. Mit Leichtigkeit legte das Schiff die 120 Meilen** bis zur Einfahrt in den Saronischen Meerbusen zurück und passierte noch vor Einbruch der Dunkelheit die Insel Aigina. In der Ferne leuchtete das goldene Dach des Parthenons*** im Licht der Abendsonne.

Obwohl die *Triton* noch eine gute Meile vom

* Südlich von Lakonien auf der Peloponnes

** 180 km

***Tempel der Stadtgöttin Athene auf der Akropolis

Hafen entfernt war, gab Skamandros schon mit kerniger Stimme die Kommandos, die das Landemanöver einleiteten.

Messalla, der neben dem Kapitän stand, wunderte sich darüber und Skamandros erklärte: »Die *Triton* besitzt aufgrund ihrer Schwere eine solche Trägheit, dass sich ihre Geschwindigkeit nur langsam verringert, erst recht bei diesem Wind, der schräg von hinten drückt. Darum muss das Hauptsegel schon auf See gerefft werden, damit das Schiff allmählich an Fahrt verliert. Das kleine Vorsegel am Bug reicht zum Manövrieren aus.«

Von allen Seiten näherten sich Schiffe, die noch vor Einbruch der Dunkelheit an den Kais von Kantharos, dem großen Handelshafen Athens, festmachen wollten.

Mit Rudern und Stangen wurde die *Triton* behutsam an die große Schiffshalle an der Ostseite des Hafenbeckens heranmanövriert. Das ging sehr langsam vonstatten, denn die Männer hatten darauf zu achten, kein anderes Schiff zu rammen.

Die gewaltigen Tore der Halle standen weit offen. Im Innern befanden sich an drei Seiten die Anlegestellen der Frachter. Acht Schiffe lagen fest vertäut an den umlaufenden Kais. Mit großem Hallo wurden die *Triton* und ihre Mannschaft von den Schauerleuten begrüßt.

Messalla fiel auf, dass das Gebäude in einem besseren Zustand war als die benachbarten Schiffshallen. Auf eine entsprechende Bemerkung von ihm meinte Skamandros: »Das ist richtig. Die Halle wurde auch erst im letzten Herbst fertig.«

Die Geschäfte von Pausanias mussten also gut gehen.

Dieser Eindruck verstärkte sich, als sie eine Viertelstunde später mit einem der Wagen, die der Reeder hier stets bereithielt, nach Athen aufbrachen. Betroffen schaute Messalla auf die überall sichtbaren Spuren kriegerischer Zerstörung, auf rauchgeschwärzte Ruinen von Lagerhallen, Werften, Kontoren und Wohnhäusern. Auch die »Langen Mauern«, die den Hafen mit der Stadt verbanden und vor vierhundert Jahren zum Schutz des Verkehrs gebaut worden waren, wiesen Lücken auf. An einigen Stellen waren sie notdürftig geschlossen und dieses Flickwerk sah improvisiert und hässlich aus. Auch die Randbezirke Athens wiesen große Schäden auf.

»Tja . . .«, meinte Skamandros mit einem traurigen Blick nach draußen, »Sulla hat bei der Belagerung vor fünfzehn Jahren ganze Arbeit geleistet!«

Messalla kannte in etwa die Zusammenhänge: Athen hatte sich damals* auf die Seite von Mithradates geschlagen, der als Befreier aller Griechen vom römischen Joch auftrat, in der Hoffnung, nach dem Sieg der pontisch-griechischen Allianz über Rom seine Unabhängigkeit und alte Größe wiederzuerlangen.

Doch Sulla setzte die geballte römische Kriegstechnik ein, baute Dämme, unterminierte die Mauer, schnitt alle Verbindungen nach draußen ab. Hungerblockade! Als er die Stadt nach Monaten einnahm, konnten die meisten Athener kaum noch laufen. Tausende wurden niedergemetzelt, auch Frauen und Kinder.

* 86 v. Chr.

Erst als sich ihm zwei athenische Aristokraten – sie waren aus der Stadt verbannt – unter Tränen zu Füßen warfen und um Schonung der Stadt baten, erklärte Sulla: Er wolle den Lebenden um der Toten willen verzeihen. Eine zynische Anspielung auf die große Zeit Athens vor vierhundert Jahren! Anschließend machte sich der Sieger an die Zerstörung der volkswirtschaftlichen Existenzgrundlagen der besiegten Stadt. Festung und Kriegshafen von Piraeus wurden geschleift, viele Schiffshäuser und Werften in Brand gesetzt. Nach getaner Arbeit erklärte er Athen für »frei«.

Diese kargen Fakten hatte Messalla von seinem Onkel erfahren, wenige Tage vor der Abreise aus Rom; doch Hortensius hatte ihm nichts über das gewaltige Ausmaß der barbarischen Zerstörung gesagt.

Das Gespräch hatte in der Bibliothek des hortensischen Hauses auf dem Palatin stattgefunden, wo Demetrios mit dem Einpacken von Buchrollen beschäftigt gewesen und Zeuge der Unterhaltung geworden war. Als Hortensius gegangen war, hatte Demetrios noch eine bedeutsame Anmerkung gemacht: Einer der beiden Adligen, die sich Sulla zu Füßen geworfen hatten, sei Pausanias gewesen. Vergeblich habe er sich im Stadtrat von Athen gegen das Militärbündnis mit Mithradates ausgesprochen und sei, da er um sein Leben fürchten musste, mit seiner Familie zu Freunden nach Süditalien geflohen. Nun aber stehe er auf der Seite des Siegers und zähle zu den einflussreichsten und mächtigsten Männern Athens.

Das Haus des Reeders lag in einem vornehmen Randbezirk der Stadt. Gleich hinter der Agora zogen sich jenseits des Eridanosbaches parkähnliche Gärten die Hügel hinauf. Hinter Mauern und alten Bäumen versteckt, waren die Anwesen der Reichen in der Abenddämmerung nur schemenhaft zu erkennen. Hier residierte also Pausanias.

Sie fuhren durch einen großen Torbogen und folgten dem leicht ansteigenden Kiesweg bis zum Eingang des herrschaftlichen Hauses.

Drinnen schlugen Hunde an. Skamandros betätigte den Türklopfer. Sogleich öffnete ein Diener, verbeugte sich vor dem Kapitän und bat ihn und seine Begleitung ins Haus.

Sie befanden sich in einem großen Innenhof, einem römischen Atrium nicht unähnlich. Es war so still, dass man meinen konnte, das Haus sei unbewohnt. In der Mitte des Atriums plätscherte leise ein Brunnen.

Es näherten sich Schritte. Ihr Rhythmus glich dem Versmaß des Trochäus: Lang . . . kurz, lang . . . kurz, lang . . . kurz . . . Trotz der unüberhörbaren Behinderung war dieses Gehen energisch. Pausanias kam, begleitet von zwei riesigen Molosserhunden, aus dem hinteren Teil des Hauses. Er trug eine blendend weiße Tunika und Sandalen aus sehr hellem Leder. Das dunkle Haar, von silbernen Strähnen durchzogen, war kurz geschnitten, sein Gesicht glatt rasiert. Pausanias war ein sehr kräftiger Mann mittlerer Größe mit muskulösen Armen und Beinen. Messalla musste unwillkürlich an einen Ringer denken. Seine Bewegungen, besonders die der Augen, waren flink. Nichts schien seiner Aufmerksamkeit zu entgehen.

Die Hunde schnupperten misstrauisch zu den Ankömmlingen hin und näherten sich Messalla.

»Hektor! Ajax! Platz!«, hieß es streng und beide Rüden gehorchten auf der Stelle.

Pausanias ließ seinen wachen Blick über die Gesichter wandern und machte bei Messalla Halt: »Das muss Marcus Valerius Messalla sein! Die Ähnlichkeit mit der Mutter ist frappierend! Willkommen in Athen, Messalla!«

Seltsam, dachte Messalla, auch er nennt mich Messalla und nicht Marcus! Und woher kennt er meine Mutter?

Der Hausherr reichte ihm die Hand und drückte die seine so fest, dass die Gelenke knackten. Anschließend begrüßte er Skamandros sehr herzlich, ebenso Quintus Hortensius, den er von einem früheren Besuch her kannte.

Als ihm Demetrios vorgestellt wurde, rief er: »Ah, Demetrios! Der Mann mit der schönsten Handschrift, die ich kenne!«

Er sprach das Latein fließend, doch mit dem weichen Akzent, an dem ein Römer einen Griechen erkannte. Seine Spontaneität gefiel Messalla.

In diesem Augenblick rief von oben eine freudig erregte Stimme: »Sind sie da?«

»Ja, sie sind da!«

»Ach, schön! Ich komme!«

»Das ist Cornelia, meine Frau«, sagte Pausanias. »Sie freut sich sehr auf euer Kommen. Ihr müsst ihr viel von Rom erzählen!«

Messalla und Demetrios sahen sich an: Cornelia? War sie etwa eine Römerin? – Eine Griechin würde sich nicht so frei im Haus bewegen, wenn Fremde da waren, sondern sich mit ihren Dienerinnen im Frauentrakt des Hauses aufhalten, bis man sie zur Begrüßung herbeiriefe.

Die Ankömmlinge verfolgten, wie eine elegant gekleidete Frau die Treppe herunterkam. Sie musste erheblich jünger sein als ihr Mann. Später erfuhren Messalla und Demetrios, dass die erste Frau von Pausanias im Kindbett gestorben war. Das Kind, ein Junge, überlebte die Mutter nur um wenige Tage. Pausanias hatte Cornelia während seines Exils in Italien kennen gelernt und nach römischem Recht geheiratet. Anders als griechische Ehefrauen konnte sie sich frei im Hause und in der Öffentlichkeit bewegen und als geborene Römerin pochte Cornelia auf ihre Freiheiten. Sie hatte Pausanias eine Tochter geboren. Diese war schon verheiratet und lebte mit ihrem Mann, einem Großkaufmann, auf der Insel Delos.

Pausanias stellte Cornelia die römischen Gäste vor. Sie zeigte ihre Freude und rief: ›Ach, ist das schön, endlich einmal Landsleute im Haus zu haben! Ihr müsst mir in den nächsten Tagen alles über das Leben in Rom erzählen! Ich war drei Jahre nicht mehr dort! Aber was rede ich! Ihr seid müde und hungrig von der Reise! Kommt, ich zeige euch erst einmal eure Zimmer . . .«

Sie waren geradezu fürstlich untergebracht.

Tempelschändung

In dieser Nacht wurde fünfzig Meilen westlich von Athen ein Verbrechen begangen, das für Messalla, Demetrios und auch andere ungeahnte Folgen haben sollte.

Am südöstlichen Ende des Korinthischen Golfes springt die gebirgige Halbinsel Perachora weit nach Westen vor. Fast an ihrem Ende, in einer kleinen Bucht unmittelbar hinter dem sandigen Strand, erhob sich auf einer künstlich geglätteten Felsplatte ein uraltes Heiligtum der Göttin Hera, das Heraion von Perachora. Auf der Landseite wurde der Platz von steil aufragenden Felswänden, zum Meer hin von wuchtigen Mauern umfasst, deren unregelmäßig behauene Steine verrieten, dass die Anlage schon in dunkler Vorzeit errichtet worden war.

Obwohl der Tempel klein und unscheinbar war, kamen Menschen aus allen Regionen Griechenlands, um das Orakel der Göttermutter zu befragen, und es waren besonders Frauen aus allen Schichten des Volkes, die hier einen Rat oder Zuspruch Heras erhofften.

Dabei war das hölzerne Bild der Göttin unansehnlich, sein materieller und künstlerischer Wert gering: Keine zwei Fuß hoch, vom Holzwurm zerfressen, waren zerstörte Glieder im Laufe der Jahrhunderte immer wieder liebevoll ersetzt worden. Im Augenblick fehlten ihr die Unterarme mit den Händen, die früher zwei Schalen gehalten hatten. Diese Segen spendenden Gefäße lagen nun zu ihren Füßen auf dem kleinen Altar. Auch das Kinn war in Jahrhunderten zu Staub zerfallen. Von den ursprünglich leuchtenden Farben deckten nur noch Reste den Körper, die Krone, das Gewand. Doch all diese Beschädigungen minderten in keiner Weise die geheimnisvolle Kraft, die von der Statue ausging: Fülle und Segen spendete sie dem Land, der Natur und den Menschen.

Große und kleine Gelübde wurden mit heiligen Texten vor dem Standbild gesprochen, um den Schutz der Gottheit bei Schwangerschaft und Geburt, gegen Bedrohung durch Krankheit und Tod für sich und nahe Angehörige zu erlangen. Mit Weihgeschenken dankten die Pilger der großen Göttin für erhörte Bitten und geleistete Hilfe, eine glückliche Heimkehr, eine gute Ernte, eine Genesung. Die Opfer konnten aber auch Sühnegaben für begangenes Unrecht sein.

Nicht jedes Weihgeschenk war für den Augenblick gedacht. Es sollte dem Anliegen Dauer verleihen und der Gottheit wie den kommenden Menschen vor Augen sein. Wer eine Kuh auf dem Blutaltar opfern ließ, stiftete oft eine bronzene hinzu, um das Opfer auch in Zukunft zu bezeugen. Geweiht wurden auch Abbilder von Menschen, mythischen Wesen, von Geräten, Dreifüßen und Gefäßen aus Bronze, Gold, Silber, Elfenbein.

Die Gaben der ärmeren Leute waren schlichter: ein Krug Milch oder Honig; Frauen brachten Kleidungsstücke, Hausgeräte, ein paar Bratspieße, Landleute die Erstlingsfrüchte vom Feld, Hirten den ersten Wurf der Herde. Andere spendeten, wenn sie sich zur Ruhe setzten, ihr Handwerkszeug: der alte Fischer Netz und Angel, seinen ausgedienten Kahn, Frauen am Abend ihres Lebens Webgerät, Spindel und Wollkorb. Immer wieder aber Granatäpfel und Mohn, Früchte, die das Wesen der Göttin beschworen: Wie die Fruchtkörper hundertfältige Samen, so streute Hera ihren Segen vieltausendfach über das Land.

In dieser Nacht also geschah etwas Ungeheuerliches.

Lautlos näherte sich ein dunkles Schiff der kleinen Bucht. Seine Umrisse waren nur schemenhaft zu erkennen. Ohne dass irgendwelche Kommandos zu hören waren, wurde das dunkle Hauptsegel gerefft und der Anker auf den Grund gelassen. Das Abspulen der Ankertrosse erfolgte fast geräuschlos. Positionslichter wurden nicht gesetzt. Das war ungewöhnlich.

Etwa eine Viertelstunde lang herrschte vollkommene Ruhe. Nichts regte sich an Bord. Kein Wort war zu hören.

Dann entstand Bewegung. Das Beiboot wurde längsseits gebracht. Mehrere Gestalten kletterten hinein, stießen ab und ruderten zum Land hin. Zielsicher näherten sie sich der Anlegestelle. Ein Mann sprang auf die Felsplatte, zog das Boot heran und wickelte das Seil um einen der dort liegenden großen Steine. Dann gingen die Übrigen an Land. Sie lauschten nach allen Seiten, um sich zu vergewissern, dass außer ihnen um diese Zeit kein Mensch am Ort war. Der Anführer hob gebieterisch die Hand und wies zur Mauer: »Zwei Mann vor! Seid vorsichtig! Und absolute Ruhe!«

Das Unternehmen war gut vorbereitet. Die beiden hatten eine Leiter dabei, stellten sie gegen die

Mauer, kletterten hoch, warfen auf der anderen Seite eine Strickleiter hinunter und verankerten sie mit einem Enterhaken auf der Mauerkrone. Dann stiegen sie nach unten. Die anderen folgten ihnen leise nach. Im Nu waren sie in der Dunkelheit zwischen den Büschen und Bäumen des heiligen Hains verschwunden.

Eine Zeit lang war es still. Fledermäuse huschten vorbei, emsig auf der Jagd nach nächtlichen Faltern. Eine große Wolke schob sich vor den Mond. Es wurde vollkommen finster.

Plötzlich zerriss ein Schrei die nächtliche Stille. Jemand war in höchster Todesnot. Wenige Augenblicke später hörte man Schritte, die sich schnell entfernten.

»Ihm nach!«, brüllte jemand. »Das ist sein Gehilfe! Er darf nicht entkommen!« Es war die Stimme des Anführers.

Man hörte, wie mehrere Männer dem Flüchtenden nachsetzten.

Da flackerte das Licht von mehreren Fackeln auf und ließ Einzelheiten erkennen: Fünf Männer näherten sich dem Eingang eines kleinen steinernen Hauses und betrachteten die Gestalt, die reglos auf der Schwelle lag, ein alter Mann mit langem grauem Bart. Sein weißes Gewand hatte sich in Höhe des Herzens rot verfärbt.

»War das nötig?«, fragte der Anführer streng und sah den Mann an, den er vorgeschickt hatte.

»Ich . . . ich musste ihn . . . Er wehrte sich!« Der Mörder hob unbeteiligt und kalt die Schultern.

»Hast du die Schlüssel?«

»Hier!« Er reichte dem Anführer einen eisernen Ring, an dem mehrere Schlüssel baumelten.

»Dann los, zum Tempel!«

Es waren nur wenige Schritte bis zum Heraion. Sie hasteten die drei Stufen hinauf und näherten sich der Tür zum Allerheiligsten.

»Licht!«, befahl der Anführer und wartete, bis jemand eine Fackel brachte. Er stocherte ungeduldig im Schloss herum. Endlich! Einer der Schlüssel passte.

»Öffnen!«

Langsam schwenkten zwei Mann die schwere Bronzetür nach außen.

»Packt die Statue vorsichtig ein! Sie ist zerbrechlich! Und vergesst die Schalen nicht!«

Wenige Augenblicke später verließen die Einbrecher den Tempel mit einem länglichen Gegenstand, den sie in eine Decke eingewickelt und mit Bändern umschnürt hatten. Sie trugen ihn sehr vorsichtig. Andere folgten mit Säcken, in denen sperriges Gut verstaut war.

Da kam die Gruppe zurück, die dem Flüchtenden gefolgt war.

»Er ist weg! Wie vom Erdboden verschwunden«, sagte einer zum Anführer.

Darauf dieser: »Dann nichts wie weg! Ehe er Leute zusammentrommelt!«

Sie gingen zurück zur Mauer und eilten mit ihrer Beute zum Boot. Um keine Spuren zu hinterlassen, entfernten sie die Leiter.

Es war noch keine halbe Stunde seit der Landung vergangen, als auf dem Schiff das Hauptsegel gehisst und der Anker gelichtet wurde. Lautlos, wie die Bande gekommen war, verschwand sie im Dunkel der Nacht.

DIE LETZTE FAHRT DER TRITON

Pausanias gibt Rätsel auf

Die ersten beiden Tage verbrachten Messalla und Demetrios damit, die Stadt kennen zu lernen. Pausanias ließ es sich nicht nehmen, dabei selbst den Führer zu machen. Sie stiegen auf die Akropolis, besichtigten den Parthenon und die übrigen Tempel, besuchten auch die Gemäldeausstellung in den Propyläen,* die einige der schönsten Werke des berühmten Malers Apelles** enthielt.

Den Besuchern war klar, dass Pausanias sich die Zeit, die er ihnen widmete, stehlen musste, denn er war ein viel beschäftigter Mann. Er stand ja nicht nur an der Spitze eines großen Handelsunternehmens, sondern war einer der mächtigsten und einflussreichsten Männer in der Stadtregierung Athens, wo er maßgeblich an der Kontrolle von Wirtschaft und Finanzen beteiligt war.

Zwar galt Pausanias bei vielen Angehörigen der altadligen Familien als Verräter, weil er mit der römischen Macht zusammenarbeitete; doch die Handwerker, Händler, Schiffbauer und Reeder wussten, dass sie ihm viel zu verdanken hatten, zumal er einen Teil seines Vermögens in den Wiederaufbau der Stadt gesteckt hatte. Und seinen

* Prächtiges Eingangstor zur Akropolis

**Apelles lebte im 4. Jh. v. Chr. Und war Hofmaler Alexanders des Großen.

Kollegen im Rat war bekannt, dass er hervorragende Verbindungen zu den Spitzen des römischen Senats hatte, ganz besonders zu Hortensius Hortalus. Staunend hatte man zur Kenntnis genommen, dass er es verstand, die römischen Machthaber in bestimmten Fragen zu beeinflussen und ihre stets überzogenen Forderungen an den athenischen Staatssäckel zu mäßigen. Umgekehrt schätzte man in Rom, dass Pausanias die römischen Interessen in Athen bestens vertrat, wenn es etwa um die Bereitstellung und Ausrüstung von Kriegsschiffen ging, die gegen die Flotten von Mithradates eingesetzt wurden.

Am dritten Tag nach ihrer Ankunft schrieb sich Messalla als Hörer in die Liste des Peripatos ein. Die altehrwürdige Bildungsstätte lag nicht weit entfernt vom Hause des Pausanias im Nordosten der Stadt auf einer leichten Anhöhe jenseits des Ilissosbaches. »Peripatos« – Wandelhalle – wurde sie genannt, weil ihr Begründer Aristoteles* im Aufundabgehen gelehrt haben sollte. Dennoch zogen die heutigen Lehrer der Philosophie und Rhetorik bei ihrem Vortrag einen festen Platz vor.

Obwohl der Lehrbetrieb schon vor über einer Woche begonnen hatte, gab man Messalla noch die Möglichkeit als Student in die Liste aufgenommen zu werden. Die Meldefrist war zwar längst abgelaufen, aber Pausanias hatte seine Beziehungen zur Leitung der Anstalt spielen lassen.

Eingedenk der Bitten von Messallas Mutter Hortensia hatte Demetrios sich vorgenommen sei-

* Griech. Philosoph und Universalgelehrter, 384–322 v. Chr., Schüler des Philosophen Plato

nen Schützling täglich zum Peripatos zu begleiten und ihn am Ende der Veranstaltungen abzuholen. Doch schon am dritten Tag eröffnete ihm Messalla, er wolle lieber allein gehen wie alle andern.

»Ich mache mich doch lächerlich!«, erklärte er. »Bitte, Demetrios, versteh mich nicht falsch. Ich weiß ja, dass du meiner Mutter hoch und heilig versprochen hast dich um mein leibliches und seelisches Wohl zu kümmern. Aber ich bin doch kein Kind mehr! Was soll mir denn schon passieren?«

Demetrios verstand nur zu gut, was Messalla meinte, doch er zögerte mit diesem Zugeständnis. Da stellte sich Pausanias spontan auf die Seite Messallas und erklärte: »Wir sind in Athen und nicht im Lande der wilden Skythen! Außerdem ist er nach römischem Recht volljährig!«*

Also ging Messalla von diesem Tage an allein zu seinen Studien. Er war den größten Teil des Tages außer Hauses.

Demetrios nutzte die gewonnene Zeit und begleitete Pausanias schon frühmorgens in dessen Kontor bei der Schiffshalle. Dem Reeder machte es offensichtlich Spaß, ihm den gesamten Betrieb zu zeigen. Was er dabei über seine weltweiten Handelsbeziehungen ausführte, war beeindruckend. Sie reichten von Persien, ja Indien im Osten bis zu den Säulen des Herakles,** von Ägypten und Nordafrica bis nach Gallien und Spanien. In allen großen Häfen hatte er seine Niederlassungen.

An der Rückwand seines Arbeitszimmers hing eine große Karte des Mittleren Meeres und der an-

* Ein Römer galt mit sechzehn Jahren als erwachsen.
**Die Meerenge bei Gibraltar

grenzenden Länder, auf der die aktuelle Position all seiner Schiffe mit kleinen bunten Fähnchen festgehalten war.

Außerdem betrieb Pausanias in Piraeus eine große Werft. Sie hatte sich auf den Bau von schnellen kleinen Frachtern spezialisiert, die zwischen den Inseln der Ägäis unterwegs waren.

Alles musste Demetrios sich anschauen, die Werft, die Bestände der Warenlager, die im Bau befindlichen Erweiterungen. Er war erstaunt, dass der viel beschäftigte Mann sich die Mühe machte, ihn so detailliert über seine Geschäfte zu informieren. Doch er sagte sich, dass Pausanias in ihm den Ersten Sekretär und Vertrauten von Hortensius Hortalus sah, der seinem Herrn über alles, was er hier sah und hörte, berichten würde.

Quintus Hortensius war, begleitet von Nikias und Philon, zu einer längeren Geschäftsreise ins Innere Griechenlands aufgebrochen. Um welche Unternehmungen es dabei ging, verriet er nicht. Man hatte ihn in den Tagen davor oft in ernstem Gespräch mit Pausanias gesehen. Doch auch dieser schwieg über den Grund der Reise.

Messalla war sehr angetan von seinen Studien. Eine neue Welt eröffnete sich ihm. Am meisten begeisterte ihn die lockere Art und Weise, wie der Unterricht bei einigen Lehrern ablief. Einwürfe waren nicht nur gestattet, man forderte die Schüler regelrecht dazu auf; denn nur in der lebhaften Diskussion, im Hin und Her der Argumente kam man dem Kern des Problems näher. Dieser lebendige Austausch der Meinungen, auch der konträren, war für Messalla eine völlig neue Erfahrung. Er war ja bisher von Privatlehrern unterrichtet worden, meist trockenen, kleinlichen und humorlosen Magistern, die keinen Widerspruch von Seiten des Schülers duldeten. Hier aber saßen zwanzig bis dreißig interessierte und kritische junge Menschen im Halbkreis um ihren Lehrer, der sich oft einen Spaß daraus machte, sie mit überspitzten Argumenten herauszufordern.

Die Abende verbrachten Messalla und Demetrios gern auf der Dachterrasse des Hauses und Messalla berichtete, welche Themen an diesem Tag erörtert worden waren.

Von großem Vorteil erwies sich, dass Pausanias eine reichhaltig ausgestattete Bibliothek besaß. Sie enthielt fast alles, was während der letzten dreihundert Jahre in Athen und Alexandria geschrieben worden war, darunter vollständige Ausgaben der großen Philosophen, Rhetoren und Naturwissenschaftler. So konnte Messalla das, was am Morgen referiert worden war, im Original nachlesen. Da er schon als Kind im Alter von acht Jahren mit dem Erlernen der griechischen Sprache begonnen hatte, machte ihm die Lektüre keine Schwierigkeiten. Im Zweifelsfall fragte er Demetrios um Rat.

So gingen die Tage hin. Wenn er für Cornelia eine Besorgung in der Stadt zu machen hatte, streifte Demetrios gern über die Agora und die benachbarten Straßen. Wie in Rom herrschte hier in den frühen Stunden des Tages dichtes Gedränge. Händler, Bauern und Handwerker hatten ihre Stände aufgebaut und forderten lauthals die Kunden auf, näher zu treten. Gerissen nutzten sie dabei die Unkenntnis der Fremden aus, die sie beim Feilschen schnell übervorteilten.

Bei Demetrios wagten sie das nicht, da sie ihn für einen Bürger Athens hielten. Seine Kleidung entsprach der hier üblichen, nur war sie kostbarer, so dass man in ihm den Angehörigen eines reichen Hauses vermutete – was in gewissem Sinn ja zutraf. Er sprach fließend Griechisch, und zwar die attische Hochsprache, wie sie hier von den Reichen und Gebildeten oder denen, die sich dafür ausgeben wollten, gepflegt wurde. Ein Sohn des Pausanias wäre nicht besser behandelt worden.

Demetrios schaute sich die Auslagen eines Buchhändlers an. Er hoffte eine billige Ausgabe des *Peloponnesischen Krieges* von Thukydides zu finden. Da wurde er Ohrenzeuge einer Unterhaltung zweier Bürger. Sie klagten darüber, dass die Überfälle von Piraten wieder zugenommen hätten. Nun suchten sie sogar schon den Golf von Korinth heim, der bisher von ihnen verschont worden sei.

»Piraten im Golf von Korinth?«, fragte der zweite erstaunt. »Was ist denn da zu holen? Korinth liegt immer noch in Trümmern!«

Der erste: »Nicht Korinth! Ich rede von Perachora!«

»Perachora? Was ist denn schon in dem Kaff zu holen!«

»Du vergisst das Heraion in der kleinen Bucht von Perachora! Du kennst es nicht?«

Der Zuhörer zwinkerte und rief: »Das Heraion? Natürlich! War mal vor vielen Jahren da . . . wegen eines Gelübdes meiner Frau, du verstehst . . .?« Es folgte ein umfassender Bericht – es ging um die Unfruchtbarkeit seiner Frau –, und der andere kam nicht umhin sich die Geschichte über die Gründe der Wallfahrt zum Tempel der

Hera von Perachora in allen Einzelheiten anzuhören.

Der Erzähler fuhr fort: »Dann kennst du ja noch den Priester ...«

»Sicher. Der alte Prusias! Was ist mit ihm?«

»Er ist tot.«

»Nein!«

»Ich sag's doch!«

»Na ja, war auch nicht mehr der Jüngste. Irgendwann ist jeder mal dran.«

»Unsinn! Er wurde erschlagen!«

»Erschlagen?« Der Mann musste schlucken. »Wer sollte denn einen arglosen alten Mann erschlagen?«

»Ich sagte doch, die Piraten!«

»Weißt du Genaues?«

Der Mann berichtete: Vor zwei Tagen näherte sich dem Heiligtum von See her ein Schiff, dem etwa zehn vermummte Männer entstiegen. Sie verschafften sich gewaltsam Einlass in den heiligen Bezirk. Es kam zu einem Handgemenge, bei dem der alte Oberpriester ums Leben kam. Sein Gehilfe konnte sich im dunklen Park verstecken und die Vorgänge beobachten, da die Räuber Fackeln dabeihatten. Sie gingen beim Plündern des Tempels gezielt vor. Alle tragbaren Wertgegenstände und Schätze wurden an Bord gebracht, darunter auch die uralte hölzerne Hera-Statue, der man Wunderheilungen nachsagte.

»In der gleichen Nacht«, schloss der Erzähler seinen Bericht, »wurden noch an drei anderen Orten des Golfs Heiligtümer ausgeraubt. Insgesamt sollen dabei fünf Leute ums Leben gekommen sein.«

»Das ist ja unglaublich!« Mit offenem Mund starrte der Zuhörer den Erzähler an.

»Ich bitte um Verzeihung, wenn ich mich einmische ...« Demetrios trat dazu und wandte sich an den Mann, der von dem Überfall berichtet hatte. »Ich habe zufällig mitbekommen, was du eben erzählt hast. Du sagst, es seien Piraten gewesen ...«

Er nickte energisch.

»Aber«, fuhr Demetrios fort, »was wollen Piraten mit einer uralten hölzernen Hera-Statue anfangen? Wie groß ist sie denn?«

Der Mann überlegte. »Na, höchstens zwei Fuß hoch.«

»War sie wenigstens vergoldet?«

»Vergoldet?« Er fragte seinen Freund: »War sie vergoldet?«

Und dieser: »Nein, sie war nur bemalt.«

»Seltsam ...«, fuhr Demetrios fort. »Dann ist sie doch völlig wertlos für diese Verbrecher!«

Bevor der Mann antwortete, musterte er interessiert Demetrios' Erscheinung und sagte schließlich: »Edler Herr! Du scheinst lange nicht hier gewesen zu sein ...«

»Das ist richtig. Etliche Jahre.«

»Nun, dann kannst du auch nicht wissen, was man hier so munkelt ...«

»Was munkelt man denn?«

Der Mann blickte sich um, als ob er fremde Ohren fürchte, kam näher heran und sagte leise: »Es heißt, dass sie auf Bestellung rauben!«

»Auf Bestellung? Die Piraten?«

Er nickte und stieß heftig hervor: »An allem ist dieser verdammte Krieg schuld!«

»Wieso denn das?«, warf Demetrios ein. »Der Krieg findet in Asien statt! In Griechenland ist es ruhig!«

»Nur scheinbar, Herr! Die Seewege sind unsicher, weil die römischen Flotten sich mehr an den Küsten Asiens aufhalten.«

»Gut, aber was hat das mit der geraubten Statue zu tun?«

Der Bürger zögerte und studierte prüfend das Gesicht von Demetrios, ob er ihm trauen könne. Schließlich raffte er sich zu einer Antwort auf: »Ich will es einmal so sagen, Herr: Es gibt hier einflussreiche Männer, die die verworrene Lage zu ihren Gunsten zu nutzen verstehen.«

»Wer sollte das tun?« Demetrios lachte auf. »Was für ein Aufwand für ein wertloses Stück Holz!«

»Herr, du kannst dir, wenn du willst, selbst einen Reim darauf machen.« Er hatte es plötzlich sehr eilig wegzukommen. »Bitte entschuldige mich jetzt, ich habe zu tun.«

Kein Zweifel, der Mann hatte Angst. Demetrios sah ihm nach, bis er zusammen mit seinem Freund in einer Seitenstraße verschwand. Er maß dem Gehörten keine große Bedeutung zu. Doch das sollte sich bald ändern.

Zwei Tage später war Demetrios wieder einmal mit Pausanias in dessen Kontor beim Hafen. Sie gingen gemeinsam eine Liste durch, auf der Demetrios bestimmte Kunstgegenstände notiert hatte, die Pausanias für Hortensius Hortalus beschaffen sollte. Es handelte sich in der Hauptsache um Kleinplastiken und attische Vasen.

Plötzlich rief Pausanias: »Das ist aber ein Zufall!«

»Was meinst du?«, fragte Demetrios.

»Das da!« Er wies auf ein Wort in der Mitte der Liste. »Er will eine kleine Hera-Statue! Aus Holz! Alt! Bemalt!«

»Ja, ja«, sagte Demetrios. »Er will sie für eines seiner Landhäuser bei Rom haben. Was ist daran Besonderes?«

»Nun, ich kann ihm wohl genau das bieten, was er haben möchte. Komm mit, Demetrios!«

Sie verließen das Kontor und gingen in die Lagerhalle. Bis in den letzten Winkel war sie voll gestellt mit Regalen, die bis zum Dach reichten. Die verschiedensten Dinge waren hier gestapelt: billiges Gebrauchsgeschirr, Möbel jeder Art, zusammenlegbare Betten und Tische, Amphoren verschiedener Größen und Formen aus attischen Werkstätten, Öllampen aus Keramik und Bronze, Elfenbein in Rohform, Unmengen von Papyrosrollen, alle Arten von Stoffen, Decken und Tüchern, Stapel von Leder der verschiedensten Tierarten, Gewürze in Säcken, Beuteln und Dosen – sogar Kinderspielzeug aus Holz und Keramik.

Ein Teil der Halle war durch gemauerte Wände vom übrigen Raum abgetrennt. Es sah aus, als sei in der Halle ein Haus gebaut worden, denn dieser Trakt hatte eine eigene feste Holzdecke, die wiederum als Stapelraum benutzt wurde.

Pausanias griff in den Ausschnitt seiner Tunika und holte zwei Schlüssel hervor, die an einem feinen Lederriemen befestigt waren. Ihre Bärte waren so kompliziert geschnitten, dass sie kaum zu kopieren waren.

»Nur ich habe diese Schlüssel«, erklärte er, während er umständlich die beiden Türschlösser öffnete. »Das hier ist meine Schatzkammer! Außer mir haben hier nur ausgewählte Personen Zutritt.«

Drinnen war es dunkel, doch mit sicherem Schritt näherte sich Pausanias den Fenstern, die zum Hafen gingen, und zog die schweren Vorhänge zurück. Die Fenster waren mit starken schmiedeeisernen Gittern gesichert, deren daumendicke Streben tief in den Nischen verankert und nur mit schwerem Werkzeug zu durchtrennen waren.

Neugierig schaute Demetrios sich um. Pausanias ließ ihn gewähren, beobachtete ihn aber gespannt und sagte nach einer Weile: »Du siehst, was dieser Raum enthält! Nun verstehst du, warum ich solche Sicherheitsmaßnahmen getroffen habe.«

Wohin Demetrios auch blickte, sah er Kunstwerke von erlesener Qualität: herrlich bemalte Schalen, Krüge und Vasen attischer Meister aus den letzten drei Jahrhunderten. An einer Wand standen, auf engstem Raum versammelt, Werke bedeutender Bildhauer, Reliefs und Statuen aus verschiedenen Epochen: marmorne Jünglinge der Frühzeit, noch archaisch steif in Haltung und Ausdruck; daneben bewegtere Gestalten, ein Diskus- und ein Speerwerfer, ein Apoll, ein Hermes, ein Herakles, eine Artemis – sie alle in den für sie typischen Haltungen. Dann eine Reihe marmorner Porträtköpfe berühmter Philosophen. Aristoteles war dreimal, Platon viermal, Sokrates zweimal vertreten.

Stolz nannte Pausanias die Namen der Bildhauer, die diese Werke geschaffen hatten, darunter Praxiteles, Myron, Polyklet und Phidias.

»Wunderbar!«, rief Demetrios. Er war tief beeindruckt. In diesem Raum lagerten Objekte, deren Wert in die Millionen ging.

»›Ah, da ist sie ja!« Pausanias ging zu einem Wandregal, in dem kleinere Plastiken aus Holz und Bronze standen, winkte Demetrios heran und erklärte: »Nicht groß – aber alt, aus Holz und bemalt! Und eine Hera! Er will ja unbedingt eine Hera haben!«

Er griff die etwa zwei Fuß hohe Figur vorsichtig mit beiden Händen und trug sie zum Tisch in der Mitte des Raums, wo er sie behutsam absetzte.

»Na, was sagst du?« Er schaute Demetrios erwartungsvoll an.

Dieser trat zum Tisch und betrachtete die Figur. Ihre Gestalt war pfeilerhaft schlank, großflächig und kantig, ihr Körper leicht gerundet. Die Göttin trug einen Chiton, den in Griechenland üblichen Leibrock aus Leinen, weiß bemalt, in der Taille gegürtet und bis zu den Füßen reichend, darüber einen kapuzenartigen purpurroten Mantel, der bis zur Brust ging und um beide Arme geschlungen war; auf dem Kopf eine hohe Mitra, die an die Kronen ägyptischer Könige erinnerte. Binden mit perlenförmigen Quasten hingen von den Armen herab. Unterarme und Hände waren abgebrochen, sie lagen noch im Regal. Die Hände hielten Schalen, Symbole der lebensspendenden Kraft der Göttin.

Die Statue musste uralt sein, fünfhundert, vielleicht sogar sechshundert Jahre. Der Körper war steif und ungelenk. Die Augen, riesig in dem kleinen Antlitz, blickten starr nach vorne. Um den Mund spielte jenes wissende Lächeln, das für die frühen Werke griechischer Bildniskunst typisch war. Die Farbe war an vielen Stellen abgeblättert. Deutlich war zu erkennen, dass man immer wieder liebevoll neue Schichten aufgetragen hatte. An einigen Stellen lag das Holz bloß, durchlöchert vom Holzwurm.

In diesem Augenblick schoss Demetrios durch den Kopf, was der Athener Bürger gesagt hatte: »Es gibt hier einflussreiche Männer, die die verworrene Lage zu ihren Gunsten zu nutzen verstehen . . .«

War dies etwa das geraubte Kultbild aus dem Heraion von Perachora? Die Beschreibung, die der Mann gegeben hatte, deckte sich in allen Einzelheiten mit dem Bildwerk, das er vor sich sah. Er spürte, wie sich sein Herzschlag beschleunigte. Wusste Pausanias von dem Raub? War er daran beteiligt? War er am Ende der Auftraggeber?

Als ob er Gedanken lesen könnte, setzte Pausanias unvermittelt zu einer längeren Erklärung an: »Ich habe sie gestern, zusammen mit einigen anderen Objekten, von einem meiner Lieferanten bekommen. Weiß der Himmel, wo er sie aufgetrieben hat! Ihr materieller Wert ist gering, doch es gibt leidenschaftliche Sammler, die solch archaische Stücke besitzen wollen, weil man ihnen Wunderkräfte zuschreibt. Vielleicht gehört auch Hortensius in diesen Kreis.«

»Hortensius interessiert sich nur für den kunsthistorischen Wert«, stellte Demetrios nüchtern fest.

»Na, dann dürfte die Statue ja das Richtige für ihn sein.«

Demetrios nickte. »Ja, du kannst sie für den Transport vormerken. Hortensius wird sich freuen.«

Anschließend zeigte ihm Pausanias herrliche Amphoren aus Athener Werkstätten. Gemeinsam wählten sie zehn Exemplare aus, von denen sie meinten, dass sie dem Kunstkenner Hortensius gefallen könnten.

Auf dem Rückweg sah Demetrios wieder den Überfall auf das kleine Heraion von Perachora vor sich. Er konnte sich kaum vorstellen, dass Pausanias mit Piraten, Räubern und Plünderern, die vor keinem Mord zurückschreckten, paktieren würde. Nichts von dem, was er gehört und gesehen hatte, erwähnte er gegenüber Messalla. Doch er hatte Argwohn geschöpft.

In dieser Nacht hatte er einen schrecklichen Traum: Er sah einen hinkenden Mann, der von Bord eines schwarzen Schiffes kam. Er trug eine kleine hölzerne Hera-Statue. Blut tropfte von seinen Händen. Zwei riesige Molosserhunde folgten ihm. Auch von ihren Lefzen tropfte Blut.

Kritisch beobachtete Demetrios in den folgenden Tagen seinen Gastgeber; doch Pausanias gab sich wie immer, war freundlich und hilfsbereit.

Als er wieder einmal im Kontor war, lenkte Demetrios das Thema wie zufällig auf die Piraten. Pausanias nickte grimmig und rief in plötzlichem Zorn: »Die Piraten? Bei allen Göttern – sie sind eine Seuche! Und niemand unternimmt etwas gegen sie! Niemand!«

Demetrios hatte einen solchen Ausbruch nicht erwartet. War die Empörung echt? Als Pausanias seine Verblüffung bemerkte, fuhr er ruhiger fort: »Gewiss, ja . . . Es gab sie schon immer, die kilikischen Freibeuter. Schon seit Jahrhunderten suchen sie die Küsten Asiens und der ägäischen Inseln heim. Damit musste und konnte man leben, weil – wie soll ich sagen: weil es sich im Rahmen des Gewohnten hielt. Wenn sie es zu toll trieben, schickte man eine Kriegsflotte gegen sie aus, um sie in ihre Grenzen zu weisen. Dann war für eine gewisse Zeit Ruhe. Aber in den letzten fünf, sechs Jahren hat sich da etwas grundsätzlich geändert.«

»Was?«, fragte Demetrios hellwach.

»Nun, nicht nur die Zahl ihrer Schiffe hat zugenommen, sondern die . . . die Qualität ihrer Raubzüge ist eine andere geworden.«

»Die Qualität ihrer Raubzüge?«

»So ist es. Sie haben ihre angestammten Verstecke verlassen und operieren nun großräumig im gesamten Mittleren Meer. An den Spitzen ihrer Flotten stehen Befehlshaber, die es in Strategie und Taktik mit den besten Kommandeuren Roms, Athens oder Alexandrias aufnehmen können. Mehr noch: Einige sind ihnen haushoch überlegen! Sie haben die schnelleren Schiffe, die besseren Mannschaften! Fast alle Reeder und Schiffsführer zahlen ihnen so genannte Schutzgelder, um ungeschoren davonzukommen. Ich könnte dir da Namen nennen . . .« Er hob die Hand und ließ sie resigniert fallen.

Diese Wendung des Gesprächs hatte Demetrios nicht erwartet. Er fixierte Pausanias und wagte die Frage: »Du etwa auch?«

Die Antwort kam prompt: »Ja, ich auch.«

Der Reeder ließ sich mit einem Seufzer auf seinen Arbeitsstuhl fallen und wies auf die Karte: »Die gesamte Handelsschifffahrt zwischen den Säulen des Herakles und dem Bosporus halten sie in eisernem Griff. Fragst du aber die Betroffenen, bekommst du immer die gleiche Antwort: Der Krieg! Dieser verdammte Krieg! Mithradates ist an allem schuld! Das sagen sogar Leute, die es besser wissen müssten.«

»Und was sagst du?«

»Mein lieber Demetrios . . .« Er sah ihn lange an. »Du bist von Geburt Grieche, aber du bist in der Welt der Römer aufgewachsen – zwar als Sklave, aber in Verhältnissen, von denen viele Athener Bürger nur träumen können. Genau wie ich bewegst du dich in zwei Welten und bist gezwungen in beiden zurechtzukommen. Ich sage das, weil ich dir ein differenziertes Urteil zutraue.«

Er lehnte sich zurück und ließ seinen Blick über die Landkarte wandern. »Ich will ganz offen zu dir sein: Die Wurzel allen Übels liegt nicht bei den Piraten. Sie nutzen nur die gegebenen Möglichkeiten, wie sie das schon immer taten. Sie sind wie Unkraut, das in die Höhe schießt, wenn da kein Gärtner ist, der es beschneidet!«

»Aber sie sind doch Verbrecher!«, rief Demetrios. »Sie bereichern sich auf Kosten ihrer Mitmenschen und morden dabei kaltblütig!«

»Das ist richtig, aber . . . die Ursache des ganzen Dilemmas hat einen Namen . . .« Pausanias stand auf, ging zur Karte und stach mit dem Zeigefinger auf einen schwarzen Punkt: »Rom! Diese Stadt ist das Unglück der Welt! Es mag schon sein, dass

Rom sich am Anfang seiner Expansion gegen Konkurrenten zur Wehr setzen musste, um zu überleben. Höhepunkt dieser Auseinandersetzung waren die Kriege gegen Karthago, aus denen Rom dreimal als Sieger hervorging. Karthago, Sitz des Erzfeindes, wurde im wahrsten Sinn des Wortes dem Erdboden gleichgemacht!«

Schweigend betrachtete Pausanias die Karte und fuhr leise fort: »Was für eine furchtbare, gnadenlose Barbarei!« Er sagte es wie jemand, der persönlich betroffen war. Dann, als ob er es genauer erklären müsse: »Es wurden ja nicht nur die Gebäude vernichtet, sondern alles, was diese Stadt in Jahrhunderten hervorgebracht hatte: ihre Literatur, ihre Kunst, ihre Religion, ihre besondere, feine Lebensart! Nichts von alledem überlebte! Nichts! Zwar wird heute in der Gegend noch Punisch gesprochen, aber auch das wird irgendwann verschwinden.« Mit der Hand beschrieb er einen großen Bogen auf der Karte: »Nordafrica von den Säulen des Herakles bis zur Grenze Ägyptens, dazu Sizilien, Sardinien, Spanien und die Balearen – das ganze gewaltige punische Erbe fiel Rom zu!« Er nahm wieder Platz und schloss seinen Vortrag mit der resignierten Feststellung: »Und nun sind wir an der Reihe.«

»Bei den Göttern!«, rief Demetrios. »Niemals wird Rom es wagen, Athen, die Mutter aller Kultur, zu zerstören!«

Pausanias lächelte traurig. »Das ist gar nicht mehr nötig, Demetrios. Man zerstört es von innen heraus! Athen, einstmals die Königin der Ägäis, ist seiner wirtschaftlichen Grundlagen beraubt. Es ist auf den armseligen Status einer Provinzstadt abgesunken. Du hast doch selbst gesehen, wie es überall in der Stadt aussieht. Ein Fünftel der Häuser liegt immer noch in Trümmern. Tausende Bürger sind bei der Belagerung durch Sulla ums Leben gekommen. Den Überlebenden fehlt der Antrieb zum Wiederaufbau. Sie resignieren. Viele haben die Stadt verlassen. Der traurige Rest richtet sich irgendwie in den verbliebenen armseligen Verhältnissen ein. Gäbe es nicht einige wenige, die sich mit ganzer Kraft gegen diesen Verfallsprozess stemmen, würdest du hier in hundert Jahren wie in Karthago über Ruinen wandern können.«

Demetrios war überrascht – und verwirrt. Er hatte eine Seite im Wesen dieses Mannes kennen gelernt, die er nicht erwartet hatte. Dennoch blieben Skrupel zurück. Die Hera-Statue im Magazin entsprach genau der Beschreibung, die der Mann beim Buchladen ihm gegeben hatte. Vieles sprach dafür, dass sie aus dem Heraion von Perachora geraubt worden war. Und es klebte Blut an ihr! Das Blut des Priesters Prusias! Nüchtern stellte er sich die Frage: Wie kam sie in den Besitz von Pausanias?

Ein Brief aus Rom

Manchmal spielte Demetrios mit dem Gedanken, Pausanias direkt anzusprechen und ihn nach der Herkunft der Statue zu fragen. Doch er war sicher, eine ähnliche Äußerung zu hören wie bei ihrem Gespräch im Kontor, als Pausanias rief: »Weiß der Himmel, wo er sie aufgetrieben hat!«

Er konnte sich Namen und Anschrift des Händlers beschaffen und den Mann vorsichtig ausfragen. Aber auch das hätte ihn nicht weitergebracht: Wenn er ein Hehler der Piraten war, würde er ihm irgendeine plausibel klingende Erklärung geben, die nicht nachzuprüfen war; war er aber ein ehrlicher Mann, dann wusste er selbst nichts über die wahren Hintergründe, denn es bestand ja immer noch die Möglichkeit, dass die Figur wie andere Objekte auch durch verschiedene Hände gegangen war, bis sie als scheinbar saubere Ware auf dem Kunstmarkt angeboten wurde. Dafür sprach die Bemerkung von Pausanias. Demetrios konnte sich kaum vorstellen, dass der Reeder selbst aktiv mit den Räubern zusammenarbeitete. Es war ihm unmöglich, ihn für so durchtrieben und korrupt zu halten.

Im Übrigen wurde er durch andere Dinge von seinen Skrupeln abgelenkt. Es ging um die Beschaffung und Verladung von Säulen und Kapitellen aus den pentelischen Marmorbrüchen.* Hortensius Hortalus wollte seine Villa in Tusculum bei Rom, wo er mit der Familie jedes Jahr den Sommer verbrachte, von Grund auf umgestalten. Die arg ramponierten Säulen des Innenhofs genügten nicht mehr seinen Ansprüchen. Sie sollten durch blendend weiße aus pentelischem Marmor ersetzt werden, ebenso sämtliche Fensterrahmen und Türstürze, deren Holz im Laufe der Jahr-

* Sie lagen im Nordosten Athens auf dem bis zu 1109 m hohen Pentelikon. Ihr Marmor galt als der edelste.

zehnte unansehnlich geworden war. Schon im letzten Herbst hatte Demetrios die Villa genau vermessen, einen Grundrissplan des Hauses angefertigt und eine Liste erstellt, in der alle Bauteile – Säulen, Basen, Kapitelle, Tür- und Fensterrahmen – genau beschrieben wurden.

Zusammen mit Pausanias ritt er in die Marmorbrüche am Pentelikon und besprach mit den Steinmetzmeistern den umfangreichen Auftrag. Dabei entging ihm nicht, wie ehrerbietig, ja geradezu devot man dem reichen und mächtigen Reeder gegenübertrat.

Demetrios ritt auch in den nächsten Tagen frühmorgens in die Brüche, um die Arbeiten an den Bauteilen zu verfolgen. Er war begeistert vom handwerklichen Können der Steinmetzen und hielt mit Lob nicht zurück.

Schon nach vierzehn Tagen wurden die fertigen Stücke auf schweren Wagen, die von vier Ochsen gezogen wurden, nach Piraeus gebracht, um sie bei nächster Gelegenheit in einen der Großfrachter aus der Flotte von Pausanias zu verladen. Darum kümmerten sich ausgesuchte Schauerleute des Reeders, Spezialisten, die große Erfahrung darin hatten, kostbares und empfindliches Gut zu transportieren, es mit Kränen und Flaschenzügen zu heben und sicher im Rumpf eines Schiffes zu verstauen.

Als Demetrios zum letzten Mal aus den Brüchen zurück ins Haus kam, vermisste er Messalla, der sonst um diese Zeit schon da war. Auf seine Frage sagte Cornelia: »Er ist auf seinem Zimmer.« Dabei sah sie ihn traurig an.

»Ist er krank?«, fragte er.

»Nein. Ein Brief aus Rom ist gekommen.«

»Das ist doch schön!«, rief er. »Wahrscheinlich von seiner Mutter?«

»Nein, von Hortensius Hortalus.«

»Aha. Und worum geht es?«

»Messalla soll nach Rom zurückkommen.«

»Warum denn das? Wir sind doch erst wenige Wochen hier!«

»Seine Mutter Hortensia ist krank.«

Er erschrak. »Ist es schlimm?«

»Ich glaube, ja.«

Demetrios entschuldigte sich und eilte nach oben in Messallas Zimmer. Er fand ihn auf dem Bett liegend, die Hände hinter dem Kopf verschränkt, den Blick starr gegen die Decke gerichtet.

»Was ist passiert?«

Wortlos wies Messalla zum Schreibtisch, auf dessen Platte eine Rolle lag: »Lies selbst!«

Demetrios entrollte das Papyrosblatt und warf einen Blick auf die Schrift. Hortensius hatte mit eigener Hand geschrieben:

Quintus Hortensius Hortalus grüßt seinen Neffen Marcus. Leider ist der Grund meines Schreibens für dich kein angenehmer. Vor zehn Tagen erkrankte deine Mutter. Zunächst dachten wir, es handele sich um eine in dieser Jahreszeit häufig auftretende leichte Erkältung, doch nach einer Woche hustete sie schlimm und hatte Fieber, so dass ich meinen Arzt Apollodoros hinzuzog. Er diagnostizierte eine Lungenentzündung. Apollodoros tut sein Bestes und kämpft mit allen Mitteln gegen das Fieber an, das sie sehr schwächt. Sie will nicht, dass ich dir davon berichte, noch weniger, dass du zurückkommst; doch wenn das Fieber sie im Griff hält, murmelt sie immer wieder deinen Namen.

Mein lieber Junge, ich hielt es dennoch für meine Pflicht, dir dies mitzuteilen, weil man nie weiß, welchen Verlauf die Krankheit nehmen wird.

Sprich mit Pausanias! Vielleicht kann er einen schnellen Segler auftreiben, der nach Ostia fährt. Die verlorene Studienzeit wirst du mit Leichtigkeit nachholen.

Leb wohl!

Aus Rom.

Demetrios legte die Rolle zurück auf die Tischplatte. Dann griff er sich den Stuhl, drehte ihn um und setzte sich. Sie schauten sich an. Schließlich fragte Demetrios: »Du wirst fahren?«

»Natürlich.« Messalla richtete sich auf. »Sie hatte schon einmal eine schwere Bronchitis, vor zwei Jahren. Das liegt in der Familie. Ihre Mutter, meine Großmutter, ist an einer Lungenentzündung gestorben.«

Demetrios registrierte, wie gefasst Messalla auf den Inhalt des Briefes reagierte. »Weiß Pausanias schon davon?«

»Ja«, rief dieser, der gerade ins Zimmer trat. Er musste die Frage gehört haben. »Cornelia hat's mir erzählt.«

Er setzte sich auf die Bettkante, schaute Messalla an und erklärte forsch: »Kein Grund zur Panik, mein Junge! Wir werden ein schnelles Schiff auftreiben. Und in vier Wochen bist du wieder hier.«

»Und die Akademie . . . ?«, fragte Messalla.

»Das ist kein Problem!« Er lachte kurz. »Ich selbst kümmere mich darum.«

»Danke!«

Pausanias stand auf und gab Demetrios mit einem ernsten Blick zu verstehen, dass er ihn unter vier Augen zu sprechen wünsche. Demetrios verstand. Er erhob sich und ging mit dem Hausherrn nach unten. Im Empfangszimmer schloss Pausanias sorgfältig die Tür und begann sofort leise und eindringlich: »Hortensius hat einen zweiten Brief an mich geschrieben!«

Demetrios sah ihn besorgt an: »Wahrscheinlich steht es um Hortensia schlimmer, als er Messalla mitgeteilt hat . . .«

»So ist es. Es kann auf Leben und Tod gehen. Messalla muss zurück. Du wirst ihn begleiten.«

»Selbstverständlich!«

Pausanias dachte nach. »Morgen Mittag läuft die *Nike* im Hafen ein, mein schnellster Segler! Ich werde eine schriftliche Order für den Schiffsführer aufsetzen mit der Anweisung, unverzüglich gen Westen aufzubrechen. Du wirst sie ihm übergeben.«

»Bist du denn morgen Mittag nicht da?«

»Nein, leider.« Er seufzte. »Eine Krisensitzung des Rates! Sie beginnt schon früh. Ein Legat des Lucullus fordert von uns weitere Kriegsschiffe, um die Flotte des Mithradates besser in Schach halten zu können. Ich bin unabkömmlich, da ich bei den schwierigen Gesprächen den Vorsitz führe.«

»Ich verstehe.«

Pausanias sah Demetrios an und hob den Zeigefinger: »Kein Wort zu Messalla über den zweiten Brief! Versprich es!«

»Kein Wort!« Demetrios nickte ernst. Dann fragte er: »Wann wird Quintus Hortensius wieder hier sein?«

»Ich denke, morgen Abend. Das hat er mir jedenfalls über einen Boten mitteilen lassen. Ich werde ihn informieren. Ihr dürft die Fahrt auf keinen Fall verschieben. Es kann vielleicht um Stunden gehen.«

Ein verhängnisvoller Tausch

Zwei Sklaven von Pausanias halfen beim Verladen des Gepäcks und begleiteten Messalla und Demetrios auch auf der Fahrt zum Hafen. Da sie die *Nike* und ihren Schiffsführer kannten, würde man keine Zeit mit der Suche nach dem Schiff verlieren.

Der schnittige Segler lag am Kai vor der Schiffshalle des Pausanias. Demetrios ließ sich beim Schiffsführer melden. Er überreichte ihm die Order von Pausanias und wartete auf seine Reaktion.

»Tja . . .«, sagte der Mann, kratzte sich hinterm Ohr und machte ein verlegenes Gesicht. »Das wird wohl nicht zu machen sein . . .«

Demetrios reagierte ungehalten: »Aber du hast doch gerade selbst gelesen, dass die Reise keinen Aufschub duldet! Keine Stunde!«

»Ja, ja«, meinte der Kapitän. »Ich kann ja lesen. Aber die Ruderaufhängung ist hin! Wir mussten uns in den Hafen schleppen lassen! Selbst wenn wir sofort mit der Reparatur beginnen, werden wir vor morgen Abend nicht damit fertig sein.«

Er ging mit ihnen zum Heck und zeigte ihnen die gebrochene Mechanik. »Das muss alles von Hand neu angefertigt werden. Die *Nike* ist das einzige Schiff dieser Klasse. Bei der *Triton* wäre das in einer Stunde repariert, weil so wichtige Teile für diese Großfrachter auf Lager gehalten werden. Da fällt mir ein ... Ich habe eben noch mit Skamandros gesprochen. Er sticht gleich in See!«

»Skamandros?« Demetrios merkte auf: »Wohin fährt er denn?«

»Nach Ostia!«

»Wo liegt die *Triton*?«

»Ah, ihr kennt sie? – Drinnen in der Halle! Ich kann mit Skamandros reden und ihn bitten ...«

»Danke! Nicht nötig!«, rief Demetrios, schon auf dem Sprung. »Wir sind mit der *Triton* vor Wochen hier angekommen.«

»Na, das nenne ich aber Glück! Ein gutes Schiff! Und schnell!«

»Wir wissen es. – Komm, Messalla!« Sie verließen die *Nike*, befahlen den Sklaven mit dem Gepäck zu folgen und eilten in die große Halle.

Die *Triton* war fertig beladen, die Mannschaft schon an Bord und das Schiff bereit zum Auslaufen. Skamandros kam mit Papieren aus dem Kontor und wollte gerade an Bord gehen, als er Messalla und Demetrios bemerkte.

»Oh, welch hoher Besuch!«, rief er und lachte über das ganze Gesicht. Dann stutzte er: »Ihr ... ihr habt Gepäck dabei! Wollt ihr etwa auch auslaufen?«

»Genau das!«, sagte Demetrios. »Und zwar mit der *Triton*!«

»Wie bitte?« Skamandros zwinkerte und sah Messalla an: »Studien etwa schon beendet?«

»Keineswegs. Wir müssen zurück nach Rom! Demetrios, erklär du es ihm!«

Das war schnell geschehen. Demetrios reichte Skamandros auch die Order von Pausanias an den Kapitän der *Nike* und wies auf deren Ruderschaden hin.

»Dumme Sache!«, meinte Skamandros. »Selbstverständlich könnt ihr mit mir fahren. Also dann, willkommen an Bord!«

Die Sklaven trugen das Gepäck an Deck und fragten, wohin sie es bringen sollten.

Skamandros wandte sich an Messalla: »Diesmal könnt ihr euch die Kabine aussuchen. Ich habe keine weiteren Passagiere an Bord.«

»Dann nehmen wir die gleiche wie auf der Hinfahrt« meinte Messalla. Demetrios nickte beifällig und wies die Sklaven an, das Gepäck in der Hütte am Heck zu deponieren. Danach verließen sie das Schiff.

Wenige Augenblicke später wurde die *Triton* mit langen Stangen aus der Halle geschoben. Eine mühselige Arbeit. Im Hafenbecken setzten sich mehrere Ruderboote vor und neben den Rumpf und wurden mit Seilen daran vertäut. Die Ruderer legten sich in die Riemen. Unendlich langsam setzte sich der schwer beladene Frachter in Bewegung.

Schon hallten die knappen Befehle des *gubernators* über das Deck. Wie ein Echo kam die Bestätigung von den Segelgasten zurück. Mit geübten Griffen setzten sie Haupt- und Vorsegel.

Als das Schiff endlich das offene Meer erreicht

hatte, wurden die Verbindungsleinen zwischen dem Frachter und den Schleppern gelöst.

Die Boote kehrten in den Hafen zurück. Ein Windstoß fuhr in die Segel und blähte sie wie riesige Kissen. Die *Triton* ging auf Südkurs.

Messalla und Demetrios verfolgten vom Heck aus, wie die Akropolis allmählich ins Bild rückte. Die vergoldeten Ziegel des Parthenon spiegelten das helle Licht der Mittagssonne gleißend wider.

Skamandros trat zu ihnen und wandte sich an Messalla: »Gewiss kein guter Anlass für eine Seereise, Herr. Es ... es tut mir sehr Leid, dass deine Mutter plötzlich erkrankt ist. Aber ich verspreche dir, das Letzte aus dem Schiff herauszuholen. Wir haben genügend Wasser an Bord und brauchen keinen längeren Zwischenhalt einzulegen. Bei gutem Wind sind wir in acht bis zehn Tagen in Ostia.«

Messalla nickte stumm. Demetrios fragte: »Wie ist denn die allgemeine Lage?«

»Unverändert – und das bedeutet für uns: gut!« Skamandros strich sich über den Bart. »Spartacus hält weiterhin mit seinen Scharen Süditalien im Griff. Gaius Verres sorgt dafür, dass die Gewässer um Sizilien frei von Piraten sind. Also kein Grund zur Beunruhigung!«

»Warst du denn in der Zwischenzeit wieder im Westen?«, fragte Messalla.

»Das nicht, aber Schiffsführer, die von Ostia oder Syrakus kamen, sagten: Alles ist ruhig, es gibt nichts Neues!« Er schmunzelte. »Ihr kennt noch nicht meinen Wahlspruch: keine Nachricht – gute Nachricht!«

Messalla und Demetrios nahmen diese Mitteilungen mit Erleichterung zur Kenntnis. Anschließend machten sie sich daran, ihre Kabine einzurichten, wobei sie nur das auspackten, was sie für den täglichen Bedarf an Bord brauchten.

Als sie danach über das Deck bummelten, teilte ihnen Skamandros mit: »Ein Teil der Ladung ist übrigens für Hortensius Hortalus bestimmt!«

»So? Was ist es denn?«, fragte Demetrios.

»Wollt ihr's sehen?«

»Natürlich!«

Skamandros ließ einige Luken öffnen und wies nach unten: Sie sahen Säulen verschiedener Dimensionen, dazu Kapitelle und Basen, Marmorkratere als Gartenschmuck,* riesige Bronzekandelaber.

Staunend fragte Messalla: »Wie viel Säulen sind das denn?«

»Fünfundsechzig.«

»Aber die sind doch nicht alle für Hortensius bestimmt?«

»Natürlich nicht!« Skamandros lachte. »Der Senator ist nicht der einzige Auftraggeber, für den ich liefere.«

»Verstehe. Und da hinten, unter dem Stroh ... Was ist darunter?«

»Marmorstatuen ... Zwei Jünglinge, eine Artemis, verschiedene Büsten, ein geflügelter Jüngling und eine Herme in Bronze.«**

»Und das da?« Messalla zeigte auf einen Stapel bronzener Gestelle.

* Kopfstücke und Füße von Säulen, große Krüge mit Fuß

**Eine Herme ist ein Pfeiler mit dem Kopf des Gottes Hermes; da der Gott Schützer der Wege war, stellte man an Straßen und vor Hauseingängen »Hermen« auf.

»Das sind Teile von Clinen, insgesamt zweiundzwanzig Bettgestelle.«

»So viele?«, staunte Messalla.

»Nun, Herr, es gibt in Athen Werkstätten, die sich auf bestimmte Möbel, wie zum Beispiel Clinen, spezialisiert haben. Die Teile sind im Prinzip alle gleich; sie sind mit Nummern gekennzeichnet, so dass man stets weiß, was zu wem gehört. Der Zusammenbau ist dann ein Kinderspiel.«

Messalla betrachtete die tonnenschweren Säulen, Kapitelle und Basen und meinte: »Dann ist die *Triton* diesmal bis an die Grenze ihrer Tragfähigkeit beladen.«

»Fast, ja . . .« Skamandros nickte. »Aber sie könnte durchaus noch ein paar Säulen mehr tragen. Aber keine Sorge: Wie ich euch schon auf der Hinfahrt erklärt habe, wird sie ganz ruhig im Wasser liegen. Was sage ich: noch ruhiger!«

Messalla überschlug in Gedanken den Wert der Ladung, sie musste Millionen wert sein! Er sagte es und Skamandros meinte dazu: »Das ist richtig, Herr – aber für mich und die *Triton* nicht ungewöhnlich. Wir haben heute Morgen dem Poseidon und seinem Sohn *Triton* geopfert und die mächtigen Meeresgötter um Schutz und guten Wind für die Fahrt gebeten.«

Skamandros ließ die Luken wieder schließen. Sie schlenderten zurück zum Heck. Skamandros steuerte auf die Hütte zu, öffnete eine Kabinentür und trat zur Seite, um die beiden einen Blick hineinwerfen zu lassen: »Und hier ist der kostbarste Teil der Ladung untergebracht!«

Neugierig spähten die beiden in den dämmrigen Raum. Demetrios erschrak, während Messalla geradezu belustigt auflachte: »Was? Diese wurmstichige, beschädigte Holzfigur soll wertvoll sein?«

Demetrios hatte sie sofort wieder erkannt: die Hera-Statue, die Pausanias ihm gezeigt hatte, von der er annahm, dass sie im Heraion von Perachora geraubt worden war. Sie lag auf einer gefalteten Decke am Boden auf einer dicken Schicht Stroh.

»Nun ja ...« Skamandros hob wie entschuldigend beide Hände. »Die Geschmäcker sind eben verschieden. Ihr materieller Wert soll gering sein, aber sie ist uralt! Und sie soll über geheime Kräfte verfügen!«

Unvermittelt begann er leise in einer fremden Sprache Worte zu formulieren, die sie nicht verstanden. Wie im Gebet hob er die Hände, so dass Messalla und Demetrios sich einen erstaunten Blick zuwarfen. Kein Zweifel, Skamandros bezog auch Hera in den Kreis der Schutz gewährenden Gottheiten ein. Es war deutlich zu spüren, dass dem Kapitän diese Fracht nicht ganz geheuer war. Doch Demetrios schwieg sich aus über seine Skrupel und das, was er über den verbrecherischen Hintergrund zu wissen meinte.

In einer Ecke des Raumes standen verschiedene Kleinplastiken, darunter eine bronzene Hermesstatuette, etwa einen Fuß hoch, auf marmornem Sockel. Messalla war fasziniert: Der Gott stand auf dem rechten Bein, die rechte Hüfte herausgebogen. Wie heranschreitend war das linke Bein zurückgesetzt, der Fuß angehoben, sodass nur die Zehen aufsetzten. Die Hand des gestreckten rechten Armes wies schräg nach vorne, als ob sie jemanden aufforderte mitzukommen. Der Kopf folgte der Bewegung. Über den Fußknöcheln wuchsen kurze Flügelchen hervor. Bekleidet war der Gott mit der Chlamys, einem Umhang, der auf der rechten Schulter von einer Fibel zusammengehalten wurde. Der Umhang war schräg über den Oberkörper drapiert, um den linken Unterarm geschlungen und fiel außen in Falten herab. Im Gegensatz zum athletischen Körper und Hals war das Gesicht jugendlich ideal gebildet, Wangen und Stirn glatt und weich modelliert, der Mund leicht geöffnet.

»Wunderbar!«, staunte Messalla. »Ist diese Statue auch für Hortensius Hortalus bestimmt?«

»So ist es«, sagte Skamandros.

»Darf ich sie einmal ins Helle tragen?«

»Sicher. Aber pass auf, sie ist schwerer, als du vermutest!«

Mit beiden Händen hob Messalla die Figur an und trug sie nach draußen. Im Licht der Sonne zeigte sie ihre ganze Schönheit.

Demetrios, ebenso angetan von der Qualität des kleinen Kunstwerks, gab Messalla noch eine Erklärung: »Die rechte Hand ist vorgestreckt, Daumen und Zeigefinger weisen nach vorne. Eine typische Geste für Hermes!«

»Und was bedeutet sie?«, fragte Messalla.

»Nun ... Hermes ist ja nicht nur der Gott der Wege, des Verkehrs, der Kaufleute und Diebe, sondern auch der Führer der Seelen in die Unterwelt.«

»Darum die nach vorne weisende Hand?«

Demetrios nickte. »Das ist die Einladung des Gottes an den Verstorbenen ihm zu folgen.«

Sie brachten die Figur zurück in die Kammer und gingen anschließend nach vorne zum Bug, wo sie das ausgelassene Treiben der Delfine verfolgten, die schon eine ganze Weile das Schiff begleiteten. Wie vor Wochen frohlockte Skamandros: »Ein gutes Omen!«

Quintus Hortensius in Panik

Am Abend dieses Tages kehrte Quintus Hortensius von seiner Geschäftsreise zurück. Er war sehr müde. Man sah ihm an, dass er nur den einen Wunsch hatte, sobald wie möglich ins Bett zu kommen. Beiläufig fragte er den Hausherrn, ob Messalla noch in der Akademie sei.

»Nein, nein . . .« Pausanias schaute ihn ernst an. »Er . . . er musste plötzlich zurück . . .«

»Zurück? Wohin zurück?«

»Nach Rom.« Mit wenigen Sätzen klärte Pausanias ihn auf und Quintus nickte: »Verstehe. Seine Mutter neigte schon immer zu langwierigen Erkältungen. Wann ist er aufgebrochen?«

»Heute Morgen. Mit der *Triton.*«

Quintus starrte ihn erschrocken an: »Mit der *Triton*?« Er war blass geworden.

Erstaunt registrierte Pausanias seine plötzliche Erregung. Er deutete sie so, dass Quintus wohl nicht damit einverstanden war, Messalla mit der langsameren *Triton* auf den Weg zu schicken, und fuhr mit seinen Erklärungen fort: »Eigentlich sollten er und Demetrios mit der *Nike* fahren. Sie ist mein schnellstes Schiff. Wie ich aber von meinen Leuten hörte, liegt sie mit einem Ruderschaden im

Hafen. Vor morgen Mittag sei der Schaden nicht zu beheben. Zufällig stach heute auch die *Triton* in See und da haben die beiden natürlich die Gelegenheit genutzt.« Er fügte noch hinzu: »Aus dem Schreiben deines Vaters geht deutlich hervor, dass es sehr ernst um Hortensia steht. Hier! Du kannst es lesen!« Er reichte Quintus den Brief und dieser überflog ihn.

»Unter diesen Umständen«, fuhr Pausanias fort, »hielt ich es für richtig, die beiden unverzüglich loszuschicken. Das ist doch sicher auch in deinem Sinn, Quintus?!«

»Wie? Ja, ja, natürlich!« Quintus antwortete hastig, wie jemand, der in Gedanken mit ganz anderen Dingen befasst war und nicht ertappt werden wollte. Er hatte immer noch Mühe seine Erregung zu verbergen. In diesem Augenblick erschien Cornelia und bat die Männer zu Tisch. Quintus atmete erleichtert auf.

Beim Essen kreiste das Gespräch eine Weile um die Geschäfte, die Quintus für seinen Vater abgeschlossen hatte. Doch dann verstummte er allmählich. Pausanias schloss daraus, dass ihn die Nachricht von der schweren Erkrankung seiner Tante mehr getroffen hatte, als er zuzugeben bereit war. So hatte er Verständnis dafür, dass Quintus sich gleich nach dem Essen entschuldigte und auf sein Zimmer zurückzog.

Er warf sich aufs Bett und starrte gegen die Decke. Seine Gedanken jagten sich. Die *Triton*! Warum nur die *Triton*?! Sie hätten doch auch ein anderes Schiff nehmen können! Er fluchte in Gedanken. Doch er wusste aus Erfahrung, es gab diese schrecklichen Zufälle, die von einem Augenblick zum andern die Welt auf den Kopf stellten, mochten die Pläne noch so gut eingefädelt sein.

Er legte sich auf die Seite und schaute zum Tisch an der gegenüberliegenden Wand, der jetzt im vollen Licht des Mondes lag. Er sah das Tintenfass, die Schreibschale, die Papyrosblätter. In liebevoller Fürsorge hatte der Hausherr an alles gedacht.

Er musste etwas unternehmen. Er konnte nicht einfach am Morgen vor Sonnenaufgang verschwinden, ohne eine Nachricht zu hinterlassen. Der unerwartete Aufbruch musste glaubwürdig begründet werden. Auf keinen Fall durfte er nach unten gehen und um eine Öllampe bitten. Man würde Fragen stellen. Das Mondlicht musste reichen, um etwas zu Papier zu bringen. Kurz entschlossen sprang er vom Lager auf und nahm auf dem Stuhl am Tisch Platz.

Er legte ein Blatt bereit, öffnete das Tintenfass, tauchte die Rohrfeder ein und strich die überflüssige Tinte vorsichtig ab, damit kein Klecks auf das Blatt sickerte. Dann schrieb er:

Quintus Hortensius grüßt Pausanias! Wundere dich bitte nicht, lieber Freund, wenn du nach dem Lesen dieser Zeilen mein Bett leer vorfindest. Nachdem ich den Brief meines Vaters an dich gelesen hatte, wusste ich, dass es um Hortensia schlimmer steht, als er zuzugeben bereit ist. Er wollte uns alle nicht in Panik versetzen. Ich bin es meinem Vetter als der Ältere schuldig, ihm jetzt mit allen Kräften und Mitteln zur Seite zu stehen. Darum habe ich das Haus noch in der Nacht verlassen, um ein schnelles Schiff zu chartern, Messalla zu folgen und ihn einzuholen. Die Umstände zwingen mich zu außergewöhnlichem Handeln.

Ich bin sicher, du an meiner Stelle würdest genauso handeln. Sobald sich unterwegs eine Möglichkeit ergibt, werde ich dir eine Nachricht zukommen lassen. Leb wohl!

Er legte die Feder zurück in die Schale, verschloss das Tintenfass und ging mit dem beschriebenen Blatt zum Fenster, um den Text im vollen Licht des Mondes mehrmals zu lesen. Er überlegte, ob die Nachricht glaubwürdig war. Sollte er noch Dank sagen für die erwiesene Gastfreundschaft? – Nein, das klang nach endgültigem Abschied. Er wollte Pausanias ja nur mitteilen, dass er für eine gewisse Zeit abwesend sei und zurückzukehren beabsichtigte. Das hatte er zwar so nicht geschrieben, aber es stand zwischen den Zeilen.

Er legte das Blatt zurück auf den Tisch und schaute sich um. Nur das Notwendigste durfte er einpacken, denn er musste unterwegs beweglich bleiben. Wichtiger als alles andere war Geld. Bares Geld! Ging er doch davon aus, dass er dem Schiffsführer – wer auch immer das sein mochte – mit einer größeren Summe nachhelfen musste, noch vor Sonnenaufgang in See zu stechen. Also verteilte er die Silber- und Goldstücke in zwei flachen Brustbeuteln und hängte sie sich um den Hals. Die übrigen Münzen verstaute er in einem breiten Gürtel, den er am Leib tragen konnte. Er holte einen festen Umhängebeutel aus der Kleidertruhe und packte zwei Tuniken, mehrere Lendenschurze und ein Paar Sandalen hinein. Das musste reichen. Falls er mehr brauchte, konnte er sich unterwegs in einem der Häfen, die das Schiff ansteuern würde, Ersatz beschaffen.

Angekleidet legte er sich aufs Bett und fiel in einen leichten Schlaf, aus dem er immer wieder hochfuhr, um den Stand des Mondes zu prüfen.

Als er das Gefühl hatte, die Sonne werde in Kürze aufgehen, erhob er sich, hängte den Beutel um, griff das Blatt und verließ auf Zehenspitzen das Zimmer. Wie ein Dieb bewegte er sich über den Flur zur Treppe und nahm vorsichtig Stufe für Stufe, hielt immer wieder inne, lauschte und erreichte so den Innenhof. Als er das Blatt auf die unterste Stufe legte, wurde er von hinten angestoßen. Erschrocken fuhr er herum: Hektor, der riesige Molosser, begrüßte ihn mit kräftigem Schwanzwedeln. Beruhigend strich er ihm über Kopf und Hals und sprach leise auf ihn ein. Der Hund begleitete ihn bis zur Außentür.

Das Haus war still. Langsam zog er den Riegel zurück, öffnete den Flügel einen Spaltbreit, drängte den Hund zurück, zwängte sich nach draußen und zog die Tür leise ins Schloss. Mit schnellen Schritten machte sich Quintus auf den Weg.

Kimon, der Kapitän der *Nike*, wunderte sich nicht wenig, als er von einem seiner Leute aus dem Schlaf gerissen wurde, der ihm mitteilte, ein gewisser Quintus Hortensius, Gastfreund des Reeders Pausanias, wünsche ihn dringend zu sprechen.

»Was? Jetzt? Weißt du, wie spät es ist?!«

»Sicher, Herr, aber er ließ sich nicht abweisen.« Kimon stieß einen schrecklichen Fluch aus. Dann erhob er sich stöhnend vom Lager, gähnte lange und rieb sich das Wasser aus den rot umränderten Augen. Sein Kopf schmerzte, denn er hatte am Abend zuvor reichlich dem Wein zugesprochen.

»Bring mir was zu trinken!«, befahl er.

»Wasser?«, fragte der Bursche.

»Quatsch! Willst du mich vergiften? Bring Wein!«

Der Mann kam nach einer Weile mit einem halb gefüllten Schlauch zurück und Kimon nahm einen kräftigen Schluck. Dann atmete er tief durch, reckte sich und ging nach draußen. Eben rötete sich im Osten der Himmel. In der Morgendämmerung erkannte er die Umrisse eines kräftigen Mannes an der Reling, der sich sofort umwandte und auf ihn zukam.

»Was willst du?«, knurrte Kimon ungehalten und musterte den Fremden kritisch. Er hatte ihn schon einmal in Begleitung von Pausanias gesehen und später erfahren, dass es sich um den Sohn des römischen Senators Hortensius Hortalus handelte.

Quintus Hortensius hatte sich vorgenommen ganz den römischen Aristokraten herauszukehren. Er begann herrisch: »Du bist Kimon, Schiffsführer der *Nike?*«

»Ja. Warum?«

»Du solltest gestern mit zwei jungen Leuten in See stechen!«

»Ja, ja, aber wegen des Ruderschadens . . .«

»Ich weiß«, schnitt ihm Quintus das Wort ab. »Ist der Schaden behoben?«

»Ob er behoben . . .?« Kimon hatte Mühe wach zu werden. »Wir . . . wir müssen noch die zweite Ruderstange setzen.«

»Das heißt, die erste ist gesetzt?«

»Ja, aber . . .«

»Ihr könntet die zweite auch auf See setzen?«

Kimon kratzte sich am Kopf: »Auf See . . .?« Mit Mühe unterdrückte er ein Gähnen. »Unter Umständen.«

»Was heißt das?«

»Hängt vom Wetter ab. Wenn Seegang und Wind eine gewisse Stärke nicht überschreiten, dann . . .« Er gähnte unverfroren, hustete und spuckte über Bord.

»Und wie wird es sich entwickeln, das Wetter?«

»Schwer zu sagen, Herr.« Kimon schaute zum östlichen Horizont, wo sich eine große Wolkenbank vor die aufgehende Sonne schob. »Das da . . .« – er wies auf die Wolke – »kann sich im Laufe des Morgens auflösen. Es kann sich aber auch zu einer Waschküche auswachsen. Das ist um diese Zeit schwer vorauszusagen, Herr.«

»Und der Wind?«

»Ein steifer Nordost! Wird sich wohl auch so halten.«

»Gut.« Quintus schloss aus diesen Äußerungen, dass der Mann gewillt war in See zu stechen. Um sicherzugehen, fuhr er streng fort: »Du hast gestern die Order von Pausanias gelesen?«

Kimon nickte und Quintus fuhr streng fort: »Nun, sie gilt auch heute noch. Wir müssen die *Triton* verfolgen und einholen. Schaffst du das?«

Wieder kratzte sich Kimon am Kopf: »Wie ich sagte, Herr, hängt das von Wind und Wetter ab. Und vom Setzen der zweiten Ruderstange.«

»Dann macht euch an die Arbeit!« Quintus entnahm seinem Brustbeutel einige Goldmünzen und steckte sie Kimon zu, der sie flink in seinem eigenen Brustbeutel verschwinden ließ.

»Das ist die Hälfte!«, sagte Quintus. »Den Rest

bekommst du, wenn wir die *Triton* erreicht haben.«

Ein letzter Skrupel kam in Kimon hoch, er fragte: »Das ... das ist doch alles mit Pausanias abgesprochen ...?«

»Selbstverständlich. Du weißt wohl nicht, wer ich bin!«

»Oh ja, Herr! Du bist der Sohn des römischen Senators Hortensius Hortalus!«

»Dann verhalte dich entsprechend! Hast du Wasser für drei Tage an Bord?«

»Sicher.«

»Traust du dir zu auch bei Nacht zu segeln?«

»Wenn es sein muss, ja!«

»Sehr gut! Wir werden direkten Kurs auf Syrakus nehmen, ohne den Umweg über Zakynthos! Lass die Anker lichten!«

Eine Viertelstunde später verließ die *Nike* den Hafen und ging auf Südkurs.

Quintus stand am Bug und rechnete: Die *Triton* hatte einen Tag Vorsprung. Selbst wenn Skamandros ebenfalls direkten Kurs auf Sizilien nahm, müsste die *Nike* den schwer beladenen Frachter noch auf hoher See einholen. Hinzu kam, dass der Wind seit gestern von Südost auf Nordost gedreht hatte. Wie er Skamandros einschätzte, würde er kein unnötiges Risiko eingegangen sein und auf Zakynthos über Nacht geankert haben. Dann müssten sie die *Triton* noch vor dem Abend einholen.

Der Sturm

Diese Vermutungen waren richtig. Wegen des ungünstigen Windes hatte sich Skamandros gestern dafür entschieden, Kurs auf die Insel Zakynthos zu nehmen, wo er über Nacht vor Anker ging.

Genau wie Kimon hatte er am heutigen Morgen besorgt nach Osten geblickt, sich den Bart gestrichen und gemurmelt: »Das gefällt mir nicht . . .«

»Was meinst du?«, hatte Messalla gefragt. »Die Sonne geht auf! Es wird ein schöner Tag werden!«

Doch Skamandros blieb skeptisch: »Siehst du diese feinen, grauvioletten Wolkenfäden vor dem orangefarbenen Himmel? Wenn sie sich auflösen, wird es in der Tat ein schöner Tag werden. Wenn nicht, dann . . .«

»Ja?«

»Nun, dann . . . Weißt du, ich habe das schon einmal erlebt, vor vielen Jahren. Der Tag begann auch so. In dem darauf folgenden Sturm verlor ich fünf meiner Schiffe!«

Messalla sah ihn überrascht an. Zum ersten Mal sprach Skamandros davon, dass er stolzer Besitzer einer eigenen Handelsflotte gewesen war. Doch war jetzt nicht der Augenblick neugierige Fragen zu stellen. So sagte er nur: »Du willst also abwarten, wie sich das Wetter entwickelt . . .«

»Nein!« Es klang kategorisch. »Wir haben keine Zeit zu verlieren. Im Übrigen hat der Wind auf Nordost gedreht. Das ist gut. Wir werden schnell vorankommen und morgen früh in Krotone sein.«

Das hieß, dass sie während der ganzen Nacht segeln würden. Dennoch meinte Messalla in den

Augen des Kapitäns eine gewisse Skepsis gegenüber den Naturgewalten zu erkennen.

Dieses Gespräch hatte am Morgen bei Sonnenaufgang stattgefunden. Unmittelbar danach wurden die Anker gelichtet und die Segel gesetzt. Der Wind wehte weiterhin konstant. Er hatte leicht zugenommen. Sie kamen zügig voran. Gegen Mittag befanden sie sich schon sechzig Meilen westlich von Zakynthos.

Messalla stand am Heck und schaute immer wieder prüfend zum östlichen Horizont.

»Na, du machst aber ein verdrießliches Gesicht!« Demetrios war zu ihm getreten. »Was gefällt dir denn nicht?«

»Der Himmel!«

»Wieso der Himmel?« Demetrios schaute in die Runde. »Sieht doch gut aus!«

»Eben nicht. Siehst du das dunkle Wolkenband im Osten?«

»Sicher. Aber das ist doch weit weg!«

»Und vor uns das Gleiche!«

Sie schauten nach Westen.

»In Ordnung«, meinte Demetrios. »Aber das ist noch weiter weg. Die See auf unserer Route ist ruhig.«

Messalla erzählte ihm, was Skamandros am Morgen gesagt hatte, und ergänzte: »Ich verfolge das schon eine ganze Weile. Die Wolkenwand im Westen wird größer und dunkler. Auch die Farbe des Meeres hat sich verändert. Siehst du die feinen Schaumkronen auf den Wellenkämmen?«

Demetrios wurde einer Antwort enthoben, denn Skamandros kam dazu, auch er mit ernstem Gesicht. Offenbar hatte er gehört, was Messalla gesagt hatte, denn er schüttelte besorgt den Kopf und brummte: »Gefällt mir ganz und gar nicht!« Er schaute nach Westen: »Da braut sich ein Gewitter zusammen!«

»Ein Gewitter?!«, rief Messalla. »Jetzt?! Ende April?«

Und Skamandros: »Ich hab so was schon im November erlebt!«

»Aber ... wir haben doch Ostwind! Er treibt die Wolken von uns weg!«

»Leider nicht«, sagte Skamandros und betrachtete aufmerksam die dunklen Wolken.

»Aber wie ist das möglich?«, fragte Demetrios, der wie Messalla bestürzt verfolgte, wie die Gewitterfront ihnen immer näher rückte und gewaltige Wolkengebirge übereinander türmte, die immer höher in den Äther wuchsen.

»Nun, äh ... die Gelehrten haben dafür widersprüchliche Erklärungen, die ich freilich nicht akzeptiere. Meine eigene Erfahrung sagt mir, dass sich in einem solchen Fall zwei Luftsysteme in entgegengesetzter Richtung übereinander schieben. Zurzeit haben wir hier unten noch den guten Ostwind. Aber es besteht die Möglichkeit, dass beide Winde sich irgendwann miteinander vermischen. Und dann wird es gefährlich!«

»Dann sollten wir umkehren, Skamandros!«, schlug Messalla vor.

»Das ist unmöglich, Herr. Gegen den Ostwind kommen wir nicht an. Wir müssen uns weiter nach Westen halten. Der Wind wird schon stärker. Das ist gut, denn dann werden wir schneller und erreichen die Küste Italiens noch in der Nacht.«

»Und ... wenn wir in das Gewitter geraten?«

Da lachte Skamandros breit und erklärte: »Dann gibt's nur eins: Augen zu und durch!« – Aber er dachte: Dann steh uns ein gütiger Gott bei!

Der Wind nahm in der nächsten Stunde an Stärke zu. Mit sachlichem Interesse verfolgte Messalla, wie sich das Hauptsegel prall blähte und die Seile der Takelage wie Sehnen eines Bogens gespannt wurden. Auch das Vorsegel lag voll im Wind. Die *Triton* machte gute Fahrt.

Als er über die See blickte, erschrak er: Die Oberfläche des Wassers hatte sich verändert. Am Morgen noch tanzten die Wellen wie im Spiel, plätscherten leicht gegen den Rumpf, zeigten nur hin und wieder kleine Schaumkronen, die sich sehr schnell auflösten. Die Oberfläche des Meeres schien glatt wie ein Tisch. Nun aber hoben und senkten sich mächtige Wellen, strichen an den Seiten des Schiffes entlang, als ob sie es abtasteten, und sprühten ihre Gischt über die Planken, wenn der Wind mit einer scharfen Bö darüber fuhr. Messalla spürte, wie sein Gesicht nass wurde. Er schmeckte das Salz des Meeres auf den Lippen.

Noch zog die *Triton* ruhig ihre Bahn durch die aufgewühlte See und gehorchte willig den Heckrudern. Der Rumpf hob und senkte sich langsam, sein Bug zerschnitt ohne Schwierigkeiten die Wassermassen, die sich vor ihm auftürmten. Doch mit ganzer Kraft mussten sich die Steuerleute gegen die Ruderstangen stemmen, um dem Schiff immer wieder seinen Kurs aufzuzwingen.

»Durchhalten, Jungs!«, ermunterte sie der *gubernator.* »In einer Stunde Ablösung!«

Er ging nach vorne zu Skamandros und erklärte

mit besorgtem Gesicht: »Sieht nicht gut aus, *magister!*«

»Bin nicht blind!«, gab Skamandros zurück und blickte aufs Meer. »Lass die Rudergasten ablösen!«

»Schon jetzt?«

»Ja! Ablösung stündlich! Sollen mit aller Kraft gegenhalten!«

»Recht so!«, bestätigte der *gubernator* den Befehl, ließ die Ersatzleute antreten und die erschöpften Männer an den Ruderstangen ablösen.

Vier andere bekamen die Order: »Herhören! Lukendeckel auf Dichtigkeit überprüfen! Bereits eingedrungenes Wasser abpumpen!«

Und zu den Segelgasten: »Herhören! Takelage spannen! Es wird gleich noch toller kommen!«

Er sollte Recht behalten. Unaufhaltsam näherten sie sich dem schwarzviolett drohenden Wolkengebirge. Dabei war nicht zu sagen, ob die Gewitterfront auf sie zukam oder die *Triton* in sie hineinfuhr. Auch hinter ihnen bauten sich dunkle Wolkenmassen auf. Innerhalb einer Viertelstunde zog sich der ganze Himmel zu. Wie ein dunkles Tuch senkten sich die tief hängenden Wolken über das Meer und verschluckten die Sonne.

Hin und wieder gingen warme Schauer nieder, doch die Abstände zwischen ihnen wurden kürzer. Schließlich setzte Dauerregen ein, der den Horizont in Dunst und Nebel verschwinden ließ. Die Sicht reichte kaum noch ein Stadion* weit. Es war das eingetreten, was Skamandros befürchtet hatte: Beide Fronten hatten sich überlagert und waren dabei, sich miteinander zu verei-

* 178 m

nigen. Dabei kam es zu den befürchteten Turbulenzen.

Schon zuckten die ersten Blitze kreuz und quer durchs Gewölk. Das Grollen des Donners folgte in immer kürzeren Abständen nach.

»Wir sind mittendrin!«, rief Skamandros seinem *gubernator* zu. Und dieser: »Sollen wir das Hauptsegel reffen?«

»Noch nicht! Solange der Wind seine Richtung hält, weiter so!«

»Recht so!«

Skamandros, der sah, dass Messalla und Demetrios sich backbord in der Nähe der Reling aufhielten und immer wieder Mühe hatten dem Druck einer plötzlich über das Deck fegenden Bö standzuhalten, ging zu ihnen hin, legte Messalla die Hand auf die Schulter und sagte eindringlich: »Geht in eure Kabine! Dort seid ihr sicherer.«

Die beiden nickten und machten sich auf den Weg zum Heck. Dabei hielten sie den Körper leicht vorgebeugt, um dem Winddruck widerstehen zu können. Nur mit Mühe gelang es ihnen, die Außentür zu schließen.

»Er denkt wirklich an alles!«, sagte Demetrios und er meinte die Fürsorge von Skamandros, der offensichtlich jemanden beauftragt hatte die Öllampe in der Kabine anzuzünden.

Messalla ließ sich auf dem Hocker nieder, seufzte und verfolgte mit den Augen die unregelmäßigen Pendelbewegungen der Lampe.

»Ist dir schlecht?«, fragte Demetrios besorgt.

»Nein.«

»Was dann?«

»Ich mache mir Sorgen.«

»Das brauchst du nicht. Das Wetter kann der *Triton* nichts anhaben.«

»Glaubst du das wirklich?«

»Ja. Man muss nur gewisse Vorsichtsmaßnahmen treffen. Am wichtigsten ist, dass die Ladung nicht verrutscht. Und das kann sie nicht. Ich habe mir nämlich genau angesehen, wo und wie die tonnenschweren Säulentrommeln und Kapitelle liegen. Skamandros hat schon Recht, ihr Gewicht hält das Schiff ruhig, weil sein Schwerpunkt sehr tief liegt.«

»Warst du schon einmal in einem Sturm auf See?«

»Ja. Zusammen mit deinem Onkel. Bei den Inseln des Aeolus. Aber wir hatten stets Land vor Augen und konnten in einem sicheren Hafen vor Anker gehen.«

»Davon kann jetzt keine Rede sein!«

»Warum auch? Wir können unbesehen auf die Standfestigkeit des Schiffes und das Können der Mannschaft vertrauen.«

In diesem Augenblick rief einer der Steuerleute: »Schiff von achtern!«

Messalla und Demetrios eilten nach draußen. Auch Skamandros kam zum Heck und schaute nach Osten. In einer Entfernung von etwa einer halben Meile kämpfte sich ein Segler durch die hochgehende See. Manchmal verschwand der Rumpf unter der Wasserlinie und nur das Segel war zu sehen.

»Das ist ja die *Nike!*«, staunte Skamandros.

»Bist du sicher?«, fragte Messalla.

»Aber ja. Kenne das Segel. Seht ihr den roten Streifen?«

Mit einiger Mühe konnten sie einen roten Streifen ausmachen, der diagonal über das Hauptsegel lief.

»Ah, sie gibt uns Zeichen!«

Sie sahen, wie auf der *Nike* in unregelmäßigen Abständen ein Licht aufblinkte.

»Was hat das zu bedeuten?«, fragte Demetrios, und Skamandros erklärte es ihm: »Kimon signalisiert uns, wir sollen ihn herankommen lassen.«

»Bei diesem Wetter?!« Der *gubernator* war dazugekommen, schüttelte verständnislos den Kopf und sagte zu Skamandros: »Dafür muss er aber verdammt gute Gründe haben, *magister*!«

Das dachten die Übrigen auch, denn es schien unmöglich, dass beide Schiffe bei diesen Wind- und Wasserverhältnissen längsseits gingen – immer vorausgesetzt, die *Nike* würde es überhaupt schaffen, sich heranzukämpfen.

Skamandros nickte grimmig und brummte: »Beim Herakles! Er muss in der Tat gute Gründe haben . . .«

»Soll ich . . ., fragte der *gubernator* und schaute den Kapitän an, »soll ich Befehl geben, das Hauptsegel zu reffen, damit wir an Fahrt verlieren?«

»Nein, auf keinen Fall!«, sagte Skamandros mit Entschiedenheit. »Wir müssen unsere Geschwindigkeit unbedingt beibehalten! Die *Nike* ist schneller als wir und kann uns gegebenenfalls einholen!« Leise fügte er hinzu: »Wie er sich das unter diesen Umständen vorstellt?!«

Alle starrten sie angestrengt hinüber und verfolgten, wie die erheblich leichtere *Nike* in den immer höher gehenden Wellen auf und ab tänzelte oder abrupt zur Seite geworfen wurde. Skamandros wollte schon Befehl geben, mit der Sturmlaterne eine ablehnende Antwort zu signalisieren – doch dazu kam es nicht mehr: Wie von Geisterhand gelenkt, senkte sich mit einer nicht für möglich gehaltenen Geschwindigkeit eine Nebelbank zwischen beide Schiffe und entzog die *Nike* ihren Blicken.

»Verdammt!«, rief Skamandros und schickte noch einen Fluch in seiner Muttersprache hinterher, befahl dann aber dem Mann mit der Laterne, sich weiter bereitzuhalten.

Mit größter Anstrengung starrten sie auf den Punkt im Nebel, hinter dem sie die *Nike* vermuteten. Der Sturm hatte in der letzten Viertelstunde erheblich zugenommen. Sie mussten sich an der Reling fest halten, um nicht von den unberechenbaren Böen umgeworfen zu werden. Der Regen peitschte fast waagerecht über das Deck. In unmittelbarer Nähe gingen Blitze nieder, gefolgt von explosionsartigen Donnerschlägen, die in ein nicht enden wollendes Grollen übergingen. Messalla sah, wie irrlichternde Funken den Mast herabkrochen – und zum ersten Mal fürchtete er sich.

»Da!«, rief Demetrios. »Da ist sie!«

»Wo?«, fragte Messalla.

Demetrios zeigte nach Südosten.

Skamandros kniff die Augen zusammen, schaute lange hinüber und erklärte schließlich sachlich: »Sie wird vom Wind und der starken Strömung abgetrieben. Sie ist zwar sehr wendig und schnell, aber bei ihrem geringen Gewicht verhält sie sich unter diesen Umständen wie ein Korken in einem Badebottich: Du kannst ihn in jede Richtung wegpusten!«

Mehrmals verschwand das Schiff im Nebel. Wenn es wieder auftauchte, hatte sich die Entfernung zur *Triton* erheblich vergrößert. Schließlich hatten sich die beiden Schiffe verloren.

»Wenn ich nur wüsste, warum er uns gefolgt ist . . .« Skamandros hatte es leise gesagt; nun wandte er sich an Messalla und Demetrios: »Ich bitte euch: Wenn ihr schon nicht in eurer Kabine bleiben wollt, dann bindet euch ein Seil um den Leib und befestigt es an der Reling!«

»Recht so!«, erklärte Messalla, worauf Skamandros grinste und meinte: »Nicht schlecht, Herr! Früh übt sich. Wer weiß . . . Vielleicht wirst du's noch zum Schiffseigner bringen.«

Messalla grinste zurück und sagte: »Aber nur, wenn ich einen *magister navis* wie dich hätte!« Und er fügte hinzu: »Ich bitte dich, Skamandros, sag nicht Herr zu mir! Du bist ein freier Mann!«

Skamandros kratzte sich am Bart und meinte: »Ich habe nichts dagegen, He . . . – ich meine: Messalla. Aber es kommt mir schwer über die Lippen. Die Gewohnheit, weißt du, die Gewohnheit!«

»Verstehe. Aber Demetrios sagt auch nicht ›Herr‹ zu mir!«

»Das ist etwas anderes. Ihr seid zusammen aufgewachsen.«

»Woher weißt du das?«

»Von deinem Onkel.«

»Ah ja . . .« Messalla staunte einmal mehr über die enge freundschaftliche Beziehung zwischen Hortensius Hortalus und dem Mann aus Pisidien, die offenbar zwischen den beiden bestand.

Da sie ohnehin völlig durchnässt waren und es nicht mehr in der Hütte aushielten, leisteten sie der Anordnung des Kapitäns gern Folge und gürteten sich an der Reling an. Sie spürten den warmen Regen auf der Haut, das Salz der Gischt auf den Lippen und fanden alles faszinierend. – Aber nicht mehr lange, denn die Verhältnisse sollten sich im Laufe der nächsten Stunden grundlegend ändern.

Der Sturm nahm kontinuierlich an Kraft zu und peitschte schließlich mit solcher Gewalt über Deck, dass das Atmen schwer fiel, wenn er von vorne auf das Gesicht traf. Seile und Taue der Takelage waren bis zum Zerreißen gespannt und gaben singende Töne von sich. Der riesige Rumpf hob und senkte sich an Bug und Heck in einem Maße, wie sie es bisher nicht für möglich gehalten hatten. Dabei knackte es in den Hölzern, es ächzte und stöhnte, als ob das Schiff ein lebendes Wesen sei. Es war auch kälter geworden. Sie begannen zu frieren. So bestand Demetrios darauf, dass sie in ihre Kabine gingen und sich trockene Sachen anzogen.

»Wenn nur nicht die Ladung verrutscht!«, sagte Messalla und sah das Bild der gekenterten *Triton* vor sich. Er musste sich am Türrahmen fest halten, weil das Schiff in diesem Augenblick mit dem Heck tief eintauchte und er das Gleichgewicht verlor.

»Kein Grund zur Sorge!«, beruhigte ihn Demetrios, der sich am Bettpfosten fest hielt. »Die Säulen liegen dicht eingekeilt ... in Längsrichtung ... wie Hölzer in einer Wanne.«

Er hatte den Satz kaum beendet, als die Kabinentür aufgerissen wurde und schäumende Gischt hereinschoss, die an der gegenüberliegenden Wand hochschwappte. Sie rissen ihre Beutel vom Boden und warfen sie in die obere Koje. Die Öllampe schwankte heftig hin und her und warf gespenstische Schatten an die Wände des Raums.

Draußen hörten sie den *gubernator* brüllen: »An die Pumpen! Los, los! Bewegt euch!«

Also musste Wasser in den Rumpf eingedrungen sein!

Messalla und Demetrios prüften den Verschluss des Kabinenfensters und wollten die Tür nach draußen schließen, als Skamandros im Rahmen erschien. Er atmete schwer. Wasser tropfte ihm aus Haaren und Bart, auch er war völlig durchnässe.

»Ihr bleibt . . .« – er musste sich an der Wand abstützen, denn das Heck senkte sich erneut mit einer plötzlichen Bewegung ab – »ihr bleibt jetzt hier drin! Hier seid ihr am sichersten! Legt alle Riegel vor! Haltet die Luke verschlossen! Auf keinen Fall öffnen!«

Sie nickten. Es gab nichts zu sagen. Die Lage, in der sich Schiff, Mannschaft und Passagiere befanden, war klar.

Nachdem Skamandros gegangen war, legten sie an der Kabinentür die Riegel vor und hofften, dass sie dem Druck einer über das Deck brechenden Welle standhalten würden.

Demetrios prüfte den Ölstand der Lampe: »Sie wird noch zwei Stunden brennen. Wir haben genügend Öl zum Nachfüllen.«

Er setzte sich auf die Kante des unteren Bettes, Messalla ließ sich auf dem Hocker nieder. Sie starrten auf den Boden. Die Vorgänge an Deck konnten sie anhand der Kommandos verfolgen, die Skamandros oder der *gubernator* in unregelmäßigen Abständen riefen:

»He, ihr da! Bindet die Ruderstangen fest! Ruder festbinden! ... Was? ... Nein! Keine Kursänderung! Verdammt noch mal, Ruder festbinden! ... Was? ... Nein! Das Segel bleibt oben! Spannt die Seile nach! ... Die Seile nachspannen!«

Man hörte, wie sich die Rudergasten gleich neben der Hütte zu schaffen machten.

»Wir sollten uns in die Kojen legen«, sagte Demetrios. »Wir können jetzt ohnehin nichts tun, als abwarten, wie sich das Unwetter entwickelt.«

Sie machten es sich bequem und gaben sich eine Weile der scheinbaren Geborgenheit ihrer Kabine hin, während draußen der Sturm tobte und die Wellen hochgingen.

»Demetrios ...!«

»Hm ...?«

»Was meinst du, warum die *Nike* uns gefolgt ist?«

»Vielleicht hatte Kimon noch eine wichtige Nachricht von Pausanias für Skamandros.«

»Aber es hieß doch, dass die *Nike* wegen der Reparatur der Steuerruder frühestens heute in See gehen könnte ...«

»Ja, seltsam ...«

»Vielleicht ist Pausanias etwas zugestoßen.«

»Nein, das glaube ich nicht.«

»Aber es muss doch einen triftigen Grund dafür geben, dass das Schiff bei diesem Wetter in See sticht! Vielleicht will man uns vor einer Gefahr warnen, vor dem Sturm zum Beispiel ...«

»Aber Messalla! Wir sind doch schon mittendrin! Auch das gibt keinen Sinn!«

». . . oder vor Piraten!«

»Das ist noch unsinniger! Woher sollte Kimon denn wissen, dass in diesen Gewässern Piraten lauern?! Und das bei diesem Wetter!«

Ihr Gespräch wurde unterbrochen. Draußen schrie jemand: »Hauptsegel nach Steuerbord abgerissen!«

Demetrios fuhr von seinem Lager hoch und flüsterte: »Oh ihr Götter!«

Sie sprangen auf, entriegelten die Tür und öffneten sie vorsichtig, um sicherzugehen, dass kein Wasserschwall über die Planken des Hecks auf sie zuschoss. Da sie im Windschatten der Hütte standen, fuhr der Sturm über sie hinweg. Sie konnten aufrecht stehen.

Was sie sahen, ließ sie zusammenfahren: Das Segel des Hauptmastes hatte sich auf der Steuerbordseite von der Rah gelöst. Einige der Rahbändsel* hatten dem wachsenden Druck des Sturms nachgegeben und waren gerissen. Das auf einer Breite von etwa fünfzehn Fuß** frei flatternde Segeltuch schlug wie eine wild gewordene Fahne hin und her und zerrte mit gewaltigen Kräften an den restlichen Rahbändseln. Es war abzusehen, dass sie dem ungeheuren Zug bald nachgaben – oder das Segeltuch würde von oben nach unten reißen und zerstört werden.

So viel wusste Messalla: Wenn das Großsegel

* Das sind die Schlaufen, mit denen die Oberkante des Segels an der Rah befestigt ist.

**Etwa 4,50 m

ausfiel, verlor das Schiff nicht nur an Fahrt, sondern es war schwerer zu steuern. Würde man es wagen, bei diesem Sturm die Reparatur durchzuführen?

Skamandros, der *gubernator* Diodoros und Polybios, der Schiffszimmermann, standen bei der Takelage des Mastes, hielten sich an den Tauen fest und starrten prüfend nach oben. Obwohl sie nahe beieinander standen, mussten sie sich anbrüllen, um sich verständlich zu machen. Was sie miteinander besprachen, war am Heck nicht zu verstehen, da der Sturm jeden Laut davonwehte.

Skamandros rief zwei Männer zu sich und redete auf sie ein. Sie nickten langsam und gingen mit Polybios zu den Aufbauten des Vorderschiffs, in denen sich Werkzeug, Gerät und Material des Zimmermanns befanden. Sie kamen mit mehreren Lederriemen zurück, die als Ersatzbändsel für die Rah immer bereitgehalten wurden. Einer von ihnen, ein kräftiger Mann Mitte dreißig, begann an der Takelage, die wie eine Strickleiter geknotet war, aufwärts zu klettern. Der zweite folgte nach. Er hatte sich die Lederriemen mit einem Strick um den Leib gebunden, damit er beim Klettern die Hände frei hatte. Der Zimmermann stieg bis in halbe Höhe des Mastes nach, um im Notfall mit Hand anlegen zu können.

Gespannt verfolgten Messalla und Demetrios vom Heck aus das Geschehen. Der Sturm blies mit unverminderter Kraft. Immer wieder tauchte der Bug in die hochgehende See ein, arbeitete sich mühsam frei, um gleich wieder nach unten gedrückt zu werden. Dieses stetige Auf und Ab übertrug sich auf den Mast, dessen Spitze in abrupten

Bewegungen vor- und zurückgeworfen wurde. Dazu schlugen immer wieder gewaltige Wassermassen über das Deck, überspülten auch das Heck, so dass Messalla und Demetrios manchmal bis zu den Waden im Wasser standen. Die nassen Tuniken klebten ihnen am Leibe, aber sie hatten kein Empfinden mehr für Nässe und Kälte, so sehr nahm sie das dramatische Geschehen gefangen.

Langsam und vorsichtig kletterten die Männer aufwärts, mussten immer wieder Pausen einlegen, um sich mit Händen und Füßen in der Takelage einen festen Halt zu verschaffen. So erreichte der Erste schließlich die Rah. Nun begann der gefährlichste Teil der Aufgabe. Er wartete, bis sich die Bewegungen des Schiffes etwas beruhigt hatten, dann schwang er sich auf die Rah, umklammerte mit beiden Beinen das Rundholz und suchte mit den Füßen Halt am Segel, das hier noch fest in der Aufhängung saß. Der Zweite folgte ihm nach, schob einen Riemen durch die Öse des Segeltuchs, zog beide Enden hoch bis zur Rah und steckte sie an der eisernen Schnalle ineinander. Gemeinsam zerrten und rissen sie mit aller Kraft am Riemenende und es gelang ihnen, den unbefestigten Teil des Segels etwas anzuheben.

Der Vorgang wiederholte sich an die zehn Mal. Je mehr sie sich dabei nach außen bewegten, umso gefährlicher wurde es für sie, weil der Durchmesser der Segelstange sich verringerte. Das Ende der Rah ragte weit über den Rumpf nach außen. Wenn sie jetzt den Halt verloren, stürzten sie ins aufgewühlte Meer und trieben in wenigen Augenblicken ab. Freilich konnten sie sich nun an den Seilen fest halten, die, von der Mastspitze ausgehend, die äußeren Enden der Rah hielten. Unter größter Anstrengung gelang es ihnen schließlich, das lose Segeltuch überall wieder zu befestigen.

Als sie wieder unten ankamen, waren sie völlig erschöpft. Skamandros ging mit ihnen zur Hütte und wies ihnen seine eigene Kabine zu, damit sie sich dort von den Anstrengungen erholen konnten.

»Das habt ihr sehr gut gemacht, Jungs!«, lobte er.

Anschließend wandte er sich an Messalla und Demetrios: »Das hätte ins Auge gehen können!«

Messalla fragte: »Werden wir es schaffen?«

Skamandros schaute zum Himmel: »Wenn der Sturm nicht noch stärker wird, ja!«

»Und in der Nacht . . .?«

»Wir werden die Segelfläche verkleinern. Nur so viel, dass die *Triton* noch gut an den Rudern hängt. Die Entscheidung wird morgen früh fallen . . .«

Was er damit meinte, sagte er nicht, und weder Messalla noch Demetrios fragten nach.

»Es wird schon dunkel«, fuhr der Kapitän fort. »Ihr solltet wieder in eure Kabine gehen und dort bleiben. Der Koch bringt euch was zu essen. Heute natürlich nur kalt. Versucht danach eine Mütze Schlaf zu nehmen. So geht die Zeit am schnellsten vorbei.« Er fügte hinzu: »Ihr wisst ja: Auf keinen Fall die Luke öffnen! Und die Tür verriegeln!«

Sie entledigten sich der nassen Kleidung, rieben die Haut mit Tüchern trocken und zogen frische Tuniken und Lendenschurze an. Die nassen Stücke wrangen sie aus und hängten sie zwischen den Bettpfosten und an den Dübeln der Wand zum Trocknen auf.

Das Essen, das der kleine, dicke Koch brachte, bestand aus Brot, Käse, Schinken und Feigen. Dazu legte er einen mit Wein gefüllten Schlauch auf den Tisch.

»De-den Wein trinkt ihr am be-besten nicht aus Bechern, sss-son-dern gleich aus dem Schlauch!« Sie hörten den Mann zum ersten Mal reden und registrierten verwundert, dass er stotterte. »Wei-weil der Krug und die Be-becher bei dem Seegang umfallen.« Das klang wie eine Entschuldigung dafür, dass er weder Krug noch Becher gebracht hatte.

»In Ordnung!«, nickte Demetrios. »Wie heißt du?«

»Sie ne-nennen mich einfach Pse-Psellistes, Herr.« Er machte eine tiefe Verbeugung.

Demetrios und Messalla wechselten einen schnellen Blick, denn das griechische Ψελλιστης bedeutete »Stotterer«.

»Danke, Psellistes!«

Und dieser: »Wenn die He-Herren noch mehr möchten, bring ich noch mehr.«

»Danke, nicht nötig. Wir haben alles, was wir brauchen. Kümmer dich besser um deine Kameraden!«

»Die ko-kommen jetzt nicht zum Essen, Herr!«

»Verstehe. Bist du Sklave?«

»Nein, Herr. Ich nicht. Aber a-alle andern von der Mannschaft sind Sklaven. Nur Diodoros und der Zi- Zimmermann nicht.«

»Gut. Du kannst gehen, Psellistes.«

Der Koch entfernte sich rückwärts gehend und sich dabei mehrmals verbeugend aus der Kabine.

Da sie den ganzen Tag über nichts gegessen hatten, machten sie sich mit großem Appetit über das Essen her.

»Armer Kerl!«, sagte Messalla und spülte das trockene Brot mit einem Schluck Wein hinunter. Dann reichte er Demetrios den Schlauch, der sich gern bediente und meinte: »Ich glaube, das siehst du falsch! Ob der Mann stottert oder nicht, spielt hier überhaupt keine Rolle – solange er gut kocht! Und das tut er – oder nicht?«

»Aber ja doch! Mir gefällt er.«

»Mir auch.«

Die Aufregungen des Tages, der geringe Schlaf, dazu der unverdünnt getrunkene Rotwein, dies alles hatte sie nicht nur ermüdet – sie waren in einem seltsam entrückten Zustand, als ob sie sich außerhalb der wirklichen Welt befänden und nicht auf einem sich schwer durch die hochgehende See kämpfenden Frachter mit dem Namen *Triton*.

Plötzlich hielt Messalla den Kopf schief, lauschte und sagte: »Fällt dir nichts auf?«

Demetrios hielt mit dem Kauen inne, lauschte ebenfalls nach draußen und stellte fest: »Der Sturm hat nachgelassen!«

»Und es hat aufgehört zu regnen!«

»Tatsächlich! Das lässt hoffen!«

Sie waren mit dem Essen fertig. Messalla gähnte laut und lange. Es wirkte so ansteckend, dass Demetrios es ihm gleichtat.

»Wir sollten uns schlafen legen«, meinte Demetrios, und Messalla nickte.

Angekleidet krochen sie in ihre Kojen, zogen sich die Decken bis zum Kinn, lauschten auf die Geräusche des Meeres, verfolgten die Pendelbewegungen der Lampe und kamen sich vor wie auf einer gigantischen Schaukel, wenn der Rumpf der *Triton* sich langsam hob und senkte.

Messalla gähnte noch einmal und meinte: »Dann werden wir eine ruhige Nacht haben.«

»Hoffentlich!«

»Schlaf gut!«

»Du auch!«

Messalla schloss die Augen und sah das Gesicht seiner Mutter vor sich. Sie hatte Schweißperlen auf der Stirn, die Augen weit geöffnet und fiebrig glänzend. Er hörte ihren schweren, stoßenden Atem. Doch dann machte er sich bewusst, dass er dies bei seiner Großmutter beobachtet hatte, wenige Tage vor ihrem qualvollen Tode. Das Gesicht der Mutter verwandelte sich in das der Großmutter. Er schalt sich einen Narren: Die frühe Erinnerung an den Tod der Großmutter hatte mit der Krankheit der Mutter nichts zu tun! Sempronia, die Großmutter, war alt und hinfällig, ja geistig verwirrt gewesen. Hortensia aber stand in der Mitte des Lebens! Er zwang sich zu positiven Gedanken: Wahrscheinlich ging es der Mutter schon besser. Sein Onkel Hortensius würde den besten Arzt von Rom hinzugezogen und von ihm die wirksamste und teuerste Medizin verlangt haben!

Er hörte, wie er ihn streng anfuhr: »Geld spielt überhaupt keine Rolle! Tu alles, was dir und deiner Kunst möglich ist! Hast du mich verstanden?!«

Hortensius würde die Mutter auf seinen Landsitz nach Tusculum gebracht haben, damit sie sich in der klaren Luft der Albaner Berge schneller erholte und zu Kräften kam.

Wenn er ihr doch helfen könnte! Das Einzige, was er tun konnte, war beten. Aber zu wem? Welche Gottheit war in diesem Fall zuständig? Etwa Aesculapius, der Heilgott, dessen großer Tempel auf der Tiberinsel stand? Täglich pilgerten die Kranken dorthin, opferten einen Hahn und hofften auf die Hilfe des Gottes. Doch schon früh hatte er beobachtet, dass es durchweg die Ärmsten unter den Bürgern waren, die Proletarier,* die in Scharen zum Tempel humpelten oder von Angehörigen auf primitiven Wägelchen dorthin gebracht wurden; die Wohlsituierten empfanden es als unter ihrer Würde, sich mit dem gemeinen Volk zu treffen. Sie konnten sich ihren eigenen Hausarzt und teure Medikamente leisten – und wenn, dann gelobten sie einem der großen Götter Opfer, um sich ihrer Hilfe zu versichern: die Frauen der Iuno, Ceres oder Venus, die Männer dem Iupiter, dem Apollo, dem Hercules.

Plötzlich schoss ihm durch den Kopf: Gleich nebenan, in der Nachbarkabine, lag, in eine Decke eingewickelt, die uralte Statue der Göttin Hera! Hatte nicht sogar Skamandros, als er ihnen das

* Die *proletarii* waren die Bürger der untersten Klasse ohne Vermögen, die vom Kriegsdienst befreit waren.

Bildnis der Göttin zeigte, in großem Respekt vor ihr und ihrer Macht ein Gebet gesprochen?

Messalla überlegte: Hera wurde in Rom der Iuno gleichgesetzt, und Iuno war die besondere Beschützerin der Frauen. Ihr Haupttempel stand auf dem Capitol in Rom. Seine Mutter aber opferte regelmäßig im Tempel der Iuno Lucina. Das uralte Heiligtum stand im Argiletum.* Der Beiname der Göttin, Lucina, bedeutete *die ans Licht Fördernde.* Besonders schwangere Frauen wandten sich an sie, aber auch Kranke, weil sie der heilbringenden Kraft der großen Göttin vertrauten. Frauen aus allen Schichten des Volkes opferten ihr. Könnte er nicht zu ihr . . .?

Er sah die archaische hölzerne Gestalt vor sich, schaute in ihre großen, magischen Augen und begann mit ihr zu sprechen, ohne dass Worte über seine Lippen kamen. Er bat sie, das Leben der Mutter zu schützen, die Krankheit von ihr zu nehmen und sie wieder genesen zu lassen. Wie eine Litanei wiederholte er die wenigen Sätze immer wieder, weil er überzeugt war, dass dies der Bitte Gewicht verleihen würde. Ohne dass er es merkte, schlief er darüber ein.

Auch Demetrios war längst in tiefen Schlaf gefallen. In der Kabine war bald nur noch das leise, ruhige Atmen der jungen Männer zu hören. Nach einer halben Stunde erlosch die Lampe.

Skamandros hatte den größten Teil der Mannschaft schlafen geschickt. Die Männer hatten es sich in den Nischen des Laderaums auf Decken, Säcken und Ballen so bequem gemacht, wie es unter

* Dicht bevölkerter Stadtteil Roms

den gegebenen Umständen möglich war. Aus langjähriger Erfahrung hatten sie darin eine große Geschicklichkeit entwickelt. Weil sie alle erschöpft waren von den Anstrengungen der vergangenen Stunden, fielen auch sie auf der Stelle in Tiefschlaf.

Skamandros aber, ganz der pflichtbewusste Schiffsführer, der die Verantwortung für Schiff, Mannschaft, Passagiere und Ladung trug, machte immer wieder zusammen mit seinem *gubernator* Diodoros einen Rundgang über das Deck, kontrollierte gewissenhaft die Spannung der Takelage des Mastes, auch den korrekten Sitz der erneuerten Bändsel des Rahsegels, inspizierte die Verzurrung des Vorsegels, ließ das Bilgenwasser, das sich am Boden des Rumpfes gesammelt hatte, immer wieder abpumpen und war mit allem, was er sah oder was man ihm meldete, zufrieden.

Dennoch machte er ein besorgtes Gesicht. Diodoros, der ein Gespür dafür hatte, wenn Skamandros eine drohende Gefahr witterte, sprach ihn darauf an: »Das Schiff liegt ausgezeichnet auf Kurs. Der Rumpf ist dicht. Das Segel fest. Der Sturm hat nachgelassen. Du aber schaust besorgt zum Himmel!«

»Es ist nicht der Himmel . . .«, brummte Skamandros.

»Was dann?«

»Mein Bein!«

»Dein Bein?«

»Es schmerzt. Die alte Narbe, weißt du . . .

»Ja, du hast mir davon erzählt. Der Schwerthieb . . . vor fünfzehn Jahren . . .«

»Ja, ja . . . Meldet sich immer, wenn das Wetter radikal umschlägt.«

»Aber das ist doch gut! Das heißt doch, dass der verdammte Sturm sich totläuft!«

»Eben nicht! Er wird nach Mitternacht mit fürchterlicher Gewalt zurückkehren.«

»Bist du sicher?«

»Absolut! Habe das schon einige Male erlebt. Kann mich auf mein Bein verlassen.«

Diodoros dachte eine Weile nach, dann sagte er: »Wir kommen zurzeit gut voran und sind so schnell, dass wir Italien im Laufe des Vormittags, wenn nicht schon früher erreichen können.«

Doch Skamandros blieb dabei: »Der Sturm wird uns einholen. Wir können ihm nicht davonlaufen!«

»Ich glaube, du siehst das zu schwarz, Skamandros!«

Der Kapitän ging darauf nicht ein, schwieg eine Weile und gab dann die Order: »Lass die Jungs so lange schlafen wie möglich! Ich denke, dass es bis Mitternacht noch ruhig bleibt. Im Übrigen: Kurs beibehalten! Ich leg mich etwas aufs Ohr. Solltest du auch tun. Die Wache ist angewiesen mich zu wecken, falls es Schwierigkeiten gibt.« Er gähnte.

Diodoros ging nach achtern, um die Stellung der Ruder zu kontrollieren. Man hatte sie längst wieder aus ihrer Arretierung gelöst und ließ sie von zwei erfahrenen Steuergasten handhaben. Noch konnten sie sich am geröteten Himmel im Westen orientieren. Das aber entfiel, wenn der letzte Schimmer des Abendrots von der Nacht verschlungen wurde. Es blieb nur zu hoffen, dass der Himmel aufklärte. Dann konnte man den Kurs nach dem Polarstern bestimmen. Diodoros war fest davon überzeugt, dass die *Triton* die

Küste Italiens unbehelligt erreichen würde. Unbesorgt ging er in seine Kajüte, legte sich aber angekleidet in seine Koje. Vielleicht war ja was dran an dem, was das Bein von Skamandros prophezeit hatte.

Messalla und Demetrios schliefen so fest, dass sie nicht wahrnahmen, wie sich nach Mitternacht Wind und Wetter von Stunde zu Stunde veränderten.

Anders Skamandros. Seine schlimmen Vorahnungen verfolgten ihn bis in den Schlaf. Unruhig wälzte er sich auf seinem Lager und fuhr immer wieder hoch, wenn das Heck sich in einer plötzlichen Bewegung ins scheinbar Bodenlose senkte, um im nächsten Augenblick wieder an Höhe zu gewinnen.

Gegen Mitternacht erhob er sich und ging nach draußen. Es hatte aufgehört zu regnen. Der Sturm hatte den Himmel leer gefegt. Nur im Südwesten türmten sich schwarze Wolken. Die Luft war seltsam weich und warm. An Land musste es jetzt sehr angenehm sein. Deutlich erkannte er den Polarstern neben dem Großen Wagen. Er verglich damit die Position des Schiffes: Die *Triton* lag genau auf Kurs.

Trotzdem blieben seine Bedenken. Der Schmerz im Bein hatte ihm noch nie falsche Prognosen angezeigt. Dass der Himmel über ihrem Seegebiet klar war, die Gestirne leuchteten und der zunehmende Mond das Bild einer friedlichen Nacht auf See zauberte, war ein Trugschluss. Er wusste es. Er brauchte nur aufs Wasser zu blicken: Der Schaum auf den Wellenkämmen passte nicht zum scheinbar friedlichen Nachthimmel. Mit unguten Gefühlen ging er zurück in seine Kabine und massierte die Narbe.

Als er eine Stunde später erneut die Hütte verließ und kritisch rundum blickte, wusste er, dass er Recht behalten würde. Zwar hatte sich die Höhe der Wogen und die Weite der Wellentäler nicht verändert, wohl aber der Atem des Windes. Mit großer Geschwindigkeit preschte er aus Nordosten heran und nahm ständig an Kraft zu.

Als Skamandros zum dritten Mal die Hütte verließ, musste er sich an der Reling entlangtasten, um das Gleichgewicht zu behalten. Diodoros sah ihn kommen, ging auf ihn zu und stellte fest: »Dein verdammtes Bein scheint Recht zu behalten!«

»Sag ich doch!«

Diodoros schaute zum Hauptmast: »Segelfläche verkleinern?«

»Nein. Wir müssen vor Sonnenaufgang die italische Küste erreichen! Mit Glück schaffen wir's!«

»Wem sagst du das?!« Diodoros feixte unverschämt und Skamandros verstand die Anspielung. Dann gab er seine Befehle: »Ab jetzt wird jeder Mann an Deck gebraucht! Gesamte Mannschaft wecken!«

»Recht so!«

»Vier Mann an die Ruderstangen!«

»Recht so!«

»Takelage nachspannen! Rahbändsel noch einmal überprüfen!«

»Recht so!«

Diodoros schickte Leute unter Deck, um die Schlafenden zu wecken. Wie Lemuren der Unterwelt kletterten die müden Gestalten aus den Luken. Doch sie hatten nicht die Zeit zu gähnen oder sich zu recken. Von einem Augenblick zum andern wurde ihnen klar, was die Stunde geschlagen hatte: Mit rabiater Gewalt griff der Sturm nach ihnen und zwang sie, in der Nähe einen festen Halt zu suchen.

Diodoros schickte sie an ihre Plätze: »Herhören! Sieht verdammt so aus, als ob's jetzt ums Ganze geht! Jeder weiß, was er zu tun hat! Herhören! Gestern standen wir noch am Rande des Abgrunds – heute sind wir schon einen Schritt weiter!«

Sie grinsten und nahmen ihre vorgesehenen Positionen ein. Das schätzten sie an Diodoros: Noch in der größten Gefahr war er für einen Witz gut! Doch jedem von ihnen war klar, dass die nächsten Stunden über das Schicksal von Schiff, Mannschaft, Passagieren und Ladung entschieden.

Die Stärke des Sturms nahm unaufhaltsam zu. Er fegte alles, was nicht niet- und nagelfest war, über das Deck und ins Meer. Diodoros fluchte, als er sah, wie ein aufgerolltes Seil diesen Weg nahm.

»Ich hab's geahnt! Ich habe es geahnt!«, flüsterte Skamandros und drohte dem Sturm grimmig mit der Faust. »Du bösartiger, feiger, hinterhältiger Halunke! War das gestern nicht genug?!« Dann besann er sich und brüllte in den Wind: »Jeder Mann an Deck hat sich anzuseilen! Jeder!«

Die Männer leisteten dem Befehl nur zu gern Folge.

Unter diesen Bedingungen war es unmöglich, jemanden nach oben auf die Rah des Hauptsegels zu schicken, um den Zustand der Bändsel zu überprüfen. Der Mann wäre ins Meer geblasen worden.

Die größte Sorge von Skamandros und Diodoros galt nun den Seilen und Trossen, die den Hauptmast und das Rahsegel hielten. Wenn der Bug in die See eintauchte, verloren die Seile an Spannung; hob er sich wieder, drückte er dem Sturm das riesige Segel entgegen. Das wiederholte sich alle Augenblicke. Dabei wurden die Seile bis an die Grenze ihrer Belastbarkeit gespannt. Schlimmer noch waren die Folgen für die Taue, die den Mast hielten, weil sie – in kurzem Winkel in der Nähe des Baums befestigt – noch weitaus größeren Zugkräften ausgesetzt waren.

Als der Bug aus einer tiefen See wieder auftauchte und der Sturm das Segel packte, riss das Tau, das oberhalb der Rack* am Mast befestigt und am Heck hinter der Hütte verankert war, in der Mitte durch. Beide Tauenden schossen wie von einer Peitsche geschnellt mit unvorstellbarer Geschwindigkeit zurück und es war ein Glück, dass unten niemand an der Stelle stand, wo der Schlag die Reling traf. Der Handlauf des Geländers wurde zerschmettert!

Fast im gleichen Augenblick spleißten mehrere der Taue, die den Mast hielten, unterhalb der Rack auf, ihre Fasern begannen sich flink spiralförmig nach unten abzudrehen, die Seilstränge wurden dünner und dünner und rissen eins nach dem andern wie Fäden.

Das Unheil nahm seinen Lauf: Der gewaltige Mastbaum aus Zedernholz – nun ohne die Seilzüge voll dem Sturm ausgesetzt – gab dem Wind-

* Tauschlinge in der Mitte der Rah, die diese mit dem Mast und um denselben schwenkbar verbindet.

druck auf das Segel nach, bog sich nach vorn, federte zurück, wurde erneut vom Sturm gepackt – der Vorgang wiederholte sich dreimal, viermal –, dann knackte und ächzte es unten im Mastkoker,* Balken splitterten, der Baum neigte sich und krachte samt Segel mit brachialer Gewalt auf das Vorderschiff. Eine gewaltige Erschütterung ging durch den ganzen Schiffskörper.

Messalla und Demetrios schossen in ihren Kojen hoch. Es war absolut dunkel in der Kabine.

»Was war das?«, fragte Messalla.

Sie lauschten . . . Schreie an Deck! . . . Aber das waren keine Befehle. So schrien Menschen in Todesnot und von Schmerzen gepeinigt.

Sie kletterten aus den Kojen, tappten im Finstern zur Tür, wollten die Riegel zurückschieben, als eine plötzliche Neigung des Schiffes sie zu Boden warf. Sie kamen mühsam wieder auf die Beine, suchten und fanden den Türgriff, öffneten die Tür und tasteten sich vorgebeugt nach draußen. Ein Schwall Gischt sprühte über sie hinweg. Gerade wurde es hell. Sie konnten den ganzen westlichen Horizont erkennen. Das war seltsam, denn da müsste doch eigentlich das Segel . . .

»Oh ihr Götter!«, stammelte Demetrios. Auch Messalla war zu Tode erschrocken, denn jetzt konnte er das dumpfe Geräusch deuten, das sie aus dem Schlaf gerissen hatte: Der Mastbaum war aus seiner Verankerung gerissen worden und zusammen mit dem Rahsegel auf das Vorderschiff gestürzt.

* Der Mastkoker ist das starke Gestell zum Festhalten des stehenden Mastes.

Ein Teil der Mannschaft war damit beschäftigt, die Kameraden zu bergen, die von Mast und Segel begraben worden waren.

Skamandros kam mit einigen anderen zum Heck und befahl: »Beide Anker ausbringen! Das Ankerspill voll abspulen! Fangt an! Das Schiff beginnt schon zu krängen!«*

Die Männer machten sich an die Arbeit.

»Nicht zu schnell!«, rief Skamandros. »Wenn wir die Anker verlieren, sind auch wir verloren!«

So dauerte es einige Zeit, bis die Anker an den über dreihundert Fuß langen Trossen in die Tiefe gelassen waren.**

»Kontrolliert die Befestigung der Trossen am Spill! Davon hängt unser aller Leben ab!«

Jetzt erst sah er Messalla und Demetrios bei der Hütte stehen. Er kam auf sie zu, packte sie mit seinen mächtigen Händen und schob sie in den Windschatten der Aufbauten.

»Sind wir verloren?«, fragte Messalla und starrte Skamandros aus weit aufgerissenen Augen an.

»Nein, mein Junge!« Der Kapitän legte ihm beruhigend die Hand auf die Schulter und schüttelte den Kopf. »Es ... es hätte durchaus schlimmer kommen können. Das Schiff ist vorübergehend nicht steuerbar, weil beide Segel ausgefallen sind. Ich habe Treibanker setzen lassen. Sie wirken wie eine Bremse, so dass der Bug vom Wind weggedrückt wird. Du verstehst?«

»Ich verstehe«, nickte Messalla. Der Rumpf

* Überlegen des Schiffes nach einer Seite

**Die antike Seefahrt kannte keine Ankerketten.

durfte sich auf keinen Fall quer zum Wind stellen, weil er dann von mächtigen Brechern überrollt und zum Kentern gebracht werden konnte.

»Ist jemand verletzt?«, fragte Demetrios.

»Das wissen wir noch nicht. Entschuldigt mich jetzt ... Ich muss mich darum kümmern ...« Er ging, wandte sich dann noch einmal um und sagte eindringlich: »Für alle Fälle solltet ihr die Korkwesten anlegen! Sie hängen neben der Tür!«

Sie nickten und gingen zurück in ihre Kabine. Messalla öffnete die Luke, damit ein Schimmer vom Frühlicht in den Raum fiel. Psellistes kam, um nach ihnen zu schauen. Er füllte Öl nach und zündete die Lampe an.

»Wie sieht's vorne aus?«, fragte Demetrios.

»Schlimm, Herr! Der Ma-Mast hat das Vorsegel getroffen. A-alles kaputt!«

»Und die Männer?«

»Mi-mindestens einer ist tot. Lie-Liegt direkt unter der Rah! Genick ge-gebrochen, Herr.«

Messalla musste schlucken. Er fragte: »Und Polybios?«

»Der Zi-Zimmermann hat Schwein gehabt, Herr! Die Rah ist ha-haarscharf an ihm vorbeigedonnert.«

»Gott sei Dank!« Demetrios sah Messalla an. »Er wird ja jetzt am meisten gebraucht!«

»So ist es, Herr. Er muss einen No-Notmast setzen. Damit wir das Schiff wieder steuern können. Ich bringe euch je-jetzt was zu essen. Da-das ist wichtig.«

»Danke, Psellistes!«

»Mei-meine Kochstelle ha-hat's nicht erwischt! Po-Poseidon sei Dank!«

Der Stotterer ging. Demetrios schloss die Luke und legte den Riegel vor. Dann nahm er eine der Schwimmwesten vom Haken. Sie bestand aus rechteckigen dicken Korkstücken, die nebeneinander auf Schnüren aufgereiht waren. Zwei Bänder liefen über die Schultern, so dass man sie wie ein Leibchen tragen konnte. Vorne wurden die Enden der Schnüre verknotet. Messalla half ihm beim Anlegen, zog selbst die zweite an und meinte: »Hoffentlich werden wir nie in die Lage kommen sie zu brauchen! Sag mal: Kannst du eigentlich schwimmen?«

»Ja. Aber ich schwimme lieber im Tiber!«

Psellistes kam mit dem Frühstück. Er legte Brot, Käse, Schinken und den Weinschlauch auf den Tisch. Messalla und Demetrios machten sich über das Essen her, denn sie waren hungrig. Psellistes schaute ihnen dabei eine Weile interessiert zu und schien sich zu freuen, dass es ihnen schmeckte. Dann sagte er unvermittelt: »Sie . . . sie haben den To-Toten über Bord geworfen!«

Messalla verschluckte sich beinahe und starrte befremdet den Koch an. Wie konnte er mit solch unbeteiligter Sachlichkeit über den toten Kameraden sprechen!

Doch Demetrios sagte ganz ruhig: »Der Mann hat . . . Ich meine, er *hatte* keine Angehörigen?«

»Nein. Es ist so, Herr: Sklaven, die an Bord auf See zu To-Tode kommen, wirft man ins Meer. Das ist ü-überall so Sitte, Herr.«

Demetrios nickte langsam und aß bedächtig weiter.

Messalla aber war einmal mehr betroffen von der unterschiedlichen Bewertung menschlichen

Lebens. Einen toten Skamandros hätte man nicht so einfach ins Meer geworfen! Empört rief er: »Aber ... man hätte ihm doch an Land ein Grab richten können!«

Psellistes zwinkerte und erklärte seelenruhig: »Ge-geht nicht, Herr.«

»Wieso?«

»Wei-weil ... wir sind eben am Kap bei Crotone vorbeigetrieben.«

»Vorbeigetrieben?!« Fassungslos starrte Messalla ihn an.

»So ist es. Du ka-kannst es noch sehen, Herr! Willst du?«

Messalla und Demetrios sprangen auf und folgten dem Koch nach draußen. Eben ging die Sonne auf. Der Heratempel auf der Spitze des Vorgebirges südlich von Crotone leuchtete weiß im schrägen Frühlicht.

»Da! Se-seht ihr's?« Die Entfernung zum Kap betrug etwa eine Meile, vielleicht sogar weniger. In der klaren Morgenluft lag die Küste zum Greifen nahe vor ihnen. Sie erkannten Einzelheiten: Bäume, die sich im Wind bogen, Häuser, Menschen, einen Mann auf einem Esel, einen Ochsenkarren, eine Schafherde am Berghang. Drei Hunde – zwei schwarze und ein weißer – umkreisten eifrig die Herde, um sie zusammenzuhalten.

»Ja, aber ...« Messalla starrte mit offenem Mund hinüber. »Warum nehmen wir denn nicht Kurs auf die Küste?«

Da legte sich eine schwere Hand auf seine Schulter und er hörte die ruhige Stimme von Skamandros: »Weil es nicht zu machen ist. Wir treiben vor dem Wind. Das Schiff reagiert in seinem jetzigen Zustand nicht auf die Steuerruder. Unser Kurs wird einzig und allein vom Wind bestimmt.«

»Aber wir haben doch zwei Rettungsboote!«

»Messalla!« Zum ersten Mal redete er ihn mit seinem Namen an – und es klang wie ein Tadel: »Bei diesem Seegang wäre es selbstmörderisch, die Boote zu wassern und von der *Triton* abzulegen. Schon nach wenigen Ruderschlägen würden sie kentern. Hinzu kommt, dass wir in eine starke Strömung geraten sind, die uns nach Südwesten treibt. Es besteht freilich immer noch die Möglichkeit, dass wir bei Caulonia oder Locri* näher an die Küste herankommen.«

Doch diese Hoffnung trog. Ohnmächtig mussten sie sich damit abfinden, dass das Schiff wieder vom Land wegtrieb. Die Entfernung zur Küste wuchs auf mehrere Meilen. Zwar blieben die Berge von Bruttium noch lange am Horizont sichtbar, aber sie wurden ihnen unerreichbar.

Nach vier Stunden verschwand die Küstenlinie im fernen Dunst. Um sie herum dehnte sich wieder die endlose, aufgewühlte Wasserfläche, so weit das Auge reichte. Der Sturm hatte etwas nachgelassen, dennoch gingen die Wellen nach wie vor hoch, züngelten an der Bordkante entlang und schütteten immer wieder große Wassermassen über das Deck. Doch sie konnten der stabilen Lage des Rumpfes nichts anhaben, die Treibanker hielten ihn sicher vor dem Wind.

Auf dem Vorschiff war Polybios mit seinen Leuten rastlos tätig. Der Mast wurde von der zerstör-

* Hafenstädte an der Ostküste von Eruttium, der »Stiefelspitze« Italiens

ten Takelage befreit, am unteren Ende gestutzt, die gebrochene Rah durch eine neue, leicht verkürzte ersetzt. Das Hauptsegel hatte an einigen Stellen Risse, die zu vernähen waren. Seine Fläche musste verkleinert werden, da man der provisorischen neuen Verankerung des Mastes im Koker nicht zu viel zumuten durfte.

Es waren mühselige und kraftraubende Arbeiten, die sich über Stunden hinzogen, weil keine Hebewerke zur Verfügung standen. Jedes Ersatzteil musste genau vermessen, von Hand aus einem Balken oder Klotz herausgesägt, zugeschnitten, gehobelt, geraspelt, gefeilt und geschmirgelt, die Löcher für die Dübel mit dem Handbohrer gebohrt werden. Das Vorsegel konnte nicht wieder gesetzt werden. Der Fockmast war beim Aufprall des Hauptmastes aus der Verankerung gerissen und zerschmettert, das Segeltuch zerfetzt worden.

Am Nachmittag brüllte jemand: »Land steuerbord!«

Aus dem Dunst wuchs ein riesiger Bergkegel in die Höhe. Sein Gipfel entließ eine weiße Rauchfahne, die in großer Höhe nach Südwesten driftete und sich schließlich auflöste.

»Der Aetna!«, rief Demetrios. »Wir sind vor Sizilien! Wenn sie es schaffen, den Mast noch vor Einbruch der Dunkelheit fest zu verankern und ein Segel hochzuziehen, könnten wir Syrakus erreichen.«

»Und wenn nicht . . .?«, fragte Messalla.

»Nun, dann . . .« – Demetrios suchte nach einer Antwort – ». . . dann werden wir wohl vorbeitreiben.«

»Und was dann?«

»Tja ...« – Demetrios hob resignierend die Hände – »... du wolltest doch schon immer mal nach Africa ...«

Trotz ihres rastlosen Einsatzes schafften Polybios und seine Männer es nicht, den Mast noch vor Einbruch der Dunkelheit zu setzen. Die Reparatur des Mastkokers war zu schwierig. Kurz bevor der Baum gebrochen war, hatte er das ihn umgebende Gebälk zertrümmert. Also mussten auch diese Teile in mühseliger Kleinarbeit erneuert werden, wobei erschwerend hinzukam, dass tragende Verstrebungen im Gebälk des Rumpfes beschädigt worden waren. Darüber wurde es Abend. Im Licht mehrerer Sturmlaternen schufteten die Männer weiter. Skamandros legte selbst mit Hand an. Doch allmählich wurde allen klar, dass sie erst am nächsten Morgen mit der Arbeit fertig werden würden.

Messalla, der sich mehrmals vor Ort begab, um sich vom Fortschritt der Arbeiten ein Bild zu machen, kehrte jedes Mal enttäuschter in die Kabine zurück.

»Aus! Vorbei!«, rief er und ließ sich resigniert auf dem Hocker nieder. »Wir werden auch an Syrakus vorbeitreiben! Einfach so!«

»Reg dich nicht so auf!«, dämpfte Demetrios seinen Groll. »Alles hätte viel schlimmer kommen können!«

»Mir reicht das Bisherige!«

Doch Demetrios erwiderte entschieden: »So ist das nun mal auf See: Sobald du den festen Boden verlässt, bist du den Naturgewalten Wind und Wasser preisgegeben.«

Messalla schwieg, stützte den Kopf in beide Hände und brütete vor sich hin. Schließlich sagte er traurig: »Weißt du, es ... es ist ja nur wegen meiner Mutter!«

»Ich verstehe deinen Kummer nur zu gut, Messalla. Aber selbst wenn Diodoros in diesem Augenblick meldete: ›Wir haben den Mast gesetzt und das Segel gehisst!‹ – würde das nichts an der Situation, in der wir uns befinden, ändern. Die *Triton* wäre bei dieser Windstärke nicht in der Lage vor dem Wind zu kreuzen. Der erste Brecher, der beim Wenden quer über sie hinwegginge, brächte sie unweigerlich zum Kentern!«

»Ja, ja, du hast ja Recht!« Messalla nickte ergeben. »Ich weiß, wir müssen uns in die Lage fügen ...«

»So ist es!« Demetrios griff den Gedanken auf: »Und das heißt: Wir werden morgen so lange vor dem Wind segeln, bis er nachlässt oder – was nur zu hoffen ist – seine Richtung ändert.«

»Aber wir werden mehrere Tage verlieren!«

Demetrios seufzte: »Messalla, es lässt sich nun mal nicht ändern!«

Obwohl der Sturm mit unverminderter Kraft über das Meer tobte, kam es in dieser Nacht zu keinen weiteren Zwischenfällen, weil der Winddruck keine Angriffspunkte fand. Das Hauptsegel fehlte. Die Treibanker hielten den Rumpf sicher parallel zur Windrichtung. Hochgehende Wellen glitten aufschäumend an ihm entlang, leckten, Gischt versprühend, über das Deck, richteten aber keinen neuen Schaden an.

Dennoch lagen Messalla und Demetrios lange wach. Zu groß war die innere Anspannung während der letzten zwölf Stunden gewesen. Auch jetzt war nicht abzuschätzen, ob – und wenn ja, wann die *Triton* wieder voll manövrierfähig wurde. Bis auf weiteres trieb das Schiff steuerlos dahin, wobei völlig offen blieb, welche Richtung Wind und Strömung ihm aufzwingen würden.

Grundsätzlich gab es zwei Möglichkeiten: Entweder driftete es zwischen Sizilien und Africa in den großen offenen Teil des westlichen Mittelmeers – oder in die Kleine Syrte nördlich von Libyen. Das würde sich morgen entscheiden.

Piraten

Wegen der ungünstigen Lichtverhältnisse hatten Polybios und seine Männer die Reparaturen am Mastkoker in der Nacht unterbrochen. Die Männer waren völlig erschöpft und brauchten Schlaf. Die Arbeiten sollten im Laufe des Vormittags abgeschlossen werden. Rah und Hauptsegel waren schon instand gesetzt worden, die Risse im Tuch geflickt, die Nahtstellen mit Lederstreifen gesichert und die Gesamtfläche des Segels verkleinert worden.

Im Morgengrauen machten sich die Männer daran, die zerfetzte Takelage, die gerissenen Rahbändsel, die zerstörte Rack und die Masttaue zu reparieren. Nach zwei Stunden lag alles bereit. Man wartete nur noch auf das Setzen des Mastbaums.

Polybios stand beim Mastkoker und überlegte

zusammen mit Diodoros und Skamandros, welche Möglichkeiten sie hatten, den Mast in die Höhe zu bringen. Bei ruhiger See wäre dies kein Problem gewesen: Acht, zehn Männer hätten den Baum an der Spitze angehoben und ihn mithilfe von scherenartig verbundenen Hölzern in die Höhe gestemmt. Das war jetzt nicht möglich, weil die unberechenbaren Bewegungen des Rumpfes und die immer wieder über Deck gehenden Brecher zu gefährlich waren. Man brauchte eine mechanische Hilfe. Die Winde des Fockmastes war beim Aufprall des Hauptmastes zertrümmert worden, so dass sie ausfiel.

»Wir sollten es mit den Bratspills der beiden Buganker versuchen«, schlug Polybios vor. »Die Anker werden jetzt sowieso nicht gebraucht.«

»Sind sie in Ordnung?«, wollte Skamandros wissen.

»Vollkommen!«, versicherte der Zimmermann. »Ich habe sie mir genau angeschaut. Der Mast ist zwischen beiden auf das Deck gestürzt. Nur die oberen Handspaken sind von der fallenden Rah zerbrochen worden. Sie müssen noch ersetzt werden.«

Bei einem Bratspill lag die Achse der Winde waagerecht. In der Nabe steckten sternförmig die acht Handspaken, kräftige Rundhölzer, die von einem oder mehreren Besatzungsmitgliedern leicht zu handhaben waren.

»Also gut«, nickte Skamandros. »Dann fangt an!«

Polybios machte sich mit seinen Gehilfen an die Arbeit. Die Reste der abgebrochenen Handspaken saßen freilich so fest auf der Nabe, dass sie Stück für Stück mit Handbohrer, Hammer und Stecheisen zerkleinert werden mussten, um endlich die Brösel und Späne herauskratzen zu können. Eine langwierige Arbeit, die das Setzen des Mastbaums verzögern würde.

»Wie lange braucht ihr noch?«, fragte Skamandros ungeduldig.

»Zwei Stunden, *magister*«, meldete Polybios.

»Haltet euch ran!«

»Sicher!«

»Recht so!«

Messalla und Demetrios verfolgten den Fortgang der Reparaturen mit großem Interesse, gingen dann mit Skamandros zurück zum Heck. Der Kapitän überschattete die Augen mit der Hand, schaute immer wieder zur Sonne und verfolgte mit höchster Aufmerksamkeit, wie sich der Kurs des Schiffes allmählich veränderte.

»Aha! So ist das also!«, murmelte er. »Nun ja, warum auch nicht!« Er nickte befriedigt.

»Was meinst du?«, fragte Messalla.

Der Kapitän drehte sich um: »Die Sache ist entschieden.«

»Entschieden? Welche Sache?«

»Nun ... Wir treiben nicht weiter nach Westen, sondern nach Süden!«

»Und das ist gut?«

»Und ob das gut ist! In Kürze wird das ›Hermeische Vorgebirge‹* in Sicht kommen!«

Messalla schaute nach vorn, doch das Kap war noch unter der Horizontlinie.

Skamandros fuhr fort: »So nennen die Griechen

* Heute Kap Bon

die Nordspitze der großen Halbinsel, welche die Bucht von Karthago nach Osten abschließt. Ich möchte es einmal so sagen: Die ... die Möglichkeit, in einer ruhig gelegenen Bucht an der Ostküste der Halbinsel vor Anker zu gehen, ist nun erheblich gestiegen. Weil wir uns parallel zur Küste bewegen. Wenn der Mast steht und das Segel oben ist, werden wir es versuchen und ich denke, es wird gut gehen.«

Das Schiff trieb nun in einer starken südlichen Strömung. Nach einer Viertelstunde tauchten im Westen die von Skamandros vorhergesagten Höhen des Hermeischen Vorgebirges auf. Messalla schätzte die Entfernung auf fünfzehn Meilen. Sogleich stieg die Stimmung an Bord. Alle waren guten Mutes, nach dem Setzen des Segels sicher eine der kleinen Hafenstädte an der Ostküste der Halbinsel zu erreichen.

Dass der Sturm wieder angezogen hatte, nahm zunächst keiner außer Skamandros zur Kenntnis. Der steife Nordost traf das Schiff nun schräg von hinten. Solange die *Triton* noch nicht steuerbar war, bestand die Gefahr, dass sie gegen die Küste und in flaches Wasser gedrückt wurde, wo sie auf Grund laufen konnte.

»Beeilt euch, Jungs!«, rief Skamandros den Männern bei den Bratspills zu. »Wie lange braucht ihr noch?«

»Eine Stunde!«

»Recht so! Weitermachen!«

In dieser Stunde aber entschied sich das Schicksal von Schiff und Mannschaft.

Plötzlich brüllte jemand: »Fünf Schiffe von Backbord!«

Alle, auch die Männer der Reparaturkolonne von Polybios, unterbrachen ihre Arbeit, eilten an die Reling und spähten nach Osten.

»Eigenartig! Sehr eigenartig!«, brummte Diodoros und schüttelte verwundert den Kopf. »Eine römische Trière, die von vier Seglern begleitet wird! Was hältst du davon, *magister*?«

Skamandros kniff die Augen zusammen und starrte angestrengt hinüber: »Das ... das ist zwar eine Trière, aber ... da stimmt etwas nicht!«

»Wieso?«, fragte Messalla, der sich die Skepsis des Kapitäns nicht erklären konnte. »Ein Kriegsschiff begleitet vier Handelssegler, damit sie sicher ihren Zielhafen erreichen. – So wie uns Montanus mit seiner Flotte nach Syrakus begleitet hat!«

»Aber Messalla! Hier gibt es keinen ›Zielhafen‹, wie du das nennst! Dieses Seegebiet ist für Handelssegler vollkommen uninteressant! An dieser Küste werden von Kleinbauern etwas Getreide und Oliven angebaut. Um das Zeug von A nach B zu transportieren, brauchst du keine schwer bewaffnete Trière mit Rammsporn als Geleitschiff! Nein, nein ... Da stimmt etwas nicht!«

Er schaute besorgt hinüber und verfolgte, wie sich die Flottille unaufhaltsam näherte. Trotz der hochgehenden Wellen hielten die Schiffe unbeirrt ihre Formation ein.

Auch Diodoros war misstrauisch geworden. Mit gepresster Stimme stieß er hervor: »*Magister*! Das da, das sind keine Transportschiffe! Das sind schnelle Renner vom Typ *Nike*! Vielleicht noch schneller! Das sind ...«

»... Piraten!«, vollendete Skamandros den Satz. Er nickte langsam, atmete tief durch und murmelte fast unhörbar: »Und das ausgerechnet jetzt!«

Doch Messalla hatte es gehört. Blitzschnell zog er seine Folgerungen: Die *Triton* war nicht manövrierfähig; führungslos trieb sie in einer starken Südströmung, ohnmächtig Wind und Wellen und somit jedem möglichen Gegner wehrlos preisgegeben. Es bestand nicht die geringste Chance, ihm zu entkommen.

Skamandros versuchte es dennoch. Kühle Entschlossenheit stand in seinem Gesicht. Ruhig befahl er: »Hauptmast setzen! Rahsegel hissen!«

Mit fieberhaftem Eifer machten sich die Männer an die Arbeit.

Messalla und Demetrios verfolgten von Backbord aus das Geschehen. Die Männer taten ihr Bestes, wuchteten den Mast in den Koker und machten sich daran, ihn hochzustemmen. Doch ein Blick zu den Schiffen genügte: Die Angreifer würden die *Triton* erreicht haben, bevor der Mast gesetzt und das Rahsegel gehisst war.

Da rief Messalla: »Sie haben aufgehört zu rudern!«

Das Kampfschiff verlangsamte seine Fahrt. Am Bug versammelte sich eine Gruppe von Männern und schaute herüber. Einer von ihnen – er hatte offenbar das Sagen – wies mit ausgestrecktem Arm auf die *Triton*. Er schien den Übrigen etwas zu erklären.

»Sie sind sich noch nicht schlüssig darüber, was sie von uns halten sollen«, mutmaßte Demetrios.

»Bist du überhaupt sicher, dass es Piraten sind?«

»Wir werden es bald wissen, Messalla . . .«

Der Mann, um den sich am Bug der Triëre die

Übrigen geschart hatten, gab seine Befehle. Sie wurden mit Flaggenzeichen an die Schiffsführer der vier Segler weitergegeben. Schon wenige Augenblicke später löste sich die bisherige Formation des Verbandes auf. Die Segler teilten sich in zwei Gruppen.

Demetrios kniff die Augen zusammen, spähte angestrengt hinüber und überlegte: »Sie werden sich der *Triton* von hinten nähern und sie in die Zange nehmen! Da sie erheblich schneller sind als wir, wird es auch gelingen.«

»Ja, aber . . .«, rief Messalla zornig, »wir können uns doch verteidigen! Wir haben Schleudergeschütze an Bord! Wir können sogar Brandpfeile schießen!«

Die Antwort von Demetrios war ernüchternd: »Sie ebenfalls!« Er wies auf das Kriegsschiff, das sich jetzt abseits von den Seglern hielt: »Erkennst du die Türme an Bug und Heck des Schlachtschiffs?«

Messalla nickte.

»Hinter den Zinnen der Abschirmung haben sie mindestens ein Geschütz in Stellung! Weitere werden an Deck stehen! Ich kenne diesen Schiffstyp.«

»Woher?«

»Von Misenum.«

»Von Misenum?!«, staunte Messalla. Misenum war der größte Kriegshafen Roms in Italien.

»Ja, ich war vorigen Sommer mit Hortensius Hortalus dabei, als einige Neubauten vom Stapel liefen.«

»Und wie kommen diese Verbrecher . . . ich meine, woher haben sie dieses Kriegsschiff?«

»Messalla, ich weiß es nicht. Und wie es aussieht, werden wir es wohl nie erfahren . . .«

Mit großer Geschwindigkeit näherten sich die vier Schnellsegler von achtern in zwei Gruppen. In wenigen Augenblicken würden sie links und rechts der *Triton* auftauchen.

Skamandros verfolgte das Manöver mit großer Anspannung. Noch gab er nichts verloren. Leidenschaftlich feuerte er die Männer immer wieder an: »Weiter, Leute! Schneller, schneller! So leicht geben wir uns nicht geschlagen!«

Alle packten mit ganzer Kraft zu. Dennoch schafften sie es nicht, den Mastbaum aufzurichten, bevor die Verfolger die Höhe der *Triton* erreicht hatten.

Es war keine Zeit zu verlieren! Ganz ohne Zweifel handelte es sich um Piraten. Ihre Übermacht war erdrückend. Messalla schätzte, dass auf jedem der vier Segler zwölf bis fünfzehn Mann Besatzung waren, auf der Triëre noch mehr. Würde Skamandros es wagen, unter diesen Bedingungen die eigenen Schleudergeschütze einzusetzen?

Unermüdlich ließ der Kapitän weiter am Mast arbeiten.

»Dranbleiben, Männer!«, brüllte er. »Nicht aufgeben, Jungs! Wir schaffen das! Wir . . . schaffen . . . es!«

Glaubte er das wirklich? Messalla schüttelte unwillig den Kopf.

Demetrios hob resignierend die Schultern. Längst hatten sie beide erkannt, dass das Bemühen der Männer vergeblich sein würde. Unaufhaltsam näherten sich die fremden Schiffe der *Triton*, gingen längsseits, hielten aber noch eine Schiffslänge Abstand ein.

Mit Argusaugen beobachtete man sich gegenseitig.

»Werden sie uns . . .«, fragte Messalla aufgeregt, »werden sie uns auffordern zu stoppen?«

Demetrios schüttelte den Kopf: »Nein. Sobald sie erkannt haben, dass wir nicht manövrierfähig sind, werden sie die *Triton* in die Mitte nehmen und . . .« Er hielt inne.

»Und was . . .?«, schrie Messalla. »Was werden sie dann tun?«

». . . unser Schiff entern!«

Messalla lief ein Schauer über den Rücken. Demetrios behielt Skamandros im Auge. Der Kapitän musste jetzt eine Entscheidung treffen! Wenn er die Mannschaft zu bewaffneter Gegenwehr aufforderte, würde es zu einem Kampf auf Leben und Tod kommen, den wahrscheinlich keiner auf der *Triton* überlebte. Wenn nicht, dann . . . Demetrios wagte nicht an die Folgen zu denken.

Skamandros musste die Aussichtslosigkeit der Lage erkannt haben. Er reckte sich und sie hörten seinen klaren Befehl: »Aufhören!«

Die Männer hielten in ihrer Tätigkeit am Mastbaum inne. Mit größter Spannung blickten sie auf die fremden Schiffe und wieder zu Skamandros. Allen war klar, dass in diesem Augenblick die Entscheidung über ihr weiteres Schicksal fiel.

»Herhören!« Der Kapitän zögerte nicht, den entscheidenden Befehl zu geben: »Keine Gegenwehr! Wir warten ab!«

Demetrios und Messalla standen achtern an der Reling und verfolgten wie alle anderen den Angriff, der durch die hochgehende See erheblich erschwert wurde. In der letzten halben Stunde hatte der Sturm an Stärke wieder zugenommen. Unberechenbare Böen peitschten über das Meer und schütteten gewaltige Brecher über die Decks aller beteiligten Schiffe. Sie machten den leichten Schnellseglern mehr zu schaffen als der trägen *Triton,* die langsam weiter nach Süden abtrieb.

Die Besatzungen der Segler waren Meister der Navigation. Ihre Steuerleute reagierten mit erstaunlicher Wendigkeit auf jede Kursänderung, die Wind und Wasser ihren Schiffen aufzwangen.

Trotz der hochgehenden Wellen tasteten sich die schnellen Renner zielsicher an die *Triton* heran, sie kamen näher und näher und genau im richtigen Augenblick warfen die dafür in Bereitschaft stehenden Männer in schneller Folge ihre Enterhaken.

Messalla zuckte zusammen, als unmittelbar neben ihm ein Haken einschlug und sich mit seiner messerscharfen Spitze tief in das Holz der Decksplanken bohrte. Weitere Geschosse trafen die *Triton* an Bug und Heck. Die daran befestigten Seile spannten sich. Die Werfer zogen an, bis die Schiffskörper aneinander stießen. Die *Triton* erbebte.

Alle starrten Skamandros an. Sein Gesicht schien zu sagen: Ich habe es geahnt! Ich habe es immer geahnt!

Dann überschlugen sich die Ereignisse. Plötzlich wimmelte es überall von Männern mit wild entschlossenen, harten Gesichtern, die kampfbereit Schwerter, Dolche und Keulen in den Händen hielten, um bei der geringsten Gegenwehr davon Gebrauch zu machen.

Skamandros reckte sich und wiederholte seinen Befehl: »Keine Gegenwehr! Wir haben keine Chance! Es geht ums Überleben!«

Dies war die letzte Order, die Skamandros als *magister navis* an Bord seiner geliebten *Triton* geben sollte.

Die meisten, darunter Diodoros und Polybios, nickten gefasst und fügten sich resignierend in ihr Schicksal.

Zwei Mann stürzten sich auf Skamandros, drehten ihm die Arme auf den Rücken und banden sie mit einem Strick zusammen. Auch die Mannschaft wurde gefesselt. Einer der Segelgasten setzte sich dabei zur Wehr. Außer sich vor Wut und Angst, schlug er laut brüllend mit einem Hammer um sich.

Kaltblütig stach einer der Piraten von hinten zu und der Mann sackte mit staunend geöffnetem Mund lautlos in sich zusammen. Zwei Piraten packten ihn an Füßen und Händen, schleppten ihn zum Heck und warfen ihn wie einen Sack über Bord. Sofort wurde der leblose Körper vom Meer verschlungen.

Messalla wurde schlecht. Nur mit größter Mühe gelang es ihm, den Brechreiz zu unterdrücken.

»Herr, Herr!«, rief jemand aufgeregt. Es war Psellistes und er meinte offensichtlich Messalla. Der Koch hatte den Überfall aus der schützenden Nische seiner Kombüse verfolgt. Nun kam er flink hervor und rief Messalla zu: »La-lasst alles mi-mit euch machen! Be-bewegt euch nicht! Sie tu-tun euch nichts, wenn ihr euch ruhig verhaltet! Ke-kenne das, Herr! Habe vor drei Jahren schon mal so einen Besuch erlebt! Ni-nichts tun ist das Bebeste, Herr! Nur nichts tun! ... Achtung! Sie kokommen!«

An der Spitze einer Gruppe von etwa zehn Piraten näherte sich ein großer, kräftiger Mann mit forschen, festen Schritten. In allem entsprach er dem Bild, das sich Messalla von einem Piraten gemacht hatte. Sein von Sonne und Wind gegerbtes Gesicht war mit Narben bedeckt. Ein Schmiss zog sich quer über die rechte Augenbraue. Sein gepflegter Vollbart war kurz geschnitten. Wegen des Krängens der *Triton* musste er sich an der Reling abstützen. Dann blieb er breitbeinig vor Messalla und Demetrios stehen, stemmte die Arme in die Hüften und musterte die jungen Männer lässig, ja abschätzig.

»Oha!«, rief er und strich sich mit der Hand über den Mund, als ob er eine auserlesene Speise vor sich hätte. »Da haben wir aber feinen Besuch an Bord! Sehr feinen Besuch!«

Er grinste breit. Trotz seines herrischen Auftretens fand Messalla den Burschen nicht so abstoßend wie seine Begleiter, die sich – immer noch ihre Waffen kampfbereit in den Händen – nun auffallend zurückhielten. Hatte der Narbengesichtige bei ihnen das Sagen?

Überrascht hatte Messalla seiner Stimme gelauscht. Der Mann hatte in fließendem Latein gesprochen. Nun fuhr er in entschieden schärferem Ton fort: »Wie heißt du? Sprich!«

Messalla nannte seinen vollen Namen: »Marcus Valerius Messalla!« Dabei betonte er seinen Familiennamen: Valerius.

Diese Mitteilung schien sein Gegenüber sehr zu

beeindrucken, denn der Mann hob interessiert die rechte gespaltene Augenbraue an. Tollkühn fragte Messalla zurück: »Und wie heißt du?«

Psellistes, der immer noch ungefesselt neben ihnen stand, zuckte vor Schreck zusammen. Auch Demetrios stockte der Atem.

Der Pirat stutzte. Sein Gesicht verfinsterte sich. Gleich würde er losbrüllen ... Doch dann lachte er kurz auf und rief: »Oha! Ein Valerius also! Na, das ist denn doch schon was Besseres, nicht wahr!«

Dieses »Oha!« sollten sie in Zukunft noch oft von ihm hören, denn er gab es auch dann von sich, wenn nicht der geringste Grund vorhanden war über irgendetwas zu staunen.

»Nun denn, Marcus Valerius Messalla«, fuhr er fort, wobei er alle drei Namen aufreizend langsam wiederholte. »Ich weiß nun, wie du heißt, also sollst du auch meinen Namen wissen: Sie nennen mich Urianus ...«

Er lachte schallend, obwohl dafür kein Anlass bestand. Scheinbar gut gelaunt rieb er sich die Hände und setzte zu einer längeren Belehrung an: »Urianus! Das kommt von *urus,* dem Auerochsen! Merk dir das! Sie werden schon ihre Gründe haben mich so zu nennen ...«

Er ballte die Faust und schlug sich damit in die andere Hand. Eine Drohung? *Urus,* der Auerochse, galt als das stärkste Tier in den Wäldern der nördlichen Länder. Er hatte keine Feinde außer schwer bewaffneten Jägern mit einem Rudel halb wilder Molosserhunde.

Urianus fixierte Messalla aus stahlgrauen Augen: »Dein Vater ... Er starb vor einigen Jahren, nicht wahr?«

Messalla starrte ihn an und stammelte: »Wo ... woher weißt du, dass mein Vater ...?«

Diesmal grinste Urianus nicht, sondern meinte lakonisch: »Ich weiß es eben. – Nun zu dir!« Er wandte sich an Demetrios und musterte ihn kritisch. »Grieche, wie?«

Demetrios nickte.

»Name!«

»Demetrios.«

»Schöner Name! Sklave?«

»So ist es.«

»Oha! Aber einer von der besseren Sorte, nicht wahr? Schaut euch seine zarten Fingerchen an ...!« – Das ging an seine Begleiter. – »Sind viel zu fein für Drecksarbeiten! Er wird da wohl noch einiges lernen müssen.«

Dazu schwieg Demetrios.

»Und wen haben wir denn da?«

Abschätzig betrachtete Urianus den kleinen, dicken Psellistes, dessen Doppelkinn sofort zu zittern begann. Psellistes machte eine tiefe Verbeugung vor Urianus und stotterte: »Sie ne- nennen mich Pse-lli-llistes, den Sto-Stotterer, Herr! Ich bi-bin, ich meine, ich wa-war hier der Ko-Koch.« Ängstlich starrte er Urianus aus seinen großen Kulleraugen an.

Schallendes Gelächter der Piraten folgte dieser Eröffnung. Urianus aber meinte spöttisch: »We-wenn du so gut ko-kochst, wie du sprichst – na, dann: Prosit Mahlzeit!«

»Er kocht hervorragend!«, stellte Messalla fest, denn er mochte Psellistes. »Du könntest durchaus Nutzen von ihm haben!«

Da fuhr Urianus jäh herum. Seine Augen blitzten. Scharf wies er ihn in seine Grenzen: »Ich mag deinen Ton nicht, Marcus Valerius Messalla! Du bist hier nicht in Rom! Dein Leben liegt in meiner Hand! Hüte deine Zunge! Du wirst von nun an nur reden, wenn man dich fragt! Ist das klar?!«

Messalla hatte Lust, ebenso scharf darauf zu erwidern, doch ein warnender Blick von Demetrios ließ ihn schweigen.

»Abführen!«, befahl Urianus und wies auf Psellistes. Alle Umgänglichkeit war mit einem Mal von ihm abgefallen.

Zwei Mann packten den jammernden Koch mit eisernem Griff, banden ihm die Hände auf dem Rücken – »Ihr . . . we-werdet . . . da-das noch bereuen . . .!« – und stießen ihn vor sich her, um ihn von Bord zu bringen. Skamandros, Diodoros, Polybios und die übrige Mannschaft waren bereits auf den linken Segler abgeführt worden.

Messalla wunderte sich, dass man mit ihm und Demetrios nicht ebenso verfuhr. Niemand legte Hand an sie. Hatten sie einen Sonderstatus? Wollte man sie von den Übrigen getrennt halten?

Urianus winkte Messalla und Demetrios lässig mit der Hand, ihm zu folgen. Er ging zur Mitte des Schiffes, begutachtete fachkundig den Stand der Reparaturarbeiten am Mastkoker, warf einen besorgten Blick auf die wild bewegte See und befahl seinen Leuten sich mit dem Verzurren der *Triton* an den Seglern zu beeilen, da der steuerlose Frachter sonst auf die felsige Küste zutreibe.

Dann wandte er sich an Messalla: »Nun denn, Marcus Valerius Messalla . . . Du und dein Freund Demetrios, ihr werdet ja nun bis auf weiteres unsere Gäste sein . . .« Es war ihm offenbar ein Bedürfnis, seinen Mitteilungen einen ironischen Ton zu unterlegen. Zugleich fiel Messalla auf, dass der Mann sich geradezu souverän einer gehobenen Sprache bediente, die kaum zu einem gewöhnlichen Piraten passte.

»Selbstverständlich werdet ihr korrekt behandelt werden, wie sich das bei solch illustren Gästen gehört.«

»Was hast du mit uns vor?«, fragte Messalla.

»Das werdet ihr zu gegebener Zeit erfahren.«

»Wohin bringt ihr uns?«

»Das werdet ihr sehen.«

Messalla und Demetrios warfen sich einen Blick zu. Beiden war klar: Man würde sie als Geiseln benutzen und Druck auf ihre Familie ausüben, eine bestimmte Summe für ihre Freilassung zu zahlen. Bis das geforderte Lösegeld aus Rom eintraf, blieben sie Gefangene der Piraten.

Wie hatte vor Wochen Montanus gesagt: »Solange man die Kuh melken kann, tötet man sie nicht . . .«

Das Ende der Triton

Messalla wandte den Kopf zur Seite und starrte mit großen Augen auf das wild bewegte Meer. Nach wie vor gingen die Wellen hoch und schwappten als gewaltige Brecher über die Decks aller Schiffe. Er musste sich an der Reling fest halten, denn der Rumpf der *Triton* wurde hin und her geworfen. Er war durchnässt bis auf die Haut, das Haar klebte ihm am Kopf, doch er nahm das alles nicht wahr. Andere Bilder tauchten in seinem Innern auf und legten sich über das Jetzt und Hier: das Gesicht der kranken Mutter ... das Lächeln Claudias ... die Freunde in der Akademie ... Er hörte die Stimmen von Iunia, von Pausanias, von seinem Onkel, von Montanus und sie vermischten sich, bis er sie schließlich alle zugleich hörte: »Ach, der gute Junge!« – »Er ist doch schon erwachsen!« – »Und schreib mal!« – »Solange man die Kuh melken kann ...« – »Der gute Junge!« – »... tötet man sie nicht!« – »Schreib mal ... tötet man ... tötet! Töööten!«

Urianus riss ihn aus seinen Gedanken: »Was ist da in der Hütte?«

»Unser Gepäck.«

»Na klar! Was sonst noch?«

»Die Kabinen des Kapitäns, des *gubernators*, des Zimmermanns.«

»Und weiter?«

»Keine Ahnung!«, log Messalla.

»Na, dann schauen wir uns doch mal um!« Er grinste unverschämt. »Komm mit, Valerius Messalla!«

Urianus ging hinein, öffnete der Reihe nach alle Türen, schaute kurz in die Kammern und erreichte so den letzten Raum.

»Oha! Beim Herakles! Nicht schlecht!«

Er pfiff durch die Zähne und ließ seinen Blick über die Kleinplastiken wandern. Dann griff er sich den bronzenen Hermes, hob ihn mit Leichtigkeit hoch und betrachtete ihn mit Kennermiene: »Doch, ja ... Zwar Gebrauchsware, aber gute

Athener Arbeit! Aus der Werkstatt des Timoleon, oder?«

Messalla gab darauf keine Antwort und Urianus fuhr fort: »Na ja, woher solltest du auch von solch feinen Unterschieden Kenntnis haben, Valerius Messalla. Dein Onkel stellt höhere Ansprüche. Aber wir werden das alles in Ruhe sichten, wenn wir im Hafen sind . . .«

Messallas Puls beschleunigte sich. Dieser Mann, der da mit der größten Selbstverständlichkeit fremdes Eigentum an sich nahm, der es zuließ, dass einer seiner Leute vor aller Augen einen Angehörigen der *Triton*-Mannschaft niederstach, der wahrscheinlich selbst schon hundertfach getötet hatte, der im Umgang mit seinen Gefangenen eine Ironie an den Tag legte, die zynisch war – dieser Räuber und Mörder gab vor, den römischen Senator Hortensius Hortalus zu kennen?! Wenn ja, woher denn? Und Hortensius – kannte er ihn etwa auch? War diese Bekanntschaft, wenn es sie denn gab, etwa der Grund dafür, dass Urianus ihn und Demetrios nicht fesseln ließ wie Skamandros, Diodoros, Polybios und die andern?

»Oha! Was ist denn das?« Erstaunt wies Urianus auf die am Boden liegende, ramponierte Holzplastik.

»Die Hera von Perachora!« Demetrios stand im Türrahmen. Er hatte es grimmig gesagt.

Messalla sah ihn erstaunt an. Woher kannte er den Namen und die Herkunft der hölzernen Statue? Skamandros hatte, als sie vor Tagen zusammen mit ihm die Ladung besichtigten, nicht darüber gesprochen. Und warum nannte Demetrios jetzt den Namen?

»Hera von Perachora? Kenn ich nicht«, erklärte Urianus abschätzig. »Was Hässlicheres habe ich selten gesehen! Ist sie etwa auch Teil der Ladung?«

»Nein«, sagte Demetrios.

»Was dann? Gehört sie jemandem an Bord? Dem Kapitän?«

»Nein, sie gehört mir!«, sagte Messalla in einem plötzlichen Einfall und wechselte mit Demetrios einen schnellen Blick.

»Na ja«, meinte Urianus, »über Geschmack lässt sich nicht streiten. Kannst sie gerne behalten, Valerius Messalla.«

Wieder sahen sich die Freunde erstaunt an. Dann fragte Messalla: »Dürfen wir unsere Sachen mitnehmen?«

Urianus drehte sich um, betrachtete die jungen Männer mit kühlem Blick, strich sich über den Bart und meinte sachlich: »Selbstverständlich. Oder erwartet ihr, dass ich euch auch noch Klamotten zum Anziehen besorge?« Er rieb den Daumen über den Zeigefinger: »Habt ihr Geld dabei?«

Dies zu leugnen wäre unklug gewesen, denn man würde ihr Gepäck sehr genau untersuchen. Also erklärte Messalla mit der größten Selbstverständlichkeit: »Natürlich.«

»Wie viel?«

»Einige tausend Sesterzen.«

»Die könnt ihr behalten.« Urianus feixte. »Ausgeben könnt ihr sie in den nächsten Wochen sowieso nicht. Es sei denn ...« – er grinste wieder – »ich stelle euch die Verpflegung in Rechnung. Vielleicht tu ich's.«

Offensichtlich machte es ihm Spaß, mit ihnen zu spielen.

Messalla und Demetrios war klar, dass die Summe, die man für ihre Auslösung fordern würde, in die Hunderttausende, wenn nicht in die Millionen ging. Verglichen damit war ihre augenblickliche Barschaft ein Taschengeld für den Piraten. Urianus konnte es sich also leisten, den Großmütigen zu spielen, zumal er – davon gingen sie beide aus – sich längst in den Besitz der Schiffskasse gebracht hatte.

Sie kehrten an Deck zurück und Messalla registrierte, dass die Piraten inzwischen ihre Schiffe rechts und links am Rumpf der *Triton* fest vertäut hatten. Auf diese Weise wollten sie offenbar den schwerfälligen Frachter, der aus eigener Kraft nicht mehr steuerbar war, in ihr Versteck oder einen sicheren Hafen schleppen.

Doch er sah auch, dass dieses Manöver nicht so einfach durchzuführen war, wie sie sich das dachten. Bedingt durch den hohen Seegang scheuerten und rieben die Schiffswände aneinander, das Holz krachte und quietschte, der Rumpf der *Triton* krängte in unberechenbaren Bewegungen auf und ab und hob, wenn er backbord tief in die See eintauchte, den steuerbord fest verzurrten Segler in die Höhe. Die Taue waren bis zum Äußersten gespannt und es war abzusehen, wann das erste reißen würde.

»Verdammter Mist!«, fluchte Urianus, der die seinen Schiffen drohende Gefahr ebenfalls ausmachte. Hinzu kam – auch das erfasste Messalla mit einem Blick –, dass die drei miteinander vertäuten Schiffe sich unaufhaltsam der felsigen Küste näherten. Er sah auch die Ursache: Das Rahsegel des backbord vertäuten Seglers war größer als das des rechten und der Sturm richtete den Kurs aller drei fest miteinander verbundenen Schiffe seitlich zum Land hin. Die Steuerleute der beiden Segler versuchten zwar mit aller Kraft gegenzuhalten, doch die auf das linke Rahsegel wirkende Kraft des Windes war stärker als die der Ruder.

Auch an Bord der Triëre, die sich im Abstand von zwei Schiffslängen auf parallelem Kurs befand, musste man die Zuspitzung der Lage erkannt haben, denn Messalla sah, wie der Mann, der offenbar als Flottenchef das Sagen hatte, seinem Signalgast etwas zurief, worauf dieser mit einer Folge unglaublich schneller, ruckartiger Bewegungen seiner Flaggen Anweisungen signalisierte, die Urianus aufmerksam beobachtete und mit einem unwilligen Nicken bestätigte.

Dann bellte er in einer fremden Sprache seine Befehle und seine Leute machten sich daran, die Fangleinen wieder zu lösen. Da dies Urianus nicht schnell genug ging, befahl er die Taue mit Äxten zu durchtrennen.

»Los, los!«, rief er Messalla und Demetrios zu. »Schnappt euch euer Gepäck! Wir müssen von Bord!«

Sie stolperten über das schlingernde Deck zur Hütte und in ihre Kabine, rafften wahllos alle herumliegenden Teile zusammen, stopften sie in ihre Beutel und eilten zurück. In plötzlichem Entschluss machte Messalla kehrt. »Halt das!«, rief er und warf Demetrios seinen Beutel zu, eilte in die letzte Kabine, wurde mit dem Kopf gegen den Türrahmen geworfen, griff sich die hölzerne Hera und barg sie unter der Tunika. Als er auch noch nach dem Hermes greifen wollte, hörte er hinter sich Urianus brüllen: »Bist du wahnsinnig?! Lass das Zeug liegen! Mach, dass du rauskommst!«

Beide Segler hatten sich schon von der *Triton* gelöst. Nur noch eine wild hin und her schwankende hölzerne Trittleiter verband, von zwei Männern mühsam gehalten, das linke Schiff mit dem Frachter. Messalla rannte auf die Bohle zu, betrat sie, sah unter sich das rasend schäumende, kochende Meer, achtete nicht auf das Schlingern unter seinen Füßen und bewegte sich todesmutig auf dem schmalen Steg nach drüben, von wo ihm Demetrios beide Hände entgegenstreckte und ihn mit einem Ruck aus der Gefahrenzone riss. Er stolperte und fiel zu Boden, doch mit der freien Hand presste er die hölzerne Statue schützend an seinen Leib.

Jetzt erst spürte er den stechenden Schmerz an seiner linken Schläfe. Er zwang sich aufzustehen, atmete tief durch, tastete seine geschwollene Schläfe ab und spürte, dass sie feucht war. Er betrachtete seine Hand. Die Fingerspitzen leuchteten rot von frischem Blut.

»Das gibt sich«, kommentierte Urianus gelassen die Verletzung und schickte einen seiner Leute los, einen in Essig getauchten Schwamm zu holen. Der Mann war nach wenigen Augenblicken zurück und hielt Messalla den Schwamm hin.

»Draufpressen! Das hilft!«, befahl Urianus, und Messalla tat es. Die Wunde brannte wie Feuer, aber nur kurz, dann ließ der Schmerz nach.

»Ist dir schwindelig? Oder übel?«, fragte Urianus, und seine Besorgnis schien echt zu sein.

Messalla bewegte langsam verneinend den

Kopf. Sein Stolz verbot ihm eine freundliche Antwort.

Er sah sich um. Skamandros, Polybios, Diodoros und die übrige Mannschaft der *Triton* hockten gefesselt um den Mast herum am Boden, bewacht von schwer bewaffneten Piraten. Der Rumpf des Seglers hob und senkte sich wie ein Stück Holz, immer wieder klatschte eine Welle über Deck und sie hatten große Mühe, im Sitzen das Gleichgewicht zu wahren, da sie sich nicht mit den Händen abstützen konnten. Skamandros schien nur Augen für die *Triton* zu haben. Als er sah, dass Messalla ihn anblickte, nickte er ihm mit einem traurigen Lächeln zu.

Die beiden Segler, die sich von der *Triton* gelöst und sicheren Abstand gewonnen hatten, zogen nun an dem Havaristen vorbei und nahmen ihre Position bei den Übrigen neben der Triëre ein. An Bord aller Schiffe verfolgten die Männer mit höchster Aufmerksamkeit jede Bewegung der *Triton*: Skamandros und seine Männer bangten um ihr Schiff, die Piraten um die Ladung angesichts der Gefahr, dass der Frachter auf die felsige Küste zutrieb, wo er zerschmettert werden würde. Gemeinsam war allen der Wunsch, die *Triton* möge es schaffen, noch drei Meilen nach Süden zu driften, wo sie in einer kleinen sandigen Bucht auf Grund laufen konnte.

Doch das Schiff gehorchte den Gesetzen, die ihm Sturm und Strömung vorgaben. Die leichte Drehung, die der Rumpf während des begonnenen Rettungsmanövers bekommen hatte, genügte: Die Brecher, die bisher von hinten über das Deck gerollt waren und keinen Schaden angerichtet hatten, trafen den Rumpf nun von der Seite. In kurzem Abstand schlugen zwei hochgehende Seen mit voller Wucht gegen das Heck. Der gewaltige Aufprall dieser Wassermassen zerschlug die Hütte, als sei sie aus Strohballen geschichtet, und fegte die Trümmer über Bord. Das Heck versank in den Wellen. Alle fürchteten schon das Schlimmste – als es nach unendlich langen Augenblicken wieder auftauchte und die Wasser sich verliefen. Doch da wurde es von einem dritten Brecher mit noch größerer Wucht getroffen. Der Schlag war übermächtig, er schob das Heck vor sich her, drehte so das ganze Schiff, bis der Rumpf quer vor dem Wind lag.

Die nächste See schwappte hoch, schoss über das Deck und hob den in Längsrichtung liegenden Hauptmast wie ein Spielzeug an, riss ihn aus seiner Verankerung und kippte ihn auf der anderen Seite ins Meer, wo er in den Wellen verschwand. Lukendeckel wurden zertrümmert und als loses Gerümpel weggespült. So war nun der verwundete Bauch des Schiffes den über Deck schießenden Seen wehrlos preisgegeben. Brecher auf Brecher suchten und fanden den Weg in die Tiefe des gewaltigen Rumpfes, entdeckten jede Höhlung und füllten sie an mit nie für möglich gehaltenen Massen, drängten vorne durch die offenen Luken in die Kammern, quollen aus den mittleren wieder hervor, ja schossen aus entfernteren Öffnungen wie Fontänen sprudelnd zehn Fuß in die Höhe.

Staunend verfolgte Messalla den ungeheuren Vorgang. Immer noch lag der riesige Rumpf ruhig in der kochenden See und setzte ihr seine Schwere und Trägheit entgegen, doch nach jedem Brecher tauchte er tiefer ein.

Eine mächtige, wütende Welle traf die Heckzier und riss *Triton*, den Sohn des Poseidon, aus seiner Verankerung. Noch hing er, fast waagerecht geneigt, am Rumpf und blies in seine Muschel, doch der nächste, kleine Schwall genügte: Fast elegant löste der Gott sich vom gesplitterten Holz der Heckschwinge, tauchte ein in sein eigentliches Element und überließ die *Triton* und ihre Mannschaft ihrem Schicksal.

Messalla schaute wieder zu Skamandros hinüber, dem nun Tränen über die Wangen in den Bart liefen. Dass er selbst längst weinte, war ihm nicht bewusst.

Er stand an der Reling des Piratenschiffs, neben ihm Urianus und Demetrios. Mit ganzer Kraft mussten sie sich am Handlauf festhalten, um das Gleichgewicht zu wahren, denn der Rumpf des leichten Seglers senkte und hob sich abrupt in der unruhigen See.

Alle, Piraten wie Gefangene, verfolgten in höchster Anspannung, ja ergriffen den Todeskampf des stolzen Schiffes. Jeder wusste: Noch zwei, drei Schläge der wütenden See würden genügen, ihm ein schnelles Ende zu bereiten. Auch wenn sie Todfeinde waren – in diesen Augenblicken empfanden sie dasselbe, fühlten die gleiche Trauer. Denn sie alle waren Seeleute, die wie Odysseus ihr Schiff über alles liebten, das ewig drohende Meer aber und seine Stürme fürchteten, hassten und verfluchten.

Das Ende kam schneller als erwartet. Es war nur eine kleine See, die nicht einmal sehr hoch ging.

Beinahe zärtlich strich sie über das Deck, verteilte ihre Wasser, verlief sich nach unten in die letzten leeren Räume, füllte sie wie die Kästchen einer Schublade, und ohne ein spektakuläres Aufbäumen tauchte der Rumpf plötzlich unter und versank wie ein bis zum Rand gefüllter steinerner Trog in der Tiefe. Die Wellen schlugen über ihm zusammen. Eine Weile noch brodelten Luftblasen in der unruhigen See – die letzten Spuren der *Triton*, die nun als Wrack auf dem Grund des Meeres lag.

Herakleon

Mit leerem Blick starrte Messalla auf die Stelle, an der noch vor wenigen Augenblicken die *Triton* dem Sturm und den Wellen getrotzt hatte. Er sah sie vor sich, mit prall geblähtem Segel vor dem Wind ... die Hütte, in der er die Nächte sicher beschirmt verbracht hatte ... Skamandros, wie er prüfend über das Deck ging und den einen oder andern zusammenstauchte ... den Stotterer, wie er aus seiner Vertiefung auftauchte und ihnen das Essen brachte ... Polybios und seine Männer, die verzweifelt versuchten die Schäden am Mastkoker zu richten – doch das Trugbild löste sich auf. Da war nur Wasser, in unruhiger, ewiger Bewegung, die älter als die Zeit war.

Er blickte zu den andern. Skamandros saß mit fahlem Gesicht in der Nähe des Mastes, gegen eine

Kiste gelehnt. Geistesabwesend stierte er vor sich auf den Boden. Neben ihm Diodoros und Polybios, gefesselt wie er, doch ihnen stand eine große Wut im Gesicht. Die Mannschaft daneben, passiv ergeben in ihr Schicksal. Niemand sprach.

Erst jetzt wurde Messalla sich der ganzen Tragweite des Geschehens bewusst, das seinem Leben eine abrupte Wendung gegeben hatte. Bis zu diesem Augenblick hatte er alle Berichte über Piraten und Menschenräuber durchaus für spannende Geschichten gehalten, die ihn aber eigentlich nichts angingen. Man gab sie in geselliger Runde beim Wein zum Besten, angereichert mit fantastischem Beiwerk, so wie man von den Abenteuern des Odysseus und anderen Seefahrern der Urzeit erzählte. Das Gruseln gehörte dazu, weil es die Spannung erhöhte; doch danach legte man sich wohlig müde und entspannt in seine Koje und lauschte auf das heimelige Plätschern der kleinen Wellen des Hafenbeckens, die am Rumpf entlangleckten.

Er blickte zur Seite. Demetrios, der neben ihm stand, starrte ebenso betroffen wie er auf die leere Stelle im Meer.

»Setzt euch neben die andern!«

Wieder war es Urianus, der ihn in die harte Wirklichkeit zurückbrachte. Herrisch wies er mit ausgestrecktem Arm nach vorn auf einen freien Platz am Bug. Zwei Posten begleiteten sie dorthin. Sie setzten sich auf den Boden und lehnten sich gegen ihre Beutel. Die Wachen gingen zurück zu den andern. Man hielt sie auch hier abseits von Kapitän und Mannschaft der *Triton*. Und man fesselte sie nicht.

Auf eine entsprechende Bemerkung Messallas meinte Demetrios: »Dass wir nicht über Bord springen, ist doch wohl klar! Die Küste ist zu weit weg, als dass wir sie schwimmend erreichen könnten. Im Übrigen geht von uns keine Gefahr für sie aus. Ganz anders ist das mit Skamandros, Diodoros, Polybios und den andern. Sie sind nach wie vor zu allem entschlossen. Und das weiß dieser Urianus!«

Messalla nickte. »Dabei ist er allem Anschein nach nicht der Flottenchef. Er leitete nur den Überfall auf die *Triton*.«

»So ist es. Der Befehlshaber befindet sich auf der Triëre. Und ich denke, von ihm, nicht von Urianus, hängt unser weiteres Schicksal ab. Ob das von Vorteil für uns und die andern sein wird, muss sich erst zeigen. Ich bin sehr gespannt auf den Mann.«

»Ich auch. Glaubst du, sie ankern über Nacht auf See?«

»Nein. Als erfahrene Seeleute gehen sie kein unnötiges Risiko ein. Erst recht nicht bei diesem Wetter!«

»Also werden sie hier irgendwo ein sicheres Versteck haben . . .«

»Das glaube ich kaum.« Demetrios sah Messalla an. »Erinnere dich daran, was Skamandros uns neulich klarmachte. An dieser Küste patrouillieren keine römischen Kriegsschiffe, weil es hier nichts zu rauben, also auch nichts zu bewachen gibt. Hier sind die Freibeuter die Herren des Meeres. Wahrscheinlich werden sie eine Bucht mit flacher Küste aufsuchen, in der sie das Abflauen des Sturms abwarten.«

Demetrios sollte Recht behalten. Nach etwa zwei Stunden änderte die Flotte ihren Kurs, segelte auf die Küste zu und ging im Windschatten eines kleinen Vorgebirges vor Anker.

Nachdem die Segel gerefft, die Anker gesetzt und die Fesseln der Gefangenen sorgfältig überprüft waren, kam Urianus mit schnellen Schritten auf Messalla und Demetrios zu und befahl: »Aufstehen! Folgen! Lasst das Gepäck liegen!«

Er hatte einen Ton angeschlagen, der keinen Widerspruch duldete. Dann wies er auf das Gepäck und fügte mit einem ironischen Grinsen hinzu: »Hier kommt nichts abhanden, denn hier wird nicht gestohlen! Klar?!« Sie glaubten ihm aufs Wort.

Messalla und Demetrios erhoben sich. Man würde sie nun wohl dem Befehlshaber der Flotte vorführen.

Die vier Segler lagen so weit auseinander, dass sie sich in der Dünung nicht gegenseitig beschädigten. Die Triëre ankerte in einigem Abstand von ihnen, denn ihre Ruder brauchten Raum zum Ausgreifen, um das Schiff beim Auslaufen in Fahrt zu bringen.

Die Mannschaften der vier Segler und der Triëre waren an Land gegangen und bereiteten sich auf dem schmalen Sandstreifen an zahlreichen Lagerfeuern ihre Abendmahlzeit, kochten Brei und grillten Fisch.

»Es ist nicht zu fassen . . .«, flüsterte Demetrios Messalla zu. »Sie gebärden sich in allem, als ob sie Angehörige der römischen Flotte wären!«

»Vielleicht sind sie's!«

»Du meinst wohl: waren es!«

Messalla verstand, was er meinte: Handelte es sich am Ende etwa um römische Deserteure, die zu den Piraten übergelaufen waren? Wie sonst kamen diese in den Besitz dieses Kriegsschiffes, gegen dessen schwere Waffen – Schleudergeschütze, Flammenwerfer und Rammsporn – sie bei einer Auseinandersetzung auf See keine Chance hatten?

Als sie an den gefesselten Kameraden vorbeigingen, rief ihnen Psellistes, der Stotterer, zu: »La-lasst euch nicht kleinkriegen, Herr! Ni-niemals kleinkriegen la-lassen!«

»Maul halten!«, raunzte ihn der nächststehende Posten an und trat ihn in die Seite. Der Stotterer streckte dem Mann, als er sich umdrehte, die Zunge heraus. Sein Glück, dass dieser es nicht mehr sah.

Zusammen mit Urianus und vier Piraten stiegen sie in ein Beiboot, das sie zur Triëre brachte. Deren Riemen waren sämtlich hochgestellt. Sie ruderten am Bug vorbei und Messalla konnte den Namen des Kriegsschiffes entziffern: *TANIT.* Das Wort war mit kapitalen lateinischen Buchstaben geschrieben, wie sie die Steinmetzen in Rom an Tempeln und öffentlichen Gebäuden benutzten. *Tanit*? Der Name sagte ihm nichts. Die Schrift machte den Eindruck, als sei sie erst kürzlich angebracht worden, so frisch leuchteten die goldenen Buchstaben auf dem blauen Feld der Tafel.

Mittschiffs wurde eine drehbar installierte Leiter ausgeschwenkt, über die sie an Bord kletterten.

Sogleich fiel ihnen die strenge militärische Hierarchie auf: Urianus meldete die Ankunft der Gefangenen einem Posten, dieser gab sie an den diensthabenden Offizier weiter. Einen Augenblick lang konnte man meinen sich auf einem römischen Kriegsschiff zu befinden. Allerdings war die Kommandosprache Griechisch.

Der Diensthabende, ein kräftiger Mann Mitte dreißig, enthielt sich jeglicher ironischen Kommentierung, wie sie es von Urianus nun schon gewohnt waren, sondern nahm die Meldung so selbstverständlich entgegen, als ob es sich um den Wetterbericht handelte.

»Mitkommen!«

Der Mann schritt energisch voraus und sie folgten ihm nach achtern zur Hütte. Urianus und die Wachen blieben zurück.

»Wartet hier!«

Der Offizier verschwand in der Hütte, kam aber schon nach wenigen Augenblicken zurück: »Herakleon wünscht euch zu sehen! Folgen!«

Messalla und Demetrios sahen sich an und hatten Mühe ihr Erschrecken zu verbergen. Beiden schoss durch den Kopf, was Montanus vor Wochen in Syrakus über diesen Mann geäußert hatte: »Der skrupelloseste, gerissenste Mensch, dem ich je begegnet bin!«

Der Gang war länger, die Decke höher und die Türen breiter als in den Heckaufbauten der *Triton*. Es gab hier auch mehr Kabinen.

Der Diensthabende ging auf die letzte Tür rechts zu, klopfte an, öffnete sie und machte Meldung: »Die Gefangenen Valerius Messalla und Demetrios wie befohlen zur Stelle!«

»Danke, Philistos!«, kam von drinnen eine wohlklingende, kultivierte Stimme, die eher zu einem erfolgreichen Großkaufmann als zu einem gewissenlosen Freibeuter passte. »Sie sollen eintreten!«

Philistos nickte und schob sie in den Raum.

»Danke, du kannst gehen, Philistos!«

Philistos grüßte militärisch, verließ den Raum und schloss die Tür von außen.

Verblüfft starrten Messalla und Demetrios auf den Mann, der da wenige Schritt vor ihnen hinter einem großen Arbeitstisch saß, auf dem sich Karten, Pläne, Schriftstücke und Buchrollen in ziemlichem Durcheinander häuften. Sie hatten die Physiognomie eines Habichts erwartet, das verruchte Gesicht eines verächtlich grinsenden, sich lässig zurücklehnenden und arrogant gebärdenden Mannes, der es genoss, seine Gefangenen vor sich um Gnade winseln zu sehen.

Nichts davon traf zu. Überrascht, ja fasziniert betrachteten Messalla und Demetrios das Gesicht des Mannes, den alle Reeder, Schiffsführer und Mannschaften in diesem Seegebiet mehr fürchteten als den Zorn Poseidons. Trotz seines griechischen Namens sah er nicht aus wie ein Hellene. Gewiss, sein gelocktes, kurz gehaltenes Haar schimmerte pechschwarz, seine Nase, fein und schmal geschnitten, endete in sensiblen Flügeln, doch ihre Spitze, leicht nach unten gebogen, verdeckte vollkommen die Nasenlöcher. Araber, Ägypter und Beduinen der Cyrenaica hatten oft solche Nasen. Auch die Farbe der Haut von Gesicht, Händen und Armen erinnerte eher an einen Syrer, Phönizier oder Nordafricaner. Sie leuchtete in einem warmen Braun wie polierte Bronze. Ein gestutzter Bart, der die Oberlippe frei ließ, rahmte die Züge. Das ovale Antlitz, vollkommen faltenlos, mit leichten Schatten unter den Backenknochen, wurde beherrscht von großen, tiefschwarzen Augen, die vollkommen ruhig auf die jungen Männer gerichtet waren. Sie zeigten keine Regung, weder ein hochmütiges Lächeln noch den Anflug von Unmut. Scheinbar unbeteiligt war dieser selbstsichere Blick auf sie gerichtet – und das verwirrte sie.

Herakleon lehnte sich zurück und faltete bedächtig die Hände, wobei er sie nicht aus den Augen ließ, so dass sie Mühe hatten seinem Blick standzuhalten.

Er blickte kurz auf einen Zettel, der vor ihm auf dem Tisch lag, räusperte sich und sagte: »Ein gewisser Marcus Valerius Messalla also, in Begleitung eines gewissen Demetrios ...«

Zum ersten Mal glitt ein Lächeln über seine Lippen, doch die Augen waren nicht daran beteiligt, so dass es kühl und unnahbar wirkte. Er hatte es so gesagt, als ob er ohne sein Zutun auf einen wertvollen Schatz gestoßen sei, den es vor dem Zugriff Unbefugter zu schützen galt. Sein Latein war vollkommen akzentfrei, freilich gepaart mit einem herablassenden Unterton, den sie auch von Hortensius Hortalus kannten, wenn er im Laufe einer Gerichtsverhandlung den gegnerischen Anwalt auf einen Fehler in seiner Argumentation hinweisen wollte.

»Ihr seid da«, fuhr Herakleon fort, »durch eine unberechenbare Laune Fortunas in eine für euch – nun, sagen wir es so: in eine höchst unerfreuliche Lage geraten.«

Wieder lächelte er, doch wirkte es jetzt noch eine Spur kälter.

»Wir wollen darum versuchen für alle Beteiligten das Beste daraus zu machen. Ich darf wohl davon ausgehen, dass ihr das ebenso seht.«

Gereizt durch diese so überaus wohlklingende, doch arrogante Sprache, mehr noch durch das elitäre Gehabe des Sprechers, stieg in Messalla ein gewaltiger Zorn hoch, und mit jugendlichem Feuer stieß er hervor: »Du . . . du hast kein Recht, uns hier festzuhalten! Weder mich noch Demetrios und die andern!«

»Aber gewiss doch, gewiss doch . . .«, kommentierte Herakleon dies lächelnd und nickte bedächtig. »Aus deiner Sicht magst du ja Recht haben, Valerius Messalla, aber . . . die Umstände sind nun einmal so, wie sie sind. Und *du* . . .« – er zog die Brauen zusammen und sein Blick wurde hart – »du kannst sie nicht ändern!«

Messalla maß ihn verächtlich und rief: »Das wirst du noch bereuen! Du scheinst nicht zu wissen, wer ich bin!«

»Aber ja doch!« Herakleon schien sich nun tatsächlich zu amüsieren. »Du bist Marcus Valerius Messalla, Neffe des römischen Senators und erfolgreichen Anwalts Hortensius Hortalus. Also hast du Anspruch auf einen gehobenen Status als mein Gefangener.« Dann fügte er leise drohend hinzu: »Aber ich warne dich: Wenn du dich, solange du in meiner Gewalt bist, närrisch aufführst, dann verfüge ich über angemessene Mittel, dich zur Vernunft zu bringen.«

Er stand auf, kam um den Tisch herum und maß Messalla mit einem kalten Blick: »Und du kannst mir glauben, dass ich sie anwenden lasse. – Wache!«

Die Tür wurde aufgerissen, ein Posten erschien.

Herakleons Stimme wurde schneidend: »Abführen! Spezialbehandlung! Verstanden?«

»Jawohl!«

»Gut. Schick mir den Urianus herein! Warte draußen mit den Gefangenen, bis du von Urianus weitere Anweisung erhältst!«

»Jawohl!«

Der Mann grüßte und verließ mit den Gefangenen den Raum.

Er rief Urianus zu, sich bei Herakleon zu melden, und befahl den jungen Leuten sich auf den Boden zu setzen. Unverzüglich gehorchten sie der Anweisung.

»Spezialbehandlung« also! Nach diesem kurzen und aggressiven Wortgefecht mit Herakleon befürchteten Messalla und Demetrios das Schlimmste: Unterbringung in lichtlosen Kammern und stinkenden Verliesen, kargste Verpflegung mit schimmeligem Brot und verdorbenem Wasser, gröbste Schikanen, gemeinste Demütigungen jeder Art, körperliche Torturen. Diesem Mann, der sich wie ein souveräner Fürst gebärdete, niemandem verantwortlich als sich selbst, trauten sie jede Art von Unrecht, Frevel und Gewalttat zu.

Schon wenige Augenblicke später kam Urianus aus der Hütte zurück. Er blieb breitbeinig vor ihnen stehen, strich sich über den Bart und betrachtete sie geradezu wohlwollend. Dann hieß es: »Oha! Ihr werdet noch Hymnen auf Herakleon singen . . . Mitkommen!«

»Und das Gepäck?«, fragte Messalla.

»Mitnehmen!«

Urianus ging voraus in Richtung Hütte. Ohne sich umzuschauen, forderte er sie mit einer lässigen Handbewegung auf, ihm zu folgen, und redete im Gehen munter weiter: »Die edlen Herren sind bis auf weiteres unsere lieben Gäste aus Rom. Es war schon immer ihr sehnlichster Wunsch, diesen wunderschönen Teil des Erdkreises kennen zu lernen ...«

Urianus hielt ihnen sogar die Tür auf und fuhr fort: »So weit es in unseren bescheidenen Kräften steht, werden wir uns bemühen ihnen den Aufenthalt hier so angenehm wie möglich zu machen. Und das fängt mit dem Quartier an. »Bitte sehr!«

Wieder fiel Messalla der krasse Gegensatz zwischen dem abschreckend martialischen Äußeren dieses Mannes und seiner gewählten Art zu reden auf. Er sprach wie jemand, der sich früher in anderen, gehobeneren Kreisen bewegt hatte. Dazu passte die Ironie, mit der er so gerne seine Verlautbarungen anreicherte. Trotz ihrer fatalen Lage – sie waren den Freibeutern vollkommen ausgeliefert – fand Messalla diesen Urianus nicht unsympathisch. Er hatte etwas ungemein Anziehendes, wobei schwer zu sagen war, ob es mehr von seinem Gesicht, dem Klang seiner Stimme oder dem Inhalt dessen, was er sagte, ausging.

Urianus ließ sie vorangehen und rief: »Vierte Tür links!«

Messalla öffnete sie und trat in eine Kabine, die etwa doppelt so groß wie die auf der *Triton* war. Die Kojen hatten fast die Größe normaler Betten. In einer großen Truhe konnte man alle Kleidungsstücke bequem unterbringen.

Sie stellten ihre Beutel in eine Ecke. Messalla

legte die hölzerne Statue vorsichtig auf dem unteren Bett ab.

Urianus war im Türrahmen stehen geblieben und erklärte: »Ihr könnt euch hier nach Belieben einrichten und euch auch an Bord frei bewegen. Das wird sich natürlich ändern, wenn wir an Land sind.«

Demetrios fragte nach: »Wann wird das sein?«

Urianus darauf, ausweichend: »Das hängt von Wind und Wellen ab. Aber das braucht eure Sorge nicht zu sein.« Er strich sich über den Bart. »Der Stotterer wird zu eurer Verfügung stehen, wie ihr es gewohnt seid.« Plötzlich hob er die Stimme: »In allen anderen Dingen habt ihr euch an mich und meine Anweisungen zu halten. Ich denke, wir haben uns verstanden?« Er fixierte die beiden mit strengem Blick und erinnerte sie so an die Bedingungen, unter denen sie von nun an zu leben hatten.

»Dürfen wir mit Skamandros reden?«, fragte Messalla.

Urianus hob die lädierte Augenbraue an, dachte einen Augenblick nach und sagte: »Solange ihr an Bord seid, ist dagegen nichts einzuwenden. – Noch Fragen?«

Messalla schüttelte den Kopf.

»Na also. Psellistes wird euch gleich etwas zu essen bringen.«

Grußlos wandte er sich um und schloss die Tür, ohne sie zu verriegeln. Sie hörten, wie sich seine Schritte entfernten.

»Na, dann machen wir es uns doch bequem!«, rief Demetrios und hob wie ein Schauspieler mit großer Geste seine Arme.

Messalla ließ sich auf dem unteren Bett nieder,

stützte den Kopf in beide Hände und brütete eine Weile vor sich hin. Schließlich blickte er hoch und fragte: »Woher weißt du eigentlich, dass es sich bei dieser Statue um die Hera von Perachora handelt?«

Demetrios ging zum Fenster und blickte eine Weile auf das unruhige Meer. Als er sich langsam umdrehte, war sein Gesicht sehr ernst. Leise begann er: »Ich habe eine Vermutung ...«

»Eine Vermutung?«

»Ja. Ich wurde in Athen zufällig Zeuge eines Gesprächs zwischen zwei Bürgern. Sie sprachen erregt über die Schändung des Heiligtums von Perachora und den Raub der Hera-Statue.«

Messalla hatte aufmerksam zugehört und fragte: »Wenn diese Hera tatsächlich aus dem Heiligtum von Perachora geraubt wurde, dann ...« Er sah Demetrios eindringlich an.

»Sprich nur, Messalla!«

»... dann könnte es doch sein, dass Pausanias wusste, woher die Statue stammt! Wenn er es aber wusste, dann arbeitet er ja mit den Piraten zusammen!«

Demetrios stellte die Fingerspitzen gegeneinander und betrachtete sie. Schließlich nickte er: »Auch mich beschäftigt dieser Verdacht seit Wochen.«

»Warum hast du mir nichts davon gesagt?«

»Weil ich dich nicht beunruhigen wollte. – Allerdings habe ich bei einem anderen Gespräch mit Pausanias das Thema auf die Piraten gelenkt ...«

»Und wie reagierte er?«

»In keiner Weise überrascht oder erschrocken, im Gegenteil: vollkommen ruhig!«

Demetrios gab nun gerafft wieder, was Pausanias damals im Kontor über die Weltlage im Allgemeinen und die Piraten im Besonderen geäußert hatte; er erwähnte auch, dass der Reeder wie viele andere »Schutzgelder« an die Freibeuter zahlte. Dass Hortensius Hortalus ausgerechnet eine alte Hera-Statue erwerben wollte – das verschwieg Demetrios seinem Schützling.

Messalla dachte über das Gehörte nach. Schließlich meinte er: »Ich habe einen schlimmen Verdacht, Demetrios ...«

»Ja ...?«

»Ich vermute, dass Pausanias ganz große Geschäfte mit den Piraten abwickelt und dass es keineswegs nur um diese Hera geht!«

»Nein, nein!«, rief Demetrios. »Jetzt gehst du entschieden zu weit, Messalla! Pausanias mag zwar zwischen Athen und Rom hin und her taktieren, doch hat er dabei stets die Interessen seiner Vaterstadt im Auge. Die Tatsache, dass er ›Schutzgelder‹ an die Freibeuter zahlt, ist noch kein Beweis für eine gewissenlose Einstellung! Mir schien er eine tiefe Abneigung gegen diese Räuber zu haben. Sie brach ganz unvermittelt und zornig aus ihm hervor! So kann man sich nicht verstellen!«

»Ich weiß nicht ...« Messalla schüttelte ungläubig den Kopf. »Vielleicht steht das seltsame Auftauchen der *Nike* neulich im Sturm mit dem Überfall in Zusammenhang!«

»Aber Messalla!« Demetrios lächelte langmütig. »Dafür wird es einen sachlichen Grund geben!«

Sie wurden in ihren Gedankenspielen unterbrochen, denn Psellistes erschien mit dem Essen.

»Sie ha-haben mir das Gleiche für euch gegeben, was auch di-dieser Herakleon bekommt: kakalten Braten, Schinken, Kä-Käse und Brot. Ihr kö-könnt auch noch Wein haben!«

Demetrios beugte sich neugierig über das Tablett, denn er hatte Hunger.

Messalla rief: »Wein? Jetzt?«

Und Demetrios: »Er beruhigt die Nerven. Und das haben wir alle nötig. Also bring nur den Wein, Psellistes!«

Sie machten sich über das Essen her. Psellistes wurde gebeten, daran teilzunehmen. Er nahm die Einladung nur zögernd an. Es war ihm anzusehen, dass er sich sehr geehrt fühlte.

»Hast du gehört, welches Ziel die Piraten ansteuern werden?«, fragte Demetrios.

»Nein, Herr, a-aber ich denke, dass es ni-nicht weit von hier ist.«

Demetrios nickte ihm zu: »Du kannst dich ja allem Anschein nach überall an Bord frei bewegen. Halte weiterhin die Ohren offen!«

»Sss-sicher, Herr. Einem Ko-Koch geht es wie einem Arzt ...«

»Wie einem Arzt?«, fragte Demetrios erstaunt.

»Aber ja, Herr! B-beide braucht man immer zum Überleben.

»Da könntest du Recht haben.«

Kurz vor Sonnenuntergang erschien Urianus in ihrer Kabine und erkundigte sich, ob sie mit ihrem Quartier und dem Essen zufrieden seien. Widerwillig mussten sie die Frage bejahen.

Urianus war sichtlich bestrebt auf sie einen guten Eindruck zu machen. So informierte er sie:

»Wir werden über Nacht in dieser Bucht ankern.«

»Und morgen?«, fragte Messalla.

»Morgen?« Urianus grinste wieder einmal unverschämt: »Morgen wird auch ein schöner Tag werden. Dann habt ihr euer Ziel erreicht. Wir werden am frühen Nachmittag dort sein. Ihr könnt euch hier also nicht häuslich einrichten. Noch Fragen?«

»Keine Fragen.«

»Aber eine Warnung . . .« Urianus ließ seinen Blick zwischen Messalla und Demetrios hin- und herwandern. »Falls ihr mit dem Gedanken spielt heimlich bei Nacht von Bord zu gehen . . . Unsere Wachen sind verdoppelt worden! Auch an Land stehen Posten! Sie werden kurzen Prozess mit euch machen! Ich hoffe, wir haben uns verstanden.«

Messalla und Demetrios nickten langsam.

»In Ordnung«, sagte Urianus und ging.

Messalla und Demetrios stellten noch eine Weile Mutmaßungen über das mögliche Ziel an, als der Stotterer erschien und erklärte: »So! . . . Und nun we-werden die Herren sich schlafen legen! Mo-morgen müssen sie wieder frisch sein!«

Messalla und Demetrios schauten sich verdutzt an: Psellistes war offenbar entschlossen, sich wie ein Hirtenhund um ihr Wohlergehen zu kümmern. Ohne sie um ihr Einverständnis zu bitten, begann er ihre Sachen aufzuräumen.

»Vorsicht!«, rief Messalla, als Psellistes die Hera-Statue vom Bett nahm.

»A-aber gewiss doch, Herr!« Er stellte die Göttin aufrecht in eine Ecke, kniete nieder, hob beide

Hände und murmelte in einer fremden Sprache ein kurzes Gebet. Dann erhob er sich, verbeugte sich und wünschte beiden eine gute Nacht.

»We-wenn die Herren mich brauchen: Ich schlafe vor der Tür!«

Nach einer erneuten Verbeugung entfernte er sich.

»Beim Hercules!«, sagte Demetrios. »Dieser Bursche ist ein Geschenk der Götter!«

Messalla ging zum Fenster und blickte nach draußen: »Die Palmen biegen sich zum Land hin! Der Wind hat auf Südost gedreht!«

Da sie keine Lust mehr verspürten an Deck zu gehen, legten sie sich in ihre Kojen. Jeder hing seinen Gedanken nach.

Messalla richtete ein inniges Gebet an Hera und bat die Göttermutter, sie möge seine Mutter, ihn selbst, Demetrios, Skamandros und die Mannschaft der *Triton* vor weiterem Unheil bewahren.

Demetrios aber grübelte über all die seltsamen Ereignisse nach: den Überfall auf das Heiligtum von Perachora, das Auftauchen der Statue, die Gespräche mit Pausanias und die Verfolgung durch die *Nike.* Worüber wollte deren Kapitän mit Skamandros reden? Und wo war die *Nike* abgeblieben? War auch sie dem Sturm zum Opfer gefallen?

AN FREMDER KÜSTE

Kräftemessen auf der Tanit

Schon eine halbe Stunde vor Sonnenaufgang war die kleine Flotte ausgelaufen.

Lauthals brüllten die Schiffsführer ihre Kommandos, quietschend drehten sich die Ankerspills in ihren Lagern, hart rieben und scheuerten die Segelstangen beim Hissen am Mast entlang. Als Letztes setzten die dumpfen Schläge des Taktgebers der *Tanit* ein. Die Ruder der Triëre senkten und hoben sich langsam in kraftvollem Rhythmus, um das schwere Schiff allmählich in Fahrt zu bringen.

Nichts von all dem drang in das Bewusstsein von Messalla und Demetrios. Nach den Aufregungen des gestrigen Tages waren sie in einen traumlosen Tiefschlaf gefallen, aus dem sie erst durch energisches Klopfen an der Kabinentür gerissen wurden.

Ohne eine Antwort abzuwarten, trat Psellistes ein. Er trug ein Tablett, auf dem sich Brot, Schinken, Käse, zwei Krüge mit Trinkschalen für Wein und Wasser befanden, setzte es behutsam auf den Tisch und erklärte: »So! – Und nun we-werden die Herren erst einmal o-ordentlich frühstücken! Da-danach sieht die Welt schon viel besser aus! Wenn die Herren no-noch mehr haben möchten, we-werden sie es sagen!«

Das klang wie ein Befehl. Messalla und Demetrios krochen aus ihren Kojen, reckten sich, gähnten ausgiebig und kleideten sich an.

»Hast du denn schon was gegessen?«, fragte Messalla schlaftrunken und rieb sich die Augen. Er wunderte sich, dass der Stotterer schon hellwach war.

»Sss-sicher, Herr. Ein Ko-Koch, der selbst hungert, ist ein schlechter Koch!« Er strich sich über seinen kugelförmigen Bauch, als ob dies der wichtigste Teil seines Körpers sei.

»Sag mal ...« Messalla schaute Psellistes fragend an: »Wo kann man hier denn ...?«

»A-am Ende des Gangs, Herr! Sehr sauber, wirklich!«

Messalla entfernte sich, um sein Geschäft zu erledigen. Als er zurückkam, fragte Demetrios: »Gibt es was Neues, Psellistes?«

»Ei-eigentlich nicht, Herr, Der Wind st-steht günstig. Wir sind auf Nordkurs und bewegen uns auf das Hermeische Vorgebirge zu.«

»Was?!«, rief Messalla. »Wie spät ist es denn?«

»E-eben hat die dritte Stunde be-begonnen.«*

»Wann sind wir denn ausgelaufen?«

»Schon vor Sonnenaufgang.«

»Entschuldigung!«, sagte nun Demetrios und ging nach draußen.

Messalla trat zum Fenster und blickte auf die Steuerbordseite des Schiffes. Jedes Mal wenn die Ruder eintauchten und anzogen, bildeten sich kleine Strudel. Nach jedem Durchzug ging ein leichter Ruck durch das ganze Schiff.

* Es ist also kurz nach acht Uhr.

Demetrios kam zurück und meinte: »Wirklich, sehr sauber!«

»Sa-sag ich doch!«, meinte Psellistes. »Noch be-besser als au-auf der *Triton*, nicht wahr!«

Messalla drehte sich um und fragte: »Wie geht es Skamandros und den andern?«

»Den U-Umständen entsprechend.«

»Sind sie immer noch gefesselt?«

»Sss-sicher. Die Brüder gehen kein Risiko ein!«

»Bekommen sie Essen?«

»Ja, a-aber nicht dieses hier.« Er wies auf das Tablett.

»Dann wirst du ihnen einen Teil davon heimlich zustecken!«

»Ha-habe ich schon, Herr. Ha-habe mich nämlich mit dem Koch verständigt. Ist ein Landsmann von mir.«

»Woher stammt er denn?«

»Aus Kilikien, wie ich.«

»Aus Kilikien? Und du bist trotzdem *kein* Pirat?«

»Hatte da-das nicht nötig, Herr. Köche werden sehr se-selten Piraten.« Er strich sich wieder über den Bauch und seine Kulleraugen strahlten große Zufriedenheit aus. Dann wandte er sich dem Tablett zu, hantierte mit den Speisen, goss Wein in die Schalen, verdünnte ihn mit Wasser, legte die Messer bereit und zog die beiden Hocker an den Tisch. »So . . .« Nach einem letzten prüfenden Blick auf die gedeckte Tafel hieß es: »Und nun we-werden wir ein kö-köstliches Mahl zu uns nehmen! Und we-wenn wir damit fertig sind . . .«

». . . sieht die Welt schon viel besser aus!«, nickte Demetrios ihm zu.

»So ist es, Herr!«

»Danke, Psellistes!«

»Bi-bitte, keine Ursache!« Er verbeugte sich und verließ den Raum.

Demetrios schüttelte lachend den Kopf: »Er muss einmal bei einem Arzt gedient haben: ›Wie geht es uns denn heute? Und nun nehmen wir noch einen Löffel von dieser köstlichen Medizin zu uns!‹«

»Genau so, ja!« Messalla schmunzelte. »Er behandelt uns wie Schwerkranke! Hoffentlich bleibt er in unserer Nähe.«

Als Psellistes nach dem Frühstück kam, um abzuräumen, hatte er eine Neuigkeit: »Sie ha-haben Skamandros von den a-andern getrennt!«

»Wozu?«, fragte Demetrios.

»Sie scheinen ihn zu verhören.«

»Wo?«

»Vo-vorne, am Bug.«

»Wenden sie Gewalt an?«

»Bi-bis jetzt nicht. Sie ha-haben ihm sogar di-die Handfesseln abgenommen!«

Messalla und Demetrios gingen nach draußen. Das Meer hatte sich über Nacht beruhigt und leuchtete nun tiefblau unter einem wolkenlosen Himmel. Es würde ein heißer Tag werden. Rechts und links der *Tanit* schossen immer wieder Delfine hoch, so dass Messalla einen Augenblick lang das Gefühl hatte sich an Bord der *Triton* zu befinden.

Sie gingen an der Reling entlang und überblickten nun das ganze Schiff. Die Mannschaft der *Triton* saß wie gestern um dem Koker des Hauptmastes. Der Baum lag jetzt waagerecht am Boden, mit starken Riemen verzurrt, parallel daneben das sorgfältig gefaltete Rahsegel und die Segelstangen. Alle Männer der *Triton* waren gefesselt und wurden von vier Posten bewacht, die sie nicht aus den Augen ließen. Skamandros war nicht dabei.

Messalla wandte sich an Diodoros: »*Gubernator!*«

Diodoros blickte hoch.

»Werdet ihr gut behandelt?«

»Nun, Herr, wir leben noch . . .«

»Erhaltet ihr genügend zu essen?«

»Nein.«

Die andern bestätigten diese klare Antwort mit aufgebrachtem Gemurmel.

Empört wollte Messalla sich an einen der Posten wenden, als Urianus mit Skamandros vom Bug zurückkam. Ihre Unterredung schien unerfreulich verlaufen zu sein, denn beide machten sehr ernste Gesichter.

Urianus befahl einem der Posten, Skamandros wieder zu fesseln. Mit einem Wink gab er dem Kapitän zu verstehen sich zu den Übrigen zu setzen. Skamandros ließ sich langsam auf den Planken nieder und lehnte sich gegen den Mastkoker. Er atmete einmal tief durch.

Urianus fixierte ihn mit zusammengekniffenen Augen und erklärte eindringlich: »Wir sprechen noch darüber . . . Ich habe viel Zeit, sehr viel Zeit! Du übrigens auch, Skamandros! Also überlege dir sehr gut, was du mir sagen willst!«

Skamandros sah an ihm vorbei aufs Meer – und schwieg.

Urianus schaute Messalla an: »Was gibt es?«

Messalla wies auf die Mannschaft: »Die Männer

bekommen zu wenig und zu schlechtes Essen! Sie haben Hunger!«

»Sonst noch was?«

»Allerdings! Ich verlange, dass sie genauso gut ernährt werden wie ich und Demetrios! Andernfalls werden wir uns mit dem gleichen Essen begnügen, das die Mannschaft bekommt!«

Es zuckte um Urianus' Mundwinkel. Er lachte laut auf und rief: »Oha! Das ist doch wohl nicht dein Ernst, Valerius Messalla?!«

»Ich bestehe darauf!«

»Hört euch das an!« Urianus wandte sich an seine Leute: »Der Neffe des hochedlen römischen Senators Hortensius Hortalus verlangt, dasselbe Essen wie diese Habenichtse zu bekommen! Er besteht sogar darauf!«

Die Piraten grinsten. Die Männer der *Triton* aber schauten voller Respekt auf den jungen Mann, der sich in keiner Weise vom herrischen Gehabe des Piratenführers beeindrucken ließ.

Urianus hielt den Kopf schief: »Und wenn ich das ablehne?«

»Nun denn, Urianus, du hast drei Möglichkeiten. Die erste: Alle bekommen das gleiche gute Essen. Die zweite: Alle erhalten das gleiche schlechte Essen! Die dritte: Die Mannschaft bekommt das schlechte, wir beide das gute Essen. – Solltest du dich für die dritte Möglichkeit entscheiden, könnte das zur Folge haben, dass Demetrios und ich in einen Hungerstreik treten! Das aber dürfte nicht in Herakleons Interesse liegen . . .«

Urianus starrte Messalla an. Es arbeitete in seinem Gesicht. Seine Schläfenadern schwollen an. Er schluckte. Gleich würde er losbrüllen . . .

Es kam ganz anders.

Herakleon war unbemerkt herangekommen. Er musste einen Teil der Auseinandersetzung gehört haben. Mit kühlem Interesse musterte er Messalla: »Wie alt bist du?«

»Siebzehn.«

»Aha. Und wo hast du das gelernt?«

»Was meinst du?«

»Die Art und Weise, wie du argumentierst! Das lernt man kaum in Rom. Deine Hauslehrer dürften dich wohl eher mit trockenem Stoff gefüttert haben! Also: Wo hast du das gelernt?«

»In Athen.«

»In Athen, soso ... Im Peripatos?«

»Im Peripatos, ja.«

»Bei wem?«

Messalla nannte die Namen einiger Lehrer, darunter den des Andronikos von Rhodos.

»Oh, Andronikos! Er ist seit Jahren das Haupt der Schule und arbeitet an einer kritischen Neuausgabe aller Schriften des Gründervaters Aristoteles.« Herakleon lächelte: »Liebt er es immer noch, seine Studenten mit Scheinschlüssen zu provozieren, um ihren Widerspruch hervorzurufen? Etwa so: ›Minos, nicht wahr, der König der Kreter ...‹« – er sprach nun genau in dem näselnden Tonfall, mit dem Andronikos redete – »›Minos, der König der Kreter sagte: Alle Kreter, nicht wahr, sind Lügner! – Sind sie es nun – oder sind sie es nicht?‹«

Messalla staunte. Er kannte dieses Beispiel gut, denn Andronikos zeigte damit auf, wie man mit Sprache die Logik in die Irre führen kann: König Minos selbst war Kreter. Also log er wie alle Kreter. Wenn er aber log, waren die Kreter keine Lügner, sondern sprachen die Wahrheit. Wenn sie aber die Wahrheit sprachen, dann ... – Man kam aus der paradoxen Logik dieser Aussage nicht heraus.

Messalla betrachtete die feinen Gesichtszüge Herakleons. Er war auch Schüler von Andronikos gewesen! Dieser Mann war durch die besten Lehrer Athens geprägt!

Herakleon hatte sich abgewandt und schaute gedankenverloren über das Meer. Doch schon verhärtete sich sein Blick wieder.

Er wandte sich an Urianus und befahl: »Die Mannschaft der *Triton* bekommt das gleiche Essen wie Valerius Messalla und Demetrios!«

»Oha«, rief Urianus. »Aber welches?«

Herakleons Antwort war kurz: »Das senatorische!«

Er ging zum Heck zurück und verschwand in der Hütte.

Messalla schaute Demetrios an: Dieser Mann hatte ein Geheimnis ...

Begegnung auf See

Gegen Mittag flaute der Wind ab. Sie kamen nur noch langsam vorwärts, weil die *Tanit* auf die vom Wind abhängigen Segler Rücksicht nehmen musste.

Messalla und Demetrios standen bei der Hütte und verfolgten aufmerksam die allmähliche Veränderung der Atmosphäre. Die Farben von Himmel und Meer, vor einer Stunde noch klar und strahlend, trübten sich. Das tiefe Blau des Meeres verlor an Intensität und ging in stumpfes Grau über. Das gleißende Sonnenlicht war gebrochen, ein milchiger Dunst lag in der Luft. Die Linie des Horizonts war nicht mehr zu erkennen, nur noch schemenhaft zeichnete sich im Westen die Küste Africas ab, der sie sich im Laufe der nächsten Stunden langsam näherten.

Aus dem Dunst tauchte ein gewaltiges Bergmassiv auf: das Hermeische Vorgebirge.

Vor Tagen, als sie mit der havarierten *Triton* daran vorbeitrieben, hatten sie es nur undeutlich in der Ferne ausgemacht. Nun aber passierten sie die Landmarke im Abstand von wenigen Stadien. Kahl, trocken und unwirtlich stiegen die Flanken des Gebirges aus dem Wasser, an manchen Stellen fast senkrecht, und erreichten eine Höhe, die Messalla auf tausend Fuß schätzte. Die Abhänge waren unterhalb der Steilwände von Geröllmassen bedeckt. Nur dorniges Gestrüpp und harte Trockengräser vermochten sich festzuklammern. Der nackte, graue Fels war weithin von ockerfarbenen Flechten überzogen. Nach Süden hin senkte sich das Gebirge allmählich ab und ging in eine fruchtbare Ebene über. Sie hatten gerade die Nordspitze der Felsen passiert, als jemand rief: »Kriegsschiffe von Steuerbord!«

Alle, auch die Männer der *Triton,* wandten die Köpfe und schauten angestrengt nach Norden. In einer Entfernung von etwa fünf Stadien näherte sich ein Verband von drei Triëren. Die Schiffe hielten zwar nicht direkt auf die *Tanit* und die vier

Segler zu, würden ihren Kurs aber fast auf Rufweite kreuzen.

Messalla und Demetrios standen bei der Hütte am Heck und verfolgten in höchster Spannung die Annäherung. Hoffnung keimte auf: Wenn der Befehlshaber drüben erkannte, wen er vor sich hatte, dann ...

»Es dürfte ihnen ein Leichtes sein, die *Tanit* zum Anhalten zu zwingen«, meinte Messalla. »Sie sind in der Übermacht!«

Und Demetrios: »Schon – aber es hängt ganz davon ab, ob sie drüben Verdacht schöpfen. Und warum sollten sie das?«

»Vielleicht kennen sie die *Tanit.*«

»Das muss nicht sein. Es gibt an die zweihundert Schiffe dieses Typs. Sie müssten schon sehr nahe herankommen, um den Namen am Bug lesen zu können.«

Herakleon eilte mit Urianus und drei weiteren seiner Leute zum Heck und verschwand mit ihnen in der Hütte. Als sie nach wenigen Augenblicken wieder an Deck erschienen, hatten sie sich verwandelt: Fünf römische Seeoffiziere marschierten in voller Montur zur Mitte des Schiffs und verteilten sich so, dass man sie von den Triëren aus gut erkennen konnte. Herakleon gab einen Befehl. Vier Mann eilten mit zwei beschrifteten Tafeln zum Bug, befestigten ihre Oberkanten mit Seilen an der Reling und klappten sie nach unten.

Messalla sah Demetrios an und stieß hervor: »Sie haben den alten Namen heruntergeklappt!«

Demetrios nickte: »Nicht schlecht. Der Mann denkt an alles!«

»Aber wie will er sich glaubhaft ausweisen,

wenn der Befehlshaber der Flotte auf Rufweite herankommt?«

»Wir werden es gleich sehen. Komm!«

Messalla und Demetrios postierten sich in der Nähe des zweiten Geschützturms. Niemand beachtete sie. Nur Skamandros warf ihnen einen langen Blick zu. Auch er verfolgte das Geschehen in höchster Anspannung.

Ohne ihre Geschwindigkeit zu verringern, hatten sich die Kriegsschiffe bis auf ein Stadion genähert. Die Entfernung war zu groß, um sich durch Rufe zu verständigen; aber die Schiffe hatten sich so weit genähert, dass ihre Besatzungen den Namen der Triëre erkennen konnten.

Man winkte ihnen von drüben zu. Die »Römer« erwiderten den Gruß.

»War das etwa alles?«, fragte Messalla.

»Abwarten! – Da, schau!«

Auf der führenden Triëre begann der Signalgast, mit schnellen Bewegungen seiner Flaggen eine Botschaft zu senden.

»Jetzt wird's spannend!«, flüsterte Demetrios. Sie standen nur wenige Schritte von Herakleon und Urianus entfernt und konnten so das Gespräch zwischen beiden mithören.

Herakleon wandte sich an Urianus: »Was wollen sie?«

Mit dieser Frage gab er zu erkennen, dass er die Bedeutung der römischen Flaggenzeichen nicht verstand.

Urianus verfolgte aufmerksam die Signale und setzte sie in Sprache um: »Montanus ... grüßt ... die *Medusa* ... Welchen ... Kurs ... fahrt ... ihr?«

»Oh ihr Götter!«, stieß Messalla hervor, und das Blut schoss ihm in den Kopf. »Demetrios! Unser Montanus! Montanus aus Syrakus!«

Plötzlich spürte Messalla einen spitzen Gegenstand im Rücken.

Philistos zischte hinter ihm: »Wehe, du schreist! Dann hast du dein Leben verwirkt!«

Demetrios fasste sich schnell und versicherte: »Keine Sorge, Philistos! Wir sind doch nicht lebensmüde!«

Der Pirat ließ von Messalla ab und steckte den Dolch wieder in seinen Gürtel. Er blieb aber in der Nähe.

Allmählich wich die Erstarrung von Messalla und er hörte wieder die strenge Stimme von Herakleon: »Antworte ihnen, Urianus!«

»Und was?«, fragte dieser, dem offensichtlich nicht ganz wohl bei der Sache war.

»Signalisiere: *Medusa* unterwegs nach Syrakus ... Haben Piraten mit vier Seglern aufgebracht ... Eins ihrer Schiffe versenkt ... Beute leider verloren.«

»Oha!«, stieß Urianus hervor und atmete tief durch. Dann ließ er sich von einem Mann die Flaggen reichen und begann die Wörter mit ruckartigen Bewegungen seiner weit gestreckten Arme in Zeichen umzusetzen. Er machte es so routiniert, als sei er in früheren Zeiten Signalgast auf einem römischen Schiff gewesen.

Jetzt entschied sich, ob man drüben dieser Mitteilung Glauben schenkte.

Die Antwort ließ nicht auf sich warten. Urianus übersetzte sie: »Glückwunsch! ... Das ... wird ... Verres ... freuen ... Gute Fahrt!«

»Frag sie, wohin sie fahren!« befahl Herakleon.

Die Antwort kam prompt: »Nach ... Alexandria ... Zur ... Sicherung ... von ... Getreidefrachtern.«

»Weiter! Frag sie, wann sie von Alexandria wieder aufbrechen!«

»Sofort ... nach ... unserer ... Ankunft.«

»Wünsch ihnen eine gute Fahrt und sichere Rückkehr nach Syrakus!«

Urianus tat es und drüben winkte man zum Abschied. Die »Römer« auf der *Tanit* winkten lebhaft zurück. Allmählich verschwanden die drei Kriegsschiffe aus dem Blickfeld.

»Oha!« Urianus gab die Flaggen aus der Hand und strich sich erleichtert über den Bart. »Beim Herakles! Das hätte ins Auge gehen können!«

Herakleon darauf, kühl: »Die *Tanit* hat die Probe aufs Exempel bestanden ...« Entspannt fügte er hinzu: »Du übrigens auch, Urianus!«

»Danke, *strategos*!* Aber dass es so einfach ...« Er schluckte.

»Gelernt ist gelernt! Im Übrigen entsprach unsere Mitteilung zum größten Teil der Wahrheit. Allerdings dürfte sich der Propraetor Verres diesmal nicht freuen.«

»Sein gutes Recht!«, feixte Urianus.

Die »Römer« gingen in die Hütte, um sich wieder in Piraten zu verwandeln.

Jetzt erst bemerkten Messalla und Demetrios, dass sich die Zahl der Gefesselten beim Mastkoker verringert hatte. Nur noch drei Männer saßen am

* Griechisch: Oberbefehlshaber.

Boden: Skamandros, Diodoros und Polybios. Messalla ging hinüber und fragte Skamandros, was mit den Übrigen geschehen sei.

Der Kapitän blickte hoch: »Sie sind unten.«

»Unten?« Messalla schaute ihn erstaunt an. »Etwa bei den Ruderern?«

»Genau das.«

»Warum? Waren sie aufsässig?«

»Oh nein! Ganz im Gegenteil.«

Messalla verstand die grimmige Ironie nicht, so dass sich Diodoros einschaltete: »Man hat sie vor die Wahl gestellt, überzulaufen – oder als Sklaven verkauft zu werden. Da war ihre Entscheidung schnell getroffen.«

Als Skamandros in Messallas Gesicht Erstaunen, ja Betroffenheit sah, erklärte er väterlich: »Kein Grund zur Aufregung, mein Junge! So sind die Zeiten nun mal und sie sind hart. Das ist für sie allemal besser, als mit einem Brandmal auf der Stirn und Ketten zwischen den Füßen auf einem sizilischen oder ägyptischen Landgut zu schuften, bis sie tot umfallen.«

Messalla war bisher immer davon ausgegangen, dass zwischen Skamandros und seiner Mannschaft ein enges Vertrauensverhältnis bestand, eine Schicksalsgemeinschaft, bei der einer für den andern eintrat. Sie hatten es unlängst im Sturm bewiesen. – Doch nun war jeder von der Mannschaft nur noch bestrebt, seine eigene Haut zu retten!

»Und ihr?« Messalla blickte von einem zum andern.

»Ha!«, rief Diodoros. »Bei uns liegen die Dinge etwas anders: Ein erfahrener Schiffsführer, ein *gubernator* und ein Schiffszimmermann. Als hoch qualifizierte Spezialisten könnten wir ihnen von erheblichem Nutzen sein – wenn wir mit ihnen zusammenarbeiten. Entsprechende Angebote haben sie uns ja schon gemacht. Skamandros wurde sogar eine hohe Kommandostelle in Aussicht gestellt.«

Darüber also hatte Urianus am Morgen mit Skamandros gesprochen!

»Und warum habt ihr abgelehnt?«

»Aber Herr!« Diodoros erklärte entschieden: »Wir sind doch keine Mörder und Räuber! Im Übrigen werden sie von unseren Angehörigen Lösegeld fordern. Sie kommen also in jedem Fall auf ihre Kosten.«

»Messalla!« Skamandros hatte offenbar etwas auf dem Herzen. »Wie die Dinge nun einmal liegen, werdet ihr, du und Demetrios, wohl vor uns in die Freiheit zurückkehren.«

Messalla nickte langsam.

»Darum habe ich«, fuhr der Kapitän fort, »eine Bitte an dich.«

»Sprich nur, Skamandros!«

»Ich . . . ich gehe davon aus, dass man uns – Diodoros, Polybios und mich – an Land von dir und Demetrios trennen wird. Wir werden so bald keine Gelegenheit mehr haben, in Ruhe miteinander zu reden . . .« Nach einer längeren Pause fuhr er fort: »Ich bitte dich, Pausanias eine Nachricht über den Untergang der *Triton* zukommen zu lassen.«

»Selbstverständlich!«

»Außerdem musst du deinen Onkel Hortensius Hortalus genau über die Katastrophe informieren. Wir haben alles versucht, um Schiff und Ladung zu retten!«

»Das werde ich tun!«

»Gut. Und nun das Wichtigste, Messalla ...« Skamandros blickte misstrauisch um sich, ob jemand von der Mannschaft der *Tanit* in der Nähe war, und fuhr leise fort: »Ich habe einen schlimmen Verdacht ... Komm näher, mein Junge! Damit ich nicht so laut reden muss ...« Er konnte sich wegen der Fesseln nicht frei bewegen.

Messalla kam ganz nahe heran und beugte sich zu ihm hinunter.

»Gaius Verres ...!«, flüsterte Skamandros.

»Was ist mit dem Propraetor?« Messalla schaute in das bärtige Gesicht des Kapitäns, den er inzwischen wie einen Vater liebte.

Skamandros fuhr noch leiser und eindringlicher fort: »Ich ... ich bin sicher, dass der Statthalter von Sizilien mit Herakleon und seinen Leuten gemeinsame Sache macht. Sag ihm das!«

Vollkommen überrascht starrte Messalla den Kapitän an. Diese Offenheit hatte er nicht erwartet. Die Anschuldigung war ungeheuerlich. Damit unterstellte er dem Propraetor Gaius Verres, dem höchsten Vertreter der römischen Regierung in Sizilien, mit Räubern und Mördern Geschäfte der schmutzigsten Art abzuwickeln und sich dabei selbst zu bereichern. Und das zu einem Zeitpunkt, als das Reich die größte Krise seit Hannibal durchlebte!

Skamandros war auf eine heftige Reaktion gefasst, doch Messalla, der sich lebhaft an das Abendessen in Syrakus, die belastenden Äußerungen von Poseidonios und den folgenden Zusammenstoß mit Quintus Hortensius erinnerte, blieb vollkommen ruhig.

Sachlich fragte er: »Wie kommst du zu ... dieser Annahme, Skamandros? Du glaubst doch nicht ernsthaft, dass Montanus ein Verräter ist! Er hätte auf der Stelle eingegriffen, wenn er den Betrug der Piraten durchschaut hätte!«

»Bei den Göttern! Das hätte er! Denn Montanus ist ein ehrenwerter Mann. Von dem dreisten Piratenstück weiß er sicher nichts. Ich spreche von den Machenschaften des Gaius Verres!« Skamandros hatte das alles sehr heftig hervorgestoßen. Sein Gesicht war vor Zorn gerötet.

Messalla erinnerte sich an die Bemerkung von Demetrios: Der Kapitän arbeite zwar offiziell für Pausanias, sei aber unter dem Deckmantel des angesehenen griechischen Schiffsführers als Agent für den römischen Senat tätig. Dies könnte auch der Grund für die seltsame Vertrautheit zwischen Skamandros und Hortensius Hortalus sein.

Skamandros wollte gerade seine Behauptung mit Argumenten untermauern, als sich Urianus näherte. Er baute sich vor dem Kapitän auf: »Mein Angebot gilt nach wie vor, Skamandros! Oha! Im Übrigen sind schon ganz andere zu uns übergelaufen!«

»Du wiederholst dich!«, brummte Skamandros.

Ein Hafen ohne Schiffe

In den nächsten beiden Stunden kam die Flotte nur sehr langsam voran. Der Wind hatte auf Nordwest gedreht. So waren die Segler gezwungen vor dem Wind zu kreuzen, während sich die *Tanit* an der Küste entlang nach Südwesten bewegte. Sie musste immer wieder warten, bis die übrigen Schiffe ihre Position erreicht hatten.

Nach wie vor konnten sich Messalla und Demetrios frei an Bord bewegen, weder Urianus noch Philistos kümmerten sich um sie. Herakleon hatte sich in seine Kabine zurückgezogen.

Die Sonne stand bereits tief, als die Schiffe ihren Kurs änderten und in südlicher Richtung auf die Küste zuhielten. In einer Entfernung von zehn Meilen ragten links die felsigen Gipfel des Hermeischen Vorgebirges auf. Geheimnisvoll leuchteten sie in der schräg stehenden Sonne und schienen zum Greifen nahe zu sein.

Landeinwärts waren die Berge niedriger und weniger schroff, erst weit im Inneren der großen Halbinsel erreichten sie wieder Höhen von fast zweitausend Fuß. Sie waren bewaldet.

Aufmerksam betrachteten Messalla und Demetrios Einzelheiten der Küste, der sie sich näherten. Demetrios kniff die Augen zusammen und ließ seinen Blick nach Westen wandern, verhielt hier und da eine Weile und sagte schließlich: »Erkennst du da drüben die dunklen Höhlungen im Gebirge, gleich oberhalb der Küste?«

Messalla blickte in die angegebene Richtung.

»Wenn du genau hinschaust«, fuhr Demetrios fort, »kannst du Wege oder feste Straßen erkennen, die von überall zur Küste führen.«

Messalla konnte sie ohne weiteres im Gelände ausmachen. »Und was«, fragte er, »ist daran so aufregend?«

»Eigentlich nichts – es sei denn, man weiß, was sie bedeuten.«

»Und was bedeuten sie?«

Demetrios wurde ganz leise: »Die Höhlungen sind seitliche Eingänge zu den Latomien!«

»Latomien? Was für ...?«

»Latomien sind Steinbrüche.«

»Wieso das?« Messalla schaute ihn erstaunt an: »In Rom heißen die Gefängnisse so!«

»Das ist richtig, Messalla, aber das Wort ist griechischen Ursprungs und bedeutet ursprünglich ›Steinbruch‹. Da in ihnen meist Kriegsgefangene und verurteilte Kriminelle arbeiten, hat man den Begriff auf die eigentlichen Gefängnisse übertragen. Diese hier sind – nein: sie *waren* die Steinbrüche von Karthago.«

»Was sagst du?! Wir sind in der Nähe von Karthago?«

Demetrios wies über das Meer nach Westen: »Schau zur untergehenden Sonne! Siehst du den Höhenzug? Unmittelbar davor lag Karthago.«

»Woher weißt du das? Warst du schon mal dort?«

»Nein, aber ich habe sehr viel über Karthago und seine drei Kriege gegen Rom gelesen und kenne die Karten. Dein Onkel Hortensius möchte hier Land erwerben.«

Davon wusste Messalla nichts. Er staunte über das Wissen von Demetrios. Er musste ihm unbedingt mehr erzählen. Karthago! Ganz in der Nähe! Er konnte es nicht fassen.

Inzwischen waren sie in die Bucht eingefahren, die einen natürlichen Hafen bildete. Demetrios wies zum Land hin: »Schau dir das an! Verfallene

Kräne! Ruinen! Nur die Kaimauer ist noch intakt!«

»Seltsam«, nickte Messalla. »Es sieht so aus, als sei die Anlage plötzlich aufgegeben worden.«

»Fertig machen! Ihr geht an Land!« In barschem Ton riss Urianus ihn aus seinen Gedanken.

»Können wir unser Gepäck mitnehmen?«

»Wie? – Sicher!« Urianus grinste wieder. »Ihr werdet es verdammt gut brauchen können.« Mit plötzlicher Schärfe fuhr er fort: »Nehmt die Hände hoch!«

Sie gehorchten.

»Ich muss euch auf Waffen hin untersuchen!«

»Das ist doch schon geschehen!«, sagte Messalla.

»Doppelt genäht hält besser! Spreizt die Beine!«

Er tastete sie von oben bis unten ab, überprüfte auch die Achseln und Leisten sehr genau. Dabei kam sein Gesicht dem von Messalla so nahe, dass er die Schweißperlen auf der Stirn von Urianus berührte, sein Gesicht glühte und seine Augen glänzten fiebrig. War er etwa krank?

Als Urianus mit der Leibesvisitation fertig war, sagte er: »In Ordnung. Wir haben natürlich alle Messer aus eurem Gepäck entfernt. Holt jetzt euern Krempel und wartet vor der Hütte!«

Dort standen schon Skamandros, Diodoros, Polybios und Psellistes. Sie waren gefesselt und mit einem langen Seil aneinander gebunden. Philistos beaufsichtigte sie.

Als Herakleon aus der Hütte hinzutrat, nahm Philistos Haltung an und machte Meldung. Dann wies er auf Messalla und Demetrios und fragte: »Die beiden auch?«

Der *strategos* nickte.

Philistos gab den Befehl an zwei Untergebene weiter. Sie fesselten Messalla und Demetrios und knüpften sie mit einem Seil an die übrigen Gefangenen.

»Scha-schade, dass wir diesen schwimmenden Pa-Palast verlassen mü-müssen. Wa-war sehr schön hier! Wi-wirklich! Nicht wahr, *ma-magister?!*«

Skamandros grinste kurz, während der nächste Posten den Koch grob anraunzte: »Maul halten! Nur reden, wenn gefragt!« Skamandros gab Psellistes mit einem leichten Schütteln des Kopfes zu verstehen, dass es jetzt besser sei, zu schweigen.

Mittlerweile hatte die *Tanit* den Kai erreicht und ging mit hochgestellten Rudern längsseits. Mehrere Piraten sprangen an Land und vertäuten den Rumpf des Schiffes an den Pollern. Für die Gefangenen wurde ein Steg ausgelegt, da sie wegen ihrer Fesseln nicht springen konnten.

Auch Herakleon hatte das Schiff verlassen. Er trat vor die sechs Gefangenen, verschränkte die Arme vor der Brust, musterte sie streng und erklärte: »Ich brauche euch wohl nicht zu sagen, dass es ganz und gar von der – nun, sagen wir: von der Zahlungsfähigkeit eurer Verwandten und Freunde abhängt, wie lange ihr unsere Gäste sein werdet. Unsere Forderungen werden ihnen auf dem schnellsten Wege übermittelt. Ich kann euch nur wünschen, dass sie umgehend erfüllt werden.«

Herakleon ging ein paar Schritte auf und ab, blieb stehen und fuhr ironisch fort: »Die Übermittlung hängt natürlich von der Sicherheit der

Seewege ab. Es soll ja in diesem Seegebiet nur so von Piraten wimmeln . . .«

Seine Leute grinsten.

Messalla sog die Luft tief ein und stieß sie zornig wieder aus. Das war also der Mann, der zu Füßen des Andronikos von Rhodos gesessen hatte! Das war auch der Mann, der sich räuberischer Erpressung bediente und für den Tod unschuldiger Menschen verantwortlich war! Er sah wieder die schreckliche Szene im Sturm vor sich, als der Matrose auf der *Triton* von hinten erstochen und anschließend wie ein Sack über Bord geworfen wurde.

Demetrios, der spürte, was in Messalla vorging, stieß ihn mit dem Ellbogen an und zischte: »Bei den Göttern! Kein Wort, Messalla! Du verschlimmerst nur unsere Lage!«

So schwer es Messalla auch fiel, er riss sich zusammen und schwieg.

Herakleon trat zurück und wandte sich im gewohnt scharfen Ton an alle Gefangenen: »Was für euch und euren hiesigen Aufenthalt wichtig ist zu wissen, das werdet ihr von Urianus erfahren. Noch Fragen?«

»Was ist mit unserm Gepäck?«

Herakleon lächelte spöttisch: »Der edle Marcus Valerius Messalla will alles immer ganz genau wissen. Keine Sorge, darum kümmern sich unsere Leute.«

Hartnäckig fragte Messalla weiter: »Wohin werden wir gebracht?«

Herakleon hob die rechte Augenbraue, seine Antwort war knapp: »An den sichersten Ort auf dem gesamten Erdkreis.«

Gefangen in den Latomien

Eskortiert von bewaffneten Piraten, machten sich Messalla, Demetrios, Skamandros, Diodoros, Polybios und Psellistes auf den steinigen, steil ansteigenden Weg. Da sie aneinander gefesselt waren, mussten einige Piraten ihr Gepäck tragen.

Urianus ging vorneweg und bestimmte das Tempo. Bald schon fiel Messalla auf, dass es dem Piraten schwer fiel, die Steigung der Straße zu bewältigen. Immer wieder hielt er an, wischte sich mit der Hand über die schweißnasse Stirn und atmete schwer. Sein Gesicht glühte. Kein Zweifel, er hatte Fieber!

Bei der nächsten Rast schaute Messalla zurück zu den Schiffen. Er stieß Demetrios mit dem Ellbogen an: »Schau mal!«

Demetrios wandte sich um und verfolgte, wie sich ein Boot von der *Tanit* entfernte und einem der Segler zustrebte. Der Kahn ging längsseits. Ein Mann kletterte an Bord. Es war Herakleon. Unverzüglich wurde der Anker eingeholt und das Segel gesetzt. Das Schiff nahm Fahrt auf und entfernte sich in nordöstlicher Richtung. Das Boot kehrte wieder in den Hafen zurück.

Zur gleichen Zeit machte man auf der *Tanit* die Leinen los, das Schiff stieß ab, die Ruder tauchten ein und die Triëre nahm Kurs auf das Hermeische Vorgebirge. Zwei der Segler folgten ihr. Der dritte Segler blieb auf Reede.

»Interessant!«, sagte Demetrios leise. »Herakleon hat die Flotte verlassen!«

»Warum tut er das?«, fragte Messalla.

»Nun, er wird wohl gewisse Geschäfte allein zu regeln haben ...« Demetrios ließ seinen Blick langsam über die riesige Bucht nach Westen schweifen und fuhr erst nach einer Weile leise fort: »Ich hätte allerdings eher erwartet, dass er sein Versteck in den Ruinen Karthagos hat.«

»Aber Demetrios! Der Ort ist nach seiner Zerstörung für ewige Zeiten verflucht worden!«

»Eben! Jeder normale Sterbliche meidet ihn! Glaubt man doch, dass böse Dämonen und die Geister der Toten in den Ruinen ihr Unwesen treiben. Im Übrigen gehe ich davon aus, dass es hier und da noch intakte unterirdische Gewölbe gibt. Die könnten sie für ihre Zwecke nutzen.«

»Ja aber ...«, wandte Messalla leise ein, »fürchten sie denn nicht den Zorn der Dämonen und alten Götter?«

»Messalla, überlege doch!«, entgegnete Demetrios ebenso leise. »Glaubst du wirklich, bei Männern wie Herakleon und Urianus spielte das eine Rolle? Vielleicht lassen sich die einfachen Gemüter ihrer Leute davon beeindrucken. Doch selbst da habe ich Zweifel. Du kennst doch die Geschichten, die man sich von ägyptischen Grabräubern erzählt: Obwohl sie vom Fluch der Pharaonen wussten, sind sie in deren Grabkammern eingedrungen und haben sie ausgeraubt. Darüber gibt es Berichte, die tausend und mehr Jahre alt sind. Ich kenne in Rom einen Priester der Isis, der einen uralten Papyrus besitzt, auf dem solche Berichte festgehalten sind. Er hat ihn mir gezeigt.«

Sie wurden in ihrem Gespräch unterbrochen, denn es ging weiter.

Der Weg war in den gewachsenen Fels geschlagen worden. Tief eingeschliffene Fahrrinnen im Gestein zeugten davon, dass hier über Zeiten hinweg, vielleicht Jahrhunderte lang, schwer beladene Wagen die in den Brüchen geschlagenen Kalkquader zur Küste transportiert hatten, wo sie mit gewaltigen Kränen in Frachter verladen und über das Meer nach Karthago verschafft worden waren.

An vielen Stellen waren die Rinnen schon wieder mit Geröll aufgefüllt, vom Winterregen aus den felsigen Höhen losgerissen und heruntergespült. Kleinwüchsige Kräuter und Gräser hielten den Flugsand fest, dickblättriger Mauerpfeffer nutzte jede Nische, um dem trockenen Sommerwind zu trotzen.

Daraus schloss Messalla, dass die Steinbrüche nach der Zerstörung Karthagos – also seit fünfundsiebzig Jahren – nicht mehr ausgebeutet wurden. Damals aber mussten hier viele hundert Sklaven gearbeitet haben.

Als er bei einem erneuten Halt zurückblickte, war die *Tanit* mit ihren beiden Begleitschiffen hinter dem hoch aufragenden Vorgebirge des Hermes verschwunden. Der vierte Segler mit Herakleon an Bord war nur noch als winziger Punkt weit im Westen zu erkennen.

Nach einer halben Stunde erreichten sie ein kahles Hochplateau. Kein Baum, kein Strauch weit und breit, nur staubiger, grauer Fels. Dazwischen Spuren des früheren Abbaus: Reste von Häusern und Hütten, Trümmer einstiger Kräne, wahllos herumliegende Kalksteinquader. Es sah aus, als sei das Gelände panikartig verlassen worden. Wo wollte man sie hier verstecken?

Urianus bewegte sich auf dem Gelände mit der

Selbstverständlichkeit eines Mannes, der hier nicht zum ersten Mal einen Auftrag zu erfüllen hatte.

Plötzlich hob er die Hand: »Anhalten! Herhören!«

Das Folgende war nicht nur an die Gefangenen, sondern ebenso an seine eigenen Leute gerichtet: »Wir befinden uns hier auf dem Gelände der alten punischen Latomien. Es besteht Lebensgefahr! Ihr werdet von jetzt an in meinen Fußstapfen gehen! Keinen Schritt zur Seite! Das ist ein Befehl, klar!?«

Urianus ging weiter, wechselte nun aber dauernd die Richtung.

Den Grund für diese Vorsichtsmaßnahme sollten sie schon bald erkennen: Immer wieder passierten sie quadratisch in den Felsboden gehauene senkrechte Schächte, deren Öffnungen dunkel gähnten und unergründliche Tiefen erahnen ließen. Messalla schätzte ihre Seitenlänge auf über sieben Fuß.

Unwillkürlich zählte er die Schritte von einem Schacht bis zum nächsten. Es waren durchschnittlich zwanzig – also lagen die Einstiegsschächte etwa 45 Fuß voneinander entfernt.

Weitaus gefährlicher als diese in regelmäßigen Abständen auftauchenden Fallgruben waren plötzliche Felseinbrüche, die dreißig und mehr Fuß senkrecht in die Tiefe stürzten. Sie waren der Hauptgrund für die Ermahnungen von Urianus, denn manchmal verdeckte ein Felsblock die Sicht auf die drohende Gefahr – der nächste Schritt konnte tödlich sein.

Unbeeindruckt von den gähnenden Abgründen

steuerte Urianus mit den Gefangenen seinem Ziel zu. Etwa zehn Schritt vor der nächsten Schachtöffnung blieb er stehen: »Anhalten! Hinsetzen!«

Das ging an die Gefangenen, die sich nur zu gerne auf dem steinigen Boden niederließen.

Einen Steinwurf weiter waren klobige Kalksteine zu einem Stapel geschichtet. Mit drei seiner Leute ging Urianus darauf zu und wies sie an, einen bestimmten Quader zu entfernen, was ohne Schwierigkeiten gelang. Aus dem Hohlraum zogen sie ein aufgerolltes Seil.

Messalla ahnte, was auf sie zukam, und er erschauerte: Man würde sie mit diesem Seil in die Tiefe lassen!

Bevor es so weit war, gab ihnen Urianus einige Erklärungen: »Herhören! Die Sache ist ganz einfach. Wir seilen Mann für Mann ab. Nach etwa fünfundzwanzig Fuß endet der obere Schacht und geht in einen kuppelförmigen Raum über. Ihr schwebt also frei, bis ihr den Boden erreicht habt. Auf dem letzten Stück werdet ihr euch langsam um eure Achse drehen. Keine Angst, die Sache ist vollkommen ungefährlich! Jeder, der unten angekommen ist, streift die Seilschlinge ab und tritt zur Seite. Noch Fragen?«

»Ja!« Es war Skamandros. »Was ist mit der Verpflegung und mit dem Gepäck?«

»Auch dafür ist gesorgt.« Er wies auf einen verschnürten Sack: »Da drin ist alles, was ihr zum Überleben braucht. Nach sieben Tagen bekommt ihr neue Verpflegung. Vorher nicht! Also teilt sie euch genau ein!«

»Und Wasser?!«

»Ihr habt da unten das beste Wasser der ganzen Gegend!«

»Lampen ...?!«

»Braucht ihr nicht. Das Licht vom Schacht reicht vollkommen! Wer ist der Erste?«

»Fang an!«, sagte Skamandros.

Man band ihn von den Übrigen los und entfernte seine Handfesseln.

»Knete die Hände eine Weile«, sagte Urianus. »Du wirst sie gleich brauchen!«

Urianus schickte noch einmal die drei Mann zum Versteck im Steinhaufen. Sie kamen mit drei Balken zurück, einem zehn Fuß langen runden und zwei kürzeren, sehr massiven Vierkanthölzern, die an einem Ende große runde Löcher hatten.

Er wies auf zwei Vertiefungen mit quadratischem Querschnitt, die sich direkt neben den Ecken der Schachtöffnung befanden, und befahl ihnen die Vierkanthölzer hineinzustecken. Sie passten genau und ließen sich ohne Schwierigkeit bis auf das letzte Viertel hineindrücken. Die Bohrungen befanden sich jetzt unmittelbar über dem Boden.

»Zieht das Rundholz durch!«

Sie führten die Anordnung sehr vorsichtig aus, denn neben ihnen drohte der Abgrund.

Messalla verstand: Mit dieser primitiven Vorrichtung wurde verhindert, dass das Seil beim Ablassen an der scharfen Felskante entlangscheuerte und seine Fasern beschädigt wurden. Es sollte wahrscheinlich doppelt oder dreifach um das Holz gewunden werden, damit man das Gewicht des am Seil hängenden Körpers beherrschen konnte. Ihm war klar, dass diese Vorrichtung heute nicht zum ersten Mal eingesetzt wurde, um entführte Seereisende in ihr unterirdisches Verlies abzuseilen.

Die Gefangenen betrachteten die simple mechanische Konstruktion mit Argwohn. Urianus, dem das nicht entging, setzte zu einer beruhigenden Erklärung an: »Die Punier hatten hier natürlich Bockkräne stehen. Damit können wir leider nicht dienen. Diese Vierkantlöcher im Felsboden hielten damals die Kranfüße. Sie sind, wie ihr seht, gut erhalten und funktionsfähig. Fangt an!«

Das Seilende wurde zweimal um das Rundholz geführt und sein Ende zu einer Schlinge geknüpft. Diese legte man Skamandros unterhalb der Arme um den Brustkorb. Er trat zur Kante des Schachtes, zwei Piraten packten seine Arme und ließen ihn langsam so weit nach unten, bis das Seil sich straffte. Mit Händen und Füßen stieß er sich von der Wand ab, während zwei Mann das Seil langsam über das Rundholz gleiten ließen. Da die Windungen wie eine Bremse wirkten, war es ihnen ein Leichtes, das Gewicht des Mannes im Griff zu halten.

Gespannt verfolgten die anderen Gefangenen den Vorgang. Es dauerte ihnen unendlich lange, bis das Seil seine Spannung verlor und locker hing: Skamandros war unten angekommen und hatte sich vom Tau befreit. Wenige Augenblicke später war die Seilschlinge wieder oben.

Diodoros war der Nächste, es folgten Polybios, Psellistes, Messalla und Demetrios.

Als Psellistes an der Reihe war, meinte er: »Wowollte immer scho-schon wissen, wie es im Hades wi-wirklich aussieht . . .«

»Das ka-kannst du ja nun!«, äffte Urianus ihn nach. »Pa-pass aber auf, da-dass dir der Kerberos* ni-nichts Böses a-antut!«

»Oh, i-ich mag Hunde ... be-besonders große ... A-alle Hunde sind bestechlich! Für eine Wurst verraten sie sogar den Kö-König von Ägypten!«

Die Piraten grinsten über den Galgenhumor des Kochs.

Nach Psellistes war Messalla an der Reihe. Als man ihm die Seilschlinge um die Brust legte, meinte Urianus: »Davon wirst du noch deinen Enkeln erzählen können, Valerius Messalla!«

Messalla reckte sich und maß ihn mit einem abschätzigen Blick: »Das mag schon sein, Urianus. Aber du ... mit Sicherheit nicht!«

Urianus schmunzelte. »Wer weiß, Valerius Messalla ... Wenn ich da an meinen Großvater denke ...« Er gab das Zeichen Messalla abzuseilen.

Messalla wusste, was er zu tun hatte, aber er wusste nicht, was auf ihn zukam. Mit beiden Händen hielt er sich am Seil oberhalb der Brust fest und stieß sich immer wieder mit den Füßen von der Wand des Schachtes ab. Es wurde dunkler. Er kam sich wie im Inneren eines Kamins vor. Einmal stieß er mit dem Ellbogen gegen den Fels, schurfte daran abwärts, doch er achtete nicht auf den Schmerz.

Obwohl er auf das Ende des engen Schachtes gefasst war, überraschte es ihn. Plötzlich trat er ins

* Der Höllenhund Kerberos bewacht den Eingang zur Unterwelt.

Leere. Sein Körper begann sich um seine Achse zu drehen. Es schwindelte ihn. Einen Augenblick lang hatte er panische Angst. Unter ihm war nichts als bodenlose Tiefe und Finsternis.

Da hörte er die ruhige Stimme von Skamandros: »Das Beste ist: Nicht bewegen! Ich stehe direkt unter dir und nehme dich in Empfang!«

Schon griffen Skamandros' Hände nach seinen Beinen und stoppten die Drehung. Im nächsten Augenblick hatten seine Füße Bodenkontakt. Er stand. Skamandros half ihm die Schlinge abzustreifen. Das Seil wurde sofort nach oben gezogen. Messalla blickte ihm nach und verfolgte, wie es auf den Lichtfleck der quadratischen Einstiegsöffnung zutänzelte. Er lag in unerreichbarer Höhe über ihm.

Demetrios wurde in den Schacht gelassen und schwebte nach unten. Skamandros nahm ihn in Empfang.

»Achtung!«, rief Urianus. »Wir lassen jetzt den Verpflegungssack und euer Gepäck herunter!«

Als auch das geschehen war, hieß es von oben: »Herhören! In sieben Tagen bekommt ihr neue Verpflegung! Bis dann!«

Als Letztes hörten sie, wie man oben die Balken entfernte. Dann war es still.

In diese Stille tropfte irgendwo Wasser.

Skamandros hielt den Kopf schief und lauschte. »Es muss ganz in der Nähe sein!«

»Dann sollten wir es noch vor Einbruch der Dunkelheit finden«, sagte Polybios. »Wir haben seit heute Morgen nichts getrunken.«

». . . u-und nichts ge-gegessen!«

»Richtig. Aber das Essen brauchen wir nicht zu suchen. Es ist in dem Sack da!«

Sie schauten nach oben: Die letzten Strahlen der untergehenden Sonne strichen über den Rand der Schachtöffnung und schwanden unbarmherzig dahin. In einer Viertelstunde würde vollkommene Dunkelheit herrschen. Sie mussten sich beeilen. Im Dämmerlicht der Höhle waren kaum noch Einzelheiten zu erkennen. Der Boden der Halle schien einen quadratischen Grundriss zu haben und mindestens vierzig Fuß breit zu sein. So weit sie sehen konnten, war er eben, nur an einer Seite lagen einige mannshohe Quader, die nicht mehr abtransportiert worden waren.

Sie orientierten sich am Geräusch der fallenden Tropfen, suchten und fanden in einer Nische ein sauber in den Stein gehauenes Becken, hoch wie ein Tisch und so groß wie die Sitzfläche eines Stuhls. Das Wasser tropfte von einem Vorsprung der Wand in den steinernen Trog, füllte ihn, lief über eine Kerbe im Rand der Fassung nach unten ab und versickerte in einem Spalt am Boden. Die Stelle, an der es aus der Wand trat, der Rand des Beckens und der Bodenöffnung waren mit einer dicken Kalkkruste bedeckt.

Sie beugten sich der Reihe nach über das Wasser, kosteten vorsichtig – es war kühl und von vorzüglicher Frische – und tranken gierig.

»We-wenigstens werden wir ni-nicht verdursten, Herr!«, meinte Psellistes und wischte sich über den feuchten Mund.

Skamandros nickte. Er war recht guter Dinge, weil man sie nicht voneinander getrennt hatte.

Schon waltete Psellistes seines Amtes, öffnete flink den Verpflegungssack und holte einige Kostproben hervor.

»Schi-Schiffszwieback!« Er hielt ein Stück hoch, legte es beiseite, kramte weiter im Sack und frohlockte: »Au-außerdem da-das hier! Es ist noch mehr drin!« Er legte ein faustgroßes Stück Hartkäse auf den Boden und suchte weiter. »Ah! Getrocknete, ge-gepresste Feigen! Und das da … sind wohl Da-Datteln!«

Jeder bekam einige Stück Zwieback, etwas Käse, dazu eine Hand voll Feigen und Datteln. Sie gaben sich ganz dem Genuss des kargen Mahles hin und tranken dazu Wasser.

»Morgen früh, bei Licht, müssen wir die Vorräte sichten und genau einteilen«, sagte Skamandros. »Sie müssen sieben Tage reichen!«

»Klar!«, brummte Diodoros. »Falls die Brüder sich an ihr Versprechen halten.«

»Wie meinst du das?«, fragte Polybios.

»Na, es könnte ja sein, dass sie sich aus irgendwelchen Gründen verspäten.«

»Darüber möchte ich nicht schon heute nachdenken!«

»Das solltest du aber!«

»Streitet euch nicht!«, befahl Skamandros. »Das führt zu nichts.«

»Schon gut«, lenkte Polybios ein.

Er griff sich seinen Beutel, ging auf die nächste Wand zu, holte eine Decke hervor und machte sich an der Stelle ein provisorisches Nachtlager, wobei er den Beutel als Unterlage für den Kopf benutzte.

Die anderen taten es ihm gleich und verteilten sich in dem riesigen Raum. Bis auf die Stelle beim Wasserbecken war der Boden der Höhle trocken. Messalla nahm den Platz zwischen Demetrios und Psellistes.

Nachdem alle es sich so bequem gemacht hatten, wie es unter den gegebenen Umständen möglich war, wünschten sie sich eine gute Nacht.

Dann war es still.

Jeder war mit seinen Gedanken beschäftigt. Nur das stetige, gleichmäßige Fallen der Wassertropfen ins Becken war noch zu hören.

Dachte anfangs jeder von ihnen, dieses permanente »Klack ... klack ... klack ... klack ... klack ...« werde er nicht lange ertragen können, so kehrte sich die Wirkung nach kurzer Zeit um: Wie bei einer Wasseruhr wurden die im gleichen Takt fallenden Tropfen zum Symbol der verrinnenden Zeit. In der Finsternis des riesigen Raumes wirkten sie geradezu einschläfernd.

Im Halbschlaf tastete Messalla nach der Statue der Hera, die er neben sich gelegt hatte, und bat die Göttin wie an jedem Abend, seit er sie an sich genommen hatte, um Schutz und Hilfe.

Was er noch vor einer Stunde nicht für möglich gehalten hätte: Er schlief nach wenigen Augenblicken ein.

Gegen Mitternacht schreckte er aus einem wirren Traum hoch. Er setzte sich aufrecht, hörte in der Nähe fallende Wassertropfen, wähnte sich im Regen und war besorgt, er könnte völlig durchnässt werden. Es dauerte eine ganze Weile, bis er wusste, wo er sich befand und dass er nur geträumt hatte. Er schalt sich einen Narren, wickelte sich sorgfältig in die Decke und schlief unverzüglich wieder ein. Nur der harte Boden zwang ihn im Schlaf immer wieder die Lage zu verändern; doch er tat dies instinktiv, wie ein Tier.

Beredte Funde

Als Messalla endgültig erwachte, meinte er noch zu träumen. In unmittelbarer Nähe war da ein leises, zartes Flattern und Flüstern. Im Halbschlaf sah er einen Schwarm großer, dunkler, grauschwarzer Schmetterlinge – es mussten hunderte sein! –, die aus einem blendenden, sonnenähnlichen Licht hervorquollen.

Er setzte sich abrupt aufrecht und zwinkerte.

»Das sind Fledermäuse!«

Die ruhige Stimme von Skamandros brachte ihn in die Wirklichkeit zurück. Er schaute nach oben zur Schachtöffnung und verfolgte, wie ein riesiger Schwarm dieser nächtlichen Insektenjäger in seine Unterkunft zurückkehrte und einem schwarzen Wasserfall gleich durch die Öffnung stürzte.

Die Tiere bewegten sich mit schier unglaublicher Sicherheit im Fluge, keines berührte das andere. Sie füllten den ganzen oberen Teil der Halle und kreisten aufgeregt flatternd. Offenbar hatten sie die Anwesenheit der Menschen wahrgenommen, waren verwirrt und zögerten ihre Schlafplätze aufzusuchen.

Doch nicht lange, dann senkten sie sich wie auf ein Kommando geschlossen nach unten, steuerten auf die geschichteten Quader zu und verschwanden dahinter. Nach wenigen Augenblicken war der ganze Spuk vorbei.

»Interessant!«

Diodoros, der das Spektakel ebenfalls verfolgt hatte, stand auf – auch die Übrigen waren erwacht und erhoben sich vom Lager – und untersuchte den Raum hinter den Quadern.

»Ein Durchbruch!«, sagte er. »Wahrscheinlich die Verbindung zu einer weiteren Höhle.«

»I-in Ordnung! A-aber bevor wir da-das genau untersuchen, sollten wir erst einmal u-unsere Vorräte einteilen u-und was essen! Ni-nicht wahr, *magister?*«

»Psellistes hat Recht«, nickte Skamandros. »Wir haben Zeit genug. Die Höhle kann warten. Also dann, fang an, Psellistes!«

Der Stotterer holte nacheinander alles Essbare aus dem Sack und breitete es auf dem Boden aus. Dann verteilte er es auf sechs Partien. Da er kein Messer zur Verfügung hatte, brach er den Käse mit der Hand in Stücke.

»Und wohin damit?«, fragte Polybios. Während sie überlegten, wo sie ihre kargen Vorräte deponieren könnten, zeigte Messalla auf die gegenüberliegende Wand: »Dort!«

Alle blickten in die Richtung und entdeckten mehrere in den Fels gehauene Nischen, die sie gestern Abend in der einsetzenden Dunkelheit nicht bemerkt hatten. Es waren acht.

»Also haben in diesem Raum wahrscheinlich acht Leute gearbeitet und geschlafen«, meinte Diodoros.

»Geschlafen?«, rief Polybios. »Du meinst: gelebt! Wer zu dieser Arbeit verurteilt wurde, kam hier nicht mehr raus – es sei denn als Toter!«

Sie betrachteten die Nischen mit einer gewissen Scheu, waren sie doch der einzige persönliche Besitz der Menschen gewesen, die hier jahrelang unter schrecklichen Umständen gearbeitet und wie wilde Tiere im Käfig gehalten worden waren. Die Vertiefungen waren sehr akkurat in den Kalkstein geschlagen worden. Deutlich sah man überall die Schürfspuren des Meißels. Einige Nischen hatten nach hinten sogar kleine Fächer, die wie offene Schubladen übereinander lagen. Was mochte in ihnen gelegen haben?

»Eine Öllampe!«, rief Messalla überrascht und hielt die vom Ruß geschwärzte Tonschale hoch.

»Leider fehlt uns das Öl dazu!«, stellte Skamandros fest.

»Vielleicht finden wir noch eine Amphore . . .«

Skamandros schüttelte den Kopf: »Selbst wenn wir eine finden, ist der Inhalt längst eingetrocknet. Es sind ja über siebzig Jahre vergangen, seit hier noch Stein aus dem Berg gebrochen wurde.«

»Bist du sicher?«, fragte Messalla.

»Ja. Ich weiß das von einem alten Seemann aus Cyrene, der es mir beim Wein erzählte. Man hat die Brüche aufgelassen.«

»Und warum?«

»Warum?« Skamandros strich sich über den Bart. »Weil es keinen Auftraggeber mehr gab.»

»Du meinst: Karthago?«

»Ja, sicher. Nach der Zerstörung der Stadt gab es keinen Bedarf mehr. Und was die Bauern der Umgebung an Steinen brauchten, holten sie sich aus den Ruinen Karthagos.«

»Trotz des Fluchs, der über dem Areal lag?«

»Aber Messalla! Warum sollten die Leute unter unsäglichen Mühen in diesen Latomien Steine brechen, wenn man sie auf dem Gelände der zerstörten Hauptstadt des alten punischen Reiches nur aufzuladen braucht!«

»Verstehe. Warst du schon mal da?«

»In Karthago? – Nein. Aber wie es dort aussieht, kann ich mir denken.«

»Es gibt da noch ein Problem ...«, schaltete sich Diodoros ein und schaute Skamandros ernst an.

»Was für ein Problem?«

»Nun ... eh ... Wir müssen irgendwo unser Bedürfnis erledigen!«

Daran hatte bis jetzt niemand gedacht.

Skamandros überlegte: »Die Männer, die hier gelebt haben, müssen einen Abtritt gehabt haben. Vielleicht war es auch nur ein Holzbottich, den täglich einer von ihnen oben entleerte. Schauen wir uns nach dem Frühstück um! Bis dahin hat das doch Zeit – oder?«

Alle nickten.

Jeder holte aus seiner Nische einen Teil der Ration für diesen Tag und ließ sich neben den andern direkt unter der Schachtöffnung nieder. Mit großem Appetit machten sie sich über das Essen her. Der Käse schmeckte vorzüglich, der Zwieback war noch nicht überaltert, das Beste waren die Feigen und Datteln. Immer wieder stand einer auf, um beim Becken einen Schluck Wasser zu sich zu nehmen.

»Wenn wir Holz hätten, könnte ich ein Feuer machen!«, behauptete Polybios. Er hatte stets einen Kristall dabei, mit dem er die Sonnenstrahlen bündeln und leicht brennbares Material entzünden konnte.

»Und was willst du damit?«, fragte Demetrios.

»Na, zum Beispiel Fledermäuse rösten.«

»Igitt!« Psellistes schüttelte sich. »Da ka-kannst du gleich Mäuse grillen!«

»Na, warten wir's ab. Das da ...« – Polybios wies abschätzig auf die kargen Portionen – »das ist zu wenig zum Leben und zu viel zum Sterben! Ihr werdet eure Meinung schon bald ändern.«

»Davor sei Apollo!« Auch Diodoros schüttelte sich vor Ekel.

Unmittelbar nach dem Frühstück machten sie sich an die Erkundung des Ganges, in dem die Fledermäuse verschwunden waren.

Morgens erreichte die Sonne diesen Teil der Höhle mit ihren Strahlen, sodass fast der ganze Durchbruch einzusehen war. Er war so hoch, dass sie aufrecht gehen konnten.

Plötzlich stieg ihnen ein seltsamer, modriger Geruch in die Nase, ähnlich dem von Dünger, den man aus getrocknetem Vogelmist herstellte.

Vor ihnen absolute Dunkelheit. Lediglich am Klang ihrer Schritte im Raum konnten sie erkennen, dass sie eine große Halle erreicht hatten.

Die Decke der Höhle war nicht zu erkennen, weil es hier keinen Lichtschacht zur Erdoberfläche gab. In diesen finsteren Raum zogen sich die Fledermäuse tagsüber zurück, um ungestört schlafen zu können.

Als sich ihre Augen an die Dunkelheit gewöhnt hatten, meinte Demetrios an der gegenüberliegenden Seite einen Lichtschimmer zu erkennen: »Es sieht so aus, als ob die einzelnen Höhlen durch Gänge miteinander verbunden wären.«

Als er darauf zugehen wollte, hielt ihn Skamandros am Arm zurück: »Vorsicht! Pass auf, wo du hintrittst!«

Der Boden war an vielen Stellen mit dem Kot

der Fledermäuse bedeckt. Das Licht, das durch den Gang aus ihrer Höhle kam, reichte gerade aus, die Stellen auszumachen, an denen der Mist dick geschichtet lag. Ob er trocken oder feucht war, konnten sie nicht erkennen. Vorsichtig gingen sie weiter.

Der nächste Verbindungsgang machte einen leichten Knick. Dadurch wurde der Lichteinfall aus der folgenden Halle gebrochen. Auch die Öffnung des Lichtschachtes war hier kleiner. Der Raum wies keine Besonderheiten auf, außer mehreren in den Boden geschlagenen Gruben.

»Da habt ihr, was ihr sucht!« Skamandros deutete auf die Vertiefungen.

Polybios seufzte: »Na, wenigstens das!«

Mit einem kritisch prüfenden Blick vergewisserte er sich, dass die Gruben längere Zeit nicht benutzt worden waren.

Der nächste Gang führte in eine Halle, die zum Teil eingestürzt war. Mächtige Felstrümmer bedeckten den Boden und hatten auch den Gang zur Nachbarhöhle bis auf eine kleine Öffnung im oberen Bereich verschüttet.

»Es müsste möglich sein, den Schutt wegzuräumen«, meinte Diodoros und hob einen lockeren Stein an.

»Und wozu?«, fragte Skamandros. »Uns fehlen die technischen Mittel, vom Boden einer dieser Höhlen nach oben zu klettern!«

Die anderen blickten zur Schachtöffnung und nickten resigniert.

»Wir sollten trotzdem das gesamte unterirdische Gelände genau untersuchen!«, beharrte der *gubernator.*

Skamandros sah ihn an: »Das kannst du machen. Aber du glaubst doch wohl nicht im Ernst, dass die Piraten uns hier heruntergelassen hätten, falls es auch nur die geringste Möglichkeit zur Flucht gäbe!«

Diodoros blieb dabei: »Trotzdem! Ich will es wissen!«

»In Ordnung«, brummte Skamandros. »Wie sagte dieser Urianus: Wir haben Zeit ... viel Zeit ...«

Sie untersuchten die »Höhle der Fledermäuse«, wie sie von nun an die benachbarte Halle nannten, genauer und stießen auf zwei weitere Durchgänge, die nach Osten und Westen abzweigten. Sie führten in Räume, die erst zur Hälfte abgebaut waren. Doch auch hier war es unmöglich, die sich nach innen neigende Kuppeldecke zu bezwingen, um den Schacht nach außen zu erreichen.

Auch in einem dieser Räume fanden sie in die Wand gehauene Nischen. Messalla entdeckte daneben schwarze Kritzeleien, Wörter in einer Schrift, die er nicht lesen konnte.

Demetrios trat neben ihn, studierte die Zeichen genauer und sagte: »Das ist Punisch.«

»Punisch?«, staunte Polybios. »Wieso Punisch? Dann hätten sie ja ihre eigenen Leute hier schuften lassen!«

»So ist es«, nickte Demetrios. »Aber das ist doch nichts Ungewöhnliches. Auch bei uns in Rom werden Verbrecher oft *ad metalla** verurteilt.«

»Kannst du die Schrift lesen?«, fragte Messalla.

*»Zu den (Metall-)Steinbrüchen«

Demetrios studierte aufmerksam den Text und übersetzte: »Gao ... ist ... ein ... Schwein.«

»Was?«, rief Messalla. »Das steht da?«

Demetrios nickte: »Wahrscheinlich ist dieser Gao derjenige, der den Schreiber des Textes hierher gebracht hat.«

»Und was steht da noch?«

Langsam fuhr Demetrios fort: »Unter ... Hannibal ... wäre ... das ... nicht ... passiert.«

»Hannibal? Wo steht der Name?«

»Hier!« Demetrios wies auf die entsprechenden Schriftzeichen.

Geradezu ehrfurchtsvoll starrten alle auf den Namen des großen karthagischen Feldherrn.

Sachlich folgerte Demetrios: »Dann dürfte dieser Text vor etwa hundertdreißig Jahren geschrieben sein, nach der Niederlage Hannibals gegen Scipio.«*

An einer anderen Stelle fanden sie eine mit Kohle an die Wand gekritzelte Zeitleiste – sie zählten 45 Striche. Daneben auf Latein die Notiz: *Nach fünfundvierzig Tagen kann ich endlich diesen Hades wieder verlassen. Hercules hat geholfen. Dies hat geschrieben Publius Arrius Lupus.*

Allen war klar, dass die Notiz von einem römischen Gefangenen stammte, der wie sie hier als Geisel festgehalten worden war.

An anderen Stellen entdeckten sie an die Wand geschriebene Namen, oft von Frauen. Daneben: *Ich denke bei Tag und bei Nacht an dich, Phyllis. – Matia! Wenn du doch bei mir wärest! – Lydia, ich liebe dich.*

* Also nach 202 v. Chr., nach der Schlacht bei Zama

Psellistes betrachtete die Strichliste und zog eine Folgerung: »Sie ha-haben Holzkohle zum Schreiben be-benutzt – also ha-hatten sie auch Holz, um Feuer zu machen! Wenn ich Holz hä-hätte, könnte ich ko-kochen!«

»Was denn?«, lachte Diodoros. »Fledermäuse?«

»Wa-warum nicht?«

Alle sahen sich an und grienten.

Sie durchsuchten alle Hallen, fanden aber kein Holz.

Da sie sonst nichts zu tun hatten, machten sie sich daran, den oberen Teil des verschütteten Gangs freizuräumen. Eine langwierige und anstrengende Arbeit, denn sie hatten keine Hilfsmittel wie Hammer, Meißel oder Stemmeisen zur Verfügung. Immer wieder mussten sie lange Pausen einlegen, um sich von der Erschöpfung zu erholen. Manchmal lösten sich kleinere Felsstücke von der Decke und stürzten nach unten.

Während einer Verschnaufpause machte Diodoros »Pst!« und hielt den Kopf schief. »Hört ihr das auch?«

»Was?«, fragte Polybios.

»Das Klopfen!«

Sie lauschten. Skamandros nickte: »Da klopft tatsächlich jemand mit einem Stein gegen die Felswand. Das muss nebenan sein!«

Mit neuem Eifer machten sie sich daran, den Gang so weit freizuräumen, dass man auf allen vieren hindurchkriechen konnte.

Als sie einen Lichtschimmer ausmachten, rief Skamandros: »Ist da jemand?«

»Ja!«, antwortete von drüben eine männliche Stimme.

»Bist du allein?«

»Nein, wir sind drei!« Der Mann hatte Griechisch gesprochen.

Sie machten weiter. Jeder Stein, jeder Brocken musste vorsichtig aus seiner eingeklemmten Lage gelöst und nach hinten weitergereicht werden. Die drei Männer drüben halfen nun tatkräftig mit und räumten auf ihrer Seite die Felstrümmer weg. Trotzdem dauerte es noch über eine Stunde, bis sie sich durch das Geröll gearbeitet hatten.

Skamandros kroch als Erster aus dem Gang in die Nachbarhöhle und klopfte sich den Staub von der Tunika.

Vor ihm standen drei Männer, die ihn und die Übrigen neugierig betrachteten.

Der Älteste von ihnen stellte sich vor: »Ich bin Phylarchos aus Lokroi,* Schiffsführer der *Medusa.*«

Phylarchos wies auf den großen Mann neben sich: »Philon, mein *gubernator* . . .« – Philon, etwa Mitte dreißig, nickte freundlich – ». . . und das ist der Centurio Gnaeus Lupercus, zufällig auf der *Medusa,* als . . . – aber das erzähle ich euch später.«

Skamandros stutzte: »Sagtest du *Medusa?*«

»So ist es. Warum?«

Skamandros warf seinen Leuten einen viel sagenden Blick zu. Dann meinte er: »Ach, ich erklär's dir später, Phylarchos . . . Wie lange seid ihr schon hier?«

»Eine Ewigkeit! Fünf Tage. Und ihr?«

»Seit gestern.«

Nun stellte Skamandros sich und die Übrigen

* Stadt im südlichsten Italien, nordöstlich von Rhegion.

vor. Als er den Namen Marcus Valerius Messalla nannte, starrte Phylarchos Messalla an und stammelte: »Bei den Göttern! Es ist weit gekommen!«

Also war ihm der Name der *Gens Valeria* ein Begriff.

Sie kamen überein, gemeinsam in einem Raum zu wohnen. Nach kurzer Begutachtung dieser Halle schlug Skamandros vor, dass Phylarchos, Philon und Lupercus in ihre Unterkunft umziehen sollten. Dort sei die Luft besser und es gebe einige Nischen, in denen man sich einigermaßen häuslich einrichten könne.

Phylarchos, Philon und Lupercus waren einverstanden. Man sah ihnen an, wie erleichtert sie waren ihr Los mit Schicksalsgenossen teilen zu können.

Sie verstauten die wenigen Dinge, die sie bei sich hatten, in Beuteln, krochen mit den Neuankömmlingen durch den engen Gang und nahmen erleichtert zur Kenntnis, dass die Lichtverhältnisse in der vorderen Halle erheblich besser waren als in ihrer bisherigen.

Der Bericht des Phylarchos

Nun waren sie zu neunt. Als Erstes wurden die Schlafstellen neu verteilt. Dies war von großer Bedeutung, denn für eine unbestimmte Zeit war das winzige Fleckchen Erde, auf dem jeder von ihnen schlief, sein privates Territorium, dessen Grenze von jedem anderen geachtet und respektiert wurde. Noch mehr galt dies für die in den Fels gehauenen Nischen, in denen jeder die wenigen Dinge, die er hatte mitnehmen können, wie einen kostbaren Schatz hütete.

Messallas hölzerne Hera nahm einen Ehrenplatz ein. Niemand von den Neuen fragte, woher sie stammte und warum diese unansehnliche, wurmstichige und in ihren Augen hässliche Plastik dem jungen römischen Aristokraten so wichtig war. Er würde schon seine Gründe dafür haben.

Der Tag ging hin mit Gesprächen. Phylarchos wollte genau wissen, wie Kapitän, Mannschaft und Passagiere der *Triton* in die Gewalt der Piraten gekommen waren. Skamandros gab ihm einen knapp formulierten, wortkargen Bericht, so dass Phylarchos, den die dramatischen Einzelheiten interessierten, immer wieder gezielte Zwischenfragen stellte.

Schließlich war es an Skamandros zu fragen: »Doch nun zu euch! Wie seid ihr denn in die Hände dieses Herakleon gefallen?«

Da verfinsterte sich das Gesicht des Kapitäns. Er schaute eine Weile gedankenverloren vor sich auf den Boden und sagte schließlich: »Beim Hercules! Das ist eine so ungeheuerliche Geschichte, dass ich sie kaum glauben würde, wäre ich nicht selbst dabei gewesen . . .«

»Erzähle!« Skamandros machte es sich so bequem, wie es ging. Auch die Übrigen saßen oder lagen im Halbkreis am Boden, mit dem Rücken gegen die Felswand gelehnt oder den Kopf auf den Arm gestützt.

Phylarchos begann: »Ich muss da etwas weiter

ausholen, denn ohne dic Vorgeschichte versteht ihr weder meinen Zorn noch die Wut von Philon und Lupercus . . .«

Die beiden nickten grimmig. Philon brummte etwas wie »Elender Halunke«, Lupercus setzte mit »Scheißkerl!« noch eins drauf – was die Zuhörer auf Herakleon bezogen. Doch sie sollten eines Besseren belehrt werden.

»Ich stehe ja nun schon seit einigen Jahren im Dienst der Provinzialregierung Siziliens«, fuhr Phylarchos fort, »aber was ich unter dem Propraetor Gaius Verres erleben musste, stellt alles, was ich bisher über römische Provinzverwaltung wusste, in den Schatten.«

Messalla und Demetrios warfen sich einen langen Blick zu, denn sie wurden wieder an den Zusammenstoß zwischen Quintus Hortensius und Poseidonios beim Abendessen in Syrakus erinnert.

»Ihr müsst wissen: Alle großen Gemeinden der Insel sind durch Verträge gehalten dem Propraetor eine bestimmte Anzahl von Kriegsschiffen auszurüsten und zur Verfügung zu stellen. Diese Abmachungen sind schon sehr alt und gehen zurück bis in die Zeiten der Kriege mit Karthago. Seit damals ist es üblich, dass ein römischer Offizier als Legat* den Oberbefehl hat. Doch Verres setzte sich darüber hinweg. Ich werde es euch gleich an einem Beispiel verdeutlichen.

Während des Sommers pflegt sich ein guter Statthalter in Friedenszeiten um die Belange der

* *Legatus* ist der oberste Amtsgehilfe eines Statthalters, als dessen Stellvertreter er auch die Befehlsgewalt über die Land- und Seestreitkräfte hat. Er wird vom Senat ernannt.

ihm anvertrauten Provinz zu kümmern, er reist im Lande umher, schaut überall nach dem Rechten, hält Gerichtstage ab und sucht Handel und Wandel mit allen Kräften zu fördern – zum Wohl der Bewohner wie zum Nutzen Roms. Dafür gibt es gerade in der Geschichte Siziliens viele positive Beispiele . . .«

Aus dieser wohl formulierten und sachlich vorgetragenen Eröffnung leitete Messalla ab, dass Phylarchos gegen Verres und nicht gegen Herakleon Klage führen würde.

»Die derzeitige Lage auf der Insel ist äußerst gespannt. Spartacus steht in Süditalien auf dem Sprung, um mit seinen Banden nach Sizilien überzusetzen und den erst vor wenigen Jahren niedergeschlagenen Sklavenaufstand auf der Insel neu zu entflammen. Dann die Piraten! Ihre Überfälle werden immer dreister! Ich werde euch von Vorfällen berichten, die an Unverfrorenheit, Tollkühnheit und Frechheit alles in den Schatten stellen, was bisher möglich war. Und Verres . . . Was macht der Propraetor Gaius Verres?«

Er schaute in die Runde. Als er weitersprach, war seine Stimme voller Zorn: »Statt an der Spitze seiner Kampfgeschwader auf See zu gehen, die Verstecke der Freibeuter der Reihe nach auszuräuchern und ihre stets in kleinen Gruppen operierenden Verbände aufzubringen und zu vernichten – sie sind unseren Triëren in keiner Weise gewachsen! –, feiert der für die Sicherheit von Land und Leuten verantwortliche Mann rauschende Feste in Syrakus!«

Lupercus nickte grimmig dazu, während Phylarchos rief: »Was sage ich: Feste?! Es sind Schwelgereien und Ausschweifungen, wie sie vom Hof der Ptolemaier* berichtet werden. Da er sich mit seinem Palast nicht zufrieden gab, ließ er am Gestade mit Leinensegeln bespannte Zelte aufstellen! ... Dieser Strand«, erklärte er den der Örtlichkeit nicht Kundigen, »gehört zur Insel von Syrakus. Er liegt hinter der Quelle der Arethusa ...«

»Wir kennen die Stelle«, nickte ihm Demetrios zu. »Sie liegt unmittelbar neben der Mündung und Einfahrt des Hafens.«

»Genau«, sagte Phylarchos. »Es ist dort sehr anmutig – wichtiger aber: Der Ort ist vor Zeugen sicher! Hier verbringt nämlich der Praetor des römischen Volkes, der Beschirmer und Verteidiger der Provinz Sizilien die Sommerzeit. Hier fanden täglich Gelage mit Frauenzimmern statt, an denen sich außer ihm und seinem Sohn – er trägt noch die purpurverbrämte Kindertoga! – kein Mann beteiligte – das heißt, ich sollte wohl besser sagen, es habe sich überhaupt kein Mann daran beteiligt. Die Frauen aber waren alle verheiratet und von vornehmem Stand. Oh, ich könnte euch die Namen nennen, hebe mir das aber auf für später ...«

»Für später?«, fragte Skamandros.

»Allerdings! Ich weiß, dass in Rom jemand Material gegen Verres sammelt und da ...«

»Wer?«, fragte Messalla. »Wer sammelt Material?«

Phylarchos sah ihn ernst an: »Edler Valerius

* Ptolemaier heißen die Angehörigen der hellenistischen Könige von Ägypten.

Messalla! Ich weiß nicht, ob dir der Name Cicero etwas sagt ...«

»Und ob! Er gilt nach meinem Onkel Hortensius Hortalus als der erfolgreichste Redner und Anwalt von Rom.«

»So ist es«, nickte Phylarchos. »Zahlreiche Bürger, ja ganze Gemeinden Siziliens haben sich an ihn gewandt mit der Bitte ihre Interessen vor einem römischen Staatsgerichtshof zu vertreten gegen Verres!«

»Und warum gerade Cicero?«

»Weil Cicero vor vier Jahren* als Quaestor dem damaligen Statthalter zugeteilt war. Als solcher war er für die Finanzverwaltung der Provinz Sizilien zuständig. Er kennt die Verhältnisse wie kein Zweiter. Dabei hat er sich, entgegen den weithin herrschenden Gepflogenheiten, nicht im Geringsten persönlich bereichert und im Übrigen strengstens darauf geachtet, dass auch seine Unterbeamten korrekt arbeiteten. Cicero hat sich auf der ganzen Insel viele Freunde gemacht – so wie jetzt Verres zahlreiche Feinde, die ihn auf den Tod hassen ...«

Skamandros brachte ihn zum eigentlichen Thema zurück: »Du wolltest über gewisse Vorfälle berichten ...«

»Natürlich.« Phylarchos besann sich und fuhr fort: »Unter den erwähnten Frauen befand sich eine gewisse Nike, eine blendende Schönheit, die Gattin des Syrakusaners Kleomenes. Er liebte sie zwar, hatte aber weder den Mut noch die Macht, den Gelüsten des Verres entgegenzutreten, zumal

* 75 v. Chr.

er ihm wegen zahlreicher Geschenke und Vorteile verpflichtet war. Trotz seiner bekannten Schamlosigkeit bekam Verres, wenn er nüchtern war, Skrupel, diese Frau so viele Tage im Zelt am Strand bei sich zu behalten, zumal sich ihr Mann in der Stadt aufhielt und seinen Unternehmungen nachging. Also denkt er sich etwas Einmaliges aus: Er übergibt das Kommando über die sizilianische Kriegsflotte, die bisher ein römischer Legat befehligt hatte, dem Kleomenes!«

»Unglaublich!«, rief Skamandros.

»Gewiss, denn damit brach er ein jahrhundertealtes Tabu: Auf Sizilien gilt das umgeschriebene Gesetz, dass immer nur ein Römer, nie ein Syrakusaner den Oberbefehl über die Flotte erhalten kann. Seine Absicht war: Der Ehemann sollte nicht nur, während er sich auf See befand, von zu Hause abwesend, sondern wegen der damit verbundenen Ehre – auch *gerne* abwesend sein.« Alle schmunzelten über die ironische Formulierung, während Phylarchos fortfuhr: »Er selbst aber, Verres, konnte nun ungenierter als bisher die Frau bei sich haben.«

Messalla war wie vor den Kopf gestoßen. Er konnte kaum glauben, was er hörte, denn er hatte eine sehr hohe Auffassung von den Aufgaben eines Statthalters des römischen Volkes. Ein Proconsul oder Propraetor hatte die Gesetze zu achten, die des *populus Romanus** ebenso wie die der ihm anvertrauten Provinz. Gewiss, es gab Beamte, die sich nicht daran hielten, die korrupt waren, ihre Kompetenzen überschritten oder mit zu großer

* D. h. des römischen Volkes

Strenge Gewaltmaßnahmen durchführten und Provinziale ohne Gerichtsurteil in den Kerker warfen. Darüber konnte sich sein Onkel Hortensius Hortalus immer wieder erregen. Doch noch nie hatte er in diesem Zusammenhang so schamlose Dinge gehört, wie sie hier von Phylarchos vorgebracht wurden.

Geradezu empört fragte er: »Woher weißt du das alles so genau, Phylarchos? Warst du etwa dabei?«

»Bei den Göttern! Natürlich nicht! Wohl aber Lupercus. Sag's ihm, Lupercus!«

Der Centurio, in ziviler Kleidung wie alle andern – man hatte ihm seine Uniform abgenommen –, nickte langsam und erklärte mit seiner tiefen Stimme: »Ich hatte mit meinen Leuten öfters Dienst im Palast und auch bei den Zelten. Wir waren für die Sicherheit verantwortlich.«

»Verstehe. Aber wie kommst du als Centurio zur Flotte?«

Phylarchos erklärte es Messalla: »Nun, Herr, das ist so: Es gibt immer Einheiten, die bei Kriegseinsätzen an Bord der Kampfschiffe sind. Auf ihrer Schlagkraft beruht stets der Erfolg bei Nahkämpfen.«

»War denn die gesamte Flotte zum Einsatz befohlen?«

»Nein, nur ein Teil.«

»War auch Montanus dabei?«

»Oh, du kennst Montanus?« Er lächelte Messalla freundlich zu und erklärte: »Nein, Montanus kreuzt meist auf den nördlicheren Routen.«

»Und wie lautete euer Befehl?«, fragte Skamandros.

»An der Südostspitze Siziliens waren Piraten gesichtet worden. Wir sollten sie stellen und vernichten.« Phylarchos schüttelte verbittert den Kopf und rief: »Ha! Unter normalen Umständen wäre das ein Leichtes gewesen!«

»Aber sie waren nicht normal, die Umstände . . .«, ergänzte Skamandros.

»Wie? – In keiner Weise, mein Freund! Hört!« Phylarchos blickte mit großen Augen in die Runde. »Kleomenes läuft also auf der *Medusa* aus dem Großen Hafen von Syrakus aus. Es folgt ihm je ein Schiff aus Segestà, Tyndaris, Herbita, Herakleia, Apollonia und Haluntion,* dem Anschein nach eine herrliche Flotte – in Wahrheit aber hilflos und schwach! Die meisten Soldaten und Ruderer waren beurlaubt. Die Verpflegung war eine Katastrophe! Unser pflichttreuer Propraetor sah die Flotte während seiner ganzen Amtszeit gerade so lange, wie sie an seinem schandbaren Zechgelage am Ufer vorüberfuhr! Er selbst, den man schon viele Tage nicht mehr gesehen hatte, zeigte sich dann doch für kurze Zeit den Blicken der Seeleute: Da stand er also, der Praetor des römischen Volkes, schwankend am Gestade, in Sandalen, mit einem Purpurumhang und einer bis zu den Knöcheln reichenden Tunika bekleidet, gestützt auf ein Frauenzimmer!«

Der alte Zorn stieg wieder in ihm hoch, er hatte Mühe, weiter sachlich zu berichten. Keiner der Zuhörer unterbrach ihn, als er fortfuhr: »Wir segelten also mühsam nach Süden und erreichten endlich am fünften Tage das Vorgebirge Pachynos

* Städte in Sizilien, Apollonia in Epirus

an der Südostecke Siziliens.* Schon war das Brot ausgegangen. Die Mannschaften gingen an Land und sammelten die Wurzeln wilder Palmen, von denen es dort eine Menge gibt. Damit suchten sie ihren Hunger zu stillen.

Kleomenes aber, der sich mit seinem unverhofft erhaltenen Oberbefehl schon wie ein zweiter Verres vorkam, verbrachte in einem am Strand aufgeschlagenen Zelt ganze Tage mit Saufen.

Der Befehlshaber also betrunken, die Männer hungern – in diese Lage platzt die Nachricht: Im Hafen bei den Odysseia-Bergen, sechs Meilen von uns entfernt, liegen die Piraten!

Kleomenes wird benachrichtigt. Er rappelt sich mühsam hoch, flucht fürchterlich und brüllt, noch halb trunken, seine Befehle: Auf der *Medusa* lässt er den Mast aufrichten, die Segel hissen, die Ankertaue kappen. Dann befiehlt er den Übrigen durch Zeichen, ihm zu folgen – doch nicht gegen die Piraten, sondern zurück nach Norden! Flucht! Schändliche Flucht!«

Mehrere der Zuhörer schüttelten entrüstet den Kopf, während Phylarchos erklärte: »Nun ist die *Medusa,* wenn sie unter vollen Segeln auch noch rudert, unglaublich schnell, doch . . .«

»Wir wissen es!«, nickte Skamandros.

». . . doch was sie und jedes der anderen Schiffe mit Rudern zu leisten vermochte, das konnte bislang während der Praetur des Verres niemand wissen. Anders als die Übrigen war die *Medusa* voll mit Ruderern und Soldaten besetzt und sie entfernte sich schnell von uns, war schon fast aus un-

*Heute Capo Passero

serem Gesichtskreis entschwunden, während wir uns noch fast auf der Stelle abmühten.

Ich und die andern Schiffsführer feuerten unsere Leute an. Obwohl sie nur wenige waren, zeigten sie Mut. Sie waren bereit zu kämpfen. Was der Hunger ihnen an Lebenskräften gelassen hatte, waren sie bereit dem Schwert anzuvertrauen. Und wenn Kleomenes nicht so früh geflohen wäre, dann hätte der Widerstand einigen Sinn gehabt. Denn nur sein Schiff hatte ein Verdeck, war mit Geschütztürmen bestückt und so groß, dass es für die Übrigen als Bollwerk dienen konnte. Wenn die *Medusa* sich auf den Kampf mit den Räubern eingelassen hätte, würde sie sich unter den Kaperschiffen wie eine schwimmende Festung ausgenommen haben. Doch sie war geflohen! Wir Übrigen aber, vom Befehlshaber hilflos zurückgelassen, sahen uns gezwungen notgedrungen dieselbe Richtung einzuschlagen. Kleomenes steuerte auf Heloros* zu und wir folgten ihm, die Piraten im Nacken!

Ihre leichten Renner waren natürlich erheblich schneller als unsere nur halb bemannten Triëren. In einer solchen Situation ist immer das letzte Schiff eines Verbandes in größter Gefahr, denn die Seeräuber greifen es wie ein Rudel Wölfe stets als Erstes an. Und mein Schiff *war* das letzte! Nach kurzem, heftigem Kampf – dabei fielen sechs von der Mannschaft und vier Soldaten – kaperten sie uns. Als Nächstes kam das Schiff aus Apollonia an die Reihe. Bei dem Gefecht wurde sein Befehlshaber Anthropinus getötet. Sie war-

* Sizilische Stadt, etwa 25 km südlich von Syrakus

fen ihn einfach über Bord. Er war ein guter Freund von mir ...«

Phylarchos hielt inne, fuhr sich mit der Hand über die feuchten Augen und starrte vor sich auf den Boden. Er sah das Ereignis wieder vor sich. Messalla wurde an die ähnlich schreckliche Szene an Bord der *Triton* erinnert.

Es dauerte eine Weile, bis Phylarchos sich so weit gefasst hatte, dass er fortfahren konnte: »Währenddessen hatte Kleomenes bereits die Küste bei Heloros erreicht. Er gab alles verloren, steuerte kopflos irgendwo zum Land hin, sprang mit seinen Leuten von Bord und ließ den schlingernden Dreiruderer allein in der Brandung zurück.

Da die übrigen Schiffskommandanten allein keinen Widerstand leisten noch irgendwie auf See entfliehen konnten, legten sie ebenfalls hastig bei Heloros an, gaben ihre Schiffe verloren und folgten dem Kleomenes Hals über Kopf an Land.

Lupercus, der Rest meiner Mannschaft, die Soldaten und ich verfolgten ohnmächtig das erbärmliche und würdelose Schauspiel als Gefangene vom Flaggschiff der Piraten aus ...«

Phylarchos lehnte sich zurück gegen die Felswand: »Aber damit ist die schmähliche Geschichte noch nicht zu Ende, das tollste Stück sollte erst noch kommen! Wenn ihr's hören wollt ...?«

Beifälliges Gemurmel war die Antwort.

»Also ... Die Nachricht von dieser Katastrophe wird man dem pflichtbewussten Propraetor Verres ja wohl irgendwie nahe gebracht haben. Wie er reagiert hat, weiß ich nicht, kann es mir aber denken: Wenn Verres Fehler macht, liegt die Schuld immer bei den anderen! Aber zurück zu den Ereignissen, bei denen ich selbst Zeuge war. Der Anführer der Piraten, ein gewisser Herakleon . . .«

»Ha!«, rief Skamandros. »Herakleon! Ich hätt's mir denken können! Entschuldige, ich wollte dich nicht unterbrechen, Phylarchos. Fahr bitte fort!«

Phylarchos tat es: »Dieser Herakleon ist der gefühlloseste Mensch, der mir je begegnet ist. Von ihm geht eine eisige Kälte aus, die man kaum in Worte fassen kann.«

Er blickte in die Runde und alle nickten beifällig.

»Herakleon also hielt sich mit seiner Flotte nur diese eine Nacht bei Heloros auf. Am Abend ließ er alles, was er für seine Zwecke brauchen konnte, von Bord der gekaperten Kriegsschiffe auf sein Flaggschiff bringen: Waffen, Taue, Anker, Segel, Nägel, Handwerkszeug. Meine Leute und die von Anthropinus saßen dort schon gefesselt. Anschließend befahl er alle römischen Schiffe – bis auf die *Medusa* – in Brand zu stecken. Zuvor hatte er Pech über die Planken gießen lassen, so dass ein gewaltiges Feuer entstand. Die Flammen schossen an die fünfzig Fuß hoch in den dunklen Himmel. Man hat den Feuerschein gewiss bis Syrakus sehen können. Das Kommando über die *Medusa* übergab er dann diesem Urianus, der sie sofort mit seinen Leuten bemannte und in See stach. Wohin er fuhr, weiß ich nicht.«

Da schaltete sich Messalla ein, der dem Bericht bis hier staunend gefolgt war: »Aber wie konnte er es wagen, so nahe bei Syrakus über Nacht zu ankern? Es wäre doch ein Leichtes gewesen, auf dem Landweg Truppen heranzuführen und Herakleon und seine Schiffe aufzubringen!«

Phylarchos nickte bedächtig, dann schüttelte er

den Kopf: »Durchaus nicht, Herr. Wie ich schon sagte, hatte Verres einen großen Teil der Schiffsbesatzungen – natürlich gegen entsprechende Geldzahlungen ihrerseits! – auf Urlaub geschickt. Bei der Annäherung von Soldaten wären die Piraten augenblicklich in See gegangen, wo sie unerreichbar blieben, weil eben keine römischen Schiffe zur Verfügung standen.«

»Aber da war doch noch Montanus!«

»Montanus, gewiss. Aber dessen Flottenbasis liegt im großen Kriegshafen von Misenum, im Golf von Neapel. Er kommt zwar regelmäßig nach Syrakus, um mit seinen dortigen Kollegen die neuesten Nachrichten auszutauschen und den Statthalter über die allgemeine Lage auf See zu unterrichten, doch meist kreuzt er im Tyrrhenischen oder Adriatischen Meer. Er war nicht erreichbar. Kein römisches Schiff war in der Nähe.

Das Tollste sollte aber noch kommen! Am nächsten Morgen ließen sie die noch rauchenden Trümmer unserer Schiffe zurück und schickten sich an auf Syrakus loszusteuern. Ich hatte einiges aus ihren Gesprächen mitbekommen: Es gäbe nichts Schöneres auf dem Erdkreis als diese Stadt mit ihrem großartigen Hafen. Wenn sie das alles unter der Praetur des Verres nicht sähen, würden sie nie etwas davon zu Gesicht bekommen.

Völlig ungehindert fuhren sie in den Großen Hafen ein und erreichten jenen Teil des Strandes, wo Verres seine Zelte aufgeschlagen und die schamlosen Orgien gefeiert hatte. Der Platz war jetzt leer. Verres hatte sich auf die Nachricht vom Verlust der Schiffe ängstlich in seinen Palast zurückgezogen.

Also fuhren sie weiter und drangen in den innersten Teil des Hafens ein. Da war niemand, der sie daran hindern konnte. Stellt euch das vor: Während der Statthalter sich in seinem Amtsgebäude verkrochen hat, kreuzt der Seeräuber Herakleon mit seinen Kaperschiffen nach Belieben im Hafenbecken! Er fährt bis zum Markt der Syrakusaner und zu allen Uferbefestigungen in der Stadt – wohin die ruhmreichen Flotten der Karthager, als sie auf dem Meere die Mächtigsten waren, trotz wiederholter Versuche nie hatten vordringen können. Und wie die Räuber da umherstreiften! Längst hatte sich am Ufer ein Teil der Einwohner versammelt. Die meisten von ihnen Römer ...«

»Römer?«, fragte Demetrios erstaunt.

»So ist es. Seit den Punischen Kriegen gilt für die Insel Ortygia die Regel, dass dort keine Syrakusaner leben und wohnen dürfen. Das wurde einst aus Sicherheitsgründen vom römischen Senat so festgelegt. Fassungslos verfolgten die Bürger vom Ufer aus das unglaublich dreiste Manöver. Um die Demütigung auf die Spitze zu treiben, warfen die Piraten mit den Wurzeln der wilden Palmen, die sie auf unseren Schiffen gefunden hatten, nach ihnen und verhöhnten sie auf die gemeinste Weise. So feierte Herakleon – ein Seeräuber! – seinen Triumph über die Flotte des römischen Volkes!«

Phylarchos hatte geendet. Eine Weile herrschte betroffenes Schweigen. Schließlich hielt es Messalla nicht mehr am Boden, er sprang auf, ging erregt auf und ab, blieb dann vor Phylarchos stehen und stieß zornig hervor: »Du hast Recht, Phylarchos. Dieser Mann – was sage ich: dieser Verbrecher! Er muss in Rom vor Gericht gestellt werden! Ich werde, wenn ich in Freiheit bin, meinem Onkel darüber berichten!«

Phylarchos schaute zu ihm hoch: »Du meinst Hortensius Hortalus?«

Messalla nickte eifrig.

»Hm . . .« Phylarchos wechselte mit Skamandros einen langen Blick und fuhr fort: »Das kannst du tun, Herr . . .«

»Aber?« Messalla fixierte Phylarchos gespannt, denn ihm war der Argwohn in seinem Gesicht nicht entgangen.

»Ach nichts, Herr. Ich denke, dass der Fall bei Tullius Cicero schon in guten Händen ist.«

Messalla stutzte. Phylarchos wich einer klaren Antwort aus. Er hatte etwas ganz anderes im Sinn, als er aussprach. Aber was? Ein schneller Blick zu Demetrios zeigte Messalla, dass dieser das Gleiche dachte.

Sie sprachen noch eine Weile über Herakleon und waren sich einig, dass er von allen namentlich bekannten Befehlshabern der Piraten der intelligenteste, skrupelloseste und somit gefährlichste sei. Es wurden auch Spekulationen über seine Herkunft angestellt. Er trage zwar einen griechischen Namen, doch in Wirklichkeit heiße er anders – wie, das wisse niemand. Eines aber sei erwiesen: Er werde getrieben von einem abgrundtiefen Hass auf Rom und alles Römische! Vielleicht verberge sich hinter der Maske des Griechen ein Numider, Ägypter, Libyer oder Iudaeer. Auf das Nächstliegende kam niemand . . .

Einig waren sie sich auch darüber, dass unter Verres' Amtsführung in Sizilien – der ersten, angesehensten und stolzesten Provinz des Imperiums – das Ausmaß an Korruption, Betrügerei, Ausbeutung, Erpressung und Raub von Kunstwerken im großen Stil einen neuen Höhepunkt erreicht habe. Ganz zu schweigen von seinen skandalösen Orgien und sexuellen Ausschweifungen mit Frauen der syrakusanischen Gesellschaft.

Wieder war es Phylarchos, der sich dabei besonders ereiferte, so dass Messalla an Poseidonius aus Syrakus erinnert wurde. Wie dieser war er Nachkomme griechischer Einwanderer, die vor Jahrhunderten aus Hellas nach Süditalien und Sizilien gezogen waren und dort Kolonien gegründet hatten. Beide hatten sich ihre innere Unabhängigkeit und einen kritischen Blick bewahrt, der sich nicht leicht vom Großmachtgehabe Roms blenden ließ. Ihre Welt war älter als die römische. Und das wussten sie. Ihre Maxime lautete: Handel ist besser als Krieg – vielleicht gar besser als Herrschaft.

Es fielen harte Worte über die Eroberungspolitik Roms in Hellas, Makedonien, Asia, Bithynien, Galatien, Pisidien, Kilikien, Syrien – und wie all diese Kleinstaaten im Osten hießen. Jahrzehntelang hatten römische *publicani*, finanzstarke Ritter, die sich zu Interessengemeinschaften zusammengeschlossen hatten, ihre Steuereintreiber dorthin geschickt, um die Milliarden, die sie der Staatskasse vorgeschossen hatten, wieder einzutreiben. Dabei gingen sie rigoros und menschenverachtend vor, stets gedeckt durch ein römisches Gesetz und geschützt von römischen Waffen. Es war nur eine Frage der Zeit, wann der Osten sich gegen den Zwingherrn aus dem Westen erheben würde.

Eine aus den Fugen geratene Welt

Mithradates, König von Pontus am Schwarzen Meer,* hatte die Gunst der Stunde erkannt und begann mit Vorbereitungen zu einem großen Krieg, um ganz Kleinasien seinem pontischen Reich einzuverleiben. Dabei war er sich im Klaren: Wenn er losschlug, musste er zwangsläufig mit Rom zusammenstoßen.

Der kinderlos verstorbene König Attalos III.** hatte sein florierendes Reich mit der Hauptstadt Pergamon – einer Perle unter den Städten Asiens – per Testament an Rom vererbt. Seit Jahrzehnten war es nun schon die wirtschaftlich blühende, wohlhabende, meist von Griechen bewohnte Provinz Asia.

Geschickt nutzte Mithradates die allgemeine Unzufriedenheit der Provinzbevölkerung für seine Ziele aus: Die publikanischen Steuereinnehmer beuteten die Menschen bis zum Letzten aus, die römischen Verwaltungsbeamten waren korrupt, die Rechtsprechung käuflich. Mit allen Mitteln schürte Mithradates den Hass auf die römischen Besatzer.

Doch zunächst vermied er klug den offenen Krieg. Er hatte Zeit. Den Rücken deckte er sich durch ein Militärbündnis mit dem befreundeten König von Armenien.

Die Geldgier des römischen Sondergesandten Aquilius provozierte schließlich den Kampf.***

* Im Norden der heutigen Türkei

** Er regierte von 138 bis 133 v. Chr.

***89 v. Chr.

Aquilius' Armee wurde geschlagen, er selbst gefangen genommen. Mit genüsslichem Grausen lauschte man überall in Asia und Griechenland der mit Windeseile verbreiteten Nachricht: Mithradates habe dem Aquilius flüssiges Gold in den Hals gießen lassen – um seine Geldgier endgültig zu befriedigen.

Prompt begrüßten die meisten Städte Kleinasiens und Griechenlands Mithradates als den Befreier vom römischen Joch. Man nannte ihn schon den »Neuen Dionysos« und »Befreier Asiens«. Selbst das vorsichtig taktierende Athen trat daraufhin zu ihm über.

In Ephesos gab er den Befehl, an einem bestimmten Tage alle Römer und Italiker in Kleinasien zu töten: Achtzigtausend Menschen fielen dem Blutbad – der »Vesper von Ephesos« – zum Opfer, die meisten unschuldige Händler, Kaufleute und Handwerker, nicht nur Römer, die Mehrzahl Italiker, die sich im Osten mit redlicher Arbeit eine neue Existenz aufgebaut hatten.

Ganz Griechenland jubelte dem pontischen König zu. Doch nicht lange, denn der römische Feldherr Sulla erschien mit einer starken Armee vor Athen und nahm die Stadt nach langer Belagerung ein.*

Nach wechselvollen Kämpfen zu Wasser und zu Lande, die für beide Seiten sehr verlustreich waren, kam es schließlich im folgenden Jahr zu einem Friedensvertrag zwischen Mithradates und Sulla. Der König trat alle Eroberungen ab und kehrte in seine Stammlande nach Pontus zurück. Damit war

* 87/86 v. Chr.

der erste »Mithradatische Krieg« gegen Rom offiziell beendet.*

Mithradates lag weiter auf der Lauer. Er rüstete erneut auf und ging ein Bündnis mit Sertorius in Spanien ein. Sertorius, ein politischer Gegner Sullas, hatte sich mit seiner Provinz von der römischen Zentrale losgesagt und sozusagen einen römischen Staat im Kleinen gebildet. Eine Armee nach der andern, die man gegen ihn schickte, wurde von ihm geschlagen. Für Mithradates war er der ideale Verbündete, weil er starke römische Truppen in Spanien band.

Da starb der König Nikomedes von Bithynien,** ein von Rom abhängiger Territorialfürst, und vermachte sein Reich testamentarisch dem römischen Volk.

Der als Erbe übergangene Sohn wandte sich an Mithradates mit der Bitte um Hilfe. Sofort holte der pontische König zum Gegenschlag aus und schlug den ihm mit starken Truppen entgegenziehenden Consul Cotta vernichtend.

Doch Mithradates hatte nicht mit der Hartnäckigkeit und dem Stehvermögen Roms gerechnet: Der Oberbefehl im Osten wurde Cottas Kollegen Licinius Lucullus übertragen. Lucullus operierte geschickter als Cotta und konnte endlich wieder militärische Erfolge nach Rom melden.

Der Krieg war damit noch lange nicht entschieden. Quälend zog er sich über weitere Jahre hin, mit all den schrecklichen Folgen für die betroffenen Menschen.

* 85 v. Chr.

**74 v. Chr., Bithynien liegt westlich von Pontus.

Immer wieder kamen die Gefangenen in ihren Gesprächen auf die verworrene Weltlage zurück, denn jeder von ihnen war in irgendeiner Weise davon betroffen. Polybios berichtete von Verwandten und Freunden, deren Besitz beim Durchzug von Truppen beider Kriegsparteien mehrmals gebrandschatzt und geplündert worden war; ein Bruder von Diodoros, Offizier im Heer des pontischen Königs, war vor zwei Jahren gefallen; Skamandros hatte seine Handelsflotte verloren; ein Bruder von Lupercus kämpfte auf der Seite des Sertorius und musste damit rechnen, nach einem Sieg der senatorischen Armeen als Hochverräter verurteilt zu werden; Philon, *gubernator* auf der *Medusa,* war während eines Landgangs bei Rhegion in die Hände marodierender Aufständischer des Spartacus gefallen und hatte sich mit einer spektakulären Flucht bei Nacht und Nebel retten können; Psellistes den Stotterer hatte es gleich zweimal erwischt: In den Gewässern südlich von Kreta kaperten kilikische Piraten sein Schiff, er war, obwohl durch einen Dolchstoß im Oberschenkel verletzt, ins Meer gesprungen und wurde erst nach Stunden von einem Fischer halb tot aus dem Wasser gezogen. Ein halbes Jahr später plünderten umherstreifende Truppenteile sein Lokal, das er in Attalea* übernommen hatte. Skamandros rettete ihn damals vor dem Bettelstab, indem er ihn auf der *Triton* als Koch einstellte. Auch Messalla und Demetrios waren schließlich Opfer der Wirren geworden, die die Ordnung aller Länder, Staaten

* Heute Antalya in der Südtürkei

und Völker rings um das Mittlere Meer bis in ihre Grundfesten erschütterte.

Nirgendwo war Sicherheit. Die Piraten hielten alle Küstenregionen im Griff und wagten sich bei ihren Raubzügen immer weiter ins Landesinnere vor; im Osten tobte der große Krieg; die Zukunft der Iberischen Halbinsel lag im Dunkeln; die Inseln Kreta, Zypern und Delos waren zu florierenden Umschlagplätzen des Sklavenhandels degeneriert, beherrscht von Männern wie Herakleon, kühlen Rechnern, die mit untrüglichem kaufmännischen Instinkt ihre Geschäfte einfädelten, sich wie Fürsten gaben und in königlich ausgestatteten Villen lebten. In allen Häfen saßen ihre Agenten, sammelten Nachrichten über Schiffe und Ladung und gaben sie als detailliert aufgelistete Dossiers an ihre Auftraggeber weiter. Kein Reeder, der ihnen nicht seine »Schutzgelder« zahlte. Kein Kapitän, der ihnen nicht »Geschenke« zukommen ließ. Keine Hafenbehörde, die ihnen nicht die besten Ankerplätze und Schiffshallen bereitstellte.

Mit wachsendem Interesse lauschte Messalla den Berichten von Phylarchos, Skamandros, Philon, Diodoros und Polybios. Es war schon aberwitzig: Hier, in einer Höhle hundert Fuß unter der Erde, weitab der zivilisierten Welt, erhielt er einen Geschichtsunterricht, der an Lebendigkeit, Realismus und farbiger Anschauung alles in den Schatten stellte, was verknöcherte Magister mit ihrem Buchwissen ihn hätten lehren können.

Am meisten faszinierten Messalla die Berichte der Männer über ihre eigenen Erlebnisse mit Piraten, die sie mit lebendigen Details anreicherten und dem für gestandene Seeleute typischen trockenen Humor vortrugen.

Das ging über Stunden. Doch allmählich verebbte das Gelächter über die derben Scherze, die Gesichter wurden ernster, der Ton zurückhaltender. Die Gedanken stießen ins Allgemeine vor, so dass sich nach und nach aus den Mosaiksteinen eine zusammenhängende Darstellung ergab, die sich nicht auf die vordergründigen Aktionen – so spannend sie waren – beschränkte, sondern immer mehr nach den tieferen Ursachen der anarchischen Entwicklung fragte. Hierbei war es wiederum Phylarchos, der, unterstützt von Skamandros, seine klugen Folgerungen zog und in wohlgesetzten Worten aus den vorgetragenen Einzelheiten ein zusammenhängendes Bild entwickelte.

Messalla verglich die beiden Männer: Skamandros, stets ausgeglichen und wortkarg, traf mit einem einzigen Wort den Kern eines Problems. Phylarchos, beredter und wendiger, liebte es, alle gegebenen Möglichkeiten in den Blick zu nehmen und das Für und Wider zu erörtern. Entsprechend differenziert war seine Sicht der Seeräuberei, die er als die Pestseuche dieser Zeit bezeichnete.

In den unfruchtbaren Gebirgsländern des südlichen Kleinasiens, an Kilikien, Isaurien, Pamphylien und Lykien haftete das ehrlose Gewerbe wie ein ewiger Fluch. Hier wohnten die kühnen Freibeuter, die im Bunde mit Kreta, dem alten Piratenstaat, mit Cypern und anderen Inseln und begünstigt von der Ohnmacht der syrischen und ägyptischen Reiche mit ihren kleinen schnellen Seglern und Barken – den »Mauskähnen« – das Mittlere Meer befuhren. Aus sicheren Verstecken tauchten sie urplötzlich auf, stürzten sich wie Wölfe auf die schwerfälligen Kaufmannsschiffe, raubten sie aus, suchten Inseln und Küsten heim und störten Handel und Wandel.

Diese mehr oder weniger planlosen Züge erhielten eine neue Qualität, als Mithradates zum Schlag gegen die Großmacht Rom ausholte: Als seine Verbündeten traten die Piraten in die Reihe der anerkannten Mächte, straff organisiert mit eigener Ordnung und festen Gesetzen, geführt von Männern wie Herakleon, die als Strategen und Taktiker jedem römischen Admiral überlegen waren. Menschen- und Völkerrecht galten ihnen nichts, Verträge nur so lange, wie sie ihren Nutzen daraus zogen. Unvermittelt trafen sie ihre Entscheidungen, blitzschnell stellten sie sich auf jede neue Situation ein, jäh tauchten sie dort auf, wo man sie nie vermutet hatte. Die inneren Wirren des Imperiums, die geringe Sorge, die der römische Staat dem Seewesen zuwandte, die Korruption in den höchsten Kreisen des Senats – dies alles kam ihrer Expansion entgegen.

Die Masse der Abenteurer, der Verbannten, Entwurzelten, der zerstörten Existenzen jeglicher Art und Herkunft, der verfolgten Flüchtlinge, durch die permanenten Kriege und Wirren auf die großen Meeresstraßen geworfen, darunter auch Verbrecher und verkommene Leute, die sich überall in den Häfen herumtrieben – sie alle waren ein unerschöpfliches Reservoir für die Korsarenbanden. Als »Feinde des Menschengeschlechts« von der Gesellschaft ausgestoßen, teilten sie alle die gleiche Gefahr und erwarteten die gleiche Rache: Im Falle der Gefangennahme drohte ihnen der Tod am Kreuz. Ihre Sicherheit beruhte nur auf der Kraft ihres Arms, der Schnelligkeit ihrer Schiffe und dem Gelingen ihrer kühnen Unternehmungen. Ihre wahre Heimat war die See, das Mittlere Meer von den Säulen des Herakles im Westen bis zu den Küsten Asiens im Osten. In den uneinnehmbaren Felsenburgen Kilikiens, Lykiens und Isauriens bargen sie ihre Frauen, Kinder und Schätze, suchten sie Zuflucht bei drohender Gefahr.

Statt ihrer früheren leichten Fahrzeuge verfügten sie nun über geschlossene Geschwader, technisch hervorragende und prächtig geschmückte Schiffe, Zeughäuser, in denen geraubte Galeerensklaven arbeiteten, Zufluchtshäfen, Signaltürme und Festungen an allen zerklüfteten Felsküsten. Ein schwimmender Freistaat war entstanden, der mit der gesamten Kulturwelt in förmlichem Krieg lag. Je größer ihre Zahl, je straffer ihre Organisation wurde, umso kühner, großräumiger und erfolgreicher führten sie ihre Aktionen durch.

An die zweitausend Korsarenschiffe, leicht gebaute Renner, aber auch schwer bewaffnete Zwei- und Dreidecker durchkreuzten die Meere, landeten an den Küsten, um reiche Tempel zu plündern. In den Städten und Gemeinden trieben sie die Bewohner zusammen und brachten sie zu tausenden auf die Sklavenmärkte nach Delos, Kreta und Zypern. Selbst größere Städte wie Knidos, Samos, Kolophon vermochten ihren Angriffen nicht zu widerstehen. Aus vielen einst blühenden und volkreichen Insel- und Küstenorten wanderte die gesamte Bevölkerung aus, um nicht fortgeschleppt und in Delos oder Phaselis* an die Agenten römischer Großgrundbesitzer oder Sklavenhändler verkauft zu werden. In Küstennähe wagte kaum ein Bauer noch sein Feld zu bestellen. Ganze Landstriche verödeten. Der Übermut der Piraten ging so weit, dass sie die in einem Seetreffen gefangenen Römer an den Mastbäumen der erbeuteten Schiffe mit den eigenen Ketten aufknüpften. Selbst Italien war ihren Angriffen ausgesetzt. Vornehme Villenbesitzer wurden aus ihren Anwesen als Gefangene weggeführt, um hohes Lösegeld von ihnen zu erpressen. Wasser- und Landwege waren unsicher, die Getreideschiffe aus Ägypten erreichten oft nicht mehr Ostia. Der Brotpreis stieg in solche Höhe, dass weite Teile der Bevölkerung hungerten.

An diesem Punkt seiner Darstellung angekommen, höhnte Phylarchos: »Die Herren der Welt sind nicht Herr am eigenen Herd!«

Doch viele römische Senatoren, Besitzer riesiger Latifundien, landwirtschaftlicher Großbetriebe mit tausend und mehr Ackerknechten, zogen aus dem Menschenraub im Osten gewissenlos ihre Vorteile, ließen die Korsaren ruhig ihr Unwesen treiben. Verres in Sizilien war nicht der einzige Statthalter, der die Menschenräuber gegen einen Anteil an der Beute unter der Hand gewähren ließ. Hehler und Helfer fanden sich in allen Ländern. Die griechischen Handelsstädte öffneten ihnen aus Furcht oder Gewinnsucht ihre Märkte zum Verkauf der geraubten Güter und Menschen,

* Phaselis, Hafenstadt in Lykien im Süden der heutigen Türkei

gestatteten ihnen die Benutzung der Ankerplätze und Schiffswerften, um bis zur »neuen Erntezeit« in den Mauern zu überwintern.

Messalla war erschüttert – und zornig! Niemals hätte er es für möglich gehalten, dass römische Senatoren, Gutsbesitzer und Kaufleute, römische Statthalter und ihre Beamten so tief in die schmutzigsten, menschenverachtendsten Geschäfte verwickelt waren, die sich denken ließen. Zum ersten Mal in seinem Leben sah er seine angestammte Welt mit anderen, kritischen Augen.

Bisher hatte Messalla die mediterrane Welt mit ihren fünfzig, sechzig Millionen Menschen unterschiedlicher Rassen, Völker, Sprachen, Kulturen und Religionen als eine in sich ruhende, naturgegebene Einheit gesehen, zum Nutzen aller Bewohner von Rom befriedet und klug beherrscht. PAX ROMANA, »Römischer Friede«, lautete der programmatische Oberbegriff, den alle Verantwortlichen in Rom im Munde führten, wenn es darum ging, den Anspruch auf Weltherrschaft zu rechtfertigen. Aus zahllosen Äußerungen seines Onkels wusste Messalla, dass auch Hortensius Hortalus zutiefst von der Führungsrolle Roms überzeugt war. Die Geschichte der Stadt bewies ihm geradezu zwingend, dass sie dazu von den Göttern auserwählt worden war. Rom war der Garant dafür, dass die Völker des bekannten Erdkreises im bestmöglichen Gleichgewicht miteinander lebten. Bei Störungen hatte es wie ein Schiedsrichter einzuschreiten, um die Ordnung wieder herzustellen.

Nun aber begriff Messalla, dass es ein solches natürliches Gleichgewicht nicht gab. Zu stark waren die Eigeninteressen der Randvölker. Rom hatte sich mit seinem Herrschaftsanspruch übernommen. Jahrhundertelang hatte es sich auf den Einfluss in Italien beschränkt und war bescheiden geblieben. Seit dem Sieg über Karthago aber hatte sich die Expansion beschleunigt: Spanien, Südgallien, Griechenland, Nordafrica, Asien, Syrien, Iudaea – in einem atemberaubend schnellen Prozess griff Rom nach der gesamten bekannten Welt und nahm sie Stück für Stück in Besitz.

In diesen Jahren gelangten mehr Reichtümer nach Rom als zuvor in Jahrhunderten. Die neuen Provinzen, groß wie Königreiche, luden zu immer neuen Ausplünderungen durch korrupte, gierige Beamte ein, die es den bereits Etablierten in Rom gleichtun wollten. Ungeheuer waren die Schätze, die aus Karthago, Korinth, Pergamon und hundert anderen Orten auf überladenen Schiffen nach Rom abgingen. Dazu Zigtausende von Sklaven, Kriegsgefangene meist, aber auch andere, von darauf spezialisierten Banden aus Africa, Arabien, Asien erbeutet und mit Gewinn weiterverkauft. Arrogant nannte manch römischer Aristokrat das Mittelmeer *mare nostrum* – »Unser Meer«.

Sicher, es gab Warner, die auf die Folgen hinwiesen: Die permanenten Kriege ließen die Bauern in Italien verarmen, weil die Großgrundbesitzer mit ihren Sklaven billiger produzierten. Sie verließen ihre verschuldeten Höfe und gingen nach Rom, wo man sie und ihre Familien auf Staatskosten durchfütterte. Eine brodelnde Masse von Unzufriedenen, die jedem, der ihnen eine Verbesserung ihrer Verhältnisse versprach, bei den Wahlen die Stimme gaben.

Daneben zwei Dutzend senatorischer Familien, deren Mitglieder als Heerführer und Statthalter in den Provinzen den Rahm abschöpften, unermessliche Reichtümer zusammenrafften und in der Öffentlichkeit wie Fürsten auftraten. Dass der Staat eine *res publica,* eine gemeinsame Sache zum Wohle aller sei, hatte man vergessen. Eigennutz ging vor Gemeinwohl.

Disziplin, Pflichtbewusstsein, Verantwortung gegenüber Abhängigen und Untergebenen, Durchsetzungsvermögen bei einer als richtig erkannten Sache, Mut zu unpopulären Entscheidungen, wenn sie notwendig waren, Ehrfurcht vor den Göttern und Achtung der Gesetze – von diesen altrömischen Tugenden war scheinbar nicht mehr viel übrig geblieben.

Messalla aber glaubte an sie, weil er überzeugt war von ihrer Bedeutung und Notwendigkeit. Er war so erzogen worden, von seiner Mutter, denn der Vater starb, als er noch ein Kind war. Naiv hatte er angenommen, so wie er dächten alle, besonders jene, die öffentliche Verantwortung trugen. Doch in diesen wenigen Stunden, gefangen und eingesperrt in den Klüften der Erde, konfrontiert mit den leidvollen Erfahrungen und berechtigten Klagen dieser ehrlichen Männer, musste er erkennen, dass dies ein Irrtum war.

Als Phylarchos, Philon und Lupercus immer neue Beispiele von Amtsmissbrauch und Korruption der Herrschenden vortrugen, eines so schlimm und empörend wie das andere, da stieg Scham in Messalla hoch. Er selbst, Marcus Valerius Messalla, war der Spross zweier angesehener Familien – der Valerier und der Hortensier –, die in den letzten hundert Jahren den steilen Aufstieg bis in den innersten Kreis der Macht und des Reichtums geschafft hatten.

Mit einem Mal begriff er, dass dies nur möglich gewesen war auf Kosten derer, denen man ihr Land, die Freiheit und das Recht auf eine eigene Gestaltung ihres Lebens genommen hatte. Beschäftigte nicht auch sein Onkel hunderte von Sklaven auf seinen Gütern? Woher waren sie alle gekommen? Er hatte nie danach gefragt. Von Kindheit an war er von Sklaven umgeben, war mit ihnen zusammen aufgewachsen, sie gehörten zu seinem Leben wie die Mutter, der Onkel, die Freunde. Demetrios? Er liebte ihn wie einen Bruder!

Ihm fiel ein, was Demetrios ihm vor Wochen anvertraut hatte, damals, als sie abends in ihren Kojen an Bord der *Triton* lagen und über Spartacus redeten: dass er niemals an diesem Aufstand teilgenommen hätte.

Messalla stellte sich vor, er selbst wäre zusammen mit Skamandros, Phylarchos und den anderen unter ähnlichen Bedingungen in persische Sklaverei gefallen, man würde sie schinden, prügeln und demütigen, täglich, stündlich! Er war sich absolut sicher: Auch er hätte sich einem Führer vom Format und den Qualitäten eines Spartacus angeschlossen!

Verwirrung in Rom

Etwa zur gleichen Zeit, als Messalla, Demetrios und ihre Mitgefangenen an diesem Morgen begannen die Lage der Welt kritisch zu betrachten, hatten sich in Rom nahe der *Curia Hostilia,** der altehrwürdigen Versammlungsstätte des Senats am *Forum Romanum,* einige hundert Bürger versammelt. Es hatte sich herumgesprochen, dass die Consuln eine außerordentliche Sitzung des Staatsrats einberufen hatten.

Nun verfolgten sie neugierig die Ankunft der Senatoren, der Consuln und der hohen Staatsbeamten, die in Gruppen oder allein, begleitet von ihren Sekretären und Schreibern, eskortiert von Sklaven, dem Eingang der großen Halle zustrebten.

Als der Volkstribun Marcus Lollius Palicanus erschien, kam Beifall auf. Lollius war bekannt als Freund des Feldherrn Gnaeus Pompeius. Wie dieser stammte er aus der Landschaft Picenum am Adriatischen Meer. Beim Volk war er beliebt, weil er sich mit Leidenschaft für die Wiederherstellung der alten Rechte des Volkstribunats einsetzte. Sulla hatte sie nach seiner Machtergreifung radikal beschnitten. Bis dahin hatte ein Volkstribun das Recht Senatsbeschlüsse, die gegen das Wohl des Volkes gerichtet waren, mit seinem *Veto*** zu

* Man glaubte in Rom, König Tullus Hostilius habe sie im 7. Jh. v. Chr. bauen lassen. Sie brannte 52 v. Chr. ab und wurde von Caesar prächtiger neu errichtet.

** *Veto*! = Ich erhebe Einspruch!

vereiteln. Sie wurden nicht rechtskräftig. Sulla war zwar schon vor sieben Jahren gestorben, doch sein mit blutiger Gewalt installiertes System alter Ordnung – es lief auf die Begünstigung des Adels hinaus – war immer noch gültig, denn seine politischen Erben beherrschten mehrheitlich den Senat.

Lollius aber setzte sich mit Leidenschaft und Engagement für die Interessen der *plebs,* des einfachen Volkes ein. »Das ist einer von uns!«, hieß es bei den Leuten. Sie vertrauten ihm, zumal auch in der Öffentlichkeit durchgesickert war, dass der mächtige Reichsfeldherr Gnaeus Pompeius, zurzeit mit der Niederwerfung des Sertorius in Spanien beschäftigt, ähnlich dachte.

Auch der Praetor Urbanus Lucius Afranius wurde mit Beifall bedacht, denn wie Lollius galt er als enger Freund des Pompeius, obgleich er niederer Herkunft war.

Den Praetor Quintus Marcius Rex ließ man mit Respekt passieren. Von ihm, einem Schwager des in Asien kämpfenden Feldherrn Lucius Lucullus, ging die Rede, dass er tatkräftig dafür eintrat, alle Machtmittel des Staates gegen die Seuche der Piraterie einzusetzen.

Der Aedil Quintus Curtius – als Polizeichef zuständig für die öffentliche Ordnung in der Stadt, ihre Straßen und Plätze, auch für die korrekten Maße der Gewichte der Märkte – wurde mit Buhrufen empfangen. Sein privater Lebenswandel stand nicht im Einklang mit dem Anspruch seines Amtes. Er lebte über seine Verhältnisse.

Fast alle Mitglieder des sechshundert Köpfe zählenden Hohen Hauses waren erschienen. Darunter auch Quintus Hortensius Hortalus, Marcus Tullius Cicero und Gaius Claudius Marcellus. Die wenigen Abwesenden hatten durchaus glaubwürdige Gründe für ihr Fernbleiben angegeben, etwa eine lebensbedrohliche Erkrankung oder den Tod eines nahen Angehörigen.

So war die gesamte Staatsführung versammelt: Consuln, Praetoren, Aedilen und Quaestoren.

Als die hohen, tonnenschweren Bronzetüren geschlossen wurden und mit dumpfem Schlag auf den Rahmen trafen, kehrte allmählich Ruhe ein. Jene, die in Gruppen beisammen gestanden und die letzten Nachrichten ausgetauscht hatten, begaben sich zu ihren Plätzen auf den seitlich parallel angeordneten Bänken.

Der Consul Lentulus Sura erhob sich, trat vor und eröffnete die Sitzung. Er begrüßte die Anwesenden, dankte für das fast vollzählige Erscheinen und nannte den einzigen Punkt der Tagesordnung: die Lage an den verschiedenen Fronten.

Dann gab er einen knappen Bericht über die neuesten Erfolge von Lucullus in Asien und Pompeius in Spanien. An beiden Fronten gehe es zügig voran. Noch vor Ende des Jahres werde Pompeius ganz Spanien in seiner Hand haben. Die Kämpfe in Asien würden sich wohl noch einige Zeit hinziehen. Die Verhältnisse dort seien schwieriger. Als Grund nannte er unter anderem die langen Nachschubwege. Doch auch Mithradates sei nun in die Defensive gezwungen, gezielte Gegenangriffe seien selten und liefen ins Leere, zu einer Großoffensive sei er nicht mehr fähig. Es gehe ihm nur noch um die Behauptung seines ererbten Besitztums in Pontus. Doch auch dieses werde ihm auf

Dauer nicht mehr gelingen. Der Regierung lägen geheime Berichte von Spionen vor, aus denen hervorgehen, dass sich Mithradates sogar mit seinem Sohn und Nachfolger überworfen habe. Er sei vollkommen isoliert. Keine der großen Griechenstädte habe noch ein Interesse daran, den pontischen Agressor zu unterstützen, da man viele schlechte Erinnerungen an die frühere Zusammenarbeit mit dem Despoten habe.

Diesen Teil des Referats hörten sich die Versammelten an, ohne den Redner zu unterbrechen. Alle kannten die gegebenen Schwierigkeiten vor Ort. Beide Fronten waren hunderte Meilen von Rom entfernt.

Als Lentulus dann auf Spartacus und den italischen Kriegsschauplatz zu sprechen kam, wurde es unruhig. Zornige Zwischenrufe unterbrachen den Redner immer wieder, so dass er mehrmals denselben Satz neu beginnen musste.

Gegner des Licinius Crassus, der den Oberbefehl im Sklavenkrieg hatte, machten ihn persönlich für das Dilemma verantwortlich: »Ich habe noch im Ohr«, rief der gewesene Praetor Quintus Arrius, »wie er vor einem Jahr hier groß tönte, er werde mit diesem Gesindel kurzen Prozess machen! Acht Legionen hat er unter seinen Adlern zu Verfügung! Ja, was macht er denn damit?!«

Der Consul ließ sich nicht beirren und wies ruhig darauf hin, dass Crassus diese Armee immerhin auf eigene Kosten aufgestellt habe, weil der Staat damals nicht in der Lage gewesen sei diese zusätzlichen Ausgaben finanzieren zu können.

»Umso schlimmer!«, war die zornige Antwort.

»Allein . . .«, fuhr Lentulus unbeirrt fort, »allein aus diesem Grunde ist es zumindest undankbar, in dieser verächtlichen Weise über Marcus Licinius Crassus herzuziehen und ihn vorschnell zu verurteilen, zumal er nicht unter uns weilt, um seine Maßnahmen erklären und seine Entscheidungen rechtfertigen zu können.«

Ein anderer warf ein: »Mir ist zugetragen worden, Crassus habe sich in einem Brief an die Consuln gewandt und darum gebeten, den Pompeius aus Spanien zu Hilfe zu holen, weil er es allein nicht schaffe, mit diesen Sklavenhorden fertig zu werden. Stimmt das?«

Der Consul wechselte mit seinem Kollegen Gnaeus Aufidius einen Blick und dieser nickte ihm ermunternd zu. Lentulus schaute den Frager an und erklärte: »Ich kann bestätigen, dass ein solches Schreiben eingegangen ist, aber . . .«

Weiter kam er nicht. Ein unglaublicher Lärm brach los und machte es Lentulus unmöglich, den Satz zu Ende zu bringen. Rufe wie »Versager!« – »Schlappschwanz!« – »Feigling!« – »Geldsack!« – »Sklavenknecht!« – »Hochverräter!« wurden durch den Raum geschleudert.

»Interessant!«, war das einzige Wort, mit dem Cicero diese Information kommentierte. Er lächelte fein vor sich hin. Hortensius Hortalus, der neben ihm saß, wusste, was er meinte: Crassus, der reichste Mann des Imperiums, hatte immer den Ehrgeiz gehabt, als militärischer Befehlshaber mit dem Emporkömmling Pompeius gleichzuziehen. Das war auch der Grund gewesen, warum er vor einem Jahr etliche Millionen aus seinem Privatvermögen zur Verfügung gestellt hatte, um eine neue Armee aus dem Boden zu stampfen. Und nun das!

Erst als sich die Erregung allmählich legte, konnte der Consul fortfahren und er tat es mit einem ironischen Lächeln: »Ich möchte nicht versäumen zu erwähnen, dass drei Tage später ein zweites Schreiben eintraf, in dem Crassus mitteilt, dass es nicht mehr notwendig sei, die Hilfe des Pompeius in Anspruch zu nehmen . . .«

Zwischenruf: »Will er sich über uns lustig machen?!«

Lentulus sah bei vielen die Verwirrung in den Gesichtern. Unvermittelt wurde er sehr ernst: »In diesem Brief teilt Crassus uns noch etwas mit . . .« Der Consul ließ den Blick über die Versammelten wandern. »Er habe es für notwendig erachtet, schreibt er, die *decimatio* durchzuführen . . .«

Überraschung, Staunen, ja Erschrecken drückte sich nach dieser Eröffnung in den Gesichtern der Zuhörer aus. *Decimatio* . . . Sie bedeutete, dass jeder zehnte Soldat ausgelost und stellvertretend für die gesamte Armee wegen Feigheit vor dem Feind hingerichtet wurde. Nur in äußerster, verzweifelter Lage wurde diese drakonische Maßnahme ergriffen, um Disziplin und Kampfgeist wieder herzustellen. So tief war also die Moral der Truppen gesunken, obwohl sie im eigenen Lande kämpften – gegen Sklaven! Man sah den Gesichtern an, dass kaum einer diese gnadenlose Härte Crassus zugetraut hatte. Eine Weile war es sehr still im Raum.

Lentulus fuhr fort: »Ferner schreibt Crassus, dass er dabei sei, die Aufständischen im Süden Lukaniens vollkommen abzuschneiden . . .«

»So?«, fragte Arrius höhnisch. »Und wie will er das machen?«

»Indem er nördlich von Thurii* mit dem Bau eines stark befestigten Walles mit Palisade und Graben begonnen hat, den er quer durch die Halbinsel bis zum Thyrrhenischen Meer zieht. Damit wird den Aufständischen der Fluchtweg nach Norden abgeschnitten! Sie sitzen in der Falle und werden ...«

»... nach Sizilien übersetzen!«, fiel ihm Arrius ins Wort.

Da schaltete sich der Aedil Quintus Curtius ein. Abrupt erhob er sich und fuhr Arrius unwirsch an: »Du scheinst völlig vergessen zu haben, dass in Sizilien ein wachsamer Propraetor bereitsteht, der dies zu verhindern weiß! Du selbst, Arrius, hast dich vor einem Jahr für die Verlängerung der sizilischen Statthalterschaft von Verres ausgesprochen, weil er sich bewährt hat!«

»Das ist richtig«, nickte Arrius, dem nur zu bekannt war, dass Curtius mit Verres eng befreundet war und von ihm mit allerlei kostbaren »Geschenken« bedacht wurde, damit er sich für ihn im Senat einsetzte. »Aber vor einem Jahr war die Lage bei weitem einfacher. Du vergisst die Piraten, Curtius!« Arrius beugte sich vor: »Verres? – Der Propraetor Verres hat noch nicht einmal verhindern können, dass dieser Räuberhauptmann Herakleon mit seinen Kaperschiffen am hellichten Tag in den Großen Hafen von Syrakus eindringen, die Bürger am Ufer verhöhnen und mit Palmwurzeln bewerfen konnte, nachdem er am Tag zuvor bei Heloros

* Stadt in Unteritalien am Golf von Tarent

einen Teil der römischen Kriegsflotte kaperte, ausplünderte, die Besatzungen tötete oder gefangen nahm und die Schiffe in Brand steckte! Es steht zu befürchten, dass Spartacus, dem der Weg nach Norden versperrt ist, mit den Piraten ein neuerliches Bündnis eingeht mit dem Ziel seine von Crassus eingeschlossenen Aufständischen auf ihren Schiffen nach Sizilien übersetzen zu lassen. Dann aber . . .« Er hob die Stimme und fuchtelte wild mit dem Zeigefinger. »Beim Hercules! Dann dürfte es für Verres sehr eng werden!«

Arrius nahm wieder Platz, schimpfte aber weiter leise, doch aufgebracht vor sich hin.

Damit nahm die Debatte eine Wendung hin zu den Gefahren, die von den Piraten ausgingen.

Lentulus, der Consul, der auf diesen Punkt eingangs schon hingewiesen hatte, nannte nun genaue Zahlen über die Verluste an Handels-, Getreide- und Kriegsschiffen, die in den letzten Wochen von den Korsaren aufgebracht worden waren. Er wies auch auf den von Tag zu Tag steigenden Brotpreis und die wachsende Unruhe des Volkes hin. Viele Senatoren nahmen die Schreckensnachrichten mit entrüstetem Kopfschütteln zur Kenntnis. Wieder hallten wütende Schmähungen durch die Halle, wieder wurden Namen von Beamten, Statthaltern und Truppenführern genannt, die man für das Desaster verantwortlich machte.

Da erhob sich Gaius Claudius Marcellus. Der Senat hatte den ehemaligen Praetor vor acht Jahren* als Statthalter nach Sizilien geschickt. Claudius hatte die Provinz so korrekt und unbestech-

* 79 v. Chr.

lich verwaltet, dass ihm mehrere sizilische Gemeinden zum Dank Statuen auf den Marktplätzen errichteten. Das war dem Hohen Hause ebenso bekannt wie die Tatsache, dass er als Spross der uralten *gens Claudia Marcella* Patron* der Sizilier war. Würde er, der die sizilischen Verhältnisse wie kaum einer seiner Kollegen kannte, die korrupte Misswirtschaft seines Nachfolgers Verres jetzt öffentlich anprangern?

Claudius Marcellus verschränkte die Arme und wartete geduldig, bis die Gemüter sich beruhigt hatten. Leise begann er: »Die mich kennen, wissen, dass es nicht meine Art ist, aufgeregte Kommentare zu Personen und Ereignissen zu geben, wenn sie aus einer augenblicklichen Verstimmung kommen. Dafür ist die Krise, in der sich Senat und Volk von Rom befinden, zu ernst. Und Zorn ist ein schlechter Ratgeber.«

Beifälliges Nicken bei einigen.

»Ebenso ist bekannt, dass ich Vorgänge, die das Wohl des Staates betreffen, entschieden von persönlichen Interessen trennen . . .«

War das schon ein versteckter Vorwurf gegen Verres? Zustimmender Beifall seiner Freunde. Die meisten warteten ab.

»Wir haben soeben das neueste Beispiel für die ungeheuerliche Dreistigkeit der Piraten gehört. Die Würde des Staates ist wie nie zuvor in den Schmutz gezogen – schlimmer noch: Sie ist höhnisch verspottet worden. Ich verstehe die allgemeine Empörung. Ich teile sie.«

Er ging einige Schritte auf und ab, blieb stehen

* Schutzherr

und ließ seinen Blick ernst über die Versammelten wandern: »Wir alle hier – ich schließe mich nicht aus – führen sie oft im Munde, die ›Würde des Staates‹. Ich frage euch: Was ist sie? Wo wird sie greifbar? Zeigt sie sich vielleicht in der Achtung, die alle Bewohner des Reiches, seien sie Provinziale oder Mitbürger, den Symbolen des Staates wie den Feldzeichen unserer Legionen entgegenbringen? Ist es der Respekt vor einem unparteiischen Richterspruch? Oder drückt sie sich aus in öffentlich vollzogenen Opfern vor den Altären unserer Götter?

Ich denke, dass sie sich auch darin zeigt, wie wir, denen die Macht übertragen ist, mit denen, die wir an die Front geschickt haben, umgehen. Darum gebe ich euch zu bedenken: Hier geht es auch um die Schicksale der betroffenen Menschen. Es hat Tote gegeben! Schiffsführer, Offiziere und Besatzungsmitglieder haben ihr Leben im Dienst für Senat und Volk von Rom eingesetzt und verloren, freilich nicht in offener Feldschlacht, sondern gegen Piraten! Ihre Gräber kennt niemand. Sie liegen auf dem Grunde des Meeres.

Die Überlebenden wurden gefangen genommen. Sie sehen erniedrigender Sklaverei oder dem Dienst als Ruderknechte entgegen – auf Piratenschiffen! Einige, es handelt sich durchweg um die Befehlshaber, fristen als Gefangene auf unbestimmte Zeit ein kümmerliches Dasein an finsteren Orten, verhöhnt von Verbrechern, gequält von Hunger und Krankheit, in der verzweifelten Hoffnung, dass ihre Angehörigen das gewaltige Lösegeld aufbringen, das diese Räuber für ihre Freilassung fordern.«

Er wurde noch leiser, doch alle hielten bei den folgenden Sätzen den Atem an: »Nehmt zur Kenntnis, dass ich selbst ein Opfer dieser schändlichen Entwicklung geworden bin: Meine Frau Iunia und meine Tochter Claudia Marcella befinden sich seit einigen Wochen in der Gewalt von Piraten.«

Eine Weile war es absolut still. Alle waren betroffen von dieser Mitteilung, umso mehr, als Claudius, wie es seine Art war, in einfachen, nüchternen Sätzen gesprochen hatte. Jeder, dessen Angehörige kürzlich zu Schiff unterwegs gewesen waren, dankte im Stillen den Göttern, dass es auf See keinen Zwischenfall gegeben hatte. Andere, denen eine Schiffsreise bevorstand, hatten plötzlich Bedenken sie überhaupt anzutreten.

»Ich habe lange gezögert euch davon in Kenntnis zu setzen. Denn zunächst handelt es sich um eine Angelegenheit, die nur mich, den Bürger, nicht den Senator Gaius Claudius Marcellus, etwas angeht, und nur ich selbst kann – wie die Dinge nun einmal liegen – der Retter meiner Lieben werden. Dabei bin ich mir sehr wohl bewusst, dass ich, indem ich dieses Verbrechen an die Öffentlichkeit bringe, das Leben von Gattin und Tochter gefährde. Denn diese Verbrecher machen prinzipiell keinen Unterschied zwischen einem Schiffsführer aus Lokroi und den Angehörigen eines römischen Senators – außer dem, dass sie im zweiten Fall ein Lösegeld von astronomischer Höhe fordern.

Wenn ich mich trotz der drohenden Gefahr für Leib und Leben meiner Lieben – denn ein Menschenleben gilt ihnen nichts! – entschlossen habe diesen Fall dem Hohen Hause vorzutragen, dann nur aus einem Grund: Es handelt sich um keinen

Einzelfall. Muss ich euch daran erinnern, dass die Piraten ihren Aktionsradius immer weiter ausdehnen, dass sie – weil sie die Meere leer gefischt haben – schon nicht mehr davor zurückschrecken, Raubzüge an Land durchzuführen?«

Er wandte sich nach links: »Sulpicius! Wurde nicht vor zehn Tagen dein Sommersitz bei Antium geplündert, der Verwalter erschlagen, die gesamte Dienerschaft weggeschleppt, alles bewegliche Gut, kostbarste Möbel, Statuen, Stoffe, Schmuck und Geld auf ihre Schiffe gebracht?«

Während der Angesprochene grimmig nickte, schaute Claudius Marcellus zur anderen Seite: »Tillius Cimber! Verdankst du am Ende nicht nur der Vorsorge, eine schwer bewaffnete Eskorte dabeigehabt zu haben, dein Leben, als du, unterwegs von Capua nach Pompeii, am hellen Tag überfallen wurdest – nein, nicht von entlaufenen Sklaven oder Straßenräubern, sondern von Piraten! Man muss sich das einmal vorstellen: Seeräuber auf der viel befahrenen Straße zwischen Capua und Pompeii!«

Er wandte sich wieder an alle: »Ich könnte fortfahren, zwanzig, dreißig solcher Fälle hier aufzuzählen, unterlasse es aber, denn all diese Beispiele sind euch nur zu bekannt.«

Nun hob er die Stimme: »Kein Handelsschiff, keine Küste, keine Straße ist mehr vor ihnen sicher! Nur unter dem Schutz von Bewaffneten erreichen Reisende ihr Ziel, Kaufleute die nächste feste Siedlung. Die Städte halten bei Tag und bei Nacht Bürgerwehren auf ihren Mauern bereit, als ob sie sich wie zu Hannibals Zeiten im Krieg befänden! Es ist, als ob man sich durch Feindesland bewegt. Oh ihr Götter! Nicht Hannibal – der Abschaum der Menschheit hat der Zivilisation den Krieg erklärt! Das Maß ist voll. Dem muss ein Ende gemacht werden!

Darum fordere ich, dass alle Mittel, die uns noch zur Verfügung stehen, gezielt gegen diese Verbrecher eingesetzt werden! Ich fordere, dass wir einen Oberbefehlshaber, ausgestattet mit Sondervollmachten und der notwendigen Anzahl von Kriegsschiffen, gegen sie ins Feld führen, um ein für alle Mal Frieden, Ruhe und Ordnung zu Lande wie zu Wasser wieder herzustellen.«

Begleitet von lang anhaltendem Beifall kehrte Claudius an seinen Platz zurück.

Cicero beugte sich zu Hortensius: »Ganz der Claudius, den ich liebe. Seine Rede war, wenn auch nicht sehr eloquent, so doch gut in der Argumentation. Ich schätze an ihm immer wieder seine einfache, ungekünstelte Sprache, die direkt zur Sache kommt.«

»Ich auch«, stimmte Hortensius ihm zu. »Entsprechend ist der Beifall.«

»Trotzdem wird er damit nichts erreichen.«

»Wie kannst du das sagen?!« Hortensius sah ihn erstaunt an. »Alles, was er vorbrachte, könnte von dir stammen! Die meisten hier denken doch genauso!«

»Wirklich?« Cicero lächelte fein. »Gut, das mag schon so sein. Aber vom Gedanken zur Tat ist es weit. Natürlich hat Claudius Recht mit seiner Forderung. Aber die Zeit ist noch nicht reif für ein außergewöhnliches Oberkommando gegen Piraten.«

»Und warum nicht?«

»Weil das Leid noch nicht groß genug ist.«

»Wie bitte? Weil das Leid noch nicht ... Du hast doch soeben miterlebt, wie betroffen sie ...«

»Betroffen?«, fiel ihm Cicero ins Wort. Er schüttelte energisch den Kopf. »Claudius ist betroffen. Sonst niemand. Der Beifall gilt seinem charaktervollen Auftreten, nicht seiner Forderung.«

»Aber sie drücken doch damit auch aus, dass sie voll mit ihm ...«

»Keineswegs, mein Freund. Ihre Betroffenheit ist nicht mehr als rührseliges Selbstmitleid. Sie wissen nämlich nur zu gut, dass sich in diesem Hause keine Mehrheit für den ungewöhnlichen Antrag von Claudius Marcellus finden wird.«

»Und warum nicht?«

»Ich sagte doch schon: Weil das Leid noch nicht groß genug ist! Erst wenn ...«

Cicero wurde unterbrochen, denn einer der Saaldiener hatte sich mit forschem Schritt genähert, verbeugte sich vor Hortensius Hortalus und begann: »Ich bitte um Verzeihung!«

»Was ist denn?«, herrschte Hortensius ihn ungehalten an. »Wie kannst du es wagen, mitten in der Sitzung ...?«

Der Mann ließ sich nicht beirren und erklärte selbstsicher: »Ein Bote deines Hauses teilte mir mit: Deine Schwester, Herr, die *domina* Hortensia, bittet dich, wegen einer dringenden familiären Angelegenheit unverzüglich nach Hause zu kommen.«

»Hortensia? Sagte er auch, warum?«

»Nein.«

»Hoffentlich nichts Schlimmes!«, meinte Cicero anteilnehmend.

Hortensius erhob sich: »Es tut mir Leid, Marcus. Da muss etwas Ernstes vorgefallen sein.«

»Geh nur, Quintus! Hortensia würde dich nicht ohne einen zwingenden Grund aus einer Senatssitzung rufen.«

»So ist es. Ich weiß nicht, ob ich heute Abend wie ausgemacht zu dir kommen kann. Das hängt davon ab, was Hortensia zu berichten hat.«

»Natürlich.« Cicero nickte ihm freundlich zu. »Ich bin in jedem Fall zu Hause, da ich noch bis in die Nacht zu arbeiten habe. Du kannst auch noch spät kommen. Dann werde ich dir über den Ausgang dieses Spektakels ...« – er blickte in die Runde – »... berichten.«

Sie nickten sich kurz zu. Hortensius verließ die *Curia*.

Draußen erwartete ihn der Sklave, den Hortensia geschickt hatte. Hortensius unterließ es, ihn nach Einzelheiten zu fragen. Er kannte seine Schwester. Niemals würde sie einen Sklaven in private Dinge einweihen.

Die Menge vor dem Eingang der *Curia* hatte sich verlaufen. Auf dem Platz herrschte das übliche geschäftige Treiben des Vormittags.

Da er ein ungutes Gefühl hatte, beschleunigte er seine Schritte, so dass der Sklave Mühe hatte ihm zu folgen. Er achtete kaum auf Passanten, die ihn respektvoll grüßten. Jeder Römer kannte ihn. Manchmal war es ihm lästig, so wie jetzt.

Er passierte den Vestatempel und erreichte wenige Augenblicke später den *Clivus Palatinus*, der auf die Höhe des Palatins führte. Ohne das Tempo zu verringern, stapfte er den steil ansteigenden Weg aufwärts.

Sein Haus lag auf dem südwestlichen Areal des Plateaus, unmittelbar neben dem Tempel der *Magna Mater,* der »Großen Mutter«, wie die Göttin Kybele in Rom genannt wurde. Alle, die auf dem Palatin wohnten, konnten von sich behaupten, dass sie zu den Mächtigen und Reichen Roms zählten. Die Preise für Grundstücke oder Häuser auf dem Palatin hatten in den letzten Jahren astronomische Höhen erreicht, weil die Nachfrage gewachsen, das Angebot aber nur begrenzt war. Die Hortensier lebten und wohnten hier schon seit mehreren Generationen. Quintus Hortensius Hortalus bewegte sich auf dem Gelände mit der Selbstverständlichkeit dessen, der hier geboren und aufgewachsen war.

Er hatte das Atrium seines Hauses kaum betreten, als ihm auch schon Hortensia entgegenkam und ihn in einer Weise anschaute, die nichts Gutes verhieß.

»Du musst gute Gründe haben«, begann er ziemlich ungehalten und noch außer Atem, »mich mitten aus einer wichtigen Senatssitzung holen zu lassen!«

»Allerdings!«

Ihre dunklen Augen schienen schwarze Funken zu versprühen. Ihr Blick verunsicherte ihn auf der Stelle.

Kaum etwas auf dem Erdkreis fürchtete er mehr als einen Zornausbruch der Schwester. Sie war zwei Jahre älter als er, sah aber jünger aus. Wenn er auch nach uraltem Recht seit dem Tode ihres Mannes in vielen Fragen, die ihre Familie betrafen, als ihr Vormund galt, so hatte er es noch nie gewagt, von diesem Vorrecht Gebrauch zu machen. Begabt mit dem gleichen intellektuellen Scharfsinn wie er selbst, hätte sie ohne weiteres jeden Anwalt Roms das Fürchten gelehrt, zumal sie mit schier unglaublicher Geduld, unerschütterlichem Willen und moralischer Unbestechlichkeit ihre Sache verfocht, wenn sie diese als gerecht erkannt hatte.

Hortensius war auf der Hut, denn er ahnte: Etwas Fürchterliches musste geschehen sein.

»Komm bitte ins Tablinum! Ich möchte ohne Zeugen mit dir sprechen.«

Diese strenge Aufforderung erinnerte ihn lebhaft an seinen Vater, der ihn immer dann, wenn er etwas ausgefressen hatte, ins Tablinum befahl, um die Sache, die er zu verantworten hatte, mannhaft zu Ende zu bringen. Meist lief es auf eine Tracht Prügel hinaus, der ein mehrtägiger Hausarrest folgte.

Er seufzte, ohne dass es ihm bewusst wurde, und folgte ihr ins Empfangszimmer des Hauses. Müde ließ er sich auf den nächsten Sessel fallen, legte beide Hände flach auf die Lehnen und sah sie erwartungsvoll an. Immer noch war sie von der überstandenen Krankheit gezeichnet. Das Gesicht war, trotz der behutsam aufgetragenen Schminke, bleich. Sie hatte abgenommen. Ihre Augen lagen tief in den Höhlen und wirkten noch größer als gewöhnlich. Scharf zeichneten sich die Backenknochen ab. Das ganze Antlitz wurde beherrscht von ihrem unbändigen Willen und Stolz.

Sie blieb fünf Schritt vor ihm stehen und sah ihn an.

»Du hast geweint?«, fragte er, um das Gespräch zu eröffnen.

»Ja, aber das spielt jetzt keine Rolle.«

»Willst du dich nicht setzen?«

»Nein.« Sie ging einige Schritte auf und ab, blieb wieder stehen und sagte mit ungewöhnlicher Kühle: »Dein Sohn Quintus ist wieder da!«

»Oh! Schon?« Er war überrascht. »Er sollte doch erst im Juli zurückkommen. – Wie auch immer: Darum rufst du mich aus dem Senat?«

Ohne auf den Vorwurf einzugehen, fuhr sie fort: »Er kam vor einer Stunde ins Haus und erklärte sofort atemlos, die *Triton* sei im Sturm gesunken!«

»Die *Triton*?« Erschrocken hielt er den Mund eine Weile offen. »Nun ... In der Tat ... eine schlechte Nachricht!« In Gedanken überschlug er den Wert der verlorenen Ladung und suchte sich nach dem ersten Schreck zu fassen: »Ein großer Verlust, ja. Aber damit muss man leben können. Es ist nicht das erste Mal, dass ein Frachter ... Kein Grund, mich aus der Sitzung zu holen, Schwester!«

»Natürlich nicht!« Sie fixierte ihn scharf. »Also höre: An Bord waren Messalla und Demetrios!«

»Nein!« Wie von einem Skorpion gestochen sprang er auf und stand der Schwester Auge in Auge gegenüber. Seine Gedanken überschlugen sich. Wie waren die beiden an Bord der *Triton* gekommen? »Wo ist er?«, stieß er tonlos hervor.

»In seinem Zimmer.«

»Lass mich allein mit ihm!«

Sie blickte ihm nach, wie er in höchster Erregung aus dem Zimmer stürmte, hörte, wie er im Treppenhaus gleich zwei Stufen auf einmal nahm, im Obergeschoss eine Tür aufriss und sie mit solcher Gewalt gegen den Rahmen schmetterte, dass das Haus erbebte.

Quintus Hortensius fuhr vom Bett hoch, auf das er sich angekleidet gelegt hatte. Blass und übernächtigt, die Augen weit aufgerissen, starrte er den Vater an. Die Angst stand ihm ins Gesicht geschrieben.

Ohne Umschweife begann Hortensius: »Kannst du mir bitte mal erklären, wie die beiden an Bord der *Triton* gekommen sind?«

Quintus schluckte. Dann gab er, immer wieder stockend, einen Bericht über das Vorgefallene, soweit er es von Pausanias erfahren hatte, betonte, dass er noch in der gleichen Nacht das Haus verlassen und den Kapitän der *Nike* dazu gebracht habe, unverzüglich die Verfolgung aufzunehmen.

Hortensius Hortalus zog einen Stuhl heran und nahm Platz, ohne den Blick von seinem Sohn zu lassen. Man sah, wie es in ihm arbeitete.

»Und was hat dich veranlasst die Verfolgung aufzunehmen?« Er sprach nun wie ein Anwalt beim peinlichen Verhör. Am fahrigen Blick seines Sohnes konnte er ablesen, dass er den Kern des Problems berührt hatte.

Quintus zögerte, atmete heftig, schluckte mehrmals, betrachtete seine zitternden Hände: »Weil . . . Ich dachte . . .«

»Was? Was dachtest du?«

»Nun . . . Es . . . Ich . . . Ich hatte erfahren, dass kilikische Piraten im Seegebiet von . . .«

»Piraten?!« Hortensius beugte sich vor: »Von wem willst du das erfahren haben?«

»In den Tagen davor, von . . . von verschiedenen Seeleuten . . .«

»In welchem Seegebiet?«

»Südlich der Peloponnes.«

»Soso . . .« Hortensius kniff die Augen zusammen, sein Blick ruhte kühl auf dem Gesicht seines Sohnes. Sachlich stellte er fest: »Dabei ist das Gebiet südlich der Peloponnes zurzeit das sicherste des Mittleren Meeres! Starke Flottenverbände aus Misenum halten es frei von Piraten. Im letzten halben Jahr ist hier kein Frachter gekapert worden. Erzähl mir nicht solche Märchen, zumal du selbst bestens darüber informiert warst! Noch einmal: Was hat dich veranlasst die Verfolgung der *Triton* aufzunehmen?«

Quintus wand sich unter dem forschenden Blick des Vaters und brachte zunächst kein Wort hervor, obwohl er sich die Antwort seit langem zurechtgelegt hatte. Schließlich erklärte er: »Es war damals sehr stürmisch. Ich ging davon aus, dass die *Triton* wegen ihrer schweren Ladung . . .«

»Welch ein Unsinn!«, rief Hortensius. »Die *Triton* hält fast jedem Sturm stand. Gerade weil sie so schwer ist! Das dürfte dir bei der Überfahrt nach Piraeus Anfang März nicht entgangen sein. Sag mal: Wusstest du, was die *Triton* geladen hatte?«

»Sicher. Das Übliche: Säulen und Kapitelle aus den Brüchen des Pentelikon, marmorne Statuen, Gartenamphoren, Möbel, Kleinkunstwerke . . .«

Hortensius forschte im Gesicht seines Sohnes, der große Mühe hatte dem Blick standzuhalten: »Woher wusstest du das denn so genau? Du warst doch erst am Abend vor deinem nächtlichen Aufbruch ins Haus von Pausanias zurückgekehrt . . .«

Quintus rettete sich in eine Lüge: »Ich erfuhr es vom Kapitän der *Nike*.«

»Ach ja?« Hortensius ließ nicht locker: »Wie heißt der Mann?«

»Kimon.«

»Hat er dich nach Ostia gebracht?«

»Ja.«

»Steht er im Dienst des Pausanias?«

»Ja.«

»Liegt die *Nike* noch in Ostia?«

»Ich denke, ja.«

»Ich werde mich mit ihm in Verbindung setzen und deine Angaben nachprüfen. Etwas anderes: Woher weißt du, dass die *Triton* im Sturm gesunken ist?«

Quintus beschrieb ihm die Situation auf dem Meer, als er sich mit der schnellen *Nike* bis auf Sichtweite an die *Triton* herangearbeitet hatte, und malte ein so dramatisches Bild von den Naturgewalten, dass der Vater ihn ironisch unterbrach: »Ich wusste bislang nicht, dass du über ausgeprägte dichterische Fähigkeiten verfügst. Zur Sache! Du hast also nicht mit eigenen Augen gesehen, dass die *Triton* unterging?«

»Nein, aber ich . . .«

»Kein Aber! Ging sie unter? Ich meine: vor deinen Augen?«

»Nein.«

»Aha. Du verlorst sie aus den Augen?«

Die Antwort kam nach einigem Zögern: »Ja.«

»Warum?«

»Beide Schiffe wurden vom Sturm und der Strömung auseinander getrieben.«

»Hm . . .« Hortensius Hortalus stand auf, verschränkte die Arme so, dass er mit einer Hand das Kinn stützte, und blickte konzentriert auf einen imaginären Punkt auf dem Fußboden. Im Ton des erfahrenen Anwalts fuhr er fort: »Das heißt also: Bis zu diesem Zeitpunkt gab und gibt es auch jetzt nicht den geringsten Anhaltspunkt dafür, dass die *Triton* im Sturm untergegangen ist?« Er sah ihn an: »Antworte!«

»Nun ja, so ist es.«

»Gut. Ich gehe noch einen Schritt weiter: Die *Nike* ist zwar ein schneller Segler, doch bei einem solchen Sturm ist sie weitaus mehr als die *Triton* in Gefahr zu kentern – oder etwa nicht?«

»Das kann ich nicht beurteilen.«

»Aber ich! Und dieser Kimon wird mir das wohl bestätigen!«

»Vater, ich weiß überhaupt nicht, worauf du hinauswillst!«

»Das kann ich dir sagen. Ich halte alles, was du bisher vorgebracht hast, für eine Erfindung, für Lug und Trug!«

»Aber Vater! Wie kannst du ...?«

»Schweig! Bei den Göttern! Schweig jetzt!«

Erregt ging Hortensius Hortalus auf und ab, um seines Zorns Herr zu werden. Längst war ein fürchterlicher Verdacht in ihm aufgestiegen, so schrecklich, dass er ihn zunächst nicht für wahr halten mochte. Doch er zwang sich dieses Verhör – denn darauf war es mittlerweile hinausgelaufen – mit dem leidenschaftslosen Wissensdrang des guten Anwalts zu Ende zu bringen.

Er blieb vor seinem Sohn, der immer noch auf der Kante des Bettes saß, stehen und fragte mit einem drohenden Unterton: »Du hast Schulden?«

»Nun, ich ... Sie bewegen sich im Rahmen des Üblichen.«

»Ha!«, lachte Hortensius höhnisch auf. »Sie bewegen sich im Rahmen des Üblichen! Wie hoch ist denn bei dir die Grenze des Üblichen? Hunderttausend, zweihunderttausend, fünfhunderttausend Sesterzen?«

Quintus starrte auf den Boden und schwieg trotzig.

»Mir liegen«, fuhr Hortensius fort, »seit einigen Wochen Forderungen von ehrenwerten Männern vor, die deine Gläubiger sind! Ferner unbezahlte Rechnungen diverser Schankwirte, Ausstattungshäuser, Schuhmacher und Juweliere. Alles in allem eine Summe von fast fünfhunderttausend Sesterzen! Ich habe Erkundigungen eingeholt. Beim Hercules! Du hast es toll getrieben! Festivitäten und Saufereien mit Kumpanen und Weibern der niedersten Sorte! Glücksspiel mit hohem Einsatz! Verlorene Wetten! Fünfhunderttausend! Es ist nicht zu fassen: Damit kannst du zwei Hundertschaften Legionäre ein Jahr lang unter Kriegsbedingungen ausstatten und verpflegen! Wie die Dinge liegen, warst und bist du nicht in der Lage diese Schulden abzutragen. Also musstest du dich nach einer Geldquelle umsehen. Dazu bot sich dein Aufenthalt in Griechenland bestens an. Du nahmst Kontakt zu Piraten auf. Das ist ja in diesen Zeiten einfach, weil diese Verbrecher in allen Häfen des Ostens ihre Agenten sitzen haben. Du warst von Pausanias und anderen Reedern immer genau darüber informiert, wann welcher Frachter mit welcher Ladung nach Ostia in See stach. Eine Kleinigkeit, diese Kenntnis für eine entsprechende Summe an den richtigen Mann zu verkaufen. So auch im Fall der *Triton*. Nur hattest du diesmal Pech! Du konntest nämlich nicht ahnen, dass Messalla und Demetrios sich ausgerechnet auf diesem Frachter eingeschifft hatten. So war es doch – oder etwa nicht? Warum verließest du sonst Hals über Kopf Pausanias' Haus mitten in der Nacht?! Wie willst du das deinem Gastgeber überhaupt verständlich machen?«

»Ich habe ihm eine schriftliche Nachricht hinterlassen, in der ich ihm erklärte, warum ich ...«

»Ach ja? – Und welche Gründe nanntest du?«

»Ich ... ich teilte ihm mit, dass ich es für meine selbstverständliche Pflicht hielte, meinem Vetter in diesen schweren Stunden beizustehen.«

»Wie? Du hattest also auch noch die Unverfrorenheit dem gutgläubigen Pausanias von familiärer Mitverantwortung daherzureden?«

»Allerdings! Und ich finde auch jetzt noch, dass es ...«

»Schweig!«

Und Quintus schwieg. Er wusste nur zu gut, dass alles, was er jetzt noch vorbringen würde, vom Vater zu gegebener Zeit überprüft und gegen ihn verwandt werden konnte.

Das Verhör ging weiter, unerbittlich stellte Hortensius seine bohrenden Fragen: »Was haben sie dir eigentlich für den Verrat bezahlt, he? Wenn all das, was ich mit Demetrios abgesprochen hatte, an Bord der *Triton* war, muss die Ladung einen Wert von mehreren Millionen gehabt haben. Nicht eingerechnet die Objekte für andere Auftraggeber. Bei einer Beteiligung von nur zehn Prozent wärest du schon auf deine Kosten gekommen. Wie viel war ihnen dein Hehlerdienst wert? Hunderttausend? Zweihunderttausend?«

Quintus schwieg beharrlich.

»Weiter! Zahlten sie den Betrag gleich in voller Höhe? Oder nur die Hälfte? Den Rest solltest du nach gelungener Kaperung erhalten? Wurde ein Vertrag abgeschlossen? Oh, ihr Götter! Ein Vertrag zwischen dem Sohn des römischen Senators Hortensius Hortalus und Piraten!«

Hortensius Hortalus hatte sich im Zorn immer mehr erhitzt – sein Gesicht glühte, die Schläfenadern waren geschwollen, er hatte Schweiß auf der Stirn – und war in der Verfassung gewalttätig zu werden. Hätte er einen Stock zur Hand gehabt, wäre er damit auf seinen Sohn losgegangen. Doch er beherrschte sich. Lange schwieg er, den Blick starr auf den Boden gerichtet. Dann strich er die Falten seiner Toga glatt und zog drohend das Fazit: »Gut denn, du willst nicht reden. Für mich ist dein Schweigen allerdings das Eingeständnis deiner Schuld.« Er reckte sich, gerade so, wie er es vor Gericht tat, wenn er am Schluss seines Plädoyers angekommen war, die Beweise der Anklage zusammenfasste und das Strafmaß forderte; nur war er hier als Vater Ankläger und Richter in einer Person: »Vergiss nie, was ich dir nun sage. Sollte meinem Neffen Messalla auch nur ein Haar gekrümmt werden, sollte er durch deine gewissenlosen Machenschaften Schaden an Leib oder Seele nehmen, ganz zu schweigen davon, dass er zu Tode gekommen sein kann, dann hast du als der dafür Verantwortliche die Folgen zu tragen: Ich werde dich verstoßen und enterben! Ich habe dann nie einen Sohn gehabt!«

Hortensius Hortalus verließ den Raum und warf die Tür hinter sich zu.

Im Atrium erwartete ihn Hortensia. Sie hielt eine Rolle in der Hand. Tränen rannen ihr über die Wangen. Wortlos reichte sie dem Bruder das Schreiben.

Hortensius las:

Gruß und langes Leben dem edlen Quintus Hortensius Hortalus!

Wir sehen uns veranlasst dir leider mitteilen zu müssen, dass dein Neffe Marcus Valerius Messalla sich seit einiger Zeit in unserer Gewalt befindet. Für seine Freilassung fordern wir zehn Millionen Sesterzen in Gold und Silber. Nachforschungen deinerseits wären sinnlos, da wir den Ort des Verstecks wechseln. In wenigen Tagen erreicht dich ein weiteres Schreiben, in dem wir dir die Modalitäten der Auslösung vorschlagen. Sollte es dir nicht möglich sein, auf unsere Vorschläge einzugehen, wird dies schlimmste Folgen für deinen Neffen haben.

Hortensius ließ das Blatt sinken. Er schaute in das verzweifelte, vor Angst und Kummer aufgelöste Gesicht der Schwester. Sie erwartete, dass er etwas sagte. Also erklärte er ganz ruhig: »Das ist auch eine gute Nachricht, Hortensia. Dein Sohn lebt!«

»Ach, Quintus! Du hast ja Recht!«

Sie fiel ihm in die Arme, begann ungehemmt zu schluchzen, ihre Tränen nässten die Wangen des Bruders und Hortensius ließ sie gewähren. Die übergroße Spannung, die sich in den letzten Stunden in ihr angestaut hatte, musste sich erst lösen. Auch ihm trat das Wasser in die Augen. Immer wieder strich er ihr beruhigend übers Haar, bis sie sich allmählich fasste, mit einem weißen Tuch, das sie aus dem Ärmel ihres Gewandes nahm, Augen und Wangen abtupfte und wiederholte: »Du hast Recht. Er lebt! Aber was muss er durchgemacht haben! Und was macht er noch durch!«

Und Hortensius: »Ich kenne ihn. Er hat deinen Charakter. Er gibt nicht so leicht auf. Er gibt nie auf! Das Schlimmste hat er hinter sich. Sie werden ihn gut behandeln, denn sie wollen unser Geld.«

Hortensius überflog noch einmal die in korrektem Griechisch geschriebenen Zeilen.

»Wann kam diese Nachricht?«

»Vor wenigen Augenblicken.«

»Wer brachte die Rolle?«

»Ein Bote.«

»Ein Bote, klar. Was sagte er?«

»Er teilte nur mit, dass er Auftrag habe, die Rolle dir oder mir auszuhändigen.«

»Sagte er, wer ihn geschickt hat?«

»Nein, natürlich nicht.«

Hortensius betrachtete die Schrift und murmelte fast tonlos: »Kein Name, kein Ort, kein Datum.« Plötzlich rief er: »Aber ein Siegel!«

Er ging zur Mitte des Innenhofs, wo das Sonnenlicht durch die offene Dachöffnung einfiel, und studierte genau den Siegelabdruck im dunkelbraunen Wachs. Schließlich schüttelte er erstaunt den Kopf und sagte leise: »Das Zeichen der Tanit!«

»Das Zeichen der Tanit?«

Hortensia trat zu ihm und er zeigte auf den reliefartigen Abdruck des Siegels. Deutlich war eine stilisierte menschliche Gestalt zu erkennen: der Körper ein Dreieck, darauf ein kreisförmiger gesichtsloser Kopf, die Arme zur Seite und dann rechtwinklig nach oben gestreckt.

Er nickte: »Ganz ohne Zweifel! Das ist Tanit!«
Als er ihr erstauntes Gesicht sah, erklärte er: »Tanit, ja, sie war einmal die Schutzgöttin von Karthago. Das ist lange, sehr lange her.« Er schien in unendliche Fernen zu blicken. »Seltsam, sehr seltsam ...«

»Was ist daran seltsam, Quintus?«

»Nun, zunächst dies: Dieser Verbrecher, der deinen Sohn und meinen Demetrios in seiner Gewalt hat, legt ganz offensichtlich Wert darauf, einen seriösen Eindruck zu machen, indem er dieses erpresserische Schreiben versiegelt. Stell dir das vor: Ein Pirat, der seine Geldforderungen siegelt! Das ist doch geradezu makaber! – Das andere aber: Wenn heute jemand dieses uralte punische Symbol benutzt, dann ...« Er hielt den Finger sinnend ans Kinn.

»... dann muss er etwas mit Karthago zu tun haben!«, vervollständigte sie den Gedanken.

»Genau das!«

»Aber Karthago existiert nicht mehr!«

»Eben! Das ist doch ein Anachronismus!«

Sie diskutierten noch eine Weile darüber, kamen aber zu keiner Lösung des Rätsels, so dass Hortensia schließlich zum eigentlichen Thema zurückkehrte: »Iuno sei Dank! Die Vermutung deines Sohnes, die *Triton* sei untergegangen, war voreilig!«

»So ist es. Wo das Schiff abgeblieben ist, werden wir wohl nie erfahren.« Während er dies sagte, dachte er an Skamandros und seufzte.

»Aber du hattest eben mit Quintus eine lautstarke Auseinandersetzung in seinem Zimmer.«

»Allerdings.« Sein Gesicht überschattete sich.

»Bist du mit seinen geschäftlichen Unternehmungen in Griechenland nicht zufrieden?«

Er lachte kurz auf, legte ihr die Hand auf die Schulter und sagte zweideutig: »So kann man es auch ausdrücken.«

Verwundert sah sie ihn an und öffnete den Mund wie zu einer Frage. Aber sie schwieg, denn sie spürte, dass er darüber nicht reden wollte. Das war seine Sache.

Schließlich fragte sie beiläufig: »Gehst du zurück in den Senat?«

»Nein. Ich bleibe bei dir. Meine Anwesenheit ist dort heute nicht mehr vonnöten. Cicero hält die Stellung. Er wird mir heute Abend berichten.«

»Danke!« Sie drückte seine Hand. »Was wäre ich ohne dich!«

»Ich bitte dich!« Und um ihre Stimmung zu heben: »Immer wenn ich in den nächsten Tagen das Haus verlasse, werde ich dich wissen lassen, wohin ich gehe, damit du mich jederzeit erreichen kannst. Mein Gefühl sagt mir nämlich: Sie werden nicht lange mit dem zweiten Schreiben warten. Du aber wirst bis zum glücklichen Ende der Geschichte hier wohnen. Deine Zimmer sind wie immer bereit. Und wegen des Geldes mach dir keine Sorgen.«

»Aber ich kann die geforderte Summe nicht aufbringen, es sei denn, ich verkaufte . . .«

»Nichts da!« Er hob die Hand. »Ich nehme das Geld, das ich für die Ladung der *Triton* eingeplant hatte. Wir werden uns später schon einig werden.«

Hortensia holte tief Atem und sagte leise: »Ich glaube, ich muss mich etwas hinlegen. Das war zu viel heute . . .«

»Natürlich. Du darfst jetzt keinen Rückfall bekommen. Soll ich Apollodoros rufen lassen?«

»Nein. Ein Arzt kann mir nicht helfen.«

Wie Hortensius vermutet hatte, teilte ihm Cicero am Abend mit, dass sich für den Antrag von Claudius Marcellus keine Mehrheit im Senat gefunden hatte.

»Hast du was anderes erwartet?«, fragte Hortensius.

Dass er – welche Ironie des Schicksals! – heute selbst zum Opfer von Piraten geworden war, verschwieg er.

Sie sprachen dann ausführlich über den Prozess, den Cicero gegen Verres nach dessen Rückkehr aus Sizilien anstrengen würde. Cicero zeigte ihm ganze Berge von Material – Urkunden, Zeugenbefragungen, Briefe, Listen geraubter Kunstwerke, Berichte über schändliche Erpressungen, willkürlich ergangene Todesurteile –, das ihm sizilische Gemeinden wie betroffene Einzelpersonen hatten zukommen lassen.

»Das sieht aber nicht gut für ihn aus«, meinte Hortensius. »Da wird er einen verdammt guten Anwalt brauchen!«

»So ist es.« Cicero schmunzelte. »Wie wär's denn mit dir, Quintus?«

Hortensius starrte ihn überrascht an: »Meinst du das im Ernst?«

»Sicher!«

»Daran habe ich überhaupt noch nicht gedacht.«

»Das solltest du aber!« Cicero lachte. »Beim Apollo! Das wird der Prozess des Jahrhunderts! Stell dir das vor: Quintus Hortensius Hortalus und Marcus Tullius Cicero kreuzen die Klingen vor Gericht! Welch eine Herausforderung für uns beide!«

»Abwarten . . .«

In Wahrheit aber begann Hortensius sich von diesem Augenblick an ernsthaft mit der Möglichkeit zu beschäftigen, den korrupten, verkommenen, ebenso unmoralischen wie reichen Propraetor Gaius Verres als Anwalt vor dem römischen Staatsgerichtshof zu vertreten. Er brauchte Geld, sehr viel Geld – und Verres hatte davon im Überfluss . . .

Schmutzige Geschäfte

Etwa zur gleichen Zeit, als Hortensius Hortalus die Tür seines Hauses verriegelte – es ging schon gegen Mitternacht –, näherte sich der Südostküste Siziliens ein einzelner Segler. Er hielt auf Kap Plemmyrion zu, sieben Meilen südlich von Syrakus.

Wenn der Mond aus dem Schatten einer Wolke hervortrat, konnte man erkennen, dass es ein elegantes Schiff war, gebaut für sehr schnelles Segeln und riskante Manöver vor dem Wind, denn es war schmal, leicht und wendig, hatte einen geringen Tiefgang und sein Bug zerschnitt die Wellen wie ein Messer. Um die Geschwindigkeit bei Bedarf noch mehr steigern zu können, saßen an jeder Seite zwanzig Ruderer auf den Bänken, je zwei an einem Riemen. Doch nun ruderten sie nur mit halber Kraft.

Der Eigner des Renners musste den Schiffszimmerleuten beim Bau ganz spezielle Auflagen gemacht haben, denn die Kombination von Rahsegel, Vorsegel und Ruderbänken war bei einem so kleinen Schiff nicht üblich. Da es sich offensichtlich um eine Einzelanfertigung handelte, musste sein Preis weit über dem Normalen liegen, was darauf hindeutete, dass sein Besitzer ein wohlhabender Mann war. Dennoch musste er Gründe haben, so viel Geld für ein so kleines Schiff auszugeben. War es die verrückte Idee eines reichen Sonderlings, dem es Spaß machte, neue Konstruktionen zu versuchen? Oder hatte er eine Veranlassung dafür, schneller zu sein als alle andern, die die Meere befuhren? Denn dieses Schiff war in der Lage jeden Verfolger, sei es ein Schnellsegler vom Typ *Nike* oder ein römischer Vierruderer, hinter sich zu lassen.

Als der Renner sich dem Kap bis auf fünf Schiffslängen genähert hatte, drehte er auf Kurs Nord und segelte parallel zur Küste weiter. Sein Steuermann musste über hervorragende Ortskenntnisse verfügen, denn er ließ die Geschwindigkeit nicht verringern, obwohl hier an mehreren Stellen hart unter der Wasserlinie gefährliche Felsenriffe drohten. Nicht einmal Positionslaternen waren gesetzt worden. Das war verdächtig. Nur wenn der Mond aus einer Wolke trat, konnte man den dunklen Rumpf und das schwarze Segel deutlich erkennen.

Eine halbe Stunde später passierte das Schnellboot die breite Einfahrt zum Großen Hafen von

Syrakus und näherte sich der Südspitze Ortygias. Lautlos glitt die Rah am Mast nach unten, das Segel wurde gerefft und verstaut. Das Schiff bewegte sich jetzt nur noch mit halber Ruderkraft weiter, umrundete die Ostküste der Insel, schwenkte schließlich nach links in die Einfahrt des Kleinen Hafens ein, tastete sich zielsicher zwischen den dort ankernden Seglern zu einem freien Ankerplatz vor und legte längsseits an.

Aus dem Schatten einer Arkade trat ein Mann an den Kai und rief leise: »Parole!«

»*Pax Romana!*«,* kam es vom Schiff zurück.

»In Ordnung! Wirf das Tau rüber!«

Das geschah. Der Mann legte es mit geübten Griffen mehrfach um den Poller und verknotete das Ende.

Eine dunkle Gestalt sprang vom Schiff auf den Kai.

Kein Wort der Begrüßung fiel. Keine Frage wurde gestellt. Der Mann sagte nur streng: »Kein Licht! Kein Lärm!«

Der Ankömmling nickte.

»Folgen!«

Sie gingen etwa hundert Schritt am Kai entlang, bis sie die Brücke erreichten, die Ortygia mit dem Festland verband. Der Fremde blieb stehen.

»Was ist?«, fragte sein Begleiter.

»Ist das der Tempel des Apollon?« Er wies zu dem gewaltigen, im dorischen Stil erbauten Heiligtum südlich der Brücke.

»Ja. Warum?«

Der Fremde gab darauf keine Antwort, sondern

* »Römischer Friede!«

ließ seinen Blick über den herrlichen Bau wandern, dessen weißer Marmor im Mondlicht geheimnisvoll schimmerte. Er ging auf ihn zu, ließ die vom kühlen Licht übergossenen Formen auf sich wirken und machte den Eindruck eines Mannes, dem es wichtig war, dies gesehen zu haben.

»Weiter!«, drängte sein Begleiter. »Wir müssen weiter!«

Er sprach wie einer, der einen strikten Befehl auszuführen hatte und jede Verzögerung als Eingriff in seine Kompetenz betrachtete. Obwohl er keine Uniform trug, machte er in seinem ganzen Gehabe den Eindruck eines römischen Centurio.

Er ging auf die Brücke zu. Der Fremde folgte ihm und registrierte mit Kennerblick, dass die hölzerne Konstruktion aus beweglichen Teilen bestand: Sie überbrückte den Kanal zwischen dem Großen und dem Kleinen Hafen und konnte bei Bedarf hochgezogen werden, um Schiffe von innen nach außen oder in Gegenrichtung passieren zu lassen.

Gleich hinter der Brücke zeichneten sich die düsteren Umrisse eines stark befestigten Tores ab. Es war geschlossen.

Der Führer ging zu einer der beiden Seitenpforten und klopfte zweimal lang, dreimal kurz gegen das Holz. Sofort wurde geöffnet und die beiden traten ein. Keiner der Posten stellte Fragen. Der Führer nickte dem Fremden zu, ihm weiter zu folgen, durchschritt den inneren Zwinger des Tores und passierte an seinem Ende eine zweite Pforte.

Wieder blieb der Fremde stehen und schaute sich neugierig um: Zu beiden Seiten der Straße, etwas zurückversetzt, erhoben sich Teile des gewaltigen Palastes, den der Tyrann Dionysios I. vor dreihundert Jahren begonnen und den seine Nachfolger weiter ausgebaut und stark befestigt hatten. Links der eigentliche Wohntrakt, mit zyklopischen Mauern gesichert, rechts weniger befestigte Gebäude, die wohl die Räume des Regierungsapparates beherbergten. Palast, Nebengebäude und parkartige Gärten waren von einer fünfzehn Fuß hohen, zinnenbewehrten Mauer umgeben und bildeten eine eigene kleine Stadt in der Stadt. Nur an zwei Stellen gelangte man ins Innere des umwehrten Areals: durch das Hafentor, das sie passiert hatten, und ein zweites, das den auf dem Festland gelegenen Stadtteil Achradina mit dem Palast verband. Tagsüber standen beide Tore offen, denn die einzige Straße, die vom Festland zur Insel führte, lief mitten durch das Palastviertel und teilte es in zwei Hälften.

Nach etwa fünfzig Schritt bog der Centurio nach links ab und näherte sich dem zurückliegenden Haupteingang des Palastes. Auch hier stellten die Posten keine Fragen, grüßten militärisch und ließen die beiden eintreten.

In der Halle, dem Treppenhaus und den Gängen brannten Öllampen. Im Vorbeigehen registrierte der Fremde die prächtige Ausstattung: farbige Mosaiken im Boden; auf Hochglanz polierte marmorne Wandverkleidungen; in den Nischen herrliche griechische Statuen von Göttern und Heroen; schmiedeeiserne Geländer mit kunstvoll ineinander geschlungenen Formen im Treppenhaus; riesige Gemälde von Land- und Seeschlachten im oberen Gang.

Sie hatten den Gang halb durchschnitten, als der Offizier links eine Doppeltür öffnete und den Fremden eintreten ließ.

»Warte hier!«

Er schloss die Tür. Seine Schritte entfernten sich auf dem Gang.

Der Fremde blickte sich um. Der Raum war groß, doch nur karg möbliert: ein Tisch, mehrere gepolsterte Stühle, zwei Bänke, doch alles von erlesener Qualität. Offenbar ein Vorzimmer. Gegenüber der Eingangstür eine zweite, die wohl in den offiziellen Empfangsraum führte. In einer Ecke die überlebensgroße Statue eines *togatus*, eines Römers in Toga. Er hatte die Rechte grüßend erhoben. Stellte sie Verres dar?

Der Besucher verschränkte die Arme und ging einige Schritte auf und ab. Er war sich seiner Sache sehr sicher. Bisweilen glitt ein ironisches Lächeln über seine Lippen.

Draußen eilige Schritte. Die Tür wurde aufgerissen. Gaius Verres trat forsch ein, blieb stehen und betrachtete den Besucher mit einer Mischung aus Neugier und Beklemmung. Mit einem Blick erkannte der Fremde, dass der Propraetor getrunken hatte: Seine Wangen waren gerötet, die wässrigen Augen blass, unstet und übermüdet, ihr glasiger Blick fahrig auf den Besucher gerichtet. Das Gesicht eines gehetzten Mannes, der seine Gesundheit systematisch ruinierte.

Verres hob theatralisch die Hände und tönte lauter, als es notwendig war, in der Pose eines tragischen Schauspielers: »Du kommst spät – aber du kommst!«

Wohl ein Zitat aus irgendeinem Theaterstück,

das ihm gefallen hatte, dachte der Fremde und machte die Andeutung einer Verbeugung.

Als ob er ihn schon lange kannte, griff Verres nach seinem Arm und sagte. »Lass uns hineingehen! Diese Sache ist mir sehr wichtig! Was sage ich: Sie eilt! Ich, äh, ich möchte unter vier Augen mit dir reden.« Und zu dem Offizier, der immer noch im Türrahmen wartete: »Keine Störung! Von niemandem! Ist das klar?!«

»Jawohl!«

Der Mann nahm Haltung an, grüßte und entfernte sich, wobei er von dem mitternächtlichen Besucher keine Notiz nahm. Unterhandlungen dieser Art zu nachtschlafender Zeit schien er gewohnt zu sein.

Verres ging zur Tür seines Arbeitszimmers, öffnete sie und ließ den späten Besucher vortreten. Im Vorbeigehen stieg diesem der süßsäuerliche Odem von Wein unangenehm in die Nase.

Der Raum war in einer so übersteigerten Weise eingerichtet, dass man meinen konnte, das Audienzzimmer eines ägyptischen Königs aus dem Hause der Ptolemäer betreten zu haben. Der Arbeitstisch, ganz aus schwarzbraunem Ebenholz und überreichlich mit goldenen Verzierungen und Applikationen versehen, glich mehr einem Altar, der Sessel dahinter, aus den gleichen Materialien, einem Thron. Gleich drei marmorne Statuen zogen den Blick des Besuchers auf sich: eine Venus, gerade dem Bade entsteigend; ein rühriger Mercurius, kenntlich an den beflügelten Schuhen; ein Hercules, sich nach dem Kampf müde auf seine schwere Keule stützend.

Verres ließ sich auf dem thronartigen Sessel

hinter dem Tisch nieder, lehnte sich zurück, streckte die Beine von sich und erklärte, nicht ohne einen drohenden Unterton: »Ich bewundere deinen Mut, Herakleon.«

»Mut? Wieso Mut, Propraetor?«

»Du hast dich in die Höhle des Löwen begeben. Nimm Platz!«

Herakleon zog sich einen Stuhl heran, setzte sich und schlug lässig die Beine übereinander. Verres registrierte es mit Unbehagen, denn er war nicht zu betrunken, um den richtigen Schluss daraus zu ziehen: Der Mann vor ihm nahm für sich in Anspruch mit dem Propraetor Siziliens auf gleicher Ebene zu verkehren. Er musste sich also sehr sicher fühlen, weil seine Position sehr stark war.

»Darf ich dir etwas anbieten? Wein? Wasser? Gebäck?«

»Danke, Propraetor, ich habe schon zu Abend gegessen.«

Verres aber gierte nach einem weiteren Trunk, um seine strapazierten Nerven zu beruhigen. Er zog an der Klingelschnur, die sich hinter seinem Sessel an der Wand befand, und nach wenigen Augenblicken erschien der Dienst habende Offizier.

»Lass Wein und Wasser bringen! Und etwas Gebäck! Aber salziges!«

»Jawohl!« Der Offizier entfernte sich.

Verres behielt seine bequeme Lage im Sessel bei, betrachtete seinen Siegelring und rieb ihn am Ärmel der Tunika. Plötzlich setzte er sich aufrecht, alle Freundlichkeit war aus seinem Gesicht verschwunden. Er kniff die Augen zusammen und fixierte Herakleon scharf. Dann hieß es: »Ich wiederhole: Du zeigst einigen Mut, mich um diese Unterredung zu bitten.«

Herakleon verzog keine Miene. Kühl gab er zurück: »Und ich darf meine Frage wiederholen: Wozu bedarf es meinerseits Mut?«

»Weil ich dich auf der Stelle festnehmen und in den Kerker werfen kann! Ich habe ein Kopfgeld auf deine Ergreifung ausgesetzt.«

»Dein gutes Recht! Darf ich fragen, wie hoch es ist? Hundert-, zweihundert-, oder dreihunderttausend?«

»Fünf-hundert-tausend!« Er betonte jedes Wort.

»Oh!« Herakleon lächelte in gespielter Überraschung. »Dann war ich eben wohl etwas zu bescheiden. Fünfhunderttausend! Das freut mich.«

Verres musste schlucken. Mit dieser Arroganz hatte er nicht gerechnet. Er hatte einen ungebildeten, schmierigen, ängstlichen Korsar erwartet, der vor ihm zu Kreuze kroch und ihn mit wortreichen blumigen Versprechungen und Entschuldigungen milde zu stimmen suchte. Doch vor ihm saß ein Mann, der sich wie ein souveräner Fürst gebärdete und das Latein auf eine Art und Weise handhabte, als ob er dem römischen Senat angehörte.

Der Statthalter war sichtlich bemüht seine Fassung zurückzugewinnen. Während er noch überlegte, was er dazu sagen sollte, wurde an die Tür geklopft. Sklaven kamen mit den erwünschten Getränken und dem Backwerk und bauten auf einen Wink ihres Herrn alles auf einer Seite des großen Tisches auf. Verres nickte sein Einverständnis und scheuchte sie mit einer Handbewegung nach draußen.

»Kannst du mir sagen«, fuhr er fort, »was mich daran hindern könnte, dich in Ketten zu legen?«

»Aber gern. Du bist auf mich und meine wohlwollende Hilfe angewiesen!«

»Was?«, rief Verres. Er donnerte die Faust auf den Tisch und beugte sich vor. »Ich? Auf dich angewiesen? Ha!« Er lachte auf. »Ein Wink von mir! – Du verkennst offenbar die Lage, in der du dich befindest, Pirat!«

»Keineswegs, Propraetor.« Seelenruhig betrachtete Herakleon seinen goldenen Siegelring und strich mit den Fingern der anderen Hand fast liebevoll über den leuchtend blauen Lapislazuli, in den das Zeichen der Tanit geschnitten war.

Gierig griff Verres zur Schale, trank sie mit einem Schluck leer und stieß fassungslos hervor: »Das musst du erklären!«

»Natürlich. Darum bin ich ja hier!« Herakleon legte die Hände in den Schoß und blickte vor sich. »Seit zwei Wochen liegt die Anfrage eines gewissen Spartacus auf meinem Arbeitstisch.«

»Spartacus? Was will er?«

»Meine Flotte.«

»Deine ...?« Verres lehnte sich wieder zurück und zwinkerte erregt. »Wozu braucht er Schiffe? Ah, ich verstehe. Ihm steht das Wasser bis zum Hals. Er will sich zu Mithradates nach Asien oder Sertorius in Spanien absetzen!«

»Nein.« Herakleon lächelte ironisch: »Das ist ihm zu abgelegen. Er möchte dir einen Besuch abstatten.«

Das saß. Kühl beobachtete Herakleon, wie es im

Gesicht des Statthalters arbeitete. So schnell, wie es ihm seine Trunkenheit noch erlaubte, überschlug Verres jetzt alle Möglichkeiten und Gefahren, die sich aus einer Landung des Sklavenheeres für ihn und Sizilien ergeben konnten.

»Er hat .offenbar vor«, fuhr Herakleon ruhig fort, »die allgemeine Unzufriedenheit auf deiner schönen Insel für seine Zwecke zu nutzen und vielleicht einen neuerlichen Aufstand der hiesigen Sklaven ins Auge zu fassen.«

Verres saß einen Augenblick da wie vor den Kopf gestoßen. Schließlich raffte er sich auf und rief: »Na und? Mit diesem Gesindel werde ich schon fertig werden. Er hat doch nur noch zwanzigtausend Leute! Was sage ich: Strolche! Wegelagerer! Räuber!«

»Ich glaube, da bist du falsch informiert. Die Zahl seiner Truppen liegt bei siebzigtausend.«

»Siebzigtausend?« Verres starrte ihn fassungslos an. Er war blass geworden. »Woher willst du das so genau wissen?«

»Nun, meine Spione und Gewährsleute sind sehr zuverlässig.«

»Deine Spione? Und selbst wenn es so wäre ... Wie willst du siebzigtausend Mann mit deinen wenigen Schiffen übersetzen?«

Herakleon lächelte überlegen: »Du scheinst vergessen zu haben, Verres, dass ich innerhalb kurzer Zeit eine Flotte von tausend Schiffen zusammenführen kann. Es wäre nicht das erste Mal.«

Ihre Blicke trafen sich. Herakleon wusste, dass er Verres jetzt an dem Punkt hatte, wo er ihn haben wollte. »Ich glaube kaum«, fuhr er gelassen fort, »dass du unter diesen Umständen noch ein

Interesse daran haben könntest, mich in einen deiner Kerker werfen zu lassen.«

»Sei da nicht zu sicher!«, grollte der Statthalter. »Ohne dich als führenden Kopf wäre ein Unternehmen dieser Größenordnung nicht durchzuführen!«

»Du irrst dich! Der Plan wurde von mir bereits generalstabsmäßig ausgearbeitet. Meine Befehlshaber sind genau instruiert. Die Kommandoebenen sind klar. Sollte ich nicht bis morgen Abend zurück sein, wird das Unternehmen anlaufen.«

Allmählich begriff Verres, dass er in die Enge getrieben war – mehr noch, dass er keine Wahl mehr hatte. Mit zitternder Hand griff er nach einem Plätzchen, knabberte daran und trank eine weitere Schale mit einem Zug leer. Schweißperlen hatten sich auf seiner Stirn gebildet.

»Gut, gut!«, rief er. »Was willst du? Du willst doch etwas?«

Herakleon stand auf, trat zum Tisch, stützte sich mit beiden Händen an der Platte ab und beugte sich vor. Der Abstand zwischen seinem entschlossenen Gesicht und den aufgequollenen Zügen des Propraetors betrug nur eine Armlänge. Er sah, wie Verres' Augenlider nervös zuckten. In scharfem Ton diktierte er seine Bedingungen: »Es besteht nach wie vor die Möglichkeit, dass ich das Ersuchen des Spartacus ablehne und das Unternehmen stoppe. Voraussetzung dafür ist, dass du dich in deinen Unternehmungen gegenüber uns und unseren Aktionen in den nächsten Monaten sichtlich zurückhältst! Kein Problem für dich, da sich deine Amtszeit dem Ende zuneigt. Im Übrigen kann ich dir einige Schiffsladungen ägyptischen Getreides zu einem äußerst günstigen Preis anbieten. Du kannst es mit Gewinn verkaufen. Rom hungert! Außerdem . . .«

»Ja?«

»Ich kann dir eine Reihe der edelsten Statuen aus verschiedenen Tempeln und Palästen des Ostens zu äußerst günstigen Bedingungen überlassen. Einen wunderbaren Apollon werde ich dir schenken. Des Weiteren . . .

»Was denn noch?«

»Ich muss dich in diesem Zusammenhang darauf hinweisen, dass sich ein gewisser Phylarchos in meiner Gewalt befindet.«

»Und? Was ist mit ihm?«

»Er weiß eine Menge über deine – nun, ich will es einmal so sagen: über deine militärischen Fehlentscheidungen während der letzten Wochen, die mir unter anderem die Verwirklichung eines lange gehegten Herzenswunsches ermöglichten: eine Besichtigungsfahrt durch deinen schönen Hafen.«

»Außer mir geht das niemanden etwas an! Ich bin der Befehlshaber! Ich werde den Versager zu gegebener Zeit vor mein Gericht zitieren!«

»Sicher. Dass er vor einem Gericht aussagen wird, ist wohl ausgemacht. Aber vor einem römischen! Oder sollte dir unbekannt sein, dass ein gewisser Marcus Tullius Cicero eifrig Material sammelt, um den Propraetor Gaius Verres wegen Korruption, Amtsüberschreitung und Ausbeutung der Provinz Sizilien anzuklagen? Phylarchos – übrigens ein höchst ehrenwerter Mann und glaubhafter Zeuge – könnte dich in größte Schwierigkeiten bringen. Es sei denn, ich halte ihn bis zum Ende des Prozesses fest.«

Verres' Gesicht war purpurrot angelaufen. Er griff nach seiner Serviette und tupfte sich den Schweiß von der Stirn. »Das . . . das ist Erpressung! Glatte Erpressung!«, murmelte er tonlos und wand sich unter dem herrischen Blick Herakleons. Diese Klage enthielt schon sein Einverständnis.

»Keineswegs, Propraetor.« Herakleon lachte belustigt auf. »Ich würde es eher ein gutes Geschäft nennen, bei dem beide Seiten auf ihre Kosten kommen.«

»Also gut . . .«, seufzte Verres und erhob sich. »Nenn es, wie du willst. Schade nur, dass du auf der falschen Seite stehst. Mit dir gemeinsam könnte man große Dinge in die Wege leiten!«

»Du bist gerade dabei, es zu tun. Im Übrigen hat jeder den Platz, den ihm die Götter zugewiesen haben.«

Verres, ebenso erschöpft vom Wein wie vom demütigenden Verlauf der Unterredung, hatte nur noch die Kraft zu dieser Frage: »Und welche Gewähr habe ich dafür, dass du die Sklavenhorden nicht nach Sizilien übersetzt?«

»Mein Wort!«

»Das Wort eines Piraten?«

Da schwollen Herakleons Stirnadern an. Er maß den Frager mit einem verächtlichen Blick und erklärte: »Du wirst es nicht wahrhaben wollen – aber wir verkehren beide auf der gleichen Ebene! *Du* und andere deines Schlages, ihr räubert in Provinzen so groß wie Königreiche und plündert sie gnadenlos aus! Also muss einem Räuber das Wort eines Piraten genügen!«

Verres war drauf und dran, ihm ins Gesicht zu schlagen. Doch ein Rest seines klaren Verstandes sagte ihm, dass es der größte Fehler seines Lebens wäre. Also schluckte er seinen Zorn hinunter und setzte eine geschäftsmäßige Miene auf: »Gut denn. Aber ich sage dir, es werden andere Zeiten kommen! Dann wirst du vor mir im Staube liegen und um dein Leben wimmern!« Er läutete. Der Offizier vom Dienst erschien.

»Begleite diesen Mann zurück zu seinem Schiff!«

»Jawohl! Soll es eskortiert werden?«

»Nein. Es findet seinen Weg allein.«

In stolzer Haltung verließ Herakleon den Raum. Verres blickte ihm nach, ballte die Faust und flüsterte: »Das wirst du mir büßen!«

Verrat

Sieben Tage später fand auf einem ehemals punischen Landsitz unweit der Latomien eine Stabsbesprechung aller dem Großen Bund angehörenden Befehlshaber statt. Die Gebäude des ehemals herrschaftlichen Anwesens waren verfallen, die umgebenden Olivenplantagen verwildert, die Zufahrtswege von Unkraut überwuchert. Große Teile der Villa waren eingestürzt oder mutwillig zerstört und ausgeraubt worden. Einzig der überdachte Brunnen war noch intakt und spendete klares, kühles Wasser.

Die Männer hatten sich im ehemaligen Innenhof versammelt, weil er groß genug war, um alle Teilnehmer aufzunehmen. Sie hatten sich auf ramponierten Bänken, Stühlen, Hockern und Kisten, die sie irgendwo auf dem Gelände gefunden hatten, niedergelassen. Die vier obersten Befehlshaber saßen hinter einem Tisch, der aus drei Brettern bestand, die über zwei Holzböcke gelegt waren.

Herakleon hatte diesen Ort mit Bedacht gewählt, weil er nahe bei den Latomien und dem alten Hafen lag, so dass man bei drohender Gefahr schnell zur See entkommen konnte. Da das alte Anwesen auf einer Anhöhe lag, mit freiem Blick nach allen Seiten, konnte man die Annäherung verdächtiger Personen frühzeitig erkennen. An mehreren Stellen waren Beobachtungsposten in Stellung gegangen und behielten das Umfeld im Auge.

Die versammelten Führer repräsentierten eine Armada von zweitausend Schiffen, vierzigtausend Kämpfern und – wenn man ihre Großfamilien dazurechnete – eine Gemeinschaft von weit über fünfhunderttausend Menschen.

Herakleon: Ihm unterstand das zentrale und das westliche Seegebiet des Mittleren Meeres bis zu den Säulen des Herakles. Zugleich führte er als *primus inter pares** den Vorsitz und hatte als solcher auch zu dieser Besprechung geladen.

Athenodoros: Er kontrollierte das östliche Mittlere Meer. Seine Stützpunkte lagen in Kreta. Er hatte in den letzten Jahren mehrfach tolldreist

* Erster unter Gleichen

die Heiligtümer reicher griechischer Städte auf den Inseln der Ägäis überfallen und ausgeplündert.

Pyrganion: Der Draufgänger – er war mit fünfundzwanzig Jahren der Jüngste – operierte an den Küsten Siziliens, Süditaliens und in der Adria. Er war Herakleon direkt unterstellt und wechselte seine Basis nach Bedarf.

Zenekites, Sohn des Zenekites: Sein Operationsgebiet waren die Gewässer rings um Zypern. Der Kilikier hatte eine uneinnehmbare Festung in der Nähe von Phaselis an der Ostküste Lykiens, nachdem sein vorheriger Zufluchtsort, die Bergfeste Olympos im Landesinneren, vor sieben Jahren* durch den römischen Feldherrn Servilius Isauricus genommen worden war. Dabei hatte sein gleichnamiger Vater in den Flammen seines Hauses den Tod gefunden. Zenekites hasste die Römer wie kein anderer.

Ferner nahmen an die fünfzehn Befehlshaber der mittleren Ebene an der Besprechung teil, darunter Urianus und Philistos aus dem Stab Herakleons. Die Männer waren unterschiedlichen Alters und Aussehens. Fast alle hatten Narben von zahlreichen Gefechten im Gesicht oder an den Armen. Die meisten trugen gestutzte Bärte. Einige stellten mit kostbaren Ringen, Armreifen oder schweren goldenen Halsketten eitel ihren Reichtum zur Schau. Herakleons einziger Schmuck war sein Siegelring mit dem in Lapislazuli geschnittenen Tanitzeichen.

Herakleon wirkte im Kreise dieser grobschläch-

* 78 v. Chr.

tigen Haudegen wie ein Fremder, der nicht eigentlich zu ihnen gehörte. Die Art und Weise, wie er sich gab und bewegte, wie er sprach oder zuhörte, seine Disziplin und Haltung, sein hageres, willensstarkes Gesicht – dies alles schien eher zu einem Aristokraten als einem Korsar zu passen. Der kameradschaftlich raue Ton, den seine Kollegen untereinander pflegten, verstummte, wenn sie mit ihm sprachen. Keiner fiel ihm ins Wort, wenn er seine Meinung zu den anstehenden Fragen äußerte. Alle redeten ihn respektvoll mit *strategos* an.

Da außer ihm nur Athenodoros und Urianus lesen und schreiben konnten, hatte Herakleon die Tagesordnung mündlich vorgetragen:

»Erstens: die weitere Zusammenarbeit mit Mithradates und Sertorius. Zweitens: die Schutzgeldzahlungen römischer und griechischer Reeder. Drittens: der Propraetor Verres wird Ende des Jahres als Statthalter Siziliens abgelöst werden. Wie soll mit ihm bis dahin verfahren werden? Viertens: die Zuspitzung der Lage in Süditalien, nachdem Crassus den Aufständischen mit seiner Wall- und Grabenanlage den Weg nach Norden abgeschnitten hat. Fünftens: die Verteilung der Beute.«

Sofort begann die Diskussion.

Bei den ersten beiden Punkten kam man schnell zu einem einstimmigen Beschluss:

Mithradates und Sertorius, durch militärische Erfolge der römischen Feldherrn Lucullus und Pompeius zurückgeworfen und in die Defensive gedrängt, seien jetzt mehr denn je auf die Unterstützung der Piraten angewiesen, um die römischen Nachschubwege auf See stören oder gar unterbinden zu können. Solange Rom sich nicht zum Bau einer schlagkräftigen Kriegsflotte aufraffen könne – und das werde sich auf lange Sicht nicht ändern, da ihm, bedingt durch den Zweifrontenkrieg, die Mittel fehlten –, werde man die bisherige Strategie beibehalten und an bestimmten Punkten gezielt zuschlagen. Das setze, wie schon bei den vorherigen Aktionen, ein perfekt funktionierendes Nachrichtenwesen voraus. Da seien sicherlich noch einige Verbesserungen möglich.

Sollte die augenblickliche Kriegslage fortbestehen – und es spreche alles dafür, dass sie sich in Kürze nicht ändern werde –, bestehe auch kein Anlass, bei der Eintreibung der Schutzgelder die Höhe der bisherigen Forderungen herabzusetzen, weil bei den Betroffenen die Angst vor drakonischen Strafen immer noch größer sei als der Respekt vor Rom.

Herakleon reckte sich: »Kommen wir zum dritten Punkt: die Zuspitzung der Lage in Süditalien. Eine äußerst komplizierte Frage! Wer möchte etwas dazu sagen?«

Athenodoros meldete sich zu Wort: »*Strategos!* Stimmt es, was ich hörte? Du bist mit wenigen Schiffen in den Großen Hafen von Syrakus eingefahren, ohne daran gehindert zu werden?«

»So ist es. Urianus! Erzähl es ihm!«

Urianus schmunzelte und rief: »Oha! Ich selbst würde es nicht glauben, wenn ich nicht dabei gewesen wäre . . .«

Er gab einen humorvoll gefärbten Bericht, der immer wieder vom schallenden Gelächter der Zuhörer unterbrochen wurde. Als er damit zu Ende war, meinte Zenekites: »Beim Herakles! Ein tolles Ding! Das muss man im ganzen Osten publik machen, *strategos*! Das zeigt nämlich allen, dass Rom auf dem letzten Loch pfeift!«

»Gut, tu das! Aber nun zur Sache!« Herakleon schaute auf seine Notizen. »Ich möchte die Punkte drei und vier gemeinsam behandeln, da sie eng miteinander in Beziehung stehen. Verres wird Ende des Jahres als Propraetor Siziliens abgelöst. Wer sein Nachfolger wird, wissen wir nicht. Aber wir kennen Verres. Und da ihm wohl im nächsten Jahr in Rom der Prozess gemacht wird wegen Korruption, Amtsüberschreitung und Ausbeutung der Provinz . . .«

»Woher weißt du das?«, unterbrach ihn Athenodoros, der weit vom Schuss saß und nicht über die aktuellen Vorgänge in Rom informiert war.

»Von meinen Verbindungsleuten in Rom. Der Senator und Anwalt Marcus Tullius Cicero wird Verres vor die Schranken des Gerichts fordern.«

»Cicero? Wer ist das?«

»Ein absolut unbestechlicher Mann.«

»Ist er von Adel?«

»Nein. Ein *homo novus*, ein neuer Mann, wie die Römer jemanden nennen, der als Erster seiner Familie den Einzug in den Senat geschafft hat.«

Pyrganion nickte: »Kommt mir irgendwie bekannt vor, der Name . . . War er nicht vor einigen Jahren in Sizilien?«

»So ist es. Als Quaestor unterstand ihm die Finanzverwaltung der Insel. Er übte sie so korrekt aus, dass ihn einige Gemeinden, die später von Verres bis aufs Mark ausgequetscht wurden, baten ihre Interessen in Rom zu vertreten.«

»Und welche?«, wollte Athenodoros wissen. »Ich meine, hat das irgendwelche Folgen für uns?«

»Allerdings!« Herakleon schaute in die Runde. »Verres wird von nun an bemüht sein sich gegenüber seinen römischen Gegnern als Musterknabe zu geben, jedenfalls nach außen. In Wahrheit aber wird er bestrebt sein für seine Zukunft Vorsorge zu treffen und so viel wie möglich an sich zu raffen nach dem Motto: Was man hat, hat man!«

»Es sei denn« warf Pyrganion ein, »Spartacus macht ihm einen Strich durch die Rechnung! In Lokroi kursiert ein Gerücht, dass der Thraker vorhat seine Leute nach Sizilien überzusetzen.«

»Oh, es ist durchaus kein Gerücht!« Herakleon lächelte wissend und registrierte, wie ihn alle überrascht anstarrten.

»Mir liegt sogar eine schriftliche Anfrage von ihm vor, in der er mich bittet ihm für den Transport seiner Armee von Italien nach Sizilien einen Teil unserer Flotte zur Verfügung zu stellen.«

Er hob eine Briefrolle und zeigte sie ihnen demonstrativ.

»Darin bietet er uns eine gewaltige Summe an für den Fall, dass wir auf sein Ersuchen eingehen.«

»Wie viel?«, fragte der stets nüchtern rechnende Athenodoros.

Herakleon nannte keine Zahl, sondern erklärte: »Ich will es so sagen: Mehr als wir alle zusammen in drei Jahren mit harter Arbeit zusammenbringen.«

»Und was hast du ihm geantwortet?«

»Bisher noch nichts. Ich wollte in dieser wichtigen Angelegenheit nicht ohne euer Einverständnis entscheiden. Ihr kennt das kluge Wort vom Spatz in der Hand und der Taube auf dem Dach.«

»Könntest du dich bitte etwas deutlicher ausdrücken, *strategos*!«, mahnte Zenekites.

»Gern«, nickte Herakleon. »Wie ich eingangs schon sagte, müssen wir Verres und Spartacus im Zusammenhang sehen und dabei zugleich im Auge behalten, was für uns am Ende die größeren Vorteile bringt, ohne dass wir unsere Kräfte über Gebühr beanspruchen. Ihr wisst selbst, wie schwierig es ist, in kurzer Zeit taktische Maßnahmen zu koordinieren.

Konkret heißt das: Spartacus sitzt in der Klemme. Er ist vom Norden Italiens abgeschnitten. Crassus ist ihm überall überlegen, denn er verfügt klar über die militärischen und logistischen Mittel, einen Durchbruch der Aufständischen nach Norden zu verhindern.

Spartacus bietet sich ein einziger Ausweg: Sizilien! Er hat ins Auge gefasst – ich weiß das aus den Berichten meiner Gewährsleute –, die nach wie vor unzufriedenen Sklavenscharen auf der Insel zu einer erneuten Erhebung gegen ihre Zwingherren zu motivieren.

Aber da habe ich meine Zweifel. Nach zwei mit mörderischer Gewalt von Rom niedergeschlagenen Sklavenaufständen fehlt den Betroffenen zum jetzigen Zeitpunkt jede Aussicht auf Erfolg.

Im Übrigen würde sich die Lage zu unseren Ungunsten verändern: Sizilien ist für Rom der wichtigste Getreidelieferant. Also wird der Senat nicht zögern die letzten Mittel zu mobilisieren, neue Truppen auszuheben und sie auf die Insel zu werfen. Ganz abgesehen davon, dass dann auch Crassus nach seinem Sieg über Spartacus mit seiner Armee übersetzen wird.

Für uns bedeutet dies: Ganz Süditalien wieder in der Hand Roms. Sizilien und seine Gewässer beherrscht von römischen Armeen und Flotten. Unsere Stützpunkte in Africa jederzeit von ihnen zu erreichen«

»Also willst du die Bitte des Thrakers abschlagen?«, fragte Pyrganion.

Herakleon lehnte sich zurück und drehte die Briefrolle spielerisch in der Hand. Schließlich erklärte er: »Nein.«

»Aber du hast doch gerade . . .!«

»Hört mich an! Ich hatte vor sieben Tagen eine geheime Unterredung mit Verres . . .«

»Nein!«, rief Zenekites und hielt staunend den Mund offen. Auch den Übrigen stand die Verblüffung im Gesicht.

»Ich habe ihn von dem Ersuchen des Thrakers in Kenntnis gesetzt und konnte ihm klarmachen, dass es für ihn katastrophale Folgen hätte, wenn wir Spartacus unsere Flotte als Transportmittel zur Verfügung stellten . . .«

Herakleon sah, wie einige Mühe hatten seinen Gedankengängen zu folgen. Sachlich fuhr er fort: »Ich habe mit Verres eine Abmachung getroffen: Wir werden Spartacus und seine Armee nicht nach Sizilien übersetzen. Als Gegenleistung gewährt Verres uns für die restlichen Monate des Jahres Aktionsfreiheit in den Gewässern um Sizilien.«

»Und Spartacus?«, rief Athenodoros.

»Nun . . .« Herakleon hob die Briefrolle. »Wir werden ihm zusagen und . . .«

»Das verstehe ich nicht! Du hast doch gerade ...!« Athenodoros schüttelte verwirrt den Kopf und sah seine Kollegen an, die dazu beifällig nickten.

Unbeirrt fuhr Herakleon fort: »Wir werden Spartacus zusagen und zwei Drittel der Summe, die er uns bietet, als Anzahlung fordern.«

»Und weiter?«, fragte Athenodoros.

»Nichts! Wir werden nichts unternehmen.« Eine Weile war es still im Raum. Urianus, der in der zweiten Reihe saß, war wie vom Blitz getroffen. Er sprang auf, bat ums Wort und erklärte voller Zorn: »*Strategos!* Ich erlaube mir darauf hinzuweisen, dass Spartacus unser treuester Verbündeter war und ist. Das, was du vorhast, nenne ich Verrat der gemeinsten Art!«

Herakleon sah ihn kühl an und erklärte mit großem Ernst: »Lieber Freund! Deine Gefühle in allen Ehren! Aber hier geht es um mehr, es geht um die Zukunft von uns allen! Spartacus? Er wird sich so oder so nicht mehr lange halten können. Bei seinen Leuten macht sich zunehmend Disziplinlosigkeit breit. Saufen, Fressen, Huren – das ist ihr Lebensinhalt geworden! Hinter uns aber steht die leidvolle Erfahrung von Jahrzehnten, die uns immer wieder zwang dem römischen Anspruch auf Weltherrschaft neue Taktiken, bessere Strategien, schnellere Schiffe, starke Stützpunkte – kurz: eine auf Gedeih und Verderb eingeschworene Gemeinschaft entgegenzusetzen. Wir sind, wenn du willst, ein schwimmender Staat. Und in diesem Staat herrscht nicht nur eine strenge, von allen akzeptierte Ordnung – in diesem Gemeinwesen gibt es mehr Gerechtigkeit als in allen etablierten Staaten des Erdkreises.

Rom führt seine Kriege zu Lande. Sie haben einen Anfang und ein Ende. Es gibt Sieger und Besiegte, aber beide werden unter veränderten Bedingungen weiter bestehen bleiben. Wir aber, wir müssen täglich für den Bestand unserer Gemeinschaft kämpfen. Immer wieder und immer wieder! Den Verlust einzelner Schiffe und Mannschaften können wir verkraften. Es ist unser Risiko. Sind wir aber einmal als Ganzes geschlagen, hat unsere glorreiche *res publica* ein Ende.

Darum müssen wir den Überlegungen und Planungen der römischen Feldherrn und Flottenführer immer und überall um einige Züge voraus sein! Jeder von euch hat Frau, Kinder, Familie. Für sie alle sind wir verantwortlich. Solange Rom einen Mehrfrontenkrieg führt – und wie es aussieht, wird das noch jahrelang so weitergehen –, haben wir die besseren Möglichkeiten.

Darum sage ich dir noch einmal, Urianus: deine Betroffenheit in Ehren! Aber hier geht es nicht um Spartacus – es geht um unser aller Schicksal! Hat noch jemand etwas dazu zu sagen?«

Niemand meldete sich zu Wort. Sie wussten: In diesem Augenblick war über Spartacus das Todesurteil gesprochen worden.

EIN GEWAGTES UNTERNEHMEN

Im Zeichen der Tanit

Fünf Wochen waren vergangen, seit Messalla, Demetrios, Skamandros, Diodoros, Polybios und die andern in den unterirdischen Kerker der Latomien gesteckt worden waren. Zwar hatte man ihnen pünktlich einmal pro Woche die Lebensmittel in einem großen Korb heruntergelassen, doch bei allen zeigten sich Symptome von Unterernährung. Es fehlte frisches Gemüse – wie sollten sie es auch zubereiten – und Obst. Sie lebten nach wie vor von Käse, Brot, Schinken, Datteln, Feigen und Wasser. Skamandros hatte darauf bestanden, dass Messalla, als der Jüngste, einen Teil seines Brotes bekam. Messalla hatte das zwar energisch von sich gewiesen, doch Skamandros machte ihm mit väterlich liebevollen Worten klar, dass er, Messalla, das Brot nötiger brauche: »Ich bin ein alter Knochen, dem es nicht schaden kann, einige Pfunde zu verlieren.«

Messalla fügte sich am Ende und die anderen hatten dagegen nichts einzuwenden.

Sie hatten sich die unendlich langsam verrinnende Zeit, so gut es ging, mit Schlafen und Reden vertrieben. Jedem von ihnen fiel immer wieder eine Begebenheit aus seinem Leben ein, die er für wert hielt sie den Mitgefangenen zur Kenntnis zu bringen. Längst waren alle gesellschaftlichen Schranken zwischen ihnen gefallen. Messalla wurde nur noch selten mit »Herr« angesprochen. Lediglich Polybios und der äußerst korrekte Diodoros brachten es schwer über die Lippen, ihn mit seinem Namen anzureden, wie sie auch Skamandros nach wie vor ehrerbietig *magister* nannten, wenn sie ihm etwas mitzuteilen hatten. Einzig Psellistes gab sich ganz natürlich und pflegte mit Messalla einen so lockeren Umgang, als ob er ihn schon seit Jahren kennen würde.

Psellistes war es am Ende, der sie alle gewaltig nervte, wenn er sie – und das kam immer wieder über ihn – mit Rezepten zur Herstellung raffiniertester Speisen konfrontierte, was unter den gegebenen Umständen ihrer Zwangsdiät nicht gerade zur Erheiterung der Gemüter beitrug.

»Beim Herakles!«, rief dann Polybios und stöhnte wie ein Todkranker auf: »Hör auf, Stotterer! Das kommt einer Folterung gleich! Erzähl lieber noch einmal, wie du deine erste Frau kennen gelernt hast!«

Phylarchos hatte sich mehr und mehr in die Rolle des Anklägers in einem Prozess gegen Verres hineingesteigert und gab den aufmerksamen Zuhörern immer wieder Proben seines Plädoyers, mit dem er, wie er hoffte, in Rom gegen den Propraetor agieren könnte. Hier waren die Zuhörer ganz bei der Sache und regten ihn mit wohlwollender Kritik an in diesem oder jenem Punkt anders zu argumentieren.

Obwohl sich alle bemühten Haltung zu bewahren und das Beste aus der ihnen aufgezwungenen Lage zu machen, kam es vor, dass der Kummer über ihre ausweglose Situation, die Trennung von ihren Angehörigen und die aufgezwungene Untätigkeit den einen oder anderen vorübergehend in tiefste Depressionen stürzte. Sie äußerten sich entsprechend dem Naturell der Einzelnen verschieden. Polybios neigte dann zu aggressiven Reden und hatte an jedem und allem etwas auszusetzen. Diodoros brütete stundenlang vor sich hin und war durch kein noch so gutes Zureden aufzuheitern. Phylarchos beschäftigte sich ausgiebig mit seinem Kalendarium, denn er hatte, wie seine namenlosen Vorgänger, den Ablauf der Tage auf eine glatte Stelle der Wand geritzt und fand es interessant, die Gravuren täglich tiefer in den Fels zu kratzen. Polybios summte immer wieder die gleiche Weise vor sich hin, die ihm wahrscheinlich seine Mutter, als er noch in der Wiege lag, vorgesungen hatte. Der Centurio schließlich erging sich darin, nicht vorhandene Rekruten mit strengen Kommandos wie »Habt Acht!«, »Vorwärts!«, »Im Gleichschritt marsch!«, »Zum Angriff!« auf Vordermann zu bringen. Demetrios vertrieb sich die Zeit, indem er große Teile der *Odyssee*, die er auswendig kannte, immer wieder rezitierte.

Einzig Skamandros und Messalla verharrten in einem Zustand, der sich zwischen Zuhören, Erinnern, Denken und Planen bewegte. Sie redeten wenig, und wenn, nur über das, was die alltäglichen Dinge betraf: die Verteilung des Brotes, des Schinkens, des Käses, den Gang zur Latrine in der Nachbarhöhle, den Ein- oder Ausflug der Fledermäuse, den Stand der Sonne.

Da ihre Bewacher sich bisher immer pünktlich an die von ihnen gesetzten Termine gehalten hatten, waren die Männer erstaunt, als – drei Tage vor der nächsten Lebensmittellieferung – der Schatten eines Menschen am Schachteingang erschien und eine Stimme rief: »Herhören!«

Das war Urianus. Gespannt lauschten sie nach oben.

»Folgende Leute bereitmachen: Valerius Messalla, Demetrios, Psellistes! Nehmt eure Sachen mit!«

Messalla und Demetrios schauten sich fragend an. War für sie das Lösegeld gezahlt worden? Aber wieso Psellistes? Er gehörte zur Mannschaft der *Triton*, warum sollte er mit ihnen kommen?

»Verstehst du das?«, fragte Messalla Skamandros.

»Nein. Aber ihr werdet es wohl erfahren.«

»Wir lassen jetzt die Seilschlinge hinab!«, rief Urianus. »Zuerst Messalla! Dann Demetrios und Psellistes! Was ihr zu tun habt, wisst ihr!«

Sie verfolgten, wie das Balkengestell an der Öffnung installiert und das Seil herabgelassen wurde. Messalla, Demetrios und Psellistes rafften ihre wenigen Utensilien zusammen und verstauten sie in den Beuteln. Messallas Blick fiel auf die Hera. Kurz entschlossen nahm er sie aus der Nische, wickelte sie in ein Tuch ein und steckte sie in seinen Beutel.

Skamandros verfolgte das erstaunt und meinte: »Du . . . du scheinst ja sehr zuversichtlich zu sein, nicht in den Hades zurückzukehren.«

»Ich hoffe es«, antwortete Messalla. Er wies auf die Hera, deren Korpus sich deutlich an einer Seite des Beutels abzeichnete: »Du . . . du hast doch nichts dagegen, wenn ich sie . . .?«

»Wie sollte ich, mein Junge. Sie gehört dir.«

»Danke, Skamandros! Ich habe der großen Göttin ein Versprechen gegeben ...«

»Ich verstehe. Recht so!«

»... und wenn wir tatsächlich hier rauskommen, werde ich meinen Onkel veranlassen dich und die andern hier herauszuholen!«

Skamandros umarmte Messalla und drückte ihn fest an sich. »Alles Gute! Auch euch, Demetrios und Psellistes!« Er reichte ihnen die Hand.

»Vie-vielleicht brauchen sie einen gu-guten Koch? Gu-gute Köche sind nämlich selten!«

»Wir wissen es!«, grinste Polybios. »Solltest ihnen immer mal wieder etwas Gift in die Suppe streuen, wenn du dazu kommst!«

»Kei-keine schlechte Idee, Zimmermann! Werde sehen, wa-was sich machen lässt.«

Das Seil war unten angekommen. Sie verabschiedeten sich von den Übrigen. Dann half Skamandros Messalla beim Anlegen der Schlinge, reichte ihm seinen Beutel und rief nach oben: »Fertig! Hol auf!«

Wieder achtete Messalla darauf, nicht mit dem Beutel gegen die sich verengende Wand des Schachtes zu stoßen, und erreichte ohne Schaden die Öffnung. Zwei Männer nahmen ihn in Empfang. Es waren die gleichen, die ihn vor Wochen in die Tiefe hinabgelassen hatten.

Als Messalla im gleißenden Licht der Sonne stand, die von einem wolkenlosen Himmel strahlte, war er zunächst unfähig seine Umgebung zu erkennen. Schützend hielt er die Hände über die Augen.

»Das gibt sich!«, brummte Urianus. »Nicht in die Sonne schauen!«

Es dauerte eine ganze Weile, bis sich seine Augen an das ungewohnte, schmerzende Licht gewöhnt hatten. Ihn schwindelte, seine Hände und Knie zitterten. Er musste von einem der Männer gestützt werden.

»Setz dich eine Weile hin!«, befahl Urianus.

Er leistete der Aufforderung nur zu gern Folge. Als Demetrios und Psellistes neben ihm auftauchten, erging es ihnen ähnlich. Auch sie mussten sich auf dem Boden niederlassen und warten, bis der Schwindel nachließ und sie die Umgebung wahrnehmen konnten.

»Na? Besser?«, fragte Urianus.

Messalla schaute mit verengten Lidern auf den Sprecher, zwinkerte – und erschrak. Urianus hatte sich verändert. Er war abgemagert. Scharf zeichneten sich seine Backenknochen ab. Tiefe Falten zogen sich von der Nase abwärts, bis sie vom Bart verdeckt wurden. Seine Augen lagen tief in den Höhlen und glänzten fiebrig, auf der Stirn perlten Schweißtropfen. Doch er gab sich so, wie Messalla ihn in Erinnerung hatte: sehr direkt, rau, aber freundlich.

Während die Gefangenen sich erholten, wurde das Gestell abgebaut und die Balken wieder in dem Steinhaufen versteckt.

»So, dann wollen wir mal . . . Aufstehen!« Urianus betrachtete sie unbeteiligt und befahl seinen Leuten: »Handfesseln!«

Messalla und die beiden anderen hatte damit gerechnet. Widerstandslos ließen sie sich binden und mit einem Seil aneinander knoten.

»Vorwärts!«

Sie überquerten das Geröllfeld. Immer wieder

stolperte einer der Gefangenen, fiel hin und zog den vorderen oder hinteren Begleiter mit zu Boden. Wieder tröstete Urianus sie: »Das gibt sich! Langsam gehen! In einer Stunde seid ihr ganz die Alten!«

Sie erreichten den felsigen Weg, der in Serpentinen von der Hochebene zur Küste führte. Ein einzelnes Schiff lag am Kai des alten Hafens. Also stand eine Schiffsreise bevor. Doch wohin?

Messalla war zu schwach, um danach zu fragen. Auch Demetrios und Psellistes waren im Augenblick voll damit beschäftigt, das Gleichgewicht zu wahren. Bei jedem Schritt schmerzten die Fuß- und Kniegelenke. Ihre Gesichter waren kreidebleich.

Man brachte sie unverzüglich an Bord und befahl ihnen sich beim Mastkoker niederzulassen. Die Fesseln wurden ihnen abgenommen. Die beiden Piraten hielten sich wachsam in der Nähe. Doch es hätte dieser Vorsichtsmaßnahme nicht bedurft. Sie waren zu schwach, um von Bord zu springen, geschweige denn zu schwimmen. Wohin sollten sie schon entkommen? Sie genossen es, einfach so zu sitzen und den leichten Wind zu atmen, der ihre Gesichter und Arme kühlte.

Urianus ließ das Rahsegel setzen und den Anker einholen. Das Schiff legte ab.

Als er bei den Gefangenen vorbeikam, fragte Messalla: »Wohin fahren wir?«

»Nach Westen.«

»Das ist ein weiter Begriff. Die Säulen des Herakles liegen auch im Westen!«

Demetrios erwartete, dass der Piratenführer Messalla auf der Stelle, wie schon einmal, scharf zurechtwies; doch Urianus blieb stehen, betrachtete Messalla mit einem langen Blick und erklärte: »Oha! Du hast dir also das Fragen noch nicht abgewöhnt, Valerius Messalla! Dein gutes Recht!«

»Also, wohin geht die Fahrt?«

»Das wirst du schon sehen.«

Er ging zum Heck und verschwand in der Hütte.

»Du schei-scheinst bei ihm ei-einen Stein im Brett zu haben, Herr!«

»Wie kommst du denn darauf?«

»We-wenn ich das gesagt hätte, wä-wäre er vor Wut ge-geplatzt!«

»Das glaube ich kaum. Wie sagst du doch immer: Gute Köche sind selten!«

»Da-danke, Herr! A-aber ob er das auch weiß?«

»Bestimmt!«

»Sieht a-aber nicht so aus, als ob er einen guten Koch hätte! Ha-hat furchtbar abgenommen.«

»Du übrigens auch!«

»So ist es, Herr.« Er machte ein trauriges Gesicht und streichelte seinen eingefallenen Bauch. »Es i-ist zum Verzweifeln.«

Demetrios meinte: »Vielleicht sollst du Urianus demnächst versorgen, Psellistes. Sozusagen als sein Leibkoch! Das wär doch was!«

»Da-davor sei Apollon!«

»Abwarten! Immer noch besser, als in den Latomien zu schmachten!«

»Herr?« Er schaute Messalla aus seinen großen Kulleraugen an.

»Ja?«

»A-am liebsten würde ich für euch ko-kochen. Ke-kennt ihr mein Rezept, wie ich ei-einen Fasan auf persische Art anrichte?«

»Nein.« Messalla wechselte mit Demetrios einen Blick. »Entschuldige, Psellistes. Aber könntest du uns das in einem geeigneteren Moment schildern?«

»I-in Ordnung, Herr. Aber i-ich be-bestehe darauf. Das Rezept ist nämlich phäno ... phäphänoleman!«

»Abgemacht. Übrigens: Es heißt phä-no-menal!«

»Da-danke, Herr. Man lernt nie aus. Auch Kö-Köche nicht!«

Messalla und Demetrios stellten dann Vermutungen darüber an, ob ihre Freilassung unmittelbar bevorstehe, kamen aber über vage Spekulationen nicht hinaus. Umso aufmerksamer verfolgten sie, welchen Kurs das Schiff nahm. Es hielt konstant Kurs auf Westsüdwest.

»Das ist genau die Richtung auf Karthago!«, sagte Demetrios. »Ich habe die Karte im Kopf.«

»Bist du sicher?«

»Vollkommen!«

»Was sollen wir denn in den Ruinen Karthagos?«, fragte Messalla.

»Vielleicht ein neues Versteck ... Vorübergehend, bis wir irgendeinem Verbindungsmann übergeben werden. Ich kann mir nicht vorstellen, dass sie uns nach Italien bringen und in irgendeiner Hafenstadt an Land setzen.«

Urianus ließ sich während der ganzen Zeit ihrer Überfahrt nicht an Deck blicken. Auf eine entsprechende Bemerkung Messallas meinte Demetrios: »Also wenn du mich fragst – er sieht so aus wie jemand, den das Sumpffieber erwischt hat.«

»Das Sumpffieber?« Messalla kannte den Namen als Inbegriff einer tödlich verlaufenden Krankheit, gegen die kein Kraut gewachsen war. Niemand wusste um die genaue Ursache, doch musste sie mit den feuchtheißen Gebieten von Sümpfen und Flussniederungen in ursächlicher Beziehung stehen. Das war einer der Gründe dafür, dass wohlhabende Römer im Hochsommer die Hauptstadt verließen und in die Berge oder ans Meer zogen. Manche Ärzte vermuteten, die Krankheit könnte von Mücken übertragen werden, die sich während der heißen Jahreszeit in den Sümpfen und dem Brackwasser der Flüsse millionenfach vermehrten und in Schwärmen über die Menschen herfielen. Es gab seit langem Pläne die Pontinischen Sümpfe südlich von Rom und andere Feuchtgebiete trockenzulegen, doch war es bislang noch keinem der Amtsträger gelungen, dafür die technischen Mittel und Gelder bereitzustellen. Die Aufgabe war zu gigantisch.

»Wenn er diese Krankheit hat«, fuhr Demetrios fort, »ist er ihr wehrlos ausgeliefert. Sie kommt in Schüben, immer mit hohem Fieber, das den gesamten Organismus schwächt. Das Schlimme ist, dass diese Anfälle von Mal zu Mal gefährlicher werden. Wer keine äußerst gesunde Konstitution hat, erliegt ihr am Ende. Allerdings ist nicht gesagt, dass Urianus das Sumpffieber hat. Es kann eine andere Infektion sein. Er muss jedenfalls aufpassen. Er sieht nicht gut aus.«

»Wenn er diese Krankheit hat – ist sie ansteckend?«

»Soviel ich weiß, nicht.«

Das Schiff hielt seinen Kurs in westsüdwestlicher Richtung bei.

»Also doch!«, sagte Demetrios leise.

»Was meinst du?«, fragte Messalla.

»Direkt vor uns liegt Karthago!«

Messalla blickte nach vorn, konnte aber nur rechts einige Höhenzüge erkennen, die noch im fernen Dunst lagen.

»Das Schöne Vorgebirge!«, erklärte Demetrios.

Messalla erkannte es wieder. Vor Wochen hatte er es von Bord der *Triton* aus gesehen, als sie in großer Entfernung nach Süden abtrieben. Allmählich wurde das Bild klarer. Die Küste war wechselhaft gestaltet, hier traten die Berge bis ans Meer heran, etwas weiter lag flaches Land, unterbrochen von Dünen und niedrigen Sandhügeln. Die Halbinsel von Karthago ragte weit in den Meerbusen hinein und erreichte an ihrer höchsten Stelle an die vierhundert Fuß. Nach Norden und Südosten fiel sie mit steilen, felsigen Abhängen scharf zum Meer hin ab.

Nach zwei Stunden kam Urianus aus der Hütte. Er hatte offenbar tief geschlafen, war aber immer noch müde und gähnte mehrmals. Er schleppte sich wie ein Greis an der Reling entlang. Sein Gesicht war jetzt blass. Als er die Gefangenen erreichte, fragte Messalla: »Dürfen wir zum Bug gehen?«

Urianus blieb stehen; »Warum?«

»Warum?« Messalla maß ihn mit einem herausfordernden Blick. »Wir möchten einen Blick auf die Küste werfen.«

»Oha!« Er grinste müde. »Du sagst Küste, aber du meinst Karthago! Nicht wahr, Valerius Messalla?«

»So ist es.« Messalla grinste zurück.

»Nun ...« Urianus strich sich über seinen Bart. »Ihr werdet nicht viel sehen. Nur Steine, Steine, Steine ... Also meinetwegen. Kommt mit!«

Sie erhoben sich und gingen nach vorn. Urianus begleitete sie. An der Reling beim Vorsegel blieben sie stehen. Die Entfernung zur Küste betrug noch über drei Meilen, doch in der klaren Luft zeichnete sie sich zum Greifen nahe über dem leuchtend blauen Wasser ab.

»Seht ihr da drüben den lang gestreckten Damm?« Urianus wies mit ausgestrecktem Arm in die Richtung. »Das war einmal die Mole, die den Handelshafen Karthagos zum Meer hin begrenzte.«

Messalla stutzte: Was veranlasste diesen hartgesottenen Burschen plötzlich, ihnen in einer überaus freundlichen Art und Weise die Topographie der untergegangenen Stadt Karthago zu erklären? Als er Demetrios anschaute, hob der, ebenso überrascht, die Schultern kurz an und blickte angestrengt wieder nach vorn.

Ihre Verblüffung steigerte sich, als Urianus im gleichen belehrenden Ton fortfuhr und dabei mit exakten Details aufwartete, die eine große Kenntnis des Areals zur Voraussetzung hatte – und zwar das der punischen Methropole, als sie noch meerbeherrschende Großmacht war und gleichberechtigt neben Rom stand.

»Seht ihr den Hügel, der sich über seine Umgebung erhebt? Dort befand sich die Akropolis Karthagos, die Festung Byrsa. Im Norden und Süden wurde die Stadt von zwei Lagunen gefasst, sodass die ganze Halbinsel – vom Meer, zwei Seen und Hügeln gerahmt – eine Einheit bildete, die eher zum Meer als zum Kontinent gehörte. Ein Grieche hat vor Jahrhunderten geschrieben, Karthago gleiche einem vor Anker liegenden Schiff.«

Messalla glaubte seinen Ohren nicht zu trauen: Was Urianus ebenso beiläufig wie souverän in einem sehr gehobenen Latein dozierte – er gebrauchte sogar korrekt den Konjunktiv –, das glich den Referaten, die belesene Professoren der Akademie zu Athen von sich zu geben pflegten.

Messalla war drauf und dran, den Piraten zu fragen, woher er denn seine detaillierten Kenntnisse habe, zumal der Hinweis auf den »Griechen« voraussetzte, dass er des Lesens und Schreibens kundig war, mehr noch: dass er anscheinend in früherer Zeit gelehrte Studien getrieben haben musste. Urianus wurde ihm immer rätselhafter. Er erinnerte sich deutlich, wie ihm gleich bei der ersten Begegnung, noch an Bord der *Triton*, aufgefallen war, hinter seinem rauen Gebaren, großsprecherischen Reden und brutalen Auftreten müsse sich ein anderer, sensibler Mensch verbergen.

Schon fuhr Urianus eifrig fort: »Die Stadt zog sich, mehr lang als breit, von Süd nach Nord an der Küste entlang, stieg dann im Laufe der Zeit an den Hängen der Hügel und Berge nach Westen empor, weil der Platz in der schmalen Ebene knapp geworden war. Im Zentrum beim Hafen und um den Markt erhoben sich mehrstöckige Häuser, die bis zu fünf Stockwerke hatten. Dort hatten die Händler, Reeder und Geschäftsleute ihre Kontore.«

Unvermittelt fiel er wieder in den bekannten Ton des Piraten: »Vor achtzig Jahren wäre hier für uns kaum ein Durchkommen gewesen! Es wimmelte von Schiffen aus aller Herren Länder! Hunderte von Seglern, Frachtern, Kampfschiffen, Fischerbooten durchquerten die Bucht und strebten diesem Hafen zu! Doch jetzt . . .«

Er schwieg, denn das Bild der Zerstörung, das sich ihnen bot, bedurfte keiner Kommentierung. Das gesamte Areal der ehemaligen Metropole glich einem Steinbruch und das oft so gedankenlos gebrauchte Wort fand hier seine anschauliche, schreckliche Bestätigung: Die Stadt war dem Erdboden gleichgemacht worden. Kein Stein war auf dem anderen geblieben. Trümmer, so weit das Auge reichte. Die mächtigen Quader der einst unbezwingbaren Mauer, die Karthago zur See hin schützte, lagen zum Teil im Wasser der Bucht. Verkohlte Reste von Gebälk reckten sich anklagend gen Himmel. Nirgendwo entdeckte Messalla irgendwelche Formen, die an ein Gebäude erinnerten. Scipios Legionäre hatten vor fünfundsiebzig Jahren ganze Arbeit geleistet.

Ihr Schiff näherte sich der alten Hafeneinfahrt. Selbst die Quader der Kais waren herausgerissen und ins Hafenbecken gestoßen worden. Wo einst Lagerhallen und Kontore standen, sah man nur Trümmer, chaotische Haufen von Steinen, Ziegeln, rauchgeschwärzten Balken.

»Da drüben . . .« – Urianus wies nach Norden – ». . . die runde Insel am Ende des Beckens, das war einmal Sitz der Admiralität. Das war das Gehirn dieses Staates!«

Messalla hatte davon gehört und gelesen: Das lang gestreckte Rechteck des Handelshafens war einst durch einen schmalen Kanal mit dem kreisförmigen Kriegshafen verbunden. Die Befehlszentrale der obersten Seekriegsführung auf der mittleren Insel beherbergte in ihrem Untergeschoss zugleich das Arsenal. Hier lagen die Kampfschiffe vor Anker oder konnten auf schiefen Ebenen ins Innere der Anlage gezogen werden, um in der schützenden Halle Reparaturen durchzuführen. Am äußeren Rand des Beckens erstreckte sich ein zweiter Ring mit Schiffshallen, sodass insgesamt mehrere hundert Drei- und Vierruderer untergebracht werden konnten.

Nichts davon war erhalten. Hier hatten die Eroberer besonders gewütet, denn Karthagos Flotte und die Kommandozentrale waren die am meisten gehassten Symbole der punischen Macht gewesen.

Betroffen starrte Messalla über das unvorstellbare, gigantische Trümmerfeld der Stadt. Er hatte bisher keine Vorstellung davon gehabt, was es bedeutete, eine Metropole, in der achthunderttausend Menschen gelebt hatten, vom Erdboden zu tilgen. In den Berichten der Historiker – soweit er sie kannte – war immer nur die Rede von angemessener Rache, vom Zorn der Götter, vom verdienten Sieg Roms über den Erzrivalen Karthago. Doch hier, am Ort der Zerstörung, begriff er plötzlich, dass es damals um das Schicksal Zigtausender einzelner Menschen ging, das von heute auf morgen zerstört wurde: Die gesamte überlebende Bevölkerung war versklavt worden, ihr Besitz in römische Hände übergegangen, das gesamte Umland bis nach Utica zu römischem Staatsland erklärt worden.

Ihm fiel auch ein, dass Scipio, der geniale Sieger und furchtbare Zerstörer, beim Anblick der von seinen Soldaten in Brand gesteckten Stadt zu weinen begonnen und auf die Frage von Freunden geäußert hatte, er sehe das zukünftige Schicksal Roms vor sich. Vielleicht hatte er Recht . . .

Sie passierten die immer noch sechzig Fuß breite Einfahrt zum Handelshafen. Das Becken mochte eine Länge von zweieinhalb Stadien und eine Breite von über tausend Fuß* haben. An seinem nördlichen Ende war die Einfahrt zum Kriegshafen noch deutlich zu erkennen. Sie war so schmal, dass damals nur je eine Triëre ein – oder ausfahren konnte.

An der linken Seite lag ein Schiff mit gereiften Segeln vor Anker. An Deck war niemand zu sehen.

In diesem Hafen hatten vor Jahrzehnten Hunderte von Schiffen an den Kais anlegen können. Messalla sah einen Wald von Masten vor sich, der in der Dünung hin und her schwankte; sah schwere, weit ausladende Kräne, wie sie tonnenschwere Lasten aus den Bäuchen der Schiffe hoben und an Land behutsam absetzten; Schauerleute, die mit prall gefüllten Säcken auf dem Rücken schnellfüßig über ausgelegte Bohlen die Frachter verließen; hörte die scharfen Kommandos der Schiffsführer, die Flüche der Seeleute, das Quietschen der Winden, das Schürfen einer Rah, wenn sie beim Aufziehen am Mast entlangscheuerte.

Messalla fuhr sich über die Stirn, um das Trugbild zu verscheuchen. Nichts davon war mehr vorhanden. Überall nur gähnende Leere, totale Zerstörung, formlose Trümmer, seelenloses, wüstes Chaos. Längst hatte die Natur begonnen das ihr überlassene Gelände wieder in Besitz zu nehmen,

* 456 und 325 m

denn überall wucherten Gräser, dornige Büsche und Pinien, die stellenweise schon eine beachtliche Höhe erreicht hatten. Perlmuttfarbene Echsen sonnten sich auf dem erhitzten Gestein und verschwanden blitzartig in Ritzen, wenn ein Schatten sie traf.

Ihr Schiff wirkte in dem riesigen Areal wie verloren. Vorsichtig bewegte es sich in der Mitte der leeren Wasserfläche und glitt langsam auf das ankernde Schwesterschiff zu. An mehreren Stellen erkannte Messalla Wracks untergegangener Schiffe, deren Rümpfe unter der Wasserfläche lagen.

Längst hatte Urianus das Kommando zum Einholen des Segels gegeben. Nun beobachtete er aufmerksam das Manöver der Rudergasten, rief ihnen »Mehr backbord!« oder »Hart steuerbord!« zu und beobachtete konzentriert das Fahrwasser. Er musste hier alle Untiefen kennen. Überall lagen Quader der zerstörten Kaimauer hart unter der Oberfläche. Er griff selbst zu einer langen Stange, um den Rumpf von Hindernissen über und unter Wasser fern zu halten, und so erreichte das Schiff schließlich im Schneckentempo die vorgesehene Anlegestelle.

Ein Mann sprang an Land, ließ sich das Tau zuwerfen und wickelte es mehrfach um einen der Kalksteinquader, die am Ufer lagen.

Sieben Stunden waren vergangen, seit das Schiff den alten Hafen bei den Latomien verlassen hatte. Es war später Nachmittag, die Sonne stand bereits tief, die zehnte Stunde mochte begonnen haben.*

* Es ist also nach 16 Uhr.

Über eine Trittleiter verließen die drei Gefangenen das Schiff. Sie waren wieder gefesselt und mit dem Seil aneinander gebunden. Irgendwie gelang es Messalla, den Beutel mit der hölzernen Hera fest zu halten. Niemand beachtete das.

»Vorwärts!«

Urianus ging voraus, die beiden Piraten, die sie mit der Winde aus den Latomien hochgezogen hatten, setzten sich an den Schluss.

Urianus folgte einem schmalen Trampelpfad, der sich in unregelmäßigen Windungen zwischen den Überresten der ehemaligen Lagerhallen in westlicher Richtung vom Hafen entfernte.

Aufmerksam blickte Messalla während des Gehens nach allen Seiten. Er sah nichts als Trümmer, chaotisch geschichtete Steine, zerbrochene Säulen, eingestürzte Gewölbe. Dazwischen Reste von Gebäudeeinrichtungen: eine gesplitterte Tür, verkohlte Fensterrahmen, ein halb verbrannter Tisch, vermoderte Tücher. Ein paar Schritte weiter zerschlagene Amphoren, geborstene Fässer, zersplitterte Dachziegel, die Scherben von Öllampen und Tongeschirr.

Warum nahm Urianus diesen Weg? Sollten sie etwa hier, mitten in der zerstörten Stadt, freigelassen werden?

Er konnte sich keinen Reim darauf machen, dass Urianus sie in die innere Region führte. Allerdings sprach dieser eingetretene Pfad, der an einen Wildwechsel erinnerte, dafür, dass hier regelmäßig Menschen gingen. Hatten die Piraten etwa mitten in diesen Ruinen ein Versteck?

Messalla dachte nach: Falls dies zutraf, dann nutzten sie skrupellos die *damnatio,* die Verdammung des gesamten Stadtgebietes, für ihre Zwecke aus. Nach der Einnahme und Zerstörung Karthagos hatten römische Priester das gesamte Gebiet innerhalb der Mauern mit einem Fluch belegt, der für alle kommenden Zeiten galt. Niemals, so hieß es, dürfe auf diesem Gelände eine neue Ansiedlung entstehen. Nur Geistern und Dämonen sollte es gestattet sein, sich hier zu tummeln.

Das außerhalb der Mauern Karthagos liegende Gebiet war von diesem Fluch ausgenommen. Dort hatten betuchte römische Familien den billigen *ager publicus,* Staatsland, aufgekauft und bewirtschafteten ihn nun schon seit drei Generationen mit Gewinn. Hatte nicht auch Iunia, die Frau des Claudius Marcellus, auf der Fahrt nach Syrakus davon gesprochen, dass sie auf einem ihrer Güter bei Utica nach dem Rechten sehen müsse? Es ging, so meinte sich Messalla zu erinnern, um die Neubesetzung der Stelle des Verwalters auf einem ihrer dortigen Güter.

Sie waren vielleicht fünfhundert Schritt gegangen, als sich das Trümmerfeld lichtete. Vor ihnen lag ein rechteckiger Platz, der offensichtlich nie bebaut war. Zwar lagen auch hier verstreute Trümmer, doch handelte es sich um die Reste von Gefäßen, die mutwillig zerschlagen worden waren.

»Anhalten!«

Sie blieben stehen. Urianus überblickte das Gelände, als ob er sich vergewissern müsste. Als Messalla zufällig die beiden Piraten ansah, meinte er in ihren Gesichtern Angst zu erkennen. Sie machten den Eindruck, als ob sie sich an diesem Platz nicht wohl fühlten. Immer wieder wanderte ihr Blick scheu über die geborstenen Gefäße, die zu tausenden das Gelände bedeckten. Einer von ihnen begann leise zu murmeln und führte mit den Händen Bewegungen aus, als ob er betete. Der zweite schloss sich ihm an.

»Nun habt euch nicht so!«, knurrte Urianus, dem das Gehabe der beiden ebenfalls nicht entgangen war. »Ihr seid nicht zum ersten Mal hier. Und ihr habt's immer noch überlebt!«

Messalla ließ seinen Blick über die in Reih und Glied geordneten Gefäße wandern und plötzlich schoss ihm durch den Kopf: Ein Friedhof! Das ist ein Friedhof!

Urianus, als ob er seine Gedanken lesen könnte, wandte sich um und erklärte mit gedämpfter Stimme: »Das ist das *tophet*. Hier wurde die Asche der dem Ba'al Hammon geopferten Kinder in den Urnen beigesetzt.«

Messalla und Demetrios lief ein Schauer über den Rücken. Psellistes riss zu Tode erschrocken die Augen auf, um seine Lippen zuckte es, er begann sofort eine Litanei zu beten und die Angst stand ihm sichtbar ins Gesicht geschrieben.

Schaudernd erinnerte sich Messalla an Berichte, die in Rom kursierten: An diesem Ort seien jahrhundertelang dem obersten Gott Karthagos, Ba'al Hammon, neugeborene Kinder aus den ersten Familien der Stadt geopfert worden, um die Gottheit gnädig zu stimmen. Besonders vor einem Kriegszug sei hier das Blut in Strömen geflossen. Zigtausende mussten hier bestattet sein!

Als sein Blick über die zerschlagenen Urnen wanderte, meinte er Reste von winzigen Knochen zu erkennen, die zwischen den Scherben lagen.

»Vorwärts!«

Urianus riss sie aus ihren grausigen Gedanken. Er ging am Rande des Gräberfeldes weiter und näherte sich einem einzelnen vielleicht zehn Fuß hohen Trümmerhaufen, blieb stehen und lauschte. Dann gab er mit der Hand ein Zeichen zu folgen.

Hinter dem Hügel stand ein einzelner Mann: Herakleon. Er wandte sich um und nickte: »Gut. Ihr seid pünktlich.«

Er bückte sich und entnahm einer großen ledernen Tasche ein weites weißes Gewand.

»Würdest du mir bitte helfen, Urianus?«

Messalla konnte sich nicht erinnern, dass Herakleon an Bord der *Tanit* jemals zu einem seiner Untergebenen »bitte« gesagt hätte.

»Selbstverständlich, *strategos!*«

Urianus nahm das Gewand, hielt es so, dass Herakleon mit Armen und Kopf hineinschlüpfen konnte, und zog es am Körper abwärts. Es reichte bis zu den Fußknöcheln.

Herakleon reckte sich und warf einen Blick auf Messalla und Demetrios, die ihn beide leicht verwirrt und neugierig betrachteten. Er sah aus wie ein Hohepriester, der im Begriff war eine Opferhandlung vorzunehmen. Während er sich weitere Gewandteile umlegte, deren Sinn, Zweck und Bedeutung weder Messalla noch Demetrios verstanden, sprach er mit ihnen.

»Ihr wundert euch, dass ich euch aus den Latomien hierher bringen lasse ...«

Er legte sich eine schwere Kette aus goldenen, miteinander verbundenen Platten um den Hals.

»Das hat natürlich einen Grund ...«

Er zog seine Sandalen aus, streifte sonderbare,

hochschäftige, rote Schuhe über die Füße und verschnürte die Riemen.

»Ihr werdet ab sofort in meiner unmittelbaren Nähe sein. Es kann nämlich der Fall eintreten, dass ich eure Dienste brauche.«

Er entnahm der Ledertasche eine kleine Skulptur aus rotem Sandstein. Es war der Kopf einer Frau, die eine hoheitsvolle Kopfbedeckung trug. Das obere Ende der Kopfbedeckung bildete eine Mulde, die geschwärzt war. Eine Göttin? Er setzte den etwa eine Handspanne hohen Kopf auf einem Stein ab. Dann holte er einen kleinen, verschnürten Stoffbeutel aus der Tasche, öffnete die Schleife des Riemens und schüttete getrocknete Kräuter in die Mulde. Mit den Fingerspitzen hob er die daneben gefallenen Streusel auf, legte sie zu den übrigen, verschloss den Beutel und verstaute ihn wieder in der Tasche.

»Worum es geht, werde ich euch zu gegebener Zeit mitteilen.«

Er reckte sich, hob den Arm und beschrieb einen Halbkreis über die Ruinen: »Das ... ist ... Roms ... Werk! Ich wollte, dass du dies siehst, bevor du in deine Welt zurückkehrst.«

Er kam herüber, blieb nahe vor Messalla stehen und studierte sein erstarrtes Gesicht. Eine dunkle, gefährliche Glut war in seinen schwarzen Augen. Kühl fuhr er fort: »Marcus Valerius Messalla, siebzehn Jahre alt, Spross aus ältestem römischem Adel. Ich frage dich, Messalla: Kannst du dir, wenn du über diese Ruinen blickst, vorstellen, dass hier einst Menschen lebten? Natürlich nicht!« Er lächelte müde. »Aber ich kann mir vorstellen, dass dein Rom einst genauso aussieht! Dem Erdboden gleichgemacht ... Der Ort verflucht ... Nichts als totes Gestein ... Die Gräber geschändet ... Die herrlichen Säulen der Tempel gestürzt. Und wie hier des Nachts die Hyänen, werden auf den Trümmern Roms die Wölfe heulen. Es ist mein sehnlicher Wunsch, dass Rom genauso endet!«

Messalla schwieg. Er starrte in das feine, beherrschte Gesicht dieses Mannes, der seinen Groll auf Rom mit wohlgesetzten Worten ruhig formulierte. Doch in seinem Innern brannte ein Feuer, das nie verlöschte, weil ihm immer neue Nahrung zugeführt wurde: Abgrundtiefer Hass trieb ihn an das zu tun, was er tat. Aber warum?

Herakleon sprach weiter: »Du gehörst einer Generation an, die von den Ereignissen, die sich hier vor fünfundsiebzig Jahren abspielten, nur noch aus den Geschichtsbüchern weiß. Aber was dort steht und was man dir ansonsten noch erzählt hat, das ist Lüge, böswillige Verdrehung und Verfälschung der Wahrheit. Schau es dir an! Du blickst in einen Bereich der Unterwelt, der auf die Erde gehoben wurde. Nicht einmal die Ruhe der toten Kinder hat man geachtet!« Er wies auf zerschlagene Urnen in unmittelbarer Nähe. »Mehr noch: In Rom wird erzählt, man habe die Neugeborenen getötet, als blutiges Opfer für die menschenfressenden Götter Karthagos! Welch ein Unsinn!«

Er ging zu dem Stein, auf dem er die Skulptur abgesetzt hatte, nahm sie vorsichtig an sich und wandte sich mit Blick auf die Piraten an Urianus: »Schick die beiden auf ihre Posten! In einer halben Stunde stechen wir in See!«

»Jawohl!« Urianus gab den Befehl an die Männer weiter und die beiden entfernten sich.

»Räum die Platte frei!«

Urianus näherte sich einer Stelle am Rande des Trümmerhaufens, wo Balkenreste und kleinere Steintrümmer locker geschichtet waren. Er räumte sie beiseite und darunter kam eine hölzerne liegende Tür zum Vorschein. Er hob sie an und schlug sie zurück. Eine Treppe wurde sichtbar, die in die Tiefe führte.

»Geh bitte runter und zünde die Lampen an!« Urianus folgte auf der Stelle der Anordnung und ging hinunter.

In der Zwischenzeit wechselte Herakleon kein Wort mehr mit Messalla. Er blickte über die Trümmer und murmelte leise etwas vor sich hin. Ein Gebet?

Urianus kam zurück an die Oberfläche und meldete, dass die Lampen brannten.

»Danke, Urianus!«

Kaum war Herakleon in der Tiefe verschwunden, ging mit Urianus eine Veränderung vor. Er trat hastig auf Messalla zu, knotete erst ihn, dann die andern, vom Seil los, zog seinen Dolch und zerschnitt ihnen die Handfesseln.

Während Messalla ihn vollkommen überrascht anstarrte, zischte Urianus: »Still! Kein Wort! Ich erkläre es euch später!«

Er blickte sichernd um sich und lauschte nach allen Seiten. Dann flüsterte er: »Bleibt hier stehen! Verhaltet euch absolut still! Ich bin in wenigen Augenblicken zurück!«

Er verschwand zwischen den Trümmern.

Die drei schauten sich an und hoben, da sie nicht reden durften, verwirrt die Schultern. Dann kneteten sie ihre schmerzenden Hände und schwenkten die Arme, um die Blutzirkulation wieder anzuregen.

Psellistes zeigte nach oben: Ein Geier kreiste in großer Höhe über dem Gelände. Was er hier wohl zu finden hoffte? Eine Windbö wehte Staub hoch, ließ ihn kreiseln und trug ihn über die Ruinen davon. Die Sonne stand schon sehr tief. Trotzdem war die Hitze noch unerträglich. Es war vollkommen still.

In diese Stille hinein hörten sie Herakleon aus der Tiefe sprechen. Messalla konnte seine Neugier nicht bezähmen. Auf Zehenspitzen näherte er sich der Treppe und spähte vorsichtig nach unten: Herakleon stand in einem nur schwach von den Öllampen erhellten Raum. Er wandte ihm den Rücken zu. Vor ihm, auf einem Altartisch, stand der rote Sandsteinkopf. Aus der oberen Mulde stiegen weiße Dämpfe auf. Also ein Räuchergefäß! Herakleon stand da wie ein Priester mit erhobenen Armen, die Handflächen nach vorn gerichtet.

Messalla konzentrierte sich mit aller Kraft auf das Geschehen und zwang seine Augen die Szene ganz zu erkennen. Direkt neben Herakleon erkannte er am Boden ein seltsames Zeichen. Es war mit weißen Mosaiksteinen in den dunklen Grund eingefügt und sah aus wie eine menschliche Gestalt, allerdings stark vereinfacht: Über einem dreieckigen Körper ein Kopf ohne Gesicht, die Arme waren zur Seite und dann im rechten Winkel nach oben gerichtet. Noch nie hatte er dieses Zeichen gesehen.

Herakleon sprach immer noch. Was er sagte, verstand Messalla nicht, doch aus der Art, wie er es sprach, schloss er, dass es ein Gebet sein musste:

»LADOYN LY BAAL AMOYN OY
LY RYBATHON THANITH, PHANE BAAL,
YS NADORH MAGO, BYN HANNO.
SAMO KOYLO! BA RHAXO!«

Er wiederholte die Worte wie eine Litanei immer wieder, wiegte dabei seinen Körper mit hochgehobenen Händen vor und zurück.

»LADOYN LY BAAL AMOYN OY ... Für den Herrn Baal Ammon und ...«

Verblüfft lauschte Messalla der Übersetzung, die Demetrios, der neben ihn getreten war, ihm kaum hörbar ins Ohr flüsterte: »LY RYBATHON THANITH, PHANE BAAL ... für unsere Herrin Thanit, Angesicht Baals ... YS NADORH MAGO, BYN HANNO ... was gelobte Mago, Sohn des Hanno ... YS SAMO KOYLO! ... Er höre seinen Ruf! ... BA RHAXO! ... Segne ihn!«

»Seit wann sprichst du Punisch?«

Statt einer Antwort legte Demetrios den Zeigefinger an den Mund und flüsterte: »Pst! Später!«

In diesem Augenblick hörten sie in der Nähe hastende Schritte. Sie fuhren herum. Urianus war zurück! Er winkte ihnen mit ruderndem Arm zu, herüberzukommen. Sie leisteten der Aufforderung unverzüglich Folge. Messalla griff im Vorbeigehen nach seinem Beutel mit der Hera-Statue und presste ihn an sich.

Urianus verließ das offene Gelände des *tophet* und hastete, halb laufend, halb gehend, in westlicher Richtung davon. Immer wieder mussten sie hohe Trümmerberge umgehen, denn hier befand sich einst ein dicht bevölkertes Wohnviertel. Schließlich erreichten sie eine Schneise, eine halb verschüttete Straße, die aus den Schutthalden herausführte. Nach einer halben Meile tauchten gewaltige Trümmer vor ihnen auf, die Reste der Stadtmauer und eines Tores. Urianus zwängte sich zwischen den hohen Quadern hindurch nach draußen, Messalla, Demetrios und Psellistes folgten nach.

Sie wurden von zwei Berittenen erwartet, die vier weitere gesattelte Pferde dabeihatten.

Urianus, vollkommen außer Atem und am Ende seiner Kräfte, wandte sich an Messalla und fragte keuchend: »Du . . . du kannst reiten?«

»Natürlich!«

»Ihr auch?«

Demetrios und Psellistes nickten.

»Aufsitzen!«

Sie saßen kaum in den Sätteln, als die beiden Reiter, die auf sie gewartet hatten, mit der Gerte auf ihre Pferde einhieben und sich in schnellem Trab von den Ruinen Karthagos entfernten. Sie folgten ihnen in scharfem Tempo.

Urianus wagt alles

Sie ritten zunächst über offenes, unbebautes Gelände, und die Vorreiter gingen in einen scharfen Galopp über. Messalla und Demetrios machte es keine Mühe, das Tempo mitzuhalten. Nur der arme, kurzbeinige Psellistes, der vielleicht ein-, zweimal in seinem Leben im Sattel gesessen hatte, stöhnte, schimpfte und fluchte hinter ihnen, denn er hatte Mühe, bei dem rasenden Tempo nicht vom Pferd zu fallen.

»Dranbleiben! Dranbleiben!«, rief ihm Urianus immer wieder zu und es lag mehr am Herdentrieb des Tieres als an der Kunst des Reiters, dass der Wallach ohne die Befehle des Reiters zu den anderen aufschloss.

Nach einer Viertelstunde erreichten sie Oliven- und Obstplantagen, die zum Teil gepflegt, zum Teil verwildert waren. Die Pferde gingen in einen leichten Trab über. Die alte Straße war in einem guten Zustand, woraus Messalla schloss, dass der Unterbau noch aus karthagischer Zeit stammte. Nur zweimal begegneten sie Ochsengespannen. Die Bauern nahmen keine Notiz von den Reitern.

Nach etwa fünf Meilen bogen die Vorausreitenden auf einen unbefestigten, staubigen Feldweg ab, der in nördlicher Richtung direkt auf eine Berggruppe zuhielt, die Messalla vom Schiff aus gesehen hatte.

Niemand sprach. Den leichten, eleganten und wohlgenährten Arabern machte es keine Mühe, den Trab durchzuhalten. Erst als der Weg anzusteigen begann, ließ man sie im Schritt gehen. Hier endete auch das Kulturland. Dorniges Gestrüpp, krumme, vom Wind gebeugte Pinien und niedriges Buschwerk zogen sich an den Flanken der Berge aufwärts.

Urianus überholte die drei Gefangenen und setzte sich an die Spitze. Nach einer weiteren Viertelstunde verließ er den Hauptweg und bog auf einen schmalen Pfad ab, der rechts weiter aufwärts führte. Die anderen folgten ihm. Er musste das

Gelände sehr gut kennen, denn er ritt in einer Weise, als ob er ein bestimmtes Ziel anstrebte.

Der Weg wurde immer steiniger, beschwerlicher und schließlich so steil, dass Urianus vom Pferd stieg und es am Zügel führte. Auch die übrigen fünf Reiter stiegen ab und gingen zu Fuß weiter.

Nach mühseligem Klettern erreichten sie ein kleines, ebenes Plateau. Es fiel nach Osten steil ab. Von hier oben – Messalla schätzte, dass sie sich an die siebenhundert Fuß* über dem Meeresspiegel befanden – hatte man einen fantastischen Blick über die ganze Bucht von Karthago. An ihrem östlichen Ende erkannte er im fernen Dunst die Höhen des Hermeischen Vorgebirges. Rechts davon mussten die Latomien liegen. Dort schmachteten immer noch Skamandros, Diodoros, Polybios, Phylarchos und der Centurio in den unterirdischen Höhlen.

Er wurde abgelenkt: Urianus lehnte sich schwer atmend an die Schultern seines Pferdes und suchte Herr seines kranken Körpers zu bleiben. Mit zusammengekniffenen Augen blickte er angestrengt über das Meer. Er schaute lange, wie jemand, der sich Klarheit verschaffen will.

»Oha!«, murmelte er schließlich und wischte sich mit der Hand den Schweiß von der Stirn. Leise hauchte er: »Genau so habe ich mir das gedacht!« Sein Gesicht glühte im Fieber.

Als Messalla neben ihn trat, wies Urianus mit der Hand nach vorn: »Siehst du die beiden Schiffe . . .?«

* Über 200 m

Messalla schaute in die Richtung und nickte.

»Er kreuzt gegen den Wind! Ha! Aber er kommt nicht vom Fleck!«

Urianus meinte offensichtlich Herakleon.

»Das zweite Schiff nimmt Kurs auf das Hermeische Vorgebirge! Da! Siehst du's?«

Wieder nickte Messalla.

Urianus kam ihm völlig verändert vor. Das war nicht mehr der Pirat, den er vor Wochen an Bord der *Triton* kennen gelernt hatte: ein Mann, der gefühllos zusah, als einer seiner Banditen den Rudergasten von hinten niederstach und zwei andere ihn über Bord warfen. Jetzt sprach er mit Messalla wie mit seinesgleichen.

»Ich sehe ihn vor mir« fuhr Urianus leise fort und wischte sich mit der Hand den Schweiß von der nassen, fiebrigen Stirn. »Er kocht vor Zorn! Seine Gefühle sind in Aufruhr! Er versteht die Welt nicht mehr! Urianus! Warum ausgerechnet Urianus? Der Treueste, der Tapferste, der Klügste hat ihn verlassen! – Oha! Das muss ihn hart getroffen haben!«

Messalla warf Demetrios, der neben ihm stand und sein Pferd am Zügel hielt, einen langen Blick zu. Sie dachten beide das Gleiche: Urianus musste einen Entschluss gefasst haben, der sein Leben fundamental veränderte. Und es war eine Entscheidung gegen Herakleon! Die Gründe dafür kannten sie nicht. Aber sie würden sie wohl in den nächsten Stunden erfahren. Zugleich sagten ihre Blicke: Dieser Mann war im Augenblick nicht voll zurechnungsfähig. Er hatte hohes Fieber! Er redete wie in Trance!

Messalla blickte über die Bucht: Die Schiffe waren zu weit entfernt, um sie an bestimmten Einzelheiten der Decksaufbauten wieder zu erkennen, doch er glaubte zu verstehen, was Herakleon vorhatte.

Urianus sprach es aus: »Er nimmt zwei Möglichkeiten an: Entweder sind wir auf dem Wege nach Norden – oder nach Osten, zu den Latomien. Er muss befürchten, dass ich auch die übrigen Gefangenen aus den Brüchen hole. Aber er weiß nicht, dass wir beritten sind. Außerdem wird der Wind immer schwächer. Er kommt nicht von der Stelle! Vor morgen Abend ist er nicht in Utica, selbst dann nicht, wenn er die ganze Nacht segeln lässt. Er wird über Nacht in Küstennähe ankern müssen. Und zu Fuß an Land schafft er es schon gar nicht. Siehst du da unten die Lagunen, Valerius Messalla?«

»Ich sehe sie.«

»Das ist brackiges Salzwasser, das zum Land hin in Sumpf übergeht. Es zieht sich an der gesamten Küste entlang nach Norden bis kurz vor Utica. Da ist kein Durchkommen. Nein, nein, er muss schon hübsch auf seinem Schiff bleiben! Oha! Das hast du gut gemacht, Urianus!«

Er schaute zur Sonne. »In einer Stunde ist es dunkel. Weiter! Aufsitzen!«

Messalla hatte eine Menge Fragen an ihn, doch er hielt sie zurück. Später würde sich dazu die Gelegenheit ergeben.

Sie ritten zurück zum Hauptweg und folgten ihm weiter nach Norden, wo er sich in einer Senke zwischen zwei Gebirgsblöcken hindurchschlängelte. Nach einer halben Stunde bog Urianus wieder ab, diesmal nach links, und folgte einem trockenen Bachbett aufwärts bis zu einer Stelle, an der sich das klare Wasser in einem Tümpel sammelte, ehe es versickerte und unterirdisch zum Meer abfloss.

»Absitzen! Pferde versorgen! Wasser nachfüllen! Thrax!«

»Hier!« Der Angesprochene – es war einer der beiden Reiter, die sie beim zerstörten Tor erwartet hatten – merkte auf.

»Du machst ein Feuer!«

»Jawohl!«

»Aber ein kleines!«

»Jawohl!«

»Kein Rauch!«

»Klar!«

»Psellistes!«

Der Stotterer bemühte sich irgendwie um eine militärische Haltung: »Hi-hier, Herr!«

»Du machst uns ein Abendessen!«

»Sss-sicher. A-aber womit?«

»Damit!« Urianus warf ihm einen prall gefüllten Beutel zu, dessen Inhalt der Stotterer auf der Stelle inspizierte und lobte: »Do-Donnerwetter! Frisches Brot! Räucherkäse! Sü-süße Zw-Zwergmelonen! Rauchfleisch! A-Artischocken!« Er schnupperte verzückt an allem. »Wie wi-willst du die Artischocken? Gedü-dünstet oder ge-gebraten?«

»Mach, was du willst!«

»I-in Ordnung, Chef! Aber da-dazu brauche ich frische Pa-Palmblätter!«

»Weiter unten stehen welche.«

»Ka-kann ich sie mir ho-holen? Ei-einfach so? I-ich meine: a-allein?«

»Sicher. Du bist ein freier Mann und kannst dich wie alle andern hier frei bewegen!«

Psellistes konnte nicht glauben, was er hörte. Er riss seine schwarzen Kulleraugen auf, zwinkerte aufgeregt, hielt beide Hände an den staunend geöffneten Mund und starrte Urianus an.

Urianus grinste und stellte in seiner unnachahmlichen Art fest: »Falls du deine Hände suchst – du hast sie am Mund!«

Psellistes nahm sie herunter und betrachtete sie, als ob er sie zum ersten Mal sähe. Und schon eilte er davon.

Eine Stunde später saßen alle um das bedeckt gehaltene Feuer und nahmen ein köstliches Abendessen zu sich. Psellistes hatte die Artischocken zusammen mit dicken Schinkenscheiben in Palmblätter eingewickelt und in der Glut garen lassen. Dann servierte er jedem sein Mahl auf frischen Palmblättern. Dazu aßen sie Weißbrot und tranken frisches Wasser aus dem Bach. Es war kühl und schmeckte hervorragend.

Urianus lobte den Koch: »Ausgezeichnet, Psellistes! Am meisten freut mich, dass – wie die Dinge liegen – Herakleon nun auf deine Künste verzichten muss.«

»Ha-hatte er denn vor, da-dass ich für ihn . . .?«

»So ist es. Sein Koch ist kürzlich gestorben.«

»Scha-schade um ihn! We-wenn es mehr gute Köche gä-gäbe, wären die Menschen friedlicher. Essen macht nämlich friedlich, Chef!«

»Da könntest du Recht haben.«

Urianus war sichtlich erschöpft von den Anstrengungen des Tages, die ihm in seinem Zustand die letzten Kräfte abverlangt hatten. Er wollte nur eines: schlafen.

Also unterließ es Messalla, noch an diesem Abend seine brennenden Fragen zu stellen – außer dieser: »Wohin führst du uns?«

Und Urianus, ohne den Blick vom Feuer zu nehmen: »In die Nähe von Utica. Morgen steht uns ein ereignisreicher Tag bevor. Wir sollten jetzt schlafen. Ich übernehme die erste Wache.«

»Nein!« Messalla erhob sich. »Das kommt überhaupt nicht in Frage. Du brauchst viel Schlaf. Du bist krank!«

Urianus sah ihn an und nickte langsam: »Das ist wohl richtig, Valerius Messalla. Aber der Höhepunkt des Anfalls ist überschritten. Morgen bin ich wieder auf den Beinen.«

»Falls du die Nacht durchschläfst. Ich übernehme die erste Wache. Deine Männer die beiden nächsten.«

Ihm wurde bewusst, dass er vielleicht zu weit gegangen war, und hängte an: »Ich meine, wenn du damit einverstanden bist.«

»In Ordnung!« Urianus grinste. »Warst du schon beim Militär?«

»Nein.«

»Solltest du aber bald nachholen!«

Urianus stand auf, ging zu seinem Pferd und holte aus der Satteltasche einen länglichen Gegenstand. Damit ging er auf Messalla zu: »Hier, steck ihn in den Gürtel! Man kann nie wissen ...« Es war ein großer, leicht gebogener Dolch, der in einer Lederscheide steckte.

Messalla sagte nur »Danke!« und schob ihn in den Gürtel.

Doch im Innern jubelte er: Dies war der sichtbare Beweis dafür, dass Urianus ihm vollkommen vertraute.

»Also dann, gute Nacht allerseits!«

Urianus ließ sich zwischen zwei knorrigen Wurzeln einer Pinie nieder und wickelte sich in seine Decke ein. Dann schaute er zum dunklen Himmel und wandte sich noch einmal an Messalla: »Siehst du den Großen Wagen?«

Messalla blickte hoch und nickte.

»Wenn der vordere Stern der Deichsel über der Spitze der großen Pinie da drüben steht, sind zwei Stunden vergangen. Dann weckst du Micipsa!«

»In Ordnung!«

Micipsa war nicht viel älter als er selbst, höchstens zwanzig. Er war sehr zurückhaltend und wortkarg. Aus dem Namen schloss Messalla, dass er Numider war.

Alle machten es sich in der Nähe der Feuerstelle so bequem wie möglich, rollten sich in ihre Decken und schienen binnen kurzem zu schlafen.

Messalla ging langsam auf und ab, umrundete mehrmals ihren Lagerplatz und wagte sich in das obere Bachtal vor. In der Ferne lachte eine Hyäne. Ob es hier auch Löwen gab? Er wusste, dass die Veranstalter von Tierhetzen im Circus Maximus aus ganz Nordafrica wilde Tiere bezogen, darunter auch Raubkatzen. Die hiesigen Berglöwen waren allerdings kleiner als ihre Vettern im Süden des Kontinents. Er tastete nach seinem Dolch und fühlte sich mit dieser Waffe ziemlich sicher. Ob er es allerdings mit einem Löwen aufnehmen könnte? Doch es war kaum zu erwarten, dass in diesem abgelegenen, ausgetrockneten Bachtal ausgerechnet diese Großkatzen lebten. Aber wie hatte Urianus gesagt: »Man kann nie wissen ...« Im Übrigen würden ihm die andern zur Seite stehen.

Er ging langsam zurück zum Lager und setzte sich auf den Stamm einer alten Pinie, die am Boden lag. Sie war wohl vor Wochen vom gleichen Sturm entwurzelt worden, der auch der *Triton* das Ende bereitet hatte.

Die *Triton* ... Wie hatte er dieses Schiff geliebt! Sie war ihm zum zweiten Zuhause geworden. Er sah die Szenen wieder vor sich: Skamandros ging mit ihm über das Deck und stauchte einen Matrosen zusammen, der über Bord pinkeln wollte ... Diodoros! Wie er die Männer zur Arbeit antrieb ... Psellistes, wenn er aus seiner Kochnische auftauchte und ihnen das Essen brachte ...

Es war erstaunlich hell, denn der Mond schien von einem sternklaren Himmel. Er schaute hoch, suchte den Großen Wagen und schätzte, dass der erste Stern der Deichsel noch eine Stunde von der Spitze der Pinie entfernt war, die Urianus ihm als Zielpunkt genannt hatte. In Rom hatte er oft zu diesem Sternbild aufgeblickt. Hortensius hatte ihm, als er noch Kind war, gezeigt, wie man den Polarstern finden konnte: Wenn man die hintere Achse des Wagens sechs Mal verlängerte, traf man ihn genau. Er zeigte stets nach Norden. Messalla fand ihn sofort. Dort musste Rom liegen.

Roma! Er sah die Stadt vor sich, wie man sie von der Höhe des Palatins aus sah. Vielleicht lag sie jetzt auch im fahlen Mondlicht.

Er dachte an seine Mutter. Der Brief seines Onkels mit der dringenden Bitte, sofort nach Rom zurückzukommen, war vor sechs Wochen in Athen eingetroffen. Wenn er noch mindestens zehn Tage für die Beförderung des Schreibens ansetzte, kam er auf sieben bis acht Wochen, die seit seiner Abschickung vergangen waren. Er wusste, es gab jetzt nur noch zwei Möglichkeiten: Entweder hatte Hortensia die Krankheit heil überstanden oder aber …

Er erschrak, dass er die zweite, schreckliche Möglichkeit ohne weiteres kühl in seine Überlegungen einbezog. Doch zu viel war in den vergangenen Wochen geschehen. Er selbst war mehrmals in Lebensgefahr gewesen. Erst jetzt, als er hier oben, weitab von den Menschen, allein auf einem vermodernden Baumstamm saß, wurde ihm bewusst, dass alles ganz anders hätte enden können. Zum ersten Mal war er dem Tod begegnet. Jetzt noch staunte er darüber, wie schnell ein Mensch, gleichsam im Vorbeigehen, von einem auf den anderen Augenblick sterben konnte. Ihn selbst hätte es genauso treffen können. Eine falsche Bewegung damals und er wäre tot gewesen!

Er dachte an die Menschen, die er kennen gelernt und wieder aus seinem Gesichtskreis verloren hatte: Skamandros, Diodoros, Polybios, Phylarchos, der Centurio. Würde er sie wieder sehen? Sonderbar, dass ausgerechnet Psellistes sein Schicksal mit ihm teilte. Sollte er ihn nach ihrer Freilassung mit nach Rom nehmen?

Er fuhr aus seinen Gedanken hoch. In der Nähe knackten Zweige! Da ging jemand! Die Schritte kamen näher. Er erhob sich, zog den Dolch aus der Scheide und hielt ihn, jederzeit bereit damit zuzustechen.

»Steck das Ding weg! Ich bin es, Urianus!«

»Beim Hercules! Das hättest du schon früher sagen können!«

»Wollte wissen, wie du reagierst. In Ordnung. Setz dich wieder, Valerius Messalla!«

Sie nahmen nebeneinander auf dem Baumstamm Platz.

»Warum schläfst du nicht?«

Urianus antwortete erst nach einer Weile: »Weil ich nicht schlafen kann. Mir gehen zu viele Dinge durch den Kopf.«

»Hat es etwas mit ... mit unserer Flucht zu tun?«

»So ist es.«

Urianus schwieg wieder. Messalla spürte, dass er überlegte, wie er ihm seine Motive am besten erklären könnte.

Endlich begann er und Messalla stellte auch dann keine Zwischenfragen, wenn Urianus eine längere Pause einlegte.

»Du zerbrichst dir natürlich schon seit heute Mittag den Kopf darüber, was mich veranlasst haben könnte, dich, Demetrios und Psellistes da rauszuholen. Ich habe dir angesehen, dass du am liebsten schon unterwegs deine Fragen an mich gerichtet hättest. Du hast es aber nicht getan, weil du auf meinen Zustand Rücksicht nahmst. Daraus schließe ich, dass du diese verdammte Krankheit kennst ...«

»Das Sumpffieber!«, sagte Messalla.

»So ist es. Es kommt immer in Schüben. Manchmal habe ich eine Woche lang Ruhe, dann schlägt es wieder zu. Die Abstände werden in letzter Zeit aber immer kürzer. Hast du schon einmal im Sommer eine Erkältung gehabt, ich meine mit hohem Fieber?«

»Ja, ein Mal.«

»Dann weißt du, was es bedeutet, wenn zu der äußeren Hitze noch das Feuer kommt, das in deinem Innern brennt. Das geht dann über Stunden so. Doch ebenso plötzlich, wie es beginnt, ist es vorbei. Nur brauchst du Tage, um wieder zu Kräften zu kommen.«

Er hatte leise gesprochen, seine Stimme klang müde und kraftlos. Doch er redete weiter, denn er hatte vieles zu erklären.

»Erinnerst du dich, wie ich dir noch an Bord der *Triton* sagte, sie nennen mich Urianus?«

Messalla nickte.

»Nun, mein richtiger Name lautet Gaidreas. Das bedeutet der ›Helle‹ oder der ›Heitere‹. Du wirst diesen Namen noch nie gehört haben. Er stammt aus einem Land, das weit im Norden von Griechenland liegt. Ich bin Thraker.«

Messalla schoss durch den Kopf: Auch Spartacus ist Thraker!

Als ob er Gedanken lesen könnte, fuhr Urianus fort: »Wie Spartacus komme ich aus dem Stamm der Maider. Sie sind die mächtigste Völkerschaft in Thrakien und haben jahrhundertelang die Könige des Landes gestellt. Spartacus ist mein Vetter. Er ist jetzt fünfunddreißig, ich bin sechsunddreißig.«

Atemlos hatte Messalla dieser Eröffnung gelauscht. Er fand seinen ersten Eindruck von diesem Mann bestätigt: Urianus passte nicht in das Bild, das man sich gemeinhin von einem primitiven Piraten machte.

»Wir waren wie Brüder«, fuhr Urianus fort.

»Nach dem frühen Tod seines Vaters übernahm mein Vater die Vormundschaft über ihn und wir wuchsen zusammen auf. Wir lernten gemeinsam reiten, fechten, mit dem Bogen schießen, wir gingen zusammen auf die Jagd und . . .« – er lachte kurz belustigt auf – »wir liebten eine Zeit lang sogar das gleiche Mädchen – und wurden beide abgewiesen!«

Messalla sah sein Gesicht nicht, doch Urianus musste jetzt schmunzeln.

»Von viel größerer Bedeutung war freilich etwas ganz anderes«, fuhr Urianus ernst fort. »Mein Vater war seit jeher ein Bewunderer der griechischen Kultur, Kunst und Literatur. So war es für ihn selbstverständlich, dass wir, Spartacus und ich, von griechischen Lehrern erzogen und ausgebildet wurden. Und er hat dafür sehr viel Geld ausgeben müssen!

Dabei musst du wissen, dass es eine Sache ist, sich in Rom auf dem Markt einen gebildeten griechischen Sklaven zu kaufen, der in Zukunft nur das tägliche Essen und Trinken kostet – und eine andere, einen freien Mann mit festem Jahresgehalt anzustellen. Und die Forderungen dieser Leute waren und sind auch heute noch ungeheuerlich.

Wie dem auch sei – wir lernten Griechisch und waren bald in der Lage die *Ilias* und die *Odyssee* im Originaltext zu lesen. Dann kamen Schriften der großen Philosophen an die Reihe, Aristoteles vor allem, denn mein Vater schätzte dessen nüchtern sondierenden Verstand und eindeutige Sprache mehr als die komplizierten Dialoge Platons. Vielleicht verstehst du, was ich damit meine, da du doch am Peripatos zu Athen studiert hast.

Wir waren damals in deinem Alter, als Ereignisse eintraten, die bislang außerhalb der uns bekannten Welt eine Rolle gespielt hatten, in die wir nun hineingezogen wurden: Mithradates hatte sich entschlossen Rom ein für alle Mal aus Asien hinauszuwerfen. Ich brauche dir die Vorgeschichte nicht zu erklären. Du kennst sie wahrscheinlich besser als ich.

Nicht nur in ganz Griechenland, auch in Thrakien war die Stimmung romfeindlich. Und das nicht erst seit Mithradates! Schon seit Jahrzehnten plünderten römische Steuereinnehmer die griechischen Provinzen und Städte aus. Auch Thrakien war, obwohl dem Namen nach selbstständig, vollkommen dem Druck der römischen Interessen preisgegeben. Das zeigte sich besonders in den Küstenstädten am Marmarameer und am Schwarzen Meer. Dabei wirkte sich die Zersplitterung Thrakiens in viele Einzelstämme unheilvoll aus. In wechselvollen Bündnissen – mal für, mal gegen Rom – suchte jeder Stamm seine Vorteile zu wahren. Damals waren wir, ich meine die Maider, mit Rom verbündet und warteten die weitere Entwicklung ab.

Als aber Sulla vor fünfzehn Jahren* in unser Gebiet einfiel, gaben unsere Führer dem Drängen des pontischen Königs nach und schlugen sich auf seine Seite. Er stand damals auf dem Höhepunkt seiner Macht.

Sullas Legionen hatten schrecklich in unseren Dörfern und Städten gewütet. Nie werde ich vergessen, was ich an verschiedenen Orten sah: die

* 86 v. Chr.

ermordeten, furchtbar zugerichteten Menschen, die verbrannten Häuser, die verzweifelten Überlebenden, darunter viele Frauen und Mädchen, die vergewaltigt worden waren.

Für mich wie für Spartacus war klar, dass wir aktiv am Kampf gegen Rom teilnahmen, Mithradates erschien uns damals als der von den Göttern gesandte Befreier. So wie wir dachten alle, die sich in seine Armee einreihten. Eine ungeheure Begeisterung hatte die Völker und Stämme ergriffen: Auf gegen Rom!

Wir erhielten das Kommando über zwei Reiterabteilungen thrakischer Einheiten. Ich verzichte darauf, dir von den verschiedenen Schlachten zu berichten. Krieg ist immer furchtbar. Wir taten unser Bestes, kämpften tapfer, wurden mehrmals verwundet – und waren sicher, Rom endgültig aus dem Osten zurückzudrängen.

Aber dann kam der erste große Rückschlag: Athen fiel! Nach wochenlanger Belagerung nahm Sulla die Stadt in Besitz. Wie seine Truppen dort während der Belagerung gehaust haben, wirst du mit eigenen Augen gesehen haben.«

Er sagte das ohne jeden Vorwurf. Es war eine sachliche Feststellung. Messalla hatte die brutale Zerstörung der Stadt schon am Abend seiner Ankunft zur Kenntnis genommen, als er mit Quintus Hortensius, Demetrios und Skamandros durch Athen fuhr.

»Die veränderte militärische Lage machte einen Umbau der Streitkräfte notwendig. Spartacus und ich sollten getrennt und mit unseren Einheiten an anderen Kriegsschauplätzen eingesetzt werden.

Am Abend vor unserem Aufbruch feierten wir

Abschied. Der Dritte im Bunde war Amatokos, Sohn eines Fürsten der Odrysen. Neben den Maidern sind die Odrysen der zweite große Volksstamm in Thrakien. Oft stritten beide Völkerschaften um die Vorherrschaft. Aber nun war das alles vergessen.

Wir hatten damals in der bithynischen Hafenstadt Nikomedia* in einem besseren Lokal ein Zimmer für uns allein gemietet und ließen das Beste auftischen, was Keller und Küche des Hauses zu bieten hatten. Die Stimmung war zwar sehr ausgelassen, doch die Fröhlichkeit eher aufgesetzt. Hinter ihr versteckte sich die Trauer über den bevorstehenden Abschied. Wir wussten nicht, ob und wann wir uns je wieder sehen würden.«

Urianus schwieg und schien seinen Erinnerungen nachzuhängen.

Was für eine absurde Situation!, dachte Messalla. Ich sitze hier neben einem Todfeind meines eigenen Volkes und lasse ihn lang und breit über seine Motive reden, die ihn zum Kampf gegen Rom bewogen haben!

Doch ihm fiel ein, was Phylarchos über den Propraetor Gaius Verres und sein korruptes, gewalttätiges, menschenverachtendes Regiment in Sizilien berichtet hatte. Die Zustände in den östlichen Provinzen mussten noch viel schlimmer sein!

Er ließ Urianus Zeit, stellte keine Zwischenfrage und drängte ihn auch nicht weiterzureden. Er würde schon bestimmte Gründe haben so weit

* Nikomedia liegt am östlichen Ende des Marmarameers auf heute türkischem Boden.

auszuholen. Vielleicht hatten sie etwas mit ihrer gemeinsamen Flucht zu tun.

Endlich fuhr Urianus fort: »Auf dem Fenstersims neben dem Tisch lag eine größere schwarze Tonscherbe, der Rest eines zerbrochenen Kruges. Jemand hatte sie wohl beim Säubern vom Boden aufgehoben, dort abgelegt und später vergessen. Amatokos nahm sie und ritzte mit seinem Messer eine Zeichnung auf die dunkle Fläche. Sie stellte einen thrakischen Reiter dar, der mit seiner Lanze eine Wölfin erlegt.

Er war gerade damit fertig, als die Scherbe ihm aus der Hand glitt und am Boden in drei etwa gleich große Teile zersprang. Spartacus hob sie auf und legte sie nebeneinander auf den Tisch. Dann wurde er sehr ernst und machte diesen Vorschlag: Jeder von uns sollte immer ein Bruchstück bei sich tragen. Falls er einem andern eine geheime Nachricht schicken wolle, könne der Bote sich damit stets glaubwürdig ausweisen, weil niemand das einzelne Stück fälschen könne.

Wir waren einverstanden. Da die Scherbe keinen materiellen Wert hatte, konnte jeder sie ungefährdet bei sich tragen. Falls ihn jemand darauf ansprach, würde er sie als Amulett ausgeben.«

Urianus griff in den Ausschnitt seiner Tunika und holte einen unregelmäßig geformten, scharfkantigen Gegenstand hervor, der an einem schmalen Lederriemen befestigt war.

Messalla beugte sich über die Scherbe, konnte aber im fahlen Mondlicht die Ritzzeichnung nicht erkennen.

»Ich zeige sie dir morgen bei Tageslicht.«

Urianus steckte sie wieder weg.

Messalla konnte nicht länger an sich halten: »Warum erzählst du mir das alles?«

»Oha!« Urianus atmete tief die kühle Nachtluft ein. »Weil es etwas damit zu tun hat, dass du, ich und die andern sich jetzt hier befinden. Es könnte sich nämlich die Notwendigkeit ergeben, von dieser an sich wertlosen Scherbe Gebrauch zu machen.«

Messallas Gedanken überschlugen sich: »Hast du etwa eine ... eine Nachricht für Spartacus?«

»So ist es!«

»Und was haben Demetrios und ich damit zu tun?«

»Ich werde versuchen es dir verständlich zu machen ...« Urianus berichtete, was er während der Besprechung der Piratenführer erfahren hatte: von Spartacus' Ersuchen, ihm Schiffe zur Verfügung zu stellen, und der gewissenlosen Taktik Herakleons dem Thraker dies zuzusagen, den größten Teil der versprochenen Summe zu kassieren und dann nichts zu unternehmen.

»Und nun willst du Spartacus warnen?«

»Ja.«

Messalla dachte nach und fand den Schwachpunkt: »Was willst du damit bezwecken? Er wird doch so oder so zugrunde gehen!«

»Ich will verhindern, dass Herakleon sich der Schätze bemächtigt.«

»Warum?«

»Weil er ein Verräter ist! Mehr noch! Er bereichert sich auf die schändlichste Weise, die ich kenne: Er raubt Menschen und erpresst von ihren Angehörigen Geld!«

Messalla sah ihn an: »Du etwa nicht?«

»Nein! Niemals! Ich verachte solche Methoden.«

»Aber . . . du beteiligst dich doch an seinen Unternehmungen! Wie lange bist du schon bei ihm?«

»Einige Jahre.«

»Freiwillig?«

»Was heißt da freiwillig? Ich hatte keine andere Wahl!«

Er sei während eines Gefechts gefangen genommen worden. Mit anderen Mitgefangenen sollte er auf einem Frachter als Sklave nach Rom gebracht werden. Doch dieses Schiff sei von Herakleon aufgebracht worden. »Wie immer«, fuhr er fort, »stellte er die Betroffenen vor die Wahl entweder zu ihm überzutreten – oder in Delos oder andernorts als Sklave verkauft zu werden. Ich bin wahrhaftig kein Freund Roms. Aber ich hasse die Römer nicht. Die Geschichte meines eigenen Volkes lehrt mich, nie einen Gegner zu hassen, da man immer an das Morgen denken muss. Herakleon aber ist von einem unstillbaren Hass auf alles Römische angetrieben. Ich wage zu behaupten: Nur aus diesem Gefühl heraus kann er leben.«

Urianus wurde ganz leise: »Was ich dir jetzt sage, Valerius Messalla, das weiß außer mir nur der innerste Kreis um Herakleon. Er trägt zwar einen griechischen Namen, aber . . .«

». . . er ist kein Grieche!«

»Nein, Karthager! Er heißt eigentlich Mago byn Hanno.«

»Mago byn Hanno?« Messalla erinnerte sich: »Diese Worte fielen heute Morgen, als er in der unterirdischen Kammer betete.«

»Ich weiß, ich weiß. Mehrmals im Jahr sucht er

diesen uralten Kultort auf. Dort stand einst der Tempel der Tanit, der Stadtgöttin Karthagos. Mago byn Hanno ist Punisch und bedeutet ›Mago, Sohn des Hanno‹. – Und nun höre und staune: Mago-Herakleon ist ein direkter Nachkomme von Mago, dem jüngsten Bruder des großen Hannibal!«

»Nein!«

»So ist es. Er selbst hat es mir einmal, als er in einer schwachen Stunde aus sich herausging, erzählt. Es war an der gleichen Stelle, an der du heute gestanden hast. Seit damals kenne ich das Motiv seines Hasses. Oft hörte ich diesen Satz von ihm: ›Nur ein toter Römer ist ein guter Römer!‹ Diesem Leitsatz ordnet er alles, wirklich alles andere unter! Er ist hochintelligent, ein brillanter Stratege und Taktiker, dazu auf vielen Gebieten wissenschaftlich gebildet, ein vollendeter Gastgeber. Er spricht fließend mehrere Sprachen und besitzt in seinem Haus noch zahlreiche Schriften der punischen Literatur. Er zeigte mir einmal diesen Schatz. Woher er sie hat – aus Familienbesitz oder käuflich erworben –, weiß ich nicht.«

Staunend fragte Messalla: »In seinem Haus? Wo wohnt er denn?«

»Bei Utica, auf einem großen Landgut.«

»Und er lebt dort unter seinem richtigen Namen?«

»So ist es. Er führt ein Doppelleben. Als Pirat ist er Herakleon, als Bürger Uticas Mago, der Sohn des Hanno.«

»Ja, aber . . .« Messalla konnte nicht glauben, was er hörte. »Dann ist er doch ständig in Gefahr aufgespürt zu werden!«

»Keineswegs. Nur ein ganz kleiner Kreis von Eingeweihten kennt in Utica die wahren Zusammenhänge. Sie sind alle Nachkommen einst berühmter punischer Geschlechter, wie er selbst. Ich weiß nicht, ob du die Zusammenhänge kennst: Als die Armeen Scipios vor fünfundsiebzig Jahren africanischen Boden betraten, schlug sich Utica auf die Seite Roms. Uralte Machtkämpfe zwischen Karthago und Utica spielten dabei eine Rolle. Utica ist viel älter als Karthago und wurde nur durch die rasante wirtschaftliche Expansion Karthagos auf den zweiten Platz verdrängt. Diese Konkurrenz wurde manchmal offen ausgetragen. Karthago legte Söldnertruppen in die Stadt. Doch vor fünfundsiebzig Jahren rächten sich die wohlhabenden Uticenser und gaben Karthago den römischen Legionen preis. Zum Dank gewährte der römische Senat der Stadt Sonderrechte. Ihre Bürger dürfen ihre inneren Angelegenheiten selbst regeln. Hinzu kommt, dass Utica seit damals Hauptstadt der neu geschaffenen Provinz Africa wurde und es bis heute ist.«

»Aber dann lebt Herakleon doch in der Höhle des Löwen!«

»Das ist richtig. Und dort ist er als der unbescholtene Mitbürger Mago byn Hanno vollkommen sicher. Was den Piratenführer Herakleon betrifft: Die römische Führung vermutet, dass er keinen festen Wohnsitz hat und sich je nach Bedarf in eins seiner Felsennester zurückzieht. Nicht einmal seine Flottenführer wissen, wo er seinen ständigen Wohnsitz hat.«

»Und das nehmen sie hin?«

»Sicher. Seit er als oberster Führer die Koordinierung aller Operationen übernommen hat, steigen ihre Erträge. Er steht unangefochten an der Spitze der gewaltigen Organisation.«

Urianus schilderte ihm die straffe Gliederung der Hierarchie und die genau festgelegten Zuständigkeiten der einzelnen Führer, nannte ihre Namen und Flottenbasen, so dass Messalla meinte: »Ich glaube, ich verstehe allmählich, warum du dich mit uns abgesetzt hast. Du willst dein Wissen an die römische Führung weitergeben. Und zum Beweis deiner Glaubwürdigkeit bringst du mich und Demetrios gleich mit. So hoffst du am Ende straffrei ausgehen zu können.«

»Oha!«, rief Urianus. Er grinste.

»Du bist ein schneller Denker, Valerius Messalla!«

Doch dann wurde er sehr ernst: »Aber da ist noch etwas, das du wissen solltest . . .« Er holte tief Luft, als ob er sich stärken müsste für das, was er noch zu sagen hatte. »Es betrifft die *Triton* . . .«

Messalla stutzte: Was hatte Urianus mit der *Triton* zu tun?

Urianus fuhr fort: »Wie Skamandros und die andern warst du wohl überrascht, als in den Gewässern südlich von Sizilien Piraten auftauchten.«

»Allerdings!« Messalla nickte energisch. »Man hatte uns versichert, dass dieses Seegebiet frei von Piraten sei.«

»Wer hat euch das gesagt?«, fragte Urianus.

»Montanus.«

»Ah, Montanus.« Urianus nickte gedankenvoll vor sich hin.

»Kennst du ihn?«, fragte Messalla, dem einfiel, was Montanus in Syrakus über seine Kontakte zu

Herakleon erzählt hatte, wobei es um den Freikauf einer römischen Familie gegangen war. Es konnte ja sein, dass Urianus bei dieser Besprechung anwesend war.

»Ja, ich kenne ihn«, bestätigte Urianus. »Ein guter Mann! Tüchtig, pflichtbewusst, loyal – und unbestechlich! Er konnte damals noch nicht wissen, dass ...« Er hustete, würgte lange und spuckte aus.

»Was konnte er damals noch nicht wissen, Urianus? Wovon sprichst du überhaupt?«

Urianus atmete schwer. Was beunruhigte ihn?

»Also, um es kurz zu machen: Herakleon hat vor etwa sieben Wochen einen Hinweis bekommen, dass die *Triton* an dem und dem Tag in Piraeus auslaufen würde.«

»Unglaublich!«

»Man teilte ihm sogar detailliert mit, was der Frachter geladen hatte.«

»Wer ist ›man‹? Kennst du diesen Spitzel?«

»Persönlich nicht. Aber ich hörte, wie Herakleon beiläufig einen Namen nannte: Quintus Hortensius.«

Messalla stockte der Atem. Das Blut schoss ihm in den Kopf. Er brauchte eine Weile, bis er sich wieder in der Gewalt hatte.

Dann stieß er zornig hervor: »Ich hoffe, du ... du kannst beweisen, was du da behauptest!«

Und Urianus sachlich: »Selbstverständlich!«

Er holte seinen Brustbeutel hervor, entnahm ihm ein gefaltetes Papyrusblatt und reichte es Messalla: »Ich habe es aus den Papieren Herakleons entwendet. Du wirst darauf exakt aufgelistet die gesamte Fracht der *Triton* verzeichnet finden.

Du kannst das Blatt behalten. Im Übrigen gehe ich davon aus, dass du wohl die Handschrift deines Vetters kennst.«

Messalla sprang auf, faltete das Blatt mit zittrigen Fingern auseinander, hielt es so, dass das Mondlicht voll darauf traf, und las:

Fracht der Triton:
- *60 Säulen aus pentelischem Marmor*
- *korinthische und ionische Kapitelle und Basen*
- *verschiedene Statuen aus Marmor und Bronze, darunter eine sehr schöne Jünglingsfigur*
- *eine Menge Kleinplastiken, darunter ein schöner Hermes in Bronze*
- *zusammensetzbare Clinen aus Athener Werkstatt von gehobener Qualität*
- *Gartenamphoren*
- *große Marmorkandelaber*
- *eine Herme des Dionysos in Bronze von erlesener Qualität*
- *zahlreiche Bronzelampen aus Athener Werkstätten*
- *einige Satyrstatuetten*
- *eine uralte hölzerne Hermesstatue aus dem Tempel von Perachora – nur für Liebhaber von Interesse*

Messalla senkte das Blatt. Er hätte Quintus Hortensius vieles zugetraut, aber nicht dieses Verbrechen. Er wusste aus Andeutungen seiner Mutter, dass der Vetter über seine Verhältnisse lebte. Wie hoch mussten seine Schulden sein, dass er skrupellos das Leben von Skamandros und der Mannschaft eiskalt aufs Spiel setzte!

Plötzlich schoss es ihm wie ein Blitz durch den Kopf: die *Nike*! Der Schnellsegler hatte sie verfolgt und fast eingeholt, wäre nicht der Sturm dazwischengekommen. Quintus musste erfahren haben, dass er und Demetrios sich auf der *Triton* eingeschifft hatten. Also hatte er unverzüglich die Verfolgung aufgenommen, um sie mit irgendwelchen Gründen zu einer Kursänderung zu zwingen.

Messalla schaute Urianus an: »Ich danke dir für diese Mitteilung.« Und drohend fügte er hinzu: »Sie wird Folgen haben!«

Er verstaute das Blatt in seinem Brustbeutel. Ihm wurde bewusst, dass Urianus nun zum Mitwisser geworden war.

Urianus stand auf und kam näher: »Ich weiß, wie dir jetzt zumute ist, Valerius Messalla. Doch du kannst ganz beruhigt sein: Ich werde von diesem Wissen keinen Gebrauch machen. Es wird dich auch kaum trösten, wenn ich sage: Es ist nicht das erste Mal, dass Angehörige der römischen Oberschicht mit Herakleon zusammengearbeitet haben. Bei Gelegenheit werde ich dir die Namen nennen.«

»Warum tust du das?«

»Ich will raus aus diesem Gewerbe! Ich bin kein Pirat, sondern Sohn eines Fürsten! Ich will zurück in meine Heimat! Rom ist von niemandem auf Dauer zu bezwingen, weder von Spartacus, Sertorius noch von Mithradates. Sie werden alle der Reihe nach untergehen! Doch ich gehe davon aus, dass es in Rom noch ehrenwerte Männer gibt, die von der Macht nicht verdorben sind. Sie müssen genau informiert werden über diesen Sumpf von Korruption, Betrug und Verrat. Was ich dazu beitragen kann, tue ich. Darum werden wir morgen sehr früh aufbrechen und in der Nähe von Utica zwei Frauen befreien.«

Messalla horchte auf: »Römerinnen?«

»So ist es. Frau und Tochter eines Senators.«

Messalla ahnte Schlimmes: »Kennst du ihre Namen?«

»Iunia und ...«

»Claudia Marcella!«

»Richtig. Du kennst sie?«

»Sie segelten mit uns von Ostia nach Syrakus.«

Urianus schüttelte den Kopf: »Es gibt schon seltsame Zufälle. Die Götter lieben es, bisweilen mit den Menschen ihr Spiel zu treiben.«

Dann schaute er zum Mond, der die Spitze der Pinie erreicht hatte, und erklärte: »Deine Wache ist um, Valerius Messalla. Du solltest Micipsa wecken!«

»Und du? Legst du dich nicht schlafen?«

»Auf der Stelle! Ich musste es dir aber sagen, ich meine, dass ...«

»Ich verstehe.« Messalla sah ihm fest in die Augen. »Du wirst mit mir nach Rom kommen. Ich werde mit meiner Mutter über deinen Fall reden.« Aber er dachte: Sofern sie noch lebt ...

»Mit deiner Mutter?«

»So ist es. Ihr Sinn für Gerechtigkeit ist unbeugsam. Außerdem hast du mich aus den Latomien befreit. Sie ist dir zu Dank verpflichtet. Und was meinen Onkel betrifft – er hört in Familienangelegenheiten stets auf das, was seine ältere Schwester sagt.«

Überrumpelung

Lange hatte Messalla wach gelegen und zu den Sternen aufgeblickt, als ob sie ihm Antworten auf seine Fragen geben könnten. Quintus Hortensius! Er konnte es nicht fassen, dass sein eigener Vetter das Leben von Menschen, die er persönlich kannte, eiskalt aufs Spiel gesetzt hatte, um seine finanzielle Lage in Ordnung zu bringen. Ganz abgesehen davon, dass er über fremdes Eigentum verfügt und es dem Zugriff von Räubern preisgegeben hatte. Er stellte sich Quintus als Statthalter einer Provinz vor: Er würde es genauso, wenn nicht schlimmer treiben als Gaius Verres in Sizilien!

Messallas Weltbild war schon in den letzten Wochen ins Wanken geraten, als er den nüchtern sondierenden Berichten und leidenschaftlichen Anklagen von Phylarchos und den andern in den Latomien gelauscht hatte. Aber das, was Urianus ihm heute anvertraut hatte, war von anderem Gewicht. Es betraf ihn persönlich. In seiner eigenen Familie gab es jemanden, der sich geschickt die verwirrte Weltlage zunutze machte, um daraus seine egoistischen Vorteile zu ziehen. Dabei ging er über Leichen, denn skrupellos musste Quintus in seine Überlegungen die Möglichkeit einbezogen haben, dass bei einem Kampf auf See Menschen ums Leben kommen konnten.

War Urianus dagegen nicht ein im Grunde rechtschaffener Mann, den der große Krieg im Osten aus der Bahn geworfen hatte? Er versuchte sich vorzustellen, wie er selbst sich in einer solchen Lage verhalten hätte.

Unter solch quälenden Gedanken war er irgendwann eingeschlafen.

Urianus weckte ihn kurz vor Sonnenaufgang. Die Übrigen waren schon auf den Beinen. Psellistes verteilte Brot, Schinken, Käse und goss jedem aus einem Schlauch Wasser in tönerne Becher. Sie aßen und tranken im Stehen.

»Ich hoffe, du hast einigermaßen geschlafen, Valerius Messalla!«

»Danke, ja. Und du?«

»Ebenso.«

Urianus sah schlecht aus. Das Fieber der letzten Tage hatte tiefe Spuren in seinem Gesicht hinterlassen. Trotzdem kam er Messalla gelockerter, freier, zuversichtlicher vor als früher.

»Fertig machen!«

Sie verstauten ihre Utensilien in den Satteltaschen. Messalla vergewisserte sich, dass die Hera keinen Schaden genommen hatte. Die Pferde waren ausgeruht und bereit scharf herangenommen zu werden.

»Aufsitzen!«

Urianus blickte zu den Gräsern und Baumwipfeln. Sie bogen sich unter dem Wind nach Süden. Er nickte befriedigt und brummte: »Oha! Er ist nicht von der Stelle gekommen! Wir sind ihm um die entscheidende Nasenlänge voraus!«

Dabei sah er Messalla an. Messalla verstand, was er meinte, und seine Stimmung hob sich.

Es wurden keine Einzelheiten besprochen. Alle wussten, dass Urianus ein bestimmtes Ziel im Auge hatte, und ordneten sich seiner Führung unter.

Demetrios sah Messalla fragend an. Messalla sagte nur: »Später!«

Demetrios nickte ihm zu und schwang sich in den Sattel.

Sie ritten das trockene Bachtal abwärts, zurück zu dem Weg, der sich zwischen den Bergen weiter nach Norden schlängelte, und folgten ihm. Nach einer halben Stunde erreichten sie die Ebene. Am Fuß der Berge zog sich ein schmaler Streifen bebauten Landes hin, der nach einer halben Meile in wüstenartiges Gelände überging. Dort versickerten die wenigen Wasserläufe im Boden und flossen unterirdisch zum nahen Meer.

Urianus ritt voraus. Immer wieder spähte er aufmerksam nach allen Seiten, doch sie waren die einzigen Reisenden in der lebensfeindlichen, menschenleeren Gegend. Nach etwa zehn Meilen überquerten sie auf einer uralten Steinbrücke den Bagradas. Er war der einzige Fluss in der ganzen Region, dessen Wasser das Meer erreichte. Zu beiden Seiten der Brücke lagen verfallene Gebäude ehemals florierender Herbergen. Drei Maultiere dösten im Schatten eines Unterstands.

»Weiter!«

Sie hatten keine Zeit zu verlieren. Außerdem mussten sie jede Begegnung mit anderen Reisenden vermeiden. Man konnte ihnen neugierige Fragen nach dem Woher und Wohin stellen.

Links der Straße erstreckte sich ein Sumpfgebiet meilenweit nach Süden und Norden. Tausende von Wasservögeln hatten hier ihre Kolonien und Nistplätze. Die Möwen machten einen schrecklichen Lärm, stritten sich mit Nachbarn und Neuankömmlingen, hackten nach anderen Vögeln, erhoben sich aufgeregt flatternd und schreiend, um kurze Zeit später wieder zu Boden zu gleiten. Still daneben die rosaroten Flamingos. Gravitätisch schritten sie im niedrigen Wasser zwischen den Schilfinseln, stocherten mit den Schnäbeln am Grund nach Nahrung und schlangen sie mit einem gekonnten Schwung hinunter.

Urianus nahm davon keine Kenntnis. Unbeirrt ritt er weiter und ging bald in einen scharfen Galopp über. Doch es entging Messalla nicht, wie kraftlos er sich im Sattel hielt: den Rücken gebeugt, den Kopf gesenkt, sich mit einer Hand verkrampft am Sattelknauf haltend, um das Gleichgewicht zu wahren.

Etwa drei Meilen voraus machte Messalla im Dunst die Silhouette einer Stadt aus. Das musste Utica sein. Die Straße lief direkt darauf zu. Doch nach einer Viertelstunde bog Urianus rechts auf einen Feldweg ab, der sich wieder dem Fluss näherte und ihn auf einer schmalen Holzbrücke überquerte. Die Bohlen und das Geländer sahen so aus, als ob sie erst vor kurzem erneuert worden waren.

Nicht weit von hier mündete der Bagradas in die Bucht, an deren nördlichem Ende Utica lag. Ihre rechte Flanke wurde von einer flachen Halbinsel begrenzt, die sich noch einige Meilen nach Norden erstreckte. Sie war von üppigem Grün bedeckt. Vom Fluss zweigten Kanäle ab, die das Gelände bewässerten. Die Wasserläufe sahen aus, als würden sie regelmäßig von Algen, Schlamm, Schilf und Unrat gesäubert.

Rechts und links vom Weg Gemüse- und Obstgärten. Etwas weiter Oliven- und Feigenplantagen. An einigen Stellen sah Messalla Esel, die, angetrieben von Sklaven, klobige Schöpfräder bewegten und das Wasser aus den Kanälen in das höher gelegene Kulturland hoben.

Nach einer lang gezogenen Kurve wurde ein herrschaftliches Anwesen sichtbar, eine leuchtend weiße Villa mit Eckrisaliten und vorgesetzter Säulenhalle. Das Gebäude stand auf einem kleinen Hügel und erhob sich über den umgebenden Park. Der Weg führte auf ein hohes Doppeltor aus massivem Holz zu.

Urianus ritt zu einer Abzweigung und saß ab. Auch Thrax und Micipsa sprangen von ihren Pferden. Urianus erinnerte die beiden: »Ihr wisst, was ihr zu tun habt?«

»Alles klar!«, brummte Thrax. Micipsa nickte.

Dann wandte sich Urianus an Messalla, Demetrios und Psellistes: »Wir müssen euch fesseln.«

»Scha-schade! Meine zarten Finger tu-tun mir noch weh vom le-letzten Mal!«

»Keine Sorge! Sobald wir drin sind, streift ihr die Stricke ab. Aber erst dann, wenn ich es euch sage!«

»I-in Ordnung, Chef! We-wenn du einen sta-starken Arm brauchst – ich bi-bin dabei!«

Offenbar hatte Urianus eine Täuschung mit anschließender Überrumpelung vor. Sie ließen sich die Stricke anlegen und saßen wieder auf.

»Also dann!«

Gemächlich näherten sie sich dem Tor. Es war geschlossen und mit einer schweren Kette gesichert. Rechts vom Haupttor ein Nebeneingang, auch er geschlossen. Dahinter ein kleines steinernes Haus. Niemand war zu sehen, weder beim Tor noch auf dem Kiesweg, der zur Villa führte.

Doch da schoss jäh ein riesiger schwarzer Hund auf das Tor zu, bellte drei-, viermal und ließ ein gefährliches Grollen aus der Tiefe des Rachens hören.

Sie saßen ab. Micipsa griff das Seil, mit dem die drei Gefangenen aneinander gebunden waren, und tat so, als ob er ein wachsames Auge auf sie hätte.

Urianus ging zum Gitter und sprach auf den Hund ein: »Brav, Charon! Immer wachsam! Aber du kennst doch den guten alten Urianus! Brav, Charon!«

Schon an der Stimme hatte der Hund erkannt, dass es sich um einen Freund seines Herrn handelte. Nun vergewisserte er sich durch Schnuppern und begann freudig zu wedeln.

In diesem Augenblick öffnete sich die Tür des Häuschens und ein grauhaariger Alter kam heraus. Er hatte nur ein Auge und zog beim Gehen das rechte Bein nach.

»Ah, Urianus!«, nuschelte er. Er schien geschlafen zu haben. »Was gibt es?«

Messalla war erstaunt. Herakleon musste sich hier sehr sicher fühlen; wie hätte er sonst die Kontrolle über das Haupttor einem Invaliden anvertraut.

Ohne die Antwort abzuwarten, entriegelte der Alte die Seitentür, öffnete sie und ließ die sechs Männer und Pferde passieren.

»Ich wusste gar nicht . . .« – er schob den Riegel wieder zurück – »dass du heute . . .«

»Ich auch nicht, Alter. Sonderauftrag!«

»Ah! Verstehe.« Er nickte bedächtig und betrachtete die Gefangenen. »Werden sie lange hier bleiben?«

»Keine Ahnung. Das wird dir der *strategos* selbst erklären. Ist er schon da?«

»Wie?« Er hielt die Hand hinters Ohr. Er war also auch noch schwerhörig.

Urianus wiederholte seine Frage und der Alte schüttelte den Kopf: »Nein. Der Wind steht schlecht. Vor heute Abend erwarte ich ihn nicht.«

Urianus wechselte mit den andern einen schnellen Blick. Dann fragte er den Alten: »Wo sind die Frauen?«

»Wie?« Wieder fuhr die Hand reflexartig ans Ohr. Doch er hatte verstanden und sagte: »Wo sie schon immer waren.« Er wies auf die Gefesselten: »Willst du die Jungs etwa auch dort unterbringen?«

»Ja, bis morgen.«

»Wie?«

»Bis mor-gen!«

»Soso. Weiß der *strategos* Bescheid?«

»Ich führe seinen Befehl aus!«

Der Alte nickte eifrig. »Er weiß immer, was er tut.«

»So ist es. Also dann ... Pass du hier gut auf! Wer ist denn drüben auf Wache?«

Der Alte nannte die Namen der Posten.

»In Ordnung«, nickte Urianus. »Also dann, bis später! Wir seh'n uns ja noch ...«

Der Pförtner nickte, hob zum Gruß die Hand, hüstelte und zog sich in sein Häuschen zurück, um den unterbrochenen Mittagsschlaf fortzusetzen.

Psellistes stieß die Luft aus, schüttelte den Kopf und meinte zu Demetrios: »Das wird mi-mir keiner glauben, wenn ich's ihm erzähle! Da-das gibt es nicht!«

Und Demetrios: »Dann behalt's für dich!«

»Wie?« Der Stotterer starrte ihn an. Dann begriff er den Witz und grinste.

Urianus beschäftigte sich zum Schein mit seiner Satteltasche, öffnete sie, schaute hinein, schloss sie wieder und beobachtete dabei aus den Augenwinkeln argwöhnisch die Umgebung.

Dann hieß es: »Aufsitzen! Wir biegen bei der großen Palme da vorne ab. Äußerste Vorsicht! Mit den Wachposten haben wir nicht so leichtes Spiel! Aber wir sind sechs gegen zwei!«

Er ritt los und setzte sich an die Spitze des Trupps. Sie näherten sich auf dem Kiesweg der Villa, doch nach etwa fünfzig Schritt bog Urianus nach rechts auf einen Weg ab, der in den Park führte. Ein Sklave, der mit dem Säubern des Weges beschäftigt war, machte eine tiefe Verbeugung, als er den Stellvertreter seines Herrn erkannte. Doch Urianus nahm keine Notiz von ihm.

Messalla war beeindruckt von der Kaltblütigkeit, mit der Urianus vorging.

Bei der nächsten Biegung des Wegs ließ Urianus anhalten. »Streift die Fesseln ab und haltet die Seile griffbereit! Micipsa! Thrax! Ihr habt doch noch zwei Dolche. Einen für Demetrios, einen für den Stotterer!«

Die beiden holten die Waffen aus der Halterung am Sattel und reichten sie Demetrios und Psellistes.

»Nur im Notfall davon Gebrauch machen, verstanden? Micipsa, Thrax und ich werden zwar allein mit den Brüdern fertig werden, aber ihr haltet euch in der Nähe und passt auf, klar?«

»Si-sicher, Chef! Es wi-wird dir kein Haar gekrümmt werden! Bei-beim Herakles!«

Alle schmunzelten. Psellistes und Urianus verstanden sich prächtig, obwohl jedem klar war, dass der Stotterer die Anrede »Chef« stets leicht ironisch gebrauchte.

Messalla staunte über die Größe des Anwesens. Es musste die ganze Halbinsel umfassen. Er orientierte sich am Stand der Sonne: Sie ritten nach Süden, also in die Richtung, aus der sie gekommen waren.

Immer wieder überquerten sie schmale Kanäle, die in regelmäßigen Abständen das Gelände durchzogen. Stetige Säuberung und Instandhaltung der Wasserläufe waren die Voraussetzung für das blühende, fruchtbare Land. Messalla stellte sich lebhaft vor, dass es vor hundert Jahren auch an anderen Orten der Region wie hier ausgesehen haben konnte, auch dort, wo sich die Wüste das Land zurückerobert hatte.

Herakleon musste ein leidenschaftlicher Landwirt sein. Messalla wusste aus Gesprächen mit seinem Onkel, dass die Karthager – neben den Etruskern – die größten Meister in der Kunst der Bewässerung und Kultivierung trockener Landstriche waren. Wahrscheinlich hatte Herakleon in seiner Bibliothek alle berühmten Schriften der punischen Agrarschriftsteller zur Verfügung, darunter Werke, von denen kein Römer mehr Kenntnis hatte.

Messalla sah ihn vor sich, Herakleon, wie er mit seinem Verwalter durch seine Felder und Plantagen ritt und das, was er mit Fachkenntnis geplant und in die Wege geleitet hatte, begutachtete, wie er vom Pferd stieg und sich zu zarten Pflänzchen niederbeugte, um zu prüfen, ob seine vorsorgenden Maßnahmen für ihr Gedeihen die richtigen gewesen waren.

In diesem Augenblick verstand Messalla, warum Herakleon Rom und alles Römische hasste.

»Herhören!«

Urianus riss Messalla, wie schon so oft, aus seinen Gedanken. »Es kommt darauf an, dass wir die Posten blitzschnell überrumpeln. Sie kennen mich als Vertrauten Herakleons und werden keinen Argwohn schöpfen. Thrax und Micipsa werden sie außer Gefecht setzen.«

»Und wir?«, fragte Messalla.

»Ich stelle euch als Freunde Herakleons vor. Ich werde mit euch Griechisch sprechen.«

Sie hatten den Park verlassen. Der Weg führte nun durch offenes Gelände. Hier wurden auf großen Beeten verschiedene Gemüsesorten angebaut. Wahrscheinlich, so dachte Messalla, beliefert das Gut die Bürger von Utica täglich mit frischem Kohl, Lauch, Erbsen, Möhren und Salaten. Das musste ein sehr einträgliches Geschäft sein. An mehreren Stellen waren Landarbeiter mit dem Säubern der Beete und dem Einbringen der Feldfrüchte beschäftigt. In der Ferne erkannte Messalla die Mauer. Sie musste das ganze riesige Areal umschließen.

Nach einer halben Meile bog Urianus links auf einen Weg ab, der sich der Küste näherte. Hier endeten die Felder und gingen in umzäuntes Grasland über, auf dem Kühe, Schafe und Pferde weideten. Sie ritten auf einen roßen Gebäudekomplex zu, der wohl die Stallungen und Wirtschaftsgebäude enthielt. Etwas abseits davon stand ein einfaches, flaches, weiß getünchtes Wohnhaus ohne Außenfenster. Urianus hielt darauf zu.

Sie saßen ab und banden die Zügel an den Ringen in der Außenwand fest.

»Die Handfesseln!«, mahnte Urianus.

Messalla griff nach den Stricken und steckte sie auf dem Rücken in den Gürtel.

Urianus ging zur Tür und betätigte den Klopfer. Nach wenigen Augenblicken wurde die obere Klappe geöffnet und das griesgrämige Gesicht eines älteren Mannes erschien.

»Was gibt es? Oh, Urianus!«

Sofort öffnete er die Tür – und stutzte. Mit sechs Leuten hatte er nicht gerechnet.

»Wer sind diese Männer?«, fragte er misstrauisch und betrachtete Messalla, Demetrios und Psellistes mit kritischem Blick.

Urianus reagierte scharf: »Was soll die Frage?! Hör zu, Baalhanno! Das sind gute Freunde des *strategos*. Der edle Demetrios aus Crotone wohnt mit seinen Dienern einige Tage in der Villa. Er möchte einen der Hengste kaufen, um seine eigene Zucht aufzufrischen. Er will sich mit dir über die Pferde unterhalten.«

Der »edle Demetrios« fasste sich schnell. Er warf Messalla einen überaus freundlichen Blick zu und erklärte in leicht näselndem, ebenso hochmütigem wie zerstreutem Ton: »Ich . . . äh, ja, so ist es. Urianus hat mir nämlich berichtet, dass du der größte . . . äh . . . wie soll ich sagen: der größte Fachmann auf diesem Gebiet bist, ja. Ich . . . äh . . . ich habe allerdings meinen besten Mann mitgebracht . . .« – er wies auf Messalla – »Menandros!

Er … äh … er hat einen ausgesprochenen Pferdeverstand, ja, und er wird, nicht wahr, eine Menge Fragen an dich haben.«

Baalhanno hatte diese seltsame Eröffnung mit zunehmender Verwirrung zur Kenntnis genommen und warf nun einen erstaunten Blick auf die ramponierte Kleidung des Sprechers; doch enthielt er sich jeder weiteren Frage, weil die Erklärung von Urianus über jeden Zweifel erhaben war.

Also sagte er »Bitte!«, verbeugte sich vor Demetrios und wollte ihn und die Übrigen ins Haus bitten, als Thrax blitzschnell nach seinem rechten Arm griff, ihn brutal auf den Rücken drehte, während Micipsa – vielleicht noch schneller – seinen Dolch zog und ihn Baalhanno an die Kehle setzte.

»Keine Bewegung! Kein Laut! Oder du hast gelebt!«, stieß Urianus drohend hervor. Er nickte Messalla zu: »Die Stricke!«

In wenigen Augenblicken war Baalhanno gefesselt. Er verstand zwar nicht die Zusammenhänge, aber er wusste, diese Männer würden nicht zögern ihn auf der Stelle zu töten, wenn er um Hilfe rief.

Demetrios schnitt sich mit seinem Dolch einen Streifen vom unteren Ende der Tunika, knotete ihn und zwängte ihn Baalhanno zwischen die Zähne.

»Psellistes!«

»Hi-hier, Chef!«

»Du passt auf ihn auf!«

»Klar!«

»Er soll sich setzen!«

»Ha-hast du gehört? Se-setzen!«, gab der Stotterer den Befehl weiter und stieß Baalhanno mit seinem Dolch an.

Während Baalhanno mit Angst im Blick zu Boden ging und Psellistes sich mit gezogener Waffe unmissverständlich vor ihm aufbaute, machten sich die andern auf die Suche nach dem zweiten Mann. Sie fanden ihn in einem der seitlichen Räume. Er lag auf einem Ruhebett und schlief. Ehe er begriff, was mit ihm geschah, war er gefesselt und geknebelt.

Sie lauschten mit angehaltenem Atem. Es blieb still. Außer den beiden Wachen schien niemand vom Personal im Haus zu sein.

Urianus ging in die Küche. Messalla folgte ihm. Über dem schwachen Kohlenfeuer hing ein Kupferkessel an eiserner Kette, in dem Wasser warm gehalten wurde. Zielsicher trat Urianus zu einem Brett neben der Tür und studierte die dort hängenden Schlüssel. Er griff nach einem bestimmten und verließ die Küche. Messalla war klar, dass Urianus nicht zum ersten Mal hier war.

Das einfache, schmucklose Haus war für die nüchternen Tätigkeiten eines Verwalters, seiner Familie und Gehilfen gebaut, doch entbehrte es nicht einer gewissen Großzügigkeit. Der Innenhof war entschieden größer als der einer römischen *domus urbana.** Jetzt wurden nur wenige der vielleicht zehn, zwölf Räume des großen Hauses genutzt. Alles machte den Eindruck, als habe es schon bessere Zeiten gesehen. An vielen Stellen blätterte die Farbe von den Wänden; die Hölzer der Türen zeigten Risse; an einigen der Säulen, die das zur Mitte des Hofes überkragende Dach trugen, waren Teile abgesprungen. Doch alles war

* Vornehmes Stadthaus

sauber, nirgendwo lag Schmutz oder Unrat herum. Ein hervorragendes Versteck für Gefangene, dachte Messalla, zumal die Räume keine Fenster nach außen hatten.

Gefolgt von Messalla, Demetrios, Micipsa und Thrax ging Urianus auf eine Tür im hinteren Bereich des Haus zu, steckte den großen Schlüssel ins Schloss, entriegelte und öffnete langsam die Tür.

Messalla trat neben ihn und blickte angestrengt in den Schatten des dunklen Raums. Schemenhaft nahm er im Hintergrund zwei Gestalten wahr, die auf einer Strohschütte am Boden lagen. Als sich seine Augen an das Dämmerlicht gewöhnt hatten, erkannte er, dass es Frauen waren. Sie setzten sich aufrecht und blinzelten, vom plötzlichen Lichteinfall geblendet, zum Eingang hin.

Messalla trat zwei Schritte vor, doch sie konnten ihn nicht erkennen, weil sie nur seinen schattigen Umriss sahen.

Leise sagte er: »Claudia! Iunia!«

Claudia sprang auf und rief: »Messalla!«

Sie fielen sich in die Arme. Messalla drückte das Mädchen fest an sich.

»Geht's dir gut?«, fragte er.

»Ja.«

»Ich habe oft an dich gedacht . . .« Er strich ihr übers Haar.

»Ich auch an dich . . .«, flüsterte sie.

Sie wurden unterbrochen. Iunia hatte sich ebenfalls erhoben, starrte leicht verwirrt auf die Szene und fragte erstaunt: »Messalla? . . . Oh, ihr Götter! Wie kommst du an diesen furchtbaren Ort, mein lieber Junge?«

Bevor Messalla antworten konnte, mischte sich

Urianus ein und erklärte rigoros: »Später, Herrin! Packt eure Habseligkeiten zusammen! Wir müssen weg! Sofort!«

»Wer ist das?«, fragte Iunia.

»Das ist Urianus! Unser aller Retter! Tut, was er sagt! Es ist keine Zeit zu verlieren!«

Sie steckten die wenigen Dinge, die man ihnen gelassen hatte, in Beutel, streiften die Sandalen über und kamen aus ihrem Verlies heraus. Als sie im hellen Licht des Tages standen, waren Messalla und Demetrios betroffen. Iunia war kaum wieder zu erkennen. Sie hatte abgenommen, ihr Gesicht war blass und eingefallen.

Nachdem auch Demetrios beide Frauen begrüßt hatte, drängte Urianus zum Aufbruch.

Bevor sie das Haus verließen, sperrten sie die beiden Wächter in getrennten Räumen ein, damit sie sich nicht gegenseitig helfen konnten ihre Fesseln zu lösen. Man setzte sie auf Stühle und band sie an den Lehnen fest.

»Keine Sorge«, tröstete Urianus sie, »irgendjemand wird euch schon finden. Wir lassen die Haustür offen stehen.«

Messalla hatte keine Ahnung, welches Ziel Urianus als nächstes ansteuerte. Er fragte nicht danach, denn er vertraute darauf, dass der Thraker die angemessene Maßnahme treffen würde.

»Aufsitzen!«

Man half den beiden Frauen aufs Pferd. Iunia würde mit Thrax, Claudia mit Messalla reiten.

Messalla glaubte nicht, dass sie das Gelände durch das Haupttor verließen. Aber wie sonst? Er hatte kein zweites Tor entdeckt. Etwa über das Meer?

Urianus blickte aufmerksam nach allen Seiten. In der Nähe war niemand zu sehen. Er hob die Hand: »Folgen!«

Sie ritten um das Gebäude herum und folgten einem schmalen Pfad, der zwischen hohen Buchsbaumhecken direkt zum Meer führte. Hier waren sie vor seitlichen Blicken vollkommen geschützt.

Urianus ließ die Pferde traben.

Schon nach wenigen Augenblicken erreichten sie eine hölzerne Anlegestelle. Zwei kleinere Ruderboote und ein Fischerboot mit Mast schaukelten leicht im Wasser.

»Absitzen! Bindet die Pferde irgendwo an, damit sie nicht frei herumlaufen. Nehmt alles, was ihr braucht, mit an Bord des Fischerbootes. Aus den beiden andern alle Ruder entfernen und mitnehmen!«

Das war schnell geschehen. Er dachte an alles. Micipsa und Demetrios halfen den Frauen auf das schwankende Schiff. Dann wurden die Satteltaschen geleert. Messalla verstaute die hölzerne Hera im Heck.

Urianus blickte zur untergehenden Sonne: »Sobald sie unter den Horizont getreten ist, brechen wir auf.«

Er beobachtete das Schilf am Ufer und erklärte: »Der Wind hat auf Südwest gedreht. Das ist günstig – und ungünstig. Hoffen wir, dass er sich noch weit im Osten befindet!«

Messalla verstand, was er meinte: Wenn sich Herakleon mit seinem Schnellsegler bereits in Küstennähe befand, würde er bald die Halbinsel erreicht haben; war er noch weit draußen, hatte er Mühe an die Küste heranzukreuzen.

Eine Viertelstunde später war die Sonne fast ganz hinter dem Horizont verschwunden. Ein fantastisches Abendrot ließ den Himmel im Westen erglühen.

Urianus übernahm das Steuer – nicht nur, weil er erschöpft und zum Rudern zu schwach war, sondern weil nur er die hiesigen Wasserverhältnisse mit ihren Strömungen und Sandbänken genau kannte. Micipsa und Thrax hissten das Segel. Dann setzte sich Thrax zu Messalla, Demetrios und Psellistes an die Ruder. Urianus bat die beiden Frauen sich so lange auf den Boden zu hocken, bis sie außer Sichtweite der Halbinsel waren.

Das Boot legte ab.

Tod auf See

Messalla wusste: Der erste Teil der Überfahrt war der gefährlichste. Wenn in diesen Augenblicken Herakleons Schiff auftauchte, waren sie verloren. Es war immer noch hell genug, um die Personen im Boot zu erkennen. Während er ruderte, suchte er immer wieder den südlichen Horizont ab.

Urianus feuerte sie an, wenn ihnen die Arme zu erlahmen drohten. Der Wind hatte aufgefrischt und traf das Segel im Winkel von 45 Grad. Geschickt reagierte Micipsa auf jede kleine Änderung der Windrichtung und Urianus hielt mit dem Ruder dagegen, wenn der Schiffskörper zum

Land hin abdriften wollte. So kamen sie zügig voran.

Der Privathafen zu Füßen der Villa kam in Sicht. Herakleon musste viel Geld dafür ausgegeben haben. Der Kai war fest gemauert und erstreckte sich über ein halbes Stadion.* Eine aus schweren Kalksteinblöcken aufgeschüttete Mole schützte das Becken zur See hin. Jetzt lag kein Schiff an den Pollern.

Als sie die Nordspitze der Halbinsel umrundeten, atmeten sie auf. Fürs Erste waren sie in Sicherheit. Urianus hielt auf das Leuchtfeuer von Utica zu. Da der Wind schräg von vorne kam, mussten sie kräftig rudern. Es wurde nicht gesprochen.

Urianus steuerte das Boot an eine leere Stelle des Kais. Micipsa ließ das Segel fallen und sprang an Land, um den Rumpf an einem Polier zu vertäuen.

»Verhaltet euch vollkommen still!«, sagte Urianus leise. »Lasst die Köpfe unten! Wir sind gleich zurück.« Er ging ebenfalls an Land und entfernte sich zusammen mit Micipsa.

Sehen konnten sie nichts, weil sie sich unterhalb der Kaimauer befanden. Umso mehr achteten sie auf die Geräusche. Zwei Betrunkene gingen grölend vorbei. Ein Hund bellte hysterisch. Dann jaulte er. Man hatte ihm wohl eins übergezogen. Das Wasser plätscherte an den Rümpfen der Schiffe entlang. Dann näherten sich Schritte.

»Nehmt eure Sachen!«, flüsterte Urianus. »Mitkommen!«

* Ca. 90 m

Nach etwa hundert Schritt blieb er stehen, wartete, bis ihn alle erreicht hatten, und sagte leise: »Stellt jetzt keine Fragen! Wir gehen an Bord dieses Schiffes.« Er wies zu einem elegant geschwungenen Rumpf. »Folgt den Anweisungen des Schiffsführers. Er heißt Vermina und ist Numider. Micipsa wird übersetzen.«

Ein Steg wurde von Bord zum Kai gelegt. Urianus ging voraus und half den beiden Frauen über die schwankende Planke. Die andern folgten nach.

Ein großer, schlanker Mann begrüßte sie in gebrochenem Griechisch: »Ich euch willkommen an Bord von *Isis*. Ihr mir folgen!«

Er führte sie an der Reling entlang zum Heck. Die dortige Hütte war zu klein, um die Passagiere aufzunehmen, da sie nur aus einem winzigen Raum bestand, in dem der Kapitän schlief.

Vermina sprach nun mit Micipsa in seiner Muttersprache. Der Numider gab die Äußerungen auf Griechisch weiter: »Vermina entschuldigt sich dafür, dass er euch keinen Raum zur Verfügung stellen kann. Ihr sollt es euch neben der Hütte bequem machen. Er lässt euch gleich, wenn wir auf See sind, etwas zu essen bringen.«

Vermina nickte ihnen freundlich zu und sie ließen sich auf den Planken nieder.

Vermina gab seine Befehle an die Mannschaft, die nur aus sechs Männern bestand. Mit flinken, gekonnten Bewegungen wurden all die Tätigkeiten vollzogen, die Messalla von der *Triton* kannte. Das Tau wurde vom Poller gelöst und der Rumpf von drei Leuten mit langen Stangen vom Kai abgestoßen. Als das Schiff freies Wasser erreicht hatte, wurden Rah- und Vorsegel gesetzt. Sofort griff der Wind nach den großen Stoffbahnen und blähte sie auf. Ein Mann übernahm beide Steuerruder, die miteinander durch eine Querstange verbunden waren, und brachte das Schiff auf Kurs Nord.

Messalla fiel auf, dass beide Segel im Verhältnis zum Schiff relativ groß waren, jedenfalls größer als jene der *Triton*. Auf eine entsprechende Bemerkung zu Micipsa, der neben ihm lag, erklärte dieser: »Die *Isis* ist für schnelle Reisegeschwindigkeiten gebaut. Sie ist ein Kurierschiff.«

Messalla wurde neugierig: »Gehört sie Herakleon?«

Micipsa lachte kurz auf. »Nein. Vermina ist der Besitzer!«

Messalla wollte mehr wissen: »Er ist Numider wie du. Fährt er auch für Herakleon?«

»Manchmal.«

»Und sonst?«

Micipsa schaute ihn an und fragte: »Interessiert dich das wirklich, Messalla?«

Messalla registrierte, dass der Numider ihn ganz unverkrampft mit seinem Namen anredete. Das setzte voraus, dass er kein gewöhnlicher Pirat war. Stammte er etwa aus der Oberschicht seines Volkes? Wenn ja – warum war er dann Pirat?

»Natürlich!«, bekräftigte Messalla sein Interesse.

»Nun, es ist so . . .« Micipsa lehnte sich zurück gegen die Wand der Hütte, streckte die Beine von sich und betrachtete das schwindende Abendrot. »Wir Numider sind, wie man so sagt, gebrannte Kinder. Wir saßen schon da, als die Punier kamen und nach und nach das ganze Land an der Küste für sich in Anspruch nahmen. Sie gebärdeten sich als die absoluten Herren. Dann kamt ihr Römer. Wieder standen wir vor der Frage, ob es besser sei, mit den Wölfen zu heulen oder für die Freiheit zu kämpfen. Vor fünfundsiebzig Jahren entschloss sich unser König auf die Seite Roms zu wechseln. Damit bewahrte er Numidien davor, römische Provinz zu werden. Doch unsere Souveränität ist begrenzt. Wir sind, wie man so schön sagt, ein Klientelstaat Roms und haben in unseren Entscheidungen nur einen begrenzten Spielraum.«

»Und warum ... Ich meine, warum bist du ...?«

»... Pirat geworden?«

»Ja.«

»Weil ich in vielem anderer Meinung bin als mein Vetter.«

»Dein Vetter? Was hat dein Vetter damit zu tun?«

»Nun, er ist der König.«

Messalla erschrak: »Verzeih, das konnte ich nicht ...«

»Nun weißt du's.« Micipsa schien zu schmunzeln. »Dem darfst du nicht allzu viel Gewicht beimessen, Messalla. Ich denke, dass dein Onkel Hortensius auf dem Erdkreis mehr Macht und Einfluss besitzt als Hiempsal in Numidien.«

Darüber hatte Messalla noch nicht nachgedacht. Er nahm an, dass Hiempsal – den Namen des Fürsten hatte er schon einmal in Rom gehört – Micipsa nach dem Leben trachtete, so dass Micipsa das Land verlassen und sich Herakleon zur Verfügung gestellt hatte.

Messalla dachte weiter. »Aber warum hast du dich jetzt Urianus angeschlossen?«

»Weil ich nicht mehr an den Verbrechen Herakleons teilhaben will und kann. Herakleon ist fanatisch, starrsinnig, skrupellos, besessen, intolerant. Manchmal glaube ich, er ist verrückt! Er hat sich in seinem Hass auf Rom und alles Römische total verrannt. Obwohl er weiß, dass er sich auf Dauer gegen die Weltmacht nicht halten kann, geht er diesen Weg stur und unbelehrbar weiter bis in den Untergang. So kann eben nur ein Karthager Rom hassen!«

»Du nicht?«

»Wie käme ich dazu?«

»Und was hast du nun vor?«

»Nun, ich denke, dass mein Wissen über das Zusammenspiel der Mächte in dieser Weltecke für den Senat von einiger Bedeutung sein wird.«

»Du willst nach Rom?«

»Ja.«

»Aber fürchtest du nicht, wie ein Feind behandelt und zum Tode verurteilt zu werden?«

»Nein.«

»Und warum nicht?«

»Ich weiß zu viel.«

Sie wurden unterbrochen. Ein Matrose brachte das Essen. Psellistes waltete seines Amtes und verteilte Brot, Käse, Schinken und Obst. Das milde Licht der Sterne und des Mondes beleuchtete eine friedliche Szene. Alle machten sich hungrig über das Essen her, auch Claudia und ihre Mutter, die seit dem gestrigen Abend nichts zu sich genommen hatten. Messalla fiel auf, dass Iunia still und in sich gekehrt war. Die Gefangenschaft hatte sie sehr mitgenommen. Nach dem Essen ließ er sich neben den beiden nieder und erkundigte sich, wie sie die Wochen der Einsamkeit überstanden hatten. Sie hätten sich Geschichten erzählt, sagte Claudia, und sie hätten gesungen. Messalla lachte kurz auf und erklärte, dass es in den Latomien ähnlich gewesen sei. Dann musste er ausführlich berichten, wie er, Demetrios und die andern in die Hände der Piraten gefallen waren. Als er vom Untergang der *Triton* erzählte, rief Iunia: »Oh Gott! Das gute Schiff!«

Messalla fragte, ob sie gewusst hätten, an welchem Ort sie sich befanden.

»Nein«, sagte Iunia. »Uns wurden schon an Bord des Schiffes die Augen verbunden. Als man uns die Binden abnahm, waren wir in dem Raum, in dem ihr uns gefunden habt.«

»Also habt ihr auch Herakleon nicht kennen gelernt?«

»Wer ist das? Ist es wichtig?«

»Nein, durchaus nicht.« Messalla schwieg sich aus über den Karthager.

»Wo sind wir denn eigentlich, Messalla?«

Er erklärte es ihr, und sie rief: »Dann liegt unser Gut doch ganz in der Nähe! Claudia, hast du's gehört? Wir waren ganz nahe bei Utica!«

»Ja, Mama.« Es klang ungehalten. Ihr war anderes wichtiger.

Messalla fuhr ein aberwitziger Gedanke durch den Kopf – er fragte Iunia: »Kennst du vielleicht einen gewissen Mago, Sohn des Hanno?«

»Oh ja! Ich kenne ihn gut! Er sorgte im letzten Jahr dafür, dass sich ein erfahrener Landsmann von ihm um die Bewässerungsanlage unserer Felder kümmerte. Mago hat im Rat von Utica ein gewichtiges Wort mitzureden. Er soll bei Utica ein wunderschönes Haus haben. Oh ja, Mago ist ein kultivierter, gebildeter Mann mit besten Umgangsformen. Kennst du ihn?«

»Nein«, sagte Messalla. Und es war nicht einmal gelogen. Er kannte nur Herakleon.

Bevor Iunia ihn fragen konnte, warum er denn den Namen dieses Mannes genannt hatte, trat Urianus zu ihnen und bat Messalla zu einem Gespräch unter vier Augen. Messalla entschuldigte sich bei den Frauen, erhob sich und folgte Urianus zum Bug. Sie lehnten sich gegen die Reling und schauten aufs Meer. Silbriger Glanz lag auf dem dunklen Wasser, wenn Mond und Sterne sich im Auf und Ab der Wellen spiegelten.

»Der Wind ist dabei, auf Süd zu drehen. Das ist gut. Wir werden noch kurz nach Mitternacht das Schöne Vorgebirge passieren.«

Urianus sprach auffallend leise.

Messalla fragte: »Willst du die ganze Nacht durchsegeln?«

»Selbstverständlich! Wetter und Wind sind günstig wie selten. Jede Meile, die wir uns von der Africanischen Küste entfernen, ist jetzt wichtig. Morgen Mittag können wir die Südküste Siziliens erreichen.«

Sie schwiegen eine Weile. Hinter ihnen knatterte das Rahsegel im Wind. Schließlich sagte Urianus: »Ich hörte zufällig, wie Iunia dich fragte, ob du einen gewissen Mago kennst . . .«

»Ja, und?«

»Nun, ich hielte es nicht für gut, wenn du ihr reinen Wein einschenkst.«

»Das habe ich nicht vor. Sie wird die Zusammenhänge zu gegebener Zeit ohnehin erfahren.«

»Dann ist es gut.« Und er fügte leise hinzu: »Wir sind alle nur schwache Menschen.« Tief atmete er die kühle Nachtluft ein und fuhr sich mit der Hand über die Stirn.

Besorgt fragte Messalla: »Ist dir nicht gut, Urianus?«

»Es geht.« Er seufzte tief. »Das Fieber kommt zurück, unbarmherzig.«

»Dann solltest du dich hinlegen und versuchen zu schlafen. Vermina hält schon den Kurs.«

Er nickte. »Ja, ich tu's wirklich.«

Sie gingen zurück zu den Übrigen und wickelten sich in ihre Decken ein.

»Was wollte er?«, fragte Demetrios, der neben Messalla lag.

»Nichts Besonderes . . . Gute Nacht!«

Wie Urianus gesagt hatte, kam gegen Mittag Sizilien in Sicht.

Micipsa studierte die Küstenlinie und erklärte, sie befänden sich in der Nähe von Selinus. Der Wind wehte ständig aus Südwest, so dass die *Isis* gegen Abend Akragas* erreichen würde.

Urianus kam nur kurz an die Reling und bestätigte dies. Er konnte sich kaum auf den Beinen halten und klammerte sich mit beiden Händen am Geländer fest. Sein ganzer Körper zitterte, das Gesicht glühte, die Augen lagen tief in den Höhlen und glänzten unnatürlich. Er legte sich sofort wieder hin.

* Heute Agrigent

Messalla fragte Micipsa: »Hatte er früher schon einen so schweren Anfall?«

Micipsa schaute besorgt zu Urianus hinüber. »Nein. Aber noch schlimmer ist, dass die Abstände zwischen den Fieberschüben immer kürzer werden.«

Auch Iunia war der Zustand von Urianus nicht entgangen. Sie kam herüber, schaute Messalla besorgt an und sagte: »Dieser Mann hat hohes Fieber!«

»Ja, das Sumpffieber«, erklärte Messalla.

»Oh, ihr Götter!« Sie hielt erschrocken eine Hand vor den Mund. Doch sie fasste sich schnell. »Ich werde ihm Wadenwickel machen. Das senkt das Fieber.«

Sogleich eilte sie zu Vermina, der beim Hauptmast stand, und sprach erregt auf ihn ein. Vermina nickte mehrmals. Dann schickte er einen Mann los, einen hölzernen Bottich mit Wasser zu füllen und Tücher zu holen.

Iunia machte sich an die Arbeit, wickelte dem Kranken die mit Meerwasser getränkten Tücher um Beine und Arme und legte ihm eines auf die Stirn, das sie immer wieder neu anfeuchtete. Urianus ließ alles mit sich geschehen. Er nahm wohl nicht mehr wahr, dass es eine Frau war, die sich um ihn kümmerte. Mehrmals flößte Iunia ihm Wein ein, der mit Trinkwasser verdünnt war. Jede feste Nahrungsaufnahme verweigerte er. Er fiel in einen ohnmachtähnlichen Schlaf. Iunia wich nicht von seiner Seite.

Als die *Isis* am Abend in Küstennähe bei Akragas vor Anker ging, hatte sich Urianus' Zustand trotz Iunias Bemühungen, das Fieber einzudämmen, weiter verschlechtert. Er war nur noch halb bei Sinnen und redete irre. Es war nicht mehr möglich, ihm Flüssigkeit einzugeben, da die Gefahr bestand, das Wasser könnte in seine Lunge laufen. Unermüdlich hantierte Iunia weiter mit den nassen Tüchern. Claudia assistierte ihr dabei.

Vermina ließ mehrere Decken unter und über den Kranken legen – »Wegen der Kühle der Nacht!« – und teilte Wachen ein, die jeweils zwei Stunden bei Urianus sitzen und ihm die feuchten Binden erneuern sollten. Er bestand darauf, dass Iunia und Claudia, die beide sehr erschöpft waren, sich schlafen legten.

Messalla übernahm die erste, Demetrios die zweite, Micipsa und Psellistes die folgenden Wachen.

Als Messalla neben dem Kranken am Boden Platz genommen hatte, erwachte Urianus für wenige Augenblicke aus seiner Ohnmacht. Er richtete sich auf, starrte Messalla an und gab ihm in einer fremden Sprache – es war wohl Thrakisch – strenge Befehle. Messalla nickte zu allem und suchte ihn so zu beruhigen.

Als Urianus zurücksank, begann er mit den Händen unsichtbare Flusen von der Decke zu streichen. Das währte sehr lange. Schließlich fiel er wieder in den todesähnlichen Schlaf.

Am nächsten Morgen stach die *Isis* noch vor Sonnenaufgang in See. Der Wind wehte weiterhin steif aus Südwest, so dass das Schiff schnell an Fahrt gewann.

Urianus schlief noch. Alle, die in unmittelbarer Nähe zu tun hatten, verhielten sich sehr still, um ihn nicht zu wecken. Selbst die Befehle des

Schiffsführers wurden mehr durch Gesten als mit der Stimme weitergegeben.

Messalla, Demetrios und Claudia standen backbord an der Reling und verfolgten, wie die Küstenlandschaft allmählich an ihnen vorbeiglitt.

Da trat Iunia zu ihnen. Sie wandte sich an Messalla: »Hast du gestern Abend bemerkt, wie der Kranke immer wieder nach irgendwelchen unsichtbaren Dingen gegriffen hat, die er auf der Decke wahrzunehmen meinte?«

»Ja.« Messalla nickte.

Iunia sah ihn sehr ernst an und sagte bedeutsam: »Das ist das Zeichen des nahenden Todes!«

Messalla erschrak, obwohl er sich innerlich bereits auf diese letzte Möglichkeit eingestellt hatte. Er sagte: »Ich verstehe nicht, Iunia . . .«

Und sie: »Messalla, glaube mir, es ist so, wie ich sage! Ich weiß das von meiner Mutter. Als ihr Vater, mein Großvater, im Sterben lag, fing auch er an auf der Bettdecke nach unsichtbaren Gegenständen oder Personen zu greifen oder versuchte sie fortzuscheuchen. Damals sagte meine Mutter, dies sei das untrügliche Zeichen seines unmittelbar bevorstehenden Todes. Er starb noch in der folgenden Nacht.«

Sie hatte den Satz kaum beendet, als Micipsa dazutrat, sich vor Iunia und Claudia verbeugte, dann aber an Messalla wandte: »Urianus möchte, dass du zu ihm kommst.«

Messalla sah ihn mit einem langen Blick an.

Iunia sagte: »Geh nur, Messalla. Geh! Einen Sterbenden darf man nicht warten lassen.«

Sogar Iunia, die doch gemeinhin alle Menschen unterhalb ihrer Klasse höchst kritisch, ja anmaßend betrachtete, hatte in den vergangenen Wochen Erfahrungen gemacht, die sie die Welt mit neuen Augen sehen ließen.

Messalla ging und ließ sich neben dem Kranken nieder. Urianus schien bei vollem Bewusstsein zu sein.

»Hilf mir, Messalla!«, sagte er leise. »Ich ... ich möchte aufrecht sitzen!«

Messalla winkte Psellistes herbei. Gemeinsam hoben sie ihn an und lehnten ihn mit dem Rücken gegen die Hütte.

Urianus zu Psellistes: »Lass mich allein mit ihm! Ich habe mit ihm zu reden.«

Psellistes entfernte sich.

Urianus blickte über das Meer, das Land, den Himmel. Schließlich begann er leise: »Ich habe dir vorgestern Abend von dieser Scherbe erzählt ...

Messalla nickte.

»Streife sie mir über den Kopf!«

Er beugte sich vor und Messalla zog ihm den Riemen mit der Scherbe vorsichtig über den Kopf und gab sie ihm. Urianus betrachtete sie. »Du weißt, was sie bedeutet ...«

Messalla nickte.

»Ich werde«, fuhr Urianus fort, »nun nicht mehr dazu kommen, Spartacus zu warnen ... Nein, nein ...« Er hob die Hand. »Ich weiß, dass ich diesen Tag nicht überlebe.«

Er sah Messalla an und dieser ahnte, was der Sterbende auf dem Herzen hatte. Als er fortfuhr, sprach er so leise, dass Messalla sich vorbeugte, um ihn besser verstehen zu können.

»Ich kann nicht von dir verlangen selbst zu ihm hinzugeben und ihn vor Herakleon zu warnen.

Aber ich bitte dich einen ... einen Boten zu ihm zu schicken, einen Mann, dem wir vertrauen können, Micipsa oder Thrax. Du musst ihm klarmachen, worum es geht.«

Er überreichte Messalla die Scherbe.

»Weiß denn Micipsa nichts von der Sache?«, fragte Messalla.

»Nein«, hauchte Urianus. »Auch Thrax weiß nichts. Nur der ... der innerste Kreis um Herakleon war eingeweiht.«

Er schwieg und schaute zum Himmel. Seine Hände hatte er gefaltet. Messalla tupfte ihm den Schweiß von der Stirn.

»Danke, Messalla! Du bist zwar ein Römer, aber du bist ein guter Mensch. Ich wäre sehr gerne mit dir nach Rom gegangen. Ich hätte ein neues Leben angefangen. Und ich hätte ihn zur Strecke gebracht!«

»Herakleon?«

»Ja, Herakleon. Ich habe diesen Menschen nie gemocht.« Er brachte ein letztes Grinsen zustande: »Oha! Ich weiß, du auch nicht, Valerius Messalla.«

Plötzlich starrte er Messalla an und erklärte leidenschaftlich: »Er soll ihm mitteilen, dass Herakleon ihn verraten hat!«

»Du meinst den Boten?«

»Er soll ... dessen Unterhändlern ... auf keinen Fall ... das Geld aushändigen. Mit der Scherbe ... kann ... der Bote sich ... als mein Freund ausweisen.«

Er sank zurück und atmete schwer. Das Sprechen bereitete ihm zunehmend Mühe.

»Hol ... hol Micipsa her ...«

Der Numider hielt sich in der Nähe auf und

hatte die ganze Zeit kein Auge von Urianus gelassen. Er kam sofort.

Urianus sah ihn an und sagte: »Du kennst meinen Beutel . . .« Micipsa nickte.

»Bring ihn her, bitte!«

Als Micipsa zurück war, befahl ihm Urianus den Beutel zu öffnen und drei prall gefüllte große Lederbörsen herauszuholen.

»Gib sie Messalla! Und dann lass uns wieder allein.«

Messalla nahm die Börsen entgegen. Sie waren sehr schwer. Er setzte sie neben sich auf die Planken. Micipsa entfernte sich wieder.

Urianus wies auf die Beutel und erklärte mit letzter Kraft: »Darin . . . befinden sich . . . Goldmünzen . . . aus aller Herren Länder. Nach römischer Währung . . . haben sie . . . einen Wert von . . . etwa dreißigtausend . . . Denaren. Ich will, dass . . . du sie an dich nimmst.«

»Warum?«, fragte Messalla. An diesem Geld klebte Blut!

»Verteile das Geld . . . in Rom . . . an die Armen! Denn ihnen . . . steht es zu . . . Versprich es mir!«

»Ich verspreche es.«

»Das . . . ist gut.« Urianus lag jetzt vollkommen ruhig. »Vermina . . . Vermina soll kommen!«

Messalla erhob sich. Wie alle anderen, hatte sich auch der Kapitän der *Isis* in der Nähe aufgehalten. Messalla teilte ihm den Wunsch des Sterbenden mit. Vermina nickte. Er ging mit Messalla zum Lager des Todkranken. Sie ließen sich rechts und links auf den Knien nieder. Urianus drohte wieder ins Koma zu sinken.

»Hier ich bin!«, sagte der Schiffsführer. Er griff nach Urianus' Hand.

Mit letzter Kraft rang sich Urianus diese Sätze ab: »Es ist ... keine ... Zeit zu verlieren. Haltet ... euch nicht ... mit meiner Bestattung zu Lande auf! Es geht ... um Stunden! Er ... hat ihn ... verraten! Wickelt ... meinen Körper ... in Segeltuch ... Beschwert ihn ... mit einer Kette ... und ... übergebt ... ihn ... dem Meer! Versprich ... es ... mir!«

Vermina erklärte langsam und feierlich: »Ich es versprechen, Freund!«

»Danke, Vermina!«

Sein Kopf fiel zur Seite. Er war tot.

Auf der Stelle leitete Vermina die Maßnahmen für die Bestattung in die Wege. Er tat es wie jemand, der dies nicht zum ersten Mal zu erledigen hatte.

Nachdem er sich überzeugt hatte, dass Urianus tatsächlich verschieden war – er fühlte nach seinem Puls an den Schlagadern des Halses und der Hand –, teilte er der Umgebung mit: »Er hat gelebt.«

Erschrocken hielt Iunia die Hände vors Gesicht. Tränen traten in ihre Augen. Sie war Urianus in den vergangenen Stunden sehr nahe gekommen. Auch Micipsa und Thrax waren erschüttert.

Messalla zwang sich zu nüchterner Betrachtung. Er hatte Urianus von Anfang an gemocht, aber er hatte nie vergessen, was auf der *Triton* geschehen war. Wenn Urianus sich auch von Herakleon distanziert hatte, war er doch an dessen Raub- und Mordzügen beteiligt gewesen.

Dann war da die Geschichte mit der Scherbe

und der Verrat an Spartacus. Längst hatte er sich entschlossen, selbst zu versuchen, Kontakt zum Führer der Aufständischen aufzunehmen. Wie das gelingen sollte, wusste er im Augenblick noch nicht. Er musste die weitere Entwicklung abwarten. Mit Demetrios sprach er nicht darüber – noch nicht.

Vermina gab die Befehle an seine Leute. Man bettete Urianus auf ein entsprechend großes Stück Segeltuch, wickelte ihn darin ein und verschnürte das Ganze sorgsam. Messalla wurde beim Anblick dieses Paketes unwillkürlich an eine Mumie erinnert.

Dann ließ Vermina eine schwere Kette holen, die sorgfältig um den Körper gewickelt und mit Stricken befestigt wurde.

Der letzte Akt, die Übergabe des Toten an das Meer, stand unmittelbar bevor. Der Kapitän ließ – bis auf den Steuermann – die Mannschaft antreten. Auch die Passagiere nahmen mit ernsten Gesichtern Aufstellung.

Der Tote wurde auf eine Bohle gelegt und diese auf die Reling gehoben. Während zwei Mann sie fest hielten, sprachen Vermina und Thrax jeweils ein kurzes Gebet in ihrer Muttersprache. Alle verbeugten sich vor dem Toten. Dann gab Vermina ein Handzeichen. Das Brett senkte sich zum Wasser hin. Das Bündel rutschte nach außen, kippte, stürzte senkrecht nach unten und verschwand in der Tiefe des Meeres.

Vermina ließ seine Leute wegtreten. Jeder wandte sich wieder seiner Tätigkeit zu.

Besorgt schaute Vermina nach Westen, wo dunkle Wolken aufzogen und ein Gewitter ankündigten. Auch der Wind frischte auf, fegte mit scharfen Böen über das Deck und ließ die *Isis* zu voller Geschwindigkeit auflaufen.

Micipsa, der neben Messalla stand, sagte: »Wenn wir um Kap Pachynos herum sind, wird es ruhiger werden. Dann noch drei Stunden und wir sind in Syrakus.«

Das hieß: Fürs Erste wären sie in Sicherheit.

Micipsa täuschte sich. Der Wind nahm an Stärke noch zu und stieß die leichte *Isis* wie einen Spielball vor sich her. Einen Augenblick lang meinte Messalla sich wieder an Bord der *Triton* zu befinden. Nur waren die Bewegungen der *Isis* abrupter, ihr Rumpf war leichter und gab dem Druck des Windes auf das Hauptsegel sofort nach, neigte sich zur Seite oder tauchte mit dem Bug ins Wasser.

Mit großer Geschwindigkeit schoss der elegante, schmale Renner in geringem Abstand an der Küste entlang. Schon gegen Mittag erreichten sie Kap Pachynos, die Südspitze Siziliens.

Vermina gab seine Befehle zur Kursänderung. Neues Ziel: Syrakus.

Der Kapitän stellte einen zweiten Rudergast neben den Steuermann, weil es nun schwieriger wurde, beide Heckruder gegen den von Backbord drückenden Wind zu halten.

Der Bug richtete sich nach Norden aus – aber das Schiff trieb von der Küste weg.

Vermina befahl auf Griechisch: »Ruder hart backbord!«

Es zeigte sich keine Wirkung.

»Verdammt!«, fluchte der Kapitän und ließ die Stellung des Segels verändern. Doch auch das brachte keine Änderung. Das Schiff entfernte sich von der Küste.

Demetrios, der die ganze Zeit neben den beiden Frauen gesessen hatte, musste den Fluch gehört haben. Er erhob sich und näherte sich Messalla: »Wir sind wohl in eine starke Strömung geraten. Erinnerst du dich daran, was Skamandros damals sagte, als wir uns von Norden der Straße von Messana näherten?«

Messalla nickte.

»Außerdem«, fuhr Demetrios fort, »haben wir Vollmond. Das scheint offenbar Einfluss auf die Bewegungen des Wassers zu haben.«

Jetzt wäre die Gelegenheit günstig gewesen Messalla danach zu fragen, was Urianus am Morgen von ihm gewollt hatte; doch Demetrios, der ein feines Gespür für die seelische Verfassung eines Menschen hatte, unterließ es. Messalla mochte darüber nicht reden – noch nicht. Irgendwann würde er selbst dieses Thema anschneiden.

Micipsa bestätigte die Vermutung des Griechen: »Es ist in der Tat so, wie du sagst, Demetrios. Wenn wir Glück haben, treffen wir bald auf eine zweite Strömung, die von Osten kommt und sich mit dieser hier vereint. Dann treiben wir genau auf die Meerenge zu und können Messana in Sizilien oder Rhegion auf dem Festland erreichen.«

Messalla horchte auf: Rhegion! Von dort dürfte es nicht weit bis zum Hauptquartier des Spartacus sein. Dann könnte er . . . Unsinn! Mit welcher Begründung wollte er sich von den Übrigen trennen, wie sollte er Iunia und Claudia glaubhaft erklären, dass es äußerst wichtig sei, Spartacus aufzusuchen? Schon bereute er, wozu er sich allzu impulsiv am Morgen entschlossen hatte.

Alle Versuche die *Isis* aus der starken Strömung freizukämpfen blieben ohne Erfolg. Der steife West drückte sie von der Ostküste Siziliens weg. Längst hatte die Dämmerung eingesetzt. Unter anderen Umständen wären sie in Küstennähe vor Anker gegangen. Das war jetzt nicht möglich. Wind und Strömung zwangen der *Isis* den Kurs auf. Doch anders als bei der *Triton* bestand für die *Isis* keine Gefahr zu kentern.

Eine Stunde später passierten sie Kap Plemmyrion, wenig später Syrakus, doch von der Stadt waren keine Einzelheiten mehr zu erkennen. Sie entfernten sich weiter von der Küste. Links voraus leuchtete das Gipfelfeuer des Aetna.

Ohne dass Vermina irgendeinen Befehl an die Rudergasten gegeben hatte, änderte das Schiff plötzlich seine Lage. Der Bug richtete sich nach Norden aus. Sie erkannten es daran, dass die Gipfelfeuer des Aetna scheinbar nach rechts gewandert waren. Micipsa hatte Recht behalten mit seinem Hinweis auf die zweite Strömung.

Da in diesem Seegebiet keine gefährlichen Untiefen lauerten, hatte Vermina keine Bedenken sein Schiff unter vollen Segeln auf die Meerenge zutreiben zu lassen. Wie bei Skamandros hatte Messalla großen Respekt vor dem Können, der Gelassenheit und Kaltblütigkeit des Kapitäns, die auf jahrzehntelanger Erfahrung beruhten.

Gegen Ende der dritten Nachtwache* hatten sie

* Vor drei Uhr nachts

die lodernden Feuer des Aetna links hinter sich gelassen. Eine Stunde später tauchten im Mondlicht die ersten Höhen von Bruttium, der Südspitze Italiens, auf.

Messalla, aus unruhigem Schlaf hochgefahren, erhob sich leise und ging zum Vorschiff. Er lehnte sich gegen die Reling und verfolgte, wie die Küste allmählich näher rückte. In einer Stunde würden sie in Rhegion sein.

Er entschloss sich, am Morgen mit Micipsa und Thrax über die Möglichkeit zu reden, einen Boten zu Spartacus zu schicken. Dabei musste in Erfahrung gebracht werden, wo der Thraker sich zurzeit aufhielt. Es konnte durchaus sein, dass er sich viel weiter im Norden befand, als er annahm.

Je länger er darüber nachdachte, umso klarer wurde ihm, dass eigentlich nur Micipsa oder Thrax als Überbringer der Nachricht infrage kamen. Thrax war ein Landsmann von Spartacus. Ihm würde Spartacus am ehesten trauen.

»Du besser schlafen gehen, Herr!«

Vermina war lautlos neben ihn getreten und riss ihn aus seinen Gedanken.

»Ja, das werde ich tun.« Doch bevor er ging, verwickelte er Vermina noch in ein kurzes Gespräch. »Wie lange kanntest du Urianus?«

»Neun Jahre. Wir gute Freunde waren. Urianus tapferer Mann!«

Messalla nickte. »Du fährst oft zwischen Africa und Italien oder Sizilien?«

»Ja. Ich oft fahren.«

»Dann bist du gut unterrichtet über die . . . die militärische Lage?«

Vermina hatte ihn wohl nicht verstanden, denn

er sah ihn fragend an. Messalla formulierte einfacher: »Spartacus!«

»Ah, Spartacus!«

»Ja. Weißt du, wo er ist?«

»Ich denke, er in Bruttium.«

»Kennst du ihn?«

»Ja. Gut kennen! Spartacus guter Mann! Spartacus lesen und schreiben können!«

»Ja, ich weiß.«

»Ja. Spartacus auch guter Soldat ... ich meine, guter Feldherr! Er immer Sieger über Römer!«

»Immer?«

»Immer!«

Dem Numider machte es offenbar keine Schwierigkeiten, einem jungen römischen Aristokraten zu verstehen zu geben, dass alle Feldherrnkunst der erfahrensten römischen Heerführer gegen den Thraker bisher versagt hatte.

Messalla ging nicht darauf ein. Einer plötzlichen Eingebung folgend fragte er: »Kennst du auch Skamandros?«

Verminas Antwort kam augenblicklich: »Oh! Skamandros! Guter Mann! Guter Kapitän!«

»Du kennst ihn?«

»Ja. Ich ihn kennen gut.«

Messalla überlegte: Skamandros ... Welche Rolle spielte er in diesem verwickelten Machtspiel? Arbeitete er mit den Feinden Roms zusammen? Spionierte er am Ende für beide Seiten, so wie Vermina? Und dann fiel ihm sein Vetter ein: »Kennst du auch ... Quintus Hortensius?«

»Quintus Hortensius? Nein. Ich ihn nicht kennen.«

Erleichtert atmete Messalla auf. Er sagte: »Ich lege mich wieder schlafen.«

»Das gut, Herr! Morgen viel Arbeit!«

Messalla begab sich zurück zu seinem Platz, wickelte sich in die Decke und fiel auf der Stelle in Schlaf. Er dachte nicht einmal an Claudia, die nur wenige Schritte von ihm entfernt schlief.

Schreie! Da waren Schreie! Von Frauen! Messalla fuhr hoch. Er war einen Augenblick geblendet und blinzelte. Die Sonne ging auf. Dann erkannte er Einzelheiten. Bewaffnete! Wild aussehende Männer. Etwa zehn. Sie waren dabei, Demetrios, Psellistes und die Frauen zu fesseln. Einer trat zu ihm, riss ihn hoch und machte Anstalten auch ihn zu binden. Zwei andere wollten Hand an Micipsa und Thrax legen.

Da trat Vermina dazwischen und herrschte sie in seiner Muttersprache an. Was er sagte, wusste Messalla nicht, doch die Wirkung seiner Worte zeigte sich auf der Stelle. Man ließ von Micipsa, Thrax, Demetrios, Messalla und den Frauen ab.

Vermina kam heran und erklärte: »Das Leute von Spartacus. Sie euch töten wollten. Aber ich sagen, ihr gute Freunde von Vermina und Herakleon! Verstehen?«

Atemlos nickte Messalla.

»Sie euch aber mitnehmen. Nicht wissen, was tun mit euch. Sie Spartacus fragen. Verstehen?«

»Verstehe.«

»Sie alle Schiffe durchsuchen. Alle von Schiffen mitnehmen. Ihr mitgehen. Auch Sachen mitnehmen!« Er wies auf die Beutel. »Alles tun, was sie sagen! Verstehen? Sonst gefährlich!« Er machte die Geste des Halsdurchschneidens. »Ihr auch Waffen abgeben! Sofort!«

Messalla übergab ihm seinen Dolch, auch die andern ließen sich entwaffnen.

Messalla fragte ihn leise: »Wissen sie, wer wir sind?«

»Nein. Ich nicht sagen Namen. Sonst gefährlich. Verstehen?« Messalla nickte.

Einer der Bewaffneten trat zu Demetrios, studierte sein Gesicht und erklärte in fließendem Latein: »Dich kenn ich doch . . . Du heißt Demetrios, nicht wahr?«

Demetrios schwieg.

»Du warst vor drei Jahren mit einem gewissen Quintus Hortensius auf dem Landgut der Hortensier bei Stabiae!«

Demetrios, der ebenso wenig wie Messalla wusste, worauf der Mann hinauswollte, schwieg beharrlich.

»Du hast mich damals vor dem Galgen bewahrt!« Er streckte Demetrios die Hand entgegen. »Ich bin Drakon. Erinnerst du dich?«

Demetrios wechselte mit Messalla einen schnellen Blick. Dann sagte er: »Ich erinnere mich.« Er reichte dem Mann die Hand. »Bist du hier der Anführer?«

Drakon nickte. Dann wies er auf Messalla: »Und wer ist das?«

Demetrios zögerte mit der Antwort. Messalla aber reckte sich und erklärte: »Ich bin Marcus Valerius Messalla. Und ich habe eine wichtige Botschaft für Spartacus.«

Drakon kniff die Augen zusammen und musterte ihn streng. Dann grinste er und sagte ironisch: »Aha! Ein Valerius Messalla hat eine Botschaft für Spartacus! Ausgerechnet! Von wem denn?«

»Von Urianus ... beziehungsweise von Gaidreas, wenn dir dieser Name mehr sagt!«

Drakon stutzte: »Von Gaidreas?« Überrascht starrte er Messalla an. »Nur wenige kennen den wahren Namen von Urianus. Wie geht es ihm?«

Und Messalla: »Er starb gestern am Sumpffieber an Bord dieses Schiffes. Vermina kann das bestätigen.«

Vermina, der daneben stand, nickte.

»Ich verstehe nicht ...« Drakon schüttelte erstaunt den Kopf. »Wie kommt Gaidreas auf dieses Schiff?«

»Das werde ich Spartacus zu erklären haben.« Messalla zog den Lederriemen mit der Scherbe über den Kopf, reichte sie Drakon und sagte: »Wenn du das Spartacus übergibst, wird er größtes Interesse daran haben, mit mir zu reden!«

Drakon betrachtete die Ritzzeichnung, schaute Messalla mit einem seltsamen Blick an und sagte leise: »Unglaublich! Wie kommst du dazu?« Er kannte offenbar die Zusammenhänge.

»Das kann ich nur Spartacus persönlich mitteilen. Ich bitte um Verständnis, jetzt nicht mehr dazu sagen zu können.«

Messalla wunderte sich über seine eigene Kühnheit, mit der er diesem Aufständischen entgegentrat. Aber er hatte schließlich einen Herakleon überlebt!

»Gut denn ...« Drakon blickte über das Deck. Dann befahl er: »Alle Reisenden von Bord bringen!«

»Und wohin?«, fragte einer der Männer.

»Ins Lager!«

Spartacus

Drakon hatte nichts dagegen einzuwenden, dass Messalla und die anderen ihr Gepäck mitnahmen. Es war ohnehin wenig. Er erhob auch keinen Einspruch, dass Micipsa und Thrax sich ihnen anschlossen. Wahrscheinlich, so folgerte Messalla, waren sie miteinander bekannt.

»Ich euch alles Gute!«, sagte Vermina beim Abschied. »Du grüßen Spartacus von mir! Du versprechen?« Er lachte fröhlich.

Messalla versprach es.

Ein seltsamer Mensch, dieser Vermina, dachte er. Ein Mann, der sich mit jedem arrangieren würde und nach jeder Niederlage immer wieder auf die Füße kam. Er schien keine Prinzipien zu haben, jedenfalls war nicht erkennbar, dass er solche beim täglichen Kampf ums Überleben in Betracht zog. Aus jeder noch so verqueren Situation würde er am Ende irgendeinen Nutzen ziehen. Aber er hatte sich bei Drakon für die Flüchtlinge eingesetzt! Auch das konnte sich vielleicht später einmal für ihn auszahlen.

Nur zu gern hätte Demetrios Messalla ausgefragt über den Zusammenhang zwischen dieser unscheinbaren, wertlosen Scherbe und dem plötzlichen Einlenken Drakons. Aber dafür war jetzt nicht die Gelegenheit.

Alle Passagiere verließen mit ihrem Gepäck – darunter auch die hölzerne Hera Messallas – die *Isis* und betraten den Kai von Rhegion.

Messalla blickte sich neugierig um. Die Hafenanlagen waren wie ausgestorben. Außer der *Isis* lagen nur noch zwei ramponierte Frachter in einiger Entfernung an den Pollern vertäut. Nirgendwo Hafenarbeiter. Nur Bewaffnete. Wahrscheinlich Leute des Spartacus. Einige schlenderten lässig am Kai auf und ab, andere standen in kleinen Gruppen beisammen und plauschten, erzählten sich Witze und lachten, da und dort machten es sich einige neben den Pollern bequem und gaben sich mit großem Ernst dem Würfelspiel hin. Alle machten den Eindruck, als ob sie sich langweilten.

Der Hafen, einer der wichtigsten an der Südspitze Italiens, wurde von den Handelsschiffen, die auf dem Wege nach Norden hier Zwischenstation machten, gemieden. Daraus schloss Messalla, dass er fest in der Hand von Spartacus lag. Wer hier freiwillig anlandete, musste mit den Aufständischen zusammenarbeiten.

Drakon schickte Leute los, Reittiere zu besorgen. Nach einer Viertelstunde kamen sie mit acht Maultieren zurück, sieben für die Gefangenen und einem zum Transport des Gepäcks.

Eskortiert von zehn Reitern mit Drakon an der Spitze machte sich die Gruppe auf den Weg. Sie durchquerten die Stadt in nördlicher Richtung und bogen beim Nordtor nach Osten ab in das Tal eines kleinen Flusses, der sogar zu dieser Jahreszeit viel Wasser führte. Es ging steil bergauf. Bald schon ließen sie die Weinberge und Olivenplantagen der Hänge in Küstennähe hinter sich und erreichten das große Waldgebirge – die *Sila*. Himmelhohe Tannen, behangen mit graugrünen Flechten, Buchen, Fichten, Eschen und gewaltige Eichen bildeten einen undurchdringlichen Urwald. Aber es gab Wege, die in das Dickicht eindrangen, denn diese Wälder spendeten seit Urzeiten Holz für den Schiff- und Hausbau, für Masten, Ruder, Stangen, Balken und allerlei Werkzeug und Hausgerät. Dazwischen immer wieder große Lichtungen, auf denen von Ende Mai bis Oktober Weidewirtschaft betrieben wurde. Ackerbau war in diesem rauen Klima und bei der Bodenbeschaffenheit nicht möglich. Ein ideales Versteck für Aufständische.

Der Weg wurde immer steiler und steiniger, doch trittsicher kletterten die Maultiere weiter aufwärts. Sie scheuten auch nicht vor links oder rechts des Weges drohenden Abgründen, während den ungeübten Reitern ein Schauer über den Rücken lief, wenn sie in die Tiefe blickten.

Voraus überragte ein Gipfel alle anderen Berge. Das musste der Aspromonte sein, der höchste Berg in Bruttium. Messalla fiel ein, dass er vor Jahren während des Geographieunterrichts diesen Namen hundert Mal schreiben musste, weil er ihn nicht behalten konnte. Der Berg war an die sechstausend Fuß hoch.* War er etwa ihr Ziel? Messalla erinnerte sich an die Karte, die sein Hauslehrer

* Aspromonte, der »Raue Berg«, heute der Montalto, ist 1956 m hoch.

ihm gezeigt hatte: Von diesem Bergmassiv flossen nach allen Seiten Bäche und Flüsse in tief eingeschnittenen Tälern ins Meer.

Sollte Spartacus sich hier in einem der unzugänglichen Täler festgesetzt haben? Dann hätte er ganz Süditalien preisgegeben und Crassus müsste sich mit seiner Armee in unmittelbarer Nähe aufhalten. Aber in diesem unwegsamen Gelände konnte man keine Schlacht schlagen! Die einzige Erklärung für die Anwesenheit des Thrakers auf dieser Höhe war, dass er von diesem sicheren Ort aus am schnellsten Verbindung zu den Piraten aufnehmen konnte – oder dass diese sich von jedem Hafen der Halbinsel aus zu ihm begeben konnten. Sollte er von irgendeiner Seite bedrängt werden, konnte er sich jederzeit zu seiner Armee absetzen, deren Standort Messalla weiter nördlich in der Ebene zwischen den Meeren vermutete.

Nach sechs Stunden beschwerlichen Ritts ließ Drakon anhalten. Sie befanden sich unterhalb des Gipfels des Aspromonte – das war jedenfalls der Eindruck, denn in der klaren Bergluft schien der Berg zum Greifen nahe zu sein; tatsächlich war er wohl noch einige Meilen entfernt.

Auf einer großen Lichtung grasten Schafe. Drei zottelige schwarze Hunde umkreisten die Herde. Auf einem Baumstumpf saß der Hirte. Er aß irgendetwas. Weiter oben zwei Hütten, aus Bruchsteinen geschichtet, die niedrigen Dächer mit flachen Steinen gedeckt. Aus dem größeren Haus stieg Rauch auf. Vor dem Eingang standen an die zehn Krieger. Misstrauisch blickten sie dem Zug entgegen. Drakon hielt auf sie zu.

Sie stiegen von den Maultieren. Ihre bewaffneten Begleiter nickten den Posten zu und ließen sich am Boden nieder. Drakon winkte Micipsa und Thrax zu sich und ging mit ihnen in die Hütte.

Schon nach wenigen Augenblicken kam er wieder heraus und wandte sich an Messalla: »Er will dich sprechen!«

Demetrios sah ihn an und sagte leise: »Was auch immer du vorhast – sei vorsichtig!«

Das Haus hatte nur einen einzigen großen Raum, der von zwei lukenartigen, hochgelegenen Fenstern an den Längsseiten ein schummeriges Licht erhielt. An einer Giebelwand stand der gemauerte Herd. Aus klobigen Buchenscheiten züngelten Flammen hoch und leckten um einen rußigen kupfernen Kessel, der an einer Kette hing. Der Rauch zog durchs Dach ab. Unter dem Gewölbe des Herdes waren grobe und feine Holzstücke akkurat geschichtet. Vor der gegenüberliegenden Giebelwand eine Strohschütte, darauf Felle und Decken. Schlafplätze für mehrere Personen. Davor ein primitiver, massiver Eichentisch mit vier Hockern. An der Wand eine lange Bank. Auf dem Tisch lagen große, aneinander geklebte Papyrusblätter, bedeckt mit Linien, Punkten, Pfeilen, Kreisen und anderen Zeichen in schwarzer und sepiabrauner Tinte. An den Rändern Notizen.

»Marcus Valerius Messalla!«, meldete Drakon. Ein großer, athletisch gebauter Mann – er stand mit Micipsa und Thrax beim Herd – drehte sich um und musterte Messalla mit einem kritischen Blick aus großen, graublauen Augen unter buschigen dunklen Brauen. Sein schwarzer Vollbart war kurz geschnitten, das Gesicht gebräunt. Auf der rechten Wange zog sich eine Narbe von der

Schläfe abwärts zum Kinn. Er trug eine grobe, wollene, rötlich-braune Tunika der Art, wie sie römische Legionäre unter dem Panzer anlegten. Das war Spartacus!

»Marcus Valerius Messalla ...«, wiederholte er mit kerniger, rauer Stimme. Er sprach das Latein fast akzentfrei. »Neffe des Quintus Hortensius Hortalus! Spross aus uraltem römischem Adel! Was veranlasst dich freiwillig in die Höhle des Löwen zu treten?«

Eine ähnliche Frage hatte Messalla erwartet. Aber er antwortete nicht, sondern starrte Spartacus unverwandt an. Das also war der Mann, vor dem die Bürger Roms und Italiens mehr zitterten als vor Mithradates von Pontus und den Piraten! Drei Jahre lang hatte er – wie vor ihm nur Hannibal – ganz Mittel- und Süditalien in eisernem Griff gehalten. Alle Armeen, die man gegen ihn ins Feld geschickt hatte, waren vernichtend geschlagen worden. Mehrmals waren ihm die gesamte Ausrüstung, der Tross, die Kriegskasse – ja sogar die Befehlshaber selbst in die Hände gefallen. Er hatte sie gegeneinander kämpfen lassen, bis zum Tod!

Messalla spürte sofort, welche Energie dieser Mann ausstrahlte. So blickte jemand, der Macht hatte und Gewalt über Menschen ausübte.

Sehr wach und misstrauisch tasteten seine Augen Messallas Gesicht ab. Er konnte nicht glauben, dass ein Angehöriger des römischen Adels – seines Todfeindes! – aus freien Stücken zu ihm kam. Mehr noch musste ihn verwirren, dass es ein junger Mann war, der an den Entscheidungen der Alten keinen Anteil hatte. Es entging ihm auch nicht, dass die Züge Messallas, dessen Alter er auf siebzehn, achtzehn Jahre schätzte, von großen Strapazen gezeichnet waren, die ihn älter erscheinen ließen, als er wirklich war. Ein großer Ernst lag über dem jungen Gesicht.

Spartacus öffnete die Faust, in der er die ganze Zeit die Tonscherbe gehalten hatte, betrachtete sie kopfschüttelnd und fragte: »Wie kommst du zu diesem Stück?«

Messalla hielt seinem Blick stand und erklärte: »Das kann ich dir nur unter vier Augen sagen.« Zugleich erschrak er, denn er wusste: In den folgenden Augenblicken würde sich ihrer aller Schicksal entscheiden.

Langsam schloss Spartacus die Finger wieder um die Scherbe. Seine Augen schienen durch die Zeiten zu blicken. Dann nickte er Thrax und Micipsa gedankenverloren zu und sagte: »Lasst mich allein mit dem Römer!«

Sie verließen den Raum.

»Also! Ich höre!«

Er trat zum Tisch und legte die Scherbe auf die Platte. Dann verschränkte er die Arme so, dass er mit einer Hand das Kinn stützte, und schaute Messalla in Erwartung der Antwort an.

»Urianus«, begann Messalla, »den du besser unter seinem thrakischen Namen Gaidreas kennst, gab sie mir.«

»Wann?«

»Gestern.«

»Wo?«

»An Bord der *Isis*.«

»Warum?«

Die Fragen kamen wie Peitschenhiebe.

So knapp wie möglich berichtete Messalla über die vorausgegangenen Ereignisse, seine Gefangenschaft in den Latomien, das plötzliche Auftauchen von Urianus und die gemeinsame Flucht aus den Ruinen Karthagos.

Spartacus hatte ihm mit größter Aufmerksamkeit zugehört ohne ihn zu unterbrechen. Er wies auf die Scherbe: »Kennst du ihre Geschichte?«

»Ich kenne sie.«

»Erstaunlich . . .« Wieder schüttelte er verwundert den Kopf, »Gaidreas muss großes Vertrauen zu dir gehabt haben!«

»Das kann ich nicht beurteilen.«

»Aber ich!«

Spartacus ging unruhig einige Schritte auf und ab, blieb schließlich vor Messalla stehen und sagte: »Nun gut. Du hast eine Botschaft von ihm. Wie lautet sie?«

»Du darfst auf keinen Fall . . .« Messalla hielt inne und musste tief durchatmen, denn er war sich bewusst, dass er in diesem Augenblick die Partei der Aufständischen ergriff.

»Was?«, rief Spartacus und suchte in Messallas Gesicht nach der Antwort. »Was darf ich nicht?«

Messalla schluckte: »Du . . . du darfst auf keinen Fall auf die finanziellen Forderungen Herakleons eingehen!«

Der Thraker starrte ihn an: »Das sagte Gaidreas?«

»Er sagte es.«

»Und warum? Warum soll ich das nicht tun?«

»Herakleon . . . Er wird dich betrügen!«

»Was heißt das?«

»Er wird das Geld, das er von dir als Anzahlung

für den Transport deiner Truppen nach Sizilien fordert, in Empfang nehmen, aber er wird seine Schiffe nicht zur Verfügung stellen.«

Spartacus sah ihn entgeistert an. Die Farbe war aus seinem Gesicht gewichen. Er lehnte sich gegen den Tisch und stützte sich mit den Händen an der Kante ab. Fassungslos senkte er den Blick und starrte vor sich auf den Lehmboden der Hütte.

Messalla beobachtete ihn kühl, sachlich, aber nicht unbeteiligt, fast wie ein Arzt, der den unmittelbar bevorstehenden Zusammenbruch seines Patienten befürchtet. Spartacus rang sichtlich um Haltung. Er atmete ein Mal tief durch, reckte sich, ging ein paar Schritte auf und ab, den Blick nach wie vor auf den Boden gerichtet. Plötzlich blieb er stehen, schlug sich mit der Faust in die andere Hand und stieß leise hervor: »Verräter! Elender Verräter!«

Dann, als er sich bewusst wurde, dass Messalla Zeuge seiner Erregung war, schaute er auf und sah ihn lange an. Schließlich fragte er: »Weiß außer dir jemand davon?«

»Nein.«

»Auch nicht deine Begleiter?«

»Nein.«

Spartacus fixierte ihn scharf: »Du könntest dir das alles ausgedacht haben!«

»Warum sollte ich das?«

»Um mich daran zu hindern, nach Sizilien überzusetzen!«

Messalla zeigte auf die Scherbe, die auf dem Tisch lag: »Ich denke, sie genügt als Gegenbeweis!«

»Keineswegs! Du ... du könntest sie Gaidreas abgenommen haben ohne sein Wissen!« Verzweifelt spielte er alle Möglichkeiten durch, um noch einen Ausweg zu finden.

Messalla schüttelte den Kopf. »Genügt es, wenn ich dir sage: Du, Gaidreas und euer gemeinsamer Freund Amatokos, der Sohn eines Fürsten aus dem Stamme der Odrysen, ihr habt in der bithynischen Stadt Nikomedia Abschied voneinander gefeiert ...?«

»Weiter! Was geschah damals?«

Messalla konzentrierte sich und ihm fiel die Schilderung von Urianus Wort für Wort ein: »Auf dem Fenstersims neben dem Tisch lag eine ... eine schwarze Tonscherbe ... der Rest eines zerbrochenen Kruges. Amatokos ritzte mit seinem Messer eine Zeichnung auf die dunkle Fläche. Sie ... sie stellte einen thrakischen Reiter dar, der mit seiner Lanze eine Wölfin erlegt ...«

»Weiter!«

»Die Scherbe glitt ihm aus der Hand, fiel auf den Boden und zersprang in drei Teile. Du hobst die Bruchstücke auf ... und legtest sie nebeneinander auf den Tisch ...«

»Es genügt. Das kannst du nur von Gaidreas selbst erfahren haben. Aber nun sage mir, Valerius Messalla: Was hat dich bewogen mir das alles mitzuteilen?«

Und Messalla, ohne zu zögern: »Ich habe es Urianus versprochen, als er starb.«

»Du hättest es trotzdem für dich behalten können!«

»Ich pflege ein gegebenes Wort zu halten.«

»Auch einem Feind gegenüber?«

»Er war nicht mein Feind. Er hat mich aus den Händen Herakleons befreit. Und er hat mir einiges aus seinem Leben erzählt.«

»Auch aus meinem?«

»Auch das.«

»Erstaunlich!« Messalla spürte, wie Spartacus damit beschäftigt war, sich von ihm und seinem Verhältnis zu Urianus-Gaidreas ein Bild zu machen.

»Weißt du etwa auch«, fragte der Thraker weiter, »wer Herakleon in Wahrheit ist?«

»Ich weiß es: Mago byn Hanno.«

»Hast du ihn kennen gelernt?«

»Ja. Und ich beurteile ihn genau wie Urianus – und wie du!«

Spartacus hob erstaunt die rechte Augenbraue an. »Bist du dir bewusst, dass du dich damit auf die Seite der Feinde Roms stellst?«

»Keineswegs.« Messalla gab sich mit der folgenden Antwort selbst Rechenschaft und er war sich seiner sehr sicher: »In den langen, schrecklichen Wochen in den Latomien lernte ich vieles mit anderen Augen zu sehen. Ich kenne jetzt die wahren Gründe, die Männer wie dich, Urianus und andere veranlassten Gewaltmaßnahmen zu ergreifen.«

»Auch Herakleon?«

»Gewiss. Aber er ist absolut skrupellos, fanatisch, ein kalter Mörder.«

»Und ich?«

»Das kann ich nicht beurteilen. Du hast jedenfalls andere Motive als Herakleon.«

»Allerdings.«

Spartacus ging wieder einige Schritte auf und

ab, blieb vor Messalla stehen und erklärte leise: »Du kommst zu spät, Valerius Messalla.«

»Zu spät?«

»Ich habe meinen Teil des Vertrages mit Herakleon bereits erfüllt.«

»Nun, dann ...« Messalla sah die Trauer in seinem Blick und fuhr betroffen fort: »Dann war alles umsonst!«

»Es scheint so«, nickte Spartacus. Auch er wurde sich wohl in diesem Augenblick klar darüber, dass es für ihn und seine Schicksalsgenossen keine Rettung mehr gab.

Vorsichtig fragte Messalla: »Was ... was war dein eigentliches Ziel vor drei Jahren? Wolltest du nur Rache nehmen für die erlittenen Demütigungen?«

Spartacus' Blick ging in die Ferne, kehrte zurück, er sammelte sich und erklärte: »Nein. Ich wollte mit den befreiten Sklaven Italien verlassen und in Illyrien* einen eigenen Staat errichten. Aber dazu ist es nicht gekommen. Die Götter waren dagegen.«

»Oder deine Genossen!«

In Rom hatte man damals von gefangenen Aufständischen erfahren, dass Spartacus nach Norditalien gezogen, dort aber von seinen undisziplinierten Kriegern gezwungen worden war nach Süden umzukehren.

Messalla war auf eine scharfe Erwiderung gefasst, doch Spartacus sah ihn ruhig an und sagte: »So kann man es auch sehen. Sie wollten Rache. Ich nicht.«

* Illyrien auf dem Balkan war damals noch nicht römische Provinz.

»Dann hättest du doch mit wenigen Getreuen Italien verlassen können!«

»Nein. Wir waren eine Schicksalsgemeinschaft, aufeinander eingeschworen.«

Sie wurden unterbrochen. Völlig außer Atem stürzte ein Mann in den Raum. Er sah aus wie jemand, der einen stundenlangen Ritt oder Gewaltmarsch hinter sich hatte.

»Glaukos! Was gibt es?«, fragte Spartacus.

»Das hier!« Glaukos reichte ihm eine Rolle.

Spartacus öffnete sie und überflog den Inhalt. Sein Blick verfinsterte sich. Dann rief er entschlossen: »Das kann er haben!« – und anschließend: »Hol mir Thrax und Micipsa herein!«

Als die beiden erschienen, befahl er: »Ihr reitet sofort zurück nach Rhegion! Alle Einheiten aus der Stadt abziehen! Auf dem schnellsten Wege nach Hipponion* marschieren! Nehmt die Küstenstraße! Wartet in Hipponion weitere Befehle ab!«

»Jawohl!« Micipsa wies auf Messalla: »Und was ist mit ihm?«

»Er kommt mit mir.«

»Und die anderen?«

»Ebenfalls.«

»Auch die Frauen?«

»Auch die Frauen!«

Er raffte die auf dem Tisch liegenden Blätter zusammen, verstaute sie in einer ledernen Tasche, ließ sich von Thrax beim Anlegen des Panzers helfen, gürtete sich mit dem Schwert, griff nach seinem Mantel und verließ zusammen mit den anderen die Hütte.

* Weiter nördlich gelegene Stadt an der Westküste Bruttiums

Draußen gab er Micipsa eine Geldbörse, wies auf den Hirten und sagte: »Gib sie dem Alten, wenn du an ihm vorbeikommst. Ein Dank von Spartacus!« Dann an alle: »Aufsitzen!«

Micipsa und Thrax ritten das Bachtal abwärts. Die anderen – ein Trupp von etwa dreißig Reitern, darunter die Frauen – wandten sich nach Norden und erreichten nach Überwindung einer letzten Anhöhe den Oberlauf des Metaurus,* der am Nordhang des Aspromonte entsprang und in nördlicher Richtung zum Meer floss. Sie folgten ihm. Von nun an ging es nur noch abwärts.

Lange blickte der Schäfer den Reitern nach, bis sie hinter der letzten Bergkuppe verschwunden waren. Wieder und wieder öffnete er den Geldbeutel, betrachtete die Gold- und Silbermünzen und murmelte aus zahnlosem Mund: »Er ist ein guter Mensch. Mögen die Götter ihn beschützen!«

Noch seine Enkel würden dereinst ihren Söhnen von dieser Begebenheit zu berichten wissen.

Nach Norden!

Gegen Abend erreichte die Gruppe die Stadt Metauron, die ihren Namen vom Fluss Metaurus ableitete, der in der Nähe ins Tyrrhenische Meer floss. Wie alle Städte an der Küste wurde sie von den Aufständischen kontrolliert. Die Besatzung

* Heute: Petrace

aus Rhegion war noch nicht eingetroffen. Micipsa und Thrax hatten erst den Rückweg zur Küste einschlagen müssen, ehe sie mit den Einheiten aus Rhegion auf der *Via Popilia* nach Norden marschieren konnten. Von dort bis Metauron waren es an die zwanzig Meilen. Sie würden erst im Laufe der Nacht eintreffen.

Spartacus requirierte kurzerhand eine Herberge in der Nähe des Hafens und ließ den Gefangenen Zimmer zuweisen. Sie erhielten die strikte Anweisung die Räume nicht zu verlassen. Vor die Unterkünfte wurden bewaffnete Posten gestellt, die sich alle drei Stunden ablösten.

Für ihr leibliches Wohl war gesorgt. Zum ersten Mal seit vielen Wochen nahmen Messalla, Demetrios und Psellistes eine warme Mahlzeit zu sich, die ihnen aufs Zimmer gebracht wurde: köstlich gebratenes Geflügel, frisches Gemüse, Salate, Spiegeleier mit Schinken, und zum Nachtisch in Wein eingelegte Feigen.

Endlich konnten sich Messalla und Demetrios, die mit Psellistes im gleichen Zimmer schliefen, miteinander austauschen. Demetrios wollte vor allem wissen, was Messalla mit Urianus kurz vor seinem Tod und später mit Spartacus besprochen hatte. Nachdem Messalla ihm das Wesentliche geschildert hatte, schwieg Demetrios lange. Er saß auf der Kante des Bettes und hatte den Kopf in beide Hände gestützt. Mehrmals nickte er vor sich hin und sagte schließlich: »Ich hätte genauso gehandelt wie du.«

»Wirklich?«, fragte Messalla, denn das Urteil von Demetrios war ihm sehr wichtig.

»Ja, natürlich.« Demetrios blickte auf. »Der

Thraker wird sich zwar auf keinen Fall noch lange gegen Crassus behaupten können, aber du hast ihm deutlich zu erkennen gegeben, dass du Herakleon und seine geldgierigen, egoistischen Machenschaften ablehnst.«

Messalla war beruhigt. Sein Onkel und wohl auch seine Mutter würden in der Sache andere Maßstäbe anlegen. Aber Demetrios schien ihm in der Begutachtung des Falles neutraler zu urteilen. Er hatte keine Machtposition zu verteidigen.

»Da-darf ich ma-mal was sagen, Herr?«, meldete sich Psellistes zu Wort.

»Natürlich, Psellistes!«, sagte Messalla.

»Ich denke, da-das war eine riskante Sa-sache. I-ich meine die Flucht mit Urianus. Und ich wewerde ihm da-das nie in meinem Leben vergessen! Urianus war ein gu-guter Mann! U-und er hätte es verdient, ein be-besseres Ende zu nehmen, als ku-kurz vor dem Ziel ...« Er hielt inne und fuhr sich mit der Hand über die Augen.

»Ich bin ganz deiner Meinung, Psellistes. Auch ich werde ihn, solange ich lebe, in guter Erinnerung bewahren.«

Nach einigen Augenblicken schweigenden Gedenkens wechselten sie das Thema und kamen auf Spartacus zu sprechen. Sie waren sich einig, dass der Thraker sie, sollte es hart auf hart kommen, als Geiseln gegenüber Crassus ausspielen werde. Es wurde nicht ausgesprochen, aber jeder dachte es: Dabei bestand die Gefahr, dass Messalla, Iunia und Claudia Marcella von Demetrios und Psellistes getrennt wurden, denn sie waren Angehörige des römischen Adels und konnten als Druckmittel benutzt werden.

Da sie sehr müde waren und zum ersten Mal seit langem wieder in einem Bett lagen, schliefen sie, unbekümmert um die möglichen Gefahren des folgenden Tages, sofort ein.

Kurz nach Sonnenaufgang wurden sie geweckt. Man gab ihnen nur eine Viertelstunde Zeit sich anzukleiden und etwas zu essen.

Auf dem Platz vor der Herberge warteten etwa fünfzig Reiter und einige hundert Krieger zu Fuß auf das Kommando zum Abmarsch. Die Fußtruppen aus Rhegion waren gegen Ende der dritten Nachtwache* eingetroffen. Man hatte sie nur drei Stunden ruhen lassen. Sie sahen erschöpft aus. Dennoch würde es gleich weitergehen in nördlicher Richtung.

Überrascht registrierte Messalla, dass für Iunia und Claudia Marcella ein Reisewagen bereitstand. Er wies Demetrios darauf hin und dieser meinte: »Du scheinst ihn sehr beeindruckt zu haben!«

»Wieso?«

»Nun, sie haben weder unser Gepäck noch unser Geld kontrolliert. Und du hast ja von Urianus eine erhebliche Summe in Empfang genommen!«

Messalla blieb skeptisch: »Warten wir ab, was die nächsten Tage bringen . . .« Aber er dachte: Vielleicht will Spartacus die beiden Frauen vor der respektlosen, derben Soldateska schützen. Die Männer hatten schon gestern gehässige und anzügliche Bemerkungen über die beiden Römerinnen gemacht.

Da sie nun über die *Via Popilia*, eine befestigte Staatsstraße, ritten, kamen sie erheblich schneller

* Gegen 3 Uhr morgens

voran als gestern im unwegsamen Gelände des Aspromonte. Die Straße folgte der Küste bis zur Mündung des Medma, überquerte ihn, entfernte sich von der Küste und verlief in fast gerader Linie über die Hügel zwischen Fluss und Meer. Nach vier Stunden kam Hipponium in Sicht.

Der Ort wimmelte von Kriegern. Messalla und Demetrios gingen davon aus, dass Spartacus sie aus allen umliegenden Gebieten zusammengezogen hatte, um sie mit der Kerntruppe zu vereinen, deren Lager sie noch weiter nördlich vermuteten.

Da ritt Micipsa vorbei! Er erkannte sie, winkte ihnen zu und kam heran, um sie zu begrüßen. Von ihm erfuhren sie, dass Crassus sich in den Petelischen Bergen verschanzt habe und dass er entschlossen sei Spartacus die entscheidende Schlacht zu liefern. Das hieß, sie mussten noch eine Strecke von über sechzig Meilen zurücklegen, um dorthin zu gelangen. Petelia lag an der Ostküste Bruttiums. Mindestens drei Tage würden sie unterwegs sein.

»Weißt du Genaueres über die militärische Lage?«, fragte Messalla.

»Nicht viel. Er hat . . .« – Micipsa musste sein Pferd, das vor einem der hier streunenden, großen gelben Hunde scheute, energisch zügeln – ». . . er hat mit mir nicht darüber gesprochen. Von anderen aber erfuhr ich, dass Crassus an der Landenge zwischen Thurii und Cerilli* von Meer zu Meer – und das sind dreihundert Stadien!** – einen Gra-

* Thurii am Golf von Tarent, Cerilli am Tyrrhenischen Meer.

**53,4 km.

ben ausheben und ihn mit einer Mauer sichern ließ. Das hatte sehr schnell zur Folge, dass Spartacus und seinen Leuten die Nahrungsmittel ausgingen. Und wie ihr ja selbst gesehen habt, ist hier im Süden nicht viel zu holen.«

»Wie stark ist denn seine Armee noch?«

»Hm . . .« Micipsa überlegte. »Ich denke, noch an die siebzigtausend!«

»Und Crassus?«

»Das weiß ich nicht. Das weiß niemand hier.«

»Weiter, Micipsa! Was geschah weiter?«

Der Numider fuhr fort: »In einer finsteren Nacht, in der es heftig stürmte, ließ Spartacus ein Stück des Grabens mit Erde, Holz und Baumzweigen auffüllen, überwand die Befestigungen und führte ein Drittel des Heeres hinüber. Es kam dann drüben zu einigen erbitterten Gefechten, von denen Spartacus eines unter großen Verlusten verlor. Es soll dabei über zwölftausend Tote gegeben haben. – In den anderen Treffen blieb er Sieger.«

»Zwölftausend?!«, wiederholte Messalla. Er konnte es kaum fassen. Das war die Einwohnerschaft einer mittelgroßen Stadt!

Und Micipsa, auch er betroffen: »Zwölftausend, ja. Schrecklich, nicht wahr? Aber die Verluste auf der anderen Seite waren kaum geringer, musst du wissen.« Er schaute Messalla mitfühlend an, denn es handelte sich um Römer.

»Weiter! Was dann?«, spornte Messalla ihn an, denn er wollte alles wissen.

»Nun, danach hat sich Spartacus in die Petelischen Berge zurückgezogen und seine Truppen fürs Erste in einem festen Lager vor feindlichen Überfällen gesichert.«

»Wie lange ist das her?«

»Das muss vor zehn, zwölf Tagen gewesen sein.«

Messalla dachte nach: »Und diese Ruhepause hat er benutzt, um selbst in Rhegion auf die Antwort Herakleons zu warten . . .«

Micipsa nickte. »Ich denke, ja.«

»Doch Crassus ist in der Zwischenzeit weiter vorgerückt?«

»Er ist es. Er setzt, heißt es, seinen ganzen Ehrgeiz darein, diesen Krieg alleine, ohne Hilfe des aus Spanien siegreich zurückkehrenden Pompeius zu beenden.«

»Es wird also zu einer großen Schlacht kommen?«

»Es wird.«

»Und sie wird – so oder so – die letzte sein!«

»So ist es! Siegt Spartacus, beherrscht er ganz Italien und wird wohl gegen Rom selbst ziehen. Siegt Crassus, dann . . .« Er schwieg.

Schließlich fragte Messalla: »Und du? Wirst du mitkämpfen?«

»Nein.«

»Nein?«

»Ich soll weiter versuchen einen Kontakt zu Herakleon herzustellen.«

Messalla und Demetrios sahen sich an. Demetrios schüttelte den Kopf und fragte: »Hast du ihm denn nicht klargemacht, dass . . .?«

»Sicher. Aber er sagt, man soll keine Gelegenheit unversucht lassen.«

Und Messalla: »Was bietet er ihm denn? Noch mehr Geld?«

»Ja.«

»Glaubst du, dass Herakleon darauf eingeht – falls du überhaupt einen neuen Kontakt zu ihm herstellen kannst?«

»Nein.«

»Und warum machst du das?«

»Weil er verzweifelt ist.« Er meinte Spartacus.

»Aber er müsste doch wissen, dass du nach deiner Flucht nicht mehr vor Herakleon hintreten kannst. Du spielst mit deinem Leben!«

»Natürlich weiß er das! Ich soll es darum über Mittelsmänner wie Vermina versuchen.«

»Vertraut er denn dem Vermina?«

»Vollkommen. Und Herakleon ebenso.« Er lachte belustigt auf. »Ich weiß, was du denkst, Messalla: Die Welt ist verrückt!«

»Aber die Menschen sind es bei weitem noch mehr. Viel Glück, Micipsa! Sieh zu, dass du irgendwie aus diesem Schlamassel herauskommst!«

»Darauf kannst du dich verlassen. Dasselbe wünsche ich euch! Vielleicht sehen wir uns irgendwann wieder.«

»Vielleicht. – Und wo?«

Er hob die Hand: »Was weiß ich: in Rom ... Utica ... Syrakus ... Athen? – Lebt wohl!«

»Leb wohl! Und pass auf dich auf!«

Er ritt nach Süden, aus der Stadt hinaus. Messalla blickte ihm lange nach. Dann sagte er zu Demetrios: »Ich habe das sichere Gefühl, dass er durchkommt.«

Demetrios nickte. »Hoffentlich wir auch!«

Sie brachen auf.

Drei Tage später erreichten sie den befestigten Platz der Aufständischen in den Petelischen Bergen. Zunächst meinte Messalla sich einem römischen Lager zu nähern, denn das Kastell wurde von einem zehn Fuß tiefen Graben mit Wall und darauf gesetzten Palisaden gesichert und die vier Tore durch Zwinger geschützt, die ein möglicher Feind erst mühsam und unter großen Verlusten überwinden musste, um ins Innere zu gelangen. Das *castrum* lag auf einem Hügel, der zum Meer hin allmählich abfiel. Die Entfernung zur Küste betrug mehrere Meilen. Von der Höhe konnte man weit über den Golf von Tarent blicken und so frühzeitig eine sich etwa nähernde feindliche Kriegsflotte ausmachen.

Der Zug hielt. Von vorne galoppierten zehn Reiter auf die Gefangenen zu. Sie wurden angeführt von Glaukos, den Messalla in der Hütte am Aspromonte kennen gelernt hatte. In äußerst knappem Ton wandte er sich an Messalla und die Übrigen: »Folgen!«

Sie verließen die Kolonne. Glaukos und seine Leute nahmen die fünf Gefangenen – Messalla, Demetrios, Psellistes, Iunia und Claudia – in die Mitte und ritten auf einen benachbarten, flacheren Hügel zu. Dort standen einige sehr alte Häuser, in Naturstein geschichtet. Bis auf eins waren sie in Schutt und Asche gelegt. Vor der Zerstörung mussten sie der Mittelpunkt eines großen Weidebetriebs gewesen sein. Die Ruinen mochten früher die Ställe und Unterkünfte der Arbeitssklaven beherbergt haben. Jetzt war hier weit und breit kein Mensch zu sehen. Es fehlten auch Hunde, Hühner oder sonstiges Getier, das zu einem solchen Anwesen in friedlichen Zeiten gehörte. Die Schafe, die man hier gezüchtet hatte, waren schon längst durch die zigtausend Mägen der Aufständischen gegangen. Uralte Pinien und Zypressen umhegten das Anwesen und weckten die Illusion, hier sei ein Ort des Friedens und der beschaulichen Ruhe.

Glaukos ließ absitzen und stieg selbst vom Pferd.

»Befehl! Bis auf weiteres bleibt ihr in diesem Haus!«

Er zeigte auf das Gebäude, dessen Dach nicht zerstört war.

»Man wird euch Essen und Wasser bringen. Das Gelände wird ständig bewacht. Jeder Fluchtversuch wird mit dem Tode bestraft!«

Trotz des rauen Tons hatten Messalla und die andern den Eindruck, dass sie hier fürs Erste in Sicherheit waren – sicher vor eventuell herumstreunenden Gruppen von Aufständischen. Die Posten, die Glaukos verteilte, machten im Unterschied zu anderen Einheiten, die sie kennen gelernt hatten, einen sehr disziplinierten Eindruck. Sie schienen direkt Spartacus zu unterstehen und zu seiner Leibwache zu gehören.

Als ob er ihre Gedanken erraten hätte, erklärte Glaukos: »Ihr werdet die Tür von innen verriegeln und sie nur öffnen, wenn ihr dieses Zeichen hört . . .« Er klopfte gegen das Holz, zweimal lang, dreimal kurz. »Ihr haltet auch die Läden verschlossen!«

Psellistes trat vor und fragte: »Fa-falls da-da drinnen ein Herd ist, dü-dürfen wir Feuer machen?«

»Meinetwegen«, sagte Glaukos.

Sie gingen hinein. Messalla legte sofort innen die beiden Riegel vor. Das Haus hatte drei Räume:

eine große Küche mit Herd, die fast eine Hälfte des Gebäudes in Anspruch nahm, daran anschließend zwei Kammern mit separaten Eingängen. So hatten die Frauen einen eigenen Raum zur Verfügung.

Der Tag der Entscheidung

Drei Tage hatten sie bereits in dem Haus verbracht, ohne dass irgendetwas passierte. Pünktlich wurden sie mit Nahrung und Wasser versorgt. Ansonsten kümmerte sich niemand um sie. Die Posten verhielten sich so korrekt und höflich, dass Messalla daraus ableitete, Spartacus selbst müsse sie dazu angehalten haben. Was der Thraker mit ihnen vorhatte, wussten sie nicht, umso mehr stellten sie immer neue Vermutungen darüber an.

Wie schon in den Latomien vertrieben sie sich die Zeit mit Erzählen, Schlafen und wiederum Erzählen. Höhepunkt des Tages war stets das abendliche Essen, das Psellistes mit den wenigen Mitteln, die ihm zur Verfügung standen, immer zu variieren suchte. Da sie Feuer hatten, röstete er Brotscheiben und überbuk sie mit Käse.

Seine stereotype Wendung »Und nu-nun tun wir dies . . . und da-danach werden wir jenes . . .« wurde schließlich auch von den Frauen scherzhaft gebraucht, wenn sie ihren Tagträumen nachhingen, wobei sich besonders Iunia hervortat, die immer wieder ihren erfrischenden Humor durchblitzen ließ: »Und nun machen wir uns fein und gehen zum Rennen in den Circus Maximus ...« – oder: »Und nun lassen wir packen! Und danach fahren wir in die Albaner Berge ...«

Doch meist wurden ernste Gespräche geführt. Dabei erfuhr Iunia zum ersten Mal Genaueres über den eigentlichen Anlass der frühen Rückreise Messallas mit der *Triton* und den Untergang des Schiffes. Mit mütterlicher Zuneigung suchte sie ihm auszureden, dass Hortensia etwas zugestoßen sei, und drückte ihn einmal fest an sich.

Endlich konnte er sie fragen, woher sie seine Mutter kenne.

»Nun, mein Vater und ihr Vater, also dein Großvater, waren befreundet. Wir verbrachten unsere Kindheit im Sommer oft gemeinsam in den Albaner Bergen. Es war eine schöne Zeit ...« Sie seufzte.

Umgekehrt konnte Messalla ihr nun – nach seinen leidvollen Erfahrungen, kritischen Beobachtungen und den langen Gesprächen mit Skamandros, Phylarchos und den anderen – einiges über die wahren Hintergründe des Sklavenkrieges berichten. Er tat dies so objektiv wie nur möglich, da er sich an ihre naiv vereinfachende Stellungnahme an Bord der *Triton* nur zu gut erinnerte. Seine Darstellung beeindruckte sie so sehr, dass sie Mitleid mit den geschundenen Menschen zeigte.

Doch am Ende stellte sie energisch fest: »Dennoch rechtfertigt das alles in keiner Weise dieses Morden, nicht wahr! Vergiss nicht, Messalla: Mit Mord und Plünderung kann man keine Gerechtigkeit schaffen! Nein, niemals! Aber du hast Recht, man muss diese Menschen anders behandeln. Ich werde auch mit Claudius darüber sprechen, wenn ich ...« Erschrocken hielt sie die Hand vor den Mund: »Oh ihr Götter! Wir sind doch in ihrer Gewalt! Wie schrecklich! Wie schrecklich!«

Um sie abzulenken, fragte Messalla nach dem Verbleib ihrer Sklaven Theon und Thais, die sie an Bord der *Triton* nach Syrakus begleitet hatten.

»Die arme Thais! Der arme Theon!« Sie wischte sich mit der Hand über die Augen. Dann berichtete sie ausführlich, wie man sie schon an Bord des Piratenschiffes gegen ihren leidenschaftlichen Einspruch voneinander getrennt hatte, und schloss: »Wahrscheinlich wurden sie auf irgendeinen Sklavenmarkt gebracht und dort weiterverkauft. Wie furchtbar ist das alles, Messalla! Sie sind in meinem Haushalt geboren und aufgewachsene. Ich habe sie erzogen! Sie gehörten zur Familie! Stell dir vor, du verlörest von einem Augenblick auf den andern deinen so überaus gewissenhaften Begleiter und lieben Freund Demetrios!«

»Davor sei Apollo!«, rief Messalla.

Am vierten Tag blieben die Essensträger aus. Die Gefangenen machten sich darüber keine Gedanken. Es konnte in der Verpflegungsbeschaffung irgendetwas dazwischengekommen sein. War es doch schon schwierig, die eigenen Leute, siebzigtausend Mann, in diesem kargen Lande zu ernähren. Sie hatten noch genügend Reste vom vorherigen Tag, um ihren Hunger zu stillen.

Am Morgen des fünften Tages wurden alle vor Sonnenaufgang aus dem Schlaf gerissen. In unmittelbarer Nähe des Hauses redeten Männer in einer fremden Sprache erregt aufeinander ein. Dann entfernten sie sich. Es war wieder still.

Psellistes erhob sich und ging in die Küche, um wie an jedem Morgen eine Brühe zu kochen. Messalla und Demetrios standen ebenfalls auf. Messalla war neugierig geworden, ging zur Tür und klopfte. Keine Reaktion von draußen. Er klopfte noch einmal, zweimal, dreimal. Nichts rührte sich.

Er schob beide Riegel zurück, öffnete vorsichtig die Tür und trat aus dem Haus. Aurora ließ den Himmel im Osten erglühen, während im Westen noch der grauviolette Mantel der Nacht die Erde bedeckte.

Er ging nach links, blieb stehen, lauschte, ging nach rechts, lauschte. Kein Posten in der Nähe.

Seltsam! Er umrundete das ganze Anwesen, blieb immer wieder lauschend stehen, doch auch hinter den Gebäuden war niemand.

Als er zur Ecke des Hauses zurückkam, schaute er zum Lager hinüber. In der Dämmerung meinte er vor dem Wall schemenhaft Menschen zu erkennen, die sich aufgeregt hin und her bewegten.

Plötzlich hörte er Schritte und trat in den Schatten des Hauses. Doch es war nur Demetrios, der ihm gefolgt war. Auch er blickte besorgt hinüber: »Da muss etwas geschehen sein. Das ganze Lager ist in Aufruhr!«

»Ja«, flüsterte Messalla. »Sie bewegen sich nach der rechten Seite des Hügels, wo er zur Küste hin abfällt. Hältst du es für möglich, dass Crassus über Nacht angerückt ist?«

Leider konnten sie von ihrem Standpunkt aus nicht in die Senke hinter dem Hügel blicken. Sie sahen nur, dass immer mehr Bewaffnete in geordneten Gruppen das Lager verließen. Jetzt folgte eine Abteilung von zweihundert oder mehr Reitern.

»Ganz klar!«, meinte Demetrios. »Sie rücken zum Angriff vor!«

»Bist du sicher?«

Demetrios überlegte eine Weile und sagte: »Ja, ich bin sicher. Crassus ist an sich ein vorsichtiger Mann. Er muss alle Vorteile auf seiner Seite sehen, sonst hätte er sich nicht zu diesem alles entscheidenden Schritt entschlossen. Seit er den Oberbefehl hat, ist er immer sehr zögernd mit seinen Aktionen gewesen.«

»Also die alles entscheidende Schlacht!«

»So ist es.«

»Und wir! Was sollen wir tun?«

Demetrios überlegte nicht lange: »Ins Haus gehen! Die Tür verbarrikadieren! Das Feuer löschen!«

»Warum nicht fliehen?«

»Wohin denn? Wenn das bemerkt wird – und wir sind auf den kahlen Hügeln weit zu sehen –, werden sie uns mit ein paar Reitern schnell einholen. Im Haus sind wir, besonders die Frauen, sicherer, ganz gleich, wie das Treffen ausgeht. Komm!«

Sie gingen ins Haus und verriegelten die Tür, stellten den schweren Eichentisch davor und beschwerten ihn mit allem, was sie fanden. Zur Not würden sich alle darauf stellen.

Dann kontrollierten sie die Riegel der Fensterläden und banden sie mit Stricken, die sie fanden, an vorstehenden Steinen des Gemäuers fest.

Nun konnten sie nur warten. Iunia und Claudia sollten sich, falls jemand in das Haus eindrang, unter dem Stroh verstecken. Sie probierten es zur Sicherheit aus. Die Männer waren zufrieden.

Eine Stunde, zwei Stunden vergingen. Allmählich drangen aus der Ferne Schreie und Rufe ins Haus. Sie wurden stärker.

Alle schauten sich an: die Schlacht! Sie war voll entbrannt! Iunia zog sich mit Claudia in ihr Zimmer zurück und schloss die Tür. Beide Frauen beteten.

Messalla ging zu dem Fenster, das nach Norden zeigte, und versuchte durch einen Spalt im Holz zu blicken. Aber er sah nur die linke Seite des Hügels. Das Lager der Aufständischen lag weiter rechts außerhalb seines Blickfelds.

Seelenruhig erklärte Psellistes: »Dann we-werden wir n-nun also eine Kleinigkeit essen!«

»Ich habe keinen Hunger«, behauptete Messalla.

»Der Appetit ko-kommt beim Essen, Herr! Mit nü-nüchternem Magen ist man schlecht ge-gewappnet!«

»Er hat Recht!«, sagte Demetrios. »Fang an, Psellistes!«

Psellistes teilte den Rest von Brot und Käse in fünf Portionen ein und gruppierte sie auf den freien Stellen des Tischs. Dann zog er die vier Hocker und einen Weidenkorb heran, drehte ihn um und lud die andern mit einer Verbeugung ein Platz zu nehmen.

Auch die Frauen setzten sich. Alle griffen geistesabwesend nach dem Brot, nach dem Käse, stierten vor sich auf die Tischplatte und kauten langsam, bis das Brot anfing süß zu schmecken.

Immer wieder hob dieser oder jener lauschend

den Kopf, wenn er meinte in der Nähe ein Geräusch vernommen zu haben – und alle andern hörten erschrocken mit dem Kauen auf. Doch die Schreie und das metallisch klingende Geräusch der aufeinander treffenden Schwerter kamen nach wie vor aus der Ferne.

So vergingen drei, vier Stunden. Psellistes war auf seinem Hocker eingenickt. Die andern kämpften gegen die schleichende Müdigkeit im Dämmerlicht des Raumes tapfer an – und fielen doch immer wieder für Minuten in Schlaf.

Plötzlich fuhren sie alle hoch. Es war still! Sie standen auf, gingen zur Tür, zum Fenster, hielten das Ohr ans Holz: Nichts ... keine Schreie ... kein Kampflärm mehr! Nur diese ungewohnte Stille.

»Wir könnten wenigstens versuchen uns einen Überblick zu verschaffen«, schlug Claudia vor. »Oder sollen wir hier noch tagelang hausen? Zu essen haben wir ohnehin nichts mehr. Außerdem ...«

Die anderen wurden einer Antwort enthoben, denn in diesem Augenblick hörten sie galoppierende Pferde, die sich schnell näherten, aber nach der anderen Seite entfernten.

»Oh Gott!«, rief Iunia und starrte die Tür an, als ob sie sich jeden Augenblick öffnen könnte.

»Los! Ins Stroh!«, befahl Messalla.

Mutter und Tochter stürzten in ihre Kammer und vergruben sich unter dem Stroh. Messalla legte zwei Decken zerknüllt so darüber, dass es aussah, als ob hier jemand gelegen hätte. Er schloss die Zimmertür und ging zurück zu Demetrios und Psellistes.

Die beiden standen an der verbarrikadierten Außentür und lauschten angestrengt. Doch es blieb still. Aber nicht lange.

Wieder näherten sich galoppierende Reiter. Doch diesmal machten sie bei den Gebäuden Halt. Offenbar überlegten sie, ob jemand drinnen sei und was sie gegebenenfalls unternehmen könnten, um sie herauszuholen.

»Sie haben sich unmöglich so schnell hier verschanzen können!«, rief jemand. »Die Läden sind geschlossen. Sie sind weiter, in die Berge.«

»Abwarten! Das werden wir ja sehen!«

Schritte näherten sich. Messalla, Demetrios und Psellistes starrten sich an: Der Mann hatte Latein gesprochen! Ein Römer? Oder ein Latein sprechender Sklave?

Bevor sich die Krieger daranmachten die Tür aufzubrechen, hörten sie drinnen, wie sich ein weiterer Trupp Berittener näherte. Der Mann, der »Abwarten!«, gesagt hatte, brüllte: »Aaachtung!« Eine Stimme, an deren Tonfall man erkannte, dass es sich um einen Befehlshaber handelte, fragte: »Was macht ihr hier?«

»Die Tür aufbrechen, Legat!«

»Unsinn! Mir wurde eben gemeldet, dass sie da drüben bei den Felsen verschwunden sind. Also weiter! Ihnen nach!«

Messalla reagierte blitzschnell. So laut er konnte, rief er: »Herhören! Wartet!«

Die da draußen stutzten jetzt offenbar, denn erst nach einer Weile befahl die Stimme dessen, den man mit Legat angeredet hatte: »Wer du auch bist, mach die Tür auf!«

»Nichts lieber als das!«, rief Messalla.

Gemeinsam räumten sie die Hindernisse weg, Messalla entriegelte die Tür, riss sie geradezu auf und trat, gefolgt von Demetrios und Psellistes, ins Freie.

Vor ihnen standen an die zehn römische Legionäre, ein Centurio und ein etwa fünfzigjähriger Mann in prächtiger Aufmachung: Der Panzer glänzte, als ob er aus Silber sei, auch die auf Hochglanz polierte Schwertscheide glitzerte silbern im Licht, sie war mit feinen Ziselierungen bedeckt; auf dem silbernen Helm wippte ein roter Busch aus Rosshaar; der lässig um die Schultern geworfene dunkelrote Überwurf wurde vorne von einer goldenen Kette zusammengehalten. Kein Zweifel, das war der Legat!*

Der Legat musterte erstaunt den vor ihm stehenden jungen Mann, dann Demetrios und Psellistes.

»Wer seid ihr?«

Messalla reckte sich und erklärte: »Ich bin Marcus Valerius Messalla. Das sind Demetrios und Psellistes.«

Nur Psellistes machte eine tiefe Verbeugung, während Demetrios wie Messalla den Blick des Generals offen und selbstsicher erwiderte.

»Valerius ... Valerius Messalla?« Der Legat schüttelte erstaunt den Kopf. »Heißt deine Mutter Hortensia?«

»So ist es.«

»Dann ... bist du der Neffe von Hortensius Hortalus!«

* Unterfeldherr, dem Oberfeldherrn oder Statthalter unterstellt, im Krieg Befehlshaber einer Legion

»Ich bin es.«

Alle Umstehenden registrierten, welchen Respekt der Legat Messalla entgegenbrachte. Er stellte sich vor: »Lucius Quinctius. Legat des Proconsuls Licinius Crassus.« Er reichte Messalla die Hand.

In diesem Augenblick wagten sich auch die Frauen aus dem Haus. Sie mussten das Gespräch von drinnen verfolgt haben. Messalla machte Iunia und Claudia Marcella mit dem Legaten bekannt und Quinctius rief: »Bei den Göttern! Wie kommt ihr an diesen Ort?«

»Oh ... !«, meinte Iunia. »Das ist eine sehr lange, sehr komplizierte und höchst traurige Geschichte, nicht wahr, Messalla?« Aber dabei lächelte sie glücklich.

Messalla nickte und wandte sich erneut an Quinctius: »Aus deiner Anwesenheit an diesem Ort schließe ich, dass ihr die Aufständischen geschlagen habt.«

»Allerdings! Und zwar endgültig! Wir sind dabei, die Fliehenden zu verfolgen und aufzubringen. – Gabinius!«

»Legat!« Der Centurio nahm Haltung an.

»Du reitest mit zwei Leuten zurück zum Lager und besorgst fünf Pferde und ein Packtier!«

»Jawohl!«

Und zu Iunia und Claudia: »Falls ihr nicht reiten könnt, werde ich veranlassen, dass man euch einen Wagen schickt.«

»Danke, Legat!«, sagte Iunia. »Das ist sehr freundlich, aber nicht nötig. Wir sind schon zwei Tage geritten und mittlerweile sehr geübt darin – nicht wahr, Claudia?« – Claudia nickte. – »Aber wohin willst du uns denn bringen, Quinctius?«

»Nun, ich denke, dass ihr in unserem befestigten Lager sicherer seid als in dieser Hütte. Man wird euch Zelte und Personal zur Verfügung stellen. Für Essen, Trinken und ein anständiges Bett ist gesorgt!«

»Schade ...« Claudia lachte schelmisch. »Ich hatte mich schon sehr an diese Hütte gewöhnt.«

»Darf ich mal reinschauen?« Ohne eine Antwort abzuwarten, betrat der Legat das Haus und schaute sich neugierig um. Iunia, Claudia und Messalla folgten ihm.

»Ich kann es einfach nicht glauben, dass ihr unter solchen Umständen ...« Quinctius schüttelte geradezu bestürzt den Kopf.

»Glaube mir, Quinctius«, sagte Iunia sehr ernst, »wir haben in den letzten Wochen schon entschieden schlechtere Wohnverhältnisse kennen gelernt! Nicht wahr, Messalla?«

»Das kann man wohl sagen«, bestätigte Messalla. Aber ihn interessierte jetzt der Verlauf und Ausgang der Schlacht mehr. Auf eine entsprechende Frage teilte Quinctius ihm das Wichtigste mit:

Crassus hatte durch Späher wie durch abgefangene Aufständische erfahren, Spartacus habe sich in die Petelischen Berge zurückgezogen. Er brannte darauf, eine Entscheidung herbeizuführen, zumal er erfahren hatte, dass der siegreiche Pompeius aus Spanien im Anzug sei, er aber den Sklavenkrieg ohne dessen Hilfe zu Ende bringen wollte.

Gestern habe er gegen Abend das Gelände erreicht und in der Nähe des Feindes ein festes Lager errichtet. Vor Sonnenaufgang habe er begonnen zwischen beiden Lagern zur Sicherung einen Graben zu ziehen. Dagegen seien die Sklaven immer wieder angelaufen und hätten die Legionäre beim Arbeiten behindert.

Da nun ständig immer mehr Leute von beiden Seiten zu Hilfe eilten, habe Spartacus die Notwendigkeit erkannt einzugreifen und das ganze Heer in Schlachtordnung aufgestellt.

Er schloss: »Von einem Vertrauten des Thrakers, der uns lebend in die Hände fiel, erfuhren wir nach der Schlacht eine erstaunliche Begebenheit. Als dem Spartacus sein Pferd vorgeführt wurde, soll er sein Schwert gezogen und das Tier niedergestochen haben. Dazu habe er erklärt: Siege er, so werde er viele gute Pferde von den Feinden haben, unterliege er aber, so brauche er auch dieses nicht.«

Messalla blickte über die Hügel und sah die beschriebene Szene vor sich. Sie passte zu ihm! Er wollte offenbar seinen Genossen nichts voraushaben.

Quinctius entging nicht die Betroffenheit in Messallas Gesicht und er fuhr fort: »Erstaunlich, nicht wahr! Dann suchte er sich mitten durch das Kampfgewühl einen Weg zu Crassus zu bahnen. Er erreichte ihn aber nicht, sondern tötete zwei Centurionen, die ihm in den Weg traten. Doch der Ansturm seiner Leute brach vor dem Ziel zusammen. Als schließlich alle um ihn herum flohen, kämpfte er allein weiter, wurde verwundet, von meinen Leuten umringt und – immer noch wild um sich schlagend – niedergemacht.«

»Oh, ihr Götter! Wie schrecklich!« Iunia sank auf einen Hocker nieder, bedeckte ihr Gesicht mit beiden Händen, schluchzte und rief: »Bitte, Quinctius, hör auf damit! Ich will, dass dies ein Ende hat! Ich will weg von hier! Weit weg! Nur weg!«

Quinctius sah, dass diese Frau am Ende ihrer seelischen Kraft war. Er trat zu ihr, griff nach ihrem Arm und veranlasste sie aufzustehen. Tröstend legte er seinen Arm um sie und sagte: »Du hast Recht, Iunia. Das alles ist furchtbar. Wir werden dafür sorgen, dass ihr alle auf dem schnellsten Wege nach Rom gebracht werdet. Kommt, die Pferde sind da . . .«

Draußen nahm Quinctius den Centurio Gabinius beiseite und befahl ihm die Befreiten auf einem Umweg ins römische Lager zu bringen. Er wollte vermeiden, dass sie das Schlachtfeld zu Gesicht bekamen, auf dem fünfzigtausend gefallene Aufständische und einige tausend tote Römer lagen.

Crassus

Obwohl der Proconsul Marcus Licinius Crassus voll damit beschäftigt war, sich einen Überblick über das Geschehen zu verschaffen, nahm er sich die Zeit, Iunia, Claudia und Messalla im *praetorium*, seinem Feldherrnzelt, zu empfangen. Demetrios und Psellistes hatten draußen zu warten.

Messalla wusste, dass Crassus als der reichste Römer seiner Zeit galt. In der Hauptstadt gehörten ihm hunderte von Häusern, aus deren Vermietung er Millionen einstrich. In ganz Italien verfügte er über großen Landbesitz, riesige Latifundien, die er in den Wirren der Sullazeit zu einem Spottpreis aus dem Besitz enteigneter Gegner des Diktators aufgekauft hatte. Doch Reichtum um seiner selbst willen befriedigte ihn nicht. Sein Ehrgeiz ging ins Politische. Er wollte Pompeius, koste es, was es wolle, als Feldherr übertreffen – und das wörtlich: Die Armee, die heute als Sieger das Schlachtfeld verlassen hatte, war von Crassus aus privaten Mitteln finanziert worden.

Obwohl er das Consulat noch nicht bekleidet hatte, war er vom Senat mit dem außerordentlichen Titel eines Proconsuls ausgestattet worden, um ihm vor seinen Truppen wie der Welt die nötige Autorität zu verschaffen. War er auch gezeichnet von den Strapazen der letzten Stunden – er hatte in vorderster Linie gekämpft –, so sah man ihm nun die Erleichterung über den erfolgreichen Ausgang der Schlacht und somit des gesamten Krieges an. Er ließ sich von Messalla und den Frauen ausführlich berichten, was sie in den vergangenen Monaten erlebt und erlitten hatten.

Als dabei der Name Herakleons fiel, fragte er, ob sie den Mann persönlich kennen gelernt hätten.

Messalla bestätigte dies. Und dann erklärte er: »Proconsul! Dieser Mann treibt ein doppeltes Spiel! Ich kenne die wahre Identität dieses Piraten!«

War Crassus bisher mehr höflich interessiert den Ausführungen gefolgt, so horchte er jetzt auf und fragte: »Die wahre Identität? Wie meinst du das, Marcus?«

Messalla registrierte, dass Crassus ihn wie sein Onkel mit dem Vornamen anredete, und schloss daraus auf eine gute, freundschaftliche Beziehung zwischen den beiden. Er blickte in die Runde, streifte die Offiziere und das übrige Personal mit einem kritischen Blick und erklärte selbstsicher: »Das kann ich dir nur unter vier Augen mitteilen.«

Ihre Blicke trafen sich. Crassus erhob sich von seinem Klappstuhl hinter dem Arbeitstisch und wandte sich an die Frauen: »Iunia! Claudia! Ihr seid bis morgen meine Gäste. Man wird alles nur Mögliche tun, um euch den Aufenthalt hier einigermaßen erträglich zu machen. – Gabinius!«

»Proconsul!«

»Ist das Zelt gerichtet?«

»Jawohl!«

»Auch das Bad?«

»Jawohl!«

»Dann begleite die Damen in ihr vorübergehendes Domizil. Für die Zeit ihrer Anwesenheit im Lager stehst du ihnen ununterbrochen zur alleinigen Verfügung!«

»Jawohl!« Gabinius nahm Haltung an, grüßte und bat Iunia und Claudia ihm zu folgen.

Crassus wies mit der Hand zum hinteren Teil des Zeltes, wo seine Privaträume lagen, und forderte Messalla auf ihm zu folgen. Er schloss hinter sich die doppelte Zeltbahn des Durchlasses und bot Messalla einen der Stühle an. Er setzte sich ihm gegenüber.

Hellwach schaute er in das Gesicht des jungen Mannes.

»Also, Marcus, berichte! Was weißt du über diesen Mann?«

So knapp wie möglich gab Messalla wieder, was er von Urianus erfahren und was er mit eigenen Augen gesehen hatte.

»Ist das alles?«, fragte Crassus.

»Nein. Ich zögere nicht dir mitzuteilen, dass der Propraetor von Sizilien, Gaius Verres, mit Herakleon gemeinsame Sache macht!«

Crassus nickte bedächtig, lehnte sich zurück und blickte eine Weile nachdenklich auf den Boden. Dann hob er den Blick: »Was führt dich zu dieser Annahme, die ja einer ungeheuerlichen Anklage gleichkommt?«

Messalla gab wieder, was er in der Sache sowohl von Urianus wie von Phylarchos und den anderen gehört hatte, erwähnte auch den pietätlosen Raub religiöser Kunstwerke aus dem Tempel der Athene zu Syrakus und betonte, er habe mit eigenen Augen die leeren Stellen an den Tempelwänden gesehen.

»Es ist somit erwiesen«, schloss er, »dass Verres dem Herakleon nicht nur freie Hand bei seinen Raubzügen gewährt, sondern er lässt sich von ihm ganze Schiffsladungen mit Getreide aus Ägypten und geraubte Schätze aus dem Osten regelrecht anliefern. Ich hielt es für meine Pflicht, dich davon in Kenntnis zu setzen. Du, Proconsul, bist zurzeit der Einzige in diesem Raum, der in der Lage ist diesem schmutzigen Handel Einhalt zu gebieten.«

Crassus stand auf, ging einige Schritte auf und ab, blieb vor Messalla, der sich ebenfalls erhoben hatte, stehen, sah ihn kühl aus klugen, grauen Augen an und legte ihm kurz die Hand auf die Schulter.

»Ich danke dir für diese Informationen, Marcus. Aber ich muss dich fragen: Hast du – außer mir – sonst noch jemandem davon Mitteilung gemacht? Iunia zum Beispiel?«

»Nein. Für Iunia sind Herakleon und Mago verschiedene Personen.«

»Das ist gut. Ich bitte dich auch in Zukunft mit niemandem darüber zu reden – außer mit deinem Onkel Hortensius Hortalus natürlich. Die Dinge, um die es hier geht, sind von äußerster Brisanz! Sie berühren die Gesamtinteressen des Staates! Man muss ihnen behutsam und mit äußerster Vorsicht begegnen. Ich gehe davon aus, dass du genau verstehst, was ich damit meine ...«

»Ich verstehe, Proconsul.«

»Gut. Du kannst dich darauf verlassen, dass ich ein wachsames Auge auf die Machenschaften des Statthalters von Sizilien haben werde.«

Der Proconsul sprach mit ihm wie mit einem Gleichrangigen. Aber Messalla durchschaute ihn: Crassus bezog in seine Überlegungen ein, dass er, Messalla, nach seiner Ankunft in Rom jeden Satz, den der Proconsul hier äußerte, an Hortensius Hortalus weitergeben würde.

Crassus fuhr fort: »Nun, da dieser schreckliche Sklavenkrieg beendet und auch Spanien wieder befriedet ist, haben wir endlich die Möglichkeit uns intensiv und mit aller Kraft den üblen Zuständen im Inneren zuzuwenden.«

Obwohl er ihm freundlich zulächelte, spürte Messalla, dass er mit anderen Dingen befasst war.

Doch unvermittelt fragte er: »Du hast diesen Spartacus persönlich kennen gelernt?«

»So ist es.«

»Dein Eindruck?«

»Nun, ich ...« Messalla suchte nach Worten. »Er ... er hat mich sehr beeindruckt.«

»Mich auch, Marcus!« Er wechselte das Thema: »Natürlich steht auch dir und deinen Begleitern ein eigenes Zelt zur Verfügung. Wenn ihr Fragen oder Wünsche habt, wendet euch bitte an Gabinius. Da fällt mir ein: Es muss noch frische Kleidung für euch besorgt werden. Ich kümmere mich darum. Ich muss schon sagen: Du hast dich tapfer geschlagen, Marcus!«

»Danke, Proconsul!« Messalla spürte, dass Crassus das Gespräch beenden wollte. Er hatte wichtigere Dinge zu erledigen. Doch er kümmerte sich noch um das kleinste Detail: »Habt ihr Geld?«

»Ich besitze noch etwas. Aber die Frauen sind vollkommen mittellos.«

»Dacht ich's doch! Komm bitte mit, Marcus!«

Er ging mit Messalla zurück in den Vorraum, ließ seinen Quaestor* holen und erklärte ihm: »Tremellius! Das ist Marcus Valerius Messalla.«

Tremellius machte eine leichte Verbeugung vor Messalla, die dieser ebenso höflich erwiderte.

Crassus wies auf den jungen Mann: »Ihm ist etwas gelungen, was höchst selten vorkommt: Zusammen mit Iunia, der Gattin von Claudius Marcellus, und ihrer Tochter Claudia konnte er aus den Kerkern des Herakleon fliehen!«

»Alle Achtung!«, nickte Tremellius und er war

* Schatzmeister.

tatsächlich beeindruckt. »Das hat noch keiner geschafft!«

»Ja, nicht wahr?«, nickte Crassus und fuhr fort: »Sie sind natürlich alle vollkommen mittellos. Also wirst du jeder der genannten Personen zwanzigtausend Denare auszahlen. Als Reisegeld!«

»Gern«, sagte Tremellius; doch dann stutzte er und fragte nach: »Aus der Armeekasse?«

»Natürlich nicht!«, rief Crassus. »Aus meiner Privatkasse!«

»Jawohl!« Der Quaestor entfernte sich.

Eine ungeheure Summe! Messalla erinnerte sich an eine Äußerung seines Onkels über Crassus: So sehr er an sich sein Geld zusammenhalte und privat sehr bescheiden lebe, sei er höchst spendabel gegenüber Leuten, die er sich für die Zukunft zu verpflichten gedenke.

»Danke!«, sagte Messalla, denn er konnte diese wohl gemeinte und großzügige Unterstützung nicht ablehnen. »Ich werde nach meiner Ankunft in Rom veranlassen, dass man dir das Geld unverzüglich zurückzahlt.«

Dazu Crassus, lächelnd: »Das eilt nicht, Marcus. Ich hoffe, dass wir uns in besseren Zeiten wieder sehen. Wenn du mich jetzt entschuldigen würdest. Es gibt hier eine Menge zu tun ...«

»Selbstverständlich!«

Crassus reichte ihm die Hand.

»Gute Heimkehr! Und beste Grüße an deinen Onkel!«

»Gern!«

Messalla verbeugte sich und verließ das Zelt.

Noch am Abend dieses Tages erschien ein Trupp von drei Reitern mit einem Packtier am östlichen

Lagertor und wurde, da die Posten von Gabinius instruiert waren, sogleich eingelassen und zu Messallas Zelt geführt. Wie sich herausstellte, handelte es sich um den Besitzer eines Bekleidungshauses aus Thurii, der sich auf Geheiß von Crassus unverzüglich mit Gewändern, Stoffballen und weichen Sandalen aus Ziegenleder auf den Weg gemacht hatte. Es fanden sich auf Anhieb Stücke, die den Frauen und auch den Männern passten.

Nachdem sie am nächsten Morgen in großen Holzbottichen heiß gebadet, danach ausgiebig gefrühstückt und sich neu eingekleidet hatten, kamen sie sich wie neugeboren vor.

Danach erschien der Legat Lucius Quinctius und teilte ihnen ihre Reiseroute mit, die er mit Crassus besprochen und vorbereitet hatte. Sie würden mit mehreren Reisewagen auf der *Via Popilia* bis Salernum fahren. Unter dem Kommando von Gabinius würde sie eine Eskorte von fünfhundert Reitern begleiten. Crassus wollte kein Risiko eingehen, da sich einige tausend geflohene Sklaven im Lande versteckt hielten. Die Eskorte würde ohnehin weiter nach Capua reiten, um in der Stadt, die der Ursprungsort der Rebellion gewesen war, die Strafaktion der gefangenen Aufständischen vorzubereiten. Worin diese bestehen würde, verschwieg Quinctius.

Die hundertdreißig Meilen bis Salernum legten sie zügig in fünf Tagen zurück, weil immer wieder die Zugtiere gewechselt wurden. In Salernum requirierte Gabinius, der mit Sondervollmachten des Proconsuls ausgestattet war, eine dort vor Anker liegende Triëre und übergab dem Schiffsführer wichtige Briefe des Proconsuls an den römischen Senat.

Da die Mannschaften in vierstündigem Wechsel Tag und Nacht ruderten, erreichte das Schiff schon nach drei Tagen den Hafen von Ostia.

Hier trennten sich die Wege der Heimgekehrten. Der Abschied war herzlich, Iunia weinte vor Freude, auch den anderen traten die Tränen in die Augen. Messalla und Claudia umarmten sich und hielten sich lange. Messalla flüsterte: »Wann sehen wir uns wieder?«

»Schon bald«, sagte sie. »Mama will ein Fest geben. Ihr alle seid eingeladen.« Sie küsste ihn zärtlich auf die Wange. »Pass auf dich auf, Messalla!«

»Du auch!«

Demetrios hatte zwei Mietwagen besorgt. Bevor sie einstiegen, blickte Messalla zu den Schiffen, die auf Reede lagen.

»Träume ich?«, rief er. »Das da . . . das ist doch die *Triton*!«

»Nein«, sagte Demetrios. »Das ist die *Hermes.*«

»Ja, aber . . . sie sieht doch vollkommen . . .«

»Sicher. Sie ist mit der *Triton* vollkommen identisch, ihr Schwesterschiff, auf der gleichen Werft nach dem gleichen Plan gebaut.«

Messalla hob – sei es zum Gruß oder Abschied – die Hand und sagte: »Allzeit gute Fahrt!«

Sie stiegen ein. Ein letztes Winken. Die Wagen setzten sich in Bewegung.

Zurück in Rom

Im eigenen Hause beim Forum Romanum angekommen, erfuhr Messalla vom Personal, dass seine Mutter in der *Domus Hortensia* ihres Bruders auf dem Palatin sei. Sofort eilte er mit Demetrios und Psellistes dorthin.

Mutter und Sohn fielen sich im Atrium in die Arme. Lange hielten sie sich umschlungen, denn Hortensia zitterte überwältigt von ihren Gefühlen, so dass Messalla fürchtete, sie werde in eine Ohnmacht fallen.

Plötzlich stieß sie ihn von sich, hielt ihn zugleich an den Schultern fest und lachte unter Tränen.

»Geht's dir gut?«, rief sie. »Oh Gott, hast du abgenommen! Tut dir was weh? Du hast ja einen richtigen Bart bekommen! Hast du Hunger? Willst du dich hinlegen?«

Er konnte zu jeder Frage nur den Kopf schütteln oder nicken, denn sie ließ ihn nicht zu Wort kommen.

Nach einer nochmaligen Umarmung beruhigte sich Hortensia allmählich und wandte sich den beiden andern zu.

»Demetrios! Ich kenne dich kaum wieder!« Ihm war ein schwarzer Vollbart gewachsen.

Demetrios verbeugte sich lächelnd. Sie reichte ihm die Hand und zog auch ihn kurz an sich.

»Wer ist das denn?« Sie wies auf Psellistes, der in seiner neuen weißen Tunika eine gute Figur machte. Nur der wild wuchernde Vollbart wollte nicht ganz zu dem gepflegten Äußeren passen.

»He-Herrin!« Er zitterte vor Aufregung, verbeugte sich sehr tief und schaute sie aus seinen großen, schwarzen Kulleraugen an. »Sie ne-nennen mich a-allgemein Psellistes, de-den St-Stotterer, w-weil mein richtiger Name für einen Römer k-kaum aussprechbar ist.«

Das war zwar keine Antwort auf Hortensias Frage, doch hieß sie auch ihn willkommen, schaute aber ihren Sohn fragend an.

Forsch erklärte Messalla: »Das ist unser neuer Koch!«

»Wie bitte?«

»So ist es.« Die drei Ankömmlinge grinsten sich viel sagend zu. »Ich werde dir alles später erklären.«

Hortensia hob die Hände: »Das ist der glücklichste Tag in meinem Leben! Ich wusste immer, dass ihr zurückkommt!«

Sofort dachte sie an das Nächstliegende, rief das Personal zusammen – alle strahlten vor Freude –, ordnete an das Bad zu richten, dies und das für das Abendessen zu besorgen und schickte einen Sklaven los, Hortensius Hortalus die frohe Botschaft zu überbringen.

»Wo ist er denn?«, fragte Messalla.

»Im Senat.«

»Und Quintus?«

»In Tusculum. Er beaufsichtigt den Umbau der Villa.«

»Aha ...« Es entging ihr nicht, dass sich Messallas Gesicht unvermittelt verfinsterte, doch fragte sie nicht nach dem Grund.

Sie gingen ins *tablinum,* wo der Tisch schon mit süßem Gebäck, Obst, Nüssen, Wasser und Wein gedeckt war. Doch kamen sie kaum zum Essen, denn Hortensia bestand darauf, dass sie die Ereignisse seit ihrem Aufbruch aus Athen ausführlich schilderten. Dabei verging die Zeit wie im Fluge und sie waren so bei der Sache, dass sie erst im letzten Augenblick bemerkten, wie Hortensius Hortalus leise den Raum betrat.

Messalla, Demetrios und Psellistes erhoben sich.

»Mein lieber, guter Junge!« Hortensius ging mit ausgebreiteten Armen auf seinen Neffen zu und drückte ihn fest an sich. »Den Göttern sei Dank! Du und Demetrios . . . ihr lebt! Ihr seid heil zurück! Was für ein Tag! Deine Mutter sagte immer wieder, dass ihr zurückkommt. Hortensia! Das wird ein Fest werden!« Er stutzte: »Und wer ist das?«

Ehe Psellistes antworten konnte, erklärte Hortensia: »Mein neuer Koch!« Sie lächelte den dreien schelmisch zu.

Verwirrt schüttelte der Hausherr den Kopf, doch Hortensia fuhr fort: »Man wird dir das alles in Ruhe erklären, nicht wahr, Psellistes?«

»S-sicher, He-Herrin! Das a-alles kann man erklären.«

Die Tatsache, dass der Mann stotterte und von seiner Schwester auch noch mit »Stotterer« angeredet wurde, verwirrte Hortensius noch mehr, aber man würde ihm zu gegebener Zeit die Erklärung geben.

»Setz dich zu uns, Bruder! Wir waren gerade dabei, wie die *Triton* in einen schweren Sturm geriet.«

Hortensius wollte schon Platz nehmen, als Messalla energisch auf ihn zutrat, ihn ernst anschaute, sich zu seiner Mutter umwandte und erklärte: »Das können wir später noch nachholen, Mutter!«

Hortensia horchte auf. Messalla hatte einen Ton in der Stimme, wie sie ihn noch nie von ihm vernommen hatte. Schon fuhr er in der gleichen Weise fort: »Ich habe mit deinem Bruder etwas von einiger Bedeutung zu besprechen! Wenn ihr uns bitte eine Weile entschuldigen würdet ...«

»Ja, aber ...« Hortensia schaute ihn überrascht und verwirrt an. »Muss das denn jetzt sein?«

»Es muss! Demetrios wird dir in der Zwischenzeit weiter berichten. Er war immer dabei.«

Wieder trafen sich die Blicke von Onkel und Neffe.

»Dann komm!«, sagte Hortensius.

Sie verließen gemeinsam den Raum.

»Wo willst du mit mir reden?«, fragte Hortensius.

»In deinem Arbeitszimmer.«

Sie gingen nach oben.

Hortensius nahm hinter seinem großen Arbeitstisch Platz. Messalla setzte sich auf einen der Stühle davor.

»Also ... Was gibt es zu besprechen?«

Messalla antwortete nicht sofort. Er schlug die Beine übereinander, legte die Hände aufeinander und betrachtete die große Karte an der Wand. Dann begann er, zunächst leise, doch sehr prononciert: »Sagt dir der Name Herakleon etwas?«

»Herakleon, Herakleon ...?« Hortensius zwinkerte und schien nachzudenken. »Ah ja, er wurde neulich während einer Senatssitzung erwähnt!«

»In welchem Zusammenhang?«

»Es ging um den tollen Streich, den sich dieser Halunke gegenüber Verres herausgenommen hatte ...«

»Du meinst sein Auftauchen im Hafen von Syrakus?«

»So ist es. Aber wieso weißt du davon?«

»Und die Vernichtung der syrakusischen Kriegsflotte?«

»Ja. Ich verstehe nicht, worauf du ...?«

»Kennst du diesen Mann persönlich?«

»Nein. Wie käme ich dazu?!«, rief er entrüstet, als ihm bewusst wurde, dass das Gespräch geradezu auf ein Verhör hinauslief.

»Aber dein Name«, konterte Messalla, »ist in den Kreisen der Piraten wohl bekannt!«

Das Gesicht seines Onkels färbte sich rot, er schien jeden Augenblick losbrüllen zu wollen – doch es gelang ihm, sich zu beherrschen. Er atmete einmal tief durch und sagte, darauf bedacht, sich keine Blöße zu geben: »Das mag schon so sein, Marcus. Männer wie ich, die im Zentrum des politischen Lebens dieser Stadt stehen, kennt man an allen Küsten.«

»Besonders an den africanischen, nicht wahr!«

Messalla hielt es nicht mehr auf seinem Platz. Er stand auf und ging zur Karte.

»Dort!«, rief er und stieß mit dem Zeigefinger auf den Namen Utica. »Dort sitzt jemand wie eine Spinne im Zentrum eines weiten, sehr intelligent gespannten und höchst sensiblen Netzes und registriert jede Bewegung im Umkreis von einigen hundert Meilen! Und dieser jemand wusste genau, dass sich die *Triton* mit einer bestimmten Ladung auf Westkurs befand!«

Hortensius reagierte ruhig: »Das ist uns bekannt. Die Piraten verfügen über den besten Nachrichtendienst des Mittleren Meeres. Ich verstehe immer noch nicht, worauf du eigentlich hinauswillst.«

»Dann will ich deutlicher werden!« Er holte aus seinem Brustbeutel ein gefaltetes Papyrusblatt, nahm es auseinander und legte es vor Hortensius auf die Platte. »Du kennst ja wohl die Schrift deines Sohnes ...«

Hortensius nahm das Blatt, überflog die dort genannten Dinge und sagte: »Natürlich. Das ist seine Schrift. Er hat da eine Liste der verschiedenen Frachtgüter der *Triton* erstellt und sie dir gegeben.«

»Eben nicht! Ich habe sie von einem Piraten ausgehändigt bekommen!«

Hortensius wechselte die Farbe und wurde blass. Er lehnte sich zurück und sah Messalla entgeistert an. Sein Atem ging schwer.

»Das heißt doch nichts anderes, als dass dein Sohn mit diesen Verbrechern zusammenarbeitet!«

»Langsam, Marcus, langsam!« Hortensius stand auf. »Das ist ein so ungeheurer Vorwurf, dass ich ihn nicht glauben kann. Wenn er wieder hier ist, werden wir Quintus zur Rede stellen. Ein Pirat kann dir vieles erzählen.«

»Nicht Urianus!«

»Urianus? Wer ist das?«

»Der Sohn eines thrakischen Fürsten!«

»Er kann das Blatt auch an Bord der *Triton* gefunden haben!«

»Niemals. Auf der *Triton* ging während des Sturms alles drunter und drüber! Urianus klärte mich über die Zusammenhänge kurz vor seinem Tode auf. Er hatte keinen Grund mich zu belügen. Im Übrigen hat er uns allen – Iunia, Claudia Marcella, Demetrios und mir – zur Flucht verholfen.«

Hortensius starrte ihn an: »Iunia und Claudia sind frei? Sie sind in Rom?«

Messalla nickte, schwieg und dachte nach. Mit allen Mitteln versuchte Hortensius den Verdacht von seinem einzigen Sohn abzuwenden, wohl wissend, dass dies nicht möglich sein würde. So bestand Messalla im Augenblick nicht auf einer Vertiefung seiner Argumente. Hortensius war bereits bis ins Mark getroffen. Er tat ihm Leid.

»Gut!«, sagte Messalla. »Das wird zu klären sein. Aber da ist noch eine andere Sache . . .«

Hortensius nahm wieder Platz, denn es schwindelte ihn. Seine Hände zitterten leicht. Einen Augenblick lang drehte sich das Zimmer um ihn.

»Was noch?«, fragte er tonlos.

»Die Fracht der *Triton* war zu großen Teilen für dich bestimmt . . .«

»Das ist richtig.«

»Säulen aus pentelischem Marmor, ebensolche Kapitelle und Basen . . .«

»Ja, und was ist daran so . . .?«

». . . dazu eine Reihe kostbarster Statuen aus Marmor und Bronze sowie zahlreiche Kleinplastiken.«

»Worauf willst du hinaus?«

». . . ferner eine kleine, archaische hölzerne Hera . . .«

»Tatsächlich?«, Hortensius' Lebensgeister wurden wieder wach. »Schade um sie!«

»Keineswegs. Ich habe sie!«

»So?« Hortensius sah ihn erstaunt an.

»Ja. Und sie stammt aus Perachora!«

»Perachora, soso ...«

»Aus dem uralten Heiligtum der Hera von Perachora! Sie soll Wunder vollbringen!«

»Sehr schön! Es gibt ja Leute, die daran glauben ...«

»So ist es. Und ich selbst gehöre auch zu ihnen! Sie wurde in einer nächtlichen Aktion aus dem Tempel geraubt! Dabei wurde der alte Priester erschlagen!«

»Ja, aber ...« Hortensius suchte sich zu fassen. »Dann hätte Pausanias sie ja ...« – er schluckte – »... von den Räubern oder ihren Hehlern erworben!«

»So ist es. Ich gehe noch weiter: Auch die Marmor- und Bronzestatuen werden wohl auf ähnlichen Wegen in die Hände von Pausanias gelangt sein! Ich bin genau darüber informiert, dass Herakleon und andere Piratenführer regelmäßig die großen Heiligtümer im Osten heimsuchen und sie ausplündern. Aber das ist noch nicht alles: Sie pflegen solche Kunstwerke korrupten römischen Beamten als Geschenk anzubieten, um sie sich gefügig zu machen. In diesem Zusammenhang dürfte es sich lohnen, einmal die Privatgemächer eines gewissen Gaius Verres daraufhin zu untersuchen!«

Messalla schwieg. Auch Hortensius schwieg. Beide schauten sie ernst und in Gedanken verloren auf die große Tischplatte. Dann lehnte sich Hortensius zurück. Er musste zu den Vorwürfen Stellung nehmen. Vor ihm saß nicht nur sein Neffe, vor ihm saß ein ein junger Mann, den die Ereignisse der letzten Monate zum Erwachsenen gemacht hatten. Seine Einsichten in das fatale Zusammenspiel der verschiedenen Interessengruppen in diesen wirren Zeiten befähigten ihn bestimmte Schlüsse zu ziehen, die den meisten Zeitgenossen nicht möglich waren.

Endlich raffte sich Hortensius zu einer Antwort auf: »Ich will mich kurz fassen. Mit den von dir beklagten Machenschaften und Verbrechen habe ich nichts zu tun.«

»Aber du förderst sie, indem du bei Männern wie Pausanias kaufst!«

»Langsam, Marcus! Bist du schon einmal in einem dieser ehemals prächtigen Tempel im Osten gewesen? Nein? – Schade, denn dann hättest du mit dem gleichen Enthusiasmus und Eifer, den du jetzt gegen mich richtest, den barbarischen Verfall der Heiligtümer und ihrer Schätze beklagt und dich darüber nicht beruhigen können, dass niemand etwas gegen diesen Niedergang unternimmt! Natürlich verurteile ich es, wenn es bei der Beschaffung dieser Werke zu Gewaltmaßnahmen kommt. Und niemals würde ich ein Kunstwerk besitzen wollen, an dem Blut klebt. Aber unabhängig davon gilt: Die östliche, alte griechische Welt ist unaufhaltsam im Verfall begriffen. Sie hat ihre große Zeit gehabt, nun ist sie vorüber. Rom ist an ihre Stelle getreten. Also sage ich dir und es ist meine wirkliche Überzeugung: Ohne meine Mithilfe gingen größte Werke griechischer Kunst unwiederbringlich und für alle kommenden Zeiten verloren! Hier, in Rom, ist nun ihr Platz! Nur hier weiß man ihren wahren Wert zu schätzen. Man fertigt Kopien an, damit viele daran ihre Freude haben.« Er beugte sich vor: »Was ist dagegen der Wert eines einzelnen, unbedeutenden Menschen?«

Etwas in Messalla bäumte sich gewaltig gegen diese Sichtweise auf: »Nie und nimmer stimme ich dem zu. Es ist ja kein Einzelfall. Im Übrigen verdanke ich einem solchen unbedeutenden Menschen, wie du dich ausdrückst, mein unversehrtes Leben und meine Freiheit! Der größte Teil der Menschheit besteht aus unbedeutenden Menschen. Aber ich sage dir: Sie strahlen eine größere Würde aus als jene, die wie du mit Macht ausgestattet sind und über große Mittel verfügen. Sie denken und handeln menschlich. Ihr aber erklärt das Recht des Stärkeren zum Staatsgesetz. Verres ist dafür ein schreckliches Beispiel!«

Hortensius hatte ihn ausreden lassen. Nun hob er die Hand: »Du wirst dereinst ein guter Anwalt werden. Aber lassen wir das. Du bist jung, voller Ideale, willst die Welt verbessern. Aber so einfach ist das nicht. Du wirst noch lernen müssen, wie schwerfällig der Gang der Geschichte ist. Man kann nur hier und da, in Kleinigkeiten, etwas verbessern. Was den Verres angeht, kannst du beruhigt sein. Er wird im nächsten Jahr vor einem römischen Gericht zur Rechenschaft gezogen werden.«

Und Messalla: »Ich freue mich schon darauf, denn Cicero wird ihn anklagen.«

Hortensius hob die rechte Braue: »Auch das ist dir schon bekannt? Erstaunlich!«

»Und wer wird ihn verteidigen?«

Hortensius sah ihn an und sagte: »Ich!«

»Du – natürlich! Aber das dürfte sehr hart für dich werden.«

»Ich weiß es.«

»Und warum tust du's dennoch?«

»Weil Cicero mich herausgefordert hat!«

»Ich verstehe.«

Hortensius kam um den Tisch herum und stand Messalla Auge in Auge gegenüber: »Die andere Sache ... ich meine das hier ...« – er gab Messalla die Frachtliste der *Triton* zurück – »... das wird Konsequenzen haben!«

Messalla nickte ihm zu. Doch ihm schoss durch den Kopf: Hier geht es nicht um die Machenschaften eines Quintus Hortensius, sondern um den desolaten Zustand der Republik! Er sah sie alle vor sich: Urianus, Herakleon, Spartacus, Skamandros, Phylarchos – und schüttelte den Kopf.

Epilog

Die turbulenten Ereignisse dieses Jahres, in dem Publius Cornelius Lentulus und Gnaeus Aufidius Consuln waren – nach unserer Zeitrechnung das Jahr 71 v. Chr. –, griffen tief in das Leben der Menschen ein.

Marcus Valerius Messalla hatte eine andere Welt als die, in der er aufgewachsen war, kennen gelernt. Sie war unruhig und gefährlich, unsicher und verwirrend – aber faszinierend. Das neue Wissen prägte sein Denken, Tun und Verhalten für immer.

Urianus' Geld ließ er an die Armen verteilen. Wir dürfen annehmen, dass er bei seiner Rückkehr nach Griechenland als Erstes die Hera an ihren angestammten Platz im Heiligtum zu Perachora brachte und den Tempel wieder herstellen ließ. Wir sind ferner ziemlich sicher, dass er bei seinem zweiten Aufenthalt in Athen nicht mehr im Hause des Pausanias sein Quartier nahm.

Wie alle jungen Aristokraten seiner Generation wurde auch Messalla in den Strudel des Untergangs der Republik gerissen. Er absolvierte die Ämterlaufbahn vom Quaestor über den Aedilen und Praetor bis zum Consul (53 v. Chr.), wurde von politischen Gegnern verunglimpft und hatte sich in zwei Prozessen gegen den Vorwurf der Wahlbestechung zu verteidigen. Früh erkannte er, dass das Riesenreich nicht mehr nach den veralteten Vorstellungen seiner erzkonservativen Standesgenossen regiert werden konnte, und schloss sich dem energischen, weit vorausblickenden

Gaius Julius Caesar an. Im Bürgerkrieg kämpfte er als Legat Caesars an verschiedenen Kriegsschauplätzen. Nach der Ermordung des Diktators (44 v. Chr.) zog er sich aus dem politischen Leben zurück und wurde literarisch tätig. Unter anderen schrieb er ein Buch *de auspiciis,* »Über die Vorzeichen«. Da sein leiblicher Sohn früh starb, adoptierte er den Sohn eines Freundes, der den Namen Marcus Valerius Messalla annahm. Dessen Enkelin Valeria Messallina wurde später die Frau des Kaisers Claudius.

Messallas Onkel Hortensius Hortalus übernahm im folgenden Jahr die Verteidigung des korrupten Statthalters von Sizilien, Gaius Verres. Doch er war der Wucht und Fülle der Argumente, die Cicero vor Gericht ausbreitete, nicht gewachsen. Noch vor dem Ende des Prozesses gab Verres auf und zog sich in die freiwillige Verbannung nach Massilia (Marseille) im heutigen Südfrankreich zurück. In den Wirren nach Caesars Ermordung wurde er dort umgebracht.

Der Verres-Prozess war auch für Hortensius ein Wendepunkt, denn Cicero stellte ihn endgültig in den Schatten. Zwar trat er noch öfter als Anwalt vor die Schranken, manchmal sogar mit Cicero zusammen, doch war er nicht mehr der »Herr der Gerichte«, wie man ihn bis zum Verres-Prozess genannt hatte. Mehr und mehr zog er sich ins Private zurück und genoss seinen Reichtum, seine zahlreichen Villen, seine Kunstschätze und seinen Privatzoo. Die letzten Lebensjahre waren durch mannigfaches Unglück getrübt, wobei ihm die Lebensführung seines haltlosen Sohnes Quintus den größten Verdruss bereitete, so dass er sich öffentlich von ihm lossagte. Er starb vierundsechzigjährig 50 v. Chr.

Um seine Schulden zu verringern, verkaufte Quintus nach dem Tode des Vaters das hortensische Haus auf dem Palatin an einen jungen Mann namens Octavianus, den Großneffen, Adoptivsohn und Erben Caesars, der als Augustus der erste Kaiser Roms werden sollte. So wurde die *domus Hortensia* zur Keimzelle der späteren Kaiserpaläste auf dem Palatin. Man hat das »Haus des Augustus«, wie es später genannt wurde, wieder gefunden, restauriert und der Öffentlichkeit zugänglich gemacht. Es enthält schöne Wandmalereien aus der Zeit unserer Geschichte.

Marcus Licinius Crassus ließ nach dem Ende des Spartacus-Krieges sechstausend gefangene Sklaven nach Capua, dem Ursprungsort der Revolte, bringen und entlang der Via Appia kreuzigen. Einige tausend Rebellen, die sich nach Norditalien durchgeschlagen hatten, vernichtete der siegreich aus Spanien heimkehrende Pompeius. Crassus und Pompeius wurden im Jahr 70 Consuln.

Der Leichnam des Spartacus wurde nie gefunden.

Drei Jahre später (67 v. Chr.) übertrug der Senat nach einem Volksbeschluss dem Gnaeus Pompeius den Oberbefehl gegen die Piraten, verbunden mit einer noch nie da gewesenen Machtfülle: Pompeius bekam ein großes Heer, eine gewaltige Kriegsflotte und dazu unbegrenzte Geldmittel. In nur achtzig Tagen befreite er erst das westliche, dann das östliche Mittelmeer von der Piratenplage. Auf der Stelle fiel der Preis aller Handelswaren. Zwanzigtausend gefangene Piraten wurden auf Veranlassung des Siegers in den verödeten Gegenden Kilikiens angesiedelt. Die Betroffenen waren dem Feldherrn überaus dankbar, denn sie hatten mit ihrer Hinrichtung oder mindestens Versklavung gerechnet. Anfang 66 ging Pompeius als Nachfolger des Lucullus nach Asien, beendete mühelos den Krieg gegen Mithradates und ordnete die Verhältnisse im römischen Sinne.

Und Herakleon? Niemand weiß, was aus ihm geworden ist. In den Schriften der Historiker taucht sein Name nie wieder auf.

Psellistes wurde in den Haushalt Hortensias übernommen, wo er sich nicht nur um das leibliche Wohl seiner neuen Herrschaft kümmerte, sondern zum Vorsteher des Gesindes aufstieg. Oft konnte man dann die bekannte Wendung im Hause hören: »Und nun we-werden wir uns a-an die Vorbereitung dieses gö-göttlichen Abendessens be-begeben . . .!« – oder: »U-und nun wirst du d-den Innenhof fein auskehren . . .!«

Als Geste der Wiedergutmachung hatte Hortensius Hortalus den Demetrios seiner Schwester Hortensia geschenkt. Sie entließ ihn auf der Stelle in die Freiheit. Seitdem trug er als *libertus* (Freigelassener) nach römischer Sitte den Namen seiner ehemaligen Herren: Marcus Valerius Demetrius. Nur der latinisierte und nachgestellte Name Demetri*us* sagte dem Kenner, dass er als griechischer Sklave einmal Demetrios hieß.

Und Skamandros, Diodoros, Polybios? Sie wurden mit Mitteln, die Hortensius zur Verfügung stellte, freigekauft. Skamandros kehrte nicht in seine Heimat zurück, sondern übernahm zusammen mit Diodoros und Polybios die Leitung einer

Zweigniederlassung, die der rührige Pausanias in Ostia errichtete. Da die Seewege bald wieder sicher waren, expandierte die Firma und beherrschte weithin den Seehandel im westlichen Mittelmeer. Der erste neue Großfrachter, der gebaut wurde, erhielt den Namen *Triton*.

2000 Jahre später . . .

Am 21. Juni 1907 schickte Alfred Merlin, Direktor der Antikenverwaltung in Tunesien, ein Telegramm an die *Académie des Inscriptions et Belles-Lettres* in Paris: »Nach Besichtigung der Objekte bestätigt Drappier (ein Mitarbeiter Merlins) heute Morgen aus Mahdia die Entdeckung unter Wasser von Statuen eines Jünglings, eines Priap, eines Bacchus und von Architekturfragmenten, sämtlich aus Bronze. Merlin.«*

Zwischen Sousse und Sfax liegt an der Ostküste Tunesiens der Fischereihafen Mahdia. In diesem Seegebiet blühte um die Jahrhundertwende die Schwammtaucherei. Schon oft hatten die Taucher bei ihrer anstrengenden und gefährlichen Tätigkeit Reste antiker Schiffsladungen gefunden – praktisch ein Nebenprodukt ihrer Arbeit und nichts Außergewöhnliches –, bis sie fünf Kilome-

* »DAS WRACK – Der antike Schiffsfund von Mahdia«, 2 Bände, hg. von Gisela Hellenkemper Salics u. a. (Katalog zur gleichnamigen Ausstellung im Rheinischen Landesmuseum Bonn vom 8. 9. 1994 – 29. 1. 1995), Köln 1994, Bd. 1, S. 5 ff.

ter vor Mahdia in vierzig Meter Tiefe auf ein ausgedehntes Trümmerfeld stießen. Sie berichteten von mindestens sechzig Säulen, zwischen denen zahlreiche Figuren und sonstige Gegenstände verstreut lägen, zum Teil zu schwer, um ohne technisches Hebegerät geborgen zu werden.

Alfred Merlin war sich der Bedeutung des Fundes bewusst und leitete eine Bergungskampagne ein. Was dabei zutage kam – Bronzestatuen, eine hervorragend erhaltene Herme, ein Fackelträger und bronzene Schiffsbeschläge –, ließ auf weitere sensationelle Entdeckungen hoffen. Es war klar, dass man auf ein antikes Frachtschiff gestoßen war.

Merlin versicherte sich der Unterstützung der Pariser Akademie – Tunesien war damals französische Kolonie –, die angesichts der Aufsehen erregenden Funde Mittel für die Untersuchung des Wracks zur Verfügung stellte und ihren Einfluss bei der französischen Marine geltend machte, die das Unternehmen durch den Einsatz von Kriegsschiffen und Tauchern unterstützte.

In drei Bergungskampagnen (1907–1913 noch unter der Leitung von Alfred Merlin, 1948 unter Jacques Yves Cousteau, 1954–1955 durch den *Club de Recherches Sous-Marines de Tunisie* unter Guy de Frondeville) kamen diese Dinge ans Licht: sechzig Säulen aus pentelischem Marmor; Säulenbasen; dorische, ionische und korinthische Kapitelle; verschiedene Statuen aus Marmor und Bronze, darunter eine sehr schöne Jünglingsfigur; eine Menge Kleinplastiken, darunter ein Hermes in Bronze; Teile von 22 zusammensetzbaren Speisebetten (Clinen) aus einer Athener Werkstatt von gehobener Qualität; zahlreiche Öllampen aus Bronze; große Gartenamphoren und Marmorkandelaber; eine Herme des Dionysos in Bronze von erlesener Qualität; einige Satyrstatuetten, Teile von Schleudergeschützen und Reste von Gerät und Ausrüstung des Schiffes.

Anhand der Lage der Säulen wie der hölzernen Reste des Schiffskörpers konnte dessen Größe und Typ von den Wissenschaftlern sehr genau zeichnerisch rekonstruiert werden. Von Anfang an stellte sich die Frage, wann und warum die *Triton* – wie das Schiff in unserer Geschichte heißt – an dieser Stelle gesunken ist und was seine eigentliche Route war. Nach sorgfältigem Vergleich der Kunstwerke und Gebrauchsgegenstände (z. B. der Amphoren) mit anderen bekannten spricht alles dafür, dass das Schiff zwischen 80 und 70 v. Chr. auf dem Weg von Griechenland nach Italien war. Teile der Fracht dürften Raubgut gewesen, andere scheinen regulär erworben worden zu sein. Empfänger waren wohlhabende römische Villenbesitzer in Italien.

Zum Untergang schreibt Hansgerd Hellenkemper: »Im Ionischen Meer sind offensichtlich Ereignisse eingetreten, die den vorgesehenen Kurs des Mahdia-Schiffes entscheidend veränderten. Da der Ort des Untergangs (. . .) rund 350 Seemeilen vom vermuteten Kurs im Ionischen Meer entfernt liegt, ist das Schiff offensichtlich hilflos über das offene Meer südlich von Sizilien bis nahe an die afrikanische Küste getrieben worden. (. . .) So ist wahrscheinlich, dass außer den Wetterverhältnissen noch andere Gründe eine Rettung verhinderten: Verlust der Segel oder des Takelwerkes, ein

Mastbruch oder der Bruch oder Verlust der Ruder haben das Mahdia-Schiff möglicherweise bereits im Ionischen Meer manövrierunfähig gemacht. Das Schiff trieb bereits nahe der rettenden Küste (...), als es erneut (?) in einen Sturm geriet. Hoher Seegang hat das Schiff voll laufen lassen und ein Leerpumpen war nicht mehr möglich. Das schwere Schiff ist mit seiner Ladung langsam gesunken. Die Lage des Schiffs, insbesondere des Kiels, und der Ladung auf dem Meeresgrund in 39 m Tiefe zeigen, dass das Schiff vor dem Untergang nicht auseinander gebrochen ist.«*

Schon von Anfang an waren deutsche Archäologen an der wissenschaftlichen Auswertung des Fundes beteiligt. Krönender Abschluss dieser Zusammenarbeit war die grandiose Ausstellung »DAS WRACK – Der antike Schiffsfund von Mahdia« im Rheinischen Landesmuseum Bonn 1994/95. Hier empfing der Autor entscheidende Impulse für *Die letzte Fahrt der Triton.*

Wer sich bis ins Detail über die Geschichte der Entdeckung, Bergung und Deutung der Funde informieren will, sei auf den zweibändigen Katalog zur Ausstellung verwiesen.

Hans Dieter Stöver

* DAS WRACK, a. a. O. Band 1, S. 161